宋如珊　主編

現當代華文文學研究叢書

周作人研究九十年

黃開發　著

秀威資訊・台北

己立場的解釋。這刺激了周作人研究，出現了幾篇代表著不同立場的重要研究文章，它們是左翼批評家許傑的《周作人論》[25]，周作人的追隨者廢名的《知堂先生》[26]、《關於派別》[27]，自由派批評家蘇雪林的《周作人先生研究》[28]，這些文章代表著三〇年代認識周作人所達到的思想高度。

許傑的《周作人論》試圖以唯物史觀來評析周作人的道路，其批評方法屬於社會學批評的範疇。基本觀點如下：一、從文學有用論到文學無用論，從人道主義的文學主張到無所謂的趣味的言志的文學的表現，這是周作人日趨消沉的文學道路；二、「周作人是一個中庸主義者。他雖然是一個新文壇上的人物，但實在卻是穿上近代的衣裳的士大夫」。「因為他是一個中庸主義者，所以，他的思想的出發點只是一些淺薄的人道主義。」「因為他是一個紳士，是一個穿上新的衣裳的士大夫，所以，他的意識，是到處同封建思想結合著的。」三、「周作人的思想的落後，並不是無因的；分開來說，第一是屬於他的認識問題，第二是屬於他的意識問題。」前者墮入了機械的循環論的謬誤，後者是「士大夫氣質」羈絆住了他。四、「周作人在中國文壇上活動的成績，綜合的說起來，最大的還在於他的介紹西洋文學，尤其是所謂弱小民族的文學。」作者寫作此文的目的不是為了冷靜客觀地研究，而是現實的文學鬥爭的需要；雖然不乏深入之處，但整體上有著機械、簡單化的毛病，馬克思主義評價歷史人物的深刻透視力並沒有發揮出來。許傑的觀點，如說周是「穿上近代的衣裳的士大夫」等，對以後很長時間裏的周作人研究產生了重要影響。儘管許傑的文章和其他左翼青年批評家的文章一樣存在著不足之處，但在三〇年代這個國事蜩螗、內憂外患

25 《文學》三卷一號（一九三四年七月）。
26 《人間世》十三期（一九三四年十月五日）。
27 《人間世》二十六期（一九三五年四月二十日）。
28 《青年界》六卷五期（一九三四年十二月）。

人性的。他的文章雖平淡樸素，他的思想並不萎靡。……蘇雪林在她的《論周作人》（應為《周作人先生研究》——引者）一文中，把他稱為一個『思想家』，很有道理。」文章比較了周氏兄弟的作品：「周作人作品和魯迅作品，從所表現思想觀念的方式說似乎不宜相提並論：一個近於靜靜的獨白；一個近於恨恨的咒詛。一個充滿人情溫暖的愛，理性明瑩虛廓，如秋天，如秋水，於事不隔；一個充滿對人事的厭憎，情感有所蔽塞，多憤激，易惱怒，語言轉見出異常天真。然而有一點卻相同，即作品的出發點，同是一個中年人對於人生的觀照，表現感慨。」又說：「周作人的小品文，魯迅的雜感文，在二十年來中國新文學活動中，正說明兩種傾向：前者代表田園詩人的抒情，後者代表艱苦鬥士的作戰。同樣是看明白了『人生』，同源而異流。」看不到周作人作品中與「田園詩人」對立的一面，可謂沈從文的局限。這篇文章的題目，一反兄弟並論時順序上的常例，篇幅上也是弟多兄少，評語上又有所軒輊，這表露出他在周氏兄弟間的偏好。抗戰結束後，周作人已經淪為階下囚，而他的弟子廢名在長篇小說《莫須有先生坐飛機以後》第十一章《一天的事情》[80]中，藉人物的口吻對周氏大加讚美。他為周作人滯留北平、出任偽職辯護，稱其「注重事功」、「忠於道理」，「只求有益於國家民族」；甚至說：「知堂老簡直是第一個愛國的人，他有火一般的憤恨，他憤恨別人不愛國，不過外面飾之以理智的冷靜罷了。」其中的崇敬之情超過了作者三〇年代所作《知堂先生》、《關於派別》，實在讓人稱奇。

在淪陷區，周作人受到了普遍的推崇。一九四二年五月，周作人到訪南京，參加汪偽活動，次年紀果庵寫《知堂先生南來印象追記》[81]，以抒情的筆調記述周參加宴請、茶會、在偽中央大學演講的情況，並以較大篇幅談了對其思想和文字的印象。一九四三年四月，被解去督辦職務的周作人應汪精衛之邀再訪南

80 《文學雜誌》二卷十一期（一九四八年四月），收入《廢名集》二卷（北京大學出版社，二〇〇九年一月）。

81 《古今》二十、二十一期合刊（一九四三年四月十六日）。

作人的一個不可或缺的維度。趙京華《周作人與日本文化》[13]從以下幾個方面對題中問題進行了初步的探討：與日本文化的因緣關係、日本文化觀、所受日本文化的影響。趙英《周氏兄弟古籍整理較析》[14]通過回顧有關史料，探討周氏兄弟在古籍整理方面的合作，並加以分析，既肯定了周作人對魯迅的大力支持，又強調了他們的不同。

二

周氏兄弟的複雜關係、大致相同的生活道路和判若水火的人生選擇，以及對中國現代文學史、中國現代文化史的深刻影響，自然會引起人們比較研究的興趣。三〇年代以後，人們總喜歡比較周氏兄弟，對這種比較進行專項的歷史考察本身就是一個很有意義的題目。只是在一九八〇年代中期以前，周作人研究在很大程度上是依附於魯迅研究的，很多研究者在進行比較研究中，採用的是「烏雲托月」的手法。從積極的方面來看，魯迅研究是當時「顯學」，周作人研究一起步，前面就矗立著一個很好的參照系。周作人研究的很多成果來自於對他們的比較研究，同時，周作人研究的進展又回過頭來深化了對魯迅的認識。向來研究者大都著重比較他們有哪些相異之處、何以相異、如何從差別到矛盾到破裂到反對，等等。但舒蕪卻另闢蹊徑，指出兄弟失和之後在憶舊、認知、生死觀、婦女兒童觀、對民主共和制的捍衛、中外文化交流

13 《中國人民大學學報》一九八九年四期。
14 《魯迅研究資料》（二十一）（北京：中國文聯出版公司，一九八九年七月）。

不得不為它服務，不能不受它影響，甚至不得不為它犧牲[9]。針對這種「國家至上」的觀念，錢理群表明這樣的觀點：「這話說得再明確不過了，就是為了實現國家富強，應該犧牲一切，包括個人精神自由。而且，這位作者還把這種『讓步論』說成是一百多年歷史的最重要的經驗教訓，並且是為魯迅等知識份子走過的歷史道路所證實了的。這恐怕是這位作者一廂情願的總結與判斷。把魯迅說成是一個『國家至上』主義的服膺者是很難讓人信服的。魯迅的『立人』思想，特別是他所提出的『現代化』（『近世文明』）的雙重目標恰恰是反對『國家至上』的。在具體的操作層面，個人利益與民族利益是可能發生矛盾的，但這個矛盾不能用一個否定另一個、一個吃掉另一個來解決，它需要協調。這裏有思想和實踐區別，在終極目標層面上，在現代化的目標上，『個體精神自由』是絕對不能讓步的，這是『作人』還是『為奴』的最後一條線。」錢著高度肯定周氏兄弟在中國現代思想、文化、文學史上的貢獻，視之為「真正的世紀思想文化遺產」。他強調，「應該將周氏兄弟看做一對有意味的參照」，「不宜於做一個非此即彼的價值判斷」。作者在評介周氏兄弟關於國民性觀點時，選取了「食人」、「做夢」、「演戲」、「主與奴」等題目，這啟示我們是可以從魯迅、周作人那裏提煉出一系列思想範疇和命題來的。

黃開發《人在旅途——周作人的思想和文體》[10]以周作人的人生哲學為基本視點，從思想到文體對他進行整體闡釋。有書評寫道：「本書善於將周作人置於『人在旅途』這一動態的生命歷程中加以考察，重視周作人人生立場、思想精神、散文創作的矛盾複雜性，避免了簡單化、片面化的評價傾向，使在中國現代思想文化史、文學史上作為思想家，文體大家的周作人的形象較深入、全面地凸現出來。」[11]《一九

9 解志熙，《文化批評的歷史性原則——從近期的周作人研究談起》，《中州學刊》一九九六年四期。
10 北京：人民文學出版社，一九九九年七月。
11 吳成年，《悲觀主義的啟蒙思想家周作人——讀黃開發的〈人在旅途〉》，《中國現代文學研究叢刊》二〇〇〇年三期。

之談，二是堪足憑信的了。」張鐵榮《周作人「語絲時期」之日本觀》[74]從兩個方面評述了周作人「語絲時期」的日本觀：介紹日本文學藝術，尋覓日本文化總體精神；列舉社會實例，正確認識日本。三〇年代中期，周作人特別推崇日本作家永井荷風，高恆文《周作人與永井荷風──周作人與日本文學》[75]指出個中原因：「一是與周作人一九三五年前後談論日本文化的動機有關，二是與兩人對民間民俗和民間藝術的獨特理解有關，與他們對婦女的態度有關。」日本學者山田敬三的《清末留學生──魯迅與周作人》[76]選擇了幾個具體的點，考察周作人和魯迅的作品反映出的對近代日本的態度。此文稱周作人為「真正的知日派」，「對日本文化的理解超出日本人之上」。李曉航的《故鄉之思：一種精神現象的文化解析──魯迅與周作人的文化心態比較》[77]選擇了「故鄉之思」這一視角，探究了兄弟兩人的文化心態的差異。作者說，魯迅對故鄉有一種訣別的情感，反映了魯迅與自己身上的歷史的陰影與惰性做決裂的理性自覺。周作人則不同，「從一定的角度說，在周作人那裏，故鄉之思已經遠遠超越了一般意義上的對鄉土（甚至本土）的懷戀與回味，周作人的『故鄉感』實際上與『傳統文化』有密切的精神聯繫，當他的思想感情開始向傳統傾斜時，故鄉之思才翩然而至」。

研究周作人散文的論文不算多，胡紹華的《周作人的佛禪意識與小品散文創作》[78]對論題中幾個具體問題的談論可以給人以啟示。王向遠在《文體・材料・趣味・個性──以周作人為代表的中國現代小品

74 《魯迅研究月刊》一九九四年三期、四期。
75 《魯迅研究月刊》一九九六年六期。
76 姜小凌譯，《魯迅研究月刊》一九九六年十二期。
77 《社會科學家》一九九二年一期。
78 《華中師大學報》一九九六年一期。

具特色的周作人創作概述。這些文章結集出版，就成了一本《苦雨齋識小》[24]。除《序》與《後記》外，包括正文三十六篇，另有「外編」中的文章六篇。正文各篇之前，均有所據版本的封面照片，下綴簡短的版本介紹，書中另插有照片、書影、手稿、印章等圖片。錢理群《讀周作人》[25]的主體部分是對周作人二十九篇散文的解讀（附原作），書末還附錄了六篇作者別的文章，係一九九〇年代前期作者暫離周氏兄弟研究領域後，利用空閒時間而做。本書通過一篇篇文本的細讀，分別突出周作人的某一側面，有的著意讀其「人」，有的偏於說其「文」。作者在《小引》中云：「由細讀文本而讀其人，這或許也是研究之一路吧。也算是我的《周作人傳》與《周作人論》之不足的一個補缺吧。」由於他熟悉周氏的人與文，故大都能抓住文本的特質。如解讀《關於活埋》、《賦得貓》、《關於傅青主》三文，分別突出「反嗜殺」、「反精神壓迫」、「反奴性」等周作人思想的「基本命題」。楊志琨、宋紅芳編著《周作人詩詞解析》[26]選錄周作人舊體詩詞八十篇約百首，每篇分本文、注釋和解析三部分，較為粗淺。

周氏一生的翻譯總量近五百萬字，占據了其文學世界的「半壁江山」。它又是周作人特殊的言說方式，與其思想和文學關係甚密，以前研究的不足限制了周作人研究的總體水平。兩本研究周作人翻譯的博士論文各有側重，豐富了對周作人的理解，推進了周作人研究的整體水平，為進一步深化周作人的譯介研究打下了基礎。王友貴《翻譯家周作人》[27]（復旦大學博士論文，原題《周作人文學翻譯研究，二〇〇〇》在研究方法上，以譯文為本，集中考察、分析周氏譯文，以及他撰寫的與譯作思想、文化、審美

---

24 上海：東方出版社，二〇〇二年三月。
25 收入《學人隨筆叢書》（天津古籍出版社，二〇〇一年十月）。
26 長春：吉林文史出版社，一九九九年十月。
27 成都：四川人民出版社，二〇〇一年六月。

是對『政府國家』的背叛與對『文化國家』的固守相衝突的悲劇，是作為一個國民喪失其完整性的悲劇。」在同一理論框架下，作者舉出了一些史實，提出周作人雖然當了偽政府的教育督辦，「但精神上他並沒有完全喪失一個中國人的民族意識」。特別是他通過提倡「儒家文化中心論」，確立了自己「精神中國人」的身分，表現出了「自覺的民族意識」。「在與片岡鐵兵的衝突中，落水文人周作人是作為『精神中國人』捍衛『文化中國』」。作者所提出的敏感而大膽的觀點，當然可以作為一家之言，只是過於把周作人在附逆期間的行為看作積極主動的選擇，對其當時實際處境和複雜的思想狀況聯繫不夠。在我看來，周作人提倡儒家文化等只不過是一種不得已而為之的消極抵抗。

耿傳明從周作人所提出的「倫理之自然化」和「道義之事功化」的新道德主張中，尋求其附逆的思想原因。前者要求「個人本位」，而「個人本位使他找不到高於個人生存之上的價值標準。而找不到這種價值共識，最後只能走向一種道德虛無主義」。後者要求「理性至上」，這「固然破解了對於『傳統』的妄信，但也陷入了唯理主義的個人主義和民族失敗主義的情緒中難以自拔，從而導致了其步入歧途的人生悲劇」[64]。作者在論述時並沒有較多地聯繫具體的人和事，似乎更願意由此討論現代人所信奉的「現代性」倫理的內在困境和問題。在抗戰時期，周作人與竹內好多有接觸。日本研究者者丸川哲史告訴我們，周作人強調中國文化的特質及其在「東亞文化圈」中的重要性，竹內好也一再強調漢字作為「東亞文化圈」的共同媒介所具有的特殊地位。但在歷史潮流的裹挾中，二人均遭敗績[65]。高恆文在兩篇文章中分別解讀周一九三九年以及從「七七」事變發生到一九三九年一月「下水」之間的作品，考察研究對象的思想狀況

64 《周作人的「附逆」與「現代性」倫理的困境》，《煙台大學學報》二〇〇六年三期。
65 [日]丸川哲史作，紀旭峰譯，《日中戰爭的文化空間——周作人與竹內好》，《開放時代》二〇〇六年一期。

之於古雅、沖淡。宋亞《周作人所讀古書研究》[139]從傳統四部的角度，對周所讀古書進行了大略的概述。嚴保興《周氏兄弟目錄學成就比較研究》[140]對魯迅、周作人在目錄收藏、目錄編寫、書目考證和書目推薦方面的成就進行了比較和分析，指出他們的學術活動與目錄工作有著密切的關係。陳明遠述評周作人各個時期的收入和花費概況[141]。方芳《周作人晚年經濟狀況初考》[142]也對周作人晚年的收入和開支做了盤點。

三

對周作人文學思想研究，已較少泛泛而論，研究者更多地是努力從新的視角闡發周文藝思想的特質，從更多的方面呈現整體，注意揭示不同階段文學思想的轉變，探究其與中國現代文學歷史進程的聯繫。其中，周作人文學思想與中國古代文學、新文學傳統的複雜聯繫開始受到越來越多的重視，並取得了一批值得關注的成果。

劉全福《發「新潮」於「舊澤」——周作人〈論文章之意義暨其使命〉對我國傳統文論的消解與重構》[143]認為，周作人留日時期的《論文章之意義暨其使命因及中國近時論文之失》對儒家傳統的詩教進行了解構，又重構了「文章」（文學）的概念，從而為自己在中國現代文學思想的建設中贏得了不可或缺的

139 《圖書館學研究》二〇〇八年七期。
140 《山東圖書館學刊》二〇〇九年二期。
141 陳明遠：《周作人的經濟生活》，《同舟共進》二〇〇五年八期。
142 《宜賓學院學報》二〇〇七年三期。
143 《內蒙古社會科學》二〇〇六年二期。

響的反思，「那是一個啟蒙者對於自己的啟蒙姿態的真誠得近乎苛刻的調整。」張玲玲《論周作人民俗散文的審美特徵》[221]論述周民俗散文所具有的新的審美特點：抄書與講究趣味性。作家的人格與風格是一個古老的話題，周作人人格與其散文創作的關係也常被談及，丁曉原《散文的周作人與周作人的散文》[222]對此進行了更為集中、深入的論述。文章在結尾處申明題意：「『散文的周作人』，換言之，周作人本身就是他所指認的言志的散文。他的哲學思想、人生態度、性情情趣、情感方式等無不詮釋著他所命名的散文小品。他對所設定的散文的執著偏愛，實際上就是他對於自身所取所有的執著偏愛。『周作人的散文』，或可表述為散文是周作人的一種語言物化，是周作人生命存在的另一種方式，是周作人精神私人化的一種表達。主體與創作這樣地相生，在現代散文史上周作人似是第一人。」黃科安《「駁正俗說」：周作人隨筆的修辭策略》[223]從周氏《俞理初的詼諧》一文中借取「駁正俗說」一詞來概括周的散文藝術。「所謂『駁正』就是反抗正統權威；而『俗說』則是以詼諧的態度出之」，即用詼諧幽默筆法寫出蘊含社會深意的隨筆作品。作者對「駁正俗說」一詞的理解似乎有誤，這本是一個動賓片語，「俗說」指的是流行的說法。劉緒源《周作人的小品散文》[224]說，周既不與黑暗相對抗，又能保持自身獨立的美，原因在於：「首先，他對普普通通的人生表現了一種瑣細的關懷。」其次，「便是他體味名物細切。」余斌《「專欄作家」周作人》[225]談周作人在為《亦報》寫專欄文章時所受到的限制以及他的遷就，說明《亦報》隨筆是周作人對周作人的一次偏離，體味細且深。

221 《山西師大學報》二〇〇八年四期。
222 《廈門大學學報》二〇〇三年五期。
223 《東嶽論叢》二〇〇四年二期。
224 《祕書》二〇〇九年一期。
225 《書城》二〇〇八年五期。

新時期以來，編訂周氏文集用功最勤、成就最大的編者要推鍾叔河、止庵以及陳子善、張鐵榮，具體標誌他們的成就的是鍾叔河編周作人著作集、《周作人文類編》、《周作人散文全集》，止庵編《周作人自編文集》、《苦雨齋譯叢》，陳子善編《知堂集外文》以及他與張鐵榮合編《周作人集外文》。故本章以評述這幾套大型文集為主幹，然後再從周氏自己編文集、他人編文集、譯文集等幾個方面加以介紹。

二

鍾叔河主持重印的周作人著作集是新時期周作人文集出版的破冰之作，也是周作人研究的重大事件。早在一九五〇年代後期，鍾氏就曾與周作人有過書信往來。當他有選題出書可能時，便立即編印了一本《知堂書話》，接著又開始積極籌畫出版大型的周作人著作集。然而在當時，他無法通過正常途徑獲得批准，於是直接給主管意識形態工作的胡喬木寫信。早在建國初期，周作人的生活待遇和著作出版問題得到過時任中共中央宣傳部副部長的胡喬木的一些照顧和安排。「文革」發生後，這成了胡喬木和周揚等人的罪狀，他們被指為大漢奸翻案，包庇和利用他[3]。嶽麓書社的報告最後得到了胡喬木的批准。後來黃裳在一九九一年五月十九日致鍾叔河的信中披露：「去年喬木來滬，一次談天，談及周作人，他自稱為『護法』，並告當年吾兄呈請重刊周書事，最後到他那裏，他不顧別人反對批准的，談來興趣盎然。」[4]以周

3 參閱許廣平，《「我們的癰疽，是他們的寶貝」——怒斥中國赫魯曉夫一夥包庇漢奸文人、攻擊魯迅的罪行》，《文學戰線》一九六七年三期；鐵臂，《劉少奇黑傘下的大漢奸周作人》，《文藝戰鼓》一九六七年五月二十三日。

4 鍾叔河，《〈周作人散文全集〉編者前言》，《周作人散文全集》第一卷（桂林：廣西師範大學出版社，二〇〇九年四月）。

版本，而不是那個版本。版本研究工作現在不做好，將來只會更加困難。在研究的過程中，還可以選擇善本，影印全套的《周作人自編文集》，為版本研究和文集出版提供參考。

如果不是團體合作，那麼最有條件以個人之力編訂出版《周作人全集》的人選應該是止庵。他尊崇知堂，研讀已有二十多年，有著長期、大量校訂出版周作人著譯文集的經驗，對其人和文的把握細緻深入，又正值年富力強。這將是一個文化創舉，其難度也自然不難想見。

保姆在照料他。當我們得知這種情況後，曾去看過一次。……當我們走進他被關的小棚子時，眼前呈現的一切確實是慘不忍睹。昔日衣帽整齊的周作人，今日卻睡在搭在地上的木板上，臉色蒼白，身穿一件黑布衣，衣服上釘著一個白色的布條，上面寫著他的名字。此時，他似睡非睡，痛苦的呻吟著，看上去已無力站起來了，而幾個惡狠狠的紅衛兵卻拿著皮帶用力的抽打他，叫他起來。看到這種情景，我們還能說什麼呢？只好趕快離開，沒過多久就聽說他去世了。」魯迅博物館初建時，周作人經常回答工作人員請教的問題，還捐贈了一大批魯迅的手跡。一九六二年，曾以一千八百元的價格把一九二七年前日記出售給文化部，供魯迅博物館收藏。一九六五年一月又無償贈送日記五冊。這些在文章中都有記述。

徐淦《忘年交瑣記》[40]記錄一九四三年四月周作人訪問蘇州時的一些經歷，此人在新中國成立之初有一段時間寄寓於周作人家，因此文中多有對周家日常生活的記述。人們對羽太信子知之不多，且多貶語，作者通過日常接觸，感到：「她完全是日本型的賢妻良母，鞠躬如也，低聲碎步，溫良恭儉讓，又極像紹興的老式婦女，使我一點也看不出從前知堂當教授、做偽官領高薪時她會變成闊太太，如今過窮日子才變成這樣勤儉樸素。」有些地方與史實不符，顯係虛構。文潔若《周作人及其兒孫》[41]通過回憶記述周作人兒孫及其本人的情況。江紹原之女江小蕙曾經在八道灣十一號居住過，她的《八道灣十一號和周作人的晚年》[42]記述這處周氏兄弟故居的沿革和晚年生活經歷。止庵在《關於苦雨齋》[43]根據周作人、別人的記述以及家屬的回憶，對八道灣十一號宅中「苦雨齋」的處所和變遷進行了詳細的考查。

40 收入《閒話周作人》。
41 《作家》二〇〇四年五期。
42 《縱橫》二〇〇四年四期。
43 收入《比竹小品》（廣州：花城出版社，二〇一一年一月）。

有些文章拋出了一個「新說」：周作人出任偽華北教育總署督辦是中共北平特委動員的。其中最主要的是《周作人出任偽職的原因》和《訪許寶騤同志紀要》兩篇。《周作人出任偽職的原因》標明為「王定南口述」、「沈鵬年記錄」，文末注明經王親自審閱和修改。後有王定南簽署的意見：「基本上符合談話事實」。這個訪談說，一九四一年，偽華北教育總署督辦湯爾和死亡，很多人都想爭奪遺缺，其中有頑固派繆斌。為了抵制繆斌，時任中共北平地下特委書記的王定南與其他人研究決定，「可以要周作人來抵制繆斌」，結果取得成功。至於是如何動員周作人的，則無一句交代。文末注明「沈鵬年、楊克林記錄整理」的《訪許寶騤同志紀要》說，王定南等定出對策後，具體工作由許寶騤去進行。周一開始不答應，但他「聽說這是共產黨方面的意思，便不再堅持了」。運作成功後，「許向周轉達了我們黨的意見」，「我們希望你作教育總署督辦，有兩條原則：就是要在積極中消極，又要在消極中積極」。「周作人就職以後，基本上是按這兩條原則辦事的。」按，許寶騤就是敵偽時期周作人日記中多次提到的許介君。高炎《我與周作人的關係及其工作》（篇末注明：「沈鵬年抄自中央有關部門材料原件」）說，周作人為其在教育總署安置了一個名為「祕書行走」（掛名祕書，可不上班）的職位。文中談到關於周作人的兩件事：一是介紹地下黨員許某到河北工作；二是作者「曾根據組織的意圖，曾徵求他是否願意去解放區任教」，周答應「可以考慮」，後以家庭負擔重為由推辭。文章的注釋介紹，高炎原名郭健夫，一九三九年參加中國共產黨。一九三八年四月至一九四二年六月，任日本軍報導部控制下的《庸報》記者，一九四〇年十一月至一九四二年六月，兼任總署祕書。高炎作《再談周作人的幾件史實》一文，對上文所述進行了更為詳細的說明，交代周當時並不知道他是共產黨員，只知其為一個以《庸報》為掩護的進步記者。高炎之妻羅錚寫了《周作人營救高炎的經過》，說高於一九四二年六月下旬被捕，後於一九四五年春節後被提前假釋出獄，周給日本軍駐華北最高司令官寫過信，對高炎被提前釋放「是起了一定的作用的」。袁殊為上海淪外文和佚文、日記、書信的情況。

早在新時期之初就有關於周作人集外文的研究文章發表。一九七九年二月，楊天石在魯迅《魯迅研究資料》三輯上發表《魯迅早期的幾篇作品和〈天義報〉上署名「獨應」的文章》，注意到周作人一九〇七年在《天義報》上發表的一組署名「獨應」的詩文譯稿。接著，陳漱渝發表《再談〈天義報〉上署名「獨應」的文章》[128]，重點討論這些文章與魯迅的關係問題。周作人在《論俄國革命與虛無主義之別》中，為俄國的虛無主義者正名，其對俄國革命者的認識與魯迅的政治態度是一致的。陳文推測云，周作人撰稿時吸取了魯迅的某些觀點，甚至某些部分還請魯迅代筆，甚至「獨應」也可能是周作人和魯迅在日本一度共同使用過的筆名。顯然，兩個作者是出於研究魯迅早期人生道路和思想的需要來關注這些文章的，在觀點方面也是強調魯迅對周作人的影響。張鐵榮曾與陳子善是周作人集外文最主要的編者，他們共同搜集、整理周氏集外文，由他負責一九四九年前部分，之後部分則由陳子善完成。由於張鐵榮出國講學，周作人一九四九年前集外文的搜集、整理工作由陳繼續進行。張鐵榮《關於周作人的佚文》[129]按時間順序，分「走向文壇之前」、「五四運動時期」、「『五四』高潮過後」、「一九二七年至抗戰前」、「敵偽時期」五個階段，介紹周作人集外文的概況。

新發現的佚文並不多。裘士雄《介紹周作人的三篇佚作》[130]介紹並照錄一九一二年十二月紹興《天覺報》發表的三篇佚文：《國民之自覺》、《徵求舊書》、《家庭教育一論》。他的另一篇《介紹周作人

128 《新文學史料》一九八〇年三期。
129 《魯迅研究動態》一九八八年二期。
130 《紹興文理學院學報》二〇〇〇年二期。

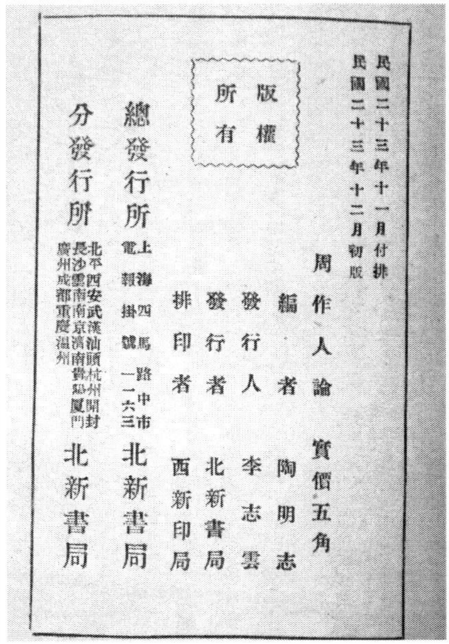
民國二十三年十一月付排
民國二十三年十二月初版

周作人論 實價五角

編者 陶明志
發行人 李志雲
發行者 北新書局
排印者 西新印局

版權所有

總發行所 上海四馬路中市 電話掛號一一六三 北新書局
分發行所 北平 西安 武漢 汕頭 杭州 開封 長沙 雲南 南京 濟南 貴州 厦門 廣州 成都 重慶 溫州 北新書局

左上：陶明志編《周作人論》封面
右上：陶明志編《周作人論》版權頁
左下：李景彬《周作人評析》（1989）封面
右下：舒蕪《周作人概觀》（1989）封面

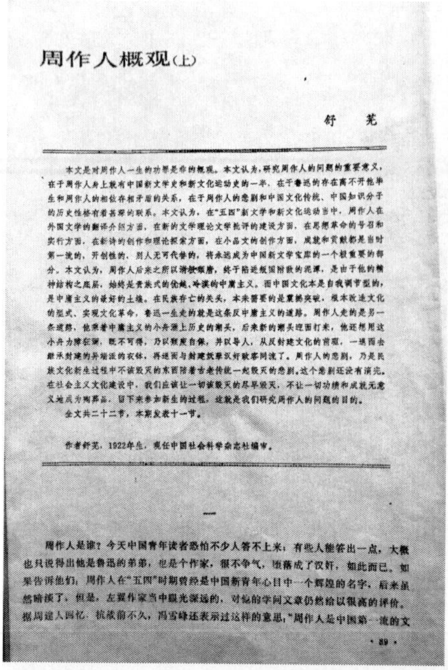

周作人概观(上)

舒芜

本文是对周作人一生的功罪是非的概观。本文认为，研究周作人的问题的重要意义，在于周作人身上载有中国新文学史和新文化运动史的一半，在于鲁迅的存在离不开他毕生和周作人的相依存相矛盾的关系，在于周作人的悲剧和中国文化传统、中国知识分子的历史性格有着甚深的联系。本文认为，在"五四"新文学和新文化运动当中，周作人在外国文学的翻译介绍方面，在新的文学理论文学批评的建设方面，在思想革命的号召和实行方面，在新诗的创作和理论探索方面，在小品文的创作方面，成就和贡献都是当时第一流的，开创性的，别人无可代替的，将永远成为中国新文学宝库的一个极重要的部分。本文认为，周作人后来之所以消极颓唐，终于陷进叛国附敌的泥潭，是由于他的精神结构之底层，始终是贵族式的优越、冷漠的中庸主义。而中国文化本是自我调节型的，是中庸主义的最好的土壤。在民族存亡的关头，本来需要的是震撼突破，根本改造文化的型式、实现文化革命，鲁迅一生走的就是这条反中庸主义的道路。周作人走的是另一条道路，他乘着中庸主义的小舟涨上历史的潮头，后来新的潮头迎面打来，他还想用这小舟力撑狂澜，既不可得，乃以颓废自保，并以导人，从反封建文化的营垒，一退而去继承封建的异端派的衣钵，再退而与封建统治阶级奸敌者同流了。周作人的悲剧，乃是民族文化新生过程中不该毁灭的东西陪着古老传统一起毁灭的悲剧。这个悲剧还没有演完。在社会主义文化建设中，我们应该让一切该毁灭的尽早毁灭，不让一切功绩和成就无意义地成为殉葬品，留下来参加新生的过程。这就是我们研究周作人的问题的目的。

全文共二十二节，本期发表十一节。

作者舒芜，1922年生，现任中国社会科学杂志社编审。

一

周作人是谁？今天中国青年读者恐怕不少人答不上来；有些人能答出一点，大概也只说得出他是鲁迅的弟弟，也是个作家，很不争气，堕落成了汉奸，如此而已。如果告诉他们：周作人在"五四"时期曾经是中国新青年心目中一个辉煌的名字，后来虽然暗淡了，但是，左翼作家当中眼光深远的，对他的学问文章仍然给以很高的评价。据周建人回忆，抗战前不久，冯雪峰还表示过这样的意思："周作人是中国第一流的文

· 89 ·

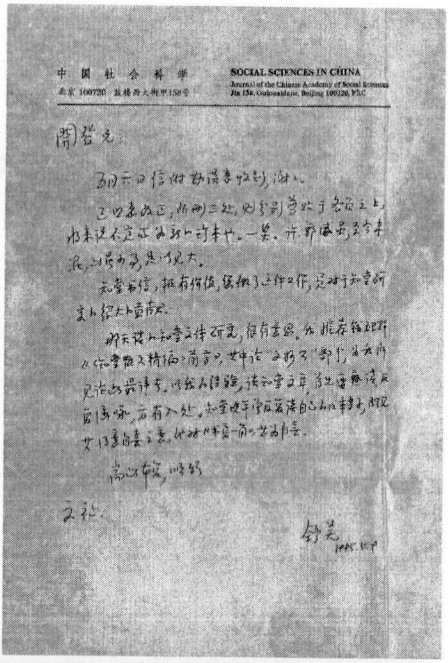

中国社会科学　北京 100720　鼓楼西大街甲158号

SOCIAL SCIENCES IN CHINA
Journal of the Chinese Academy of Social Sciences
Jia 158, Gulouxidajie, Beijing 100720, PRC

舒芜

左上：《周作人概觀》（《中國社會科學》1986年第四期）
右上：舒蕪手跡
　下：本書作者與舒蕪合影

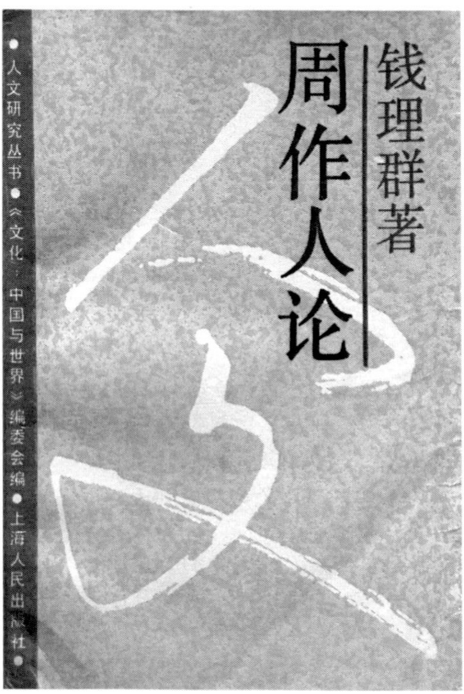

上：錢理群著《周作人傳》初版（左，1990）、二版（右，2005）
下：錢理群《周作人論》（1991）封面

上：舒蕪《周作人的是非功過》書影（自左至右：人民文學出版社一版，1993；人民文學出版社再版，2010；遼寧教育出版社增訂本，2000）
下：《周作人的是非功過》作者簽名

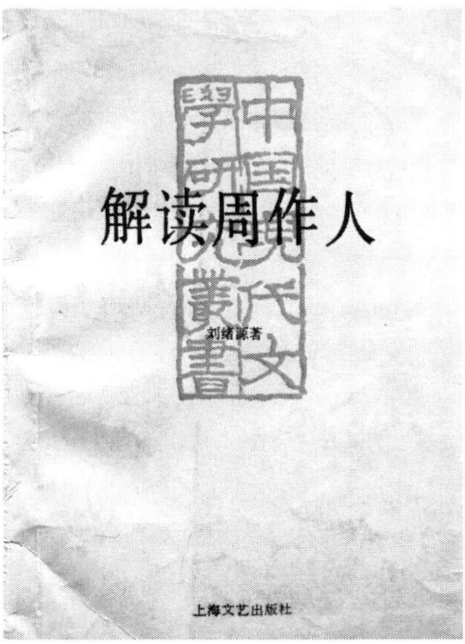

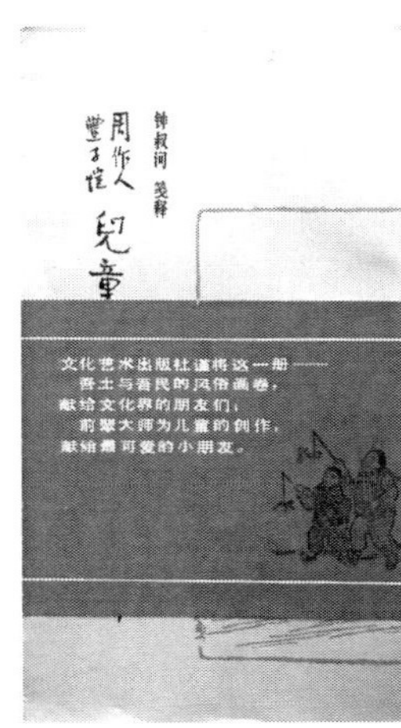

左上：劉緒源《解讀周作人》（1994）
右上：《解讀周作人》重印本作者簽名（另紙）（上海書店出版社，2008）
左下：黃開發《人在旅途》（人民文學出版社，1999）
右下：鍾叔河《兒童雜事詩圖箋釋》（右，文化藝術出版社，1991）與《周作人豐子愷兒童雜事詩圖箋釋》（左，中華書局，1999）

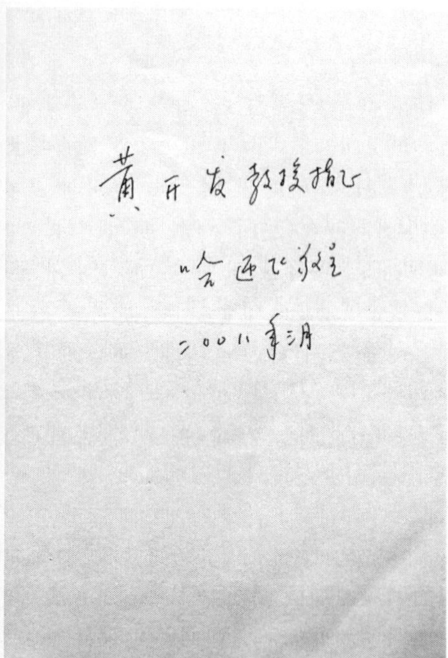

左：哈迎飛《半是儒家半釋家》（2007）
右：《半是儒家半釋家》作者簽名

左上：張先飛《「人」的發現》（2009）
右上：《「人」的發現》作者簽名
左下：孫郁《周作人和他的苦雨齋》（人民文學出版社，2003）

左上：止庵《周作人傳》（2009）
中上：止庵《周作人傳》作者簽名
右上：倪墨炎《苦雨齋主人周作人》（2003）
下：鍾叔河編「周作人著作集」（嶽麓書社）

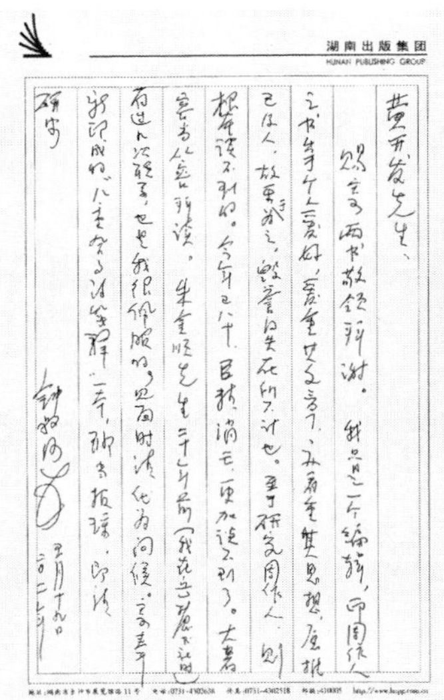
湖南出版集团
HUNAN PUBLISHING GROUP

黄开发先生：
赐寄两书敬领拜谢。我只是一个编辑，印周作人
之书，是个人之爱好，[illegible]
已经人，故更[illegible]，[illegible]在所不计也。至于研究周作人，则
根本谈不到的。今年已八十，目力消亡，更加谈不到了。大著
[illegible]拜读。朱金顺先生二十几年前（[illegible]）
有过几次联系，也是我很佩服的。见面时请代为问候。[illegible]
[illegible]，不[illegible]。[illegible]
研安
钟叔河
[illegible]

左：鍾叔河手跡
右：鍾叔河編《周作人散文全集》第一卷（廣西師範大學出版社，2009）

上：止庵編「周作人自編文集」與「周作人自編集」
下：陳子善、張鐵榮編《周作人集外文》（上，1995）、陳子善編《知堂集外文・〈亦報〉隨筆》（1988）書影

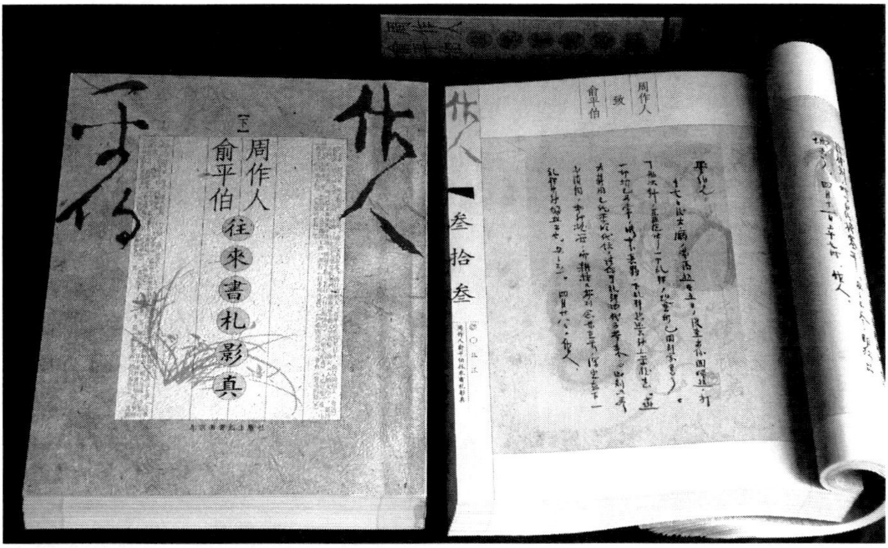

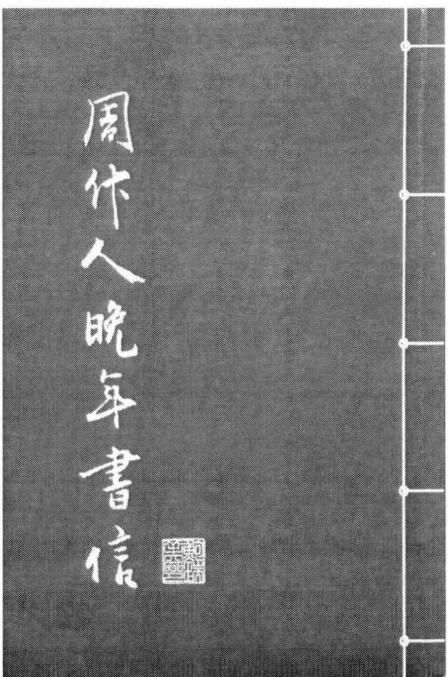

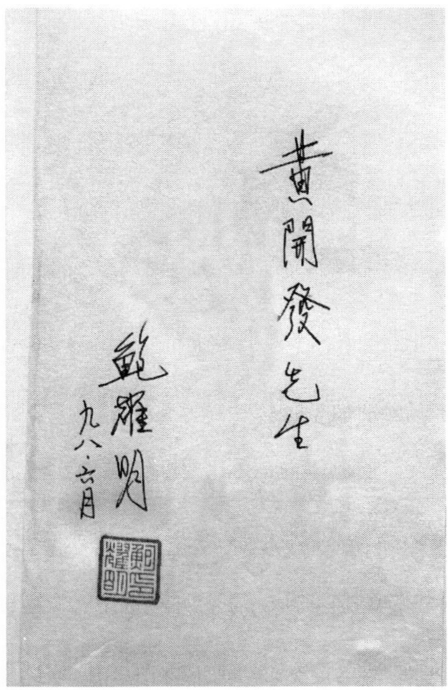

上：《周作人俞平伯往來書札影真》（北京圖書館出版社，1999）
左下：鮑耀明編《周作人晚年書信》（香港真文化出版社公司，1997）
右下：《周作人晚年書信》作者簽名

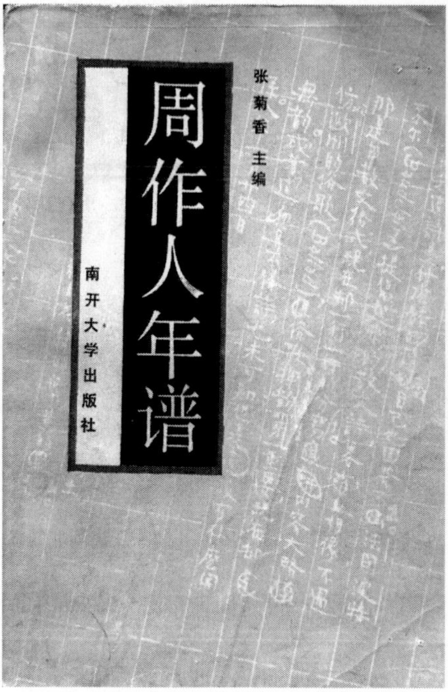

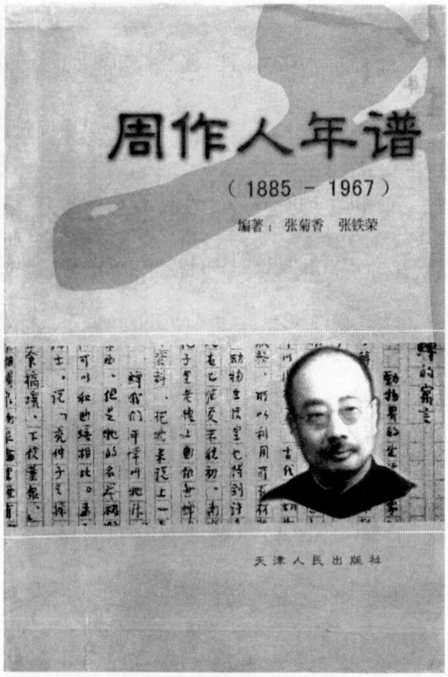

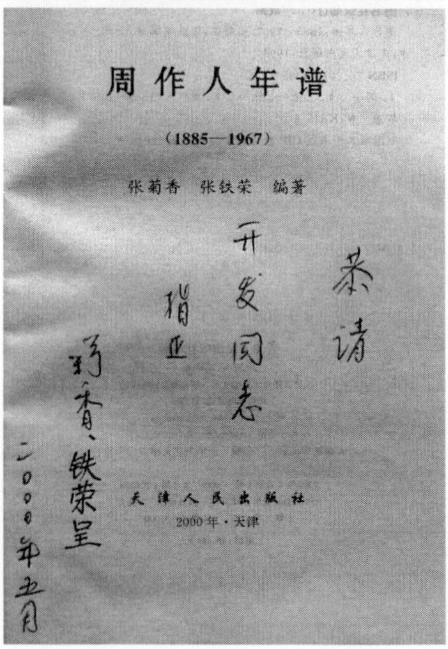

左上：張菊香主編《周作人年譜》初版本（1985）
右上：張菊香、張鐵榮編著《周作人年譜》修訂本（2000）
右下：《周作人年譜》修訂本作者簽名

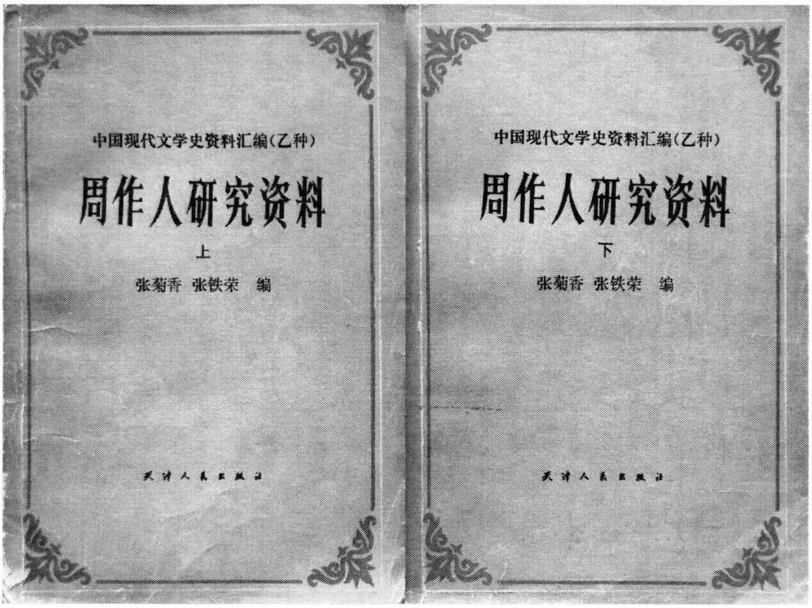

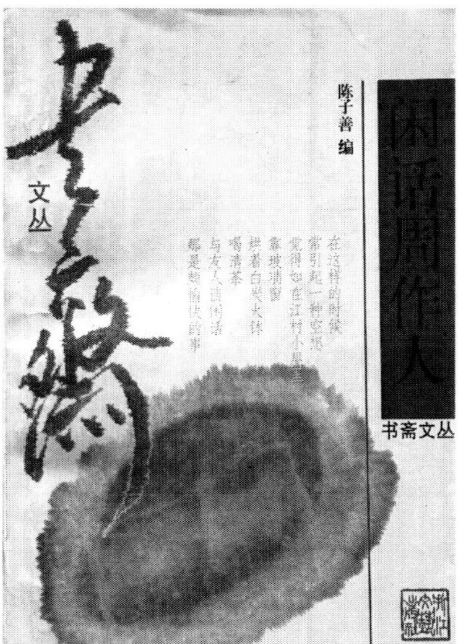

上：張菊香、張鐵榮編《周作人研究資料》（1986）
左下：陳子善編《閒話周作人》（浙江文藝出版社，1996）
右下：《魯迅研究動態》1987年第一期（《敵偽時期周作人思想、創作研討會資料彙編》專刊）

目次

引言

周作人是一個對中國現代文學有著深刻影響的作家。他和魯迅一樣，都是新文學運動的發起者和倡導者，通過各自的努力，從不同方面，為新文學的建設和發展做出了巨大貢獻。只是由於他在抗戰時期未能保持自己的節操，附逆投敵，他的名聲才黯淡下去，以至於到了被遺忘的程度。到了新時期，隨著思想解放運動的深入，周作人以其本身的重要性，又受到研究者和讀者的廣泛關注。

一九八六年，舒蕪在《中國社會科學》第四、五期上連載長篇論文《周作人概觀》，產生了廣泛影響。他指出，在五四新文學和新文化運動中，周作人在外國文學的翻譯介紹方面，在新的文學理論、文學批評的建設方面，在思想革命的號召和實行方面，在新詩的創作和理論探索方面，在小品散文的創作方面，「成就和貢獻都是第一流的，開創性的」，「別人無可代替的」，「將永遠成為中國新文學寶庫的一個極重要的部分」。之所以要研究周作人，是因為在他身上「有中國新文學史和新文化史的一半」，因為「魯迅的存在，也離不開他畢生和周作人的相依存相矛盾的關係」，因為「周作人的悲劇，則是和中國文化傳統、中國知識份子歷史性格有著甚深的聯繫」。對周作人研究意義的肯定其實也就是從另一角度對其自身地位的肯定。在此之前，還沒有人對他做出過如此高的評價。

那麼，舒蕪是不是劍走偏鋒、立異唱高呢？下面來當一次「文抄公」，摘抄幾個重量級人物的評價來看看。早在一九四六年，鄭振鐸就說過與舒蕪類似的話：「假如我們說，五四以來的中國文學有什麼成就，無疑的，我們應該說，魯迅先生和他是兩個顛撲不破的巨石重鎮；沒有了他們，新文學史上便要黯然失光。」[1]鄭振鐸是新文學的重要參加者，又是一個文學史家，說話的時候周作人已經淪為了階下囚，他的評價應該是可信的。觀點與鄭振鐸相近的還有周氏兄弟的朋友曹聚仁，他在一九五〇年代出版的《文壇五十年》一書中說：「近三十年的中國文壇，周氏兄弟的確代表著兩種不同的路向。我們治史的，並沒有抹消個人主義在文藝上的成就；我們也承認周作人在文學上的成就之大，不在魯迅之下；而其對文學理解之深，還在魯迅之上。但從現在中國的社會觀點說，此時此地，有不能不抉擇魯迅那個路向。」[2]接下來再看五四新文化運動最具影響力的倡導者之一胡適的評價，陳之藩在《在春風裏・紀念適之先生之八》[3]一文記述：

胡先生對周作人的偏愛，是著名的。他曾不止一次的跟我說：「到現在還值得一看的，只有周作人的東西了！」他在晚年是儘量搜集周作人的東西。

我如果說：「不要打呀！蒼蠅正在搓搓手搓搓腳呢。」（周作人在《蒼蠅》一文中引用日本小林一茶的俳句，原文為：「不要打哪，蒼蠅搓他的手，搓他的腳呢。」——黃按）他似乎就想起了苦茶庵中的老友。在他回憶的茫然的眼光裏，我看出胡先生對朋友那份癡與愛。

在胡適說話之時，到底還有幾個作家值得一讀，姑且不論；他卻單單舉出周作人，可見推重之高。另據周建人回憶，馮雪峰說過：「周作人是中國第一流的文學家，魯迅去世後，他的學識文章，沒有人能相

1 鄭振鐸，《惜周作人》，《週報》第十九期（一九四六年一月十二日）。
2 曹聚仁，《文壇五十年》（上海：東方出版中心，二〇〇六年一月二版），頁一九三。
3 陳之藩，《在春風裏・紀念適之先生之八》，收入《在春風裏》（香港：牛津大學出版社，二〇〇五年），頁一三一至一三二。

敬禮

喬木

二月二十四日

毛澤東大筆一揮，批示了兩個大字：「照辦。」[6]這以後周作人成為了人民文學出版社的特約翻譯，從一九五五年一月開始，他每月取得稿費二百元，一度增加到每月四百元。正是由於得到了高層關照，他才得以在北京度過相對平靜的晚年生活。

再說對作為散文家的周作人的評價。郁達夫在編選《中國新文學大系・散文二集》時，把十分之六七的篇幅讓給了魯迅（二十四篇）和周作人（五十七篇），這在《中國新文學大系》的編選上是絕無僅有的。他在《導言》中解釋道：「中國現代散文的成績，以魯迅、周作人兩人的為最豐富、最偉大，我平時的偏嗜，亦以此二人的散文為最所溺愛。」到了一九九〇年代，樓肇明在其所編《八十年代臺灣散文選》的序言中說：「在我看來，『五四』現代散文成就大，優秀作家人數眾多，但真正以完備的審美體系在審美路標意義上影響了同時代及後世作家的，當推魯迅和周作人，而其他作家像郁達夫、朱自清、冰心、許地山、徐志摩等有成就、有風格的傑出散文作家，則是環繞在這兩座高峰之間大小不等的山峰。」[7]著名學者陳平原在引用郁達夫的評價後說：「六十年後，重新引述此段文字，幾乎不必作任何改動。也曾出現不少顯赫一時的散文家，但周氏兄弟始終是兩面不倒的大旗。近百年中國文壇上，小說、詩歌群雄角逐，

6 胡喬木，《胡喬木書信集》（北京：人民出版社，二〇〇二年五月），頁六一至六二。

7 樓肇明，《南天一隅，重巒疊翠，萬壑爭流的散文風景線——〈八十年代臺灣散文選〉代序》，《八十年代臺灣散文選》（北京：中國友誼出版公司，一九九一年二月）。

唯有散文雙峰並峙——周氏兄弟的地位無可爭議。」[8]

類似的重要評語還有不少，不遑遍舉。既然周作人的歷史地位如此之高，那就不應該以政治的標準代替一切，因人廢言，而應該還歷史以本來的面目，實事求是地去評價他的功過是非。這其中理所當然地包括對周作人研究學術史的回顧和總結。認真求實地回顧過去，總結經驗和教訓，是為了繼承前人已經取得的成果，並為今天的研究工作提供參照，更好地開拓未來。

一九八〇年代以來，每一個現代文學大家的研究都有一種或多種研究評述的專著，而周作人研究還沒有，這與他在現代文學史上的重要地位是不相稱的；而周作人研究的複雜性又遠遠大於一般的文學大家，更需要對研究的本身予以專門、深入的總結和探討。溫儒敏等在《中國現當代文學學科概要》中，把「開展周作人研究史的研究」視為周作人研究可能的新增長點之一，並指出：「周作人是毀譽參半、褒貶不一的焦點人物，他的活動貫穿了二十世紀的三分之二時段，回顧周氏的興衰沉浮歷史，可以窺探二十世紀中國的諸多思想命題、文化奧祕。」[9]同樣，一部周作人研究學術史不僅折射出中國現代文學學科史，同樣也從特定的方面反映出二十世紀中國思想文化的側影。

本書第一次全面回顧中國大陸周作人研究的歷史進程。大致按時間次序把周作人研究分為四個時期加以考察，前四章均分別從專書（專著、論文集等）、思想與人生道路研究、文學思想研究、文學創作研究等方面評述，第五、第六兩章評述周作人文集的校訂出版與史料工作的建設，則根據對象的特點單獨成章。周作人研究的第一篇專門文章是趙景深發表於一九二三年一月的《周作人的詩》。不過，關於周作人的零散的評論可以上溯到一九一九年傅斯年、錢玄同、羅家倫、胡適等的論文，他們從自己的親身感受出

8 陳平原，《中國現代學術之建立》（北京大學出版社，一九九八年二月），頁三五三。
9 溫儒敏等，《中國現當代文學學科概要》（北京大學出版社，二〇〇五年一月），頁三八六。

發，高度評價了周作人在新文學運動之初的赫赫功績。如果從一九一九年開始算起，中國大陸周作人研究已經走過了九十多年的風風雨雨。這九十多年大約可以分為四個時期。一九四九年以前為周作人研究的開始期，有關的論文絕大多數是一般性的評論，真正達到學術研究層次的甚少。一九三〇年代後期，研究工作因為周作人的附逆投敵而出現了轉折。一九四九年以後又經歷了長達三十年的停滯，周作人在文學史的敘述中基本處於缺席狀態。一直到一九八〇年，受益於中共十一屆三中全會以後思想解放運動的興起，周作人研究重新起步。一九八〇年代的周作人研究成績斐然，然而研究者受到一些「左」的思想觀念的掣肘，於對象還或多或少地有點「隔」，這是周作人研究的恢復期。一九九〇年代是周作人研究的成長期，研究者努力地走近周作人，走到他獨特的藝術與精神世界中去；在此基礎上，開始試圖建立他與中國現代文學史、中國現代思想史以及東西方文化的廣泛聯繫。進入新世紀以後，周作人研究到了深入期。不少重要的方面都有了專攻，而不是泛泛而論，如周作人的「人學」思想、女性思想、文學思想、文學翻譯等。迄今為止，已出版了周作人研究著作四十餘部，這是研究成就的集中體現。隨著研究工作的深入，有幾個重要問題受到越來越多的關注：周作人是不是一個思想家的問題、對其後期「抄書體」散文的評價問題、周作人與中國文學傳統問題，以及評價他的價值標準問題。因此，本書以這幾個主要問題為「劇情主線」，並對此進行探討。

本書附錄了三篇文章，其中有兩篇是我與別人關於周作人的論爭文字，還有一篇由我整理的沈啟無自述。沈啟無被稱作周作人的四大弟子之一，後來又被逐出師門。他的自述包括了不少關於周作人和淪陷區文壇的珍貴資料。

在研究方法上，本書力圖做到：歷史評述與理論探討相結合；以辯證求實的態度，堅持政治的標準與思想文化的標準相統一，既充分肯定研究對象的貢獻和歷史地位，又對其附逆行為和消極的思想進行分析、批判；注重考核史料，考察和分析研究文獻的歷史語境和研究者個人思想、學術語境。

第一章　周作人研究的開始期（一九一九至一九四九）

據我的不完全統計，一九四九年前關於周作人的各類專篇文章在二百篇左右，其中論文約占三分之二。在論文中，絕大多數是一般性的評論，真正能達到學術研究層次的極少。本書取材的標準較寬，不僅專篇文章，別的文章和著作中有關周作人的有價值或有代表性的觀點也在評述之列。一九四九年以前三十年的周作人研究又可分為三個階段：一是一九一九年到一九二九年，這是周作人研究的開始階段；二是從一九三〇年到一九三七年七月，為周作人研究的豐收階段；第三個階段從一九三七年八月到一九四九年，由於周作人的附敵行為，研究工作出現了變化，不妨把這一階段稱為轉折階段。中華人民共和國建立後從五〇年代到七〇年代是沒有周作人研究的，但在五〇年代和六〇年代周作人還是被談論著，當時人們對待周作人的態度也是我所感興趣的，故在本章後面還附有對這一情況的介紹。

一

在五四新文化運動中，周作人最早是作為翻譯家出現的，他在一九一八年一月《新青年》第四卷第一號上發表了翻譯論文《陀思妥也夫斯奇之小說》，第一次在新文化運動這一主要陣地上登場。這是中國現代文學史上的重要事件。

專門評論周作人的第一篇文章要算趙景深發表於一九二三年初的《周作人的詩》[1]，該文記下了他讀周作人幾首新詩後的一些清淺的感受。不過，關於周作人的零散評論可以上溯到一九一九年幾個新文化運動主要參加者的論文，他們從自己的親身感受出發，高度評價了周作人在新文學運動之初的赫赫功績。傅斯年在《白話文學與心理改革》[2]中充分肯定了周作人《思想革命》一文，他還說：「近來看見《新青年》五卷一號裏一篇文章，叫做《人的文學》，我真佩服得極點了。我所謂白話文學內心，就以他所說的人道主義為本。」又云：「據我看來胡適之先生的《易卜生主義》、周啟孟先生的《人的文學》和《文學革命論》、《建設的文學革命論》等，同是文學革命的宣言書。」傅文的基本思路和觀點都深受周作人的啟發，由此可見周的文章在新文化運動中的深刻影響。周作人的新詩創作體現了胡適所要求的文學形式變革的實績，他的《小河》很得胡適的賞識：「這首詩是新詩中的第一首傑作，但是那樣細密的觀察，那樣曲折的理想，絕不是那舊式的詩體詞調所能達得出的。」[3]錢玄同的《關於新文學的三件要事》[4]表揚了周的翻譯工作：「周啟明君翻譯外國小說，照原文直譯，不敢稍以己意變更。他既不願用那『達恉』的辦法，強外國人學中國人說話的調子；尤不屑像那『清室舉人』的辦法，叫外國文人都變成蒲松齡的不通徒弟。我以為他在中國近來的翻譯界中，都是開新紀元的。」羅家倫於一九二〇年發表《近代中國思想的變遷》[5]，在稱讚胡適《建設的文學革命論》對新文學的主張說得透徹後寫道：「後來周作人先生更明白提出『人的文學』的觀念來，把『思想革命』『文學革命』的意思，合在一起來講，是分外明晰的；因為這

---

1 《虹紋季刊》一卷一期（一九二三年一月）。
2 《新潮》一卷一號（一九一九年五月）。
3 胡適，《談新詩——八年來一件大事》，《星期評論》一九一九年雙十節紀念號，收入《胡適文存》一集。
4 《新青年》六卷六號（一九一九年十一月）。
5 《新潮》二卷五號（一九二〇年九月）。

兩件東西，原來是分離不開。思想革命是文學革命的精神，文學革命是思想革命的工具：二者都是去滿足『人的生活』的。」這幾則評價正好涉及了周作人在新文化運動中三個主要方面的貢獻。

「五四」退潮後，作為小品文作家的周作人又走來。中國現代散文的最初發展經歷了從《新青年》上的論文、雜感到周作人首倡並實踐的小品文的轉變，小品文在散文成為中國現代文學裏一個獨立門類的過程中起了關鍵作用。對此，胡適認識得很清楚：「這幾年來，散文方面最可注意的發展乃是周作人等提倡的『小品散文』。這一類的小品，用平淡的談話，包藏著深刻的意味；有時很像笨拙，其實卻是滑稽。這一類的作品的成功，就可澈底打破那『美文不能用白話』的迷信了。」[6]這段話後來被引用的頻率很高，原因就在於胡適相當準確地概括了中國現代散文最初的發展、嬗變，指出了周作人對現代散文史的一個重要貢獻。《自己的園地》是周作人的第一本散文集，湯鍾瑤在《讀了〈自己的園地〉》[7]中說：「我讀了作人先生的《自己的園地》，覺得這本小品散文，在中國現代文學史上是很有地位的東西。飄逸的語句，縝密的文思，很可開話體論文作家的先河。」郭沫若的文章《批評－欣賞－檢查》[8]的主要內容是對周作人在《自己的園地》自序中所表明的文學批評觀提出商榷，不同意周作人的觀點：「把客觀的檢察完全剔出主觀的欣賞以外，並且說欣賞便是真的批評，檢察便是假的批評」；但也稱讚：「這些文字我們在報章上雖然早已見過，但是這麼搜集起來，便成了個整飭的花園。我們在此雖然看不見若何偉大的景物，但盡有優逸的草花，玲瓏的噴泉，和些精巧的接骨木，足以使我們娛目暢懷。」趙景深的《讀〈西山小

6 胡適，《五十年來中國之文學》，原載《申報五十周年紀念冊》（一九二二年），收入《胡適文集》二集。
7 《晨報副鐫》一九二三年十月九日。
8 《創造週報》二十五號（一九二三年十月）。

品〉》[9]以周作人同時期發表的作品為線索來探討《西山小品》，認為：「《西山小品》是表現作者情感與理智的衝突。」朱光潛在《〈雨天的書〉》[10]中相當敏銳地指出了《雨天的書》的審美特質，尤其值得嘉許的是他已經注意到了其中的複雜性。他是這樣說的：「這書的特質，第一是清，第二是冷，第三是簡潔。」「清」指的是清淡閒散，是對作品中反映出的作者的心情而言的，「冷」指的是文中可以依稀辨出的「師爺氣」，「簡潔」是從文字方面來說的，他肯定了在初期白話文存在較嚴重歐化的情況下周作人對古文的借鑑。冬芬的《讀〈談虎集〉》[11]從深刻地發掘中國民族的病根的角度，肯定了《談虎集》的思想意義。鍾敬文曾是知堂散文藝術的學習者，在《試談小品文》[12]中對周作人的人和文大加讚美：「他的文體是幽雋淡遠的，情思是明妙深刻的，在這類創作家中，他不但在現在是第一個，就過去兩三千年的才士群裏，似乎尚找不到相當的配侶呢。」

在五四時期和二〇年代，周作人在現代文學史和文學史上的貢獻是多方面的，有些方面，如他對民俗學和兒童文學的提倡和卓有成績的工作就很少有人顧及，顯然時代的迫切需求制約了人們對周作人的接受。不過，知道真價的人並非沒有。梁永福的《〈談龍集〉》[13]就肯定了周作人對民間歌謠和兒童文學的介紹和倡導。楊晉豪的《周作人先生》[14]說得更明確：「中國對於民間文學，果然也曾引起了許多人的注意，但我以為注意民間文學較為切心的人，周先生確要算其中的一個了。而格外他是一個很注意兒童文

9 《京報副刊・文學週刊》二十一期（一九二五年五月二十三日）。
10 《一般》一卷三號（一九二六年十一月），署名「明石」。
11 《語絲》四卷七期（一九二八年一月二十七日）。
12 《文學週報》七卷二十四期（一九二八年十二月）。
13 《開明》一卷一期（一九二八年七月）。
14 同右。

學的一個人。像《談龍集》中的《讀各省童謠集》、《讀童謠大觀》、《呂坤的演小兒語》、《談目連戲》、《猥褻的歌謠》及《江陰船歌序》、《潮州佘歌序》等中，他都很顯明地敘述出他對於民間文學和兒童文學理論的建設和意見；我以為他用忠誠的態度和虛心的觀察之對於它們的研究，其價值也不下於他的介紹外國文藝的偉功的。」這裏只能說是注意到，然而依據的材料還很有限，更不用說展開論述了。

二

開始階段的周作人研究雖然不乏真知灼見，但視線過於集中在某一方面或單篇作品、單個文集上，個別的結論尚未提升為普遍的理論突破，因此這一時期還沒有嚴格意義的學術研究。一九三〇年代是階級鬥爭激烈和派別之爭紛繁的時期，革命文學勃興並取得了文壇上的領導地位，周作人日趨系統化的世界觀、文藝觀及其影響對革命文學構成了挑戰。因此，他是革命文學迴避不開的存在，必須對他的存在做出反應。這不可避免地會導致論爭。論爭一方面刺激了周作人研究的開展，引導人們以更宏闊的視野在更深層次上認識他，於是產生了眾多的研究成果；另一方面又帶來了局限，使評論和研究摻入了過於直接的功利成分和情緒因素。

進入三〇年代的第一年，周作人就遭到了一次來自左翼青年的討伐。這次討伐發生在北平的《新晨報》副刊上，肇端於黎錦明發表於三月二十四日的《致周作人先生函》。黎文對革命文學的勢力迅速擴大表示不滿，並就這一問題向周作人請教。周作人的《半封回信・致錦明》發表於四月七日的《新晨報》副刊上，他諷刺了革命文學，表明了自己對於文學的幾點意見，並說：「現今文學的墮落的危機，無論是革命的或非革命的，都在於它的營業化，這是落到資本主義的泥坑裏去了，再也爬不上來。」周作人的態度和觀點遭到了幾個革命青年的攻擊。從四月十日到五月三十一日在《新晨報》副刊上發表的有關文章有十七篇之多，其中有兩個作者的三篇文章是對周作人表示理解和替他辯護的，還有周作人自己的一篇文章。左翼青年們試圖以唯物史觀和革命文學理論來評價周作人，但只停留在一加一的水平上，並沒有深入下去，還夾雜了不少意氣成分。周作人對此表示了不屑，當有人誤解他《金魚》一文是為答覆批評而作時，他才寫了一篇只有百餘字的短文《寫〈金魚〉的月日》予以說明。

接下來是中國現代文學史上的著名公案《五十自壽詩》事件。一九三四年四月五日林語堂主編的小品文半月刊《人間世》創刊，在創刊號上登載了周作人的自壽詩的手跡，並配以大幅照片[15]。同時還發表了沈尹默、劉半農、林語堂的和詩。不久，蔡元培、沈兼士、胡適等人也紛紛唱和。周作人的詩引起如此強烈的共鳴，這一現象是頗耐人尋味的。錢理群在《周作人傳》[16]第七章云：「周作人《五十自壽詩》引發出來的，是中國一代自由主義知識份子對於自我內心的一次審視：有無可奈何的自嘲，有故作閒適下的悲哀，不堪回首的歎息，拚命向前的掙扎……。」

埜容（廖沫沙）在四月十四日的《申報・自由談》上發表《人間何世？》一文，率先對《人間世》和周作人的自壽詩發動攻擊，說周作人的十六寸的照片像遺像，手跡如同遺墨，並和了一首諷刺詩。《人間世》提倡小品文，在取材上標榜「宇宙之大，蒼蠅之微」，他說在創刊號中「只見『蒼蠅』，不見『宇宙』」。林語堂很快寫了《論以白眼看蒼蠅之輩》[17]予以回擊。胡風《「過去的幽靈」》[18]對周作人這個

15 《人間世》除了少數幾期外，每期刊首都有文化名人的照片；儘管如此，周作人的照片在創刊號上登出還是格外引人注目的。
16 北京十月文藝出版社，一九九〇年九月。
17 《申報・自由談》一九三四年四月十六日。
18 《申報・自由談》一九三六年四月十六日、十七日。

「當年為詩底解放而鬥爭過了的《小河》底作者」寫作落伍於時代的舊體詩表示失望，說：「現在在這裏『談狐說鬼』、『街頭終日聽談鬼』的作者，當年卻熱心地為我們翻譯了《過去的幽靈》（愛羅先珂的一篇講演——引者）。」他於是問道：「那麼，周先生現在自己所談的鬼，聽人家談的鬼，是不是當年他翻譯的時候叫我們防備的幽靈呢？……」胡風這裏顯然有一個誤會，把打油詩中的內容當成周作人的實際生活了。曹聚仁出來解圍，他說：「《人間世》刊載周作人先生《五十自壽詩》，引起了許多批評；詩是好的，批評也是對的。」指出周作人經歷了從「浮躁凌厲」到「思想消沉」的思想變遷，這條途徑可以名之為「從孔融到陶淵明的路」。不過，周作人並沒有「厭世冷觀」，「炎炎之火仍在冷灰底下燃燒著」[19]。這時，林語堂又寫《周作人詩讀法》[20]為周作人辯護，說他的詩「寄沉痛於幽閒」，又說：「吾素最反對清談亡晉之論……後之論史者，每謂清談誤國，不啻為逆閹洗煞，陋矣，且亦冤矣。」關於自壽詩事件，魯迅的意見較為公允。他在一九三四年四月三十日致曹聚仁的信中說：「周作人自壽詩，誠有諷刺之意，然此種微辭，已為今之青年所不憭，群公相和，則多近於肉麻，於是火上添油，遽成眾矢之的，而不作此等攻擊文字，此外近日亦無可言。此亦『古已有之』，文人美女，必負亡國之責，近似亦有人覺國之將亡，已在卸責於清流或輿論矣。」他又在同年五月六日致楊霽雲的信中說過類似的話：「至於周作人之詩，其實還藏些對於現狀的不平的，但太隱晦，已為一般讀者所不憭，加以吹擂太過，附和不完，致使大家覺得討厭了。」遺憾的是，魯迅的意見並沒有能夠及時地發表。《五十自壽詩》事件的發生是有著深刻的文學鬥爭的背景的，這裏就不做詳細介紹了。

一九三五年初，周作人和胡風之間還有過一次論爭。周作人曾引戈爾特堡批評靄理斯所說的在他裏面

19 曹聚仁，《周作人先生的自壽詩——從孔融到陶淵明的路》，《申報・自由談》一九三四年四月二十四日。

20 《申報・自由談》一九三四年四月二十六日。

有一個叛徒與一個隱士以自譬，胡風在《林語堂論》[21]中指出：「靄理斯底時代已經過去了，末世的我們已經發現不出來逃避了現實而又對現實有積極作用的道路。」周作人作《靄理斯的時代》[22]，嘲笑胡風不曾知道靄理斯有這麼一個他的時代，無所謂有也無所謂「過去」。胡風寫了《靄理斯的時代及其他》[23]加以反駁，他說他的意思是「我們所處的塵世和戈爾特堡讚美靄理斯的時代不同。」文章有兩個要點：其一批評「靄理斯底根本態度」，「論到他底『以生物學人類學性學為基礎』而寫的『犯罪學的書』，『文化及文藝上的批評文章』，以及由『性心理學研究』『瞭解人生的態度』，如果真像知堂先生所說的，我以為那裏面決不會有在真實意義上的『叛徒』存在。不是性的關係規定了社會人生，相反地，每一種關於性的迷信或道德成見都是特定的社會制度底反映。所以，離開了社會的土臺，只是由『性心理研究』瞭解人生的態度，結果把人從社會的存在還原為自然的存在，那所謂人生態度到底是怎樣的東西就很難索解」。其二，認為所謂「明淨的對人生社會的觀照態度」，「骨子裏和歷史的命定論並不是兩個東西，雖說是公平地對於兩方面都沒有架打，但實際上卻是對於已成的強者有利的」。他詰問道：「我不懂，連生命都朝不保夕的中國大眾為了『求生』、為了『求勝』的『熱誠』為什麼反而是可嘲笑的東西？」他另有一篇《靄理斯・法郎士・時代》[24]，對周作人所欣賞靄理斯的「明淨的對人生社會的觀照態度」進行諷刺。胡風這時的剖析就深入多了，接觸到了周作人思想上的一些根本的局限。

自壽詩事件產生了重大影響，吸引了人們對周作人的注意，不同的派別都力求對周作人做出合乎自

21 《文學》四卷一號（一九三五年一月）。
22 《大公報・文藝副刊》一三五期（一九三五年一月二十日），收入《苦茶隨筆》。
23 《文學》四卷三號（一九三五年三月）。
24 《太白》一卷十二期（一九三五年三月）。

都空前嚴重的時代，對「周作人」進行理論上的清算是有著歷史的合理性的。

廢名跟隨周作人多年，被稱為周作人的「四大弟子」（還有俞平伯、沈啟無和江紹原）之一，他為周作人的人和文章極為傾倒，字裏行間流露出對老師的精神依戀。《知堂先生》寫道：「我們的歸結是這麼的一句，知堂先生是一個唯物論者，知堂先生是一個躬行君子。」「『漸近自然』四個字大約能以形容知堂先生，然而這裏一點神祕沒有，他好像拿了一本《自然教科書》作參考。」「知堂先生的心情與行事都有一個中庸之妙。」他的散文呢，廢名說：「中國現代的散文，待開始以迄現在，據好些人的閒談，知堂先生是最能耐讀的了。」林語堂在《小品文之遺緒》[29]中說周作人似公安派，廢名在《關於派別》[30]一文中指出周作人並非如「公安」屬辭章一派，而像陶淵明的詩，陶詩之佳「在其唯物的心境」。然而，周作人又與陶淵明不同。王國維曾以「隔」與「不隔」定詩的高下，陶詩是寫實的，所以「不隔」。周作人在《〈長之文學論文集〉跋》[31]中戲言其「寫序跋是以不切題為宗旨」，廢名說，他讀到此文篇末感到「除一個誠實的空氣之外，有許多和悅，而被論者（其實並沒有被論）的性格又彷彿與我們很是親近」；讀他的《〈畫廊集〉序》[32]感到「一個奮勉的空氣，又多蒼涼之致」。「其實這都不是知堂先生文章裏面字句與意義直接給我們的。」這種文章即是「隔」，卻為「散文之極致」，「這是一個自然的結果，學不到的」。散文與詩不同，「具散文的心情的人，不是從表現自己得快樂，他像一個教育家，循循善誘人，他說這句話並非他自己的意思非這句話不可，雖然這句話也就是他的意思」。他甚至把周作人與孔子相比，

---

29 《人間世》二十二期（一九三五年二月二十日）。
30 《人間世》二十六期（一九三五年四月二十日）。
31 收入《苦茶隨筆》。
32 收入《苦茶隨筆》。

認為知堂是儒家，在他的文章裏「隨處感得知者之言，仁者之聲」，從中可見他的心情，然而這是難以企及的。這篇文章意思曲折，文字晦澀，對周作人又推崇太過；除開這些，有些意見對於我們深層次地把握知堂散文是有裨益的。

蘇雪林在《周作人先生研究》中說：「周作人先生是現代作家中影響我最大的一個人。」該文最突出的特點是視周作人為思想家，並進行了論述。她寫道：「我們如其說周作人先生是個文學家，不如說他是個思想家。十年以來他給予青年的影響之大和胡適之陳獨秀不相上下。固然他的思想也有許多不大正確的地方——如他的歷史輪迴觀和文學輪迴觀——但大部分對於青年的利益是非常之大的。他與乃兄魯迅在過去時代同稱為『思想界的權威』。因為他的革命性被他的隱逸性所遮掩，情形已比魯迅冷落了。但他不願做前面挑著一個筐子馬克思、後面擔著一口袋尼采的『偉大說誑者』，而寧願做一個坐在寒齋裏吃苦茶的寂寞的『隱士』，他態度的誠實，究竟比較可愛。」她從以下幾個方面來觀察他思想方面的表現：「（一）對國民劣根性的掊擊」；「（二）驅除死鬼的精神」，論其輪回觀的歷史觀念；「（三）健全性道德的提倡」。文章接著從「民俗學之偏愛」、「人間味的領略」、「文藝論」三方面觀察了周作人在「趣味方面的表現」。最後簡略地談了他給予現代中國的影響。此文收入了陶明志（即趙景深）編《周作人論》[33]，新中國成立後海外有人說這本書中除蘇雪林的文章最有內容外，餘悉為阿諛與謾罵的文章，得到過周作人的讚許[34]。確實，《周作人先生研究》沒有情緒化，較為客觀、較為準確地論述了周作人的貢獻。存在的明顯不足是，文章討論了周作人在新文學第一個十年裏的表現，對他後來的轉變基本上沒有談

---

33 上海：北新書局，一九三四年十二月。

34 致曹聚仁信，見《周曹通信集》（香港：南天書業公司，一九七三年八月），頁四八。蘇雪林稱周作人為「思想家」，後來沈從文曾表示過贊成，見《習作舉例　二　從周作人魯迅作品學習抒情》，《國文月刊》第一卷二期（一九四〇年九月）。

及，更不用說對這種轉變進行深入的分析了。

以上幾篇文章從某種意義上可以視為《五十自壽詩》所引發的論爭的繼續，他們之間尤其是許傑與廢名、蘇雪林之間觀點的差距甚大，但不同的觀點並沒有能夠發生碰撞，他們差不多是每人獨自說著自己的話。從思路、概念、觀點的不同，可以見出他們之間深刻的話語隔閡，這正反映著左翼知識份子和自由主義知識份子之間深刻的精神上的疏離。

三

第二個階段的文章很多，涉及了周作人文學工作的方方面面，下面再從幾個方面來加以評述。

周作人是中國新文學的重要開拓者之一，對於他在新文學發展初期的歷史貢獻，阿英在《周作人小品序》[35]中做了如下評價：「中國新文學運動的幹部之一的周作人，在初期，是作為文藝理論家、批評家，以至於介紹世界文學的譯家而存在的。他的論文《平民的文學》（一九一八）、《人的文學》（一九一八）、《新文學的要求》（一九二〇），不僅表明了他個人的文學上的主張，對於當時的運動，也發生了很廣大的影響。批評方面，《自己的園地》（一九二二）一輯，確立了中國新文藝批評的礎石，也橫掃了當時文壇上的反動勢力的《學衡》派批評家的封建思想；《沉淪》、《情詩》二評，在新文學運動史上，可說是很重要的文獻。說到介紹，從最初的《域外小說集》，到《點滴》、《現代小說譯叢》、《日本小

35 《現代十六家小品》（上海：光明書局，一九三五年三月）。

說譯叢》、《瑪加爾的夢》、《陀螺》等成冊的作品的翻譯，是更足以證明他對於中國的新文學運動，曾經貢獻了怎樣巨大的力。」在左翼批評家中，阿英的批評是比較公正的。他對周氏的散文也有很好的見解，稍後再做介紹。胡適在《〈中國新文學大系・建設理論集〉導言》中稱讚《人的文學》是新文化運動中關於改革文學內容的「一篇最平實偉大的宣言」，「周先生把我們那個時代所要提倡的種種文學內容，都包括在一個中心觀念裏，這個觀念他叫做『人的文學』」。

對於周作人思想和人生態度的評價，分歧甚大。在賀凱《中國文學史綱要》[36]一書的敘述裏，周作人是一個思想沒有跟上時代的「資產階級的說教者」，「幽閒趣味的賞鑑者」。有人從文學的時代性方面立論，批評了周作人的閒暇[37]。霜峰《我所見的魯迅與豈明兩先生》[38]比較了周氏兄弟對於人生和文學的不同傾向：「我們假若要說魯迅先生是一個積極的革命者，那麼豈明先生，或者當得起一個『消極的反抗者』的徽號吧！」說到是非，他的意見是，如果從文學的立場來說，是沒有什麼是非可說的。康嗣群在他的印象記《周作人先生》[39]裏認為：「豈明先生不僅在現代散文上站著創始者的地位，同時，他是一位深刻的思想家和戰士；他給現代中國青年指示了一條路，那便是已經走過了的，並且在文學史和思想史上留下了他的傑作和名言。」胡白認為，知堂對做人談得系統、明晰，說：「我對於這一派思想家是感覺異常親近的。」[40]施蟄存說：「鄙意以為周作人先生之文集，自當以《談虎集》為代表。現在的人，聽說話的本領甚為低劣，看看周先生最近的《苦竹雜記》及《夜讀抄》等書，總以為是周先生自己的身邊瑣事，於

36 北平：文化學社，一九三一年十二月。
37 次豐，《魯迅周作人之文藝的時代價值》，《民言日報》一九三〇年五月十五日、二十二日。
38 《新晨報》副刊五九四號（一九三〇年五月六日）。
39 《現代》四卷一期（一九三三年十一月）。
40 《知堂論人》，《益世報・語林》一五一〇號（一九三七年一月七日）。

是一個正確思想的指導者常被誤解為悠閒自得之隱士。」[41]

有多篇印象記留下了同時代人心目中的周作人面影，像前文所提康嗣群的《周作人先生》、廢名的《知堂先生》，值得一提的還有碧雲（謝冰瑩）《周作人印象記》、美子《作家素描——周作人》、溫源寧《周作人先生》[42]等。溫源寧談了周作人的人和生活環境，又這樣談其「淡雅風格」：「不是像馬考利那樣有公開講演的氣概和響亮的加重語氣，而是像愛利亞那樣有不自覺的因而頗具魅力的唯我哲學和閒散情調。看樣子，周先生的散文簡直把閒談變成一種美術了。他有個難得的妙法，使生活中可貴的零零碎碎化成金色的語絲。他取無意味的東西，製成有意味的東西。在他那個很有人情味的庭園裏，白菜比玫瑰花還惹人愛。讀起他的散文來，我們就幾乎相信，蒼蠅的有趣之處有時候超過對『天道、預見、意志和命運』的解說。」周作人的溫文爾雅予人很深的印象，溫氏還提醒「他大有鐵似的毅力」，「像一隻裝甲軍艦……有鋼鐵的風姿」（周作人學過海軍，故有是說）。

從一九三〇年代開始，周作人作為中國現代散文大師的地位得到了確認，有了「小品文之王」的美譽。蘇雪林、孫席珍、沈從文和稍後將要談到的李素伯、郁達夫、阿英等，都高度肯定周氏在新文學散文史上的地位。蘇雪林在《周作人先生研究》中，說周作人的小品散文是「一座屹立狂瀾永不動搖，而且顏色洗濯愈鮮明的孤傲的山峰」，「最近十年內『小品散文之王』的頭銜，我想只有他才能受之而無愧的」。孫席珍在《論現代中國散文》[43]中讚美周作人是「創作散文的聖手」，「當代散文大師」。沈從

[41] 施蟄存，《一人一書——論魯迅、知堂、蔣光慈、巴金、沈從文及廢名的創作》，《宇宙風》三十二期（一九三七年一月一日）。

[42] 分別載《讀書月刊》三卷一、二期合刊（一九三二年六月），《出版消息》五、六期合刊（一九三三年二月十六日），《逸經》十一期（一九三六年十一月五日）。

[43] 見孫席珍編，《現代中國散文選》（北平：人文書店，一九三五年一月）。

周作人後期所作多是抄書體散文，或者說是讀書記，多抄古書，只用很少的自己的話來連綴成篇，以至於有人諷刺他是「文抄公」。幾個作者從這一角度來發表意見。堵述初的《周作人與陶淵明》[47]讚美道：「單說在他所謂『閉戶讀書』時代所寫讀書記，已有人稱為現代中國所有讀書記的最好者。而且其中如《太監》、《縊女圖考釋》、《關於活埋》等篇，真抵得幾部偉大的文化史的著作，而那種發人深省的效力，恐怕還要過之。」曹聚仁在《夜讀抄》[48]中說：「他的每一種散文集必比前一種更醇厚深切，更合我個人的口味，愈益增加我的敬慕之情。」言下之意，周作人的文章是越寫越好，這與流行的看法相左。他寫道：「《夜讀抄》大部分是周先生談他讀過的書；周先生讀書，沒有半點冬烘氣，懂得體會得，如故交相敘，一句是一句，兩句是兩句，切切實實的說一番。《夜讀抄》所提到的那幾種書……都不是什麼大著作，長長短短，都說到一點；原不是影戲牌頭，藉此裝點自己門面。正如樹蔭底下閒談，說起故交消息，好好壞壞，夾壞批評一點，自覺親切有味。」他在另一篇文章《「苦茶」——阿貓文化之二》[49]中進一步尋找周作人取得成功的原因：「周作人先生讀了別人的書，經歷了別人的思想歷程，又能把別人的思想歷程排遣掉，組成自己的思想系統，所以那麼明白事理，通達人情。」該文還引述了朱自清的評價：「朱自清先生說周作人先生的讀書記最不可及，有其淹博的學識，就沒有他那通達的見地，而胸中通達的，又缺少學識，兩者難得像周先生那樣兼全的。」章博雨的《談知堂先生的讀書雜記》[50]表明了與朱自清相同的觀點：「其實做讀書雜記這工作，絕不是一般淺嘗者流所可勝任的。這種工作做得好的人，起

47 《藝風》四卷四期（一九三六年四月）。
48 《太白》一卷七期（一九三四年十二月二十日）。
49 《立報》一九三五年十一月十八日。
50 《宇宙風》三十八期（一九三七年四月一日）。

礙得具有兩重資格：一要學識淵博，二要胸襟通達。單是學識淵博，而無通達見地者，必為書所泥囿，而作其奴隸；胸中雖通達，而學識不夠者，則又力不逮焉。……我認為寫讀書記這工作，與蜜蜂採花釀蜜是相同的作用，花裏本來是含有蜜，但非經蜜蜂吸取釀出，不能成為蜜；古今中外書籍，真是汗牛充棟，其中實有可貴的材料與文章，唯缺少那種吃得消書，吐得出書中精華的人耳——此種如蜜蜂採花釀蜜的讀書人，對於後生可算是無量的功德。」郭沫若也曾表示過對具體篇目的喜愛：「最近讀到了周作人寫的《談文字獄》，所談的是關於李卓吾的事，那文章我覺得寫得極好。像那樣的文章，我可以坦白地說，我是『俛首心服』的。」[51]

有幾篇文章概括或描述了周氏散文的文體特點，有的還力圖進行更深入的研究。李素伯在他所編的《小品文研究》[52]中稱周氏兄弟為「文壇上的雙星」，不過他又說：「以小品散文為敘述對象的本書，不得不推作人先生坐第一把交椅。」他高度評價周作人的「最成功的小品散文作家」。他依內容把周作人的小品文分為三類：一是「談論文藝的」，二是「談論社會人事的」，三是「抒情的」，指的是以趣味為主的「沖淡清遠的文字」。李素伯第一次較為系統地評論了周作人的散文，他已經注意到了其文體上的一些特點和價值，但還沒有能夠進行深入的分析。郁達夫在《〈中國新文學大系・散文二集〉導言》中說：「中國現代散文的成績，以魯迅周作人兩人的為最豐富、最偉大，我平時的偏嗜，亦以此二人的散文為最所溺愛。」因此，《中國新文學大系・散文二集》選入周氏兄弟的作品最多，魯迅的二十四篇，周作人的五十七篇。關於周氏兄弟的文體，他有一個著名的比較：「魯迅的文體簡練得像一把匕首，能以寸鐵殺人，一刀見血。重要之點抓住了之後，只消三言兩語就能把主題道破。」「與此相反，周作人的文體，又

51 郭沫若，《借問胡適——由當前的文化動態說到儒家》，《中華公論》創刊號（一九三七年七月）。
52 上海：新中國書局，一九三二年一月。

來得舒徐自在，信筆所致，初看似乎散漫支離，過於繁瑣，但仔細一讀，卻覺得他的漫談，句句含有分量，一篇之中，少一句就不對，一句之中，易一字也不可，讀完之後，還想翻轉來從頭再讀的。當然這是指他從前的散文而說，近幾年來，一變而為苦澀蒼老，爐火純青，歸入古雅遒勁的一途了。」阿英指出：「『和平沖淡』，這正是周作人小品文的最顯著的特色，也就是田園詩人所以然採取而發展到高度的形式。」[53]他在《俞平伯小品序》[54]裏認為，周作人的小品文形成了「一個很有權威的流派」，俞平伯是除周作人而外的最重要的成員；但此文的精彩之處，是對他們之間差異的辨析——在思想傾向上：「周作人小品，雖是對暗之力逃避，但這逃避是不得已的，不是他所甘心的，所以，在他的文字中，無論怎樣，還處處可以找到他對黑暗的現實的各種各樣的抗議的心情。而俞平伯呢？是不然的。……周作人的傾向只是說明反抗的無力；俞平伯的傾向則是根本不要反抗。在周作人的小品裏，我們可以看到十數年來中國社會的變遷；俞平伯的集子，除掉文言譯成語體，有什麼變遷可尋呢？——真是微細到極點的。他們雖同屬一個體系，對社會的態度，是如此的不同。」在藝術的表現上：「周作人的小品，歡喜談論社會人事，書籍蟲鳥，但他的態度是很冷靜：敘事說理的成分多，抒情的成分少。俞平伯的集子，則是雖也拚命的說理，但抒情的成分是特多的，而這些抒情文字，已又帶一點傷感性……周作人的文字是樸實簡煉，沖淡和平；俞平伯的文字……繁縟晦澀，夾敘夾議，一般讀者殊難以理解，這是俞平伯小品文的特點，也可以說是缺點。」

周作人的《中國新文學的源流》出版後影響頗大，評論的態度和觀點也大不相同。從陶明志編《周作人論》所收五篇評論文章來看，有三篇是捧；陳子展《不要再上知堂老人的當》是罵，他對此書與文壇風

53 《周作人小品序》。
54 見《現代十六家小品》。

氣的影響不滿，認為周作人抬出「公安」、「竟陵」的動機是「做了這次新文學運動的元勳之一還不夠，再想獨霸文壇」。評價得比較切實的是當時年僅二十二歲的錢鍾書，他在《〈中國新文學的源流〉》[55]中顯示了豐富的學識，認為這是一本有系統、富有啟發性、讀來親切的「小而可貴的書」，不過他主要是在「基本概念及事實」上提出商榷的，要點如下：一、公安派、竟陵派的新文學運動和文學革命運動能「無意中的巧合」，原因在於他們同是革命的而非遵命的；著眼於此，溯流窮源，則民國的文學革命運動就不僅止於公安、竟陵二派了；二、「詩以言志」、「文以載道」在傳統的文學批評上似乎不是兩個格格不相容的命題，這裏的「文」通常只是指「古文」或散文，並非用來涵蓋一切近世所謂的「文學」，與詩有不同的分工，故以此來分派的做法可以商榷；三、不同意周作人關於公安派持論比胡適等民國時期的文學革命家圓滿的說法；四、「謂一切『載道』的文學都是遵命的，此說大可斟酌。」一個「抒寫性靈」的文學運動如果成功，也會要人家遵命。從理論的系統性與完滿性方面來說，錢鍾書提出的問題是重要的。不過，「言志」與「載道」雖有所針對文類之別，但周作人把它們打造成了自己的概念，並非在傳統意義上使用。錢氏還說《中國新文學的源流》在歷舉晚明作家作品時，不該漏了張大復的《梅花草堂筆談》，周作人曾在《梅花草堂筆談等》一文中有過回應。後來黃裳評論道：「周作人作了回應。認為不應將大米白麵與『不知何瓜之子』的蘇式零食混同看待，不失為清醒的見解，可見其對晚明小品的真知。」[56]

周作人在歌謠的提倡和搜集以及兒童文學方面的功績受到了比前一時期更多的重視。陳炳堃（子展）在《最近三十年中國文學史》[57]中肯定了周作人對歌謠的搜集和提倡。王哲甫在《中國新文學運動

55 原題《評周作人的〈中國新文學的源流〉》，載《新月》四卷四期（一九三二年十一月）。
56 黃裳，《我的集外文——〈來燕榭集外文〉後記》，《來燕榭集外文鈔》（北京：作家出版社，二〇〇六年五月），頁五一〇。
57 上海：太平洋書店，一九三〇年十一月。

史》[58]中寫道：「周氏對於提倡歌謠的搜集，尤有特別的功績。這種向來被文人學士視為村野庸人孺子的歌謠，現在居然在文學上被人重視起來，搜集，整理，考證，刊行，這不能不說是周氏提倡之功。」趙景深還特地為周作人的《兒童文學小論》一書編寫了《兒童文學小論參考書》[59]，這是他在江蘇省立上海中學教授《兒童文學小論》時的成績。他按原書的次序注釋其成語、典故、書籍、作者、學派等，介紹參考書百餘種，還附列表圖，可謂窮流溯源。這種踏踏實實的工作，為《兒童文學小論》的普及、研究提供了方便。

一九三〇年代出現了多本五四作家評論資料集，如《魯迅論》、《郁達夫論》、《冰心論》、《周作人論》、《郭沫若論》等。其中，《周作人論》[60]由陶明志（趙景深）編，這是第一本周作人的研究資料集，三十二開，列為現代作家論之二。前有《周作人自述》及編者《序》。目次如下（頁碼略）——

序／周作人先生　康嗣群／周作人印象記　碧雲／知堂先生　廢名／周作人先生　楊晉豪／周作人論　許傑／周作人的趣味文學　賀凱／從孔融到陶淵明的路　曹聚仁／關於周作人先生　徐懋庸／關於周作人　向培良／周作人與日記者談話摘錄　黃源／周作人的小品文　李素伯／周作人的小品文　阿英／周作人的小品文　王哲甫／雨天的書　朱光潛／談澤瀉集　契闊／知堂文集　何子聰／周作人的西山小品　趙景深／讀談虎集　董秋芳／周作人的詩　王哲甫／周作人的詩　趙景深／關於自己的園地　韓侍桁／談龍集短評（五篇）　諸家／中國新文學的源流　中書君／中國新文學的源流　佚名／中國新文學的源流　孫福熙／中國新文學的源流　主／不要再上知堂老人的當

58 北平：傑成印書局，一九三三年九月。
59 上海：兒童書局，一九三三年二月。
60 上海：北新書局，一九三四年十二月。上海書店，一九八七年三月影印。

陳子展／炭畫　胡愈之／讀瑪加爾的夢　鍾敬文／讀空大鼓　周柏堂／兩條血痕短評（四篇）

諸家／關於兩條血痕之批評　右人／狂言十番　南風／狂言十番讀後記　趙景深／笑林廣記之來源　趙景深／周作人先生研究　蘇雪林

四

豐收階段取得的成績本來為以高度的歷史意識來全面地研究周作人提供了可能，然而，這種可能卻因為周作人的附逆事件而中斷。國難之中，一個民族在調用一切可能的力量為自己的生存而戰鬥，人們當然不可能冷靜客觀地去認識、評價周作人，為現實鬥爭服務的急進的功利性是不可避免的。抗戰結束後的幾年中，也沒有足夠的時間和物質條件來綜合地研究周作人，這使得新中國成立前的周作人研究最終沒有取得與他本身地位相稱的成果。

抗戰爆發後，周作人留住北平，引起了文化界人士的普遍關注。一九三四年在日本與周作人已有交情的郭沫若寫了《國難聲中懷知堂》[61]一文，對「苦住在敵人重圍中的知堂」的處境表示擔憂。陶亢德在《宇宙風》上刊出周作人在一九三七年八月後致其書信五封，並加了《編者按》。周在信中多次強調「家累甚重」，只得「苦住」，在九月二十六日信中聲稱：「現只以北平大學教授資格蟄居而已，別無一事也」，「請勿視留北諸人為李陵，卻當作蘇武看為宜」。一九三八年二月九日，周作人等出席了日本「大

61 《宇宙風・逸經・西風非常時期聯合旬刊》（一九三七年八月三十日）。

阪每日新聞社」在北京飯店召開的「更生中國文化建設座談會」。一九三八年四月底，出版於上海的《文摘・戰時旬刊》第十期，全文翻譯發表《大阪每日新聞》刊載的關於「更生中國文化建設座談會」的報導和照片，《譯者評語》指周作人「甘為倭寇奴狗，認賊作父，大演傀儡戲」。消息傳開，輿論大嘩。五月，武漢文化界抗敵協會通電全國文化界，聲討周作人等的附逆行為。茅盾等十八名作家聯合發表《致周作人的一封公開信》[62]，譴責周作人的墮落，希望他能幡然醒悟。

周作人在新文學史上卓有建樹，又一向言行謹慎，為不少人所敬重，他附逆的消息在大後方引起了震動。當時戰爭情況很複雜，加上關山阻隔，消息來源有可能不可靠，所以周作人附逆的真偽問題還引起了一些懷疑和爭論。一九三八年七月《抗戰文藝》一卷十二期發表「記者」《關於周作人事件》，引述周氏五月二十七日致上海周黎庵信。周作人信稱：「大阪每日新聞所載何事，容托人查閱來看」，並自述在北平忙於譯書、教書。報導再引用《工作》第六期載朱光潛《再論周作人事件》，朱文記述北平有人來信所述周的近況。記者還在文末提及兩篇指認周作人附逆的文章：何其芳《論周作人事件》[63]、陳閒《豈明老人及其他》[64]，並說：「我們希望能夠早日見到周作人先生自己直接的答覆。」八月，遠在倫敦的胡適寄了一首打油詩給周作人，勸他南下。

不過，主調是譴責。尚鉞與周作人曾有嫌怨，這時用辱罵式的語言給周作人畫出了一幅醜陋的漫畫像[65]。沈從文在《習作舉例　二　從周作人魯迅作品學習抒情》[66]中引用曹聚仁的話，稱周作人是「由孔

62 《抗戰文藝》一卷四期（一九三八年五月十四日）。
63 《論周作人事件》，成都：《工作》五期（一九三八年五月）。
64 桂林：《五月》一卷四期（一九三八年）。具體出版時間待查。
65 尚鉞，《周作人速寫》，《文學月刊》一卷五號（一九四〇年三月）。
66 《國文月刊》一卷二期（一九四〇年九月）。「習作舉例」是系列文章，為作者擔任西南聯合大學師範學院「各體文習作」課的講稿。

融到陶潛」。一九四〇年十二月《野草》一卷四期發表了多篇雜文，予以阻擊。曹聚仁在《從陶潛到蔡邕》中，指周氏當漢奸，是由陶潛變成了在董卓專權時出任侍御史的蔡邕，應當付之典刑。宋雲彬不同意曹聚仁「從陶潛到蔡邕」的話，說「因周作人而牽連到陶淵明，未免有點厚誣古人」。聶紺弩對沈從文對魯迅所下的罵世、冷嘲、憎厭等斷語加以反駁[67]。一九四一年四月，周作人率眾赴日本京都，參加偽東亞文化協議會文學部會議，對此，孟超作雜文《周作人東渡》[68]，指其「為敵作倀，愈益分明」，並對沈從文《習作舉例　二　從周作人魯迅作品學習抒情》一文予以嘲諷。周作人滯留北平之初，曾以蘇武自況，相棱《李陵與周作人》[69]說：「他自己以蘇武自許，固然可笑，即將其視作李陵，也還是不十分確切的。」「李陵的亡降匈奴，是出於不得已。」然而最重要的是，李陵留居北地，「是實自知羞愧，未忘漢室的」。文章也對沈從文用周文向青年「示例」加以抨擊。一九四二年六月，《抗戰文藝》七卷六期以「謝本師」為名發表三篇文章：孔嘉（臺靜農）的《老人的胡鬧》、孤獨旦（魏建功）的《對周作人「謝本師」者果有其人》[70]、何容的《醜》。幾篇文章或表示與周作人決裂，或對他的附逆行為進行聲討。早在清末，章太炎的老師俞曲園反對章從事革命，提倡民族思想，章太炎當時在上海辦報，便發表了《謝本師》的文章；後來，章太炎「好作不大高明的政治活動」，甚至把「剿平發逆」的曾國藩「奉作人倫模範」，周作人又寫了《「謝本師」》[71]發表在《語絲》上；如今，又有青年對周作人表示「謝本師」。歷史彷彿喜歡跟人開玩笑。

67 雲彬，《替陶淵明說話》，紺弩，《從沈從文筆下看魯迅》，同期還發表木《斬棘錄（一）「變節」與「脫節」》，秦似《斬棘錄（三）「偉大的捕風」》。
68 《野草》二卷三期（一九四一年五月一日）。同期載有陳邇冬諷刺周作人的雜文《舊詩新話》。
69 福建永安：《現代文藝》三卷五期（一九四一年八月）。
70 收入《魏建功文集》（伍），南京：江蘇教育出版社，二〇〇一年七月。
71 《語絲》九四期（一九二六年八月二十八日）。

探討他的附逆問題是本階段周作人研究突出的內容。早在一九三八年五月，有些人還在對周作人附逆事件感到駭異時，何其芳就著文指出：「這不是偶然的失足，也不是奇突的變節，而是他思想和生活環境所造成的結果。」他的結論是：「長久地脫離了時代和人群的生活使他糊塗，使他糊塗到想在失陷的北平繼續過舒服日子，因此雖說他未必想出賣祖國以求敵人賞賜一官半職，也終於和那些出賣祖國的漢奸們坐在一起了。」次月《工作》第六期發表朱光潛文章《再論周作人事件》（署名「孟實」），該文引述北平朋友的來信，認為周作人並未落水，還批評何其芳的文章過於苛刻。何其芳藉《關於周作人事件的一封信》[72]進行了反駁，依舊強調「糊塗的思想」、「糊塗的生活」導致了周的下水。何其芳在《兩種不同的道路——略談魯迅和周作人的思想發展上的分歧點》[73]中昇華了他前述兩文的觀點。他比較了魯迅和周作人的不同道路，從中找出「貫穿在他們早期思想中的兩種不同的因素」——「一個是為集體的戰鬥精神和一個是從個人主義出發的趣味主義」。其結果一個「由尋路到得路，從民族主義民主主義走到了共產主義」，另一個則「從尋路到走路，從民族主義民主主義走到了日本法西斯的手掌裏，成為民族的罪人」。與何其芳一樣，身在國統區的馮雪峰也是把周作人的附逆與某種文學觀念和現實道路聯繫起來，反映出鮮明的政治傾向性。其《談士節兼論周作人》[74]從階級論的角度分析了傳統道德中的「士節」，認為那些所謂高節者由於脫離現實而成為虛無主義者，甚至失節；但也肯定了他們對於人生的堅定態度，對於個人意志獨立的尊重。這種獨立的精神和節操可以成就代表著人民利益的革命者和戰士，特別是在現時代，這種意志獨立和尊貴的德行得到了充分的占有和發揮。而周作人及其他的附敵者則走上了相反的道路。他認為

72 收入《星火集》（重慶：群益書社，一九四五年九月）。
73 《解放日報》一九四二年十一月二日，收入《何其芳文集》四卷（北京人民文學出版社，一九八三年九月）。
74 收入雪峰，《鄉風與市風》（重慶：作家書屋，一九四四年十一月）。

周作人在《一簣軒筆記序》中，將其一向的自稱「虛無主義」的「言志」，明白地改稱為非「跟班傳話」而出於自主的「載道」，並表明「將一切的屈辱，都要做成為全出於自願」的心跡。於是，最終走上了二十年來與許多文化的和社會的「戰士」「猛將」一樣的「逆路」、「沒落的路」。馮雪峰說：「一個在我們時代還對人民的進步力量含有敵意的自以為強頑而澈底的虛無主義者，在緊要關頭，也往往會不強頑，不澈底，因為他除了自己的羽毛，就沒有什麼是他所愛惜的了。」

鄭振鐸的散文《惜周作人》[75]是研究周作人附逆問題的重要參考資料。他記下了在「七七」事變之前和周作人的一次談話，周作人對中國抗戰的前途持「必敗論」，這是他墮落下水的主要思想原因之一。「他說，和日本作戰是不可能的。人家有海軍。沒有打，人家已經登岸來了。我們的門戶是洞開的，如何能夠抵抗人家？他持的是『必敗論』。」「『必敗論』使他太不相信中國的前途，而太相信日本海軍力量的巨大。」鄭振鐸還說，「七七」以後許多人勸周南下，他託詞怕魯迅的「黨徒」會對他不利，所以不能來。後來，舒蕪在《周作人概觀》[76]中記下了從臺靜農那裏聽到的周作人的類似的話，當時有朋友勸他趕快去殺上海，他答道：「我去上海做什麼？那裏是人家的地盤。」顯然，周作人對南下後處境的擔心也是他留在北平的一個原因。鄭振鐸深知周作人的價值：「假如我們說，五四以來的中國文學有什麼成就，無疑的，我們應該說，魯迅先生和他是兩個顛撲不破的巨石重鎮；沒有了他們，新文學史上便要黯然失光。」他認為：「在抗戰的整整十四個年頭裏，中國文藝界最大的損失是周作人的附逆。」正因為如此，作者的心情方顯得那麼沉痛。一九四六年周作人受到公審時，潘漢年發表《周作人的思想根據》[77]，舉出

75 《週報》第十九期（一九四六年一月十二日）。
76 《中國社會科學》一九八六年四期、五期。
77 上海《聯合日報晚刊》一九四六年十一月十八日。潘後又在一九四六年九月二十一日的該報發表《身在曹營心在漢？》，駁斥周作人在法

周氏一九三五年所作為秦檜翻案的文章《岳飛與秦檜》、《關於英雄崇拜》，說兩文「已經明白預言過他對於民族國家救亡圖存的根本態度」，「他的當漢奸」「不是什麼偶然……」。抗戰勝利後，黃裳對周作人的態度發生了明顯的變化，前恭而後倨。周作人在法庭上受審時為自己辯解，說一九三九年元旦遇刺事件是日本人的詭計，又大談自己以第三流文化人保護淪陷區文化，黃裳對此表示了「不愉快」；黃還對周在「破門事件」中所說的一些話表示了「不愉快」[78]。一九四六年八月，在周作人受到第二次公審後，時任《文匯報》駐南京特派員的黃裳去南京老虎橋監獄訪問了周作人，事後他寫了報導《老虎橋邊看「知堂」》[79]，記錄了周作人關於在法庭上的答辯、敵偽時期的集外文藏書等的談話。其中記述道：「我又問他是否還有許多集外文沒有收集？他說沒有了。我又記起了有一次偶然在《中華日報》上剪了下來的『參拜湯島聖堂紀念』的文章，他就說這些應酬文章照例是不收集的，也還有許多在外面。我不禁想起那張穿了軍裝檢閱童子軍的照片來，問了他，他好像覺得無所謂，馬上答說，他『演戲兩年』，那些都是丑角的姿態云云。」

在抗戰及其以後的國統區，極少有人完全正面地肯定周作人，然而不無例外。沈從文在《習作舉例　二　從周作人魯迅作品學習抒情》中說：「抒情文應不限於寫景、寫事、對自然光色與人生動靜加以描繪，也可以寫心，從內面寫，如一派澄清的澗水，靜靜的從心中流出。周作人在這方面的長處，可說是近二十年來新文學作家中應首屈一指。他的特點在寫對一問題的看法，近人情而合道理。」他指的對象是周氏娓語式的小品文。胡適、朱光潛都曾稱讚周文具有樸素的美，沈進而評價道：「這種樸素的美，很影響到十年來過去與當前未來中國文學使用文字的趨向。它的影響也許是部分的，然而將永遠是健康而合乎

庭上的辯解

78 黃裳，《更談周作人》，《大公晚報》一九四六年八月六日。

79 《文匯報・筆會》一九四六年九月二日，收入《錦帆集外》（上海：文化生活出版社，一九四八年四月）。

京，紀果庵作了一組周氏南遊紀事七絕十一首，其《知堂老人南遊紀事詩》[82]一文分別敘述詩後故實。一九四三年四月，周作人此行還訪問了蘇州，陶亢德作文記述在蘇州迎接、陪同遊覽、會談的情形[83]。一九四四年五、六月間，華北日偽組織的機關報《華北新報》上發表王森然的《周作人先生評傳》[84]，此為第一篇周作人傳記。文章長達一萬四千多字，內容駁雜，以短章節的形式廣泛涉及周作人的生活道路、文學創作、學術興趣、思想特點、人生態度等方方面面。這是一篇為傳主歌功頌德的傳記，作者按日偽的意識形態標準拼貼出了一幅周作人的形象，如為其附逆行為粉飾，有意抹去周作人他附逆前後思想的差異等。作者堪稱貨真價實的「文抄公」，主要抄錄陶明志編《周作人論》中關於周作人的文章與賈逸君編《中華民國名人傳》詞條「周作人」，有些點明出處，有些則視若己出，見解和文章均乏善可陳。

周作人是淪陷區文壇的權威，他的散文有不少追隨者和欣賞者。人們發表了一些值得注意的意見。黃裳是知堂散文的愛好者，在《古今》上發表了三篇較長的關於周作人思想和文章的讀書筆記。他在《讀知堂文偶記》[85]中寫道：「自《看雲集》、《夜讀抄》、《苦茶隨筆》、《苦竹雜記》以次，直到《瓜豆集》、《秉燭談》，都為我所愛讀。早年所寫《雨天的書》，韻味較清新，似不若後來所作的醇厚，好比陳年的紹興老酒，年代愈久味道自愈永也。」該文談了作者讀《陶庵夢憶序》、《姑惡詩話》、《錢玄同先生紀念》、《讀初潭集》、《緇女圖考釋》、《關於活埋》、《死法》、《家之上下四旁》、《關於魯迅之二》等近二十篇文章的感想，既讚揚文章之美，也肯定思想教益、作文態度，體悟深入，評語精當。

82 《古今》二十三期（一九四三年五月十六日）。
83 亢德，《知堂小記》，《中華日報》一九四三年四月二十日。
84 分九次連載於《華北新報》一九四四年五月二十四、二十六、二十七、二十八、三十、三十一日，六月二、三、四日。
85 《古今》六期（一九四二年八月），署名「默庵」。同期載有周作人《記蔡孑民先生的事》。

《藥堂語錄》是周作人的一冊讀書小品，文風蕭然枯淡，向來極少有人注意。黃氏《讀〈藥堂語錄〉》[86]大約是第一篇對此書表示好感的文章，作者評介了自己所喜歡的數篇貶斥人物、談論版本等文章。並稱周文「在苦鬱之中每有滑稽的機鋒在」，平淡的文字裏表現出「末世的哀愁」。《關於李卓吾——兼論知堂》[87]認為，努力說誠實話，兩人是相同的。說周氏「虛無而少信」，是「東方漆黑的定命論者」，並由此得出「文章無用」的必然結論。棲身於亂世，讀知堂文如此用心，其中有著借別人的酒杯澆自己塊壘的意思。上述三篇文章後來收入作者《來燕榭集外文抄》[88]一書。黃裳在後記中差不多用兩千字的篇幅談周作人，談他在「二周」之間的偏向，還刻意突出了周作人的局限，態度不免糾結。如要研究黃裳與周作人的關係，此段文字不可不讀也。柳雨生《關於知堂》[89]在引錄周作人的兩節文字後稱讚：「其發端只是平易近人，放之四海而均準，然其深境與闊度，當非管窺如區區者所能盡。」胡蘭成在《周作人與路易士》[90]中說：「淡淡的憂鬱，正是北伐後到現在周作人的文章的情味。他的清淡，並非飄逸；他的平凡，並非自在；他的隨緣，並非人生有餘，而是不足。」「我是更喜歡他在五四運動到北伐前夕那種談龍談虎，令人色變的文字的，後期的文字呢，彷彿秋天，雖有妍思，不掩蕭瑟。他不是與西風戰鬥的落葉，然而也是落葉，掉在明窗淨几之間，變作淡淡的憂鬱了。」他在翻閱了《苦竹雜記》以後又說：「讀書如此之多，而不被書籍弄昏了頭，處世如此平淡而能不超俗，亦不隨俗，真是大有根底的人。在這凡事急促、

86 《古今》二十至二十一期（合刊）（一九四三年四月），署名「南冠」。同期載有周作人《懷廢名》、紀果庵《知堂先生南來印象追記》、陶亢德《知堂與鼎堂》。

87 《古今》十八期（一九四三年三月），署名「南冠」。

88 北京：作家出版社，二〇〇六年五月。

89 《中華日報》一九四三年三月二十八日，收入楊之華編《文壇史料》（上海：中華日報社，一九四三年一月）。

90 原載一九四一年《中華週報》副刊（具體日期待查），收入楊之華編《文壇史料》。

局限，而潦草的時代，他使人感覺餘裕。可是對於那時代的遺老遺少，以其沉澱為安詳，以其發黴為靈感之氤氳者，他所顯示的卻是是非分明、神清氣爽的一個人。」[91]黃隴西的《讀〈藥堂語錄〉》[92]稱讚這個文集披沙揀金，言人所未言，見人所未見，看似平淡無奇，卻也頗可發人深省。文載道在《讀〈藥味集〉》[93]中這樣肯定周作人的抄書：「我們通常讀知堂文章有意外的一筆收穫，有幾個古人古書，一經他的引用或稱讚，即覺栩栩活躍紙上，這時如果再拿幾部原著來讀，彷彿就添了一重親切，一個輪廓。」

廢名有一篇文章叫《〈小河〉及其他》[94]，從形式和內容兩個方面解釋《小河》成為「新詩中的第一首傑作」的原因：「到了《小河》這樣的新詩一出現，大家便好像開了一個眼界，於是覺得新詩可以是這樣的新法了。大家見了《小河》這首白話新詩這麼的新鮮，而當時別人的新詩，無論老的少的，那麼帶有舊詩詞的意味，於是就說別人的新詩是從舊詩詞裏脫胎出來的，周先生的詩才合乎說話的自然，或者說周先生的語體走上歐化一路。其實這都是表面的理由，根本原因乃是因為周先生的新詩其所表現的東西完全在舊範圍以外了。」

91 《談談周作人》，《人間》一卷四期（一九四三年十月）。
92 《中國文藝》七卷四期（一九四三年四月）。
93 收入《文抄》（北平：新民印書館，一九四四年十一月）。
94 見《談新詩》（北平：新民印書館，一九四四年十一月）。

五

早在一九四七年就有人擔心，周作人的著作會隨他漢奸的污名而遭唾棄，隨時間而湮沒[95]。這擔心至少從五〇年代到七〇年代的這段時間內應驗了。周作人是被毛澤東在《在延安文藝座談會上的講話》中點過名的：「文藝是為帝國主義者的，周作人、張資平這批人就是這樣，這叫做漢奸文藝。」[96]這基本上等同於中華人民共和國對周作人的政治定性。

一九五〇年代、一九六〇年代初周作人還是被談論著，但是他的複雜存在，被縮減為一個極其簡單的政治符號，因此這段時間裏是沒有真正的周作人研究的。

報刊上發表的幾篇關於周作人的文章所談內容都停留在最簡單的是非問題上，就是這些在今天看來不言自明的問題當時還需要去辯白。一九五四年周作人以「周遐壽」之名出版了《魯迅小說裏的人物》一書，《文藝學習》一九五六年第六期發表了一封讀者來信——王永生的《關於〈魯迅小說裏的人物〉》，該文顯然吸取了李希凡、藍翎批判新紅學的經驗，認為：「在十三萬多字的《魯迅小說裏的人物》中，作者完全抽取了魯迅先生偉大著作的社會意義和典型形象的思想意義，而用資產階級唯心主義的考證方法，貶損了魯迅小說的價值。」接著，《文藝學習》第八期又發表讀者意見綜述《讀〈關於《魯迅小說裏的人物》〉》：「讀者們一致的意見是：這本書有錯誤，也有一定的用處。」《不可一筆抹殺——對〈關於

95 張鳴春，《再惜周作人》，《申報》一九四七年二月十一日。
96 《毛澤東選集》三卷（北京：人民出版社，一九九一年六月二版），頁八五五。

《魯迅小說裏的人物》〉一文的意見》[97]的作者湯廷浩也不同意王永生的觀點，認為周作人的書雖然難免有缺點，但是，「他提供的資料是相當豐富的，也是珍貴的，不論用之以研究魯迅先生的創作思想與創作方法，或用之以編著魯迅先生的生平傳記，都是有參考價值的」。李何林曾在《五四時代新文學所受無產階級思想的影響》[98]一文中，為了論證無產階級思想在新文學運動中的領導地位，說周作人這類資產階級知識份子和魯迅、郭沫若等革命的小資產階級知識份子一樣，「在無形之中或不知不覺之中被無產階級思想或多或少的影響著或領導著」。他舉了《人的文學》中主張「應該各盡人力所及，取人事所需」的人的理想生活的例子。夏羽的《周作人有無產階級思想嗎？》[99]批判了李「對資產階級思想和無產階級思想一視同仁」，「把政治標準和藝術標準混為一談」的「修正主義」。本期也許只有一篇短文例外，它生長在社會巨變的縫隙裏。張愛玲一九五〇年在上海小報《亦報》上發表《〈亦報〉的好文章》[100]，稱讚十山（周作人的筆名）刊於該報上的《婦女會的工作》是「看過一遍就永遠不能忘懷的」文章，說其中講述的一個鄉下女人的遭遇「有一種入骨的悲涼」。

我想知道當時的文學史著作是如何對待周作人的存在的，為此，查閱了當時幾乎全部的中國現代文學史著作：王瑤《中國新文學史稿》（上冊，一九五一）、蔡儀《中國新文學史講話》（一九五六）、丁易《中國現代文學史略》（一九五五）、張畢來《新文學史綱》（第一卷，一九五五）、劉綬松《中國新文學史初稿》（一九五六）、孫中田等《中國現代文學史》（一九五七）、復旦大學中文系現代文學組學生

---

97 《文藝月報》一九五六年十二期。
98 收入李何林等著，《中國新文學史研究》（北京：新建設雜誌社，一九五一年七月）。
99 《文藝報》一九六〇年二期。
100 《亦報》一九五〇年七月二十五日。

集體編著《中國現代文學史》（一九五九）、復旦大學中文系一九五七級文學組學生集體編著《中國現代文藝思想鬥爭史》（一九六〇）、吉林大學中文系中國現代文學史教材編寫小組《中國現代文學史》（一九六二）等。見到的主要情況如下：第一種是王瑤的做法。五〇年代初的文化環境還比較正常，作者在當時的情況下盡可能地保持了一個文學史家的求實態度和穩重態度。他在指出周作人的「封建士大夫的感情終於促使他走向了反動」的同時，承認周作人的《人的文學》、《平民的文學》等文章「對當時的運動也發生過一些影響」，承認「在《自己的園地》和《雨天的書》裏，還有一些現代人的感情和思想，不滿意於現實和封建文化的文字」。這已是當時對周作人的最高的評價了。第二種情況是避開。像孫中田等《中國現代文學史》隻字未提周作人，蔡儀和劉綬松的書基本未提。張畢來只是在指責五四時期文學批評並稱「周氏兄弟」的錯誤和早期文學社團成員後來的政治分化時涉及，但書後附錄的他的《〈文學革命論〉及其作者當年的思想》一文稱《人的文學》與《文學改良芻議》、《文學革命論》是文學革命中最主要的三篇文章。這說明作者不是無視周作人的影響，他是受到當時歷史語境的壓力而故意迴避的。五〇年代初，當時中央教育部組織老舍、蔡儀、王瑤、李何林草擬了《〈中國新文學史〉教學大綱（初稿）》[101]，其中第一編第二章第二節「文學革命的理論及其鬥爭」下有一條「陳獨秀、錢玄同、劉半農、周作人等的主張」，看來就是這個大綱在實際中也並未認真執行。對胡適的談論比周作人多，原因是這時的中國現代文學史已事實上成了中國革命史的一個分支，而在階級對壘的意義上周作人沒有胡適等人那麼典型，於是一些文學史乾脆就把他忽略了。第三種情況是更普遍的做法，把他完全放在敵對的位置上進行批判。其罪狀主要有以下幾條：否認文學的階級性，對無產階級文學進行惡毒的攻擊和污蔑；寫作思想反動的小品文；

[101] 見《中國新文學史研究》。

第二章 周作人研究的恢復期（一九八〇至一九八九）

當歷史把研究者與研究對象拉開一定的距離，現實給予人們足夠的自由度的時候，周作人以其本身的地位受到重視並且熱起來，是必然的事情。從一九八〇年開始，這十年的周作人研究有引人注目的開展，我過目的各類文章約有一百五十餘篇，大致可以舒蕪發表於一九八六年的《周作人概觀》為標誌，分前後兩個階段。前一個階段，研究剛剛起步，由於一些眾所周知的原因還在束縛人們的手腳，總的來說，文章整體上顯得空疏，且印象式的描述較多。而舒蕪的文章則充分肯定了周作人在新文學史和新文化史上的地位，並在研究方法上大有改進。之後，研究格局煥然一新，研究的勢頭大增，研究向深廣處拓展。張菊香、張鐵榮合著《周作人年譜》[1]為研究者帶來極大的便利，他們所編《周作人研究資料》[2]也隨後問世。北京魯迅博物館召開了「敵偽時期周作人的思想、創作研討會」和「魯迅周作人比較研究學術討論會」[3]，進一步推動了周作人研究。出現了幾本周作人研究專著。他的選集更多地流行。文集得以重新付梓，比較重要的有：上海書店影印出版了《知堂文集》、《過去的工作》、《知堂乙酉文編》、《談龍集》、《談虎集》；湖南的嶽麓書社在鍾叔河的主持下，於一九八七年到一九八九年間重印了除寫於敵偽時期的《藥堂語錄》、《藥味集》、《藥堂雜文》、《書房一角》、《秉燭後談》、《苦口甘口》、《立

1 天津：南開大學出版社，一九八五年九月；天津人民出版社，二〇〇〇年四月增訂本。
2 天津人民出版社，一九八六年十一月。
3 有關這兩次會議的資料專輯分別見《魯迅研究動態》一九八七年一期和一九八八年一期。

春以前》以外一九四九年前的所有周氏自編的著作，並出版了《知堂序跋》（鍾叔河編）、《知堂書話》（鍾叔河編）、《知堂集外文·〈亦報〉隨筆》（陳子善編）、《知堂集外文·四九年以後》（陳子善編）和《知堂雜詩抄》，產生了重大的影響。上海書店還影印了陶明志（趙景深）編《周作人論》。

一

中共十一屆三中全會以後，思想界開始萌動了生機。一九八〇年，關於如何提高中國現代文學這門學科的研究水準，談論最多的是尊重歷史、堅持實事求是的問題。在這種氛圍中，重新被記憶起來的重要作家除周作人而外，至少還有徐志摩、沈從文、胡適等。人性、人道主義問題研究的禁區也被打破，儘管大家觀點之間的差距可能很大，但在肯定人道主義在人類歷史上的進步意義這一點上是共同的。一九八〇年，有好幾篇文章探討人道主義對五四新文學的影響。這些對周作人研究也至關重要，因為，很容易理解，如果連他在「五四」這個最輝煌時期的人道主義思想都得不到應有的肯定的話，那麼所謂的研究只能是形同虛設。

最初兩年發表的周作人研究論文如下——

一九八〇年度：

李景彬：《評周作人在文學革命中的主張》，《新文學論叢》一九八〇年三期

許志英：《論周作人早期的思想傾向》，《文學評論》一九八〇年四期

李景彬：《論魯迅與周作人所走的不同道路》，《文學評論》一九八〇年五期

張梁：《評「語絲」派——兼談周作人》，《徐州師院學報》一九八〇年三期、四期

陳漱渝：《再談〈天義報〉上署名「獨應」的文章》，《新文學史料》一九八〇年三期。

高雲：《周作人論》，《文藝論叢》一九八〇年十一期

陳韶：《〈語絲〉的實際編輯質疑》，《河南師大學報》一九八〇年六期

一九八一年度：

陳則光：《周作人的詩和散文》，《文科教學》一九八一年二期

朱德發：《試評五四時期周作人的文學主張》，一九八一年三月《文學評論叢刊》第八輯

廖子東：《評駁周作人晚年的辯解——讀〈知堂回想錄〉》，《中國現代文學研究叢刊》一九八一年一期

馬曠原：《從「人的文學」到「平民文學」——試論五四時期的周作人》，《新文學論叢》一九八一年四期

田守真：《評周作人人道主義的文學主張》，《成都大學學報》一九八一年一期

許志英：《論周作人早期散文的藝術成就》，《文學評論》一九八一年六期

李景彬：《兩個尋路的人——魯迅和周作人比較論》，《晉陽學刊》一九八一年五期

姜德明：《周作人書信及其他》，《文匯月刊》一九八一年十二期

思衡：《周作人的晚年》，《書林》一九八一年六期

高雲：《周作人和他的創作》，《書林》一九八一年六期

錢理群：《試論魯迅與周作人的思想發展道路》，《中國現代文學研究叢刊》一九八一年四期

李景彬：《魯迅與周作人比較論》，《魯迅誕辰一百周年紀念文集》（石家莊：河北人民出版社，一

九八一年）

木山英雄：《周氏兄弟與中國散文的發展》，樂黛雲編《國外魯迅研究論集（一九六〇——一九八一）》（北京大學出版社，一九八一年十月）

另外，一九八〇年五月《魯迅研究資料》五輯刊載許壽裳、蔣光赤、郁達夫、章衣萍、王喬南、阮和森、李小峰、邵洵美等致周作人信，一九八一年五月《魯迅研究資料》八輯刊載潘訓、汪靜之、應修人等致周作人信，《魯迅研究動態》一九八一年五期發表章廷謙《章廷謙致周作人信十封》，一九八一年七月《大地》四期發表郁達夫致周氏信四封，《魯迅學刊》（內部發行）一九八一年一期重刊林語堂《記周氏兄弟》。

其實，早在一九七七年和一九七九年，已經開始出現關於周作人的文章或資料。一九七七年，孫中田在《中山大學學報》第四期上發表《略談魯迅與林語堂、周作人的鬥爭》，從階級鬥爭的角度評述了二〇、三〇年代魯迅與林語堂的矛盾和論爭，也順帶上了周作人。川島《弟與兄》[4]是新時期第一篇談論周作人的文章，簡略回憶了兄弟失和的大致經過。一九七九年二月，楊天石在魯迅《魯迅研究資料》三輯上發表《魯迅早期的幾篇作品和〈天義報〉上署名「獨應」的文章》，注意到周作人一九〇七年在《天義報》上發表的一組署名「獨應」的詩文譯稿。《歷史研究》一九七九年第五期發表魯迅研究室供稿、陸品晶注釋的《陳獨秀書信》，內收陳獨秀致周作人書信四封，第四封為致魯迅、周作人二人信。同期發表陸品晶《讀新發現的陳獨秀四封書信手稿》，圍繞書信評介陳與魯迅的關係，而對周作人避而不談。這些可以視為新時期周作人研究解凍的最初跡象。

4 《人民日報》一九七八年十月十一日。

周作人一生的沉與浮、榮與辱的變化和反差實在太大了。他的思想與行為承續和變化的內在邏輯是什麼？作為一個現代知識份子，他的人生道路具有什麼樣的典型意義？怎樣公正地評價他一生的是非功過？周作人一生的複雜性強烈地吸引著研究者們的興趣，新時期周作人研究的興奮焦點就集中在他的人生道路和思想上。隨著「文化熱」的興起，他在中國現代文化史上的意義也開始受到人們的重視。

李景彬的《評周作人在文學革命中的主張》、《論魯迅與周作人所走的不同道路》可謂新時期周作人研究的最早成果。前者提出，以人道主義完整的思想體系為基礎的「人的文學」觀念，標誌著五四文學革命達到的深度。後者全面評述了魯迅和周作人的不同道路。在幼年生活中，他們對本階級的人和勞動人民的態度不同，留日期間他們有著不同的政治理想，五四時期，他們在接受社會主義影響時存在歧異，「五四」文化革命統一戰線分化以後，對無產階級領導下的革命鬥爭採取了不同的態度。國民黨反動派的文化「圍剿」促使了魯迅與周作人的急遽分化：一個成了中國文化革命的偉人，另一個，卻在這一「圍剿」中成了文化革命的逃兵以致叛將，最終走上了附逆道路。李景彬認為，周作人的悲劇在於他否定社會革命和超脫現實鬥爭，違背了革命發展的客觀規律。

一九八六年四月，李景彬在陝西人民出版社出版了他的專著《周作人評析》，這是中國大陸新時期周作人研究的第一本論著。《周作人評析》以周作人的人生經歷和思想變化為主線，把他的一生分為六個階段進行全面的評析。他積極肯定周作人作為文藝理論家、批評家、散文家和翻譯家的歷史貢獻，初步擺脫了「左」的拘囿。如評價周氏在五四時期的散文創作：「在新文學運動最初的十年中，周作人為開創現代散文進行了多方面卓有成效的嘗試，特別是以他那一幟獨樹的小品文著稱於世，其聲譽和影響不下於乃兄魯迅。」這樣的論點在當時頗有膽識。作者把周作人的文學思想和散文創作置放於基於政治革命而選擇的不同人生道路中去理解。當時在中國現代文學研究中流行的政治革命的理論框架支撐了作者的歷史敘述，同時也限制了他的學術成就，他的大量鮮活的閱讀和研究體驗被束縛於其中。書中完整地勾畫出了周作人的形象，只是還有些像「霧裏看花」。然而，在思想界的生機萌動不久，李景彬以文學史家的眼光給予帶有歷史污點的周作人以充分的注意，以較客觀的態度，在較全面地占有材料的基礎上進行論述，這是十分難能可貴的。

錢理群把魯迅、周作人的思想發展道路放在二十世紀中國社會變革的大背景下考察，他努力說明：魯迅的道路完整地體現了中華民族覺醒的歷史發展方向及其全部豐富性與深刻性。和他相比，周作人的道路，以悲喜劇的色彩表現了中華民族覺醒過程中的全部複雜性與曲折性。他曾經背叛封建士大夫階級，成為資產階級人道主義、自由主義的啟蒙思想家；但他拒絕接受馬克思列寧主義，漸漸遠離時代的主流，漠視民族的奮起，反對人民的鬥爭，雖幾經掙扎，仍不能衝破封建傳統思想的羅網，並淪為帝國主義的附庸。因此，他的悲劇是一個脫離人民，最終又被封建主義陰影吞噬了的知識份子的悲劇[5]。

人道主義問題的討論對周作人研究的意義還在於，它一開始就為周作人研究提供了一個理論視角。研究者都肯定了他的人道主義思想在爭取個性解放、反對封建倫理道德鬥爭中的重要作用，也都在不同程度上指出了周作人思想的局限性，即對社會現實鬥爭的妥協乃至否定。

文學研究方法革新的問題在一九八五年成為熱點，當時走在人文社會學科前列的現代文學是呼聲很高的一個學科。這一年五月在北京還召開了中國現代文學研究創新座談會。在文學史研究中突出文學本身的特點，在作家研究中突出作家自身的主體地位，日益得到更多的現代文學研究者的贊同。

舒蕪在這種情況下發表的《周作人概觀》[6]，是一篇在社會上產生廣泛影響的論文。他指出，在五

5 《試論魯迅與周作人的思想發展道路》，《中國現代文學研究叢刊》一九八一年四期。
6 《中國社會科學》一九八六年四期、五期，曾由湖南人民出版社作為《駱駝叢書》之一於一九八九年八月出版，後又收入《周作人的是非》

四新文學和新文化運動中，周作人在外國文學的翻譯介紹方面，在新的文學理論、文學批評的建設方面，在思想革命的號召和實行方面，在新詩的創作和理論探索方面，在小品散文的創作方面，「成就和貢獻都是第一流的，開創性的」，「別人無可代替的」，「將永遠成為中國新文學寶庫的一個極重要的部分」。文章還全面評述了他自「五四」以來一直到解放後的人生和文學道路。他說，之所以要研究周作人，是因為在他身上「有中國新文學史和新文化史的一半」，因為「魯迅的存在，也離不開他畢生和周作人的相依存相矛盾的關係」，因為「周作人的悲劇，則是和中國文化傳統、中國知識份子歷史性格有著甚深的聯繫」。對周作人研究意義的肯定其實也就是從另一角度對他自身地位的肯定。在此之前，還沒有人對他做過如此高的評價。舒蕪文章的意義還在於，雖然全面介紹和評述了周作人，但它更重要的意義是探索了「解決好問題的態度、尺度和角度」。該文突破了政治革命的理論框架，突出了研究對象自身的主體地位。也只有這樣，才能真正看清對象本身的豐富性與複雜性。這篇文章發表後，研究界進一步擺脫了「左」的束縛，不少論者也都在一定程度上修正了自己原來的觀點，對周作人的認識大大深化。同時，研究的視野更加開闊。在具體論點上，舒蕪認為，周作人受到歷史的懲罰，其原因是他精神結構底層的貴族式的優越、冷漠的中庸主義，在民族危亡的關頭，不能完成本來應該有的振作和突破。這缺乏足夠的論證。因此，在後面談到周作人的悲劇是民族文化新生過程中不該毀滅的東西陪著古老傳統一起毀滅的悲劇時，把中庸主義看成是這個悲劇的基本原因則缺乏足夠的說服力。

舒蕪在答《光明日報》記者問時說，到了三〇年代，「知識份子在如何堅持五四傳統上開始走兩條不同的道路：一條以周作人為代表，要求完完全全、一塵不染地堅持五四傳統，堅持知識份子的自主意識，

功過》（北京：人民文學出版社，一九九三年六月）。

凡是妨礙思想自由的就堅決反對；一條以魯迅為代表，參加到左翼文化陣營中去，一方面不得不有所犧牲，向現實做有分寸的妥協，一方面又堅持鬥爭，頑強地維護五四傳統。因此，在如何堅持五四傳統上，魯迅和周作人成了兩面旗幟」[7]。如果說他在《周作人概觀》中還側重於總結周作人的教訓的話，那麼在這篇答記者問中則轉向了對他身上的價值的尋覓。這裏的評價是在所有對周作人的正面評價基礎上又邁進的一大步，其中凝聚著對中國知識份子道路的思考。

在周作人人道主義思想研究方面，羅鋼的《周作人的文藝觀與西方人道主義思想》[8]是一篇頗見理論深度的文章。文章指出：「人的文學」主張，不是某種單一的觀念或某一種西方人道主義學說的簡單移植，而是一個具有多種思想來源，由多種不同思想因素有機構成的思想模式。「它以靈肉合一觀（自然人性論）為基礎，以個性主義與博愛型人道主義為兩個主要的理論支柱，以新村主義帶有空想社會主義性質的個人—人類相統一的社會方案為聯繫和架構方式，構造了一個相對完整和統一的人道主義文藝思想模式。」這其實就是探討了「人的文學」觀念結構的理論原型和思想來源，有很強的立體感，是對周作人五四時期個人主義與人道主義思想研究出色的深化。羅鋼還指出：「人的文學」的成功同時包孕著深刻的危機，因為作為思想模式，它所具有的統一性和包容性，是由一種空想的新村學說作為紐帶維繫著的，一旦這種社會主張在實踐中碰壁和破滅整個思想模式也就立即面臨不可避免的解體。在《人的文學》中，周作人就指出他所說的人道主義是「一種個人主義的人間本位主義」，他注重的是人道主義與個人主義的統一性。李德對周作人個人主義人性論的歷史價值做出了更高的理論概括：「當時的中國還是半封建性的國家，只談論生活中的人，談論現實關係中具體的社會成員，仍然不能把個人的價值從封建束縛下解放出來

7 《關於「周作人現象」的思考——訪舒蕪》，《光明日報》一九八八年九月一日。
8 《中國現代文學研究叢刊》一九八七年四期。

予以獨立的重視，只有從本體論上對人性和人的價值進行討論，才能在民眾中廣泛樹立個人和人道的觀念，才能使現代意識脫離傳統思想的鉗制。因此，周作人的個人主義人性觀念雖然是唯心的和抽象的，卻符合歷史發展的理性要求，它在反對封建主義的啟蒙運動中發揮了積極的作用。」[9]

一九八〇年代中期之前研究中，概評性的文章中流露出在細部研究方面的不足，這以後，出現了更多的專題研究，空白點也在逐漸地填補，如周作人的婦女觀、民俗學研究、兒童文學理論、與日本文化的關係、古籍整理等等都有了專文。周作人的女性思想是其「人學」思想的主要方面之一，舒蕪繼《周作人概觀》之後又發表長文《女性的發現——知堂婦女論略述》[10]，在五四時期關注婦女問題的大背景下，全面評介周氏的婦女論，為全面研究其女性思想奠定了一塊基石。舒蕪指出：「新文化運動的第一批代表人物當中，只有周作人是對婦女問題一直密切注意，提出了一整套好的意見，其貢獻尤在『女性的發現』方面。」所謂「女性的發現」包含兩個方面：一是女子和男子是同等的人，二是女子和男子是不同樣的人。核心是「靈肉一致」的、「神性加魔性」的女性觀，而這是建築在性科學基礎之上的。周批判佛教、禮教等傳統思想中對女性的「不淨觀」，還抨擊了視女子為玩物為生殖機器的婦女觀。他根據科學的婦女觀，建立新的符合人情物理的性道德。其一大貢獻是，從性心理的角度，劃清了「情」和「淫」的界限。又特別致力於引導社會來理解婦女的性奴役之苦，引進性解放的呼聲。舒蕪最後強調：「……周作人的全部婦女論，今天讀起來都還是新鮮的，有益的。」周作人是中國現代民俗學運動的先驅者，且一生都保持著對

9 《人道主義個性論者周作人——他的哲學和詩學》，《魯迅研究動態》一九八八年一期。

10 《中國社會科學》一九八八年六期。該文後來用作舒蕪編錄《女性的發現——知堂婦女論類抄》（北京：文化藝術出版社，一九九〇年二月）的《導言》，另收入《周作人的是非功過》。

民俗學的濃厚興趣。錢理群在《周作人的民俗學研究與國民性考察》[11]一文中率先對周作人的民俗學研究與其思想的關係進行了研究。他指出，民俗學研究，特別是以五四為開端的中國民俗學研究，幾乎天生地具有一種民族主義的色彩，周作人對中國人宗教信仰的考察就鮮明地體現了這一特性。他考察中國文化，著眼於民間的普通人的思想，特別強調道教——或稱薩滿教——對中國國民思想所產生的嚴重的消極影響。比如道教的原始宗教（巫術）狂熱、命運觀等對國民性的危害。同時，對於周作人這樣的「具有高度個性自覺的思想家」，民俗學研究的意義不僅僅在於對客觀存在的民俗的批評與鑑賞，更是一種主義的參與，一種內在的追求：要從民俗的客觀考察中，探求一種最適合於自己主觀性發展的理想的合理的生活方式。王泉根《論周作人與中國現代兒童文學》[12]論述周作人在兒童文學領域的工作及其理論主張。周是外國兒童文學的熱心譯介者，還是兒歌童謠與民間故事的熱心搜求者，但他在兒童文學方面，最有實績、最有影響的是其兒童文學理論研究。文章重點概括了其對兒童文學的建設主張：「第一，批判封建主義虐殺兒童的罪惡，鼓吹尊重兒童的獨立人格，提高兒童的社會地位，熱情倡導『為兒童的文學』」。「第二，強調理解『兒童的世界』，尊重兒童心理發展的年齡特徵，主張『迎合兒童心理供給他們文藝作品』。」「第三，提倡兒童文學文體多樣化，比較全面地探討了兒童文學的文學樣式，並肯定它們在兒童教育中的作用。」「第四，周作人的兒童文學觀也存在著明顯的歷史局限性，這種局限性曾對中國現代兒童文學的發展方向產生過十分不良的影響。」作者肯定「周作人應當屬於中國現代兒童文學拓荒者的行列」，又批評他「反對兒童文學的教育方向性與社會作用」。周作人與日本文化有著深刻、複雜的關係，這是研究周

---

11 《北京大學學報》一九八八年五期，收入錢著《周作人論》（上海人民出版社，一九九一年八月）。

12 《浙江師範學報》一九八四年二期。該文用作王編《周作人與兒童文學》一書的「代前言」（浙江少年兒童出版社，一九八五年八月）。吳家榮《周作人在兒童文學上的功過》（《藝譚》一九八四年三期）也較早評估周作人在兒童文學方面所做的工作。

和比較等很多重大問題上仍有許多共同點[15]，表現出了研究者可貴的求實態度，這種態度也是對研究中在一定程度上存在的單向思維的撥正。

圍繞著周作人的文化態度問題，《光明日報》上曾經有過一次討論。該報一九八八年六月十四日《圖書評論》第七期發表李書磊的《溫和的意義——漫談〈知堂書話〉》一文，認為過去對周作人這類文化上的「溫和派」的評價失之偏頗：作為一種文化態度，「溫和」、「寬容」自有其積極的意義和價值。七月二十六日《圖書評論》第十期刊登趙京華的商榷文章《溫和的別一種意義》，說作為一種文化態度，「溫和主義」本來可以導向理智主義和保守主義兩種不同的文化立場，而「五四」以來文化上的「溫和派」後來大都走向了後者。他最後寫道：「作為審美層面的藝術品格，《知堂書話》的溫和與寬容是無可挑剔的。但是，作為一種旨在改革現實的文化立場和態度，無論溫和主義還是寬容主義都無助於文化改革與重建的成功。」八月二十三日黎澍發表《〈知堂書話〉和周作人的文化態度》，提出周的「文化態度的核心」是西方的自由主義：「總想避免突然的巨大變動，這使他們與激進主義者有所不同。自由主義者對於一些有用的改革又很熱心，這是其不同於保守主義之處」，「自由主義的內容往往隨著條件的變化而變化，對社會問題往往採取實用主義的方法。同時，自由主義者自身在關於政府的職責範圍這一問題往往有彼此相反的意見」。舒蕪在上文提到過的那個記者問中指出，三〇年代在如何堅持「五四」傳統上周作人代表著一條與魯迅不同的道路，他說：「我曾把魯迅的文化態度概括為『我在故我思』，把周作人的文化態度概括為『我思故我在』。『我在故我思』是站在現實的大地上思考行動，實現知行合一……而『我思故我在』則是把理性思考放在至高無上的地位，思就是一切。」舒蕪的意見並非針對以上幾篇文章，但對

15 《不為苟異——關於魯迅、周作人後期的相同點》，《魯迅研究動態》一九八九年五、六期合刊，七期。

認識同一問題是有裨益的。

怎樣把周作人的附逆行為統一於他複雜的人格中，這大概是使學術界最為困惑的問題。在本時期的研究中，還沒有人能為此提供令人滿意的成果。他的附逆與前期人格表現的反差實在太大，附逆期間他也並沒有真正替日本人賣命，甚至還做了一些於抗戰有益的事情，過後他的「不辯解」主義為之塗上了一層撲朔迷離的神祕色彩。

南京師範大學主辦發行的《文教資料》一九八六年四期發表了一組《關於周作人的史料》，裏面傳播了一個說法：周作人當年出任偽職，是中共北平特委派他打進去。一時謠諑紛起，海外甚至有人把事情誇大為中共給周作人平反，藉此攻擊中國的對外開放政策。之後北京魯迅博物館召開「敵偽時期周作人思想、創作研討會」，舒蕪的《歷史本來是清楚的——關於周作人出任華北教育督辦偽職的問題》[16]是會上引人注目的成果。他根據大量的事實，澄清了所謂「周作人不是漢奸而是中共派遣打進偽政府」的說法。以前人們對周附逆過程的說明和評論主要是通過一些外在的材料，而他主要舉出了「內證」，即周作人自己在那個時期的思想、感情生活，通過其日記的記載說明他的遇刺是中國方面對於附敵者的懲罰，揭露周與進駐到他家的偵緝隊之間微妙的關係和這個自稱「沿門托缽的老僧」的奢侈生活。

解決周作人附逆這個難題的關鍵還是他附逆的原因究竟是什麼。學術界基本上同意說周的附逆有他思想上的依據。黃裳在《關於周作人》[17]中說：「周作人的不肯離開北平，終於陷入恥辱的深淵，當然不只是因為他自己所辯解的『家累』，其更重要的原因則是他對抗戰前途的漆黑的預測，也就是對國家民族已經失去了信心。他說是在北平『苦住』，其實是不願捨棄苦茶庵的生活。」黃文又說：「周作人自己建

16 《魯迅研究動態》一九八七年一期。
17 《讀書》一九八九年九期。

築起來的這個堡壘（指苦茶庵——引者）是非常堅固的。在這內外分開了兩個截然不同的世界。他就躲在這個堅硬的殼裏做著安然的白日好夢。這種雙重人格的心態正是使他能夠安心立命寫下了那許多文字的基礎。」黃裳的「雙重人格的心態」的觀點對我們評析周作人附逆期間的作為是很有啟發的。他對周作人的人和文頗為熟悉，故對他文中微露的心曲往往有著精細的把握，如說《關於朱舜水》[18]一文隱曲地表示了他當時的哀苦心情，解放後寫的《祖國的偉大》[19]「輕描淡寫地流露了對自己過去的罪惡的懺悔」等。

三

新時期周作人文藝思想研究，是以肯定他的「人的文學」觀念在五四文學革命中的重要歷史地位為開端的。李景彬在《評周作人在文學革命中的主張》一文中就指出：「人的文學」所要實現的就是思想革命，這是最重要的，標誌著五四文學革命達到的深度。從胡適的《文學改良芻議》，到陳獨秀的《文學革命論》，再到周作人的《人的文學》，反映了五四文學革命逐漸深化、堅實的過程。其他研究文章也都高度評價了「人的文學」的主張，因為正是它所要求的人道主義內容為新文學與傳統文學最終劃清了界限。

這時，周作人激烈地否定傳統文學，有人把這看作是他文藝思想的局限性。但應該看到，每一個時代、每一個時期都有自己獨特的任務，在某一個具體的時代或時期裏，往往不是四平八穩的全面，而恰是那些被認為是偏激的東西在歷史上起著巨大的進步作用。

18 收入《藥味集》。
19 《亦報》一九五二年一月七日，收入陳子善編《知堂集外文・〈亦報〉隨筆》。

「人的文學」觀念對中國現代文學有著深遠的影響。比較直接的，正如陳福康所說，「人的文學」與魯迅、茅盾、鄭振鐸等人的「為人生的文學」有一定內在的蟬聯嬗變關係；但他著重指出後者的幾個鮮明特點：他們的文學思想傾向和理論根據主要是接近於十九世紀下半葉以後的俄國現實主義文學，強調反映底層勞動人民的生活，提倡寫「血與淚的文學」，提倡文學革命和社會革命相結合，並強調文學應有「理想之光」的照耀。周作人強調的「人」則是抽象的人[20]。「人的文學」與「為人生的文學」的比較一直是一個冷門話題，陳福康的研究使五四新文學理論發展的脈絡更加清晰。

前面所提羅鋼的文章探討了西方人道主義思想對留日時期周作人文藝觀的影響。從思想淵源上看，周作人這一階段的文藝思想主要是受到美國文藝理論家漢特和丹麥批評家勃蘭兌斯的影響。漢特既反對把文學看作作家們的自我表現，否定了在西方風行一時的為藝術而藝術的觀念，又反對利用文藝來直接達成某種庸俗的功利目的。他的觀點深深契合了周作人當時通過文學喚起國人精神自覺而達到民族復興的願望。漢特的文藝觀體現的正是自文藝復興以來就構成西方思想主流的，以人為本位，肯定人的價值，以人的全面和諧發展為最高理想的人道主義思想。如果說漢特從理論上為周作人論證了文學巨大的精神作用，那麼勃蘭兌斯則通過對波蘭等被壓迫民族文學的介紹，為這種精神作用提供了具體的例證。在此以前，錢理群也曾談到周作人在日本時期更關心人性的全面發展[21]。

有人考察了當時日本文壇坪內逍遙、夏目漱石等人受康德非功利審美觀影響的文藝思想對周氏兄弟文

20 《略論「人的文學」與「為人生的文學」——魯迅與周作人文學思想比較研究札記》，《魯迅研究動態》一九八八年六期。關於「人的文學」與「為人生的文學」之間的關係，司馬長風在《中國新文學史》中點到過。
21 《魯迅、周作人文學觀發展道路比較研究》，《中國社會科學》一九八四年二期。

藝功用觀的影響，以及他們基於民族主義立場對這種影響所作的取捨和轉化[22]，這也饒有興味。

藹理斯對二〇年代周作人的思想產生過巨大影響，羅鋼在文章中還分別從文學理論、文學批評和創作思想三方面描述靄理斯對周作人文藝思想的影響。文學理論上的影響使周作人相信「文學只是自我表現」和「文學無用」。文學批評上，藹理斯的著作，為周作人提供了獨特的批評視角和主題，這就是把文藝批評與道德批判聯繫起來。更為鮮明地體現著藹理斯影響的，是他在批評中對心理分析的批評理論和方法的運用。藹理斯的「生活之藝術」觀念對他的創作思想產生了重要的影響。羅鋼的研究是別開生面的，周作人自己說過藹理斯是於他最有影響的外國思想家，在羅鋼以前還沒有人對他們之間複雜的精神聯繫做過如此詳細而又透徹的闡明。

周作人還是一位有著自己獨特見解的文藝批評家。錢理群說，周作人從文學藝術與批評自身發展規律出發，對於「批評自由與寬容」原則的深刻闡述，不僅是他批評理論中最有價值的部分，而且是「五四」思想解放運動與文學革命的可貴成果，標誌著現代文學批評觀念所達到的一個歷史水平和重要階段。同時，批評個性問題的提出，以及提倡主觀的、鑑賞的、印象的批評，是周氏對現代批評史的又一個貢獻[23]。關於後一點，我以為，周作人的批評理論和實踐不足以和中國現代文學史上占主導地位的社會學的實證批評相頡頏，但卻在一定程度上糾正了所謂「科學式的批評」的偏執。

本時期對周作人文藝思想的研究還是很不夠。周作人二〇年代和三〇年代前期文學的核心是表現論的文學觀，這種文學觀的內容及特點、與「人的文學」的關係、對周作人的意義、在現代文學史上的地位等這些問題沒有得到研究。又如他的新文學觀也沒有受到足夠的重視。他在《中國新文學的源流》中把新文

22 何德功，《周氏兄弟早期對文學功用的認識與日本文壇》，《河南大學學報》一九八八年二期。
23 《歷史的毀譽之間——簡論周作人文藝批評理論與實踐》，《中國現代文學研究叢刊》一九八八年一期。

學的勃興看成是中國傳統文學「載道」與「言志」內部矛盾發展的結果，從近因上講是明清之際「言志」派文學的復活，不少人因為周作人又「走向」傳統而表現出了不屑一顧的態度。如果說周作人對新文學源流的觀點還引起過人們不同程度的注目的話，那麼他對新文學建設的主張則極少有人問津：事實上，他對新文學的內容、特點、格局和語言創造等問題都提出了自己的方向性的意見。

四

對周作人散文的研究也經歷了從周氏創作的前期到後期、從表層到內面的認識過程，並在後兩年取得了較大的進展。人們意識到不能簡單地給他創造的色彩繽紛的藝術世界貼標籤，而是盡可能地去貼近、去感受這個世界，找出它的特殊性、複雜性，總結其中的藝術經驗。

周作人的早期散文得到專門研究。許志英在《論周作人早期的思想傾向》[24]一文中，肯定了周作人散文在提倡新道德、新文學和反對舊道德、舊文學方面，在從「五卅」事件一直到國民黨「清黨」事件發生後的鬥爭中所表現出的進步傾向。他批評了動輒把「政治標準」絕對化，給作品扣上「反動」帽子的「左」的做法，指出周作人那些表現「閒情逸致」的散文雖然流露出清高淡遠、歸真返璞之類的情調，但也僅此而已。對這個問題的態度確實是決定周作人散文研究能夠深入開展的關鍵之一，以後的研究進程也說明了這一點。不久，在《論周作人早期散文的藝術成就》[25]中，許志英概括了周作人對現代散文發展的

24 《中國現代文學研究叢刊》一九八〇年四期。
25 《文學評論》一九八一年六期。

貢獻，又從三方面談了周散文的藝術特性：一是旁徵博引所形成的廣泛的知識性；二是寓莊於諧、寓諧於莊而形成的豐富的幽默性；三是用淡筆寫淡情而形成的質樸的詩意。這雖然點到了周作人早期散文藝術特性上的一些表現，但還缺乏對其藝術方式的更深把握。

在《魯迅和周作人的散文創作比較觀》[26]中，李景彬把視野擴展到周作人三〇年代的散文。他堅持把周作人的散文創作放在他的政治道路上去理解，以思想風貌來概括他散文在各個階段的特徵，如用「閒適」和「戰鬥」來標示周作人和魯迅三〇年代散文的分野。這在其專著《周作人評析》的目錄體例上可以看得更清楚，如在談「『五四』以後的動搖」後，談「文藝思想的貧困」，再談「小品文的繁榮」；在談「白色恐怖下的隱逸」後，談「『文學店』關門」，再談「小品文的危機」。他在每一部中基本上是按這個思想寫下來的。這樣固然可以大致看到他散文創作的流變情況，但往往難以看得更真切。

周作人的集外文很多，有些專門論述其文學成就的研究者也會被他的編集擾亂視線，低估這些文章（主要是雜文）在他早期散文中的比重，就會誤解周作人這個時期的思想和創作真貌。張玿於的《從集外文看周作人早期散文創作概況》[27]考察了周一九一八年至一九二九年的集外文，探討了周作人文章入集的標準，有助於彌補上面所談研究中存在的缺失。

在《周作人概觀》中，舒蕪指出了一九二四年以前周作人文學評論和思想評論文章的兩個特點：理智平靜的態度，和婉商討的語氣。他和很多人一樣，看到了周作人一九二四年左右把寫作重點轉向小品散文，轉變的原因是對思想革命和文學革命的悲觀。他又指出此後周作人所追求和所達到的平淡自然，有著清和冷的色彩和韻味。換句話說，他創造出了一個清和冷的審美世界。

26 《江漢論壇》一九八二年八期、九期。
27 《魯迅研究資料》（二十一）。

淡或平淡相對立的傾向。到了兩年後的《周作人的散文藝術》[31]，舒蕪就顯示了研究的進步。他首先談論了包含在「平淡」中的複雜性：縱觀周作人的生平文章，可以分為正經的與閒適的兩大類；主要是正經文章，其次是閒適文章；兩類文章的審美追求都是平和沖淡；閒適文章更多地體現他的審美追求，正經文章更多地表現他的思想；不少閒適文章裏面寄寓著正經的思想，並非一味閒適；不少正經文章，內容嚴肅、尖銳，而文章風格仍力求平和沖淡。可能正是由於對問題的充分意識，在後面探討「平淡」時，他重點從感情的表現上和愛好天然、崇尚簡素的審美追求上著眼。他的平淡，又不是不用技巧，相反是匠心獨運，只是不露痕跡而已。作者說，周散文清淡而腴潤，有低徊的趣味，有從容淡雅的風神；形成腴潤之內更深的原因，在於情感。我想，舒蕪所說的「腴潤」首先來自周作人的不能平淡處，其次在於他建立在人道主義精神之上的通達，再次是他對諸多「趣味」的追求。他仍然用舉例的方法談周作人散文中與清淡腴潤相比「相異乃至相反之味」。如極力淡化情感之法用於太嚴重的事情而產生的強烈效果，比幽默詼諧更進一步地說極端詼詭的反話，尖銳潑辣甚至尖酸刻薄，直陳本意與直白的抒情，等等。這在一定程度上說明對周作人具有豐富性與複雜性的風格特徵很難做出更高的理論概括。

每一個藝術大家在創造自己獨特、富有生命力的藝術世界的同時，也創造了屬於自己的審美法則。這是不是要求我們在研究周作人散文時要變換一下尺度，或者需要我們在理論上有所突破呢？當然並不是說，「平淡」之類不能用於評論周作人的散文，而是說以它來評論的時候，應該充分考慮到對象本身的複雜性，應該做出細緻的分析和說明。

《關於周作人散文藝術的斷想》[32]是錢理群的數則讀書札記，作者的周作人研究主要集中在思想上，

31　《文藝研究》一九八八年四期、五期。
32　《江海學刊》一九八八年三期。

可是由於對周作人和他的散文很熟悉，又有札記體式上的便利，故文章中有不少閃光的論點。該文突出的特點在於，把周作人的散文藝術與他獨特的精神個性聯繫在一起。他說，周作人以「生活之藝術」為中心的生活方式、情趣和哲理與小品文的「體性」取得了高度的和諧，這就是周作人成為中國小品文主要代表作家的最基本原因。並且，他的藝術思維方式與氣質也是散文的。因此，可以說散文小品是周作人終於找到的自己的藝術形式。「趣味」是周作人小品文理論的一個中心概念。錢理群說：「在周作人那裏，『趣味』是一種人生態度與審美情趣的統一，是人生價值評定與審美追求的統一，是為人的風格與作文的風格的統一。」他在文章裏談到了周作人所追求的「趣味」中的雅、樸、澀、中庸等要素。

對周作人散文藝術世界斑斕的色彩，趙京華也是有著深切意識的，他在東西方文化、個人與時代的大背景下，試圖找出這個世界的內在建築方式。其結論是：周作人的藝術世界，以同時包含了科學理性、民主寬容與昏聵中庸虛狂成分的思想風貌和憂患苦寂閒適的情感基調為深層結構形式，以通過自由與節制原則微妙均衡諸種藝術手法、審美情趣而成就的純淨淡雅雋永的文體為表層結構形式，構成了一個擁有長久生命的藝術的有機體。他還探索了周作人的審美意識和審美理想的生成過程，追溯到他的早年生活和所受的影響[33]。這對研究周作人散文風格也是很重要的。

對周作人散文語言的研究是一個相當薄弱的環節。舒蕪談到了周散文中文言文作為技巧的意義，錢理群談到了他散文「清澀」的特點與語言表達之間的關係，趙京華則從文體的角度對他的語言藝術進行了概括。然而，這些或限於局部，或顯得籠統。對他散文語言研究的不足大大限制了其散文研究的整體水平。

33 《周作人審美理想與散文藝術綜論》，《文學評論》一九八八年四期。

早在一九三〇年代，周作人就被謚為「文抄公」，此後他的抄書體文章一直飽受詬病。其實，周作人三〇年代以後的散文有著大膽的創制。他解放後在致友人的信中說，他一直喜愛如《賦得貓》、《關於活埋》、《無生老母的信息》等篇章。[34]我把這類散文的文體稱為「抄書體」，這類作者自視甚高的文章與三〇年代以前的散文不同，抒情表意線索更加內在化，更多的是抄錄古今中外的書籍，只用極為簡單的語句把材料連綴起來，但表達的卻是自己的意思。「趣味」與人情物理高度和融，讀起來味道醇厚。

「抄書體」文章解放前得到過少數幾個人的喜愛，解放後一直備受鄙視。在新時期，舒蕪於《周作人概觀》率先對這類散文予以肯定：「周作人晚年許多讀書記之類，常常通篇十之八九都是抄古書，但加上開頭結尾，加上引文中間寥寥數語的連綴點染，讀起來正是一篇貫穿著周作人特色的文章，可謂古今未有的一種創體。」在《周作人後期散文的審美世界》中，他更明確地說：「事實上，周作人的小品文的真正大成就，還是在他的後期（指一九二四年以後——引者）。甚至包括了他附敵以後的部分作品，這是今天應該冷靜承認的。」「到了晚年（主要指抗戰爆發以後——引者），刊落浮華，枯淡瘦勁，而腴潤自在其中，文境更高。」在《周作人的散文藝術》一文裏，他把這種文體稱為「『文抄公』的文體」。

肯定周作人的「抄書體」散文意義重大，會導致對周作人散文研究整體格局的調整。不過，新時期還沒有對「抄書體」散文展開進一步深入的研究。

34　一九六五年四月二十一日致鮑耀明，見《知堂晚年手札一百封》。

第三章　周作人研究的成長期（一九九〇至一九九九）

八〇年代的周作人研究成果斐然，然而研究者對研究對象還有點「隔」。步入九〇年代後，研究者進一步擺脫了舊的思維方式和成見的束縛，努力地走近周作人，走到他獨特的藝術和精神世界中去；然後在此基礎上，開始試圖建立周作人與中國現代文學史、中國現代思想史以及東西文化的廣泛聯繫。

我過眼的一九九〇年到一九九九年間的各類談論周作人的文章在二百二十篇左右，其中：論文約一百六十篇；研究論著的書評六篇；史料、序言、散文、雜感等五十餘篇（實際篇數會更多）；譯文近十篇，均為日本學者所作。由於一九八九年事件的波及，一九九〇年的論文最少，約有九篇。八〇、九〇年代的周作人研究一直深受政治形勢的影響。上述文章再加上十多種著作，九〇年的研究成果在規模和質量上已經超過八〇年代了。

一

經過一段時間的積累，幾位研究者貢獻出了他們的研究著作，這些著作代表著本時期周作人研究的最高成就，獲得了較為普遍的好評。

一九九〇年差不多同時出現了兩本周作人評傳，它們是研究界努力走近周作人的引人注目的成果。周作人的外在生活相當平淡，真正值得一寫的是他的精神傳記，因此兩個作者都採用了評傳的形式。倪墨炎著《中國的叛徒與隱士：周作人》[1]以短章節結構全書，以傳為主，評從傳出，注意可讀性、趣味性。在充分占有材料的基礎上，以辯證求實的態度評價周作人的一生，勾勒出傳主的整體形象。他不迴避重要、複雜的問題，總是從實際出發，儘量做出自己的解釋。在評述過程中闡明傳主與當時的歷史背景的聯繫，顯示了作者對這方面情況的稔熟。同時我們也看到，作者與傳主的精神世界之間存在一定程度上的疏離。如他認為三〇年代以後，周作人的散文越來越多的是讀了令人生厭的「掉書袋式的文字」，並且認為它們比不上周氏解放後的散文，這恐怕離事實較遠。

另一本是錢理群的《周作人傳》[2]。此書最突出的特點，在於其中凝聚了作者對二十世紀中國知識份子道路的思考，強調了周作人這一類知識份子的思想和人生道路與時代的關係，作為自由主義者的價值和悲劇，與幾代知識份子的異同等，從而使這本評傳具有了厚重的思想品格。尤其是錢理群寫過大量的研究文章，文章中的思想融入在本書中，大大增加了思想深度。錢著再一個可貴之處是他避免了一些成見的干擾。像「兄弟失和」事件正好為人們「褒魯貶周」提供一個機會，錢理群沒有這樣做，他列舉了種種材料，儘管已有的材料都有利於魯迅，但在缺乏最實質材料的情況下他並不強做結論，還提示人們不要以簡單的是非標準看待家庭矛盾。作者並非包庇周作人，在諸如附逆之類的事情上，他的敘述和審視又是冷峻的、批判的。錢著還有使用周作人未發表的日記的便利，這使得他的敘述更加細緻，更貼近傳主的生活和情感。

錢著之長在於其思想性，他和倪墨炎一樣對周作人的散文藝術的感受和分析不夠，這顯露出他們與知

1 上海文藝出版社，一九九〇年七月。
2 北京十月文藝出版社，一九九〇年九月。

堂的精神個性之間的「隔」。因為散文的藝術、文體與作家的精神個性、思想不是二元的，布封說過文體即人。我之所以把作品的藝術和文體放在如此重要的位置上，是因為傳主首先是一個作家，不管傳記突出傳主的哪一方面的特質，對其藝術世界的闡釋都應該是評傳的基本層面。

之後又出現兩種周作人的傳記：李景彬、邱夢英的《周作人評傳》[3]和雷啟立的《苦境故事・周作人傳》[4]。前者為《中國現代作家評傳叢書》中的一種。該書重在「評」，是在李景彬第一本專著《周作人評析》的基礎上改寫而來的，增補了材料，修正了觀點，是一部用心之作。後者相對於倪、錢二人傳記厚重的學術品格，可以說是普及性的。作者以清新、暢達的文字勾勒出了周作人的人生軌跡。

錢理群還出版了《周作人論》[5]。該書共分三編，第一編「『周作人道路』及其意義」，重點比較了周作人和魯迅的思想發展道路、人生哲學、文學觀；第二編「開拓者的足跡」，論述周作人的貢獻，方面較廣，包括性心理研究、兒童文學、民俗學、散文藝術、文藝批評、翻譯理論與實踐等等，這是書中成績最大的一部分；第三編「周作人與同時代人」，採用評述的方式梳理了周作人與章太炎、蔡元培、李大釗、陳獨秀、胡適、錢玄同、劉半農、俞平伯、廢名，以及文學研究會、創造社、現代評論派、新月派、湖畔詩社成員之間的關係，涉及中國現代文學史和中國文化史上許多重大的問題，作者鉤稽史料，用力甚勤。錢理群的研究興趣主要在魯迅，但作為新時期第一批中國現代文學專業的研究生，他的研究工作是從周作人起步的。《周作人論》中所收文章的寫作時間貫穿了八〇年代，從所顯示的觀念、方法以至文風來看，可看出一代現代文學研究者不斷自我超越的艱難跋涉的精神歷程。

---

3 重慶出版社，一九九六年二月。
4 上海文藝出版社，一九九六年四月。
5 上海人民出版社，一九九一年八月。

舒蕪的《周作人的是非功過》[6]收錄了他發表過的十一篇論文，是對他五年間周作人研究工作的一個總結，有些文章做了較大的修改。這是一部沉甸甸的大書，表現出了成熟的學術風格。他的幾篇重要文章已在前一部分的述評裏評介過，這裏不再贅述。我認為在他的書中有兩個最值得稱道的特質：第一，與同時期的研究者相比，更充分地估價周作人在中國新文學史和新文化史上的貢獻，旗幟鮮明地追尋他身上的正面價值。譬如：他指出，在五四新文學和新文化運動中的許多方面，周作人的「成就和貢獻都是第一流的，開創性的」，「將永遠成為中國新文學寶庫的一個極重要的部分」。在《女性的發現——周作人的婦女論》中，他肯定周作人「第一個比較全面地論述了新文化運動和婦女解放運動應有怎樣的婦女觀」，「周作人的全部婦女論，今天讀起來都還是新鮮的、有益的」。在《我思，故我在——周作人的自我論和寬容論》中，他批判地肯定了周作人的寬容論和他關於自我的憂患意識，強調知識份子的主觀、主體、自我的重要性。第二，立論大膽、新穎，富有啟發性、開創性。舉兩個例子：他在新時期較早肯定周作人作為思想家的身分和價值。《周作人概觀》在發表時就點到周作人作為思想家的存在，此文以「以憤火照出他的戰績——周作人概觀」為題收入本書時，舒蕪做了補充：「他的各個方面的歷史功績，正因為都具有文化思想上的意義，才高出當時的一般的水平，也才能夠成為我們不該拒絕的遺產。『五四』以來的新文學作家很多，文學家而同時還是思想家的，大概只有魯迅和周作人兩個，儘管兩人的思想不相同，個人的思想前後也有變化，但是，他們對社會的影響主要是思想上的影響，則是一樣的。」再如，相當多的研究者鄙薄周作人後期文章，指為才盡，指為脫離現實，指為寫不出作品只好大抄古書，作者不同意，他的《周作人概觀》是新時期最早對知堂後期散文予以肯定的文章。《周作人的是非功過》裏的文章已經產生

[6] 北京：人民文學出版社，一九九三年七月。由於周作人未刊日記的著作權的原因，前一部分述評中談到的他的重要論文《歷史本來是清楚的——關於周作人出任華北教育督辦偽職的問題》沒能收入。

了廣泛的影響，今後勢必會在研究工作中繼續發揮積極的作用。

八〇年代周作人研究的興奮點集中在周作人的思想和人生道路上，對他的散文藝術的研究則顯得不夠。劉緒源的《解讀周作人》[7]是第一部以周作人的散文為研究對象的專著，作者受印象式的鑑賞批評的影響，很少使用專業術語，以學術小品式的批評文體寫出了他解讀周作人的獨特感受。我以為這本書最突出的貢獻在於：一、大大彌補了以前對知堂散文藝術和文體研究的不足。作者提出了許多大膽、新穎而又令人信服的觀點，讓人感覺到他確實深入到了知堂藝術的堂奧裏去。他給予周作人的抄書之作比他前期散文更高的評價，通過實際的考察向我們表明，那些看起來黑壓壓一片的抄書之作其實也是曲盡其妙的。進而說：「周作人更多的是在別人的書中尋找自己，藉別人的書說自己的話，所以抄書也成了他『表現自我』的極好途徑。他的文章夾敘夾議的，有時候，所抄之書成了他文中『敘』的內容，與他的『議』天然地融成了一體。」周作人追求簡單、本色，但人們往往看重周較多地運用了技巧的文章，如早期鋒芒較露的雜文，或那些色彩比較鮮亮的小品。何以如此？作者的分析是精闢的：「只因為它們更好評、更好看，更能讓人一下子讀出好處來。但事實上，知堂散文更精彩的部分，真正能代表他的最高藝術追求的，恰恰不是這一部分，而是那些更平淡樸素，一眼望去更找不到好處的本色文章——一旦你改變了過去的看慣漂亮衣服的閱讀目光，真正從這些沒有外在魅力的本色文章中發現了人的魅力，那麼，你就將獲得更為深邃而久遠的審美享受。在散文藝術的天地裏，你也會有『一覽眾山小』的真切體驗。」二、把周作人與同時代風格相對接近的散文家林語堂、梁實秋、豐子愷等進行了比較研究，在比較中突出了周作人的特點和成就。這樣就拓展了周作人與中國現代散文史的聯繫，使人對周的散文有了立體化的認識。他通過比較顯示

---

[7] 上海文藝出版社，一九九四年八月。

出對散文藝術的真知灼見。林語堂的幽默、閒適，梁實秋的談話風，豐子愷的文雅淡泊，都與知堂有相像之處，且易引起人們的誤解，作者都進行了認真的辨析。他總結道：「總之，周作人的『簡單味』並不簡單，在他的樸拙中總是包藏著豐腴，這是豐子愷所不具備的。他的『澀味』更其複雜，不僅為豐子愷，也為林語堂、梁實秋及許許多多同時代散文家所不具備。可以說，『澀味』與『簡單味』是苦雨齋散文藝術的兩個極重要的特徵。」

錢理群《話說周氏兄弟——北大演講錄》[8]把周作人的思想與當下的社會、文化思潮聯繫起來，發掘其當代意義，並力圖概括出他思想的基本範疇和命題。錢氏大約是在中國大學中最早開設關於周作人選修課的學者，早在一九八七年的上半年，他即為北京大學文學專業八三、八四級兩屆學生、研究生和進修教師開設了「周作人研究」課程。《話說周氏兄弟——北大演講錄》是他一九九七年下半年為北大中文系高年級本科生與研究生開設選修課「魯迅、周作人的思想研究」的講課紀錄稿。其內容不同於通常的講課，而更多地帶有演講的成分。作者在《後記》中自陳：「與我的其他學術著作不同，本書有不少內容是對周圍的現實與九十年代的社會、文化思潮的直接評述，在講清楚魯迅、周作人基本思想觀點的基礎上，更注重他們這些思想觀點在中國的當前現實中的意義，目的是啟發聽者對中國現實生活中的問題的思考。」為此，他選擇了「立人」思想、婦女觀與兒童觀、外來文化觀、傳統文化觀、改造國民性等問題。錢理群是帶著對當代歷史和現實的體驗和思考而走近對象的。比如，有研究者在論及周作人研究時鼓吹高調的民族主義，表示為了建立一個近代化的民族國家，從政治上集中全中國人民的意志和力量，是理所當然、勢所必至的事情。其他一切東西無論如何美好、如何重要，在這個壓倒一切的民族大政面前，不得不讓步，

8 濟南：山東畫報出版社，一九九九年九月。

九九——二〇〇〇年中國文學年鑑》（《現代文學研究述評》）評價說：「黃開發的《人在旅途》（人民文學，一九九九）是這兩年的周作人研究著述中頗見功力之作。作者對周作人其人其文都甚為熟悉，對其『人學』思想的分梳相當深入而系統，對其精神和人格狀態的理解和把握頗具新意和深度。如對周作人的重大人生抉擇——抗戰時附逆的研究分析，指出對人生、民族的雙重悲觀和對現世享受的追求是周作人附逆的精神根源，是相當有力的。周作人的文體獨具一格，卻並不單純，需要精細的審美感受力，才能適當地加以辨析。作者具有這種能力，甚至行文也多少帶有周作人風，可見領受了文體之精微。應特別提出的是作者對周作人研究史的述評既見功力又見功夫，這是當今有些研究者所欠缺的，值得加以提倡。」在研究周作人的過程中，黃開發深感新文學中功利主義問題的重要性，後來在專著《文學之用——從啟蒙到革命》[12]中試圖從文學功用觀的視角切入，考察從晚清到一九二〇年代末中國文學觀念的現代轉型，評價功利主義文學的功過得失，對功利主義文學觀、現實主義的意識形態功能、中國文學現代化的動力與儒家經世觀念的關係等重要理論問題進行了自己的探索。這雖然不是一本周作人研究的專著，但聯繫實際的文學史進程，進一步思考了與周作人研究相關聯的重要的理論問題，擴大了理解周作人獨特文學思想的歷史語境。作者在《後記》中說：「我的基本思路和價值取向未嘗不可以看做是對周作人的某種意義上的放大，只是調整了姿態，態度更積極、更包容而已。」

還有幾本著作需要介紹。八〇年代中期出現了「文化熱」，趙京華的《尋找精神家園——周作人文化思想與審美追求》[13]顯然吸取了「文化熱」中積累的思想成果，選取了廣義文化學和思想精神史的研究視角，在中國現代化歷史變革與東西文化碰撞的大背景下，歷史地描述了周作人的文化思想和人生、藝

12 北京十月文藝出版社，二〇〇四年十一月。

13 北京：中國人民大學出版社，一九八九年十一月。該書的實際發行和產生影響都在九〇年代，故不妨把它放在九〇年代的時間範圍裏介紹。

術、審美的追求。鍾叔河是重印周作人作品的著名出版家，《兒童雜事詩箋釋》是其唯一的一本周作人研究著作。該書初版本名為《兒童雜事詩圖箋釋》，文化藝術出版社一九九一年五月版，中華書局一九九九年一月印行修訂本，易名為《周作人豐子愷兒童雜事詩圖箋釋》，補充了一些材料，修正了多處闕誤。安徽大學出版社二〇一一年三月梓行新版《兒童雜事詩箋釋》（精裝本）。該書收錄周作人《兒童雜事詩》七十二首，曾於一九五〇年刊載於上海《亦報》。鍾叔河逐篇箋釋，主要是從周氏自己的文章中找尋相關材料，並輯錄地方文獻、筆記雜書、故老言談、友朋通信等，方便了讀者的閱讀理解，也豐富了原詩的內容。作者用心搜求，多次修訂，看似平易，實則精審淹博。第三版改動較大。前二版只影印了一九六六的寫本，採用大字直行的版式，新版則將原詩和箋釋改為簡體橫排，影印換用了一九五四年的寫本，豐子愷做插圖也按《亦報》原大印製。另外，在內容上也做了較多的補充。谷林為《兒童雜事詩箋釋》做書評《「嘉孺子」》[14]，稱舒蕪編錄的《女性的發現》和此書「皆能讀人所常見書而別有會心者也」，對該書的裝幀、版式、詩畫及箋釋均有精彩細緻的評論。張鐵榮的《周作人平議》[15]是一本周作人研究的論文集，內容涉及周的新詩、一九四九年後的散文、日本文學翻譯、「語絲時期」之日本觀、遇刺未遂事件、出任偽職經過、與《文字同盟》和《古今》雜誌的關係等，有些是周作人研究中別人沒有注意或注意不夠的方面。作者以平實的態度為周作人的研究做了切切實實的工作。孫郁的《魯迅與周作人》[16]敘述了周氏兄弟的關係，比較了他們的個性、思想、影響等，記錄下作者與他們進行精神對話時的感悟。作者對「二周」是有很深的體會的，不過相比較而言，他似乎對魯迅更熟悉一些。關於本書寫法上的特點，王得後在

14 《讀書》一九九二年二期。
15 天津人民出版社，一九九六年三月。
16 石家莊：河北人民出版社，一九九七年七月。

序中說：「簡直就是一部讀書筆記，把讀到的材料，自己的感覺、體會、心得、認識，加以分析、排比，是什麼就說什麼，怎麼想就怎麼說。沒有隱晦曲折，也不用《春秋》筆法；沒有『做學問』的架子，也不緣事論證的操作。讀起來平易曉暢，樸素親切。」作者的態度值得稱讚，他沒有受「褒魯貶周」模式的影響，而是抖落歷史積下的塵土，顯示出對象的真顏色。蕭同慶編著的《閒話渡滄桑——周作人》[17]以周氏一生經歷為線索，講述關於他的逸聞趣事，記錄他的雋語警句。分「逸聞篇」、「雋語篇」兩部分，後者約占三分之一的篇幅。黃喬生《度盡劫波——周氏三兄弟》[18]是三兄弟的合傳，重點敘述魯迅、周作人，對周建人倒著墨不多。本書敘述三個傳主生平事蹟與活動背景甚詳，材料豐富，傳主面目清晰。只是多數材料沒有注明出處，不利於讀者查證。與這本書不同，更早的魯迅、周作人合傳《兄弟文豪》[19]則為粗劣之作，抄襲錢理群《周作人傳》等書處甚多。

二

周作人的人生道路和思想的研究也比八〇年代更為深入，出現了一批研究成果。這突出表現在對周作人在現代思想史上的地位的研究上。

---

17 北京：中國青年出版社，一九九四年十二月，收入《中國現代文化名人逸聞雋語叢書》。

18 北京：群眾出版社，一九九八年一月版，浙江人民出版社二〇〇八年一月出版修訂本，易名為《周氏三兄弟——周樹人　周作人　周建人合傳》。

19 葉羽晴川著（成都：四川人民出版社，一九九七年十一月）。

有兩篇關於錢理群《周作人傳》的書評對傳主的思想問題提出了新解，頗具啟示性。一篇是汪暉的《循環的歷史——讀錢理群著〈周作人傳〉》[20]。他藉對錢著《周作人傳》的談論，從思想史的角度，對周氏思想中的「閒適」、「歷史循環論」、「復興儒學」等進行了深刻的闡釋，揭示了它們之間緊密相連的邏輯關係。文章開頭說：「閒適誠然是極難得的智者境界，但畢竟又是對世事人生『無奈何』的一種體認。因此，就周作人而言，閒適的態度又有其現實的基礎和思想的前提：對於歷史的悲觀主義認識和個人事業終將失敗的預感。」所謂悲觀主義歷史觀指其「歷史循環論」。這是一種獨特的思維方法，直接起源於他經驗中的多重幻滅；又最終導致人生奮鬥之意義的取消，成為對歷史與人生雙重虛無的確認。就周作人而言，「趣味」與「消遣」不過是抗拒「虛無」的一種策略而已。在「歷史循環論」基礎上建立起來的「新文化運動」的形象，提供了一種關於「傳統」的新的見解，改變了他對儒學的態度，並進而復興儒學。在《中國的思想問題》、《中國文學上的兩種思想》等文中，「周作人一方面不得不把他的『現代儒學』與大東亞『中心思想』相貫通，另一方面又在內心深處期待著以『儒』文化作為一個在政治、軍事上失敗的民族與他民族抗衡的力量」。「貫穿於周作人『復興儒學』思想中的民族主義傾向是非常明顯的。然而，周作人的這種長期思考包含了對於中國現代思想的反省，對於中國文化未來的期待，對於中國社會秩序的道德基礎的探索，這一切既不能簡單歸因於政治需要，也不能用民族主義給予完全的解釋。」周作人對「儒學」的闡釋和佛道的追慕，恰恰表明了中國現代知識份子精神危機的複雜性。

陳思和《關於周作人的傳論》[21]一文提出了關於周作人附逆的思想原因的新解，其中探索了兩個問題：「一是周作人在五四退潮時期以怎樣一種心理去完成由叛徒到隱士的轉化；二是周作人在淪陷區裏懷

20 《讀書》一九九一年五期。

21 《中國現代文學研究叢刊》一九九一年三期。

著怎樣一種心理準備下水事偽的。」關於前者，他說：「周作人在五四後期的轉化，不是個別的行為，它體現了一代自由主義知識份子的共同悲劇。」對此，作者有著較為詳細的分析。我以為更有價值的是他對後一個問題的探討。他說：「思想上的超越氣節與性格上的實利主義，我覺得是周作人下水的重要原因構成。」「否定禮教與氣節，正是中國自由主義知識份子的一個思想特徵。」當八道灣十一號籠罩著生計、遇刺和被日方獵取種種威脅的時候，「作為一個個人主義者，他並不想為國家民族的名分去犧牲個人的生命，這時候，聖達節（《左傳・成公十五年》：「聖達節，次守節，下死節。」——引者）的思想會是他最好的下水理由」。陳思和還引了周作人在一九四九年致周恩來信中「我不相信守節、失節的話」等內容。周作人的超越氣節和注重道義之事功化的思想在戰前即具有，不過明確用來為其附敵辯護是在致周恩來的信中。最初引發他這種思想的是外患迫近而產生的民族失敗主義。陳思和第一次強調了超越名節的思想是周作人附逆的重要原因，過去學術界對於這個問題沒有給予應有的注意，我想在分析周作人附逆的思想上的原因時應該把這一條考慮進去，把它放在合適的位置上。也要看到，既然為自己的附逆行為辯護，那麼致周恩來的信就不可避免地有「醜表功」的意思，他自我表白的真實性是要打折扣的，就是和朋友的談話也可能有著他的虛偽性。我在《對人生和民族的雙重悲觀》[22]一文中梳理了周作人對人生和民族的悲觀的思想線索，認為它們是周附逆的最基本的思想原因，並由此索解他在附逆事敵期間的複雜表現。

周氏兄弟的關係以及他們不同的人生道路一直吸引著研究者們的注意。陳漱渝曾在《東有啟明　西有長庚——魯迅與周作人失和前後》[23]一文中詳細地敘述了兄弟倆失和前後的情況，還提供了新的材料。

22 《江淮論壇》一九九二年五期。
23 《魯迅研究動態》一九八五年五期。

日本學者中島長文的《道聽塗說——周氏兄弟的情況》[24]以日本學者特有的精細，對兄弟失和前後的經過以及他們各自作品中的反映有著頗為細緻的考察和分析，尤其於後者多有新的抉發。《三〇年代周氏兄弟分道思想探源》[25]從認識社會的思維方式與思想特性、待人接物的個性氣質等幾個方面探討題目中所表明的問題，有著自己的理解。杜聖修的《魯迅、周作人「失和」原委探微》[26]探討了兄弟失和問題：在長期的共同生活中，魯迅與周作人、羽太信子接觸密切，而信子則有癔病，在人格和性格上有明顯的病態，對魯迅的親近產生了錯誤的領會與判斷。為什麼周作人會相信子虛烏有的所謂魯迅對信子「失敬」的話呢？「其原因可能相當複雜，但最主要的是與他所接受的西方現代心理學理論影響有關。」所以，周氏兄弟的失和與決裂，是由雙方「誤會」引起的；雖然如此，「其更重要、更深層的原因乃在於中國傳統家庭制度」，家務糾紛起因於經濟問題。

周作人和魯迅、胡適一樣，都是現代文學史上開風氣的大家，瞭解他們之間的關係，進行比較研究，對認識一部色彩紛呈的中國現代文學史、中國現代化史是必要的。陳漱渝在《雙峰並峙　雙水分流——胡適與周作人》[27]中考察了周作人與胡適四十餘年的交往史，評述了他們在五四文學革命和思想革命中的配合，他們思想上的異同，以及後來不同的人生歸宿。在另一篇文章《魯迅・周作人・胡適》[28]中，他把這種比較擴大到周作人與魯迅、胡適三個人之間，對他們所代表的中國知識份子三條不同的道路做了初步總結。這樣的題目是有趣而又重大的，還可以進一步地深入下去。

---

24 趙英譯，童斌校，《魯迅研究月刊》一九九三年九期。
25 饒向陽，《黃岡師專學報》一九九〇年一期。
26 《中國現代文學研究叢刊》一九九三年三期。
27 《魯迅研究月刊》一九九〇年十二期。
28 《吉首大學學報》一九九五年一期。

三〇年代初康嗣群、蘇雪林等明確地視周作人為深刻的思想家，後來由於他的不光彩的行為，人們就諱談他在現代思想史上的貢獻了。隨著研究工作的推進，這個問題又被顯著地提了出來。上海遠東出版社推出了一套「中國近現代思想家論道叢書」，入選的思想家有梁啟超、孫中山、李大釗、陳獨秀、蔡元培、胡適、梁漱溟、馮友蘭、張東蓀、周作人等。屬於周作人的一本叫《理性與人道——周作人文選》[29]，這本書突出了周作人作為一個思想家的存在。高瑞泉在《編選者序》裏說：「這本集子選編的標準，自然不在它的文學的或審美的意義，而在於它的思想史價值。編者希望這些篇什能夠反映一個深刻的啟蒙思想家、一個中國化的自由主義者周作人的精神探險歷程和最重要的思想建樹。」此文當然不是全面評價周作人的思想，但揭示出了周作人作為思想家的兩個基本的特質：啟蒙主義與中國化的自由主義。正像本書的書名所提示的那樣，編者認為「理性與人道」是其思想面貌的主要特徵，「周作人推崇的就是建立在科學常識基礎上的理性與人道的統一。這是周作人思想的核心，從對封建文化的批判到對新道德理想的推崇，可以說一以貫之」。周作人的那些深刻的思想常常是點到為止，甚至藉他人的著述約略道出，極少做嚴密的邏輯推理、詳細的鋪陳論述，高瑞泉對此還有著精彩的分析。

高瑞泉的序言初步揭示了周作人作為一個思想家的基本內涵。在此之前，錢理群曾說周作人是「資產階級人道主義、自由主義的啟蒙思想家」[30]，舒蕪在《周作人的是非功過》中，劉緒源在《解讀周作人》中，孫郁在《魯迅與周作人》中，都提到周作人的思想家的身分。承認周作人為一個思想家與充分肯定他的後期散文一樣，對周作人研究都具有十分重大的意義，必然會帶來研究格局的調整。尤其是承認周是一個思想家意義更大，透過這個視角，我們就會看到和過去大不一樣的周作人。康嗣群、蘇雪林等人是從同

29　一九九四年十二月版。該書序言以《作為思想家的周作人》，另發於《書城》一九九五年二期。
30　《試論魯迅與周作人的思想發展道路》，《中國現代文學研究叢刊》一九八一年四期。

時代人的切身感受來得出這個結論的，今天的研究者是從更宏觀的背景出發來論述的，這說明周作人的思想經受住了時間的考驗。

寫到這裏，我又想到兩篇文章。一篇是舒蕪的《不要完全拋在腦後》[31]。一九九三年，《廢都》現象和顧城的殺妻事件成為文壇的熱門話題，舒蕪借助知堂的婦女論思想，抨擊了其中反映出來的不把女人當作平等的人，而視她們為淫殺對象的封建道德觀念。他的抨擊是有力的，這件事情也說明知堂婦女論仍然有著它的生命力和現實意義。再一篇是日本學者尾崎文昭的文章《與陳獨秀分道揚鑣的周作人——以一九二二年非基督教運動中的衝突為中心》[32]，該文評介了一九二二年非基督教運動中周作人與陳獨秀之間的論戰。尾崎文昭指出，在論戰中「運動一方是一貫以政治問題來對待，周作人則一貫以思想問題來對待」。周作人繼承和推進了作為「五四」精神的「西歐近代主義」，「他以此對或明或暗的封建思想之復活，給以了激烈的批判。終而至於批判了滲入共產主義運動中的陰影，但這個問題的重要性，在當時則近乎被人忽視。打那後相隔了五六十年，經歷了文化大革命的動亂後的今天，它才終於為人們所重新的認識」。類似的例子還可以舉出很多，今天看來實在令人警醒、欽佩。承認周作人是思想家，又會面臨著一批新的研究課題：他提出了哪些重要的思想命題、他的思維方式和表達方式，等等。這又是一個需要認真對待的難題，必然會引起一些異議，因為在不少人的心中，一個漢奸和一個思想家是難以調和的。問題既然鮮明地提出來了，可以以學術的態度進行討論。

張先飛《從普遍的人道理想到個人的求勝意志——論「五四」前後周作人的「人學」觀念的一個重

31 《讀書》一九九四年五期。
32 收入《日本學者研究中國現代文學論文選粹》（長春：吉林大學出版社，一九八七年七月）。原載《日本中國學會報》第三十五集（一九八三年十月）

闡明為什麼「人的文學」等是自由主義的，也沒有比較周氏與其他現代自由主義作家的異同，最後「周作人與中國自由主義文學」的面貌依然模糊。李同路的《抗拒信仰，逃入理性——對周作人宗教意識之一側面的描述》[39]尋找出理性在周作人心理世界中的意義，時有比較獨到的論述。汪言《早期周作人與儒家文化》[40]努力證明，這種變化只是表象，通過對其留日和五四時期有關思想的梳理，即可看出周氏在早期反傳統姿態下對儒家文化的真實態度，及其早期思想與傳統儒家思想的內在關聯。作者在另一篇文章中認為，一九三〇年代以後周氏兄弟對儒家文化的闡釋並非純粹學理意義的觀照，其中夾雜太多來自時代與個人的弦外之音[41]。錢理群分別從一九〇七年到五四時期、「五四」之後、淪陷時期三個階段，考察和剖析周作人對儒家學說的基本態度，以及隨著社會的變化和他主觀選擇的不同而發生的若干變化，從而肯定這是與持否定的或肯定的態度有所不同的另一種對於中國傳統文化的觀照模式[42]。楊劍龍《論周作人與基督教文化》[43]多方面評述了周作人與基督教文化的關係，指出周作人主要接受基督教的人道主義精神，從而執著地揭露和抨擊中國社會種種非人道的現象。周作人與佛教關係的研究收穫最多，周作人思想意識的底部得到了某種程度上的呈現。蕭方林《周作人與佛教文化》[44]、高秀芹《論基督教文化觀念對周作人的影響》[45]展開的是周氏思想意識與宗教文化的關係，開闢了新的研究視角。周作人與眾多的日本思想家、文人有著深厚的聯繫，但在一九三〇、一九四〇年代似乎對永井荷風、谷崎潤一郎最為傾心、最感契合。趙

39 《魯迅研究月刊》一九九五年十一期。
40 《安慶師範學院學報》一九九八年四期。
41 汪言，《「寫史偏多言外意」——周作人對儒家文化的闡釋》，《安慶師範學院學報》一九九九年六期。
42 《周作人的傳統文化觀——北大演講錄之六》，《浙江社會科學》一九九九年一期。
43 《魯迅研究月刊》一九九七年六期。
44 《中國現代文學研究叢刊》一九九三年四期。
45 《齊魯學刊》一九九四年四期。

京華的《周作人與永井荷風、谷崎潤一郎》[46]首先探討周氏一九三〇年代對日本作家永井、谷崎深感共鳴的自身狀態，然後考察周接觸兩氏文學的歷程，概括出他們思想精神交流的深層內涵，即在反俗的獨立主義、傳統回歸、東洋人的宿命幾方面所具有的精神共通性及其深層共鳴。文章還舉出了周氏與永井、谷崎在「反近代」傾向、對於傳統的態度及其婦女觀方面的不同之處。

民間文化是周作人工作的一個重要方面，關乎他的思想和創作特色。羅興萍《試論周作人的民間文化研究》[47]探討了周氏研究民間文化的出發點、主要觀點和研究態度等問題，並力圖展示五四時期知識份子的一種新的價值取向。關於最後一個問題，文章得出的結論是：「周作人對民間文化的研究，除了專業興趣而外，更深層次的原因是他對中國知識份子的真正處境有了明確的認識，他自覺的離開了啟蒙立場，選擇了在平凡的崗位上從事實際的科學研究，並且，試圖為有同樣認識的知識份子尋找一種新的價值取向。」研究者多從主流文化的立場來認定周作人在「五四」以後的轉向是消極的，而該文則充分肯定周作人選擇所包含的積極要素。作者的另一篇《試論周作人研究民俗文化的立場和態度》[48]高度肯定周在民俗文化研究領域的獨特建樹：「他率先站在民間的立場上，以民間的眼光打量和研究民間文化，從民間自在的文化形態裏吸取新的營養，來整合新文化傳統的工作；他還積極翻譯介紹當時西方先進的民俗學理論和古希臘、日本等國的民間文學作品，把民間文化的研究納入世界的學術視野，為中國民俗學的發展奠定了堅實的基礎。」楊暉、羅興萍的《西方學者對周作人民俗思想形成的影響》[49]梳理了西方學者安德魯・蘭

46　《中國現代文學研究叢刊》一九九八年二期。
47　《無錫教育學院學報》一九九七年四期。
48　《中國現代文學研究叢刊》一九九八年三期。
49　《宜賓師範高等專科學校學報》一九九九年九期。

（周譯安特路朗）、弗雷澤（周譯茀來則）、藹理斯民俗學理論對周作人的影響，說明周氏民俗學思想主要來源於文化人類學派。李揚的《周作人早期歌謠活動及理論述評》[50]梳理評介周作人的歌謠活動及其理論主張，肯定了他在中國現代歌謠學歷史上的地位和貢獻。

三

周作人文藝思想和文學批評研究的深入的一個標誌是選題具體，很少泛泛而論。胡有清的《二三十年代周作人文學思想論析》[51]對二〇、三〇年代周作人的文學思想進行了梳理辨析，以為其以個性主義為核心而自成體系，表現出強烈的純藝術傾向，與功利主義政治化主潮相對立。常強生的《論周作人「五四」以前的文藝思想——「周作人文藝思想論略」之一》[52]闡釋了周作人早期的文藝思想，指出它們與他在五四時期文學主張的聯繫，肯定了其開拓意義。丁亞平發表《自己的園地：無聲潛思與獨立探詢——論周作人文學批評個性》[53]，他說：「在新文學批評的開拓與建設過程中，周作人顯示出了自己的獨立的個性特徵。這種批評個性與獨立追求，大體反映在（一）印象；（二）趣味；（三）表現；（四）藝術等方面。換言之，周作人的文學批評，就其理論與實踐的範式意義而言，是一種印象感悟式的，倚重趣味與表

50 《青島海洋大學學報》一九九九年四期。
51 《南京大學學報》一九九七年二期。
52 《揚州師院學報》一九九一年四期。
53 《海南師範學院學報》一九九一年一期。

現的藝術的批評。」溫儒敏《周作人的散文理論與批評》[54]主要評介了周作人所提出的幾種散文批評的審美概念，後來收入他所著《中國現代文學批評史》[55]。後者列專章評析周作人作為批評家的特色，衡定他在批評史上的位置。先概評了周作人的批評理論，然後再論述其批評實踐，提出了一些有新意的觀點。表現論是周作人在二〇年代到三〇年代前期的文藝觀，黃開發《論周作人「自己表現」的文學觀》[56]把它放在周作人的人生和思想的發展道路上進行了研究。沈衛威《周作人的新文學探源之路》[57]對周作人追尋新文學歷史源頭的文化心理的分析很有見解。羅崗《寫史偏多言外意——從周作人〈中國新文學的源流〉看中國現代「文學」觀念的建構》[58]通過層層細緻的分析，通過建立周作人的歷史敘述與具體的歷史語境的聯繫，闡明《中國新文學的源流》是「被眾多『言外之意』環繞著、簇擁著」的「一個不堪重負的歷史文本」。這是一篇富有深度和啟示性的論文。本期以前對周作人散文理論的重視不夠，有兩個研究者顯示了在這方面的努力。喻大翔《周作人言志散文體系論》[59]論述的中心是：「他建立了一個比較穩定的、系統的且富有一定超越意義的散文批評話語體系。他的專注於審美維度的散文藝術批評，不僅承繼了中國文學的人文精神，發揚於『言志』、『趣』等論文傳統，且規定了二十世紀中國散文創作與批評的主要審美方向，其影響可以說是相當深遠的。」為此，作者細緻深入地探討了「言志與載道」、「言志與傳統」、「言志的美文」等問題，最後評價道：「周作人言志散文理論的整體創構，在二十世紀的中國散文界有無

54 《上海文論》一九九二年五期。
55 北京大學出版社，一九九三年十月。
56 《魯迅研究月刊》一九九四年六期。
57 《中州學刊》一九九五年二期。
58 《中國現代文學研究叢刊》一九九六年三期。
59 《文學評論》一九九九年二期。

可替代的歷史地位」。周氏言志論成熟於一九三〇年代，帶有強烈的文學論爭色彩，過去是遭到輕視乃至貶低的，而作者通過論證確認了其正面意義。霍秀全《周作人散文理論爬梳》[60]從以下幾個方面簡要地勾勒了周作人散文理論的基本面貌：一、「周作人文學思想的最主要支點是個性主義（或個人主義），這也正是他散文理論的基礎。」二、「從個人主義的散文觀念出發，周作人堅決反對封建舊文學一貫主張的『文以載道』說而堅持『言志』的理想。」三、「現代散文的淵源是他反覆敘說的一個話題。」四、在散文與時代的關係問題上，強調小品文的興盛必須在王綱解紐的時代。五、「以個性主義文學觀為底色，描繪現代散文藝術風格的新畫面」。《評周作人早期對我國小說現代化的貢獻》[61]一文認為：「周作人早期以小說批評、小說理論建設及評介外國近代小說等方面的實績，為促進小說觀念的更新，為新的小說美學意識的崛起，為中國小說的現代化，曾作出過重要的貢獻。」

梳理和接通周作人與中國文學傳統的關係，這是一個重要而又研究十分不足課題。陳平原《現代中國的「魏晉風度」與「六朝文章」》[62]凸顯了一條千年文脈，對現代散文研究具有開拓性的價值。他將「文章學」置於學術史視野中考察，著重探討現代作家對於「魏晉風度」與「六朝文章」的想像，是如何規定著文學潮流發展方向的。論述的中心是周氏兄弟。他們在學術思想上都深受章太炎的影響。單以文章論，褒揚六朝而貶斥唐宋，兄弟倆的這種閱讀趣味明顯帶有章太炎的印記。一九三〇年代以後的散文家，追摹的不再是章太炎，而是周氏兄弟。陳氏設想：「構建現代中國散文的譜系，其中借助於六朝文章而實現傳統的創造性轉化的，很可能是如此描述：章太炎、劉師培——魯迅、周作人——俞平伯、廢名、聶紺弩

60 《北京社會科學》一九九七年二期。
61 易竹賢、孫振華，《武漢大學學報》一九九三年四期。
62 《中國文化》一九九七年第十五、十六期合刊，收入《中國現代學術之建立》（北京大學出版社，一九九八年二月）。

——金克木、張中行。」周氏兄弟位於這一譜系的中心，承上而啟下。魯迅獨重嵇康，周作人則追慕陶淵明、顏之推。文章寫道：「從嵇到陶，大約一百五十年；從陶到顏，又是一百五十年。借助於三百年間三個文人的命運及其思想史、文學史意義的思考，周氏兄弟完成了各自的形象塑造。」他們擯棄唐宋、偏愛六朝的趣味，在接續傳統的同時，也為現代中國散文開出一條新路。文章最後闡述了六朝文章對繁榮現代散文的價值：「太炎先生對於六朝文的別擇，經由周氏兄弟的發揚光大，產生巨大而深遠的影響。經歷一番解構、挑選、轉化、重建，六朝文作為重要的傳統資源，正滋養著現代中國散文。」文章中還有不少閃光的論點，可做進一步發揮，只是難以盡述。陳氏的工作思路可以視為周作人追蹤新文學源流的繼續，不過掘發本心，理清了後者的諸多言外之意。

王向遠《周作人文學觀念的形成演變及來自日本的影響》[63]分別論述了周作人的「人的文學」、「平民文學與貴族文學」、「閒適的文學」等觀念所體現出的日本現代作家的影響，豐富了對周氏文學觀念的理解。《在西洋、東洋與本土之間——周作人滑稽文學觀》[64]從比較文學的視野，分別討論了周作人的兒童滑稽文學觀、文人滑稽文學觀和民間滑稽文學觀。

周作人兒童文學思想研究取得了長足的進步，我注意到發表於九〇年代的論文超過十篇，一批在兒童文學方面有素養的研究者加入到研究的行列中來，構成了周作人研究的獨特景觀。最早的專篇論文是王泉根發表於一九八四年的《論周作人與中國現代兒童文學》[65]，對周作人的早年文學活動及其理論主張做了一個概略的透視，肯定了周作人在中國現代兒童文學史上篳路藍縷的開創之功。他編的周作人兒童文學文

63 《魯迅研究月刊》一九九八年一期。
64 謝倩霓，《魯迅研究月刊》一九九五年九期。
65 《浙江師範學院學報》一九八四年二期。

集《周作人與兒童文學》[66]也在不久之後出版。在八〇年代，我們還可以見到兩個日本研究者的文章：新村徹《周作人的兒童文學論——中國兒童文學小議之一》[67]、湯山土美子《我對魯迅、周作人兒童觀的幾點看法》[68]，他們和王泉根的觀點對九〇年代的研究者有較多的啟發。宋其蕤的《論周作人的兒童文學主張》[69]在總結周作人的人道主義兒童觀的基礎上，從兒童文學的「兒童的」特點、「文學的」特點、對兒童文學樣式的要求、建設兒童文學的方法等方面，論述了周作人的兒童文學理論。韓進發表長達四萬字的論文《從「兒童的發現」到「兒童的文學」——周作人兒童文學思想論綱》[70]，肯定「周作人的兒童文學思想不僅是他文化思想中最重要一翼，還是我們兒童文學理論建設上最初一批成果」。文章包括以下幾個方面的內容：一、周作人與中國兒童的被發現，二、周作人的兒童學與兒童觀，三、周作人與中國兒童文學的發生，四、周作人的兒童文學觀與童話觀，五、周作人兒童文學思想的悲劇品格，餘論。文章從時代背景、內容和特點、成就和影響、局限以及對今天建設中國兒童文學的啟示諸方面，全面研究周作人的兒童文學思想，雖然是「論綱」，但已明晰地勾勒出周作人與中國兒童文學的深刻聯繫。方衛平《西方人類學派與周作人的兒童文學觀》[71]是一篇頗見理論深度的文章，指出西方人類學派為周作人早期兒童文學觀念提供了主要的理論來源，並分析了產生這種影響的周作人個人的思想背景。他認為人類學派對周氏的兒童文學觀的滲透和影響最集中地表現在三個方面：「首先，人類學派為周作人確立具有新的時代內容和思

66 杭州：浙江少年兒童出版社，一九八五年八月。
67 收入《日本學者研究中國現代文學論文選粹》。
68 《魯迅研究動態》一九八八年一期。
69 《學術研究》一九九二年六期。
70 《安慶師範學院學報》一九九三年四期。
71 《浙江師大學報》一九九〇年四期。

想特徵的『兒童觀』提供了有力的理論支柱，這一兒童觀為他的兒童文學觀念的展開找到了一個建築在近代科學精神基礎之上的邏輯起點。」「第二個方面，人類學派為周作人的兒童文學觀念提供了許多具體的理論闡說；這些闡說是支撐周作人兒童文學念體系的最基本的理論構件。」第三個方面，「表現在研究方法的運用上」。作者在肯定這些影響的積極作用的同時，也談了研究對象的某些歷史局限性。

研究者們在兒童文學領域中重新發現了周作人，並給予了如此強烈的關注，這一現象本身也是令人深思的。韓進在介紹有關研究情況的《「周作人與兒童文學」研究述評》[72]中這樣解釋：「當人們從史學與美學的角度來重建兒童文學這一『獨立國』時，史的視野，使人們發現了周作人在中國兒童發展史上有著不可動搖的重要歷史地位；美學的視野，又發現了周作人的兒童文學不僅可以用來糾正『教育工具論』的偏頗處，還具有它鮮明的現代意識與學術品格。雙重視野的結合，周作人的重新發現也就極為自然了。」

有幾篇文章研究了周作人的文化思想和文化心態，寫得都很不錯。周作人與日本文化有不解之緣，《周作人之日本文化觀——兼論與魯迅之異同》[73]的作者胡令遠認為周作人的日本文化觀可以從兩個方面來看，一是日本文化自身，二是與之密切相關的對日本有無固有文明，其文化有無獨立的地位與價值的這一觀念性前提的回答。此文考查的是對上述觀念性前提的回答，作者在文中預告將寫續篇探討周氏關於日本文化自身的研究意見。文章綜合周作人對日本文學藝術及生活習性的具體分析和闡述，認為：「其對於日本文化雖是取之中國與西洋，但仍有自己的獨創性，因而具有獨立的地位與價值的意見，可謂並非無稽

72 《中國文學研究》一九九五年一期。
73 《日本學刊》一九九六年六期。

文與日本寫生文比較觀》[79]中指出，從總體上看，二〇、三〇年代中國小品文的創作和日本寫生文具有直接或間接的相通與聯繫，並從題材、趣味、個性化幾個方面對二者進行了比較研究。黃開發《周作人小品散文的文體研究》[80]從語體、風格特徵、語言、抄書與「抄書體」的關係等幾個方面，對知堂小品散文的文體進行了多層次的分析和研究。安文軍《周作人散文研究述評》[81]評價說：「黃開發是九〇年代周作人研究界升起的耀眼新星……在散文方面他也用力甚勤，首發於一九九七年的《知堂小品散文的文體研究》從語體、風格、語言等幾個方面對周作人散文進行了深入而細緻的研究……可以說這篇論文是對周作人小品文文體進行多層次研究分析的代表之作。」陳劍暉、司馬曉雯《星垂平野闊　月湧大江流——新時期散文研究三十年》[82]給出了如下評語：「在周作人研究方面頗有成就的黃開發在《知堂小品散文的文體研究》（《中國現代文學研究叢刊》一九九七年第四期）中，既考察了知堂「語體」的流變，還細緻分析了周作人「書信體」的特徵和美學價值，並指出「抄書體」和「書信體」增添了知堂散文的豐富性，穩固了他作為現代一流散文家的地位。這樣的梳理細緻獨到，其結論也是頗為令人信服的。」另外，幾篇書評、隨筆值得注意。舒蕪在新時期最早肯定周作人後期散文，在為劉緒源《解讀周作人》所寫的書評《真賞尚存　斯文未墜》[83]中明確表示，他高度評價周作人的抄書之作，但最推重的還是周晚年那些刊落浮華、枯淡瘦勁的也不大量抄書的本色文章——他指的是《藥堂語錄》、《書房一角》中的文章及一九四九年後寫的少數篇什。金性堯（即文載道）早年是知堂散文的追隨者，他這樣評介兩本《知堂集外文》：「這兩

79 《魯迅研究月刊》一九九六年四期。
80 《中國現代文學研究叢刊》一九九七年四期。
81 《甘肅社會科學》二〇〇一年一期。
82 《中國社會科學》二〇〇九年二期。
83 《讀書》一九九五年五期。

本書的特點是短，大部分不滿千字，內容還是風土人情、草木蟲魚、童心女權、掌故軼聞、評詩論文，給予我們以流連的，一是見解，二是文風。瑣瑣寫來，涉筆成趣，如在夜航船中聽野老聊天，說完大家喝一口茶，會吸煙的就吸幾口。……如用前人的分類法，應是屬於子部雜家類，也即筆記，但他比前人的筆記多了一種境界，裏面有外國的事物。」他看重知堂三〇年代以後的散文，不過意見與舒蕪有所不同：「知堂的文集，我個人最愛讀的，還是中期寫的《夜讀抄》、《苦茶隨筆》、《瓜豆集》、《苦竹雜記》等，後期的如《藥堂語錄》，便覺得澀味過重，情趣稍遜。」[84]張中行在《再談苦雨齋》[85]中對知堂的散文藝術也有精彩的闡明，他指出，要說知堂散文的寫法有什麼特點，「這比談《滕王閣序》之類的文章要難，因為那是濃，這是淡；那是有法，這是無法。還是先由印象說起……像是家常談閒話，想到什麼就說，怎麼說方便就怎麼說。布局行雲流水，起、中間的轉移、止，都沒有規程，好像只是興之所至。話很平常，好像既無聲（腔調），又無色（清詞麗語），可是意思卻既不一般，又不晦澀。話語中間，於堅持中有謙遜，於嚴肅中有幽默。處處顯示了自己的所思和所信，卻又像是出於無意，所以沒有費力。總的一句話，不像坐在書桌前寫的，像個白髮過來人，冬晚坐在熱炕頭說的，雖然還有餘熱，卻沒有一點火氣。」他的作品「寓繁於簡，寓濃於淡，寓嚴整於鬆散，寓有法於無法」。該文對知堂舊詩也談了自己的意見，認為其有很濃的不同於傳統舊詩的氣味，「無論意境還是文辭，都與傳統的舊詩不同。最明顯的是語淺易而意樸野。不怎麼明顯的是：傳統常寫的，他不寫；他寫的，傳統很少寫」。李旭《周作人散文「平淡」風格的文體學分析》[86]從語言的簡單本色，對迫切、重要、與人生緊密相關的種種問題作靜化、淡化、內化、

84 《知堂的兩本書》，《讀書》一九九二年八期。
85 收入《負暄瑣話》（哈爾濱：黑龍江人民出版社，一九九〇年七月）。
86 《廣東社會科學》一九九七年四期。

深化的處理，議論的平淡化等方面，對「平淡」做出詮釋。沈敦忠《周作人散文平和沖淡風格的現代思想根源》[87]強調周作人散文平和沖淡風格與其現代思想的關係，其中包括：改造國民性的願望、藹理斯的影響，以及在對中國文學研究的過程中所形成的文學要表現「超越的追求」的「貴族精神」的獨特體味。《初戀》是一篇著名的回憶散文，而小說家畢飛宇說它是「一篇出色的短篇」。「它不僅是迂迴、氛圍、籠罩，還有『乾貨』，有實實在在的細節和最性格的人物言語，也許還有最『前衛』的心理分析，雖然它一千個字都不到。」[88]

有人喜歡，自然也就會有人不喜歡，對周作人的高度個性化的文章，更是如此。李澤厚在《讀周作人散文的雜感》[89]中說，他少時不喜歡周氏散文，如今再讀仍然不喜歡。少時的不喜歡，「倒完全是環境的緣故」。「我卻感覺人至少我自己總為歷史所限定，不僅思想，而且情感。那過去了卻又依然存在的千絲萬縷的記憶、感觸、情境，總糾纏、縈繞滲透著當下，很難超然。我可以稱道周作人的文學技巧甚至藝術成就，但就是很難親近或接受他。這大概與自己性急、氣躁、無法閒適的個性相關。我仍然喜歡魯迅，喜歡陶潛、阮籍，也喜歡蘇東坡、張岱，就是很難喜歡周作人。我總感覺他做作，但那是一種多麼高超的做作啊。」李澤厚的審美心理具有很大的典型性。我曾與一個與李澤厚同時代成長起來的學者交談，他說他與李氏的意見一致，並且說：這可能是時代的原因吧。我們看不少研究周作人散文的與上述二人同齡的人，對周的散文或多或少都有些隔閡，與時代的審美心理不無關係。

87 《邵陽師範高等專科學校學報》一九九八年六期。
88 《「硬」說周作人的「小說」（讀書札記）》，《作家》一九九七年五期。
89 收入李澤厚，《走我自己的路——雜著集》（北京：中國盲文出版社，二〇〇二年十一月）。

還有幾篇文章涉及一些具體的方面。祝肖因《周作人早期日記與魯迅研究》[90]認為：「這些早期日記裏，蘊藏著豐富的尚未廣泛引起注意的有關魯迅青年時代史跡的珍貴紀錄，這種紀錄的價值遠非日後的回憶所可比擬，值得我們進一步去發掘探究。」「周作人為魯迅研究所做的最重要、最值得稱道的貢獻，就是在其舊日記裏保存了相當豐富的魯迅早期詩文。」王向遠《日本白樺派作家對魯迅、周作人影響關係新辨》[91]在同類研究趨於求同式的影響研究的影響下，側重於辨異。張鐵榮《關於周作人的日本文學翻譯》[92]先考察了周作人日本文學翻譯由有目的的翻譯到對名著的翻譯的過程，以及相關的翻譯理論的發展，再論述其日本文學翻譯中體現的翻譯手法的革新。劉全福從兄弟合作、翻譯思想、翻譯理論和翻譯實踐等方面，概略性地總結周氏兄弟翻譯活動的特點[93]。日本學者工藤貴正《從本世紀初西歐文學的譯介看當時的中日文學交流——關於當時魯迅和周作人的作品的文學史意義》[94]，對於認識周氏兄弟早期翻譯活動及啟蒙思想的形成與日本文壇的關係，有較為重要的參考價值。文章的第一部分是「日本、中國引進雨果的作品——森田思軒和魯迅、周作人」，提出周半譯半作的小說《孤兒記》的素材雖然是雨果作品的英譯本，但「可以認為稱《哀史》，叫《小品》與魯迅和日本譯介的方法很有關係」[95]。作者於是提出：「魯迅和周作人從雨果的作品中所發現的真理，實際上是對於世間弱者『女性』和『孩子』的發現。這是周氏兄弟留日期間形成人道主義思想的原點所在。」黃開發《論〈知堂書信〉》[96]評介了周作人的書信，

90 《魯迅研究資料》二十四輯（北京：中國文聯出版公司，一九九一年十二月）。
91 《魯迅研究月刊》一九九五年一期。
92 《魯迅研究月刊》一九九五年七期。
93 《兄弟攜手 共競譯業——我國早期譯壇上的魯迅與周作人》，《中國翻譯》一九九八年四期。
94 《魯迅研究月刊》一九九七年三期，勵儲譯。
95 魯迅譯雨果《哀塵》以森田思軒譯《雨果小品》為底本重譯，周作人在《孤兒記》的凡例中用過「哀史」、「小品」等詞。
96 《魯迅研究月刊》一九九五年二期。

強調了其在現代散文史上的地位。《周作人與民間文學》[97]介紹了周作人的民間文學活動與思想。《越文化與周作人》[98]探討了周作人與越文化的關係，這是一個很有趣的題目。

97 楊克平，《民間文學論壇》一九九二年三期。
98 顧琅川，《中國現代文學研究叢刊》一九九一年二期。

第四章　周作人研究的深入期（二〇〇〇至二〇〇九）

從二〇〇〇年到二〇〇九年，周作人研究在相對平靜的氛圍中全面推進，開始走向成熟。十年中，共出版研究專書二十三部（其中專著十一種、傳記四種、學術隨筆等四種），另有譯著二部、資料集二種，一些重要學術專著、傳記和論文集紛紛重印。《周作人自編文集》、《苦雨齋譯叢》、《周作人散文全集》等得以梓行，周氏文集的出版漸趨完備。資料建設也有新的收穫，出版了大型研究資料彙編《回望周作人》叢書[1]。北京魯迅博物館先後與幾家出版社聯合召開「周作人研究的歷史、現狀及出版工作座談會」（二〇〇三年十一月）、「《北京苦住庵記》研討會」（二〇〇八年十月）、《苦雨齋文叢》首發式（二〇〇九年一月）。各類關於周作人的文章的數量也十分可觀。

在這十年中，更多的中國現代文學學科的知名學者和其他學科的學者加入到研究者的行列，一大批年輕的學人成為周作人研究的生力軍。與此前的周作人研究相比，本時期不少重要的方面都有了專攻，而不是泛泛而論，如周作人的「人學」思想、女性思想、文學思想、文學翻譯等。一些重要問題，如周作人一九三〇年代以後思想的現代性、附逆時期的思想、周作人傳統等，取得顯著的突破或進展。經過十年的努力，中國現代思想史、文化史、文學史上的「周作人經驗」進一步從種種遮蔽中顯露出來，逐漸成為一種共同的知識，開始對現代思想史、文化史、文學史的整體研究發揮作用。

[1] 關於周氏文集出版和史料研究我將在第五、第六章分別評述。

本章從以下幾個方面評述這十年周作人研究的概況：研究性專書、思想與人生道路研究、文藝思想研究、文學創作與譯介研究、研究的批評與爭鳴。

一

本時期湧現出的周作人研究著作雖然有的是普及性的，質量也參差不齊，但從總體上看它們集中代表了周作人研究的新成就。其中，以周作人思想研究所取得的成就最為突出。

進入新世紀，周作人研究吸引了更多年輕的研究者加入，哈迎飛、張先飛、徐敏等就是其中的佼佼者。他們考察周作人與中國傳統思想的關係，又與外國現代思潮相比較，凸顯周作人思想的特質，拓展和深化了周作人思想研究。

哈迎飛《半是儒家半釋家——周作人思想研究》[2]內容豐富，論析深入。作者高度評價周氏的思想成就：「周作人是中國現代文學史上第一個提出思想革命口號的人，其思想的深刻獨特在中國現代文學史上是罕見的，值得研究者認真對待，尤其是周作人思想中包含了豐富的通向未來的新因素，具有明顯的超前性。」該書以周氏的儒家思想研究為核心，從宗教問題入手，抓住其作為啟蒙思想家的三個基本特質：人道主義、自由主義和科學主義，探討了他與儒家文化、佛教文化、基督教文化，以及日本文化、希臘文化的多層關係，特別是與一些異端思想家的聯繫，深入論析了周作人作為一個啟蒙思想家的獨異性、深刻

2 收入《貓頭鷹學術文叢》（北京：人民文學出版社，二〇〇七年八月）。

性與價值。全書共分十章，分別選取周氏思想中十個方面的論題，主要涉及中國人的宗教意識、佛教對他的影響、個人主義的人間本位主義、日本文化觀、倫理之自然化、道義之事功化等方面。其中一個突出的貢獻是全面論析了佛家對周作人的影響。哈迎飛通過實際勘查，得出以下結論：「佛教的『種業論』、『苦空觀』、『中道觀』、禪宗『不立文字』的語言觀以及印度佛教文學的明智通達對周作人的影響是驚人的，尤其是原始佛教反本體的『苦空觀』和中觀思想對他的人生觀、宗教觀及中庸思想的影響，不從佛教這一角度來解讀，是很難深入其堂奧的。在某種意義上，周作人思想的複雜與深刻亦與此相關。」以前雖有周作人思想研究的論著，但往往納入一個現成的觀念框架，本書則在研究方法上，採取「回到周作人那裏去」的態度，首先承認「周作人」是一個獨立的世界。研究態度的進步使得本書能夠深度地擺脫成見的束縛，在一些被忽視、被貶抑的地方見出了思想的閃光。譬如過去在批判周作人「非暴力」思想和「愛之福音」文學觀的烏托邦色彩時，對其合理性卻認識不足。作者指出：「應該說，在一定正常的社會，善待弱者，關愛生命，警惕任何把人當作工具的觀念、行為和一切怨恨、報復等非理性情緒，不參與任何羞辱人的事情，不蔑視任何一個普通人，和所有的人做朋友，尊重並服從法律，即使在遭遇不公的情況下，也堅持公正，保持愛心，做一個成熟而理性的現代公民，無論如何都是一筆珍貴的財富。人類不能以暴力擺脫暴力，以邪惡擺脫邪惡。正是在這個意義上，我們認為有必要重新審視周作人文學觀中的一些合理內核。」與十九世紀的俄國文學不同，中國現代文學大致上可以說是一種宣傳「恨」的文學。置身於當今人與人之間缺少關愛和信任的社會現實，「愛之福音」的文學的思想價值是不難體認的。這本厚重之作的一個不足是，各個論題之間的邏輯聯繫不夠緊密，有的地方顯得有些枝蔓，周作人思想的輪廓和脈絡凸顯得還不夠立體。值得一提的是，本書是國家社科基金專案的結項成果，表明周作人研究得到了國家體制內的一定程度上的承認。本書是作者《「五四」作家與佛教文化》[3]一書有關論題的延伸。後者第二章名為《周作人：半是儒家半釋家》，以佛家的「種業論」解析周作人的國民性思想，又以「中道觀」闡釋周作人的「中庸」思想。

人道主義是周作人的核心思想，它有著怎樣的知識譜系，表現出了怎樣的新質？這個問題得到了頗具深度的考察和解說。張先飛《「人」的發現——「五四」文學現代人道主義思潮源流》[4]（北京師範大學博士論文，原題為《現代人道主義的觀念歷程——周作人人道主義觀念源流之考辨》，二〇〇三）通過大量翔實的材料，辨析以周作人「人的發現」為中心的新文學現代人道主義觀的理論源流，並梳理了它在「五四」前後文化思想界和社會改造實踐中的延展。對於本書的學術價值，孫玉石在序言中給出了評語：「作者通過周作人『人的發現』這個現代人道主義思潮核心的思想，將現代西方文學、『白樺』及『新村』為核心的日本文學、以《新青年》、《小說月報》等為核心的『五四』新文學，構成了一個密切關聯而又發展影響脈絡清晰的思想網絡，在較為闊大的視野和更加潛入的理論深度上，通過層層遞進的考察、分析、論述，給周作人現代人道主義這一富有東方色彩的文學思想的生成、發展、特色、思考深度及其價值意義、內在矛盾和思想轉折，做出了帶有對同一理論思考『再出發』性質的歷史回眸與理論闡釋。」作者之所以特別強調「現代人道主義」，是基於以下的考量：大多數研究者有著一種普遍的、常識性的認識，即把新文學中的人道主義觀念等同於十九世紀中期以前的各種人道主義觀念，比如文藝復興、啟蒙運動、資產階級革命、十九世紀空想社會主義等時期的人道觀；而在本書作者看來，新文學的現代人道主義觀雖與西方其他時期的人道主義觀念有著千絲萬縷的聯繫，但它具有自己獨特的思想資源，發生、發展的

3 哈迎飛，《「五四」作家與佛教文化》（上海三聯書店，二〇〇二年六月）。
4 北京：人民出版社，二〇〇九年十二月。

研究開啟並實踐了一條獨特的女性解放道路——女性解放的文化道路。」「五四」女性思潮展現了三條道路，一是代表女性思潮主流的社會解放道路，二是女性文學所表現的「想像性解放道路」，三是女性解放的文化道路，其中的人物包括周作人、胡適、梁實秋、張競生、馮飛，以及前期的魯迅等。他們雖也不反對女子社會權利的爭取，但更強調女性解放的根本前提在於周作人所說的「為人為女的雙重覺醒」。「他們共同遵循的理念是：只有通過觀念更新，確立為人與為女的雙重自覺意識，實現真正意義上的女性個人的覺醒，才能使廣大女性獲得真正的自我解放。」作者在這樣的大思路下，論述了周作人的女性思想、其女性思想的淵源與選擇，最後站在反思二十世紀末女性主義研究反思的立場上，總結周作人女性思想的意義。本書借鑑當代女性主義把女性受壓迫的根源追溯到社會心理和文化層面的理論和實踐，確認周作人把中國的女性問題當作是文化問題而非社會問題的重要價值。也指出周氏終因對社會道路的強烈排斥而無法完成對自身局限的超越，未能在中國女性解放的實踐中發生更廣泛的影響。在徐敏之前，以舒蕪為代表的相關研究重在對周作人女性思想主要內容和特點的梳理和概括，徐敏是帶著自己作為女性的深切經驗，帶著中國當下女性主義的理論背景和問題意識來研究對象的，拓展了視野，增添了新的質素，在理論上為承繼這筆沉寂的遺產構築了一條道路。

在周作人家鄉供職的學者顧琅川尋索研究對象深層的思想意識和文化心理。他的《知堂情理論》[6]探析了周作人思想意識中的情理矛盾，作者認為這可以為窺測研究對象深層思想、心態提供一種難得的角度。全書共分「學理思辨篇」、「心路歷程篇」、「氣質情智篇」三部分，較有深度地剖析了周氏的理性主義、中庸主義、「人學」理論、叛徒與隱士、附逆心態、氣質結構以及種種情理矛盾等問題。顧氏另一

[6] 北京：中國文聯出版公司，一九九七年六月。

部專著《周氏兄弟與浙東文化》[7]將魯迅、周作人置於浙東地域文化視野中考察、比較，索解浙東民性、地理文化環境、周氏家族、民間文化、文風、史學傳統、章太炎等對兄弟倆多方面的影響。作者生活、工作於紹興，於所論多有真切的體會，可以豐富對周氏兄弟個性、思想和文章風格的發生與嬗變的認識。

孫郁的《周作人和他的苦雨齋》[8]梳理了現代文化史和文學史上的周作人傳統。書中包括學術小品七十篇，另有《引子》和《後記》，評點周作人與圍繞在他周圍的「苦雨齋」文人群體，其中有一半左右的篇幅寫了作為朋友的錢玄同、劉半農、川島、張鳳舉、徐祖正、沈尹默、沈士遠、沈兼士，以及學生輩的廢名、江紹原、俞平伯、沈啟無等。作者有感而發，對周作人的世界體味甚深，不過我認為該書更大的價值是對一個個曾進出過苦雨齋的文人的形象具體而生動的勾勒。這一部分內容以與周作人的交往為線索，評述了他們的生平、性情、文章、學問，記錄了往往為文學史研究所忽視的細節，在某種程度上還原了以「苦雨齋」為中心的文人風情，從而突出了現代文化史和文學史上周作人傳統的存在。對此，作者有著明確的自覺：「由周作人出發，上溯歷史，尋找中國文人的另一條精神脈絡，對我而言是個誘惑。他與自己的友人和學生形成的文化沙龍，對今人都無不具有文化史的意義。」在書中最後一篇文章《苦雨齋餘影》[9]中，他又進一步勘查了當代文學中的「周作人傳統」，提及一九八〇年代以前的俞平伯、黃裳、唐弢、錢鍾書、孫犁，以後的鄧雲鄉、張中行、舒蕪、止庵、揚之水、谷林、劉緒源、李長聲、陳平原諸人。雖然其中所論個別人與周作人的關係或可商榷，但大體上指示了當代文學中周作人傳統的脈絡。追尋周作人傳統對周作人研究的重大意義在於開示了一個有待於拓展和深化的方面。其中包含了作者對中國文

7 北京：人民出版社，二〇〇八年三月。
8 北京：人民文學出版社，二〇〇三年七月。
9 該文曾以《當代文學中的周作人傳統》為題刊載於《當代作家評論》二〇〇一年四期。

化的憂思，他說：「周作人、廢名、張中行諸人在學術中超功利的人文態度，我以為是一筆寶貴的財富。孔子以降，中國文人掉入功利之坑，凡事以『有用』為目的，漠視了靈魂問題和人生超俗的境界問題。即便像魯迅、胡適的傳統，走向極致的結果，依然還在功利主義的老路上。四年前我就說，周氏傳統，是對魯迅模式的一種補充，今天想想，態度依然不變。我以為當下的知識份子寫作，應該注意到這種互補。」[10]

與孫著的路向不同，高俊林《現代文人與「魏晉風度」——以章太炎、周氏兄弟為個案之研究》追溯周作人與魏晉六朝文化的精神聯繫。這可以說是一個老題目，早在一九三〇年代就被人談論，但始終缺乏全面深入的研究。高著的思路受到陳平原《現代中國的「魏晉風度」與「六朝文章」》[11]的啟發，選取章太炎與周氏兄弟的若干方面，探討這兩個歷史階段的文人及其思想觀念之間的關聯。全書共分四章，題目中的三個人物各占一章。高著注重在周作人人生和思想道路的變遷中，揭示其與魏晉人物（孔融、陶淵明、顏之推等）的精神聯繫，探討魏晉的佛教文化對周氏思想和詩文風格的影響。作者還注意凸顯周氏兄弟對「魏晉風度」的不同取向。

坊間已有多部周作人傳，而止庵的《周作人傳》[12]是特別能貼近傳主精神氣質的一本。本書精心結撰，可謂近年來周作人研究的重要收穫。與已有的周作人傳記相比，它更注重周氏的思想脈絡及其表述過程。對此，作者在自序中自報家門：「在我看來，對於周作人這樣一位思想者和著作者來說，思想的發展脈絡和表述過程遠比其一生經歷更其重要，筆墨因此較多用在這裏。」他對周作人的民族主義、人道主義、自由主義、婦女論與兒童論、「事功」論、美文觀以及文體的流變等都有細緻深入的梳理，並考察了

10 鄭州：河南人民出版社，二〇〇七年六月。

11 《中國文化》一九九七年第十五、十六期合刊，收入《中國現代學術之建立》（北京大學出版社，一九九八年二月）。

12 濟南：山東畫報出版社，二〇〇九年一月。

其思想和行為的互動。該書較少採用研究者的不同觀點，而是以周氏自己的意見為主，如對一九三九年元旦遇刺事件的解釋、出任偽職與「事功」論的關係等。作者用周作人的「事功」論解釋他的附逆，試圖把「思想」與「行事」區別開來。對這樣重要問題的不同觀點會直接導致對周作人附逆時期一系列思想和行為的不同闡釋。過多地貼近傳主，有時也是容易造成認識上的盲區的。也許這本傳記的優點不在於高談宏議，而在細部上更見用心和功夫。作者細讀文本，發掘文本的「微言大義」，交代周作人思想、學術和翻譯興趣、風格的流變過程。有些重要的話是包含在平常的文章裏的，止庵把它們發掘出來，仔細打磨，讓其發出亮光。他正是由這些堅實的所得，鋪設了一條通往周作人精神世界的道路，從而提升了周作人研究的水平。止庵《周作人傳》再一個優點是文體之雅，這裏有著一個深受周作人文體影響的散文家的底子。周作人盛年時期的文章多抄錄書籍，只用自己簡單的話連綴起來，成就了一種「抄書體」。《周作人傳》中也有大量的抄書成分在，「抄書」構成了其基本的敘述方式。不僅重要的話，就是那些對人生經歷的記述也都用了直接引語的方式。抄書雖然影響到閱讀的流暢，但確保了材料的原汁原味，封閉了「合理想像」或「合理虛構」的空間。止庵與周作人一樣，在「抄書」的背後，是有著自家堅實而完整的見解的。這本傳記專注於「周作人」這個文本的內部——他的思想和表述方式——的評述，很少涉及特定的歷史語境，亦少介紹傳主的思想和文學資源，這樣做自有道理；可對周作人這樣的大家來說，他的成就與局限也許在與時代的互動中，在與前人的繼承和創新的關係中，在與同時代人的關聯和比較中，才會更清晰地呈現。

本期還出現了多種主要面向普通讀者的周作人傳。耿傳明《周作人的最後二十二年》[13]講述的是周作人的晚年生活，作者力圖在社會、政治、文化等的大背景下分析周作人的心態及其典型意義，雖然主要

[13] 收入《長廊與背影》書系（中國文史出版社，二〇〇五年一月版）。

面對普通讀者，但拓展了理解周作人的歷史語境，在一定程度上彌補了周作人晚年研究的不足。周作人晚年真實的內心很難從公開發表的文章中見出，而更多地見諸日記、私下談話、書信和舊體詩，傳記在這些方面用力較多，如對舊體詩的解讀。止庵著文[14]批評耿著在資料運用上的幾處疏漏，強調寫傳記材料切實是第一部，有所發揮是第二步。止庵是帶有對傳記作者「有所發揮」的不滿的。耿傳明在學術中華、光明網、世紀中國網等網站上發表文章回應，並就本書的特點、研究態度、價值標準等問題進行了辯護[15]。余斌《周作人》[16]篇幅僅十萬字，作者用平易淺近的文字敘述了周作人一生的主要經歷，重點是其一九三〇年代以前的經歷。朱正《周氏三兄弟》[17]是三兄弟的合傳，簡明扼要，質樸可信，對材料的別擇頗見功夫。作者對周氏兄弟素有研究，故能在三個傳主相互的聯繫、襯托和比較中，較為完整地凸顯出各自不同的性格和人生道路。

王錫榮《周作人生平疑案》[18]評述周作人一生中有過爭議又較能引起讀者興趣的問題，如婚姻、兄弟關係、「五十自壽詩」事件特別是附敵投敵。作者以批判的態度評價周作人與魯迅的關係和在附逆中的表現。該書也提供了一些新材料，如在附逆時期中、日報刊上對周作人言行的報導及圖片等。作者是帶著較深的成見來「判案」的，故亦多偏見[19]。

14 止庵，《傳記的第一步與第二步》，《中華讀書報》二〇〇五年七月二十日。

15 耿傳明發表了《答止庵兼及有關周作人的史料等問題》，止庵又在《出版廣角》二〇〇五年十期上發表《傳記的第一步與第二步》（《新華文摘》二〇〇六年三期轉載），該文分上、下兩部分，前者全文抄錄在《中華讀書報》上的同名文章，後者是對耿反批評的再批評。耿氏另有《二答止庵兼及有關周作人的歧見》。

16 收入「中外名人傳記叢書」（南京：江蘇文藝出版社，二〇〇〇年二月）。

17 收入《二十世紀著名人物群體傳記》叢書（北京：東方出版社，二〇〇三年）。

18 桂林：廣西師範大學出版社，二〇〇五年七月。

19 可參閱劉緒源，《〈中國的思想問題〉及其他》，《魯迅研究月刊》二〇〇八年五期。

關峰《周作人文學思想研究》[20]（蘭州大學博士論文，二〇〇六）、徐舒虹《五四時期周作人的文學理論》[21]、常峻的《周作人文學思想及創作的民俗文化視野》[22]（華東師範大學博士論文，二〇〇四）是三本研究周作人文學思想的專著。關峰論述了周作人廣義的「文學」思想，包括四個方面的內容：文章觀、文學觀、文體觀和文質觀。文章觀分析了周作人關於文章與精神的聯繫的觀點，文學觀探討的是其倫理文學、人道主義文學等思想，文體觀考察了周氏雜詩、日記與尺牘、文抄公體等體裁與風格及八股文觀，文質觀論述其對文學與歷史、科學、哲學、心理等關係的認識。關於「文章」、「文學」等概念，作者有著自己的界定。該書拓展了周作人文學思想的研究範圍，所呈現多方面的知識背景亦可為研究者帶來啟示。只是所論聯繫周作人文學思想產生的歷史語境不夠，有時難以貼緊問題。徐舒虹不僅論述從「人的文學」到《中國新文學的源流》的「個人主義文學理論」的嬗變，還梳理了周氏的散文、新詩、小說和文學批評理論。作者提出：「周作人在發表《中國新文學的源流》之前的《自己的園地》、《談龍集》、《雨天的書》，在文學主張上更傾向於個性主義，對充滿功利主義傾向的『人的文學』提及甚少。……由於他已明顯擺脫了文學救國的思想，同時也已走出對西方文學的盲目崇拜心理，而認真地思考新文學的民族風格問題，即『國民性、地方性與個性』。……這是周作人文學理論中最具有價值的核心部分。」周作人是中國新文學理論的奠基者，又是中國現代民俗學的拓荒者，民俗學視野對他的思想和寫作都留下了重要而深刻的印記，而相關的研究則顯得不足。常峻將兩個方面結合起來研究，彌補了這方面的欠缺，從一個重要維度凸現了研究對象的思想和寫作特色。她論述的中心是：周作人從民俗學的視角來觀照文學，民

20 北京：民族出版社，二〇〇六年十二月。
21 [新加坡]徐舒虹，《五四時期周作人的文學理論》（上海：學林出版社，一九九九年四月）。
22 收入《馬克思主義研究　哲學社會科學研究》第二十輯（上海書店出版社，二〇〇九年二月）。

俗學理論在其文學觀念的形成過程中有著不容忽視的作用。同時，他的文學創作也處處顯示著結合民俗學與文學的傾向，瀰漫著濃厚的民俗文化關懷，民俗事象成為他創作的豐富資源。除了談論周作人民俗學方法論對其文學思想和散文的影響的兩章外，還分別列專章論述其自我文化建構的民俗選擇、民俗學研究和民俗文化觀，在很大程度上具有了研究周作人與民俗學的專著性質，因此也擴展了中國現代民俗學的研究範圍。作者在探究周作人所受民俗學影響的時候，對來自其他方面的重要資源涉及不夠，如對周表現論的文學觀、平凡的人道觀等問題的討論就顯得有些單薄。

周作人創作研究和解析也有新的成果。周氏兄弟的文章是二十世紀中國散文的兩大主峰，相互映襯。儘管從一九三〇年代以降，出現了大量的比較研究，然而總體水平明顯落後於分論。蕭劍南《東有啟明西有長庚——周氏兄弟散文風格比較研究》[23]（福建師範大學博士論文，二〇〇四）作者在前人的評論、研究的基礎上，從風格學出發，全面地對比探討了周氏兄弟的散文藝術和成就。他依據文本中「感性」與「知性」所占比例的不同，把周氏兄弟的散文分為記敘抒情散文、散文詩、雜文和隨筆四類，然後設專章進行討論。如第二章《知性精魂的翔舞》專門研究兄弟二人雜文、隨筆的風格。總共五節，分別拈出「深識」與「博識」、「委曲」與「清朗」、「惡辣」與「和淡」、「擴張」與「收縮」、「簡單」與「華美」五組特徵進行比較分析。最後展開的是價值論，重點論述他們各自的獨特貢獻和互補意義。作者肯下功夫，材料豐富，分析細緻，推進了周氏兄弟散文的比較研究。不足是略嫌平直。止庵在他校訂的《周作人自編文集》每冊前都有一篇導讀性的文字，介紹所據的版本，摘引原作者日記和文章中的有關記載或談論，也約略加上自己精當的評點。雖然各自成篇，但注意勾連周氏思想和風格的流變，彼此之間構成了別

[23] 上海三聯書店，二〇〇九年十月。

相關的文章或序跋，梳理、論證他的思想、文論的演變。這既是對一個文學翻譯大家的首次系統研究，又從文學翻譯的角度探索了周氏翻譯在現代文學史上的經典意義。全書除《導論》外，共有四章，前兩章按照編年史的順序討論周作人的翻譯與思想，後兩章分別討論日本文學和古希臘文學翻譯。其中對周作人與古希臘精神的研究尤見功力，特別是深入地揭示了周與盧奇安（又譯路吉阿諾斯）在叛逆精神上的契合。作者得出這樣的結論：「倘若我們將周作人的一生譯作和介紹文字作一整體考察，將會發現舉凡過於甜熟、教訓氣味過於明顯的、缺少批判性或者叛逆性的作家作品，他都不大有自發的熱情……而他格外用心譯介者，往往是在思想上、藝術上、人生趣味上有其獨到之處。這所謂的獨到之處後面的支撐，在藝術氣質上就是一種不同流俗的勃勃生氣，在思想上大抵就是在不同範疇裏的批判或者叛逆精神。」劉全福《翻譯家周作人論》[28]（上海外國語大學博士論文，原題《周作人翻譯多視角研究》，二〇〇三）首先綜述周氏翻譯思想、翻譯理論及翻譯實踐，接下來重點評述其日本文學譯介、西歐文學譯介、「雜學」與譯介，並對周氏兄弟的翻譯進行了比較。書末附有《周作人譯事年表》。作者帶著外國文學和文學翻譯的專業知識背景，對周氏所譯進行了初步的較為全面的勘測，指出所譯作家作品對譯者的興味和價值所在。不足之處是，各章節之間的聯繫相對鬆散，這樣不容易呈現周作人翻譯的總體特色，揭示出周翻譯與其思想和創作的內在聯繫。上述二書還基本上沒有對周作人譯文本身的評析，特別是沒有把譯文與原文進行實證性的比對，也缺少對翻譯文本的解讀。迄今為止，這還是周作人翻譯研究的空白，當然難度也不言而喻。

最早關於周作人的幾本專著均出自外國學者之手[29]。其中，第一本英國學者卜立德的《一個中國人

28　收入《外教社翻譯研究叢書》（上海外語教育出版社，二〇〇七年四月版）。

29　美國學者沃爾夫（Ernst Wolff）的《周作人》（*Chou Tso Jen*, New York, Twayne Publishers, 1971），英國學者卜立德（David Pollard）的《一個中國人的文學觀——周作人的文學思想》（*A Chinese Look at Literature: The Literature Values of Chou Tso-Jen in Relation to the Tradiion,*

的文學觀——周作人的文學思想》、第三本日本學者木山英雄的《北京苦住庵記——日中戰爭時代的周作人》先後被譯成中文[30]。卜立德的著作以周作人中年時期以《中國新文學的源流》為主的文論為研究對象，探討了周氏文論中的關鍵字，如言志、載道、文學上的個人主義、趣味、平淡、簡潔、苦澀、小品文等。周作人的這些概念披著傳統的外衣，作者著重把它們置於中國傳統文論的大背景下討論，而對周氏討論問題的現代語境及現代性新質注意得很不夠。木山英雄《北京苦住庵記》這部拓荒性的著作的價值主要表現在兩個方面：一是資料上，該書除了搜集了中國（包括臺、港）的文獻資料，還提供了大量的日本方面的情況；除了文獻資料，還訪問了曾活動於淪陷時期北京的一些日本當事人。豐富的第一手資料使我們可以從更大的範圍裏認識周作人現象，同時也為以後的研究提供了很大的便利；二是在思想態度上，作者抱著反省本民族歷史的態度，但他又畢竟不會與中國學者站在同一立場上，這一方面使其有一些中國學者不能同意的意見[31]，另一方面也能關注到一些容易被我們忽略的存在於周作人那裏的一些有價值的問題。關於後者，也許作者在《新版後記》和《譯者後記》中提出了周作人「失敗主義式的抵抗其思想之可能性」問題，就是一個例子。木山英雄是日本周作人研究的開拓者，早在一九六〇年代就開始從事此項工作，致力於勾勒作為思想家和文體家的周作人的獨特形象。他的論文集《文學復古與文學革命——木山英

Berkley, University of California Press, 1973），日本學者木山英雄的《北京苦住庵記——日中戰爭時代的周作人》（日本築摩山房，一九七八年）。前兩者都是在作者博士論文的基礎上修訂而成的。

30 [英]卜立德著，陳廣宏譯，《一個中國人的文學觀——一個中國人的文藝思想》（上海：復旦大學出版社，二〇〇一年七月）；[日]木山英雄著，趙京華譯，《北京苦住庵記——日中戰爭時代的周作人》（北京：生活・讀書・新知三聯書店，二〇〇八年八月，根據二〇〇四年岩波書店的新版翻譯）。

31 陳平原在書評《燕山柳色太淒迷》（《讀書》二〇〇八年十二期）中提出，作者一些對周氏抱有敬意與同情的論述策略恐不能「被中國讀者理解並接受」。黃喬生在《大節與細節——〈北京苦住庵記——日中戰爭時代的周作人〉讀後》（《魯迅研究月刊》二〇〇九年四期）中也表示，作者在材料的取捨和使用上過於同情周氏，過於強調其「文化抵抗」。

雄中國現代文學思想論集》[32]收入文章二十篇，絕大多數是關於周氏兄弟的。論述周作人的主要有《實力與文章的關係——周氏兄弟與散文的發展》、《周作人——思想和文章》、《周作人與語文問題》、《正岡子規與魯迅、周作人》、《「文學復古」與「文學革命」》、《關於周氏兄弟——北師大講演錄》等。木山重視周氏在二〇年代以後對西方價值觀和文學範疇進行的本土化轉換，在一九九六年的一次演講中指出：「他有意識地又有系統地把曾經熱烈接受的西方文化的基礎範疇，用中國固有的觀念來使之脫胎換骨。例如把藝術變成生活的技術或一種禮，把人道主義變成一種『飲食男女人之大欲存焉』式的人本主義，把個人主義變成以『己』推及『人』的共生主義，科學也被抽掉其可怕的澈底性而變成『人情物理』式的一種常識，等等。」這是一個日本學者對周氏這一思想的特點及價值的確認。《周作人與語文問題》評述漢語學術界一直沒有認真關注過的周作人的語文觀，並由此凸顯了他在《漢文學的傳統》等文章中的政治思想的一條線索，值得關注。

周作人受到了普遍的關注，不少前一時期或本時期出版的著作紛紛重印。錢理群《周作人傳》由北京十月文藝出版社一九九〇年九月初版，二〇〇五年一月第二版。中國華僑出版社一九九七年四月印行《周作人》（收入《名家簡傳書系》），江蘇文藝出版社二〇一〇年印行《周作人正傳》（收入《名家正傳叢書》），兩本書文字內容相同，是《周作人傳》的簡寫本；錢理群《周作人論》，上海人民出版社一九九一年八月初版，二〇〇四年十月中華書局重印，易名為《周作人研究二十一講》，重印本刪去了原書第一編「『周作人道路』及其意義」裏的三篇文章；舒蕪《周作人的是非功過》，人民文學出版社一九九三年六月版，二〇一〇年四月改版（收入《貓頭鷹學術文叢精選》），遼寧教育出版社二〇〇〇年九月印行增

[32] 收入《文學史研究叢書》（北京大學出版社，二〇〇四年九月）。

訂本，增加論文一篇，加了一個「附編」，含學術小品十九篇；劉緒源《解讀周作人》，上海文藝出版社一九九四年八月初版，上海書店出版社二〇〇八年六月印行增訂本；張鐵榮：《周作人平議》，天津人民出版社一九九六年三月初版，二〇〇六年五月第二版，收入《新文學碑林》；黃喬生《度盡劫波——周氏三兄弟》，群眾出版社一九九八年一月版，浙江人民出版社二〇〇八年一月修訂本，易名為《周氏三兄弟——周樹人　周作人　周建人合傳》；孫郁《周作人和他的苦雨齋》，人民文學出版社二〇〇三年七月初版，貴州人民出版社二〇〇九年一月重印，易名為《周作人左右》。另外，還有兩本修訂幅度較大的重要著作。《周作人年譜》初版於一九八五年九月，天津人民出版社二〇〇〇年四月印行增訂本。倪墨炎《中國的叛徒與隱士：周作人》由上海文藝出版社一九九〇年七月初版，上海人民出版社二〇〇三年八月梓行修訂本，易名為《苦雨齋主人周作人》。修訂本四十二萬字，比《中國的叛徒與隱士：周作人》增加了七萬字，仍保持初版本的基本格局、基本觀點和文字。修訂本增加了十三節：「二十六　女性的發現和兒童的發現」、「三十　天津覺悟社邀請演講」、「四十二　情斷以後」、「四十五　在『非宗教』爭論的潮流中」、「七十七　與胡適複交」、「一百　下臺」、「一一二　狐死兔悲」、「一一五　致周恩來信」、「一一六　關於毛澤東的批示」、「一一七　沒有寫出深刻的檢討」、「一二三　待遇的波動」、「一二四　苦雨齋的生活」、「一二五　專政的對象」；刪除兩節：「二十四　魯迅《熱風》中有否周作人雜文」、「四六　面對五卅運動」；初版本「一一〇　翻譯工作」在修訂本中改寫成二節：「一一九　奮力譯書」，「一二〇　譯書的成績」。另外添加《自序》，換了《後記》。新插入圖片五十九幅，不少節的標題也有改動。本書為最好的兩三種周作人傳記之一，修訂本更趨完善。

二

在論文方面，仍以周作人思想研究的成就最為顯著。周作人啟蒙主義思想研究進一步地深化和開拓，一九三〇年代思想的現代性得到強有力的論證，附逆時期的思想與附逆的思想原因研究有了進展，與包括宗教在內的中外文化的關係研究多維度地展開。另外，對周作人人生道路的研究也收穫不菲。

張先飛發表了系列論文，集中透視周作人的「人學」思想，把他在五四前期的「人學」思想置於世界性思潮的大背景下考察，拓展了這一研究的視閾。現代「靈肉一元觀」是周作人「人的文學」觀念的思想基礎。張先飛認為，周作人作為現代「靈肉一元觀」在「五四」中國的主要理論代表，力圖將這一觀念建立在作為進化論基礎的生物學理論之上，其核心是科學的「人學」觀念。現代「靈肉一元觀」的理論創新是在傳統的「二希」理論框架內完成的，但這一框架又局限了這種科學理論建構的努力，使這一觀念未能脫盡形而上學的痕跡。同時，這一理論構想潛存著深刻的內在矛盾[33]。他的《五四前期周作人新理想主義觀研究》[34]首次把五四前期周作人的思想指認為「新理想主義」思潮中最為重要的一支。新理想主義是指十九世紀末到二十世紀初，西方理論家對於自然主義時代精神進行反撥的一種思潮、運動，包括哲學思潮與文學藝術、社會思潮兩部分。作為新理想主義在中國的重要代表，五四前期的周作人不僅做出了自己的理論闡釋，而且在新理想主義時代即將來臨的時代判斷基礎上，極力推進新理想主義的宣傳與社會改造實

33 張先飛，《發生期新文學科學「人學」觀念的建構》，《文學評論》二〇〇六年三期。
34 《中國現代文學研究叢刊》二〇〇八年六期。

踐。《「五四」前期周作人人道主義「人間」觀念的理論辨析》[35]認為，周作人「人間觀」的核心主要是圍繞如何實現理想人間生活的問題。作為構建理想人間生活的前提，他首先對「人間」觀念進行了理論建構：顛覆了國家、種族等傳統人類社會結構單位，將「人類」與「個人」構成的「人間」作為真實的社會存在，並對「人類」、「個人」概念的具體內涵以及兩者關係進行了深入思考，提出了「大人類主義」、作為「唯一者所有」的「人類的一員」、「我即是人類」等重要命題。上述諸文均收入作者《「人」的發現》一書。

張宏偉的《芻議自然科學與周作人人生觀的形成》[36]探討了自然科學——特別是生物學、生理學——對周作人人生觀潛在的影響及其成因，探究了他在觀察人生和社會問題時體現出的科學求真精神和認知方法。袁少沖的《周作人早期「人學」思想價值論——以〈人的文學〉為中心的細讀》[37]認為，周作人「人學」思想中最重要的是，「他在啟蒙的背景下探討了『個體』與『個體』及『個體』與『群體』之間的關係」，這兩方面的論述對應了周氏心中實現「人」的啟蒙的方法或途徑，相較其他「五四」啟蒙者顯示出對「人」看法的深刻性與獨特性。張勇《「個人」、「人類」的流變——五四時期周作人思想轉變內在理路探析》[38]著意於從「個人」、「人類」關係的角度，梳理周作人五四時期思想轉變過程和原因。劉洋強調周作人接受西方「人學」觀念受到中國傳統文化的制約[39]。

「生活之藝術」是周作人「人學」思想的核心命題之一，有關的幾篇論文強調了它在周作人思想中

35 《中國現代文學研究叢刊》二〇〇九年五期。
36 《西安石油大學學報》二〇〇四年一期。
37 《魯迅研究月刊》二〇〇八年八期。
38 《河南社會科學》二〇〇九年三期。
39 《傳統的西方言說——論周作人「人學」思想》，《湖南大眾傳媒職業技術學院學報》二〇〇八年三期。

的中心地位，並由此總結周氏思想的基本特點。日本學者伊藤德也從「生活本身就是藝術」、「節制欲望」、「人情美」、「倫理主體」等方面闡釋周作人「生活之藝術」的內涵，總結說：「『生活之藝術』是包括處世法在內的、使人好好生活的技術或做法。」並聯繫當下城市生活，談了對「生活之藝術」的評價[40]。姜異新則從「生活之藝術」的角度，在《淺談周作人的生活啟蒙》[41]中追問在多元啟蒙話語並存的五四時代周作人最有特點的啟蒙方式。作者的觀點是：周作人從「生活啟蒙」的角度，將生活中飲食、戀愛、生育、工作、老死等方面聯結在一起看待，提出了一個「全生活」的概念，把文學的審美情致引入了日常生活，還原了它的人間性。在周看來，文學本應成為一種生活方式。健全的生活應能夠坦然地擁有人生的興味，心安理得地為了生活而生活而藝術，為自己的生存方式做主，這是周作人式啟蒙的獨特思路。該文的新意主要在於，把周作人的「生活之藝術」觀念作為其啟蒙思想的主體加以考察，凸顯他對生活感性的關注，從而找出周啟蒙思想最重要的特點。李濤《論周作人的審美主義》[42]引入審美主義理論，評論周作人基本的思想態度。作者強調，審美主義是周作人世界觀、人生觀、文學觀中的基本立場與傾向，其思想世界、文學世界及至日常生活世界，都刻有審美主義的印跡。周氏的審美主義是在現代西方文化和中國傳統文化的非對稱博弈的場景中形成的，其核心是傳統的「樂生」觀念和現代的「大地」意識對道德、宗教、國家等意識形態保持著警惕與疏離，強調以個人主義和自由主義構建此在人生和藝術實踐，具有鮮明的時代意義，但同時也存在著局限。文章還分析了周氏的「雜學」對於其審美主義形成的意義：「這種『雜』恰恰顯示出周作人在中、西文化非對稱博弈之中的主體性，他能繞開那個時代的文化移植傾向和同

40 〔日〕伊藤德也：《「生活之藝術」的幾個問題——參照周作人的「頹廢」和倫理主體》，《魯迅研究月刊》二〇〇七年五期。
41 《中國現代文學研究叢刊》二〇〇八年六期。
42 《西華大學學報》二〇〇八年四期。

一模式，始終根據自己的理解和興趣的需要而過濾、吸收現代西方思想，也正是這一點，讓他在接受現代西方文化的過程中與現代審美主義精神相遇，並逐漸形成自己獨特的審美主義。」

繼一九八〇年代舒蕪的研究之後，周作人女性思想研究進一步展開。徐霄鷹在《〈周作人民俗學論集〉中的婦女和性——解讀與啟示》[43]中表示，希望從女性主義的角度分析周作人對婦女和性問題的論述，並在梳理其成就和局限的基礎上，對民俗文化學在婦女研究領域的發展方向做一些思考。惜乎依據的只是一本書中的幾篇文章，尚未真正進入周作人的思想語境。徐敏運用巴赫金的對話理論，對周作人女性思想進行了深入的分析和概括，指出充分表現在其性道德觀和女性社會解放思想方面的「對話性」正是周作人女性思想的核心與特質，它使其女性思想具有了與同時代迥異的面貌和價值，也最終造成了它的未完成性[44]。李奇志認為，在新文學作家中，周作人的女性思想自成體系，並溢出了主流意識形態框架。這主要表現在：女性思想以「男女兩本位的平等」為人本框架，特別強調「女性本位」的兩性關係法則，在此基礎上進而提出了女性「生活之藝術」的審美追求。這種「自下而上」的女性解放思想頗具前瞻性和現代意識，只是當時無法實現[45]。范輝的《兩種觀照——周作人與蘇青女性觀之比較》[46]比較二人在靈肉一致的女性觀及女性解放問題上的異同，指出作為啟蒙者的周作人是從被侮辱與被損害的立場出發來關心中國女性命運，而蘇青則是在自覺地爭取與男性平等權利的同時來建構其女性觀。周作人的女性思想作為其啟蒙主義思想的重要組成部分受到了高度的肯定，而徐翔在《周作人女性觀中的異質性成分》[47]一文中，

43 《民間文化》二〇〇〇年十一、十二期合刊。
44 《從「對話性」看周作人的女性思想》，《華中師範大學學報》二〇〇一年五期。
45 《偉大的捕風——周作人女性思想評述》，《武漢理工大學學報》二〇〇五年五期。
46 《名作欣賞》二〇〇九年七期。
47 《中國現代文學研究叢刊》二〇〇六年六期。

通過找出周女性思想中與女性解放、「哀婦人」這樣命題相左的「異質性」成分，提出了強烈的質疑。作者舉出的「異質性成分」來自於以下幾個方面：潛意識、不同時期的思想、不同的文本以及實際行動。這些方面反映出來的問題是：一、「對女性的愛情和性的保守、傳統的態度」，如對許廣平、王蘊如等；二、「對女性缺乏真正的同情和親近」，如對朱安、魯瑞的漠不關心；三、「對女性的社會角色的界定，仍然沒有擺脫『賢妻良母』這樣的傳統男性社會規範」；四、「對女性的權利（力）和規訓，即使是在婦女『解放』這樣的名義下，它也依然是男性對女性的統治」。誠然，這些「異質性成分」值得充分顧及，但問題是，作者指責研究者是在「許多預設」之下研究周作人的女性觀，而事實上，其本人事先就預設了一個解構「神話」的目標，對一些材料中於己不利的方面採取忽視、迴避的態度。如對於周氏不利的「證言」的來歷未加辨明，忽視對他「家務事」另外解讀的可能性，缺乏對其說話具體語境的揭示，也沒有說明如何對待在思想家身上常見的言行不一的問題。排除了各種「異質性成分」的像蒸餾水一樣純淨的思想，大約只能在實驗室裏才會存在吧。種種零碎的「異質性成分」被一種刻意要解構的意識形態集合在一起，作者除了「要求正視和承認周作人女性觀中的異質性因素」外，最終沒有告訴我們這些因素在周氏女性思想中到底居於何種地位，研究者提出的「女性解放」、「哀婦人」這樣的命題是否還能成立。

段成利對周作人的性學思想進行了梳理：周以人的解放作為性學思考的出發點和歸宿，圍繞著「由人到性，由性到人」的思想主線，強調性知識的重要性，提倡新的性道德、性觀念和新的愛情觀，提倡開明的、淨觀的性教育。他關注婦女解放，認為性的解放在婦女解放中的地位與經濟因素同等重要[48]。徐仲佳《思想革命的利器——論周作人的性愛思想》[49]提出：「周作人與同時代其他思想者最大的不同點，是他

48 《欲挽狂瀾應有術，先從性理覓高深——周作人的性學思想論析》，《中國性科學》二〇〇七年十二期。
49 《魯迅研究月刊》二〇〇九年五期。

自始至終以其系統的性愛思想推進性道德的革命並以此作為其思想革命的第一要務。」

在政治立場上，周作人被公認為中國自由主義的代表作家，然而，他與自由主義的關係一直缺少全面、深入的研究。宋紅嶺在《理性的距離：人本、寬容、自由及經驗主義——周作人「自由主義」思想概述》[50]中說，由於自由主義概念本身的寬泛性，理論體系上的非系統性，普及方式上的非權威性，再加上周作人的附逆經歷，長期以來學界對其自由主義思想缺乏全面系統的梳理和界定。宋紅嶺依據自由主義的基本原則，從以人道主義為基石的人本主義思想、自由與寬容、經驗主義認識論三個方面，對周氏的自由主義思想進行了初步的勘查。

哈迎飛論述了周作人五四時期的國家觀，擴大了本時期周氏思想研究的範圍。《論「五四」時期周作人的國家觀》[51]對周五四時期國家觀的主要內容進行了條理闡釋，文章共分四部分：一、民國的建立，是二十世紀中國最值得慶賀的事情，二、反對國家偶像說，三、提倡世界主義，反對「宗教的愛國家」，四、愛國不等於不能批評本國的缺點。她的《從國家意識、民族認同與思想革命論周作人的啟蒙思想》[52]指出，周作人的啟蒙思想以人道主義、自由主義和科學精神為核心，以解構傳統的家國意識和儒家思想的宗教性光環，確立個人主義的國家觀，堅持愛國應從民權起，倫理革命與政治革命同等重要。「五四」以後，他固執地以自己的思想方式走自己的道路，付出了慘重的代價。

一九三〇年代是周作人思想的成熟期，卻一直遭到誤解和貶低。對周氏一九三〇年代思想現代性強有力的論證，是本期周作人研究最值得關注的突破之一。

50 《徐州師範大學學報》二〇〇二年三期。
51 《魯迅研究月刊》二〇〇七年三期。
52 《中國現代文學研究叢刊》二〇〇八年六期。

取向。」

張旭東發表長篇論文《散文與社會個性的創造——論周作人三○年代小品文寫作》、《現代散文與傳統的再發明——作為激進詮釋學的〈中國新文學的源流〉》[55]，一掃許多陳詞濫調，代表了本期周作人思想研究所實現的理論高度。在前一篇文章中，作者提出，自由主義知識份子在一九三○年代面臨著嚴峻形勢，他們只能在文化的象徵性空間中構造自我，通過文學生產積累象徵性資本，使之成為其社會自治、道德力量和知識領導的資源。周通過散文這一文體的自我合理化，實現對社會個體性的建構。在抒寫散文的過程中，為現代文人的自我確認提供了一種日常生活美學。文章共分兩部分，第一部分從文學與社會關係的角度，討論周作人關於散文的理論。第二部分考察他對日常生活領域的重新編碼，在這個領域中，個人性通過「生活的藝術」這一最世俗的行為來發表宣言。這是一個構築知識份子自由和社會個體性的工程。文前的「內容提要」較為清晰地勾勒了全文的思想邏輯：「本文通過重讀周作人三○年代『小品文』創作，探討白話散文與現代性的關係。作者認為，周作人『沖淡平和』的小品文是在『亂世』中保全『理性的個人』的政治實踐和審美實踐。在文學『理性化』或『非政治化』的外衣下，周作人的寫作具有強烈的政治性：它力圖保持五四啟蒙的個人主義、懷疑主義和批判精神的『純粹性』，力圖為現代個體意識尋求風格的自足和日常生活的常態，從而與舊勢力和新興左翼政治持久對抗。作者強調，周作人小品文的審美特質，由這種特點的文化政治緊張所決定，但它在風格層面上掩蓋或『昇華』了這種緊張。周作人的實踐在政治上和道德上以失敗告終，但他的散文寫作卻成功地把特定歷史條件下的複雜的文人意識轉化為新文

[55] 分別載《中國現代文學研究叢刊》二○○九年一期、《現代中國》第十二輯（北京大學出版社，二○○九年四月，謝俊譯）。兩文係作者博士論文《審美政治——周作人與現代中國小品文寫作》（美國杜克大學，一九九五年）之兩章。作者現任教於美國紐約大學比較文學系和東亞研究系。

學最具有內在強度的寫作倫理和語言自我意識。」關於周作人一九三〇年代的政治和文化態度眾說紛紜，人們在叛徒與隱士、激進與保守、現代與古代之間爭論不休，張文深刻地剖析了蘊涵於周氏小品文中的審美政治，充分顯示了一種新的理論闡釋和概括的可能性。另外，對周作人與古代文人的精神共鳴、與五四傳統的關係亦有新解。該文也大大彌補了周氏文體與思想關係研究的不足。

張氏在後文指出，一九三〇年代周作人等「五四」知識份子意識到，為了建立中國新文化的體制並將其合法化，必須讓傳統也參與其中。《源流》正反映了這種努力，周試圖找出中國文學過去經驗內部一種激進的異質性，提供一個新文學的系譜，並以自己的方式重新定義傳統及其流變。「這一作品的重要性和它在理論上的意義遠遠超出了文學史的範圍。毋寧說，它是在為五四知識份子的文化工程發言，亦即針對傳統來定義白話文革命，針對日常生活和前美學狀況來建構新文學（作為一種思想的話語和文體實踐）的經典，最後在一個文化－政治自我決定的過程中，將新文化重新建基於一個再發明的傳統之上。」研究者習慣給周作人貼上像「傳統中國知識份子的最後一代和現代中國知識份子的第一代」這樣的標籤，《源流》似乎是可以支撐這一觀點的典型文本。張卻強調：「周作人的《中國新文學的源流》是對中國文學的過去經驗最不『傷感』和最不『懷舊』的作品之一。」「周作人從來不曾『傾向傳統』，假如把這個『傾向』放在過去和現在之間來衡量。恰恰相反，他總是傾向於現在，以至於他急切地想在理論上定義什麼是『新』，這個『新』可以充分地把『舊』歸為己有，並把自身建構為現在的傳統。」他寫道：「作為二十世紀中國一個充滿激情的啟蒙知識份子，周作人毫無保留地擁抱著啟蒙運動。他攻擊一切冥頑不化的愚昧、迷信和獨裁統治。事實上，正是對作為一個生活世界的『傳統』的徹底拒絕，才使得他對於頑固的『過去』滲入到我們的時代非常警覺，並使他能夠在理性的實驗室裏對之加以分析。在我看來，周作人處理『傳統』的新意在於他對傳統密切的參與和無情的區分，從而將現代性的衝突放置在了『傳統』自身的舞臺。」作者還提出，在周作人的文學作品中，「引用」成了被解放的傳統參與到新文學中去的典型方式。周氏通過微妙的「復古」策略建設了一個「社群」，正是這個「社群」使得他的「苦雨齋」得以安置、保護和加強；同樣，「新文學的源流對他來說同時也是一個新的生活社群的源流」。研究者通常在與左翼論爭中來定位《源流》的思想性質，而張的工作避開或者說超越了這一思路，視之為一個重大的文化工程的一部分，注重它包含的建設性。

兩文展示了許多精彩的、可做進一步發掘的「理論觸發點」，限於篇幅，這裏難以盡述。在舒蕪之後，張旭東是給予一九三〇年代周作人最高評價的學者，為這一時期周氏思想的現代性進行了強有力、富含學理的辯護。早在一九八八年，舒蕪在答記者問時就說過，周作人要求完完全全、一塵不染地堅持五四傳統[56]，這個觀點在張旭東這裏得到了系統的論證。不過，張在探討中專注於理論的自洽，而對一九三〇年代歷史語境的聯繫顯得不足，沒有列出建設這個文化工程的別的方案，於是缺少了某種強有力而又有意味的參照。另外，周作人與傳統的關係也不會只是表現在某種單一的向度。

中庸是周作人思想的基本範疇和基本特徵之一，在一九三〇年代以後的思想和創作中表現得尤為突出，常被人視為封建意識的表徵，甚至是附逆下水的思想原因。然而，大多數人是把「中庸」當作約定俗成的概念來使用，很少顧及周作人思想自身的規定性。胡輝傑發表系列論文[57]，選取周作人思想中可以充分體現「中庸」特質的三組概念——貴族與平民、載道與言志、人情與物理，盡可能把它們置於具體的歷

56 《關於「周作人現象」的思考——訪舒蕪》，《光明日報》一九八八年九月一日。
57 《貴族與平民——周作人中庸範疇論之一》、《載道與言志——周作人中庸論之二》、《人情與物理——周作人中庸範疇之三》，分別載《魯迅研究月刊》二〇〇八年四期、二〇〇九年一期、二〇〇九年二期，收入作者著《周作人中庸思想研究》一書（長沙：湖南大學出版社，二〇一〇年六月）。

史語境中加以辨析，盡力闡明周作人理論姿態是一個有意識的策略性的運作。文中寫道：「周作人在文學觀念上隨時屈伸，更多地是基於一種針對當時流行文學觀念的補偏救弊的考慮，其最終的價值目標依然是在不斷的偏離中回歸中庸的平衡和節制。」很多研究者在探討周作人思想時，引入外在的約定俗成的概念術語，而沒有針對研究對象進行某種調適乃至改裝，難免有削足適履之感。而胡輝傑的研究顯示了一種可貴的努力，有助於祛除強加在周作人頭上的一些流行的成見。

也許張旭東的理論闡釋有些西方化了，難以在本土的思想語境中更充分地展示周作人思想的個人及民族特色。葛飛在《周作人與清儒筆記》[58]中另闢蹊徑，通過尋找周作人文體和思想的傳統資源，從而揭示周作人思想和文體的特質。周作人一九三〇年代的散文與清代筆記關係密切，作者以周氏一九三〇年代的「文抄」為研究對象，探討了他為何會走向清儒筆記，及其從清儒的文章與思想中汲取了何種資源，如何應用此資源等問題。文章不僅尋繹周氏文章與所抄之文的歷史聯繫，還把它放入一九三〇年代政治、文化現實及散文發展脈絡中加以考察。作者著力深厚，文章材料豐富，文筆質雅，辨明甚詳，時有精闢之論。如文章最後說：「本文之所以稱清儒筆記在周作人這裏尤為重要，不僅是因為周氏從中獲得了『六經皆史』之眼光，寬博淵雅之文風，還是因為他藉此營建了一整套批評話語。」「周作人的策略在於，有意地把自己所受的西方影響藏不示人，卻把『舊名詞』加以一番別擇、改造，納入也可以說是營建了自己的話語系統；為『新名詞』——對應地找出舊名稱，如八股、策論、文統、道統等等，只不過加上了『洋』、『新』等定語而已；其所持之衡史論人之具，亦往往是儒家所強調的『人情』、『中庸』、『忠恕』、『知之為知之，不知為不知』等等。此種言說系統，正與其『自其不變而觀之』的歷史循環觀相副。」這

58 《魯迅研究月刊》二〇〇三年十一期。

樣的地方，不論是對於周作人「文抄」的文體研究，還是對其思想研究，都是出色的深化。關峰也對周作人與傳統的關係進行闡釋，總結周作人獨特的思想方法。他在《周作人傳統思想三題》[59]提出，傳統把新事物從常態中區分出來，以《中國新文學的源流》為代表，周作人就在連續而同一的總體中不斷地實踐從常態中區分新事物的工作。周作人之推崇「心的故鄉」的文學、批判八股文、在打油詩中表述「憂與懼」的思想，正是體現了這種思想態度。

周作人提出了一系列準體系性的帶有自己獨特個性印記的思想概念和命題，如常識、趣味、中庸、平淡、載道、言志、重來、原始儒家等，已前的研究基本上用的是西方的理論框架，結果難免「隔」，難以呈現周作人自身的思想系統、文化策略和獨特價值。葛飛、胡輝傑、關峰等人的論文顯示了一種新的進展，這是周作人思想研究深化的一個突出的表現。

收入《藥堂雜文》中的以《中國的思想問題》為代表的幾篇談論中國思想的幾篇雜文，充滿了複雜性，對認識附逆時期周作人的思想狀況和政治態度十分重要，然而正如劉緒源所言，對於這段歷史，是存在著一個無形的研究禁區的。劉緒源《〈中國的思想問題〉及其他》[60]把《中國的思想問題》等文章置於特定時期的歷史語境中，擺脫了成見的束縛，通過深入細緻地分析，得出結論：「可以說，面對打著儒教旗號的所謂『皇道傳道』的宣傳攻勢，周作人憑一人之力，利用對方的口號和概念作巧妙的辯駁，也利用自己的影響力進行適時的抗爭，結果使這場滑稽的宣傳戰遭致敗北，同時，還奇蹟般地消解了一次『掃蕩反動老作家』的文化圍剿。」美國學者耿德華在其專著《被冷落的繆斯》關於周作人的一節中，結合當時的語境，重點討論了《中國的思想問題》等四篇文章的傾向。他說，在《中國的思想問題》中，「對日本

59 《山東科技大學學報》二〇〇七年四期。
60 《魯迅研究月刊》二〇〇八年五期。

宣傳人員的挑戰表達得明確而有力。日本理論工作者早就把儒家思想當作一種意識形態，但是他們堅持認為中國人自己不再理解儒家思想，因而需要指導。……周作人的文章是對這種宣傳以及它對文學的侵犯的有所指的批駁」[61]。李雅娟通過對作於一九四〇年代初的《漢文學的傳統》等文的解讀，認為周作人試圖為中國的文藝復興確立起「固有思想」和「漢文學」的傳統，以此尋求漢民族文化與漢民族的主體性地位[62]。

還有幾篇文章論析周作人附逆的思想原因與附逆時期的思想。董炳月《周作人的「國家」與「文化」》[63]對周作人附逆的政治立場和思想態度進行了解析。他首先對解志熙在《文化批評中的歷史性原則——從近期的周作人研究談起》中批評其《周作人的「附逆」與文化觀》一文進行了反批評。解文引發了他對問題的進一步思考。作者把「國家」分為國土、政權、文化等三個層面來認識。「在制度（政府）層面上，周作人確實成了『叛國者』」，然而在文化層面上，「他是一位文化愛國者，甚至是一位文化抗日者。」「在四〇年代初的中國，既然國家無力抵抗入侵者，既然淪陷區所有的中國人都隨政府南下是不可能的——而且那樣做意味著將淪陷區拱手交給日本人，既然入侵者竭力對青年學生進行奴化教育，那麼由周作人這種固守『文化中國』的文人來充當教育督辦比起讓繆斌這種『混混兒』來充當，則是不幸中之小幸。」文章對周作人的附逆做了進一步的概括：「我認為在法律層面上周作人的悲劇是他當了漢奸，但在更深刻的意義上，他的悲劇則是其『文化國家觀』的悲劇（借用解志熙的概念就是『唯文化』的悲劇），

---

61 [美]耿德華著，張泉譯，《被冷落的繆斯——中國淪陷區文學史（一九三七——一九四五）》（北京：新星出版社，二〇〇六年八月），頁一八四至一八五。

62 《論周作人二十世紀四〇年代的思想架構——以漢文學的傳統等四篇文章為例》，《重慶工學院學報》二〇〇六年六期。

63 《中國現代文學研究叢刊》二〇〇〇年三期。

和特殊心態[66]。「道義之事功化」是周作人氣節論的集中表達，與其附逆有著明顯的關係。韓靖《周作人「道義之事功化」思想探析》[67]認為，伴隨著對傳統氣節思想的歷史考察與批判，周提出了自己的「道義之事功化」的新氣節觀。作為一種人格評價標準，此一思想體現了對知識份子存在境遇和獨立不依的人格形態的召喚。對於這一有爭議的問題，作者表明了自己的態度：「既不能夠因人廢事，要看到周作人的新氣節觀思想的價值之所在，也要明確周作人的附逆問題絕不是他的『道義之事功化』所解釋的那麼簡單，或者說高尚，不能夠因其思想價值而勾銷其歷史污點。並且，周作人的新氣節觀也有著它內在的局限。事實上，周作人的附逆也是與他的『道義之事功化』思想的內在局限有關係的。」

對周作人與宗教關係的研究前一階段已經開始，本期頗有進展。顧琅川《周作人與佛學文化》[68]提出，與傳統文人的遊心佛老相近，周作人最早接觸佛學是以解脫內心苦悶為目的的。南京求學期間在「人生無常」情緒支配下，他偏於接受「生本不樂」的佛教生命觀，這成為他一生苦質情緒的起點；二〇年代初再次擇路引發的思想混亂，佛學「眾生平等」的普親觀對他產生了更強的衝擊，由此強化了他尊重別人、尊重生命的人道情懷。而真正顯示周作人現代知識份子精神的，是在於他接受佛學主要用以建構人格意志和思維方式。原始佛教緣起性空論強化了周反權威偶像的人格精神，幫助他擺脫黃金時代終將到來的盲目情緒；而佛學「空有不二」的思想則有力促成了他的辯證思維，從而使其避免簡單線性因果思維方式的桎梏。顧氏《生命苦諦的慧悟與反抗——周作人「苦質情結」的佛學底蘊》[69]謂周氏有一種偏於從悲

---

66 《話裏話外：一九三九年的周作人言論解讀》，《中國現代文學研究叢刊》二〇〇八年二期；《「言志」的苦心與文心——周作人「苦住」期間創作之分析》，《現代中國》十二輯（北京大學出版社，二〇〇九年四月）。
67 《紹興文理學院學報》二〇〇八年五期。
68 《紹興文理學院學報》二〇〇〇年四期。
69 《紹興文理學院學報》二〇〇四年一期。

苦、絕望一面去體悟人生、解釋世界的「苦質情結」，而這一氣質特徵的形成，與佛學苦諦所體現的生命本體觀存在著深刻的淵源關係。顧氏還進一步追尋了佛學與周作人文化性格的影響，提出：以釋補儒，以佛學作為對儒家思想糾偏補缺最重要的文化因子，構成周作人儒家人文主義思想的基本框架。小乘緣起論為周作人提供了消解儒家天命觀的思想力量，強化了周作人反思想統制的個性主義。佛學以覺為本的立教思想啟發了周作人的啟蒙思路，形成他以關注人的精神解放為本的人道主義特徵。從佛學心性理論入手重視自身人格意志修養，是周作人以釋補儒格局治佛的又一途徑，其中佛學「空觀」理論與「忍」的精神幫助周作人強化反抗絕望的精神特別值得注意。夏元明在《周作人與佛教文化之關係初探》[70]中說，周作人喜愛佛教戒律，因為佛教戒律與儒家所講的「禮」有會通之處，又與周作人藝術的人生觀相契合。周作人的「疾虛妄」、苦樂觀，都在一定程度上吸收了佛教文化的積極因素。李哲、徐彥利從下列方面評述周與佛教文化的關係：與佛教結緣的一生、佛教文學的濡染、禪宗文字觀的影響，以及其固有思想與佛教精神的契合[71]。

哈迎飛研究周作人與宗教關係用功最多，成績斐然。她的《「愛的福音」與「暴力的迷信」——周作人與基督教文化關係論之一》[72]提出，基督教通過陀思妥耶夫斯基的小說對周氏早期的世界觀、人生觀、價值觀以及社會改造思想、人道情懷和堅毅個性等影響極深。她的另一篇《基督教文化對周作人文學觀的影響》[73]分析了周氏「愛之福音」的文學觀與基督教文化的關係。她發表系列論文《從種業論到閉戶讀書

70 《黃岡師範學院學報》二〇〇二年五期。
71 李哲、徐彥利，《負手旁立心有鶩　檻內觀花在家人——周作人與佛教文化》，《江淮論壇》二〇〇四年六期。
72 《福建師範大學學報》二〇〇六年五期。
73 《武漢理工大學學報》二〇〇七年一期。

論——周作人與佛教文化關係論之一》、《茹苦忍辱，斯乃得度——周作人與佛教關係論之二》、《非正統的雜家——周作人與佛教文化關係論之三》[74]。在第一篇中，作者認為：「佛教的價值觀念、思維方式對他的生命意識、思維方式、人生理念、心理情感以及生活方式都產生了複雜深遠的影響。」佛教對周作人的影響首先表現在他的「種業論」上，這是他觀察中國社會歷史與現實的一個獨特視角。具體說來，周氏所感得的民族種業主要有二：一是對於專制的迷信，二是非理性的嗜殺狂。佛教的種業論以及現代的遺傳學說使周作人特別強調並寄希望於人的理性自覺。他特別致力於價值多元的現代理性精神的建設，解構傳統定於一尊的一元化思維方式和偶像崇拜心理。他的這種否認終極、絕對、至尊的思想是與佛教緣起論思想相通的。一九二七年以來，周作人則在種業論、現代遺傳說的作用下，退入書齋，閉戶讀書，尋根究源地查找病因。第二篇文章論述佛教「人生苦」的義諦對周作人的生命意識、生活方式、心理情感的浸潤。作為一個愛智者，他深感人間苦、中庸苦、求知之苦以及苦住之辱，其中都有佛教哲學的因子。周作人自稱是中庸主義者，既否定唯我獨尊的獨斷論，又拒絕否定一切的虛無論。與佛家所說的「中庸」相比，「在某種意義上，周作人的『中庸』更近於佛家的中道」。最後一篇又探討佛教文化對周氏文學觀和散文寫作選材立意等的影響。哈迎飛《「無信」與「中庸」——周作人「中庸」觀之我見》[75]則從佛教文化的角度提出了新解：周作人的「中庸」觀是與「無信」即反本體的「空」觀思想相連的，因此，它不僅在本質上與相信存在終極本體的傳統儒家中庸思想不同，而且內在地包含著衝破封建獨斷論束縛的革命內容，具有深遠的啟蒙意義。作者在探討佛教文化對周的影響時，能夠在探討佛教文化對周影響時，能夠兼及別的方面的影響，予以綜合的分析和闡釋。哈迎飛還有幾篇研究周作人關於中國民眾宗教意識和知識份

74 分別載《魯迅研究月刊》二〇〇〇年二期、四期、六期。
75 《東南學術》二〇〇一年六期。

子「宗教氣」的文章。《論周作人對中國民眾宗教意識的考察——周作人的宗教思想研究之一》[76]認為，周作人對中國民眾宗教意識的特點、成因及存在狀況的考察和對巫術傳統的重視，在理論與現實上均有重要的意義。周作人與「非基督教非宗教大同盟」的關係受到了較多的關注，《周作人與非宗教運動》[77]進一步思考周作人態度和觀點的價值。文章說，在非宗教運動中，周作人對現代知識份子掩藏在無神論外表下的準宗教情緒進行了深刻的反省和批判，他所強調的「理性的反抗才是一切革命的精神的本源」，以及「專制的狂信」是東方文化中最大的毒害等，對我們今天研究現代中國知識份子的宗教情緒以及革命與宗教意識形態的關係等仍具有重要的參考價值。《論周作人對中國現代知識份子「宗教氣」的批判》[78]提出，周作人是中國現代文學史上為數不多的始終對知識份子的「宗教氣」和教士人格予以高度重視的啟蒙思想家之一。周氏認為，現代中國知識份子的宗教意識和宗教情緒並不比民眾更少，尤其是在獨斷地相信自己或自己所在的群體掌握了超絕的客觀真理、缺少對宗教的或准宗教的意識形態的警惕方面，值得總結的教訓很多。

哈迎飛有多篇論文分別論述周作人與中國傳統法家、道家、儒家思想的關係。《周作人對法家暴力文化的批判》[79]認為周是五四時期為數不多的幾個始終對法家思想保持高度警惕的思想家之一，但他的這一立場始終未受到學術界的重視。周對法家暴力思想、王綱主張、法家化「酷儒」的揭露與批判，在一定程度上抓住了中國現代化之所以長期裹足不前的關鍵。周作人與道家思想的關係一直缺少專門的研究，哈迎

76 《魯迅研究月刊》二〇〇五年三期，此文及上述諸文收入《半是儒家半釋家》一書。
77 《廣州大學學報》二〇〇七年五期。
78 《暨南學報》二〇〇九年二期。
79 《福建論壇》二〇〇七年十二期。

飛《論周作人的道家立場》[80]提出他偏愛道家，並分析了原因：周作人認為莊子的無君論、天道自然論和齊物論思想等對儒家思想的現代轉型和現代中國思想的建構具有重要的參考價值。哈氏的另一篇《論周作人的儒釋觀》[81]認為，周作人強調中國文化的根基是儒家而非儒教，自覺地解構儒家思想中的宗教光環，並以佛教中反本體論的中觀思想改造儒家的中庸思想，使原始儒家中富於理性和人道的思想精華真正發揮出來，形成既有中華文化之特色，又順應世界潮流的新文明，這是他儒家思想的最大特色，也是他對中國現代啟蒙思想的最主要貢獻。這裏的問題是，周作人的「儒家思想」與「啟蒙思想」是如何聯通的應該得到闡釋。進入一九三〇年代以後，周作人常自謂儒家，他究竟在何種意義上如此說，這是一個一直未得到認真研究的問題。周作人對儒家文化的態度似乎經歷過戲劇性的變化：早期激烈的反儒，隨後又作為思想革命的主將，全面抨擊；及至一九二〇、一九三〇年代後，他又逐步接近並標榜儒家。

周作人尊奉六朝文學、晚明文學，推重陶淵明、顏之推和李贄，思想上也與他們相通、相聯。萬傑《從陶淵明到顏之推的路——試析周作人後期的思想變化》[82]以陶、顏為參照系來論析周作人三〇、四〇年代的思想特徵及其變化。作者認為，三〇年代周氏的思想與陶淵明相通，喜其為「具有儒家理想的隱者」，又都崇尚自然；三〇年代末、四〇年代初，周氏又從顏之推的中庸之道和亂世生存哲學那裏得到共鳴。權繪錦《周作人與六朝文學》[83]說，周作人所認同的六朝文學是經過了特殊別擇的。六朝文人中的陶淵明、顏之推的思想與生存方式不僅引起了周作人強烈的情感共鳴和精神溝通，而且影響了他後期的思想

80 《貴州社會科學》二〇〇八年七期。
81 《文學評論》二〇〇九年五期。
82 《江西教育學院學報》二〇〇二年五期。
83 《山西師大學報》二〇〇七年三期。

變遷和人生道路選擇。同時，六朝文學駢儷華美的風格也引發了他關於新文學語言建設的獨特構想。萬傑《個人主義者眼中的遺民——論周作人與中國遺民文化之一》[84]關注了一個新的題目。抗戰爆發前幾年間，周寫了不少篇談遺民與遺民著作的文章。作者說，周解讀遺民文化，還原了遺民思想和生存的真實性、複雜性，對遺民氣節有所保留而又未完全否定，對歷盡劫難而仍保留生活情趣的遺民深表欣賞，從中可見周作人作為個人主義者的思想特色。許建平、李留分《李贄思想在周作人接受過程的近代演進》[85]通過分析周作人對李贄文學思想的接納、變異這一個案，探討李贄思想在被接受過程中的演進軌跡，並認為周的文學觀來自西學與中國傳統，而傳統多於西學，傳統中又以李贄的影響最為有力。周發現了李贄「人學」思想中的現代性因素，並用西方科學和人本思想闡釋李贄思想，使其在他這裏進一步近世化。

顧琅川等從地域文化的視角，考察周作人與吳越文化的關聯。他認為，周作人筆下的故鄉其實存在著兩個具有不同思想內涵與不同審美結構的故鄉，即夢幻故鄉與現實故鄉，並把它們與周作人作為知識份子精神追求聯繫起來。「周作人的夢幻故鄉往往與家鄉的自然山水、風物儀節等聯繫在一起。與其說周作人這是在寫故鄉，不如說他是以家鄉生活的框架，構設起一個個具有夢幻情調的世界，作為自己理想境界、精神追求之所寄，他的夢幻故鄉也就程度不同地具有某種象徵色彩。」而「周作人筆下的現實故鄉則直接與現實社會人事相聯」，作者常以批判的眼光視之[86]。顧氏《古越精神與周作人文化性格》[87]探討周氏硬氣、沉實的精神個性、「故鄉泛化意識」、平淡而又無法平淡的風格與古越文化的關聯。束景南、姚誠認

84 《江西教育學院學報》二〇〇四年四期。
85 《河北學刊》二〇〇九年二期。
86 顧琅川，《論周作人的故鄉情緣》，《紹興文理學院學報》二〇〇一年六期。
87 《紹興文理學院學報》二〇〇五年二期。

為周氏兄弟個性不同，造成了他們對吳越文化中「激烈」與「沖淡」兩種不同的人文精神承傳與吸收的差別，由此形成了他們為人為文的差異[88]。

有人藉「周作人與竹枝詞」管窺周作人的民間文化情懷，認為周主要從兩個方面討論竹枝詞並顯示其對竹枝詞的審美取向：一是重視其「土風」，甚至出現了「重注輕詩」的取向；二是重視其詼諧幽默的藝術風格[89]。在北大歌謠徵集運動中，胡適、周作人、劉半農是三個重要人物，然而卻有著各自的身分立場和關注視角。胡慧翼著重理清了他們發現民間歌謠的不同理路，以他們為個案，清晰地勾勒出了這場民間文學運動得以浮現的思想文化背景[90]。羅興萍《淺論周作人民間歌謠研究》、余望《從三種刊物看周作人的早期歌謠研究》[91]評述周作人在歌謠研究方面的貢獻。張永《周作人民俗趣味與京派審美選擇》[92]認為，周作人的民俗趣味和思想具有文學史意義，不僅影響了當時散文小品的審美取向，而且在小說題材與主題選擇、審美意境營造、文體變化乃至文學理論批評等方面都給予京派作家以深刻的啟示。

在周作人與中國傳統的關係多維度深入開展的同時，他的思想與外國文化以及思想家、作家的關係研究也受到關注。有關的研究集中在周作人與古希臘文化、日本文化和現代西方文化三個方面。

研究者多視角地探討了周作人與古希臘文化的關係，強調了其著眼於文化復興與國民性重建的文化策略。莊浩然《周作人譯述古希臘戲劇的文化策略》[93]高度肯定周胸懷世界文化的宏大構想，致力於古希

88 束景南、姚誠，《激烈的「猛士」與沖淡的「名士」——魯迅與周作人對吳越文化精神的不同承傳》，《文學評論》二〇〇四年三期。
89 陳家洋、彭遠方，《周作人的民間文化情懷——以周作人關於竹枝詞的論述為中心》，《西南交通大學學報》二〇〇九年四期。
90 胡慧翼，《論「五四」知識份子先驅對民間歌謠的發現——以胡適、周作人、劉半農為中心》，《西南民族大學學報》二〇〇三年三期。
91 分別載《無錫教育學院學報》二〇〇〇年四期、《集美大學學報》二〇〇六年三期。
92 《文學評論》二〇〇九年四期。
93 《福建師範大學學報》二〇〇三年四期。

臘戲劇的譯述工作，以創建中國新文化，改造國民性。來自世界史領域的研究者蔣保發表《周作人之古希臘文化觀》[94]，指出周對古希臘文化的一些觀點和認識即便在今天看來也同樣具有重要的現實意義和學術價值。周氏認為古希臘文化體現了「現世」、「愛美」、「中庸」和「好學」四個特徵，蔣文分別加以簡明的概述。黎楊全《文藝復興與國民性重建——論周作人對古希臘文化的誤讀》[95]說，在認定中國與古希臘都存在現世主義與中庸兩種文化特質的基礎上，周作人展開了中希文化進程的同構性想像，並企圖復興中國「孔孟時代」與古希臘相似的「靈肉一致」生活，重建國民性。然而，由於文化的誤讀與虛構，這種文化復興與國民性重建的構想最終陷入了理論與現實的困境。曾濤通過周對於文學中滑稽因素的讚賞和對恐怖因素的反對，探討了其思想中的一個獨特側面，即其思想繼承了古希臘精神光明的、樂觀的、富有生命力的特質[96]。在自己翻譯的外國著作中，周作人非常看重《路吉阿諾斯對話集》（又譯作《盧奇安對話集》）。黎楊全《解讀周作人的「對話集」情結》[97]認為對話集中「非聖無法」的「疾虛妄」，對「世相人情」的抒寫，以及諷刺的趣味，契合了周作人的文化批判，也契合了他的審美趣味。耿傳明《周作人與古希臘、羅馬文學》[98]評述周與古希臘、羅馬文學的關係，分析其中反映出的周作人的思想態度，重點談論周作人與其翻譯的《路吉阿諾斯對話集》。作者提出，路吉阿諾斯的思想與行事明顯帶有古希臘「犬儒學派」的個特色，「周作人唯理主義的倫理觀與犬儒主義當有某種深層的關聯，他晚年傾全力翻譯《路吉阿諾斯對話集》的深層用意也正在於此」。杜心源《文化利用與「國民意識」的文化重構——對周作人的

94 《社會科學評論》二〇〇四年三期。
95 《江西社會科學》二〇〇七年九期。
96 《滑稽與恐怖——論周作人思想的一個獨特側面，兼及其文化精神》，《江淮論壇》二〇〇八年四期。
97 《楚雄師範學院學報》二〇〇七年十一期。
98 《書屋》二〇〇六年七期。

古希臘文學研究的再探討》[99]通過周作人對古希臘文學的研究，考察他如何自主地運用現代性原則參與到民族國家的整體建構之中，這是對周作人與古希臘文學研究的深化。文章說，周的古希臘文學研究不是一種靜觀的學術工作，而是對中國現代思想進行反思批判的成果。他對希臘文學尤其是對其中神話和擬曲的譯介實質上是對現代中國國民意識建構的靈活參與，以闡釋希臘為文化策略，周一方面從國族社會的壓抑中解放出「人」的自然天性，另一方面希求啟動中國民間傳統的倫理性，使之成為現代民族主義的文化資源和表意工具。這一傳統通過他的想像加以轉化和重構，超越了狹隘的地方性範疇，具有了「世界主義」的合法地位。黎楊全《解讀周作人的希臘神話情結》[100]的中心觀點是，希臘神話中表現的希臘思想，如現世主義、自然人性、愛美精神及節制之德契合了周作人的社會理想、文學理想與人生追求。

在周作人與歐洲現代思想的關係中，幾個未曾受到關注或受到關注甚少的思想家開始進入人們的視野。周作人之於尼采，不如魯迅沉浸之深，一直沒有專門的探討。曾鋒《周作人與尼采》[101]獨闢蹊徑，論述了周氏思想中與尼采直接相關的幾個命題：「世事輪迴」、「忠於地」、「進化論的宗教」等，以及周作人與尼采可能沒有直接淵源關係但深相契合之處——存在主義、審美化的生存、超越倫理等等。在尼采哲學的映照下，深入地闡發了周作人所提出命題的涵義。如說：「在周作人引述永恆輪迴的語境中，他的顯在意圖是在歷史循環論的基礎上悲歎中國的停滯、國民根性的頑固、改革和革命同於夢想，但循環史觀主要作為批評策略，在它的核心仍然與尼采永恆循環的哲學體驗深深契合。」曾鋒還借鑑新歷史主義的批評方法，認為受著「重來」憂懼的支配，周作人按照輪迴模式剪裁取捨歷史材料，闡釋文學史、思想

99 《華東師範大學學報》二〇〇七年二期。
100 《海南大學學報》二〇〇五年四期。
101 《中國現代文學研究叢刊》二〇〇三年一期。

史。[102]孟慶澍通過梳理早期周作人與無政府主義思潮的種種關係，發掘五四時期周作人新村理論的思想背景，為解讀新文化運動前後周作人的思想，提供了一個新的重要視角。他提出，周作人在留日時期成為無政府主義刊物《天義》的主要作者，在女子革命問題上逐漸接受了「天義」派的觀點，強調私有財產才是女性問題的根源，從而以社會革命作為女子革命的最終解決手段。同時，他還對俄國無政府主義思想家克魯泡特金產生了濃厚的興趣，並從革命精神和文學理論兩方面介紹了他的主張，從而為後來五四時期提出的帶有無政府主義色彩的新村理論奠定了思想基礎。[103]陳懷宇《赫爾德與周作人——民俗學與民族性》[104]認為，周作人對民俗學、人類學的重視受到德國近代學者赫爾德的影響，他所使用的民族與國民性話語與赫爾德文化民族主義存在著密切聯繫。法國學者古斯塔夫・勒龐（周作人譯為呂滂）的群體心理研究對周作人的思想影響很大，林建剛《勒龐思想在中國的傳播及其影響》[105]梳理了勒龐思想在中國的傳播史，其中有兩節分別述及魯迅、周作人。作者認為周作人所受勒龐影響主要在兩個方面：一是對其歷史觀的影響，二是體現在對於各種主義與各種運動的根本懷疑。

柳田國男是日本現代傑出的民俗學家、思想家，周作人對他有長達六十年的持續關注，從他那裏得到了深層的思想精神上的共鳴。趙京華的《周作人與柳田國男》[106]從西洋與日本兩種外來民俗學思潮影響於周作人的過程分析入手，翔實地考察了其中的柳田民俗學因素。而後結合二〇年代以後由重視民間傳統而發生的，從五四反傳統到傳統回歸這一周作人思想轉變的經過，深入地論證了兩者在理解民族固有文化、

102 曾鋒，《輪迴對歷史敘述的支配——〈中國新文學的源流〉及周作人論之一》，《魯迅研究月刊》二〇〇三年四期。
103 孟慶澍，《從女子革命到克魯泡特金——〈天義〉時期的周作人與無政府主義》，《汕頭大學學報》二〇〇五年一期。
104 《清華學報》二〇〇九年五期。
105 《開放時代》二〇〇九年十一期。
106 《魯迅研究月刊》二〇〇二年九期。

重視民間傳統價值等深層思想上的相通性，窺見其複雜的關係。文章包括以下幾個部分：一、周作人民俗思想中的兩種外來淵源；二、周作人的道教論及其發展；三、以民間信仰為核心的民俗學實踐。文章簡要舉出周作人從柳田國男思想學說中所得到的重要影響與啟發：「第一，以現代民俗學的方法從民間習俗、禮儀、傳說，而非正統史學的視角，注視平民百姓的精神生活史，同時把支配『常民』、『凡俗的人世』的固有信仰視為民俗學研究的終極課題，這是兩人在民俗學方面最為相通之處。」「第二，周作人對中國的民間信仰，特別是與道教相關聯的鬼神迷信有著獨特的觀察。……這種認識無疑是周作人對中國民間社會長期觀察的結果，而其中有柳田的影響與啟發亦是明顯的事實。」「第三，……周作人對民間信仰特別是道教的考察前後有一個思想、態度的轉變過程，這一轉變可以視為他二十年代中期以來由主張傳統批判到轉向重視對傳統再認識以至傳統復興，這一重大思想轉變的一個組成部分。而其中對民俗學的關心，以及來自柳田民俗學的影響乃是一個重要的因素。」文末還提出，在西方普世主義遭到強烈質疑的今天，周作人的思想和學問有著再探討的價值。季紅比較了周作人與明治後半期旅日英國人小泉八雲的日本社會觀和宗教觀[107]。余文博《周作人與吉田兼好比較論》[108]從審美取向上的趣味性與常識性、人生態度上的無常觀與隱逸思想以及行文特色上的佛禪意識三方面，比較周氏後期散文與日本古代作家吉田兼好的隨筆集《徒然草》。徐敏從周作人的「家庭內部解放」道路的主張，和他對日本女性觀的「別擇」兩方面，闡述了日本文化對周作人女性思想的重要作用，以及周女性思想的特點[109]。於小植《重菊輕劍　談周作人對日

107 《周作人與小泉八雲的日本社會觀之比較》，《大連民族學院學報》二〇〇五年三期；《周作人與小泉八雲的日本宗教觀之比較》，《貴州民族學院學報》二〇〇五年三期。

108 《哈爾濱學院學報》二〇〇六年十一期。

109 徐敏，《論日本文化對周作人女性思想的影響》，《外國文學研究》二〇〇一年二期。

在人生道路研究方面，倪墨炎發表系列長文《晚年周作人》[115]，大大充實了對一九四九年以後的周作人的研究。圍繞周作人出獄後晚年生活的幾個重要問題進行專題評述，資料翔實，考辨深入，顯示出深厚的資料學功夫，清晰地顯示出周氏晚年生活和寫作的面貌。這些問題在《苦雨齋主人周作人》中只是簡略地涉及過。各篇的大致內容如下：「一、走出牢獄後的生活及其新聞報導」，對有關周作人出獄後人生選擇的報刊資料、回憶文字進行合情合理、具有說服力的辨析。「二、為稻粱謀大量生產的『袖珍小品』」，作者對周三〇、四〇年代的散文評價不高，對此期發表在《亦報》上的小品卻大加讚賞，謂其「篇幅雖短，卻言之有物，比『文抄公』式的『讀書錄』言簡意賅，其中不少篇幅仍可見他早期散文中平和、沖淡、舒徐的風格」。「三、收信人沒有收到的一封信」，談論一九四九年周作人致周恩來的信。鑑於此信已刊布的三個版本都錯誤甚多，作者據周作人寄給鄭振鐸的手抄件照片全文抄錄。「四、夢寐以求卻子虛烏有的所謂『批示』」，針對流傳的所謂毛澤東關於周作人問題的「批示」進行考辨。結論是：「周作人在一九四九年底或一九五〇年初給周恩來寫信，由於得不到回信，大約在一九五〇年二月上旬又直接給毛澤東寫信。接著，二月十八日，他又給周揚寫信，並附去給毛澤東的信的抄件。……周作人直接給毛澤東寫的信，由毛澤東的祕書胡喬木收到；給周揚的信及附信，也由周揚轉給了胡喬木。」於是，胡把擬具的處理意見上報毛澤東，毛批示「照辦」。「五、提供史料擴大了魯迅研究領域（上）」，包括以下幾部分：關於魯迅故里、關於魯迅家世、關於魯迅族人、關於魯迅家人、關於魯迅親戚。「六、提供史料擴大了魯迅研究領域（中）」，包括：關於三味書屋和魯迅的啟蒙老師、關於魯迅在南京學校的生活、關於魯迅在日本的情況。本專題的系列論文尚未竣工，值得期待。

115 連載於《魯迅研究月刊》二〇〇五年七期、二〇〇六年五期、二〇〇六年八期、二〇〇八年六期、二〇〇八年八期，缺「連載二」，「連載三」的小標題緊承第一篇的小節「二」，顯係編輯疏忽所致，忘了把第一篇的「一」、「二」兩部分拆開發表了。

周氏兄弟比較研究依然受到關注。李怡從周作人的文章中拈出「協和」一詞，概括周作人早年在日本的異域體驗：並無孤獨，反而「感到協和」。從一九〇七年前後周作人和魯迅在日本的異域體驗中，發現預示了中國文學現代演變的重要新質。如果說，魯迅以其「入於自識」的選擇標示出了這一年中國知識份子的思想高度，那麼周作人與日本「協和」的體驗則導致了他對於這一異域文化的更深入的理解和認同，他們的不同也在某種程度上埋下未來兄弟殊途的線索。[116] 孫郁的《魯迅與周作人》[117] 是一組比較周氏兄弟異同的學術小品，分「裏與外」、「趣味」兩部分。前者對比了魯迅、周作人在對待日本文學的態度、民俗學的提倡、翻譯作品的選擇、生活方式與時代的關係等，寫道：「在我的看法裏，兩人一個守於象牙塔裏，一個在書齋之外。起初似乎在一個起點上，後來各自東西了。有趣的是，這一裏一外，看似有別，但他們在一些地方卻做著相同的工作，如果從史的眼光看，構成了新文化的合力，沒有任何一方，都是不行的。」同時又說：「走出象牙塔，和待在象牙塔裏是有不同的生命質量的。」後者又談及二人的個性、業餘愛好、交遊等。劉堃《從散文看魯迅與周作人精神特質比較》[118] 從思想信仰、寬容、文體等方面比較二人的精神個性。本期有多篇談論兄弟失和的文章，大都老生常談，新見不多。張學義《魯迅周作人兄弟失和的情理詮釋》[119] 是一篇長達三萬字的長文，「從一個大家庭的運轉模式、存在格局、權力分配、資金供給、人際關係等多方面入手」，敷衍成篇。林分份試圖為兄弟失和提出新解，認為從兄弟反目乃至後來對魯迅不斷進行攻擊，在周作人的倫理和思想意識中，魯迅的「權威」形象陷落了，而他的「自我」得以逐

116 李怡，《一九〇七：周作人「協和」體驗及與魯迅的異同——論一九〇七年的魯迅兄弟與現代中國文學之生成》，《貴州社會科學》二〇〇五年四期。

117 《西部》二〇〇七年五期。

118 《魯迅研究月刊》二〇〇四年十期。

119 《新文學史料》二〇〇九年三期。

漸確立[120]。

新文學史和新文化史上苦雨齋一派文人的關係受到重視。有「周作人四大弟子」一說，顏浩《〈語絲〉時期的苦雨齋弟子》[121]先考察了此說的由來，認為明確把俞平伯、廢名、沈啟無、江紹原四人視為周氏弟子可能已經到了一九九〇年代。文章以《語絲》時期為中心，考察了周作人與俞平伯、廢名、江紹原三人之間的交往，探討三個弟子在現實態度、思想觀點、文學風格等層面所受的影響，比較了師徒之間的異同。其實，周氏在一九四四年四月所作的《文壇之分化》中已明確提到「世間傳說我有四大弟子」，提到了上述四人的名字，雖然表示不認可。一九四七年靜遠在《周作人二三事》[122]有云：「沈是周作人『四大弟子』中最不成才的一個。」孫郁《關於苦雨齋群落》[123]簡述苦雨齋文人群落的形成以及這一文化傳統的特點。哈爾克《苦雨齋雜談》[124]談苦雨齋文人的交往以及他們寫文章、做學問的特點，強調：「周氏沙龍的特點，亦新亦舊，亦古亦今，精神的本源，還屬於現代，只是與激進主義略有不同，也無意識形態氣和結社的幫派氣，所以左翼譏之落伍云云，是不得要領的。」張學敏梳理周對二〇年代關於「抒情詩的小說」和「鄉土小說」寫作的理論倡導，分析其對廢名田園詩化小說的影響[125]。張中行可謂苦雨齋弟子，孫郁在《張中行：在周氏兄弟之間》[126]告訴我們他在精神上所受乃師的影響：「一是懷疑的眼光，不輕信別人的思想。二是博學的視野，雜取諸種神色，形成一個獨立的精神境界。三是拒絕一切八股和程式化的東

120 《「權威」的陷落與「自我」的確立——對周氏兄弟失和的另一種探討》，《中國現代文學研究叢刊》二〇〇九年四期。
121 《魯迅研究月刊》二〇〇一年十二期。
122 《文藝春秋副刊》一卷一期（一九四七年一月）。
123 《群言》二〇〇九年四期。
124 《魯迅研究月刊》二〇〇三年三期。
125 《試論周作人對廢名小說創作的影響——兼論周作人對鄉土小說的倡導》，《黃岡師範學院學報》二〇〇九年一期。
126 《博覽群書》二〇〇八年十期。

西，本於心性，緣於慧能，自由地行坐在精神的天地。」張的文體也受益於苦雨齋主人，「《負暄瑣話》的風格明顯從《知堂回想錄》那裏流出來的」。作者還說：「在魯迅和周作人之間，他似乎更喜歡周氏。因為那種平和與學識是自己不及的。魯迅難學，許多模仿魯迅的人不幸成了淺薄的造反者，而追隨周氏的讀書人，大多是本分邊緣化人。」

王兆勝的《林語堂與周作人》[127]評述兩人的關係，認為他們在文化思想、文學觀念以及性情癖好等方面都有驚人的相似性和承繼性，可謂「亦師亦友」，然而在人生態度和美學趣味上又明顯地不同。周作人和以林語堂為代表的論語派在與左翼作家的對壘中，表述了他們的政治思想理念。呂若涵提出：「整體上看，論語派（作者將周作人、林語堂視為論語派的「理論領袖」——引者）對『現代』與『傳統』的重新認識，對主義與烏托邦革命的消解，將言志與載道文學截然對立，其基石在於自由思想者所堅執的五四現代性個人主體理念。」[128]周作人對豐子愷評價不高，甚至多有微辭。余連祥《歷史語境中的周作人與豐子愷》[129]全面評述了兩人的關係，提供了豐富的資料，然而也有一些臆測之處。周作人對豐子愷所譯《源氏物語》很不以為然，余斌《知堂「酷評」》[130]結合周作人的翻譯思想加以解釋。楊芸芸《周作人與董橋閒適觀比較》[131]從時代、文化以及作者的心理取向三個層面，比較與周作人有著源流關係的香港小品文作家董橋的「閒適」，說他們一個苦澀，一個清逸。

周作人與錢鍾書、傅斯年、高長虹、何其芳等現代知識份子的關係也都有了專門的研究。錢鍾書殊少

127 《人文雜誌》二〇〇二年五期。
128 呂若涵，《現代性個人主體的堅執——論一九三〇年代周作人及論語派的政治思想理念》，《魯迅研究月刊》二〇〇二年十二期。
129 《魯迅研究月刊》二〇〇四年四期。
130 《書城》二〇〇九年十月號。
131 《牡丹江師範學院學報》二〇〇八年二期。

談及周氏兄弟，而《錢鍾書與周氏兄弟》[132]的作者謝泳相信，解讀錢鍾書與周氏兄弟的關係是理解錢鍾書的一個角度。為此，他提供了不少有意思的材料，並進行了細緻的分析。張用蓬《周作人與新潮社》[133]評述周作人與新潮社特別是與新潮社幹將傅斯年的關係。一九二〇年代中期，高長虹與周作人發生過一場論爭，廖久明《高長虹與周作人——從路人到仇人》[134]抄錄高與周的相關文字，介紹二人衝突的來龍去脈，有助於瞭解當時的周作人，也有助於理解高與魯迅的衝突。趙思運《周作人和魯迅：何其芳的兩個精神鏡像》[135]認為：「何其芳對周氏兄弟的區別性接受就體現了他政治態度的微妙關係，可以看出他從自我道德覺醒、自我改造、進而改造別人的心路歷程。周作人和魯迅可以說是何其芳精神生長中的『舊我』和『新我』兩個自我鏡像。」

還有幾篇文章涉及到關於周作人生活、工作、愛好等一些較少被關注的側面。余望《周作人前期的編輯活動研究》[136]評介周一九三〇年代之前的編輯活動，注意考察世界觀、人生觀的改變對其編輯行為的影響。他還探討了一九二〇年代周氏從《語絲》到《駱駝草》編輯思想的變化及其對創作的影響[137]。江平《從周作人的金石事論其性情》、《從周作人書法風格論「書如其人」》、《周作人的書法及相關事略》[138]等文，力圖從周與印章、古碑、古磚以及書品與人品關係中窺見其性情與趣味，將周的書法境界歸

132 《文藝爭鳴》二〇〇八年二期。
133 《泰山學院學報》二〇〇九年一期。
134 《新文學史料》二〇〇五年三期。
135 《菏澤學院學報》二〇〇五年六期。
136 《福建師範大學學報》二〇〇六年三期。
137 余望、徐品晶，《從〈語絲〉到〈駱駝草〉——周作人編輯行為與創作互動關係研究》，《青海師範大學學報》二〇〇六年四期。
138 分別載《紹興文理學院學報》二〇〇六年四期，《紹興文理學院學報》二〇〇六年三期，《魯迅研究月刊》二〇〇七年九期。

一席之地。唐小林《普世詩學：周作人早期文論的基本質態》[144]認為周的「人的文學」和「平民文學」，指涉的都是人類的文學，體現的是一種普世的詩學觀。李春《「人的文學」：由來與終結——周作人前期的文學翻譯與其文藝思想》[145]通過周作人的翻譯思想和翻譯實踐的變化，來考察「人的文學」觀念從形成到終結的過程，認為周氏由價值論轉向了知識論。周作人「五四」以後文藝思想的轉變問題有了較為深入具體的論述。林分份《周作人的民間立場及其對新文學的建構》[146]通過考察「五四」後周作人民眾認同的轉移及其對各種民眾文學形態的評判，對其民間立場與新文學建構的關係有新的闡發。文章認為：「周作人逐漸修正對於民眾的認識，並在對國民文學、革命文學、通俗文學的批判過程中否定了平民文學（民眾文學）在五四新文化運動期間被賦予的『革命』的新質。與此同時，他修改了五四一代多數新文化人關於平民與貴族的二極對立模式，承認貴族文學在『國語文學』中的合法地位，並堅持民眾與貴族在知識與精神上的差異。種種的修正與對於『少數』的認同，最終顯示了周作人的民間文學論述與新文學建構中的精英主義與理性主義的立場。」林分份《論周作人的審美個人主義——兼及對其評價史的考察》[147]用「審美個人主義」指稱「五四」以後周作人文藝觀的思想實質，考察了周作人的「審美個人主義」所衍生的批評觀、文學史觀、生活觀等思想形態的理論內核與發展邏輯；同時，結合不同時期人們的不同評價，呈現了這些思想形態被現代中國文壇接受與拒斥的狀況，探討了周「審美個人主義」的理論資源與歷史意義。「審美個人主義」是取自英國學者科林伍德的概念，指以作者為中心的「唯表現論」。一九三〇年代也是

144 《四川師範大學學報》二〇〇五年四期。
145 《魯迅研究月刊》二〇〇九年九期。
146 《南京師範大學文學院學報》二〇〇七年四期。
147 《東南學術》二〇〇八年三期。

周作人思想的成熟期，而認識這一時期周作人的思想和創作離不開認識這一時期周作人的思想和創作與左翼文學的關係。丁文《周作人與一九三〇年左翼文學批評的對峙與對話》[148]針腳細密地梳理了周氏一九三〇年與一群左翼文學青年的衝突，有了一些新的發現。《論八股文》、《金魚》都是在這場衝突的語境中發表的文章，作者說，前者成為其著名的言志、載道二元對立文學史觀的發端與佐證；而從後者開始，周不僅找到了一類素材，更是尋到了一種獨特的言說方式，即微小普通的題材經過延展、勾連，都可以進入其一貫的思想命題中來。

在中國，功利主義與「非功利」之間的張力關係構成了現代文學觀念遷衍的一條基本的線索，而周作人的文學功用觀及其與功利主義文學的關係是其中非常典型的個案。何勇《從功利到審美：周作人早年文學功用觀新探》[149]對周作人早年文學功用觀尤其是辛亥革命前後文學功用觀的變化及其原因進行了探究。文章指出，這一階段的文學觀與留日時期發表的論文相比，「更側重於文學的審美性和獨立性，而且把人放在了思考文學的中心地位。」黃開發發表《中外影響下的周氏兄弟留日時期的文學觀》[150]，《魯迅研究年鑑・二〇〇四》評價道：「黃開發的《中外影響下的周氏兄弟留日時期的文學觀》指出，魯迅文學觀的一個突出特點，是把民族主義的訴求與建立純文學觀念的意圖結合了起來，具有鮮明的民族的和時代的特點。文章主要關注周氏兄弟的文學觀作為一種現代性的話語的形成接受了怎樣的中外影響，並從影響的角度對其特徵、意義進行了進一步的闡明和歷史定位。尤其是對魯迅以日本明治年間文壇狀況為參照形成

148 《中國現代文學研究叢刊》二〇〇九年五期。
149 《魯迅研究月刊》二〇〇一年九期。
150 《魯迅研究月刊》二〇〇四年一期。

的文學功用觀和對晚清維新人士提出挑戰的純文學觀的分析，是有說服力的。」[151]黃開發《周作人的文學觀與功利主義》[152]認為，周氏的文學觀明顯可以分為留日時期、五四文學革命前期和二〇、三〇年代三個時期，在這幾個時期中，其文學觀都與功利主義存在著對立、依存和對話的複雜關係。該文從這個角度著眼，力圖凸顯周作人文學觀的主要品格，並對其做出新的歷史評價。

周作人成熟於一九三〇年代的「言志」文學思想深深影響了中國現代文學的實際進程，並且標明一種新文學傳統的存在，這突出地體現在它直接推動形成的文學思潮中。黃開發《一個晚明小品選本與一次文學思潮》[153]認為，一九三〇年代的前半期，中國文壇盛行過一個與左翼、京派等文學思潮並立的言志文學思潮，其代表人物是周作人和林語堂。其中，周作人的學生沈啟無編選的晚明小品集《近代散文抄》扮演了一個重要角色。它與周作人的《中國新文學的源流》，一理論一作品，相互配合，直接推動了晚明小品熱和言志文學思潮的形成。文章即由考察這個選本的產生、特點、所體現的觀念、影響出發，剖析這次文學思潮，並試圖對晚明小品熱做出歷史的評價。這個重要的文學思潮長期以來為主流文學觀念和主流的文學研究所遮蔽，該文是對這個文學思潮的第一次系統論證。該期雜誌的《編後記》介紹道：「現代片黃開發的文章敏銳而大膽地論述了『一個晚明小品選本』如何引發了一個現代『言志派』的文學思潮。史料撐起結論，有文有質，不尚空言。」趙海彥《周作人與中國現代趣味主義文學思潮的形成與發展》[154]把周作人視為「中國現代趣味主義文學思潮」的發起人，也是事實上的盟主和精神領袖。

151 鄭欣淼、孫郁、劉增人主編，《魯迅研究年鑑・二〇〇四》（鄭州：河南文藝出版社，二〇〇六年十二月），頁一三七。
152 《中國現代文學研究叢刊》二〇〇四年三期。
153 《文學評論》二〇〇六年二期。
154 《甘肅社會科學》二〇〇五年二期。

有幾篇文章探討了周作人文藝思想所受的外來影響。黎楊全《論廚川白村對周作人文學觀的影響》[155]認為，在「靈肉一致」的理想人性、個人與人類的統一、「苦悶的象徵」以及小品文理論四個方面，周作人受到廚川白村的啟發。哈迎飛《論周作人對文學與宗教關係的思考》[156]分五四時期、一九三〇年代兩個階段，探討周作人對文學與宗教關係的思考。哈迎飛《論陀思妥耶夫斯基「非暴力」思想對周作人的影響》[157]認為，陀思妥耶夫斯基的非暴力思想和「愛之福音」的文學深刻地影響了周作人早期的文學觀和人生觀。馮尚《周作人的神話意識與對現代性建構的自省》[158]提出，周作人致力於文學現代性理論建設的同時，不斷翻譯介紹古希臘文學，嘗試為現代文學尋找來自異鄉的泉源。周作人在把握希臘文明的「愛美」與「好學」的真諦之後，執著於「疾虛妄」的諷刺性作品的譯介。晚年遺囑說《路吉阿諾斯對話集》才是自己唯一文學遺產遮蔽了希臘文學的詩性本質，也動搖了周自己思想鼎盛期的真知灼見。作者把周作人遺囑中的一句話做了某種確定性的理解，並作為自己立論的主要依據。

周作人對「新文學源流」的追根溯源受到的注意較多。周作人、胡適曾對「新文學源流」提出了迥異的解說，駱玉明的《古典與現代之間——胡適、周作人對中國新文學源流的回溯及其中的問題》[159]主要比較二人在下列幾方面的差異：中國文學發展變化的趨勢、「古文文學」與「白話文學」的關係、對通俗文學的評價、新文學的源頭；並分析造成這種差異的社會與個人背景，評騭各人的得失。安文軍《周作人

155 《南京師範大學文學院學報》二〇〇五年一期。
156 《廣州大學學報》二〇〇八年九期。
157 《南京師範大學文學院學報》二〇〇八年一期。
158 《文學評論》二〇〇六年三期。
159 《中國文學研究》二〇〇〇年四期。

的現代散文源流觀》[160]梳理了周作人的中國現代散文源流觀，肯定了他將西方個性主義、人本主義思潮本土化的散文源流闡釋是中國現代散文理論成熟的標誌之一。錢鍾書發表過關於《中國新文學的源流》的書評，說在中國的「文學」概念裏，「文以載道」與「詩言志」只是分工不同，原本是並行不悖的，無所謂兩派；說周作人對於文學「源流」的推斷，存在「根本的誤解」，因為周作人依據的是「公安派沒有成為正統文學這一事實，而不是文學本身」。段煉《「言志」與「載道」——從錢鍾書對周作人的一個錯覺談起》[161]認為，錢對周的觀點存在比較明顯的誤讀與誤解。關於前者，作者認為周作人「始終把『言志』與『載道』，納入了相對廣義的文學範疇中，並不曾可以劃分出諸如錢鍾書所謂的文、詩、詞之間平行、平等之類的關係。」朱自清與錢鍾書一樣，都曾對周作人用「載道」、「言志」來架構中國文學史表達過異議，梁仁昌《論周作人的「言志」與「載道」觀》[162]認為兩人的觀點與周作人的意見針鋒不接。其實，周作人賦予了「言志」新的內涵，追求的是一種「言志」與「載道」的相容並蓄與和諧統一。李光摩《周作人錢鍾書有關文學史論爭之述評》[163]對錢鍾書、周作人二人有關文學史論爭進行了較為全面的述評。文章引錄一九三〇年代嵇文甫在《左派王學》一書序言中對周氏開創之功的高度評價，然後寫道：「在嵇氏之後，自劉大杰的《中國文學發展史》一直到今天出版的各種文學史，對晚明的公安派、竟陵派以及小品文的敘述，大都沿襲周作人的看法，這是個不爭的事實。我們今天追溯『五四』新文學的源流，不少學者也是從晚明文學講起，這也是不爭的事實。」向來人們多注意錢鍾書與周作人之間的論爭，顧農《錢鍾書與

160 《中國農業大學學報》二〇〇二年四期。
161 《博覽群書》二〇〇四年十二期。
162 《廣西大學學報》二〇〇七年十期。
163 《韶關學院學報》二〇〇八年七期。

周作人》[164]則舉出兩人在文論上的契合之處：一是周作人標舉從六朝到明代的「言志派」文脈，而錢在書評《〈近代散文抄〉》中加以發揮，劃出了中國「家常體」文章的一條線索：魏晉文章－六朝之「筆」－筆記小說－宋人題跋－明清小品；二是周作人提出在白話散文中採納文言，錢也認為「家常體」不妨在文白之間。文章還說：「錢鍾書受周作人的影響很不小，而這一點似乎尚未引起足夠的注意。」熊曉豔《廚川白村與周作人文學史建構比較》[165]認為，周作人在《中國新文學的源流》中用「言志」和「載道」兩種潮流的不斷起伏來描述中國文學史，這種文學史形態的建構模式與廚川白村《文藝思潮論》以「靈」和「肉」來描述整個西方文藝思潮的變遷，和《近代文學十講》以文學的「本流時代」和「變態時代」來描述十九世紀中葉到二十世紀初文藝思潮的發展很有相似之處。同時，這種建構模式都有其現實指向性。另外，他們的治史思維也有同有異。

黃科安的《周作人散文理論的生成與轉換》[166]認為，二〇年代中期，周不僅有意避開「五四」激進派對傳統文化所採取的二元對抗邏輯思維和簡單取捨的做法，而且由早期號召新文學作家學習外國的「美文」，澈底轉向復古晚明的小品，凸顯晚明小品反抗、邊緣、顛覆的社會功能，重新確認現代散文的精神源頭。在這種「結構」的過程中，他又「創構」出現代散文理論話語，重視在口語基礎上的「雜糅調和」，其實也是對純粹白話語言觀的「解構」。因而，這種現代散文觀念的存在，本身就是對現代散文理論寶庫的豐富和發展。安文軍《周作人散文美學理論初探》[167]則突出周作人自己的概念，從趣味、閒適

164 《魯迅研究月刊》二〇〇九年二期。
165 《淄博師專學報》二〇〇七年一期。
166 《泉州師範學院學報》二〇〇三年一期。
167 《甘肅教育學院學報》二〇〇三年一期。

和平淡、苦澀和簡單三個方面進行了初步探討。其中，對「閒適」的探討較有深度。作者說：「正是『閒適』將周作人的人生態度、審美觀念與表現形式達成了統一與和諧，將西方個性主義的現代意識與中國傳統的寧靜平和的古典意境溝通起來，並最終形成現代散文藝術與生活水乳難分的內在規定性。」黃科安《周作人與現代隨筆觀念的構建——周作人隨筆綜論之一》[168]關注了周作人的「隨筆」理論。作者提出，周注意從古代隨筆資源中獲得有益的養分，曾力圖使「隨筆」概念成為包容更為廣泛的文類，但在談及與「小品文」的區別和聯繫時，有時卻由於審定不嚴而產生混淆現象。他善於吸收外國隨筆的現代精神，勇於承擔起社會批評和文明批評的重擔。他重視隨筆的道德意義、思想建設，這是現代隨筆的精魂。同時，周也注意構建現代隨筆的文體內涵，提出所謂「平淡」境界，以及「常識」、「趣味」等富有創意的美學要素。作者所用「隨筆」概念包括「雜文」和「小品文」。丁曉原《論周作人與郁達夫五四散文觀的差異》[169]通過考察周作人與郁達夫對《中國新文學大系》散文一集、散文二集的編選，分析他們五四散文觀的差異。安文軍《周作人對現代散文內在規定性的理論貢獻》[170]從「『人的自覺』的承當」、「自由與節制的平衡」、「情性與真的抒寫」三個方面，對周作人之於現代散文的理論貢獻進行梳理和闡釋。莊萱《周作人借鑑西方Essai的考古探源與歷史審度》[171]通過西方Essai中的絮語體隨筆，同時融合民族散文的傳統，率先提倡、嘗試「美文」的多重因緣與歷史功績，但其擯棄論議體隨筆也給文體創造與現代散文帶來不可彌補的硬傷。文章梳理了較為豐富的關於Essai的知識和理論，以之考鏡中國現代散文及周作人的

168 《青海師範大學學報》二〇〇四年二期。
169 《江蘇社會科學》二〇〇三年一期。
170 《重慶社會科學》二〇〇六年六期。
171 《福建師範大學學報》二〇〇八年五期。

成就得失是富有啟示的。只是與周作人的思想和創作聯繫不足，遽然說他「擯棄論議體隨筆」、「執意守望純文學散文的陣地」、其小品文創作「留下所謂『小擺設』、膚淺、率意等明顯缺憾」，是有簡單化之嫌的。

本期關於周作人文學批評的論文有十多篇，但大都平平。鄧利《試論周作人的文學批評》[172]提出，周氏的文學批評具有西方近現代人文主義思想的特徵，即對「人」的關注，並由此理解與扶持新潮的出格的作家作品，開拓一些文學樣式的新的美學風格。同時，周作人的文學批評又具有中國古典美學的特點，即以平淡自然為文學批評標準去衡量作家作品，其文學批評的風格也與中國傳統的文評風格相似。蕭國棟《論小詩批評的詩學建構——以周作人的譯介與批評為中心》[173]認為，周作人通過翻譯與批評對小詩概念與藝術規範的確立影響最著，有些基本思想還適當在小詩建構的理論探討中進一步發揮。

本期關於周作人與兒童文學的論文在十五篇以上，只是重複論述之作甚多，少有創新。陳泳超《周作人的兒童文學研究》[174]論述的是周作人的童話和兒歌研究。周把童話界定為「原始社會的文學」，他為什麼執滯於用「原始社會」這樣的時間概念來做定義呢？「其深層的原因在於他對人類學派歷史遺留法則的過分偏愛。對於童話、神話之類，他的興奮點常常集中於發現其中原始思想的遺留。」陳泳超《周作人的民歌研究及其民眾立場》[175]首先介紹周作人在民歌方面所做的工作，繼而評述其民歌價值觀及民眾立場。魏捷《〈自己的園地〉：周作人與兒童、兒童文學》[176]通過對《自己的園地》的分析，探究了周作人有關

172 《北方論叢》二〇〇一年五期。
173 《北方論叢》二〇〇七年二期。
174 《求是學刊》二〇〇〇年六期。
175 《魯迅研究月刊》二〇〇〇年九期。
176 《哈爾濱師專學報》二〇〇〇年四期。

兒童、兒童文學問題思考的緣由，以及這種思考在他的「人學」觀中的意義。周作人兒童文學觀在五四時期聲譽卓著，而且在中國當代的兒童文學建設中也有著不可替代的位置，但在二十世紀二〇到七〇年代中國兒童文學並沒有沿著「周作人的方向」發展。應玲素《論周作人兒童文學觀的現代機遇》[177]從以下三個方面探討了個中原因：個體優先與群體本位的矛盾、娛樂遊戲與傳統教化的對立、西化兒童觀與傳統兒童觀的衝突。劉軍《周作人兒童文學論探源——以紹興時期日本兒童文學的接受為中心》[178]以周作人留學歸國後的紹興時期對日本兒童文學的接受為中心，考察周作人兒童文學論的源頭。王蕾《論安徒生童話對周作人「無意思之意思」的文本言說作用》[179]認為，周作人「無意思之意思」兒童文學觀是中國兒童文學理論建設者首次將衡量兒童文學價值的尺規，從社會功利轉向以兒童為本位的非功利，文章著重探討安徒生童話對這一兒童文學價值觀的文本支撐。

譯介思想研究主要結合周作人對日本文學的翻譯實踐進行。張鐵榮《魯迅與周作人的日本文學翻譯觀》[180]對周氏兄弟關於日本文學翻譯的譯學思想和翻譯方式，進行了細緻的比較研究。文章共分兩部分：一、翻譯思想的演進過程，二、翻譯方式的清新獨特。龍海平《周作人早期的翻譯理論》[181]結合二十世紀初中國譯壇動態，對周作人早期翻譯理論及建樹進行了評析。劉軍《周作人與日本文學翻譯》[182]對周氏翻譯理論及其日本文學翻譯進行了概略性的梳理。袁一丹從周「翻譯文體觀」出發，考察了周氏兄弟直譯的

177 《北方論叢》二〇〇六年六期。
178 《魯迅研究月刊》二〇〇九年十二期。
179 《昆明師範高等專科學校學報》二〇〇八年一期。
180 《魯迅研究月刊》二〇〇三年十期。
181 《魯迅研究月刊》二〇〇一年五期。
182 《魯迅研究月刊》二〇〇五年六期。

主張如何在駢散相間的文本中存在，提出所謂「域外小說」還是作為文章——不是關係群治的經世之文，而是執著於藝術之境的「醇文」——來經營的[183]。陳融《周作人與日本文學研究》[184]強調周是中國日本文學研究、日本文學史撰寫的開拓者和奠基人，認為在日本文學史撰寫、對日本文化特點的強調和思想方法幾個方面富有啟示。王升遠《從本體趣味到習得訓誡：周作人之日語觀試論》[185]在中國日語教育史的視閾中，討論周作人日語觀的學術價值。劉全福《「主美」與「移情」：周作人古希臘文學接受與譯介思想述評》[186]認為，通過長期的對古希臘文學的譯介實踐，周氏形成了「主美」與「移情」的接受與翻譯思想。有人運用伽達默爾的闡釋學理論，分析周作人的翻譯思想與實踐[187]。

還有幾篇文章分別涉及周作人在新詩、通俗文學、鄉土文學、戲劇、紅學等方面的思想觀點。廖四平《新詩：散文化與含蓄蘊藉——論周作人的詩體論與風格論》[188]論述周作人關於新詩詩體和新詩風格的觀點。前者認為新詩的詩體是自由體，新詩採用自由體便於自由地抒寫真情實感；後者認為新詩應該具有含蓄蘊藉的風格。它們對中國現代詩論和新詩的發展起到了明顯的前導和促進作用。何休《新詩理論的開拓和周作人的新詩主張》[189]較為全面地評述了周作人關於新詩的理論主張，表彰其對中國現代詩歌理論建設的開拓性貢獻。姜輝、黎保榮從形式與借鑑、詩情、解讀幾個方面，評析周的詩歌理論[190]。劉東方《胡

183 《試論〈域外小說集〉的文章性——由周作人的「翻譯文體觀」談起》，《南京師範大學文學院學報》二〇〇七年一期。
184 《蘇州科技學院學報》二〇〇七年一期。
185 《魯迅研究月刊》二〇〇九年七期。
186 《解放軍外國語學院學報》二〇〇六年四期。
187 錢靈傑、操萍，《周作人翻譯思想與實踐的闡釋學視角研究》，《湖北教育學院學報》二〇〇七年十二期。
188 《華北電力大學學報》二〇〇〇年四期。
189 《四川大學學報》二〇〇二年四期。
190 《論周作人的詩歌理論》，《山西師大學報》二〇〇八年四期。

懷琛、周作人現代小詩研究之比較》[191]比較一九二〇年代二人對小詩研究的異同。余榮虎《論周作人的鄉土文學理論》[192]說，作為趣味主義文學理論的重要組成部分，周作人構建了其鄉土文學理論的基本概念：地方主義、自然美、個性、風土。文章所持的「鄉土文學」概念，指的是致力於描寫地方的文化、習俗、景物、人物等的地方文學。李曙豪《周作人論通俗文學》[193]評述周作人的通俗文學觀。吳仁援《「民間」在周作人的戲劇視野中》[194]分析周作人戲劇觀中「民間」話語的特點及其蘊涵的啟蒙精神。張雲《周作人「問題小說」觀與〈紅樓夢〉》[195]提出周作人與現代紅學關係這個一般人不容易注意到而有趣的問題。文章說，周作人所提倡的「問題小說」觀，對「五四」乃至以後的文學理論建設和小說創作都產生了廣泛而深刻的影響，它不僅關聯著周氏「人的文學」及「平民的文學」等重要的文學主張，而且代表了當時《紅樓夢》研究的一種新思路，與胡適、魯迅的《紅樓夢》研究共同構建了紅學研究的生態景觀，現代紅學史理應予以足夠的重視。文章析理綿密，文筆清順。

本時期，對周作人與中國文學傳統的研究較為深入、全面地開展起來，這是周作人研究又一個引人注目的進展。一九二〇年代中期以後，周作人努力對中國傳統進行全面的清理、分別、接通，一方面尋求「言志」的資源，一方面對「載道」的文學進行批判。通過這些研究，我們可以在一個大的時空背景下看出周作人所代表的新文學「言志」傳統的來源去路，認識其獨特的價值。

191 《齊魯學刊》二〇〇八年五期。
192 《南京師大學報》二〇〇八年四期。
193 《韶關學院學報》二〇〇五年十期。
194 《戲劇藝術》二〇〇六年四期。
195 《文藝研究》二〇〇九年八期。

在周作人的文論與六朝文學的研究中，冉紅音《論周作人對六朝文學的獨特發現》[196]考察了周對陶、顏的詩文以及佛經、駢文、散文的與眾不同的認識。權繪錦《周作人與〈文心雕龍〉》[197]認為，周作人提出的「人情物理」、「趣味」、「自然」等批評術語，與《文心雕龍》中的「情理合一」、「餘味」、「文貴自然」等思想有著一脈貫通的繼承性。

周作人與晚明文學的關係是一個研究的小熱點。周荷初《周作人與晚明文學思潮》[198]考察周作人與晚明文學思潮的關係，認為思想觀念的反禮教、文藝主張的反道統，這是明代文藝新思潮的鮮明特徵，也是周氏與晚明作家思想情趣上產生感應共鳴的內在契機。周氏的小品文創作，或隱或顯留下了晚明小品的印跡，然而在語體上，他對公安、竟陵派的創作是有所保留的。顧琅川說，一九三〇年代周作人對明末性靈小品推重有加，首先是為當時風行文壇的閒適、幽默小品文的出現尋求文學史的依據，從而為反擊左翼文壇的批判取得一個堅實的理論立足點；其次是出於對公安三袁處世態度、情感思想的認同，並兼有為爭取知識份子讀者群體的策略考慮[199]。郝慶軍《兩個「晚明」在現代中國的復活——魯迅與周作人在文學史觀上的分野和衝突》[200]考評了一九三〇年代分別以魯迅、周作人為代表的兩種關於「晚明」的歷史敘述及其兩者之間的對話和交鋒。文章的中心論點是：「周、林的崇拜三袁，主張性靈文學，發現了一個姑且稱作『風花雪月』的晚明，魯迅考察了晚明的虐殺與逃遁，則發現了一個血腥的晚明。兩個晚明同時在三〇年

196 《紹興文理學院學報》二〇〇七年四期。
197 《求索》二〇〇七年四期。
198 《魯迅研究月刊》二〇〇二年六期。
199 顧琅川，《向歷史尋求理論支撐點——三〇年代周作人推重明末公安派性靈小品原因考察及其他》，《紹興文理學院學報》二〇〇二年三期。
200 《中國現代文學研究叢刊》二〇〇七年六期。

也不免受著這些強有力的文學流派和風氣的影響；他們在文學史上的地位和所受到的毀譽也有相似之處。在魯迅眼裏，韓愈是一個文學家，但更是封建衛道士。周作人則不遺餘力地「辟韓」，抨擊韓愈繼承和倡導的道統，表達了對專制思想的痛恨。文章還聯繫現代其他重要學者如陳寅恪、章士釗等對韓愈的評價，勾勒了韓愈在新文化史、新文學史上的命運。文章寫道：「魯迅、周作人等人對韓愈的評價，在文化史上具有獨特意義。這說明了，貶韓並不是在攻擊傳統，而是傳統內部的爭論，雖然在糾正著偏頗的觀點時又產生了新的偏頗。」作者似乎更多地從文學學術史的角度進行梳理和評價，對周作人於一九三〇年代罵韓的文壇思想鬥爭的歷史語境聯繫稍顯不足。周作人還不遺餘力地批判與「載道」關係密切的八股文。關峰《偉大的捕風——周作人八股文思想略論》[204]認為，周作人對八股文的思考主要集中在形成原因、存在動力和社會作用三方面。

另有幾篇文章論及周作人文藝思想與中國傳統文學、文化的不同側面。徐鵬緒、張詠梅《論周作人傳統文學價值觀》[205]肯定在「五四」全盤否定傳統文化的風氣下，周作人以科學理性的眼光看待傳統，並從中發掘具有現代意義的價值資源。董馨《周作人的「純文學」觀與中國文化傳統》[206]認為，儒道釋明顯在周作人「純文學」觀不同層面發生影響：「載道」和「言志」的並蓄拓延著儒家折中調和的思維方式，求樂與求美的統一內蘊著道家的生命情調，苦澀與平和的融合體現著釋家的人生觀。權繪錦《周作人的現代語言觀與傳統文化》[207]提出，周作人以傳統文化為資源構建其現代文學語言觀。漢代王充無分古今、不避

204 《淮北煤炭師範學院學報》二〇〇八年三期。
205 《山東師範大學學報》二〇〇五年三期。
206 《佛山科學技術學院學報》二〇〇六年二期。
207 《長江學術》二〇〇九年二期。

雅俗、「適用」為貴的實用理性精神，六朝佛經翻譯以「信」「達」為本、重在創造的主張，六朝駢文追求華美、重視文學語言審美特性的創作實踐，啟發並影響了周作人。

四

本期研究周作人散文的文章的數量顯著增加，雖然平庸之作甚多，然而在對周氏散文的題材內容、思想方式、文體風格等問題的探討上，還是有不少可圈可點之作的。

幾篇論述周氏散文題材內容和思想方式的文章有新的闡發。丁文認為，周作人喜歡「談鬼」，他的「談鬼」可以分為兩類：一類是做民俗學研究，另一類是「文化批判意義上的『談鬼』」。後者「顯出了一個深諳民族心理的思想者，在解剖為自己所深深熟悉的心理標本時，那種從容不迫、遊刃有餘的風度」。作者把周一九三〇年代以前所談的「鬼」區分為幾種不同的形態，並認為他的「談鬼」經歷了不同的階段[208]。「鬼」的問題是周作人思想研究中的重要課題，其中包含著他對中國歷史和現實的深刻洞見，對其現實選擇和文學創作都有重要的影響。這是一個有待於深入開展的課題，丁文做了初步的工作。蕭向明《民間信仰文化與魯迅、周作人的文學書寫》[209]通過魯迅、周作人對民間信仰的不同文化心態和文學寫作，探討他們分別藉「民間信仰」所要達到的目標。張麗華考察周作人於一九三〇至一九四五年間以風物追憶與民俗關懷為題材的散文創作，揭示了這些文章後面的思想和文化意義。文章說：「在一九三〇年代

208 《「談狐說鬼尋常事」——周作人早期散文中的一種文化探源》，《海南師範學院學報》二〇〇二年四期

209 《中國現代文學研究叢刊》二〇〇八年六期。

的文化語境中，周作人文章中『愛景光識名物』的『閒適』之意……在對歲時風物的『流連』中，蘊涵著周作人對平民日常生活經驗的關懷，或者還有對『載道主義』的反撥；而一九三七年以後，……周作人即開始懷念故鄉的風土名物，其『寄沉痛於悠閒』的隱曲心跡值得關注，而他的民俗關懷也在改變了現實處境中具有了別樣的文化意義。」[210]陳文穎《謳歌與拯救——周作人與魯迅筆下的兒童》[211]考察周氏兄弟作品中的兒童形象，並比較他們的兒童觀。她考察的結論是，周作人「更欣賞兒童原始、自然的一面，在兒童的生活中發現藝術與人生的至高境界；魯迅則從改造國民性的責任出發，更深地挖掘兒童在傳統文化中真實的地位和真實的境遇，他們如何在精神上被『吃』，又如何參與到『吃人』的行列中」。賓恩海《周作人小品文的人生旨趣芻議》[212]從周小品文所反映出的人生旨趣，肯定其散文的現代性意義，認為拓展了現代散文「談人生瑣屑之事」的創作和語境，也指向了人內在生命的普遍真理和共有人性。它以現代知識份子的自我意識為依據，用現代散文形式表現現代生活背景下的自我意識、平民意識，這正是周從古典散文意識中所獲得的解放。黃科安《「人情物理」：周作人隨筆的智慧言說》[213]寫道，周作人的隨筆創作不僅給我們知識上的陶冶，同時注意分辨是非，在「賞鑑裏混有批判」，周作人重「人情」，講「人情」，與他深味人世間的苦辛密切相關，而這種「人情」，其實是人世間最普遍的「常識」，最平凡的「真情」。黃科安《歷史循環觀念：周作人隨筆創作的獨特思維》[214]提出，歷史循環觀念構成了周觀察歷史和現實的獨到的思維視角。周對於「僵屍」或「死鬼」的挖墳刨根主要集中於兩個方面：其一是食人，這是

---

210 《從「君子安雅」到「越人安越」——周作人的風物追憶與民俗關懷（一九三〇—一九四五）》，《魯迅研究月刊》二〇〇六年三期。
211 《新疆師範大學學報》二〇〇三年四期。
212 《廣西大學學報》二〇〇七年四期。
213 《紹興文理學院學報》二〇〇五年三期。
214 《貴州社會科學》二〇〇六年一期。

民族劣根性的典型表現；其二是對中國人「奴性」的抨擊。然而，他看不到歷史螺旋般地上升、前進，這就必然導致他走向悲觀和冷淡一路。張詠梅《論周作人散文的憂患意識》[215]從儒家文化淵源、在不同體式散文中的表現、個人取向等方面，探討了題目中的問題。李平通過魯迅、周作人四例同題紀念性文章，比較他們價值觀和寫作風格的異同[216]。葛飛《論戰中的師爺氣與「流氓鬼」——以女師大風潮中的周作人為例》[217]以周作人在女師大風潮中的表現為中心，又借助周氏自剖之詞與文明批判眼光，論析師爺氣、「流氓鬼」在現代文人身上的表現方式。作者不以一方的是非定是非，而是盡可能地還原複雜的歷史語境，以見出論戰者所表現出的某種意態，這對理解周作人、魯迅等文章的特點及思想態度是十分重要的，也對研究現代文學論爭具有啟示。范衛東《探詢「現代化的中國固有精神」——論周作人抗戰時期的散文創作》[218]認為，抗戰時期周作人的散文創作，堅持著探究「現代化的中國固有精神」這一基本的價值取向。崔銀河《〈晨報副刊〉與周作人》[219]把周在《晨報副刊》上發表過的文章分為新文學運動搖旗吶喊的文藝批評、談天說地的小品文以及對外國文學的翻譯介紹三大類加以評述。

在周作人散文藝術的研究中，有所深入之處主要表現為對其風格成因的追尋。石堅《「平和沖淡」的背後——讀周作人》[220]探討了周在「平和沖淡」背後的寫作姿態，頗有自己的體會。她認為，「平和沖淡」其實不是直接出於作家在美學上的自覺追求，而是出於他對五四時期啟蒙知識份子的話語姿態及其影

215 《西南交通大學學報》二〇〇八年三期。
216 《和實生物　同則不繼——魯迅與周作人同題憶人散文比較》，《江蘇廣播電視大學學報》二〇〇七年六期。
217 《南京師範大學學報》二〇〇八年三期。
218 《江蘇社會科學》二〇〇八年四期。
219 《渤海大學學報》二〇〇六年二期。
220 《蘇州科技學院學報》二〇〇五年三期。

周作人的散文屬於「學者的散文」一路，對其文體知性特色的研究得到了加強。文貴良《知言：周作人的文學漢語實踐與現代美文的發生》[226]探討周作人文學漢語的「知言」特色與現代美文的發生的關係。他指出，周作人知言最基本的特質是與詩性相對應的智性，文章從語句的層面、敘述的層面、認識的層面、審美的層面進行立體的、細緻的分析，繼而又在「五四」新文學轉型過程和周氏文學漢語的實踐過程中，深入地考察了知言的智性何以轉化為現代美文的特質。鄭家建、林秀明《知識之美——論周作人散文中知識的審美建構》[227]從文本出發，通過分析周散文的話語方式，把作為文體家的周作人與其精神和思想聯繫起來，力圖抵達隱藏在文本背後的內在於研究對象思想與人格的複雜內核。周散文中存在著大量對「知識」的引述與言說，文章從「知識之美」、「知識之源」、「知識之習」三個方面對此展開追蹤。作者指出，生命之感、人文之思與智性之鋒芒，構成了周散文之美的三種面相。這三個面相交融共生，構成了周散文搖曳多姿的審美風格。周的「雜學」以及關於「雜學」的心得與發現，形成了他獨具特色的知識之源，於構建其文化身分意義重大。周作人又進一步把知識生成還原到具體的現實、經驗或歷史語境中加以考量，確立了知識生成和再創造過程的歷史理性和批判維度，這給周帶來銳利而獨到的知識之刃。文章舉出了周評價顧炎武、傅青主、劉繼莊、李贄、俞正燮、王充等例證，詳加評述。最後還談了「知識」話語及其審美建構在周精神世界中的意義。周作人、余秋雨被有些學者視為現、當代「學者的散文」的代表。吳德利《學者散文的「陰陽面」——以周作人和余秋雨為例略談學者散文的流變》[228]把握住了他們散文主要的不同，指出：「周作人的散文個人性靈氣更足，余秋雨的散文歷史意蘊更濃。」「周作人的寫作

226 《復旦學報》二〇〇七年六期。
227 《魯迅研究月刊》二〇〇七年十一期、十二期。
228 《藝術廣角》二〇〇三年三期。

態度是平和沖淡的，寫作在他是一種性情化的自我表露，個人的情緒氣質以及自我生命的感悟都悄無聲息地融入其疏淡的行文當中。……而余秋雨的散文則拋開了個體生命的感悟，而是以一種宏大的精神式的『我』在悠遠的文化歷史時空中穿行，彷彿手執歷史的巨椽在艱難地勾畫出古老文化中的歷史真面孔。」一

關於周作人的大文章做得不少了，然而作為周作人研究的基礎工程——文本解讀——的工作還十分不夠。錢理群《解讀周作人》[229]選發《解讀周作人》一書中的幾篇文字，分別評析周氏《遊山日記》、《關於傅青主》、《無生老母的信息》、《關於活埋》、《日本的衣食住》、《賦得貓》等六篇文章。徐萍《寂寞沙洲冷——周作人一九二三年之作品解讀》[230]通過對周一九二三年所作《畫夢》、《她們》、《有島武郎》、《自己的園地・舊序》以及給魯迅的絕交信等銳敏、細緻的解讀，告訴我們：「周作人在這一年開始了一段不同尋常的心路歷程」，流露出「太多不同尋常的跡象」。蘇童《周作人的「夏夜夢」》[231]發現周作人小說體雜文《夏夜夢》的「另類」，「使人眼睛發亮，好像在一片玫瑰園裏撞見了一朵菊花」，該文記述了作者讀《夏夜夢》帶來的「非同小可的感受」。

幾篇文章關注了周作人散文與外國文學的關係。倪金華《周作人與日本隨筆——周作人思想藝術探源》[232]從隨筆文體的審美選擇、人生趣味的多方追求、隱逸思想的生成發展等幾個方面，探求周的思想、藝術與日本隨筆的關係。文章內容豐富，有較多的對日本隨筆文學傳統的評介。日本研究者鳥谷真由美《周作人與日本文化——以飲食文化為中心》[233]以周寫於一九二四年的三篇文章《故鄉的野菜》、《北京

229 《荊州師範學院學報》二〇〇一年四期、六期。
230 《魯迅研究月刊》二〇〇七年三期。
231 《揚子江詩刊》二〇〇五年一期。
232 《魯迅研究月刊》二〇〇二年七期。
233 《魯迅研究月刊》二〇〇五年十二期。

的茶食》、《喝茶》為中心，分析其中與日本關係的關聯，探討了周生活趣味形成的一個側面。黎楊全《論斯威夫特對周作人散文的影響》[234]說，周作人認同斯威夫特對社會、人性「掐臂見血」的辛辣批判，也欣賞其反諷的修辭策略，而更感興趣的則是兩者的結合，這契合了周思想性格、人生哲學與文學趣味中「流氓與紳士」、「鐵與溫雅」的對立與統一。

經過時間的考驗和研究的積累，周作人在中國現代散文史上的一代宗師地位被進一步地確認。郁達夫曾在《〈中國新文學大系・散文二集〉導言》中稱：「中國現代散文的成績，以魯迅、周作人兩人的為最豐富、最偉大，我平時的偏嗜，亦以此二人的散文為最所溺愛。」世紀回眸，陳平原在《現代中國的「魏晉風度」與「六朝文章」》中說：「六十年後，重新引述此段文字，幾乎不必作任何改動。也曾出現不少顯赫一時的散文家，但周氏兄弟始終是兩面不倒的大旗。近百年中國文壇上，小說、詩歌群雄角逐，唯有散文雙峰並峙——周氏兄弟的地位無可爭議。」魯迅、周作人是二十世紀文學史上最重要的散文大師，這已成為學界廣泛的共識，而陳氏的評價可謂堅致準確。蕭劍南《散文的周作人：既開風氣亦為師》[235]從現代散文的理論建設和創作實踐兩方面，概括周對現代散文史的貢獻，開創現代談話風散文這一體式，並以自己的創作實績推倒「美文不能用白話」的權威，是周的最大貢獻；深入探討散文藝術規律，並以「個性表現」的理論開創了一個「言志」散文流派，則是又一大貢獻。

對周作人詩歌研究從新詩和舊體的雜詩兩個方面進行。田廣《論周作人對中國現代詩歌的獨特貢獻》[236]從詩歌理論與批評、新詩創作和雜詩創作三個方面，論述周作人對現代詩歌的創立和發展所做出的

234 《孝感學院學報》二○○六年一期。
235 《中共福建省委黨校學報》二○○八年十一期。
236 《蘭州大學學報》二○○三年四期。

貢獻。龍泉明、汪雲霞《初期白話詩人的個性化寫作——論胡適、劉半農和周作人詩歌的精神特徵》[237]，以三個初期的白話詩人為例，分析他們不同的創作傾向和個性化的精神表現，認為周作人無力抵禦外部世界苦難的侵襲而轉向內在生命的玩味和詠歎，他的詩表現了自我生命的悲哀和驚恐。章永林《魯迅與周作人新詩比較》[238]比較了二人的新詩觀及創作上的異同。王雪松、王澤龍從散文化的文體、歐化語體、戲劇性和智性等方面評析《過去的生命》在新詩發生期的意義，肯定它在作者個人創作歷程及新詩發展史中的不可替代的地位。斯洛伐克學者高立克探討《聖經》與中國現當代詩歌的關係，其中論及周作人，並視其為「第一個對《聖經》深感興趣的中國現代學者」[239]。

研究者多從周氏的雜詩中窺見周作人的思想意識，而對其詩藝的探討則一直顯得不足。《兒童雜事詩》作於周作人在南京服刑時期，顧琅川認為附逆以後，周內心深處一直躁動著一種重新尋回失落故我的迫切希冀，這構成了他創作這些詩歌的心理動因[240]。陳秋華《從〈兒童雜事詩〉看周作人與兒童詩歌的關係》[241]從分析周作人《兒童雜事詩》的創作起源、創作過程、詩歌內涵等，探尋周作人與其研究、創作兒童詩歌的關係。關峰認為，周的雜詩在儒家人生主義、批判氣節、人情物理主義和忍過事堪喜等幾個方面展開。憂懼心理是周作人雜詩文化心理的主要內容，而虎與狼、夢與醉、故園與天河幾組意象則集中說明了周作人雜詩文化心理的複雜趨向[242]。

237 《人文雜誌》二〇〇三年六期。
238 《河北師範大學學報》二〇〇九年四期。
239 〔斯洛伐克〕馬利安・高立克作，胡宗鋒、艾福旗譯，《以〈聖經〉為源泉的中國現代詩歌：從周作人到海子》，《人文雜誌》二〇〇七年五期。
240 《向歷史尋求理論支撐點——三〇年代周作人推重明末公安派性靈小品原因考察及其他》，《紹興文理學院學報》二〇〇二年十期。
241 《福建師範大學福清分校學報》二〇〇五年四期。
242 《平生懷懼思，百一此中寄——由雜詩創作看周作人的文化心理》，《湖州師範學院學報》二〇〇七年六期。

在譯介研究方面，研究者探討、比較了周氏兄弟譯介工作的特點、彼此的配合及其文學史意義。顧農《魯迅的「硬譯」與周作人的「真翻譯」》[243]談論魯迅、周作人「直譯」翻譯觀背後深遠的考慮，也比較了他們在理論和實踐上的不同。周羽認為《域外小說集》通過其中收錄的十六篇外國短篇小說譯文，以四種不同類型的小說結構模式一舉突破了中國古代小說固有的以情節為中心的結構模式[244]。一九二一年重印的《域外小說集》增添了周作人譯的幾個作家的作品，其中有俄國象徵派作家梭羅古勃的一篇名為《燭》的寓言。一九一九年二月《新青年》第六卷第二號上登載未署譯者的梭羅古勃的散文詩《蠟燭》，彭明偉《周氏兄弟的翻譯與創作之結合：以魯迅〈明天〉與梭羅古勃〈蠟燭〉為例》[245]提出，這幾乎是周文言譯本《燭》的白話譯文版。作者通過考證提出，周作人極有可能是這篇《蠟燭》的譯者。而魯迅不久後創作的小說《明天》，不論在思想內容還是組織構思上都與《蠟燭》淵源甚深。這是周氏兄弟在翻譯與創作上攜手合作的一個重要例證。

劉全福《周作人——我國日本文學譯介史上的先驅》[246]通過歷史事實的梳理和分析，肯定周作人在日本文學譯介史上的地位。劉全福另一篇《周作人與「被損害民族的文學」》[247]評述周作人對東歐、北歐弱小民族文學的譯介。劉氏還探討了周對西歐國家文學的譯介情況及從中所接受的影響，探討的重點放在英、法等幾個國家的作家及其作品上[248]。于小植《論周作人的日本詩歌翻譯》[249]認為，周調動現代漢語口

243 《魯迅研究月刊》二〇〇八年二期。
244 《試論晚清短篇小說譯本的現代性——以周氏兄弟〈域外小說集〉為個案》，《求是學刊》二〇〇九年五期。
245 《魯迅研究月刊》二〇〇八年九期。
246 《四川外語學院學報》二〇〇一年四期。
247 《四川外語學院學報》二〇〇二年三期。
248 《求真知：一種另類的借鑑觀——周作人與西歐國家的文學譯介》，《四川外語學院學報》二〇〇四年二期。
249 《東北亞論壇》二〇〇七年二期。

語的表現功能，有力地傳達出了日本小詩的神韻。譯者的用意是希望中國詩歌加以借鑑，但曲高和寡。黎楊全《周作人與古希臘擬曲》[250]評述周作人對古希臘擬曲的譯介工作，認為擬曲篇幅的簡短、世相人情的描繪，以及閒談絮語的敘述方式，都與周熱衷的小品文有深層的契合。平保興《周作人與俄羅斯文學的譯介》[251]評述的是作為俄羅斯文學翻譯家的周作人。文章說，周作人譯介俄羅斯文學大都在二十世紀初至三○年代，分為留學日本期間、五四時期和「五四」以後三個階段。其特點，一是翻譯和介紹並舉，通過翻譯轉移性情，又通過介紹改造社會；二是倡導人的文學，宣揚人道主義思想、三是主張直譯的翻譯觀。高蔚認為，二十世紀二○年代周作人對象徵主義「純詩」的譯介，是三○年代「現代」詩人的中國純詩運動的重要理論與藝術準備[252]。李紅葉《周作人與安徒生》[253]肯定周作人對安徒生童話的評介，真正使安徒生在中國產生實質性的影響。

王風探索了周氏兄弟早期的寫作和翻譯實踐對於文學革命發生的意義，豐富了對文學革命資源和動力的理解。他在筆談《文學革命的胡適敘事與周氏兄弟路線——兼及「新文學」、「現代文學」的概念問題》[254]中提出，胡適把文學革命敘述為起源於他個人同時以書寫語言變革為核心的運動，這以後成為一個完整而權威的論述。作者強調，《新青年》集團更應該被認知為一個帶有不同資源的多種力量的共同體。他用周氏兄弟等人的晚清經驗以及以後的路向來說明問題。在晚清，周氏兄弟的文學追求是在古奧的文言內部進行的，重在精神層面而非工具。文學革命後，他們各自努力，逐漸發展出相反的方向，很大程度上

250 《楚雄師範學院學報》二○○六年二期。
251 《俄羅斯文藝》二○○一年四期。
252 《中國純詩最早的個人與時代記憶——周作人與中國純詩》，《延邊大學學報》二○○九年二期。
253 《求索》二○○五年一期。
254 《中國現代文學研究叢刊》二○○六年一期。

都可以看作文學革命時期被遮蔽能量的釋放。他們都強烈地質疑甚至反對胡適的進化論思路，都持有某種循環論的立場。王風另一篇《周氏兄弟早期著譯與漢語現代書寫語言》[255]把前文所提周氏兄弟的「文學追求」具體展開。作者考察周氏兄弟早期寫作和翻譯的實踐，具體深入地分析了他們在句法、標點等方面對漢語書寫語言所做的最大程度的改變，從而在一個新的維度上解釋了文學革命的發生。作者說，在五四時期，「周氏兄弟的白話確實已經到了『最高限度』，這是通過一條特殊路徑而達成的。在其書寫系統內部，晚清民初的文言實踐在文學革命時期被『直譯』為白話，並成為現代漢語書寫語言的重要——或者說主要源頭。因為，並不借重現成的口語和白話，而是在書寫語言內部進行毫不妥協的改造，由此最大限度地抻開了漢語書寫的可能性」。

周作人創作和翻譯對現代文學創作特別是現代散文的影響有了具體的考察，有關文章充實了周氏與新文學關係的研究。趙普光《從知堂到黃裳：周作人書話及其影響》[256]意在梳理現代書話流脈，認為從周作人開始，中承阿英，後經唐弢、孫犁、黃裳，遂成大觀。孫犁與周作人的政治身分、生活、思想等迥然有別，且前者對後者多有批評。而李中華《談周作人對孫犁的影響》[257]認為，不能否認孫犁受到過周作人的深刻影響，這主要表現在他們的創作都淡遠明靜。這種影響的深層原因在於二人性格、氣質及讀書路徑的相似。孫郁曾在《當代文學中的周作人傳統》一文中將黃裳的文章歸入「周作人傳統」，而當事人在《來燕榭集外文鈔》[258]後記中表示了不以為然。汪成法《黃裳散文與「苦茶庵法脈」》[259]通過仔細考察，指出

255 《魯迅研究月刊》二〇〇九年十二期、二〇一〇年一期。
256 《福建論壇》二〇〇九年一期。
257 《鄭州航空工業管理學院學報》二〇〇六年一期。
258 北京：作家出版社，二〇〇六年五月。
259 《江蘇教育學院學報》二〇〇八年三期。

作為學者型的散文作家，黃裳很多作品正是延續了周作人散文的「苦茶庵法脈」（錢鍾書語），其對創作的自我表述也和周作人如出一轍。作家進而分析，黃裳之所以否認自己與周作人的聯繫，一方面因為其創作並非全部屬於「周作人傳統」或「苦茶庵法脈」這一範圍，另一方面也因為感情上對周作人的拒斥。作者知人論世，分析深入，結論也顯得可靠。方忠《周作人與臺灣當代小品散文》[260]勾勒臺灣學者散文與周作人的淵源關係，惜乎並沒有展開充分的論證，材料也不夠豐富。任葆華《論周作人對沈從文文學創作的影響》[261]認為，周作人早年譯介的日本狂言，倡導的「歌謠運動」及其性心理學思想，對沈從文早期戲劇和後來的小說創作都產生了深遠的影響。任娟《談周作人「五四」時期的翻譯詩歌對湖畔詩人的影響》[262]說，湖畔詩人創作的小詩在形式上、內容上以及抒情方式上都與周譯日本短歌、俳句在相似之處。另外，湖畔詩人散文詩創作也受到了周譯波特賴爾散文詩的影響。

五

本期周作人研究總的來說波瀾不驚，雖然仍有盛氣凌人的指責和批判，但開始呈現出趨於學術化的傾向。研究者的心態更為從容，不像以前那樣每篇文章都要先做某種政治性的表態，然後才研究具體問題。下面來看一些批評文章的意見，有的此類文章我將在「結語」部分論及。

260 《江海學刊》二〇〇三年四期。
261 《渭南師範學院學報》二〇〇七年三期。
262 《滄桑》二〇〇七年三期。

我曾在《九十年代的周作人研究》[263]中批評了袁良駿《周作人為什麼當漢奸？》、《周作人余談》二文，引出了他的新作《周作人研究的三口陷阱》。袁氏周納出周作人研究「三口可怕的陷阱」：「第一口是『抬周貶魯』，評價失衡，甚至不惜拿魯迅當『祭旗的犧牲』。」「第二口是肆意美化，大肆炒作，而又不許別人說不同意見。」「第三口陷井（原文如此，題目也作「陷井」——引者）則是日本的『侵略有理』論和它的呼應『漢奸有理』論的滲透和影響。」[264]這三口「陷井」主要是唬我的，我就是那個被論者「姑隱其名」的「對漢奸周作人……一往情深」的「追星族」。我過去沒有回應，這倒不是被「三口陷阱」嚇著了，而是不想徒費口舌。我在《九十年代的周作人研究》中所言袁氏的老毛病未改：「除了一些似是而非的觀點外，既沒有新觀點也沒有新材料。」

批評者罵周作人，常常是「一勺燴」，先罵周作人，再罵研究者。「文革」降臨後，周作人曾向章士釗求助，何滿子針對周作人當時日記中的兩句話，大肆謾罵。一句是周作人說當時「可謂畢生最苦之境矣」，何氏罵云：「周作人如有點滴良知，反視『畢生』，『最苦之境』應是墜落為漢奸之時。……直到臨死，周作人仍無悔恨之意，晚年作種種狡辯，推諉降敵的罪責，就是表明其良知已泯。」第二句是周說因隨時盼望章的祕書到來，「作種種妄想」，何又大加想像式解讀，云周是想利用章與毛澤東的私人關係。文末又寫道：「章士釗與魯迅公仇私怨，周作人不是不知道，魯迅遺言『一個也不寬恕』他也知道，臨死前還覥顏向這樣一個章士釗搖尾乞憐，貽辱兄長。言念及此，只能慨然作歷史的長歎。」[265]針對何氏的謾罵和幸災樂禍，有人評論道：「螻蟻尚且貪生，一個希望有一口飯吃，希望吃得好一點，不

263 《魯迅研究月刊》一九九八年七期。
264 《魯迅研究月刊》一九九八年十二期，此文先發表於《中華讀書報》一九九八年十月二十一日，兩處文字稍有不同。
265 《周作人暮年乞憐章士釗》，《今晚報》二〇〇二年七月二十日。

論其人是知堂還是別的什麼人，也不論我等旁觀者平素對他是喜歡還是憎厭，這一點可憐的要求，作為同類的我們還是應該尊重一下吧。」[266]王福湘《周作人研究中的價值標準問題》[267]謂「周作人是……中國歷史上最為寡廉鮮恥的貳臣文學傳統的現代繼承者」，指責很多文章反映出「評判的價值標準的偏頗、模糊和混亂」。李國文雜感《說倀論鬼及漢奸，兼及苦雨齋主周作人——紀念抗日戰爭六十周年》[268]更是稱周作人當漢奸是「為虎作倀」，進而云：「時下一些名流，追捧周作人，甘心為倀之倀，到不擇手段，到顛倒黑白的地步，真令人不禁訝異，這世道究竟是怎麼啦！」張中行在《周作人年譜》修訂本序中，有評周氏兄弟性格的兄熱而弟冷的話，李之謙說：「張先生首先就將『兄的由熱而信，弟的由冷而疑，或說，兄的由信而熱，弟的由疑而冷』定位為『立身處世方面的分歧，即來於性格的不同，又來於學識方面的所見不同』，好像這和連張先生也不甚贊同的任偽官、做漢奸毫不相干一樣。其實，周作人後來之所以晚節不保，投靠敵人，成為民族的敗類，並不是偶然的。而就是他所謂『由冷而疑』或者說『由疑而冷』的態度發展的自然歸宿。」作者羅列周氏附敵的種種行為，說明他對國家和人民的冷漠乃至冷酷，對敵偽的熱中。[269]段國超《對近年周作人研究的一點感想》[270]表達了憂心：「看了諸如以上的一些關於周作人研究的較大量文章，我常想：現在可不敢再來個『抗日戰爭時期』，那漢奸可就多了。不是嗎！周作人當年作漢奸，現在的擁護者，讚頌者那麼多；後來周作人受到相應的懲罰，其同情者、不平者那麼多；如果再有個『抗日戰爭時期』這些『擁護者』、『不平者』，能擔保他們不當漢奸嗎？」作者對人的判別方法固然簡

266 黃波，《關於晚年周作人的兩三件事》，《博覽群書》二〇〇七年七期。
267 《廣播電視大學學報》一九九八年二期。
268 《作家》二〇〇五年八期。
269 《魯迅、周作人及其他——兼與張中行先生商榷》，《文藝理論與批評》二〇〇一年四期。
270 《文藝理論與批評》一九九九年四期。

單明瞭，然而過於便宜討巧了。汪精衛在晚清謀刺攝政王未遂被捕，獄中賦詩云：「慷慨歌燕市，從容做楚囚；引刀成一快，不負少年頭。」那是何等的豪言壯語，何等的「仁人志士」，可是到了抗戰，他發表「豔電」，公然投靠了日本。竺柏岳《話說周作人的彎路》[271]的警告要委婉一些，這篇小雜感評點「周氏的惡行劣跡與消極的人生觀及偏頗的文學觀」，警醒讀者不要被當前的周作人「熱」牽著鼻子走，重複周作人走過的「彎路」。

舒蕪是新時期以來周作人研究的代表人物，所受的批評和攻擊最多。他曾在《理論勇氣和寬容精神》[272]一文中，肯定胡適研究中主要以學術的標準而不是政治的標準來看待，提出對待周作人也應該主要以文學的思想的標準來衡量。吳江《從胡適說到周作人》[273]聯繫時下港臺有人替漢奸說話的現象，又列舉出周作人的種種漢奸行為，對舒蕪的觀點提出批評：「舒蕪先生將周作人的叛國投敵和胡適的附蔣反共兩事並舉，『各打五十大板』，顯然甚為失當，因兩者性質實有大差異，前已說過：一為賣國賊和民族叛徒，一畢竟是中國人內部不同思想、不同政見、不同黨派間的內爭。」作者說他並不認為舒蕪想翻周作人漢奸的案，「他只是把周作人當漢奸、喪失民族大義這件事看輕了，或者說沖淡了」。舒蕪則以投書編輯部的形式予以回應：一、周作人研究和為周作人翻案並不等同；二、以自己的著述為例，舉出自己對周作人叛國投敵問題的評價；三、關於「把周作人與胡適相提並論」，他強調：「我只是說，現在，談胡適，已經可以不需要每談一個具體問題，都得先說或者後說一番『他的政治立場是反共的』等等，這是好事，

271 《文藝理論與批評》二〇〇〇年三期。
272 《讀書》一九九五年十二期。
273 《炎黃春秋》二〇〇〇年六期。

我完全贊成。那麼，談周作人也應該如此。」[274]

彭小燕發表長達三萬餘字的長文《「破冰」時代的意義與誤區——細讀舒蕪的〈周作人概觀〉》[275]，通過返觀學術史的方式，選擇舒蕪的《周作人概觀》，表達對三十年來周作人研究及其價值取向的強烈不滿。該書實際上是舒蕪發表於《中國社會科學》雜誌上的長篇論文，湖南人民出版社一九八六年出版單行本，後來又在收入人民文學出版社版《周作人的是非功過》一書時做過一定程度上的修改。這是在周作人研究起步不久，對周作人的言說尚存種種禁區的情況下出現的「破冰」之作。彭小燕雖然肯定舒蕪「破冰」的「正當性、及時性」，但主旨是批評舒蕪的「誤區」的。她採取了細讀的方法，圍繞舒蕪的原作逐節展開，各個擊破。舒蕪首先提出，周作人在五四時期的歷史貢獻「都是當時最高水準」，在周身上「有中國新文學史和新文化運動史的一半」，彭文指其「劍走偏鋒」，認為周「不是任何意義上的發起者、開創者」，「不是最具關鍵意義上的舵手，而是船上的一個優秀水手」。舒蕪提出周作人小品文的真正大成就還是他的後期，彭認為：「在一定的角度上，作為文體的周氏小品在現代的『唯一』並不是一種文化、精神的退卻、萎縮；進而，在更深遠的歷史視野下，周氏小品在現代的『唯一』恰恰又很可能是對中國古舊文體、古舊精神的一次複述。」舒蕪提出，到了一九三〇年代，魯迅、周作人「分別成為中國文學左右兩翼的領袖」，彭文指其「不過是完成了對周作人與魯迅的等量並置」，「這一並置其實隱含著『抑魯揚周』的傾向」。舒蕪對周作人的叛國投敵持有明確的批判態度，但也指出了墮落的某些複雜因素，彭指其「對終於成了漢奸的周作人實有同情」，有著「為附逆周作人辯護的隱意」。彭文肯定《周作人概觀》提出了一些所謂關鍵性問題或極有價值的思路，但惜其沒有繼續開掘，錯失良機。如說《概觀》「所關注的

274 《關於周作人研究的一封信》，《炎黃春秋》二〇〇〇年八期。
275 《魯迅研究月刊》二〇〇九年九期、十期。

『周作人林語堂派』在文藝觀上所表現出來的『倦怠』、『遊戲』，這是又一個可以藉此深入周作人精神骨髓的重大問題」。又如說：「舒蕪把周作人『提倡中庸』與其『反封建的不可能徹底』聯繫起來正是看到了某種實質性問題的思路」，但日後「這一極有價值的思路基本上被舒蕪自己放棄了」。在不少地方，作者都把《周作人概觀》與同年出版的李景彬著《周作人評析》進行了比較評判，褒貶抑揚之意顯然。《「破冰」時代的意義與誤區》的作者是帶著對周作人研究歷史與現狀的深刻不滿的，許多問題在表面上是向舒蕪提出，而實際上是針對整個周作人研究的。周作人研究自新時期重新起步，一直備受詬病，而此文是一篇較為嚴肅認真的學術論爭之作。如果用一句成語，可以說自成「一家之言」，如果用作者文中的話來說是「各言其志」。李景彬是新時期最早的周作人研究的開拓者，彭小燕的另一篇《新時期周作人研究的拓荒者——李景彬》[276]認為，二十世紀九〇年代以來，相關的學術史文獻以及相關的後續研究出現忽略李景彬富於學術個性和學術鑽探力度的研究成果的偏向，而縱觀當代中國的周作人研究現狀，李景彬的研究立場、思路和聲音恰恰是最缺失的。八〇年代李景彬的周作人研究有著可貴的整體意識、時間意識，他堅實、穩定的馬克思主義研究立場，他對於周作人的一系列肯定和質疑、否定、批判呈現出獨到的學術意義，也留下了尚待闡發的學術問題。

有人進一步追查「出身」，把舒蕪的周作人研究與他本人的經歷和心態聯繫起來，大發「誅心之論」。林賢治在《胡風「集團」案：二十世紀中國的政治事件和精神事件》中暗示，八〇年代以後，舒蕪「選擇周作人作為學術研究對象是饒有意味的」[277]。林的話引起了汪成法對舒蕪周作人研究及所謂「獻信」問題的評議，並說：「從人性的角度，我願意把舒蕪的反攻胡風看得比周作人的投降日本更為不可原

276　《山東社會科學》二〇〇九年九期。
277　林賢治，《娜拉：出走或歸來》（天津：百花文藝出版社，一九九九年一月版），頁二一一。

大，儘管他們都看重周作人不可替代的價值，在某些觀點上產生共鳴。作者可能忽略一個基本情況，就是改革開放以來二三十年間的周作人研究基本上在一種被壓抑的狀態下前行。一些批評者往往把自己提到政治、道德的制高點上，對別人的觀點進行批判，常常逸出正常學術論爭的範圍。

有人反對鍾叔河在《〈周作人散文全集〉編者前言》中所提「人歸人，文歸文」的評價歷史人物的標準，強調：「道德文章並重，是中國知識份子的傳統美德，也是歷來用以評價知識份子的一個重要標準。……這是不可分割的統一體。」「要知道這樣做，不但是踐踏歷史，而且也褻瀆了中華民族的愛國傳統美德。」[282]關於知識與道德的關係問題，符傑祥《「知識」與「道德」的糾葛——周作人的學術思想及其研究的方法論問題》[283]提出了具有啟示性的意見：不能因為行為方面的道德淪喪問題忽視其知識方面的道德學說價值，也不能因為知識方面的道德學說價值迴避其行為方面的道德問題。作者分析了道德實用主義給學術研究的妨害，並評介周作人對此問題的審視和批判，指出：「他所強調的求知態度並不排斥道德原則，所反感的只是一種高高在上的道德傲慢罷了。」這種「道德的傲慢」普遍存在於周作人研究中。

282 林思韓，《道德文章千古事》，《中華魂》二〇〇九年二期。
283 《東嶽論叢》二〇〇九年五期。

第五章　周作人文集的出版（一九八一至二〇一〇）

一

一九四九年八月十四日，周作人從上海回到共產黨領導下的北平，開始晚年的著譯生涯。新生的政權安排他做人民文學出版社的特約翻譯，譯介希臘、日本的古典文學作品。他希望用「周作人」的名義出版書，中宣部則要求他寫一篇公開的檢討，承認參加敵偽政權的錯誤。他寫了書面材料，但拒不悔過，結果未獲批准，其著譯也只能繼續以「周啟明」、「周遐壽」等筆名為世人所知[1]。他出版的著作僅限於幾冊關於魯迅的回憶錄，新寫的文章未能結集付梓，過去所做也難以重見天日。一直到了一九八〇年代初，隨著思想解放運動的興起，這種狀況才得以改變。

從一九八一年到二〇一〇年，中國大陸共出版各種周作人文集二百一十一種。這個數字如果不是全部，也相差無幾。其中記錄到印數的一百三十五種，共印一百三十七點一一八萬冊，平均每種印數一點零二萬冊；如果以這個平均數來推算的話，周作人文集的總印數大約為二百一十五萬二二萬冊。實際的印數可能還會多得多，因為有的書多次再版、多次印刷，而我更多的只是記錄初版初印。

[1] 參閱樓適夷，《我所知道的周作人》，《魯迅研究動態》一九八七年一期。

周作人文集的出版是改革開放的產物，表明圖書出版開始打破禁區，展現生機。新時期之初，第一本署名為「周作人」的為一九八一年十一月上海書店影印的《知堂文集》，護封上印有「周作人著」字樣；第一本周作人作品的新書是許志英編《周作人早期散文選》，上海文藝出版社一九八四年四月出版，雖然封面和版權頁上都沒有專門注明「周作人」，然而這三個字是赫然加在題名上的；第一本明確印出「周作人著」，同時又是新書的，則要算鍾叔河編、嶽麓書社一九八六年四月版的《知堂書話》了。較早出版的周氏著作還有湖南人民出版社印行的《周作人回憶錄》、上海書店影印的《過去的工作》、《知堂乙酉文編》等。從一九八七年開始，嶽麓書社系統推出鍾叔河編周作人著作集，周作人文集的出版漸成規模。

三十年來，周作人文集接連不斷地出版，趨於完備，但其間並非一帆風順。政治氣候的變化很容易直接或間接地影響到周作人文集的出版，出版社因為顧忌往往不願意承印。對於已出版周氏著作，爭議甚至批判的聲音不絕於耳。有人抱怨周作人作品集越出越多，認為是人為「炒」起來的結果，進而說：「『周作人熱』這種不良社會現象，新聞出版主管部門必須採取措施，加以遏止清除，使新聞出版這塊陣地純潔化，真正掌握在堅持馬克思主義、毛澤東思想、鄧小平建設有中國特色社會主義理論同志的手裏。否則，其危害之大，後果是不堪設想的。」[2]上綱上線，窮形極相，大有滅此朝食之概，可見反對者態度的一斑。

周作人文集的出版並未出現井噴式的熱潮，而是源源不斷地推進。這不是靠什麼「炒作」所能維繫的。雖然出現過不少率爾操觚的選本，但周氏文集的主要編家都有自家的學識和定力，像最有成就的編家鍾叔河、止庵，他們不僅嗜讀知堂，而且集編家、學者和散文家於一身。

---

2 洛丁，《周作人作品集為何越出越多　有關人士認為這種人為「炒」起來的「熱」很不可取》，《出版參考》一九九六年十七期。

作人「護法」自居，這在很多人看來可能匪夷所思。

有了尚方寶劍，鍾叔河所供職的嶽麓書社開始大規模重印周作人著作，並在一九八七年一月三日《光明日報》第四版刊出廣告——

嶽麓書社開始重印

周作人著作

人歸人，文歸文。周作人其人的是非功過是另一問題，其書的主要內容是對傳統文化和國民性進行反思，對中國—西方和中國—日本的文化歷史進行比較研究，今之讀者卻不可不讀。嶽麓書社以編印《知堂書話》、《知堂序跋》、《知堂雜詩抄》之熟手，已經開始重印周作人的全部著作，一九八七——八八兩年內全部出齊，力求：

書價最便宜　裝幀最大方　校訂最精審

「民國」時期尤其是淪陷時期所印書，錯字甚多。嶽麓書社決定由編審親任周氏著作的校訂，對原印本錯字悉予改正，同時仍列出勘誤表，記載原有錯訛，以便對勘，且示負責。各書均分單本平裝、合訂精裝兩種版本，一利臥讀，一利度藏。周氏的集外文和未刊稿，亦正請上海黃裳、北京舒蕪、香港黃俊東、新加坡鄭子瑜協助整理，由本社出版印行。特此廣告，請讀者速向當地新華書店預訂。本社即將請各省市書店統一報數。

（廣告後列出書目三十六種，其中含周作人自編文集二十八種，精裝合訂本八種，初版新書五種。書目從略）

廣告引起了廣泛的關注，當日香港《明報》駐北京的記者即發出消息《人歸人　文歸文》。這則廣告本身就是周作人研究的一篇重要文獻，也為中國當代出版史留下了一個側影。「人歸人，文歸文」雖然顯得有些簡單，從學理上未必能講得透徹，但既有辯護又有原則，還是簡便可行的。這六字成了日後鍾叔河不斷重印周作人著作的一句口號。

嶽麓版周作人著作集分平裝、精裝兩種。平裝小三十二開，題名集周作人字，以原刊本封面為背襯。前勒口介紹版本，後勒口印有下面的文字：「周作人（一八八五－一九六七）浙江紹興人，曾在北京大學、燕京大學任教，五四運動時從事新文學寫作。他的著述很多，有大量的散文集、文學專著和翻譯作品。周作人一九三八年依附侵略中國的日本占領者，其行為不得原諒，但他的著述仍自有其文化史研究的價值。本社經報告中央有關部門同意，準備有選擇地陸續予以整理出版。」書後附校訂記，編者主要採用理校之法。當時，周作人的著作絕版已久，又有大量的集外文分散在報刊上，查找起來頗為不易，嶽麓版周作人集給讀者和研究者提供了極大的便利。這套著作集產生了重大影響，改變了長期以來人們對周作人的單一、刻板的印象，大大推動了周作人研究的進展。鍾叔河因為編輯出版大型的「走向世界叢書」和飽受爭議的周作人著作集、曾國藩全集，贏得了知識界的讚譽，奠定了其作為大編輯家的地位。

《夜讀抄》還沒有印成，湖南批判湘版的《查泰萊夫人的情人》、《醜陋的中國人》和「周作人」（有人稱之為批判「三種人」）。鍾叔河於一九八八年離開了嶽麓書社，人去政息，周作人著作集終未成全帙，周氏作於敵偽時期的散文集《藥堂語錄》、《藥味集》、《藥堂雜文》、《書房一角》、《秉燭後談》、《苦口甘口》、《立春以前》未能出版。一九八七年出版的八種單行本初版初印均在萬冊以上，而一九八八年出版的幾本印數驟減，到了一九八九年十月出版的《瓜豆集》、《秉燭談》，分別印出區區一千九百冊、一千八百冊。這套著作集印成自編文集十八種，初版新書四種：《知堂書話》、《知堂序跋》、《知堂雜詩抄》、《知堂集外文》，總共二十一種（《知堂雜詩抄》為作者自編的初版新書），精裝合訂本六種：《苦茶隨筆・苦茶雜記・風雨談》、《自己的園地・雨天的書・澤瀉集》、《永日集・看雲集・夜讀抄》、《瓜豆集・秉燭談》、《談龍集・談虎集》、《歐洲文學史・藝術與生活・兒童文學小論・中國新文學的源流》。

鍾叔河以後又另闢蹊徑，花費大量的精力，把周作人集內集外、已刊未刊的文字儘量搜集起來，進行校訂，編輯出版《周作人文類編》、《周作人散文全集》。

十卷本的《周作人文類編》由湖南文藝出版社於一九九八年五月出版，印數五千套。鍾叔河集十年之功，編成這套大部頭的文集。書前有《弁言》、《全書凡例》，各卷前均插入兩頁作者像、書影手跡的圖片。全書彙輯周作人從一八九八年到一九六六年間所作文章，按主題分類，編為十卷。各卷如下：第一卷《中國氣味》（思想・社會・時事），第二卷《千百年眼》（國史・國粹・國民），第三卷《本色》（文學・文章・文化），第四卷《人與蟲》（自然・科教・文明），第五卷《上下身》（性學・兒童・婦女），第六卷《花煞》（鄉土・民俗・鬼神），第七卷《日本管窺》（日本・日文・日人），第八卷《希臘之餘光》（希臘・西洋・翻譯），第九卷《夜讀的境界》（生活・寫作・語文），第十卷《八十心情》（自敘・懷人・記事）。其中包括：周氏自編文集所收文章，已編成而未及出版的《木片集》、《飯後隨筆》，以及大量的集外文、未刊稿。未收整本的專著，翻譯作品僅收單篇的散文。每篇文章均注明出處，文字做了校勘。該書的突出優點是齊全、可信，編者「歷時十載，補遺輯佚，力求其全」，功不可沒。周作人作於敵偽時期的六本散文集的內容悉數歸入，還收錄了大量的集外文和未刊文，為全面的閱讀和研究提供了便利。作者申明「文章均保持完整，絕不割裂刪節」，然而還是做了兩種改動：一是對《我的雜學》、《十堂筆談》等帶有綜述性質長文，將各節單獨成篇，分別編入相關各卷，原章節無題目的加上了標題。這樣就影響了原文的完整性，特別是帶有思想學術自傳性質的《我的雜學》分散在各卷中，各節又加上了陌生的名字，很難再給人整體的印象；二是為了照顧今天讀者的閱讀習慣，將較長的引文用另種字體排印，有關的分段、標點因此也有了改變。此前，編者在增訂重編本《知堂書話》中已經採取這樣做法了。然而，這又有損於周作人一九三〇、一九四〇年代寫作有意追求的樸拙的境界，有興趣和能力閱讀這些文章的讀者本來不至於以此為病。這套大書使用起來也並不方便，因為很多文章難以明確歸類，加上缺少文章索引的支援，查找一篇文章實在不易。我本人在使用時就數次發生這樣的情況。這是一部帶有過渡性質的大書，我的意思是說，它在《周作人散文全集》尚未問世前的一段時間內幫助讀者找到一些不易找到的文章，同時也為《周作人散文全集》的編輯出版奠定了基礎。

《周作人散文全集》（廣西師範大學出版社，二〇〇九年）是鍾叔河繼一九八〇年代首次系統出版周作人著作集，一九九〇年代出版《周作人文類編》之後的又一大貢獻。本書為編年體的周作人文集，共十四卷，六百二十萬字，外加索引一卷（鄢琨編）。十六開布面精裝，帶護封，各卷卷首均插有圖片。所收作品除了周氏自編文集和譯文集已收者外，還增收了大量的集外文，主要包括作者的未刊稿按語、編後記、附記、書信等。其中為《知堂集外文》未收佚文約一百八十餘篇，《周作人年譜》未記入編目一百二十篇。另據止庵考察，除了一些書信、題跋外，該套文集僅比《周作人文類編》新增集外佚文二十篇左右[5]。

5 參閱止庵，《〈周作人散文全集〉瑣談》，《東方早報》二〇〇九年七月五日；夏和順，《現代文學研究又一部集大成之作問世——〈周作人散文全集〉出版之際，本報記者專訪鍾叔河、止庵》，《深圳商報》二〇〇九年六月二十二日。

雖然題為「散文全集」，但收錄標準較寬，不僅酌量收入了譯文、書信、日記等，還悉數收入了專書《中國新文學的源流》、《知堂回想錄》的內容。因此，該書是目前收錄周文最宏富的本子，帶有準全集的性質。所收作品，一律在題下注明寫作或初刊時間、初刊出版物卷期、作者署名，以及是否收入自編文集的情況。少數篇目未注明出處，於查考不利。索引卷包括全書篇目、主題分類、自編文集篇目、人名、書名等索引，大大方便了周作人作品的檢索。這套編年體文集與作者自己所編文集互相配合，嘉惠學林甚夥。

編訂整理周作人文集最有成就者，前有鍾叔河，後有止庵；也有人說南有鍾叔河，北有止庵。止庵曾在《苦雨齋識小》的《序》中自報家門：「將近十年來，自己所花的一點工夫就在這兒。主要是兩件事，一是把周氏親手編的各種集子重新校訂一過；一是把他的譯著凡是能夠找到手稿的，都依照原來樣子出版——據我所知，五十年代以來的那些，被刪改得太厲害了。……這裏前一件叫《周作人自編文集》，已經做完……後一件叫《苦雨齋譯叢》，才完成了一部分，具體工作都是請譯者家屬做的，已出版之九冊十種，除《財神・希臘擬曲》外均據原稿印行，而《希臘神話》還是未刊之作，這都是值得一提的。如果說由此提供了一套可靠版本，今後研究者可以利用，那麼我就心滿意足了。」[6]上述兩件事的成果即為《周作人自編文集》和《苦雨齋譯叢》兩套書。

《周作人自編文集》由河北教育出版社二〇〇二年一月出版，二〇〇三年六月第二次印，共三十六種三十五冊。其中《澤瀉集》與《過去的生命》、《兒童文學小論》與《中國新文學的源流》各訂為一冊，《知堂回想錄》分上、下兩冊。一九八〇年代後期，鍾叔河編訂、出版周作人自編集未全，止庵所編係周作人自編文集的首次全部出版。其中《木片集》根據百花文藝出版社印製該集的三校樣梓行，該書是周氏

6 止庵，《苦雨齋識小》（北京：東方出版社二〇〇二年三月）。

一九五〇年代末自編而未能出版的文集。《知堂回想錄》據周氏家屬提供的手稿複印件整理出版。據編者說，該書香港三育版的錯漏甚多，兩者的出入數以千計，其中最突出的是將《風潮一》中近一萬二千字被誤排到《風潮二》。《老虎橋雜詩》的底本是一九六〇年代初谷林據周氏借給孫伏園的手稿抄本，與嶽麓版內容多有不同，《老虎橋雜詩》在谷林抄本基礎上又加入了嶽麓版《知堂雜詩抄》的內容，成為收錄周作人舊體詩最全的本子。自二〇〇二年「周作人自編文集」印行以來，這套書已成為周作人研究論著和高校學位論文使用頻率最高的周作人文集，說明獲得了普遍的認可。

止庵主編「苦雨齋譯叢」由中國對外翻譯出版公司出版，共出版五輯，十五冊十六種：第一輯一九九九年一月版，收入《希臘神話》、《全譯伊索寓言集》、《財神　希臘擬曲》；第二輯二〇〇一年一月版，收入《古事記》、《枕草子》、《平家物語》、《狂言選》、《浮世澡堂》、《浮世理髮館》；第三輯二〇〇三年一月版，收入《全譯伊索寓言集》（再版）、《歐里庇得斯悲劇集》（上、中、下）、《財神　希臘擬曲》（再版）、《希臘神話》（再版）、《路吉阿諾斯對話集》；第四輯二〇〇五年一月版，收入《現代日本小說集　兩條血痕》、《如夢記　石川啄木詩歌集》。編者在第二輯《總序》中自言：「除了《希臘神話》之外，全是重新出版的。一來都是世界名著，本身自有價值；二來如前所說，絕版已久，讀者尋覓不易；三來從未匯總出版，湊齊也難；此外還有更具意義的一點：我們實際上是在現有版本之外，另外提供了一套最忠實於譯者定稿的版本。幸好他解放後譯作的原稿大部分都保存下來，使得我們有條件做成這樁事情。」這段話可以借來作為《苦雨齋譯叢》價值的評語。甚至可以說，其價值不亞於《周作人自編文集》，集中展現了翻譯大家周作人的主要成就。譯文集根據手稿排印，而手稿本身也是會存在錯誤的，這同樣需要校勘。如《知堂回想錄》中《民報社聽講》一節記伍舍房租：「房租是每月三十五元，即每人負擔五元。」「伍舍」為五人合租，這裏的說法顯然有誤。編者未說明校訂方面的情況。

新時期以來周作人文集的出版還面臨著一項重要的任務，這就是收輯、出版周氏大量的集外文。陳子善、張鐵榮在這方面用功甚勤。陳子善編《知堂集外文・〈亦報〉隨筆》、《知堂集外文・四九年以後》分別於一九八八年的一月和八月，由嶽麓書社作為《周作人著作集》的兩種新版書出版。三十二開精裝本，兩書前均有《出版說明》和《鍾叔河序》。前者共收錄筆記體小品文七百五十六篇，其中七百一十二篇是發表在一九四九年十一月二十二日到一九五二年三月九日上海《亦報》上，另有四十四篇登載於一九五〇年一月十日到三月二十七日上海《大報》上。周作人在《亦報》上發表的小品文不只這些，還有一些後來收入《魯迅的故家》、《魯迅小說裏的人物》和《兒童雜事詩》等集子，這裏沒有收錄。後者共收文一百八十六篇，除《知堂集外文・〈亦報〉隨筆》外，周作人一九四九年後所寫的單篇文章，大略已盡於此。按照周氏自編文集的慣例，這一時期他為自己譯書所做序跋和單篇譯文也一併收入。書末附錄周作人自撰的《知堂年譜大要》、《解放後譯著書目》、寫給周恩來的《一封信》及《知堂回想錄〈後序〉》。兩本書中的文章大致按發表日期編次，書末附有人名書名索引。兩本書彙集了周作人在一九四九年以後的作品，這些作品是長期被忽略的。

一九九五年九月，海南國際新聞出版中心出版陳子善、張鐵榮合編的洋洋百萬字的《周作人集外文》（上、下，一九四九年以前）。大三十二開精裝本，帶護封。書前印有《出版說明》與鍾叔河序，書後有陳子善的《編後記》。一九四九前文章時間跨度大，散佚篇目多，原始期刊難以查找，搜集難度是要遠大於一九四九年以後的文章的。佚文中有相當一部分為書信、按語、附記等，更多的是現實針對性強的社會評論。後者各個時期都有，而尤以一九二五年、一九二六年在女師大風潮期間和「三・一八」慘案發生後所作最多。作者在《談虎集》自序中說：「《談虎集》裏所收的是關於一切人事的評論。……這一類的文字總數大約在二百篇以上，但是有一部分經我刪去了，小半是過了時的，大半是涉及個人的議論，我也曾想拿來另編一集，可以表表在『文壇』上的一點戰功，但隨即打消了這個念頭，因為我的紳士氣（我原是一個中庸主義者）到底還是頗深，覺得這樣做未免太自輕賤，所以決意模仿孔仲尼筆削的故事，而曾經廣告後的《真談虎集》於是也成為有目無書了。」《周作人集外文》所收這兩年的文章就有一百七十七篇，沒有這部分文章中「真談虎」的內容，對周作人的思想態度就不會有完整的認識和把握。對於發現的新佚文、新筆名要進行考證，頗為不易。兩個編者探幽發微，鉤沉輯佚，實在功德無量。以後不斷會有新的佚文被發現，但其首次大規模裒輯之功是不會被超越的。這幾本集外文集也存在誤收、失收、校對不精等不足，我曾把《周作人集外文》中所收一九二二年周作人圍繞非基督教、非宗教運動與陳獨秀論爭的文字與原刊進行了對校，發現一些明顯的錯字和脫文[7]。

三

周作人文集包括自己編文集和他人編文集兩大類。自己編文集又可分為作品集和專書，他人編文集則可分為選集和專集。

自己編作品集主要是上文所述鍾叔河、止庵編《周作人著作集》、《周作人自編文集》、《苦雨齋譯叢》，其他重要的還有上海書店影印的《知堂文集》、《過去的工作》、《知堂乙酉文編》、《談虎集》、《談龍集》等。

7 汪成法《周作人「頑石」筆名考辨》（《湖南人文科技學院學報》二〇〇七年一期）發現，《周作人集外文》誤把一九一〇年《紹興公報》上署名「頑石」的十九篇文章歸到周作人名下。

重印的專書有《知堂回想錄》、《中國新文學的源流》、《歐洲文學史》、《兒童文學小論》，新出的有《周作人日記》、《知堂遺存》（其中之一為《童謠研究手稿》）、《近代歐洲文學史》三種。湖南人民出版社一九八二年率先推出《周作人回憶錄》，此書根據香港三育書屋版《知堂回想錄》重印。這是新時期最早出版的周作人著作之一。扉頁和版權頁書名下均用括弧注明「供內部參考」。書前印有簡短的出版說明，其中有云：「儘管作者在抗日戰爭時期曾經墮落為漢奸，但考慮到本書的史料價值，我們仍決定將它印出內部發行，供有關研究人員參考。」魯迅博物館收藏的周作人一八九八年至一九三四年日記於一九九六年由大象出版社影印出版，書名稱《周作人日記》。周作人一九三五年至一九六六年日記在其家屬手中，尚未出版。福建教育出版社二〇〇四年二月影印出版《知堂遺存》二種：《童謠研究手稿》、《周作人印譜》，線裝一函二冊。著作人項分別為「周作人輯注」和「鮑耀明藏」。兩份資料提供者鮑耀明曾對《童謠研究手稿》進行標點，以《童謠研究》（稿本）為名，發表於《魯迅研究月刊》二〇〇〇年第九期。[8]止庵、戴大洪校注《近代歐洲文學史》（北京：團結出版社，二〇〇七年六月）係新發現的周氏五四時期在北京大學國文門二年級授課的講義，十九世紀以前的內容與《歐洲文學史》重合，十九世紀的內容則是《歐洲文學史》的延續，該書在更長的時段裏呈現出周作人的歐洲文學史觀。

他編文集中的選集就是面向普通讀者的作品選本，直接地反映著一個作家的文學生命力。許志英編《周作人早期散文選》（上海文藝出版社，一九八四年四月）為新中國成立後第一本周作人散文選集。扉頁背面有這樣幾句說明：「本選集共收周作人早期（一九一九－一九二八）散文一百一十四篇，供中國現代文學研究者參考。」在時人的觀念中，周作人在新文學第一個十年的散文是最有可能得到肯定的。該書共分三

8 查中林在《魯迅研究月刊》二〇〇一年八期上發表《周作人〈童謠研究〉（稿本）斷句和文字抄校的失誤》一文，指出不少斷句標點和謄錄校對的錯訛。陳泳超發表《周作人〈童謠研究手稿〉考述》（《魯迅研究月刊》二〇〇六年十一期），對這部手稿加以介紹和考索。

輯，第一輯是雜文，第二輯是小品文，第三輯為文學評論與序跋。按理說，周作人作品塵封已久，一般讀者對他知之甚少，這樣一本選集是應該有前言或後記的，然而沒有。這在今天看來是很不正常的。據說，此書編成後受到干擾，還趕上一九八三年的「清除精神污染」，出版時間一再拖延。許志英本來寫出了長篇前言，出版方為了降低政治風險，沒有採用。前言的內容曾化作論文《論周作人早期的思想傾向》、《論周作人早期散文的藝術成就》[9]在學術期刊上發表，成為新時期最早的周作人研究論文中的兩篇。

坊間周作人散文的選本很多，但多數不能讓人滿意。錢理群和舒蕪等周作人研究者的選本是其中的佼佼者。百花文藝出版社一九八七年六月初版張菊香編《周作人散文選集》，二〇〇九年六月收入《百花散文書系・現代部分》，出至第三版。該書選入周作人散文六十八篇，重點是一九三〇年代以前的雜文和小品文。卷首《序言》較為詳細地評述周氏生平及其散文創作。該選本出版較早，適合普通讀者的需要，出版方又適時把它加入大型叢書，故能長印不衰。錢理群編《周作人散文精編》（浙江文藝出版社，一九九四年十月）大致按題材、主題編為四輯：「民俗風物」、「生活情趣」、「追懷故人」、「文化評論」。浙江文藝出版社一九九九年四月出版錢氏編《周作人散文》，略去《周作人散文精編》第四部分「文化評論」（雜文），其餘相同。舒蕪對知堂文章體味甚深，所編《知堂文叢》（天津教育出版社，二〇〇七年十一月）包括《苦雨齋談》、《生活的況味》、《看雲隨筆》、《流年感憶》四冊，各冊前印有編者《我怎麼寫起關於周作人的文章（代序）》。篇幅較大，選篇精當，只是因為出版時間較晚，尚未引人注目。孫郁編有《周作人作品新編》（人民文學出版社，二〇一一年一月），分「散文小品」、「雜感隨筆」、「文論雜談」、「序跋」、「書信」四輯。編者在《前言》中介紹說本書以思想性的隨筆為主，但也照顧

[9] 分別載《中國現代文學研究叢刊》一九八〇年四期、《文學評論》一九八一年六期。

到了一些名篇。鍾叔河編《周作人文選》（四卷），廣州出版社一九九五年十二月版。卷首有張中行序、《選編者言》。這是一套編年文集，選入從一八九八年到一九六六年所作文七百零六篇，其中包括書信、日記及未刊文等。分四卷：卷一　一八九八至一九二九，卷二　一九三〇至一九三六，卷三　一九三七至一九四四，卷四　一九四五至一九六六。《周作人集》（上、下）止庵編注，花城出版社二〇〇四年八月版，軟精裝，帶護封。這是一個散文選本，反映了編者對周作人文章的理解和自家的趣味。選收周作人一九一八年至一九六六年間最具代表性的散文作品，以一九三二年、一九四五年為界分前期、中期和晚期三卷，前期選文九十七篇，中期一百八十三篇，晚期四十六篇，並按寫作時間先後為序。選文忠實於原貌，文字經過校勘，各篇前加有題注，簡要說明發表及收入文集情況。陳子善、鄢琨編《周作人自選精品集——飯後隨筆》（河北人民出版社，一九九四年九月）根據鍾叔河保存周作人手訂的一份《飯後隨筆目錄》編成，並不是一本嚴格意義上的周作人自編文集。「飯後隨筆」原是周一九四九年十一月起在上海《亦報》上開闢的專欄名稱。「目錄」所列大部分為《亦報》和《大報》所載，少數幾篇因為找不到原文存目。陳子善在《飯後隨筆（代序）》中說：「《木片集》各文，以及我們陸續發掘的一九五〇年十月以後至六〇年代中期周作人所作的眾多小品隨筆也一併作為附錄收入書中。」而附錄部分只明確標明了《木片集》篇目，至於哪些是「陸續發掘」出來的並沒有注明。北京魯迅博物館編《苦雨齋文叢》是周作人和所謂「四大弟子」的作品選集，每人一卷，共分五卷。其中的《周作人卷》為黃喬生所編。如果承認中國現代文學中「苦雨齋派」和周作人傳統的存在，那麼周氏與其「四大弟子」則是這一散文流派和傳統的核心圈子，這套文叢則從作品的層面進一步證明和凸顯了這一流派和傳統。劉應爭編《知堂小品》（陝西人民出版社，一九九一年十一月）出現較早，舒蕪作序。編者注重周作人思想的價值，選文多從思想性考慮，兼顧一些名篇佳作。入選文章盡可能按照時間順序排列，共分四輯：第一輯：一九一九至一九二八，第二輯：

一九二九至一九三八，第三輯：一九三九至一九四五，第四輯：一九四九年以後。編者顧忌較少，選文兼顧前、後期，突破了此前選本重前期、輕後期的局限，有利於讀者整體把握周作人散文創作的歷程。

在普通作品選中，粗製濫造之作頗多。編家往往對周作人作品缺乏理解，加上原作者的文集眾多，不及一一甄選，於是陳陳相因，抄來抄去。所據的本子不是原刊本，而是新出的本子。中國廣播電視出版社一九九二年版四卷本《周作人散文》是較早出現的大篇幅的周作人散文選本，然而分類標準較為雜亂，基本上是剪刀加漿糊的產品[10]。花城出版社一九九一年出了一本周作人小品叫《恬適人生》，這題名本身就容易給讀者造成周作人一味恬適的印象；封面畫一人一邊品茶，一邊賞籠中之鳥，周作人在文章中明明說自己反對養鳥、養金魚等的，這樣的畫無疑於佛頭著糞。

在專集中，按文體編選的有書話和書信。鍾叔河最早編輯出版的周氏文集是《知堂書話》，嶽麓書社一九八六年四月出版。該書為小三十二開軟精裝，三十萬字，封面題字集周作人手跡。所收文章按集編次，未做分類。編者在序中說：「在我所讀過的書評書話中，我認為周作人寫的文章可算是達到了上乘的標準。今從其一生所著三十幾部文集中，把以書為題的文章收集起來，編成這部《知堂書話》，以餉與我有同嗜的讀者。周氏的序跋文本來也屬於此類，但因為是為自己或友人而寫，更多感情的分子，而且數量也不少，故擬另做一集，作為書話的續編。所錄各文，悉以原本，不加改削。惟明顯的排印錯誤，則就力所能及，酌予改正。」《知堂序跋》於次年二月推出，裝幀與《知堂書話》一致。收文二百二十三篇，分為三輯，分別是周氏為自己著作所寫序跋，為自己譯作所寫序跋，零星題記及幾則宣言和啟事，建國後所作序跋（不分著作譯作、為己為人）。一九九七年編者增訂重編《知堂書話》，加入集外文，並將序跋

10 這套書與該社同年出版的《周作人小品散文》、《周作人妙語錄》未經著作權繼承人許可，一九九四年十二月被提起訴訟，結果原告勝訴。

和書話合在一起，交由海南出版社梓行。二〇〇四年，中國人民大學出版社重印《知堂書話》和《知堂序跋》，仍把序跋與書話分家，書話則重作分類。此外，黃喬生也編有《周作人書話》（北京出版社，一九九六年十月）。

書信集多種，有的是首次公開出版，具有較高的史料價值。《周作人、俞平伯往來書札影真》（北京圖書館出版社，一九九九年六月）彩色影印周作人、俞平伯往來書信手稿，十六開線裝影印，函裝兩冊，每冊前插有照片三幀，印製考究，堪稱豪華，定價二千元。書信大都為首次公開，既有研究的價值，又是收藏的精品。張挺、江小蕙《周作人早年佚簡箋注》（四川文藝出版社，一九九二年九月）收錄周作人從一九二五年至一九三六年間致江紹原信件一百一十封，這些信件是江紹原之女江小蕙在整理父親遺物過程中發現的。本書以周作人致江紹原信及箋注為正文，附錄江紹原致周作人信。江紹原是文化人類學家，被稱為周作人的「四大弟子」之一，所收信件多是文化人類學方面的內容。其中一百零八封書信手跡（含部分信封）影印收入江小蕙編《江紹原藏近代名人手札》，中華書局二〇〇六年十月出版。黃開發編《知堂書信》（華夏出版社，一九九四年九月）採取周作人自己編《周作人書信》的分類，把他的書信分為書牘文和尺牘兩編，包括了青光版《周作人書信》的全部內容，還收錄了一百餘封在香港出版或發表的尺牘。出版社未經編者同意，擅自刪去了三處攻擊許廣平、郭沫若等的文字，連編者前言也遭改篡，但並無任何說明，給讀者造成了不便。鮑耀明編《周作人與鮑耀明通信集》（河南大學出版社，二〇〇四年四月）收錄周作人於一九六〇年至一九六六年間與香港友人鮑耀明來往書信七百四十五封，同時錄入周作人晚年相關日記八百三十七則，書前插有周作人照片和手跡等圖片十二幀。此書是一九九七年十月鮑氏自編自費由香港真文化出版公司印行的《周作人晚年書信》的重印本，新書由王世家校訂，書末附有《校讀記》，是一個較初版本更為完善的版本。

有幾種專集是從題材和主題的角度編選的，凸顯了周作人文章的思想、學術價值，更多的是面向專業讀者的。在周作人的啟蒙主義思想中，婦女論與兒童論都是其中極具特色的部分，代表著作為思想家的周作人的主要貢獻。王泉根編《周作人與兒童文學》[11]是第一本周作人的專題文集，收錄作者談論兒童和兒童文學的文章。共分四輯：「論兒童與兒童教育」、「泛論兒童文學與兒童讀物」、「分論兒童文學與兒童讀物」、「談自己的兒童文學活動」。書末附錄《周作人與兒童文學（年表）》，書前照例印著出版社表態性的《出版說明》。卷首印有編者《論周作人與中國現代兒童文學（代前言）》，肯定周作人對中國現代兒童文學的開拓性貢獻。正如編者在《後記》中所言，當時關於魯迅與兒童文學已有大量的研究文章，而周作人的兒童文學活動長期以來無人提及，偶爾能夠見到的文字的態度也是口誅筆伐，全盤否定。周作人是現代兒童文學史無法繞開的人物，這本專集則正面凸顯了周作人在兒童文學方面的建樹。舒蕪編《女性的發現——知堂婦女論類抄》（文化藝術出版社，一九九〇年二月）選錄周作人關於婦女問題的文章一百七十八篇，分為「光明」、「黑暗」、「怎麼辦」三輯。書前編者的長篇《導言》第一次對周作人的婦女論進行較為全面的研究和概括，肯定周作人「第一個比較全面地論述了新文化運動和婦女解放運動應有怎樣的婦女觀」，「周作人的全部婦女論，今天讀起來都還是新鮮的、有益的」。上海遠東出版社一九九四年十二月推出了一套「中國近現代思想家論道叢書」，入選的思想家有梁啟超、孫中山、李大釗、陳獨秀、蔡元培、胡適、梁漱溟、馮友蘭、張東蓀、周作人等。其中有一本高瑞泉編《理性與人道——周作人文選》，吳平編《周作人民俗學論集》（上海文藝出版社，一九九九年一月）收入周作人早期關於民俗學代表性文章七十四篇。《編後記》介紹了周氏一九三〇年代以前的民俗學工作。

[11] 王泉根編《周作人與兒童文學》（杭州：浙江少年兒童出版社，一九八五年八月）。

價值和市場價值得到了證明，對出版社應該具有吸引力。全集出版儘管還有可能受到社會因素的干擾，但總的來說對周作人作品的寬容度增加，這種幾率已經變小。二是資料大體齊備。周作人自編文集自不用說，集外文的搜集已有相當的規模。還有半部周作人日記（一九三四年以後）尚在家屬手中。書信方面的問題較大，儘管這些年來出版了幾本書信集，但還有許多尚在私人的手中。資料只要大體齊全即可，將來發現新的佚文可作為補編列入。三是需要版本研究和文字校勘工作以為基礎，而這方面的工作最為欠缺和緊迫。

自二〇〇八年開始，在黃裳和止庵之間進行了一次時斷時續、曠日持久的爭論。爭論的中心並不明確，大體上是一些文字上的恩怨。兩人採用雜文家的筆法，顧左右而言他，又暗含殺機。黃裳是以止庵編《周作人自編文集》的校勘問題開始發難的。他肯定《苦雨齋譯叢》的貢獻，但認為《周作人自編文集》「錯植頗多」，並以周作人著作中「校對最差、錯字最多」的《秉燭後談》為例。一是原書未錯，新印本錯了，主要是錯字；二是未盡校勘之責，兌現「校訂說明」中「儘量搜求多種印本及報刊進行校勘」的話。例子是原刊本與原雜誌發表本相比，「失去重要文字多處」，而新印本失校；三是對周作人的「抄書」文字，未取原書對校[12]。三點之中，第一點無可辯解，編書多錯總是不應該的。第二點指責不盡合理，「失去」的文字並非那麼重要，有可能是作者在文章入集時自己刪掉的。後兩點恐怕屬於高標準、嚴要求，以一人之力難以奏效，無論是止庵還是鍾叔河均未做到。版本研究和校勘工作是擺在周作人研究者面前的一大課題，三十年來幾乎找不到周作人著作有關的專篇論文，這制約了周作人文集出版水平的提高。

12 黃裳，《漫談周作人的事》，《東方早報》二〇〇八年五月二十五日。

鍾叔河編周作人著作集、《周作人類編》、《周作人散文全集》與止庵編《周作人自編文集》均在一定程度上據不同版本和原載報刊進行了校勘，但由於條件和個人力量所限，這個工作做得還很不夠。《周作人自編文集》、《苦雨齋譯叢》編者在進行校勘時，也未出校記（《知堂回想錄》例外，書末附《校記》），不便對勘。人民文學出版社版《魯迅全集》、《魯迅譯文集》也未出校記，但二書集合了眾多研究專家長期的研究成果，存在的問題極少，而且有不少相關研究成果可供查閱。相比較而言，周作人研究在這方面差距顯著。這有時就會帶來一些問題，較明顯的就是版本說明不夠準確。如關於《若子的死》一篇，現在新版《雨天的書》都收有此文。然而在《雨天的書》前三版中是沒有的。一九二九年十一月，作者愛女若子夭折。一九三〇年七月《雨天的書》印第四版時，加入《若子的死》一文，初版中若子的照片替換為一張若子的近影，以加頁形式增補。嶽麓書社一九八七年版的《雨天的書》依據一九三四年八月第八版校訂重印，前勒口版本介紹誤以為初版本由北新書局印，說「再版時又增入《若子的死》一篇」，這是錯的。書後的校訂記說：「原文指一九二五年十二月北新書局初版《雨天的書》的訛誤衍脫文字，頁次行次均指本書的訂正文字。」如果編者見過初版本，當然不會不知道初版本是由新潮社印行的。《周作人散文全集》第五卷在《若子的死》篇名下注明：「一九二九年十二月四日刊《華北日報》／署名啟明／收入《雨天的書》。」止庵在所編《雨天的書》前言中介紹，該書是據新潮社一九二五年十二月初版本整理出版，並寫道：「在三十四與三十五頁之間插入兩紙，分別標明『一加一』、『二加一』和『三加一』，係增補之《若子的死》一篇（寫於一九二九年），而此文原目錄中未列。」既然是一九二五年的初版本，又如何「插入兩紙」？這話讓人感到矛盾、纏夾。兩個編家應該都沒有見到第四版，不清楚該文是從第四版開始才收入的。在從二〇一一年陸續推出的十月文藝版的止庵編《周作人自編集》中，《雨天的書》一冊前言依舊延續了上述說法。另外，不管是鍾叔河還是止庵，他們都沒有說明為何選擇的是這個

第六章　周作人研究的史料建設（一九七九至二〇〇九）

周作人研究的史料工作全面的開展，是一九八〇年以後的事情了。在新時期，中國現代文學成為人文社會科學的一門前沿學科，在撥亂反正、思想解放的運動中發揮了獨到而深刻的作用。人們重新評價現代文學，就必須重新評價長期被扭曲、被遮蔽的作為文學大家的周作人，而這在很大程度上是要靠史料來說話的。資料工作在經過長時間的延擱之後，其重要性和緊迫性不言而喻。儘管北新書局一九三四年出版陶明志編《周作人論》，日本光風館一九四四年出版方紀生編《周作人先生的事》，香港九龍實用書局推出《周作人著作及研究資料》（一、二），但這些資料集都還是孤立的、零星的。三十年來，周作人研究史料從少到多，從單調到豐富，有力地支撐了整個研究工作的開展。然而，隨著周作人研究工作的推進，史料工作的不足對提高研究水平的制約也更多地顯現出來。下面，我力圖從以下各方面進行全景式的評述：史料專集、生平、人事交往、兄弟關係、敵偽時期表現、日記、書信與集外文等。文集的校訂、出版，特別是集外文的輯佚、鉤沉、彙編，是周作人研究史料工作最重要的成就之一，我已在前一章考察。

一

新時期之初，史料建設普遍認為是中國現代文學這門學科撥亂反正的一項基礎工程，因而受到了高度重視。一九七八年，中國社會科學院文學研究所主持召開了資料工作會議，總結過去，展望未來，制定了規模空前的史料建設計畫。第二年，由文學研究所現代文學室發起、編撰了大型的《中國現代文學史資料彙編》，總共五六千萬字，七十多所高校和科研機構的數百人參與其中，還被列為「六五」國家計畫的重點項目。這套資料分為三種：甲種《中國現代文學運動、論爭、社團資料叢書》，乙種《中國現代作家研究資料叢書》，丙種包括《中國現代文學期刊索引》、《中國現代文學總書目》等大型工具書。《周作人年譜》、《周作人研究資料》正是在這個史料工作的熱潮中應運而生的。

一九八一年初，南開大學的張菊香、張鐵榮接受了為《中國現代作家作品研究資料叢書》（乙種）編寫《周作人研究資料》的任務。在搜集、整理史料的過程中，又著手編撰了《周作人年譜》。

一九八五年九月問世的《周作人年譜》[1]是新時期以來周作人研究的一項重大的基礎工程，為周作人研究者和關注周作人的人提供了很大的便利。該書由張菊香主編，張菊香、張鐵榮合著，李何林作序。作者以尊重歷史的態度，審慎選用有關周作人的資料，較為準確、全面地呈現出譜主一生的經歷。譜主的生平事蹟及其著譯、校訂的古籍、校閱的譯文，均加記錄，書信、日記等也適當選用。周氏的全部著譯，能夠搜集到的，一律編入。對於他的著作，可以說明其政治見解、思想狀況和文學觀念的，多做概要的介紹。然而由於當時條件所限，該版還存在著不少問題。一九九〇年代末，兩個作者充分吸收新近的研究成果，對原書進行了較大幅度的修改、增訂。增訂本於二〇〇〇年四月由天津人民出版社出版，編著人署名張菊香、張鐵榮。由張中行作序，附錄李何林的原序。新版字數比舊版多了近十三萬字，添入了新的材料，較為突出地加強了傳主與新村關係的記述，增加了關於一九三九年元旦遇刺事件的材料，充實了周

1 天津：南開大學出版社，一九八五年九月。

一九四九年以後的生活、交往和寫作方面的內容等。還補記了佚文，訂正了一些疏失。作者態度謹嚴，用功甚勤，但仍存在一些疏漏乃至錯訛。明顯的如把初版《雨天的書》的新潮社誤記為北新書局，把初版《過去的工作》的香港新地出版社誤記為澳門大地出版社等[2]。

張菊香、張鐵榮編《周作人研究資料》（上、下）[3]是新中國第一部周作人研究資料專集，與《周作人年譜》一起代表了一九八〇年代周作人研究資料工作的水平。收入《中國現代作家作品研究資料叢書》，該叢書為大型的《中國現代文學史研究資料彙編》的乙種。按照叢書的編寫要求，本書共分六輯：一、「生平資料」，包括傳略、年譜簡編、生平自述、別人對其生平回憶和研究，以及國民黨政府法院對他的兩份判決書；二、「創作自述」，收周作人談自己創作的文章，主要是序跋；三、「研究論文選編」，選錄各個時期有代表性的周作人研究文章，包括港臺、海外的三篇，共計三十一篇；四、「著譯繫年」，較為完備地列出周一生的全部作品和譯文的篇目，包括在港臺、海外發表的部分；五、「著譯書目」，分為著作、翻譯兩部分，港臺、海外部分也儘量搜集，另外附錄收入合集的著譯；六、「研究資料目錄索引」，包括周作人研究專著目錄、其他著作中的周作人研究資料目錄、報刊上的周作人研究資料目錄。從《編後記》中可知，本資料集在編選過程中動用了多方面的力量，查閱了多家著名藏書機構的文獻，投入了大量的精力。無論是選錄還是編寫，大都使用的是原始資料。由於當時周作人研究從長期的停滯中剛剛起步，研究資料十分匱乏，所收資料也難免訛誤和疏漏。問題在後三輯的書目及文章索引中更多。我本人在研究周作人之初，曾按圖索驥查閱資料，發現有不少問題。主要是：資料不全，不少較有

2　有的文章在充分肯定年譜成就的同時，也指出了疏漏。參閱：陳子善，《成就與不足——〈周作人年譜〉增訂本略評》，《中華讀書報》二〇〇〇年十二月十三日；陳福康，《再談〈周作人年譜〉的成就與不足》，《博覽群書》二〇〇一年四期。

3　天津：天津人民出版社，一九八六年十一月。

價值的文章沒有記錄；誤收與周作人沒有關係的文章，有的文章在標明的來源報刊上並不存在；人名、書刊名或篇目有誤；書刊出版年代或刊物卷期有誤。存在這些問題的一個原因是，編者有時並未查對原始文獻，而是根據二手資料著錄的。

長期以來，關於周作人的傳記資料十分匱乏，很多與周作人有過交往的人選擇了沉默。陳子善帶著搶救關於周作人史料的意識編選了《閒話周作人》一書[4]。書中文章有兩個方面的來源：一是選錄一九八〇年代以來公開發表且有較大影響的回憶文章，如周建人《魯迅與周作人》、賈芝《關於周作人》、唐弢《關於周作人》、許寶騤《周作人出任華北教育督辦偽職的經過》等，個別篇目在入集時由作者做了修訂補充，這些文章後大都註明了出處；二是廣邀國內外周作人的門生故舊及有過書信往來者新撰，共二十餘篇。這是全書的重點，也是最具史料價值的部分。這些作者與周作人交往的年代相距甚遠，聯繫起來殊為不易。《編輯前言》寫道：「所有作者都抱著對故人和對歷史負責的認真態度撰寫回憶文章的，我也相信絕大部分篇章都可以作為史料引證，都是具有甚至是較高的研究價值的。」這個評價大體上適當。有的文章主觀傾向較強，有或多或少的虛構成分，但畢竟不是憑空杜撰，仍不失其參考價值。所收文章的作者大都熟稔周作人的人和文，故時有洞見。該書是對周作人研究的重要貢獻，然而校對不精，印製不良。

孫郁、黃喬生主編《回望周作人》叢書是繼其編就《回望魯迅》叢書後，又一套大型研究資料彙編。二〇〇三年十一月，河南大學出版社和魯迅博物館聯合為了配合此書的出版，還召開了「周作人研究的歷史、現狀及出版工作座談會」。叢書共分八卷：卷一《知堂先生》，收入有關周作人的言述和回憶文字；卷二《周氏兄弟》，收入記述或評析魯迅、周作人兄弟關係的文字；卷三《國難聲中》，收入有關周氏

[4] 杭州：浙江文藝出版社，一九九六年七月。

在日軍占領期間的表現，以及前後因果的材料和研究成果；卷四《致周作人》選取他人致周作人的書信；卷五《其文其書》，收入對於周作人著譯的評論；卷六《是非之間》，收入關於周作人的論爭的文字；卷七《研究述評》，收入關於他的研究、評論文字；卷八《資料索引》則為周氏著譯及研究資料索引。這是迄今為止最大的一套周作人研究資料彙編，補入了大量以前幾本資料集未收的文章。除了未收錄研究著作和新時期以來一些重要的長篇論文外，大體上反映了八十年來周作人研究的歷程，也為周作人研究的拓展和深入進一步打下了資料的基礎。有一些文獻未注明出處，不便查考。編者在《序言》中談到他們編輯這套叢書的旨趣：「我們除了講周作人研究應該從魯迅研究的附屬和補充，發展成一門獨立的學問之外，仍然講了這樣的意思：周作人不但為魯迅研究提供了有價值的資料，而且他的人生道路、思想發展歷程、文學業績與魯迅有密切的關係，深入開展周作人研究必然有助於深化魯迅研究。」兩個主編者都是魯迅和周作人研究的知名學者，他們所供職的北京魯迅博物館對周作人研究貢獻巨大，該館編輯出版的《魯迅研究動態》（一九九〇年後改名為《魯迅研究月刊》）、《魯迅研究資料》發表了大量關於周作人的資料和研究文章，這些都為他們編選這套大型資料提供了優越的條件。文章多次談到「周作人研究學科」的建立和發展的問題，這是第一次提出周作人研究學科的概念，值得關注。在全套書中，總的來說，回憶、述評類文字多，論析的文字少；新時期以前的論文多，以後的論文少。八冊之中，難度最大的要數《資料索引》。該書是在《周作人年譜》、《周作人研究資料》、《周作人文類編》及新近出版或發表的集外文、佚文、書信的基礎上彙編而成的，是迄今篇幅最大的周作人著譯目錄。然而，所下功夫還不夠。《周作人年譜》、《周作人研究資料》等書中的錯漏在這裏依然存在。如一九二二年四月六日作《周作人致陳仲甫先生信》，《周作人年譜》、《周作人研究資料》均記錄發表於四月二十日《民國日報・覺悟》，而此信最早發表於四月十一日《晨報》第七版，《資料索引》與前述二書一樣只記前者；同期《晨報》第七版發表周作人《思想壓迫的黎明》，署名「周作人」，而幾本書都誤記為「仲密」；《雨天的書》初版本是一九二五年十二月新潮社版，幾本書都記為北新書局版；《知堂回想錄》為香港三育圖書文具公司一九七〇年五月初版，而幾本書又都記為「一九七四年四月」版。

程光煒編研究資料集《周作人評說八十年》[5]編法上不求全，甚至放過很多重要的論文，編者顯然想避免一些成見的干擾，以一種更自由隨意的方式走向歷史現場，浮現多種聲音。編者在卷首的《一代人中的一個故事──關於周作人的回憶、論爭和研究》中強調：「收入的文章不具有任何排斥性，既有回憶、作品、信箚，也有研究、評論、辯駁的文字，相容各種文體，吸納各家觀點，目的是為了客觀地呈現文學史活動矛盾、複雜、多變的面貌，還給讀者以重新閱讀和品味的權利。」全書分上編（一九一九至一九四九）、下編（一九五〇至一九九九）兩部分。蕭南編《在家和尚周作人》[6]選入一九三〇年代到一九八〇年代回憶周作人的文章四十八篇，末附周氏談自己的文章四篇，所選篇目多已見於陶明志編《周作人論》、張菊香與張鐵榮編《周作人研究資料》、陳子善編《閒話周作人》，部分錄自《魯迅研究動態》、《新文學史料》等報刊。該書編選及印製均較粗劣，勒口「出版說明」雖云考慮了「史料價值」，但大多數篇目未注明出處，很多文章抄自已有的資料集，而非來自原始文獻。如康嗣群《周作人先生》抄自《周作人論》，原書篇末注「選自《現代》」，本書也照印不誤，並沒有注明卷期；龍順宜《知堂老人在南京》只是節選，但沒有注明，且節選文字與《周作人研究資料》完全相同。劉如溪編《周作人印象》[7]選入或評論周作人的文章三十三篇，分「周氏兄弟」、「周作人其人（一）」、「周作人其人（二）」、

5 北京：中國華僑出版社，二〇〇〇年一月。
6 收入《名家經典紀懷散文選》（成都：四川文藝出版社，一九九五年五月）。
7 收入《印象書系》（上海：學林出版社，一九九七年一月）。

「惜周作人」、「為歷史見證」、「苦雨齋主人的晚年」、「知堂詩文瑣語」等七輯。其中，除「知堂詩文瑣語」一輯的五篇與另外三篇外，選目與《在家和尚周作人》相同。劉緒源編《苦雨齋主——名人筆下的周作人　周作人筆下的名人》[8]收入周作人的回憶文章三十五篇，他的同時代人或後生晚輩寫關於他的記敘和回憶文章二十七篇。孔慶東編《自己的園地——關於周作人》[9]是一本周作人作品和資料合集，前者約占三分之一的篇幅，其餘是接觸過周的人所寫記述性文章和評論性文章。

除了上述專書外，錢理群《周作人傳》、倪墨炎《苦雨齋主人周作人》、止庵《周作人傳》在資料工作上也功不可沒。他們態度嚴謹，全面地占有材料，並進行了甄別和篩選。

二

周作人一生跨越了晚清、北洋軍閥統治時期、國民黨統治時期和新中國幾個不同的歷史階段，人生經歷複雜。然而由於其身分特殊，從一九四五到一九八〇近四十年，與周作人有過來往的人士諱談周作人，留下的傳記資料非常之少，偶爾的幾篇也往往含有攻擊或批判的意圖。周作人是誰？周作人到底是怎樣的一個人？人們難以在頭腦中形成關於「周作人」的完整而清晰的形象。眾多的回憶文字彌補了這個不足，提供了新的材料，改變了人們對於周作人的單調、刻板的印象，拓展了周作人研究史料的範圍。

上個世紀八〇、九〇年代出現了幾篇重要的回憶性長文，在一定程度上滿足了人們希望認識周作人

8　收入《走近二十世紀文化名人》叢書（上海：東方出版中心，一九九八年一月）。
9　收入《舊事與新知》叢書（北京廣播學院出版社，二〇〇〇年一月）。

的心理，產生過很大的影響，或多或少地塑造了周作人在公眾心中的形象。這些文章主要有：周建人《魯迅和周作人》、唐弢《關於周作人》、張中行《再談苦雨齋》、文潔若《苦雨齋主人的晚年》等。周建人是社會活動家、周作人的胞弟，唐弢是著名的文學史家、現代作家，親歷過幾件與周氏兄弟有關的大事，張中行是著名學者，又是周作人的學生和「苦雨齋」一派的散文家，文潔若是著名的編輯，曾受指派長期聯繫周作人從事日本文學翻譯，並與周作人家庭有過交往。他們的立場迥乎有別，然而都具有一定的權威性，從不同的觀點和視角烘托了周作人的形象。周建人的文章將放在談周氏兄弟關係的一節來談，下面先介紹其餘幾家的文章。

唐弢《關於周作人》[10]首先記述他所作一篇關於周作人的文章及自己早年對周作人的思想和風格的印象。一九三三年底，康嗣群在《現代》四卷一期寫了篇《周作人先生》，其中云：「現在的青年需要的是多的和新的花樣，強大的刺激和說誑，故此對於這種沉靜其實淵博的言論和態度是頗排斥的。」針對這話，唐在《自由談》上發了一篇《青年的需要》。為了消除周的誤解，曾給他寫信。茅盾寫過一篇《不關年齡》，予以支持。唐文記錄了兩件重要的事情：一是阻止魯迅遺屬售賣魯迅藏書。一九四四年夏，上海開明書店編輯部收到一家舊書店送來的一份魯迅舊藏書目，藏書急待出售。唐與另外一人北上阻止。見到朱安後，得知「那位口口聲聲說『繫累甚重』，有『老母寡嫂』需要扶養『不能南下』的周作人，照例月給寡嫂一百五十元」。而當時包一輛三輪車每天一百元。他還發現書單上有的書名打著三角，朱安解釋說：「老二說這些書他要，等舊書店估定價格，他照價付錢。」再一件是，一九五〇年，文物局局長鄭振鐸，還有文化部部長沈雁冰等，從政務院總理周恩來那裏拿到一封周作人給他的辯解信，唐從鄭振鐸處得

10 《魯迅研究動態》一九八七年五期，收入《西方影響與民族風格》（北京：人民文學出版社，一九八九年十二月）。

見此信。唐寫道：「我不知道文學研究會幾位老同人當年擬具了什麼意見，卻從周總理那裏，聽到毛澤東主席看完書信後說的幾句話。毛主席說：『文化漢奸嘛，又沒有殺人放火。現在懂古希臘文的人不多了，養起來，讓他做翻譯工作，以後出版。』」這個故事有時間、有地點、有人物，言之鑿鑿，加上唐本身權威文學史家的身分，許多人深信不疑，流傳甚廣。後來，倪墨炎在《晚年周作人》（之四）[11]中細加辯駁，得出結論說：「所謂沈雁冰、葉聖陶、鄭振鐸『剛從政務院總理周恩來那裏拿到一封周作人給他的信』，要『文學研究會幾位同人擬具意見』云云的故事，是唐弢憑想像虛構的。由於他不熟悉政府機關的辦事程序，因而想像錯了，他所虛構的故事也就因種種破綻而不能成立。」所謂毛澤東的「批示」也經不起推敲，屬於子虛烏有。上述「主要是從謊言的破綻中指出謊言的不可信」，還有可以「證實謊言的真憑實據」，這就是收在《胡喬木書信集》中一九五〇年二月二十四日胡喬木致毛澤東信。信中說，周作人給毛澤東寫了一封長信，胡的意見是，「他應該澈底認錯」，「他現已在翻譯歐洲古典文學，領取稿費為生，以後仍可在這方面做些工作」。毛澤東在這封信上批示：「照辦。」從此信可知，周在一九四九年底或一九五〇年初給周恩來寫信，由於得不到回信，他大約在一九五〇年二月上旬又直接給毛澤東寫信。接著，二月十八日，又給周揚寫信，並附去給毛澤東的信的抄件。周作人直接給毛澤東寫的信，由毛澤東的祕書胡喬木收到；他給周揚的信及附信，也由周揚轉給了胡喬木。「胡喬木擬具上報毛澤東的處理意見，事先是和周揚商量過的，所以喬木說『周揚也同此意』。」倪墨炎曾對唐弢回憶魯迅的文章《瑣憶》的真實性進行過質疑[12]。

11　《魯迅研究月刊》二〇〇六年八期。
12　參閱倪墨炎，《唐弢〈瑣憶〉的真實性質疑》（《文匯報》二〇〇二年十一月三十日）、《關於唐弢〈瑣憶〉的一場爭議》（《博覽群書》二〇〇九年五期）。

張中行是周作人在北大時期的學生，寫過一篇《苦雨齋一二》[13]，後又在此基礎上又寫了《再談苦雨齋》[14]，很多材料和觀點都曾在前文出現過。在後文中，作者先談人——他對周作人的「印象」，說了四點：「一團和氣的溫厚；學而思，思而學，有所思就寫；被人譏為小擺設的閒適；忽而釋了褐。」「一團和氣，以溫厚的態度對人，甚至從不大聲說話，是紅樓內外無數人共有的印象。」談到其二，他寫道：「在我熟識的一些前輩裏，讀書的數量之多、內容之雜，他恐怕要排在第一位。」談到其三時，他比較了周氏兄弟思想態度上的不同：「多少年來，對於弟兄兩位的殊途而不同歸，求本溯源，我總覺得，有個思想深處的距離不容忽視，那是：關於世道，兄是用熱眼看，因而很快轉為義憤；弟是用冷眼看，因而不免有不過爾爾甚至易地皆然的洩氣感，想熱而熱不起來。這提到觀照人生的高度說，兄是偏於信的一端，弟是偏於疑的一端。」其四「忽而釋了褐」談了他對周出任偽職的看法。下面回憶與周的交往及所得的著作和手澤。文章後半部分轉為談文。他肯定周的舊體詩「自立門戶」：「無論意境還是文辭，都與傳統的舊詩不同。最明顯的是語淺易而意樸野。不怎麼明顯的是：傳統常寫的，他不寫；他寫的，傳統很少寫。」特點是：「樸拙，率直，懇摯，平和；仍是樂生（常表現為悲天憫人），但同時又用冷眼看；也寫夢境，但又離不開泥土；也注意詩情詩意，但總是躲開士大夫的清狂惆悵和征夫怨女的熱淚柔情。」關於周作人散文的寫法，他說：「這比談《滕王閣序》之類的文章要難，因為那是濃，這是淡；那是有法，這是無法。……像是家常談閒話，想到什麼就說，怎麼說方便就怎麼說。布局行雲流水，起、中間的轉移、止，都沒有規程，好像只是興之所至。話很平常，好像既無聲（腔調），又無色（清詞麗語），可是意思卻既不一般，又不晦澀。話語中間，於堅持中有謙遜，於嚴肅中有幽默，處處顯示了自己的所思和所信，卻又

13 張中行，《苦雨齋一二》，《負暄瑣話》（哈爾濱：黑龍江人民出版社，一九八六年九月）。
14 張中行，《再談苦雨齋》，《負暄續話》（哈爾濱：黑龍江人民出版社，一九九〇年七月）。

像是出於無意，所以沒有費力。總的一句話，不像坐在書桌前寫的，像個白髮過來人，冬晚坐在熱炕頭說的，雖然還有餘熱，卻沒有一點點火氣。」他高度評價周氏兄弟的散文成就：「我由上學時期讀新文學作品起，其後若干年，常聽人說，我自己也承認，散文，最上乘的是周氏兄弟，一剛勁，一沖淡，平分了天下。」張中行對周的人和文都極為熟悉，又有自己一生的學識和眼光做底子，故多知言。此作可謂用小品文的形式寫的一篇「周作人概觀」，具有很高的學術價值。

文潔若《苦雨齋主人的晚年》[15]提供了大量的關於周作人晚年翻譯和生活的珍貴資料，可謂一篇周作人晚年生活簡史[16]。作者從一九五八年十一月開始，作為人民文學出版社日本文學編輯，受指派約周作人、錢稻孫翻譯日本古典文學作品，又由於家庭關係，與周作人一家有交往，故對晚年的周作人知之甚詳。主要內容包括三個方面：一、介紹作為「學者型的翻譯家」的周作人。她寫道：「解放後周作人為人民文學出版社譯的日本古典作品，從八世紀初的《古事記》、十一世紀的女官清少納言的隨筆《枕草子》、十三世紀的《平家物語》、十四世紀的《日本狂言選》、十八世紀的《浮世澡堂》和《浮世理髮館》，以至本世紀的《石川啄木詩歌集》，時間跨度達一千多年。每一部作品，他譯起來都揮灑自如，與原作不走樣。最難能可貴的是，不論是哪個時代的作品，他都能夠從我國豐富的語彙中找到適合的字眼加以表達。這充分說明他中外文學造詣之深。」作為人民文學出版社的特約翻譯，從一九五五年一月至一九五九年十二月，他每月取得稿費二百元，一九六〇年起進而增加到四百元，一九六四年九月起減為二百

15 收入《旅人的綠洲》（南京：江蘇文藝出版社，一九九五年六月）。

16 此前作者作有《晚年的周作人》與《一九四九年以後的周作人》，分別載《讀書》一九九〇年六期、《隨筆》一九九一年五期。《苦雨齋主人的晚年》主要由二文合併而成，充實了一些內容，也有所刪節，如刪去《一九四九年以後的周作人》中「也說錢稻孫」一節。《閒話周作人》所收《晚年的周作人》應為《苦雨齋主人的晚年》之前的一個版本。

元，一九六六年六月社方停付預支稿酬。二、較為詳細地描述了「文革」發生後周作人的命運。他遭到了紅衛兵的毒打和虐待，一九六七年五月六日死於一間小屋，當時旁無一人。至於死因，一說是死於前列腺癌，但周所患前列腺癌是良性的，不需要手術，也不會發展，所以此說不確。作者沒有交代資料來源，但應該聞之於周作人兒媳等家屬，較為可靠。

在周作人一生的傳記資料中，一九一七年以前的早年材料最為難得。張能耿《魯迅的叔祖周椒生》[17]介紹了魯迅叔祖周椒生的生平，與周作人有著相關性。周椒生是周氏兄弟先後進入江南水師學堂的引路人，並為兄弟倆分別改名「樹人」、「作人」，當時他擔任這個學堂的管輪堂監督。日本學者波多野真矢找到了周作人在日本立教大學留學時的學籍簿和成績單，提供了周氏這段留學生活的資料[18]。俞芳《談談周作人》[19]引述魯瑞的談話，說周作人出生時奶水不足，自小體弱多病，全家人「對他事事放鬆要求」。他的長處是很愛整齊，性格和順，待人謙和，但是依賴性強，比較自私，對家庭缺乏責任感。說周作人對老母疏於照料，甚至態度淡漠；對於「寡嫂」則不管不問。還說：「周作人墮落成為漢奸的原因是很複雜的，從家庭這個角度來看，信子和芳子，起了很壞的作用。」理由是她們在北京結識了各種日本朋友，「有好人也有特務」，日後周作人「正是日本特務們物色的漢奸對象」。文中所述大都不可能是親歷，而是間接聽來。俞芳和姐姐俞芬、妹妹俞藻是魯迅居住北京西四磚塔胡同時的鄰居，那時作者還只是一個十三歲的小姑娘。與魯迅一家關係親密，然而在周氏三兄弟之間親疏有別，傾向明顯。周建人口述、周曄編

17 《魯迅研究資料》（十六）（天津人民出版社，一九八七年一月）。
18 [日]波多野真矢，《周作人與立教大學》，《魯迅研究月刊》二〇〇一年二期。
19 《魯迅研究動態》一九八八年六期。

寫《魯迅故家的敗落》[20]敘述清末魯迅故家的衰落，與周作人有關。編寫者在《前言》中說明，寫作時先把周作人以前講過的事情做成卡片，與周作人的日記和回憶錄等資料相對照按年份排列事實先後，提出問題，再由周建人補充或糾正的。

關於周氏在五四時期經歷的文章也不多。汪成法對周作人到北京女高師任教的起始時間、聯繫人及當時任職的校長進行了考辨[21]。一九二〇年十二月十九日，周應少年中國學會之邀講演宗教問題，這是他在該學會唯一一次講演。李永春《周作人在少年中國學會的宗教講演考辨》[22]辨正指出，周作人混淆了少年學會與少年中國學會兩個團體，在當時日記和《知堂回想錄》中把在少年中國學會的講演誤記為在少年學會的第三次講演，也因此導致有關研究資料的誤記。董炳月從日本早期的《新村》雜誌上找到武者小路房子《周先生》、《周作人致長島豐太郎》二文，發表《周作人與〈新村〉雜誌》[23]予以介紹。一九一九年八月號載《周先生》是對周作人訪問新村的記述，大概是國外最早一篇關於周作人的文章。《周作人致長島豐太郎》發表於一九二〇年十二月號《新村》，寫信人談及學世界語和朝鮮語問題，可見周氏當時思想的一些信息，從現有材料看，可能是周作人最早在外國報刊上發表的文章。董炳月文章除了介紹這兩篇文章外，還披露了更多的資料，增進了對周作人與新村關係和周氏當時思想狀況的認識。如一九二〇年五月號《新村》發表周作人詩《小河》，編者在卷後「雜記」中，從周作人來信中摘抄一句說明詩義：「寫這首詩是為了表達去年年初——恰好那是支那的人們正在為過激派的襲來感到畏懼——一部分所謂知識階級

20 長沙：湖南人民出版社，一九八四年七月。
21 汪成法，《周作人任教女師大相關史實考校——兼及〈魯迅全集〉的一處注釋錯誤》，《魯迅研究月刊》二〇〇七年五期。
22 《上饒師範學院學報》二〇〇八年一期。
23 上述三文均載《中國現代文學研究叢刊》一九九八年二期。

的心境」，這又是最早對《小河》意旨的說明。

一九三四年七月，周作人赴日探親，曾接受井上紅梅的專訪，後者發表有《採訪周作人》。此文早年有過黃源的節譯[24]，董炳月全譯了該文[25]，其中周作人關於魯迅和左翼文藝運動的評價值得注意。柳存仁（筆名柳雨生）早年畢業於北京大學國文系，一九三六年上過周作人所講「六朝散文」一課。在敵偽時期有過附逆行為。其長文《知堂紀念》[26]一開始有一段為周作人附逆辯解的文字，大約是說他忍辱負重的意思。然後肯定他後期之作「在不經意的地方表示了極嚴肅的意見」，「最可感謝的其一就是要人們珍重本國的文字」，再者利用儒家的老招牌做對敵鬥爭的「擋箭牌」，「為人民大眾爭取生存權利」，三者奉行「倫理之自然化」。文章後半部分記作者與周作人的交往，引錄後者數封書信和一篇佚文《讀〈庚辛〉》。《庚辛》是柳作長篇小說。文章有一段文字回憶魯迅去世後周作人在課堂上的表現：「《顏氏家訓》的第三篇是《兄弟》。十月中講這一篇的時候魯迅先生故世了，他去世的第二天，北平天津的報紙都登了電訊。我們上課的學生都猜想啟明先生可能今天告假了。我們在寂靜的課堂裏等了一會兒，啟明先生來了，大家的情緒上都有點悲愴。這一堂敷衍過去了，除了顏之推的文章什麼也沒提，到了快下堂前約幾分鐘的樣子，啟明先生揮一揮他那件藏青呢袍的袖子，撣了撣粉筆灰，說『我要到魯迅的老太太那邊去一趟』，就這樣下課了。這一件事，和他說這一句話時的神氣，我還彷彿記得。」

對於一九四九年以後周作人的生活狀況、政治待遇、翻譯、寫作等，人們也知之甚少，一些知情人

24 黃源譯，《周作人與日記者談話摘錄》，《文學》三卷三期（一九三四年九月），收入陶明志編《周作人論》。
25 [日]井上紅梅作，董炳月譯，《採訪周作人》，《魯迅研究月刊》一九九九年八期。
26 收入《閒話周作人》。

提供了這方面的材料。樓適夷《我所知道的周作人》[27]記述了他所親歷或者瞭解的幾件事。簡要介紹當年十八作家致周作人公開信出臺的經過。當時周作人出席日本方面召開的「更生中國文化座談會」，文藝界擔心他留在北平，有叛國投敵的可能，於是有了中華全國文藝界抗敵協會組織的十八作家的公開信。倡議者是老舍，信是樓氏起草的。署名的作家有的不在武漢，由他們代署於事後通知。介紹周氏於一九五〇年代初被安排做人民文學出版社特約翻譯，「他要求用周作人的名義出版書，中宣部要他寫一篇公開的檢討，承認參加敵偽政權的錯誤。他寫了一個書面材料，但不承認錯誤，認為自己參加敵偽，是為了保護民族文化。領導上以為這樣的自白是無法向群眾交代的，沒有公開發表，並規定以後出書，只能用周啟明的名字」。實際上，周氏以後出版的著譯，除了用「周啟明」的名字外，還用了「周遐壽」的筆名。他還回憶了中共高層對周作人的重視和關心。「有一次，胡喬木同志特地召我談話，要我們重視周作人的工作，給他一定的重視與關心；還要我作為出版社的負責人之一，親自和他接觸。還說過現在雖不方便，將來他的作品，也是可以適當出版的。」佟韋曾受周揚等委派，代表中國文聯做周作人的工作，從一九五六年秋到一九六四年有七年之久。其《我所認識的周作人》[28]記述了文聯組織周作人去西安等地參觀和照顧他的一些情況。「文革」中，他給周揚的一封信被造反派找到，此信反映周作人生活上的問題，提出解決的辦法，上有周揚的批示，結果引起文聯和文化部批周揚、佟韋勾結大漢奸的鬧劇。許廣平聞訊，在《人民日報》第一版發表批判文章。一九四九年後，由於注釋魯迅著作中的一些人和事，王士菁經常接觸周作人。其《關於周作人》[29]一文寫道：「在我所接觸和訪問的許多人當中，周作人可以說是最有學問的，也是記

27 《魯迅研究動態》一九八七年一期。
28 《魯迅研究動態》一九八八年一期。
29 《魯迅研究動態》一九八五年四期。

輯，其《〈知堂回想錄〉瑣憶》[33]寫了連載《知堂回想錄》的過程及所遇波折。羅念生是古希臘文學翻譯家，曾與周合作出過《歐里庇得斯悲劇集》。他說：「解放以來，我們的文字和翻譯風格起了很大的變化，周的譯文則顯得陳舊，有些生硬。」[34]兩人觀念不同，周在日記中也對羅表示過不滿。

幾篇文章回憶建國後與周作人的交往，談及其文人雅好。金性堯（文載道）《葉落歸根》[35]回憶與周作人的交往，然後寫自己讀新出版的兩冊《知堂集外文》的心得——與過去相對照，談周作人思想態度的變與不變，字裏行間，透露出對周作人的敬重。鍾叔河因為在中國首次系統出版周作人文集而聞名，其文《三封信》[36]記述因嗜讀周作人於一九五八年給他寫信等情況。張鐵錚《知堂晚年軼事一束》[37]記作者與周交往時的所經所聞有關周作人的軼事，多為書信、寫字、贈書、印譜之類。文章記道：周作人一九四九年回到北京，孫伏園曾向最高人民法院院長沈鈞儒問及人民政府對周的態度，沈向毛澤東請示過。「毛主席說，他（指周作人——黃按）應當公開檢討他的錯誤。又說，只要不亂說亂動，人民政府對他就寬大了。」抗戰之後，周作人的藏書散落各處，姜德明《知堂的藏書印》從自己收進的周氏舊藏所鈐的十幾方藏書印，從中可窺見周氏一些治學特點[38]。

魯迅博物館工作人員葉淑穗《周作人二三事》[39]記錄了親眼目睹的周去世前的悲慘而又珍貴的鏡頭：「周作人的結局也是極為悲慘的。一九六六年八月他被抄家以後，就給攆到一個小棚子裏住，只有一位老

33 《魯迅研究動態》一九八八年一期。
34 羅念生，《周啟明譯古希臘戲劇》，收入《閒話周作人》。
35 收入《閒話周作人》。
36 收入《閒話周作人》。
37 收入《閒話周作人》。
38 姜德明，《知堂的藏書印》，《群言》一九九五年五期。
39 《魯迅研究動態》一九八八年二期。

孫郁、黃喬生是在編選《回望魯迅》叢書後，再來編選《回望周作人》的。他們在後者《知堂先生》一冊的《編後記》中，比較了關於周作人的回憶錄與關於魯迅的回憶錄，產生了這樣的觀感：

> 我們有一個基本的判斷，即：回憶周作人的文字較為可信一些，或者說，虛假的成分要少一些。因為，解放後他的地位非常低，與魯迅的享有盛譽形成極大反差。讚頌的文字幾乎沒有，大部分回憶文字用的是冷靜觀察，客觀敘述的筆調。然而，只講事實，卻正是回憶文字應當遵循的原則。
>
> 我們看二十世紀八〇年代以後的回憶文字，倒要稍稍注意另一種偏向，即對周作人的過分貶低。例如，有些文章以先入之見為主導，一開始就把漢奸的帽子給他戴上，那麼再去敘述和分析他的言行，形象就差得多了。

這兩點判斷是符合實際情況的。有的作者在思想和文學觀念上迥然有別，甚至有過或多或少的矛盾，對周作人的成見較深；有的與上一種情況相反，是知堂的愛好者，他們往往擔心被人詬病，說話難免吞吞吐吐、曲折往復；還有的只是隨大流。對關於周作人的史料，需要綜合參照各種資料進行認真的鑑別、考核。

三

周氏三兄弟都是現代中國的著名人物，他們之間的關係深深地影響了彼此的人生道路，也給新文化史留下了顯著的印記。因此，他們的關係——尤其是周作人與魯迅的關係——一直受到高度的關注。另外作為思想家、文學家的周作人，與許多同時代人也有過重要的聯繫。不論是周氏三兄弟之間的關係，還是周作人與其他同時代人的關係，都可以加深對當事人的認識，並從特定的方面呈現出新文化史和新文學史的面貌。

新時期最初的周作人研究是依附於魯迅研究的，形成一種是非褒貶彰明的言述模式，研究論著如此，研究資料亦如此。趙英通過豐富的史料，第一次全面梳理魯迅與周作人一生的關係以及他們所走的不同道路，並注意找尋他們走向不同道路的原因[44]。文章共分十個部分：「少年時期」、「在南京」、「在日本」、「從日本回國」、「北京－紹興」、「北京的合作」、「決裂」、「分道揚鑣」、「魯迅逝世以後」、「『詩與真實』的回憶」。文中貫穿著目的論的敘事，如說周氏兄弟少年時期已顯露出許多不同之點，到了留學日本時期，他們的思想行動、對待事業的態度相差甚遠；決裂之後，就分道揚鑣；以後周作人與魯迅走向完全對立，最終墮落。周建人《魯迅與周作人》[45]是談論兄弟二人的權威之作，記述了兄弟失和前的家庭矛盾和失和後魯迅對周作人的關懷。家庭矛盾主要是經濟矛盾。當時，「魯迅在教育部的薪金每月三百元，還有稿費、講課費等收入，周作人也差不多。這比當年一般職員的收入，已高出十多倍，然而月月虧空，嚷錢不夠用」。這是因為羽太信子當家揮霍所至。「她並非出身富豪，可是氣派極闊，架子很大，揮金如土。」家裏雇傭的僕人就有近十人之多。「周作人任他的妻子揮霍，不敢講半句不是。」弄得不好，女方會有歇斯底里症發作。顯然他把兄弟失和的責任多推在這個女人身上。在他的描述中，周作人是一個「意志薄弱者」、八道灣十一號的「唯一臣民」、「逆來順受」的「沉睡中的奴隸」。他把經濟矛盾視為兄弟失和的原因的。失和之後，魯迅對弟弟仍然「愛護關懷備至」。他舉例說：「有一次，

44 趙英，《魯迅與周作人關係始末》，《齊魯學刊》一九八二年五期、一九八三年二期。
45 《新文學史料》一九八三年四期。

周作人的一部譯稿交給商務印書館出版，編輯正在處理。魯迅說：『莫非啟孟的譯稿，編輯還用得著校嗎？』」文章還記錄了馮雪峰對周作人的評價：「魯迅去世後，中日關係更為緊張，好心的朋友關心周作人的安危。馮雪峰對我說過，他看過周作人的《談龍集》等文章，認為周作人是中國第一流的文學家，魯迅去世後，他的學識文章，沒有人能相比。」文章講述的是「家務事」，作者是有著強烈的傾向性的，不少地方可以姑備一說，是難以作為「信史」來看的。周建人說：「魯迅沒有講過周作人的不好，只是對周作人有一個字的評價，那便是『昏』。有幾次對我搖頭歎氣，說：『啟孟真昏！』他在給許廣平的信（一九三二年十一月二十日）中，也說：『周啟明頗昏，不知外事……』」止庵指出，這番話常被人引用，甚至據此立論。然而魯迅致許廣平的原信還有後文，即周建人以「……」替代的：「廢名是他薦為大學講師的，所以無怪攻擊我，狗能不為其主人吠乎？」「外事」與「廢名」之間原有逗號，本來是一句完整的話。「啟孟真昏！」未必是由「他在給許廣平的信（一九三二年十一月二十日）中，也說：『周啟明頗昏，不知外事……』演義而成，但至少沒有講明魯迅是在何等情況下發此議論。忽略語境，特殊判斷就會被看作一般判斷」。一九三六年魯迅逝世後不久，周建人致信周作人說，魯迅稱周作人的意見比俞平伯等甚高明，有許多地方，革命青年也大可採用云云。相比較而言，這當年的信件或許要比後來的回憶錄更可靠[46]。

趙英和周建人都談到了兄弟失和，這是人們談論他們之間關係的重中之重。在新時期之前，研究者對此往往語焉不詳，迴避接觸衝突的直接原因，只是單純地強調雙方的經濟矛盾，並且無庸置疑地譴責周作人。到了新時期，知情人和研究者提供了更為豐富的材料，雖然並沒有最終斷清家務事，但無疑更靠近了

46 《「周啟明頗昏……」考》，《文匯讀書週報》二〇〇九年十月九日，收入《比竹小品》（廣州：花城出版社，二〇一一年一月）。

實際情況。《魯迅研究資料》四輯發表《周作人致魯迅》，這是一九二三年七月十八日所作的絕交信，周氏兄弟從此分道揚鑣。《魯迅研究動態》一九八五年五期重新刊出，題為《周作人致魯迅信》，同時登出此信的影印本。川島《弟與兄》[47]是新時期第一篇談論周作人的文章，簡略回憶了兄弟失和的大致經過。當時作者住在八道灣十一號的外院，在一九二四年六月十一日兄弟倆發生激烈衝突的現場。他講述衝突的情形：「屋內西北牆角的三角架上，原放著一個尺把高的獅形銅香爐，周作人正拿起來要砸去，我把它搶下了」。許廣平在《所謂兄弟》中說：「後來朋友告訴我：周作人當天因為『理屈詞窮』，竟拿起一尺高的獅形銅香爐向魯迅頭上打去，幸虧別人接住，搶開，這才不致打中。」這個「朋友」應為川島，但兩人說法不一。據周建人《魯迅和周作人》回憶：「我聽母親說過，魯迅在西廂隨手拿起一個陶瓦枕（一種古物），向周作人擲去，他們才退下了。」可見氣氛的緊張程度。至於兄弟倆發生衝突的原因，俞芳在《太師母談魯迅兄弟》[48]中記魯瑞的話：「這樣要好的弟兄卻忽然不和，弄得不能在一幢房子裏住下去，這真出乎我意料之外。我想來想去，也想不出個道理來。我只記得：你們大先生對二太太（信子）當家，是有意見的，因為她排場太大，用錢沒有計劃，常常弄得家裏入不敷出，要向別人去借貸，是不好的。」又說：「你們大先生和二先生的不和，完全是老二的過錯，你們大先生沒有虧待他們。」文章還寫道：「太師母說起二太太信子有一種病，她如果一生氣或過分激動，人就要昏過去，像突然死去一樣……後來，她的弟弟重久來了，才知道她一向有這種病，這是歇斯底里病。」陳漱渝《東有啟明　西有長庚——魯迅與周作人失和前後》[49]較為完整地敘述了周氏兄弟失和前後的關係，較此前提供了更豐富的材料，對失和的

47 《人民日報》一九七八年十月十一日。
48 收入俞芳《我記憶中的魯迅先生》（杭州：浙江人民出版社，一九八一年十月）。
49 《魯迅研究動態》一九八五年五期。

緣由有了實質性的觸及，還難能可貴地談到失和之後魯迅對周作人意見中合理因素的肯定與支持，為以後進一步研究打下了基礎。作者的傾向鮮明，所採信的「證言」多是親近魯迅的許壽裳、俞芳、許廣平等提供，然而在當時的情況下，還是表現出了一個研究者的審慎。在關於兄弟失和的多種說法中，他認為許壽裳和郁達夫的回憶比較可靠，從中得出三點判斷：「一、魯迅與周作人失和不是源於他們雙方的直接衝突，而完全是由周作人之妻羽太信子挑撥所至。二、羽太信子給魯迅捏造的罪狀——也就是周作人信中所謂『昨天才知道』的那件事，就是污蔑魯迅對她有『失敬之處』。三、魯迅起初對羽太信子的造謠毫無所知，而周作人卻『心地糊塗，輕聽婦人之言，不加體察』。」關於羽太信子挑撥的具體內容，他引用川島一九七五年對魯迅博物館工作人員的談話云：「魯迅後來和周作人吵架了。事情的起因可能是，周作人老婆造謠說魯迅調戲她。周作人老婆對我還說過：魯迅在他們的臥室窗下聽窗。這是根本不可能的事，因為窗前種滿了花木。為什麼羽太信子要污蔑呢？川島還說：『主要是經濟問題。她揮霍得不痛快。』」有點耐人尋味的是，《魯迅收藏的書信三十六封》[50]收有一篇《羽太重久致魯迅》，作於一九二五年十月七日。羽太重久為周作人的妻弟，此信是對魯迅八月二十六日信的回覆，其中說：「上月蒙兄長給予及時補助，非常感激。」還談到替魯迅在日本購書。看來，在兄弟失和之後，魯迅對羽太家仍有資助，這是頗讓人感到意外的。川島在上面所述的文章中還說，第二天，周拿一篇題為《破腳骨》的短文給他看，紹興方言稱流氓為「破腳骨」，意指此文是罵魯迅的。榮挺進從兄弟失和後周作人發表於《晨報副鐫》上的一些文字，認為這些材料「真實地反映出周作人在兄弟失和事件發生後情感、思想、心態上的劇烈震盪」，從而影響到他的思想和創作道路[51]。這些材料有助於觀察失和對周作人的影響。

50 《魯迅研究資料》（十二）（天津人民出版社，一九八三年六月）。
51 榮挺進，《〈晨報副鐫〉上有關周氏兄弟失和的幾則材料》，《魯迅研究月刊》二〇〇二年十一期。

周建人有幾封書信，直接反映了失和之後魯迅與周作人的關係。《周建人致周作人》[52]共收書信五封，寫於一九二七年五月至一九三六年十月間。內容多向周作人報告他和魯迅的消息，一九三六年十月二十五日信記述魯迅對周作人的關心，引人注目，寫道：

> 有一天說看到一日本記者（？）登一篇談話，內有「我的兄弟是豬」一語，其實並沒有說這話，不知記者如何記錯的云云。
>
> 又說到關於救國宣言這一類事情，謂連錢玄同、顧頡剛一班人都具名，而找不到你的名字，他的意見，以為遇到此等重大題目時，亦不可過於退後云云。
>
> 有一回說及你曾送×××之子（指李大釗之子李葆華——黃按）赴日之事，他謂此時別人並不肯管，而你卻偃護他，可見是有同情的，但有些作者，批評過於苛刻，責難過甚，反使人陷於消極，他亦極不贊成此種過甚的責難云。又謂你的意見，比之於俞平伯等甚高明〔他好像又引你講文天祥（？）的一段文章為例〕，有許多地方，革命青年也大可採用，有些人把他一筆抹煞，也是不應該的云云。但對於你前次趁〔赴〕日時有一次對日本作家關於他的談話則不以為然。總起來說，他離開北平之後，他對於你並沒有什麼壞的批評，偶然想起，便說明幾句。

舒蕪鉤稽兄弟失和之後間接聯繫的一些情況：通過第三者，向對方有所詢問；第三者將一方的書信給另一方看；第三者將一方的情況告訴另一方；魯迅、周作人兩邊賓客相通流[53]。周氏兄弟失和前的關係直

52 《魯迅研究資料》（十二）。

53 舒蕪，《魯迅、周作人失和決裂後的間接聯繫》，《魯迅研究月刊》一九九〇年三期。

接，容易看出，而失和之後的關係則間接、複雜。舒蕪的研究進一步充實、深化了失和之後的兄弟關係的研究。舒蕪從周作人公開發表的文章中輯錄他「攻擊魯迅的文字」，包括：關於愛情、婚姻的問題，關於政治、思想問題，關於文藝、文化問題，及其他一些不好歸類的言論[54]。文章說：「終魯迅一生，他在公開發表的文字中，不點名地批評周作人還有幾次，例如小品文問題、隱士問題、晚明文學問題等等，都是對事而不對人，從沒有搞過含沙射影式的人身攻擊。與此相反，周作人在公開發表的文字中，對魯迅的人身攻擊卻是時時處處，一觸即發，常常是非常惡毒的。」問題是，周作人有不少言論是基於立場和觀念不同而發的，針對的是思想、文化問題，如果一概視之為「影射攻擊」，容易使問題簡單化、庸俗化的。如一九三〇年代兩人關於小品文問題的論爭，具有重要的文學史價值。舒蕪是新時期對周作人評價最高的學者，思想態度開明，他尚且做出如此評價，更不用說同時期的其他人了。當然，這可能也與此文寫作的時期有關，文末注明寫於「一九八九年七月八日」。時局的變化往往直接衝擊研究者對周作人的態度。上述二文均收入作者《周作人的是非功過》一書。在舒蕪之後，康文又舉出一篇發表於《文飯小品》攻擊魯迅的《十竹齋的小擺設》[55]。

周作人日記保存了魯迅青年時期的一些詩文，為研究其青年時期的生活和思想提供了提供了珍貴的資料。早在一九三六年魯迅逝世後，周作人就在《關於魯迅》一文中披露其日記中錄存有魯迅佚文《戛劍生雜記》、《蒔花雜誌》六則。一九五〇年代初，周又從舊日記中抄錄魯迅早期詩文，由唐弢編入《魯迅全集補遺續編》，引起重視。後又摘錄早期日記中關於魯迅的內容，發表《舊日記裏的魯迅》，收入《魯迅小說裏的人物》一書。有人提出《惜花四律》並非魯迅所作，認為新版《魯迅全集》不該收錄。該詩

54 舒蕪，《周作人對魯迅的影射攻擊》，《魯迅研究動態》一九八九年十期。
55 康文，《周作人化名攻擊魯迅的一篇文章》，《魯迅研究月刊》一九九〇年二期。

原附抄於周作人日記，詩的上方有周作人當年的眉批，寫明該詩係他自己作原本，後經魯迅刪改[56]。魯歌《〈惜花四律〉應是魯迅、周作人合作》，根據周作人當年的眉批及後來所寫回憶文《惜花詩》，認為四首詩大部分文字乃出於魯迅之手，所以應視為周氏兄弟合作的產物。祝肖因以周所提供，見於新版《魯迅全集》八卷所附早期詩文九題二十首（則），與已發表的《周作人日記》相對照，發現了不少差異，做了細緻的分析[57]。文章包括「文字校勘」、「《別諸弟三首》詩題探索」、「《惜花四律》作者辨略」、「對《全集》注釋的幾點商榷」、「關於《挽丁耀卿聯》」五部分，分析透入，有助於恢復魯迅作品的原貌。其中，對《惜花四律》的作者問題的辨識也有所深入，合情合理。祝肖因認為，周早期日記（一八九八至一九〇六），「蘊藏著豐富的尚未廣泛引起注意的有關魯迅青年時代史跡的珍貴紀錄，種種記錄的價值遠非日後的回憶所可比擬，值得我們去進一步發掘探究」。其中最值得稱道的貢獻，就是其舊日記裏保存了相當豐富的魯迅早期詩文；其次，記錄了重要的魯迅早期史實，如當年的家境、魯迅的舊式婚姻以及紹興縣試、南京負笈、扶桑東渡等；其次，涉及一些日常工作和生活，雖多屬瑣屑小事，但有的有助於補正某些回憶失實之處，有的則可拾遺補缺[58]。

周氏兄弟在失和前多有合作，有時互用署名。魯迅去世後，周作人多次提出收入《熱風》中最初以「唐俟」筆名發表的「隨想錄」有幾篇為他所作，此事難以確證，一直有不同的意見。《許壽裳致許廣

56 姚錫佩，《魯迅作〈惜花四律〉質疑》，《南開學報》一九八一年四期。

57 祝肖因，《〈周作人日記〉所錄魯迅青年時期部分作品校讀記——兼議新版〈魯迅全集〉第八卷附錄二的編輯工作》，《魯迅研究動態》一九八九年四期。

58 祝肖因，《周作人早期日記與魯迅研究》，《魯迅研究資料》（二十四）（北京：中國文聯出版公司，一九九一年十二月）。

平信二十七封》[59]之十六、十七、十八談及此事。許廣平曾表達過不同意見[60]。汪衛東《周氏兄弟〈隨感錄〉考證》[61]以《隨感錄》的三十七、三十八、四十二、四十三和四十六為疑點的最大範圍，在前人基礎上做了進一步考證，提供豐富的材料，加深了對問題的理解。他認為，周作人指定三十八為他所作，「具有一定可信度」，四十二也可能與三十八同出一人之手，而其他幾篇尚不能確定。魯迅、周作人早期作品有時互用署名，張菊香對此進行了梳理、考訂[62]。朱金順補充了一篇兄弟合寫的文章，這是收在《現代小說譯叢》（第一集）中周建人譯《猶太人》後的《附記》[63]。顧農《讀〈周作人日記〉札叢》[64]包括「魯迅的《別諸弟》與周作人的和詩」、「魯迅《祭書神文》之校勘」、「魯迅與周作人合作寫詩」三部分。

魯迅收藏了周作人的不少譯作，萬曉《魯迅收藏的周作人譯作簡述》[65]選擇與魯迅關係較多，與其作品有比較價值或有影響痕跡的幾篇（部），加以介紹。

還有一些材料涉及兄弟三房之間的矛盾。《許廣平往來書信選》[66]有幾封許廣平與魯瑞、朱安的信，事關兄弟幾房的關係。如一九三七年四月十四日許廣平致魯瑞、一九三七年四月十八日魯瑞致許廣平涉及到幾房女眷之間的矛盾，一九四四年八月三十一日許廣平致朱安等信，涉及到在魯迅藏書出售事件中周

59 《魯迅研究資料》（十四）（天津人民出版社，一九八四年十一月）。
60 許廣平，《讀唐弢先生編全集補遺後》，收入唐弢編《魯迅全集補遺》（上海出版公司，一九四六年十月）。
61 《中國現代文學研究叢刊》一九九八年三期。
62 張菊香，《魯迅周作人早期作品署名互用問題考訂》，《魯迅研究月刊》二〇〇二年六期。
63 朱金順，《魯迅周作人又一篇合寫的文章》，《魯迅研究月刊》二〇〇三年二期。
64 《魯迅研究月刊》二〇〇二年十一期。
65 《魯迅研究動態》一九八九年八期。
66 《魯迅研究資料》（十六）（天津人民出版社，一九八七年一月）。

作人的態度問題。俞芳《我所知道的芳子》[67]說周建人前妻羽太芳子雖然勤勞好學，有上進心，但由於受到信子的影響，變了。文章寫道：「貪圖享受，愛虛榮，怕過艱苦的生活，對老三不夠體貼並不近人情地向他逼錢等等。」她在另一篇《周建人是怎樣離開八道灣的？》[68]一文中說，在八道灣的時候，周作人由於一時找不到工作，沒有固定收入，「逐漸為當時八道灣的當家人、勢利的二嫂——羽太信子——所看不起」。「在紹興時期，芳子對三先生的感情尚好。之後全家搬到北京，她看到姐姐信子當家，大手大腳，揮霍無度，對她的盡情享受十分羨慕，對姐姐的話更是言聽計從，逐漸她也效法信子，貪圖享受，看不起三先生，怨他無能，不會掙錢，經常和三先生無故吵鬧。」後來周建人一個人到上海，芳子則堅決不去。

北京西城八道灣十一號的房產問題是周氏家族糾紛的一部分，周作人也因此受到指責。魯迅之子周海嬰在整理許廣平遺物時，見到一張八道灣房產「議約」的照片，便把它公之於眾[69]。這是一九三七年四月由周朱氏（朱安）、周作人、周建人（周芳子代）簽名蓋章訂立的關於八道灣十一號房產的議約。作者在文中指責道：「周作人不同在滬的三叔和我們商量，就辦理了『議約』過戶手續。而且『議約』寫明：『老太太生養死葬之費亦在其中』，既換了戶主名，老太太的生活費用理所當然應由掌握八道灣產權的『戶主』負擔。……不料周作人更改戶名之後一年半，就開始克扣贍養他母親的生活費。」許廣平在《魯迅回憶錄》的《所謂兄弟》一節中說：「待魯迅逝世，日本帝國主義占領了北京以後，周作人做了漢奸，煊赫一時，他就私自把房契換成他自己的名字，算是他的，以便為所欲為。」看來是不確的。周海嬰後來在《魯迅與我七十年》一書《兄弟失和與八道灣房產》、《建人叔叔的婚姻》兩節中，述及家族內部的思

67 《魯迅研究動態》一九八七年七期。
68 《魯迅研究動態》一九八七年八期。
69 周海嬰，《一份八道灣房產的「議約」》，《魯迅研究月刊》一九九七年十二期。

想糾葛及這份議約，把議約視為「周作人蓄意侵吞八道灣房產最好的證據[70]。與周海嬰文章同期發表的姚錫佩論文《瑣談魯迅家族風波——八道灣房產「議約」引出的話題》，對「議約」問題進行了周詳的研究，並由此出發全面梳理周氏三兄弟的家族風波，入情入理，是這方面研究的不可多得之作。文章告訴我們，「議約」並非周海嬰的新發現，早在一九五八年許廣平就向北京魯迅博物館送交了一份抄件。她分析了「議約」產生的背景：「我以為時間及周作人轉移戶主名，都屬法律認可的範圍內……乍看似順理成章，然而，若對這一議約的背景稍作瞭解，卻分明可見周作人用心良苦——企圖借法律手續，確立並保證朱安和芳子的家庭地位和財產權。」問題是，在這件事情上，周作人偏偏不通知同為繼承人的許廣平和海嬰，甚至連原房產所有者之一的周建人也沒通知，「正是這種忽視和排斥，進一步傷害了許廣平和海嬰等的感情。周作人還在「議約」前後所寫的《女人的命運》、《雙節堂庸訓》、《談卓文君》等文中，「常常情不自禁地引發對『多妻』問題乃至主義進行攻擊，而其矛頭又往往指向他的兄弟，特別是魯迅」。文章還結合周氏三兄弟的婚姻觀、性道德觀與他們的人生道路、處世態度，做了進一步的探索和評判。認為：「不論是魯迅還是周建人，此後一直過著真實意義的一夫一妻生活。他們夫婦間相濡以沫，成為人生道路上的佳侶。」又進一步引申指責周作人：「在對待其兄弟的婚變上，是何等的不寬容，是何等的有違人情物理，是何等的不論自然和事功！」「他偏執於個人的情感，一味站在不願離的一邊，竟成了舊道德的代言人。」

周作人與李大釗的關係引人注目，在一定的程度上改變了人們對其人格單一的負面評價。李大釗女婿賈芝《關於周作人的一點史料——他與李大釗的一家》[71]記述李大釗罹難後，周作人「對李大釗同志的一

[70] 周海嬰，《我和魯迅七十年》（海口：南海出版公司，二〇〇一年九月），頁七四。
[71] 《新文學史料》一九八三年四期。

家在長時期中給了很多的幫助，可以說他是朋友中出力最多的一個」。李大釗是中國共產主義運動的先驅者和領導者，該文突出了周作人守衛正義的一面，因此受到了廣泛的關注。文章記述了四個方面的內容：李大釗死難後周與別人一起掩護李的兒子李葆華；長期保存李的書稿，並曾託人出版；幫助李大釗家屬變賣他的藏書，賣到有利於保存的地方；抗戰初期，共產黨領導的冀東暴動失敗後，李大釗之女李星華、兒子李光華逃到北平，準備前往延安，得到周作人的大力幫助。周還資助李大釗次女李炎華夫婦。李炎華丈夫、共產黨員侯輔庭曾被北平派出所傳訊，經過周作人幫助才取得保釋。該文收入陳子善編《閒話周作人》時，作者在「附記」中說此文是應胡喬木的倡議而作的。張菊香《紅樓奠基的深情——周作人與李大釗》[72]敘述了在李生前周作人與他的合作，身後推動李氏譯著的出版，掩護和支持他的幾個子女。散木《周作人和李大釗以及李大釗全集的出版》[73]記敘周與李大釗的關係，以及李殉難後周積極參與李大釗譯著的整理、保存、出版的過程。

錢理群《周作人論》[74]共分三編，第三編以一百三十頁的篇幅評述了「周作人與同時代人」的關係，主要是五四時期的文化名人和新文學作家。其中有：章太炎、蔡元培、李大釗、陳獨秀、胡適、錢玄同與劉半農、文研會與創造社同人、現代評論派與新月派諸君子、湖畔詩人、俞平伯與廢名。作者視野開闊，資料翔實，評價大體得當，由同時代人的關係寫出了周與時代的關係，凸顯了周作人的地位與影響，也為進一步研究打下了基礎。由這部分內容，可見錢氏在周作人研究的資料工作上所做的艱苦努力。張菊香著

72 《黨史縱橫》一九九四年七期。
73 《博覽群書》二〇〇五年十期。
74 上海人民出版社，一九九一年八月。

文記述五四時期周與陳獨秀的交往[75]。任訪秋在一九三〇年代曾向周借閱明刻本《遊居柿錄》，周並指導他作「袁中郎研究」的論文，可見其對於後學的信任與培育的熱情[76]。

周作人與新文化史、新文學史上許多重量級人物交往廣泛，書信往來頻繁。這裏面有胡適、陳獨秀、李大釗、蔡元培、魯迅、錢玄同、劉半農、傅斯年、羅家倫等新文化運動的主要倡導者，有沈雁冰、鄭振鐸、林語堂、郁達夫、徐志摩、曹聚仁及幾個湖畔詩人等著名青年作家，還有廢名、孫伏園、顧隨等弟子。以上所列名單僅限於單篇發表的書信作者，還不包括出版有與周氏有通信專集的作者江紹原、俞平伯等。這些書信直接呈現了雙方的關係，對研究受信人和寫信人，探討新文化史、新文學史都有著不可忽視的價值。

在發表致周作人書信方面貢獻最大的，當屬北京魯迅博物館魯迅研究室主編的連續出版物《魯迅研究資料》。該系列發表的相關書信如下：《魯迅書信十五封》（三輯，內含一九二一年七至九月間致周作人信八封）；《新潮社致周作人》（四輯[77]）；《鄭振鐸致周作人》（四封，四輯）；《陳源致周作人》（四輯，一九二六年一月二十日致周作人的質問信）；《林語堂致周作人》（三封，四輯，涉及在女師大風潮中與陳西瀅的衝突）；《徐志摩致周作人》（二封，四輯，在語絲社成員和陳西瀅之間調和）；《胡適致魯迅周作人陳源》（四輯）；《周作人致魯迅》（四輯，一九二三年七月十八日絕交信）；《胡適致周作人》（五輯）；《許壽裳致周作人信》（五輯）；《李小峰致周作人》（二封，五輯）；《蔣光赤致周作人》（五輯）；《郁達夫致周作人》（四封，五輯）；《章衣萍致周作人》（五輯）；《王喬南致周作人》（五輯）；《阮和森致周作人》（輯）；《邵洵美致周作人》（五輯）；《潘訓致周作人》

75 張菊香，《從攜手到分裂——周作人與陳獨秀之間的交往》，《黨史縱橫》一九九五年一期。
76 任訪秋，《憶知堂老人》，收入陳子善編《閒話周作人》。
77 天津人民出版社，一九八〇年一月。

（八輯）；《汪靜之致周作人》（三封，八輯）；《應修人致周作人》（七封，第八輯）；（第八輯中潘訓、汪靜之、應修人信總題為《書信十一封》）；《北京魯迅博物館收藏的書信五十封》（九輯[78]，收入：《胡適致周作人》二封；《孫伏園致周作人》二封；《蔡元培致周作人》七封；《錢玄同致周作人》七封）；《北京魯迅博物館收藏的書信四十五封》（十輯[79]，收入：《章太炎致魯迅、周作人》[80]；《羅家倫致周作人》；《曹聚仁致周作人》（十封））；《茅盾書信十六封》（十一輯，收入茅盾一九二一年一月至一九二二年十月致周作人信十四封）；《魯迅收藏的書信三十六封》（十二輯[81]，收入錢玄同致魯迅、周作人信五封[82]）；《周建人致周作人》（五封，十二輯）；《楊霽雲致周作人》（十二輯）；《章廷謙致周作人信十封》（十二輯）；《章廷謙致周作人》（十四輯）；《江紹原致周作人》（十四輯）；《周建人致周作人》（兩封，十四輯）；《何春才致周作人》（十四輯）。

《胡適來往書信選》[83]上、中冊收入胡適致周作人十七信[84]，其中一九二六年五月二十四日《胡適致魯迅、周作人、陳源》（稿）為勸和信[85]，批評他們雙方在論戰中都不夠容忍。《顧隨全集》（四）[86]收

78 天津人民出版社，一九八二年一月。
79 天津人民出版社，一九八二年十月。
80 一九〇九年五月三日作，係現存唯一一封章太炎致周氏兄弟信，為共同從梵師學習梵語事。此信把周作人的號「啟孟」寫作「啟明」，以後周作人便把「啟明」作為了自己的「字」。該信發表時只署年、日，未署月份。馬以君《關於〈章太炎致魯迅、周作人〉一信的繫月及其他》（《魯迅研究動態》一九八八年三期）考為西曆五月三日。
81 《魯迅研究資料》（十二）（天津人民出版社，一九八三年六月）。
82 收入孫郁、黃喬生主編《致周作人》一書，題作《錢玄同致魯迅、周作人》（九通）。因編者認為錢信一般都是寫給周氏兄弟二人的，故把三封名義上寫給魯迅的信收進，另加入曾刊於《魯迅研究資料》（十）的《錢玄同致魯迅、周作人》，故有九封信。
83 北京：中華書局，一九七九年五月至一九八〇年八月。
84 其中一九二九年九月四日信、一九三六年一月九日信另載《魯迅研究資料》（九），題為《胡適致周作人》，二信題目分列，後注日期。
85 此信另載《魯迅研究資料》（四）。
86 石家莊：河北教育出版社，二〇〇〇年十二月。

入《致周作人》（八通），顧氏曾在一九四六年出具材料，證明周氏曾援助華北文教協會人員及輔仁大學的幾個教職員[87]。《歷史研究》一九七九年五期發表魯迅研究室供稿、陸品晶注釋的《陳獨秀書信》，內收陳獨秀致周作人書信四封，第四封為致魯迅、周作人二人信。同期發表陸品晶《讀新發現的陳獨秀四封書信手稿》。「中國現代文藝資料叢刊」一九八〇年五輯[88]刊出魯迅研究室手稿組選注《胡適、劉半農、陳獨秀、錢玄同、鄭振鐸、傅斯年、陳望道、吳虞、孫伏園書信選》（一九一七年九月至一九二三年八月），收入劉半農、陳獨秀、錢玄同等致周作人信，其中，劉半農信二封，陳獨秀信九封，錢玄同信十八封，鄭振鐸信九封，傅斯年致馬幼漁、沈士遠、沈尹默、周作人、錢玄同、朱逷先多人信一封，陳望道信四封。陳獨秀的書信非常珍貴，其中可見周作人、魯迅與新文化運動主帥陳獨秀和《新青年》的關係，在五四新文化運動中的地位等，陳在信中稱讚「《人的文學》做得極好」，「魯迅兄做的小說，我實在五體投地的佩服」。還有一封在一九二二年非基督教、非宗教大同盟的論戰中的《陳獨秀致周作人、沈兼士、錢玄同、沈士遠、馬幼漁》[89]。陳建軍《廢名致周作人信二十四封》[90]介紹廢名致周作人二十四封未刊書信，寫於一九二二年至一九五一年間。作者考證了日期，文末附原信，並依次編號排列。《中國現代文學研究叢刊》二〇〇七年四、五、六幾期連續發表周作人於一九三六至一九六四年間致日本著名漢學家、周氏作品主要日譯者松枝茂夫信一百一十四封[91]，日本周作人研究者小川利康發表《關於周作人與松枝茂夫

87 參閱《顧隨為周作人出具之證明》，《審訊汪偽漢奸筆錄》（下）。上海文藝出版社，一九八〇年十二月。
88 此信曾以《陳獨秀致周作人錢玄同諸君的信》為題，發表於《民國日報・覺悟》一九二二年四月七日、《晨報》四月十一日。
89 《魯迅研究月刊》二〇〇八年十期。
90 周作人、[日]松枝茂夫，《周作人與松枝茂夫通信》，《中國現代文學研究叢刊》二〇〇七年四、五、六期，收入小川利康、止庵編《周作人致松枝茂夫手札》（桂林：廣西師範大學出版社，二〇一三年一月）。

通信的說明》[92]。趙京華著文對這些珍貴的信件做了進一步的研究，認為這些信函至少在以下三個方面提供了重要的信息：「第一個方面，是周作人對自己的文章著述的解釋和評價」；「第二個方面，是這些信函透露了周作人與日本文人、學者、出版人、政客等複雜的人員往來蹤跡和透過松枝茂夫尋訪日文書籍的情況，反映了周作人在那個異常的時代裏與日本及其文化的特殊形態的交流關係」；「第三個方面，是面對多年來建立起深厚友情可以無所不談的異國友人，周作人有意無意間表露出對於自己身處一系列歷史『事件』漩渦之中其言行舉止身世處境的思考、慨歎和寂寞孤獨等」。作者參照日文資料，對這些信函做了一些疏證，並就上述第三個方面涉及的周氏元旦遇刺、解放後的生活和思想狀況、日本研究、儒家文化中心論等問題進行了解讀[93]。臺灣「中央研究院」文哲研究所於二〇〇五年十一月影印出版了張壽平輯釋、林玫儀校讀的《近代詞人手札墨蹟》，其中含兩封周作人分別於一九五二年和一九五四年寫給龍榆生的信，張霖《周作人佚函箋釋》[94]介紹並全文抄錄二信。

四

研究和評價周作人，必須清楚地梳理他在附逆期間的複雜表現，並將其整合到他的人生和思想道路中去。附逆問題研究成為周作人研究資料工作的一個重點。一九八〇年代中期，發生一場關於周作人出任偽

92 [日]小川利康，《關於周作人與松枝茂夫通信的說明》，《中國現代文學研究叢刊》二〇〇七年四期。
93 趙京華，《動盪時代的生活史與心靈紀錄——讀周作人致松枝茂夫信》，《中國現代文學研究叢刊》二〇〇八年四期。
94 《博覽群書》二〇〇七年六期。

陷時期潘漢年直接領導下的地下黨員，沈鵬年、楊克林記錄的《袁殊同志談周作人》記道：「談到周作人問題，袁殊同志說：聽潘漢年同志談起，周作人同黨內有不少關係。……袁殊同志強調地指出：周作人不是漢奸。」當周作人受到片岡鐵兵攻擊時，《新中國報》、《雜誌》發表文章聲援周作人，「袁殊同志說，當年《新中國報》和《雜誌》上公開反擊日本片岡鐵兵、聲援周作人的鬥爭，實際上，是我們黨領導的」。周作人在南京偽中央大學講演《中國的思想問題》，范紀曼（當時的地下黨員）認為演講結尾說中國不能生搬硬套外國的事情幾句，是針對鼓吹解散共產黨的校長樊仲雲的。這樣的話出自一九四三年四月十三日在中央大學演講《中國文學上的兩種思想》，而不是《中國的思想問題》。後者作於一九四二年十一月，發表於一九四三年一月《中和月刊》一卷四期。

上述材料所言成為新聞，一時間引起軒然大波，國內的《報刊文摘》、《文匯讀書週報》、《文摘報》等報紙紛紛報導或轉載，香港《新晚報》、《東方日報》、《明報》等媒體聞風而動[95]。有的把此事誇大為「中共已給周作人平反」，以此攻擊大陸的改革開放政策。

一九八六年十一月十二日，北京魯迅博物館魯迅研究室召開「敵偽時期周作人思想、創作研討會」。與會的有專家、學者以及在敵偽時期與周作人有過接觸或交往的人員，共四十餘人。會議圍繞著周作人出任偽職的根本原因、關於「中共北平特委動員周作人出任督辦」的問題、周作人本時期創作的思想內容和主要傾向等問題展開了研討。《魯迅研究動態》一九八七年一期推出專刊《敵偽時期周作人思想、創作研討會資料彙編》。資料主要有三個部分：一、大會發言，根據錄音整理，均經發言者審閱；二、大會書面發言；三、附錄，包括當年對周作人的起訴書、判決書與剪報等。這個專刊的目錄如下——

95 參閱《魯迅研究動態》一九八七年一期附錄。

敵偽時期周作人思想、創作研討會資料彙編

大會發言

陳漱渝同志講話
我所知道的周作人　樓適夷
淪陷期周作人的政治立場　林辰
周作人出任華北教育督辦偽職的經過　許寶騤
走向深淵之路——周作人後期思想研究　錢理群
從周作人對共產黨的態度談起　張菊香
有關周作人「新史料」的質疑　陳福康
我之周作人研究　[日]木山英雄
歷史本來是清楚的——關於周作人出任華北教育督辦偽職的問題　舒蕪

書面發言

我對周作人的看法　李何林
周作人出任偽職考　姚錫佩
談周作人四十年代的小品文創作傾向　李景彬
陳濤同志致魯迅研究室信

附錄（略）

補白（略）

圖版（略）

在專刊的駁正文章中，最重要同時也是最長的一篇文章是舒蕪的《歷史本來是清楚的——關於周作人出任華北教育督辦偽職的問題》[96]。文章態度嚴正，思維縝密，分析透入，文筆老辣。共分三部分。第一部分針對《周作人出任偽職的原因》、《訪許寶騤同志紀要》提出質疑。前者已經說，當時任中共北平特委書記的一個共產黨員同意了兩個非黨愛國人士「要周作人來抵制繆斌」的主意，但是，「並沒有說這個共產黨員是否代表北平特委同意的？事先事後在北平特委中研究過沒有？向上級報告過沒有？也沒有說明究竟用什麼方法讓周作人當上了偽『教育督辦』，抵制住了繆斌？特別是沒有說周作人自己是否知道『要周作人來抵制繆斌』的對策？是否知道這是些什麼人決定的對策？」後者並未記明曾經訪談對象的審閱，將此文與許寶騤《周作人出任華北教育督辦偽職的經過》相對照，可以得出幾個結論：第一，許文聲明並沒有什麼人對他採訪，所謂訪問紀要也未經他審閱簽字，這就宣布了《紀要》不足為憑；第二，許文明確否認他向周作人說出黨的關係，「可見所謂『周作人聽說這事共產黨方面的意思』這一句是不符合事實的」；第三，周作人既然從來不知道『這是共產黨方面的意思』，所以他在後來的多次申辯中從未舉出這一條最有利的證據。另外，所謂「三人碰頭會」只有一個共產黨員，也是非黨性質的。文章第二部分針對許文，指出周作人出任督辦，當時偽「華北政務委員會委員長」是王揖唐，而非許文所說的王克敏；從周氏日記所記和附逆實際過程來看，許「遊說」對於周出任偽「督辦」所起的作用是值得懷疑的。

在第二部分中，舒蕪進一步從周日記和文章中尋找「內證」，「即周作人自己在那個時期的思想、感情、生活」，來「分辨他究竟是一個忍辱負重的地下工作者，還是一個頹喪墮落的叛國、附敵者」。他認為：「周作人繼湯爾和的偽『教育總署督辦』的偽職，不管是誰來請誰來勸的，周作人自己的思想感情總

---

96 因為周作人日記著作權問題，這篇文章並未收入作者《周作人的是非功過》一書。後來有人指責他對周作人稱讚有加，而幾乎沒有實質性的批判，也有人指責他在談到周附逆時，只強調思想文化的原因，論者大概是沒讀過此文。

是內因，起著主要的作用。」周作人在出任偽職期間過著奢侈的生活，改建、擴充住宅，經常購置各種豪華的衣裘、家具，雇傭眾多的僕役，舉辦鋪張的慶弔，自備小汽車，完全不像他自己所說的「苦住庵」中「沿門托缽的老僧」。由於偽政權內部互相傾軋丟棄督辦位子時，他又悻悻然，可見對待「督辦」地位的心情和態度。

這批「史料」提出：周作人出任偽職是聽從「中共北平特委」的意見，周作人的南京講演《中國的思想問題》是對敵偽的主動駁斥，黨領導了公開反擊片岡鐵兵、聲援周作人的鬥爭。對此，陳福康提出質疑：「他解放後多次向黨的負責人寫信，又如何從不提起此事呢？」

「關於周作人的一些史料」刊出後，兩個最重要的當事者顯然受到了很大的壓力，站出來聲明所謂採訪紀要或口述嚴重失實。許寶騤在「敵偽時期周作人思想、創作研討會」上的發言《周作人出任華北教育督辦偽職的經過》[97]聲稱：「並沒有什麼人對我採訪，只是好幾年前我在上海沈鵬年家裏閒談，偶然草草提到這件事，被鵬年同志記下。這篇所謂訪問紀要並未經我閱看簽字。」「文中連記我本人過去和現在任職的情況以及我和王定南同志結識的經過都是錯誤的。」他敘述了參與遊說周作人出任教育總署督辦的經過。一九四〇年十一月，湯爾和病死後，在日方一派力量的支持下，「國民黨黨棍、現新民會混混兒」繆斌鑽營此缺甚力，偽政權中也有人屬意於周作人。他與王定南、張東蓀在一次「三人碰頭會」上，決定讓已出任偽北大文學院院長的周作人出任偽督辦，「以抵制為禍最烈的繆斌」。後由許去遊說周氏，並且授意：如果出仕，「可以盡可能保持消極——這是積極中消極；而這種消極正起著抵制奴化的積極作用——這又是消極中積極」。「總的來看，我想可說他尚無悖於我方要藉他來抵制繆斌的本意，尚無悖於我所說

97 《魯迅研究動態》一九八七年一期，此文首先發表於《團結報》一九八六年十一月二十九日，另見於《新文學史料》一九八七年二期。

的『積極中消極、消極中積極』那兩句話。至於這件事與中共黨的關係又該怎樣說呢？王定南同志當時作為北方特委的一名負責人是參與了研討並決定我方這一行動的。……至於我這方面，我向周作人遊說時，並未說出黨的關係。」還說：「在他出任偽官一段時間以後，有一次我去找他閒聊，他仍以那一貫的『幽默』語調說出一句話：『我現在好比是站在戲臺上場門邊看戲的看客。』（過去老北京的戲園子裏有這種現象）這句簡單、深刻而形象化的話一語道出了他那時的處境、心情、態度和作風，是關心他、研究他的人們大可加以玩味的。」作者活躍於偽政權的高層，往來於國共兩黨的組織之間，他如何具有這樣的神通？如果承認他遊說的事情，那又在周作人出任偽職中起到何種作用？這些都不得而知。

王定南發表《我對周作人任偽職一事的聲明》[98]，關於周任偽教育督辦一事，敘述了他曾與北方救國會另兩個負責人張東蓀、何其鞏在何家的一次談話：「何其鞏、張東蓀對我說：『偽教育督辦湯爾和死了，周作人（偽北京大學校長或北京大學文學院院長）、繆斌（偽新民會會長）二人活動要當教育督辦，周是念書人，繆斌這個人很壞，周如活動成功危害性小些。』我說：『你們這一分析有道理。』我對周作人活動要出任偽教育督辦只講了這一句話，我們沒有委託任何人去遊說周作人出任偽教育督辦，更不可能交代給委託人任偽職的兩句話：『積極中消極，消極中積極。』」王定南另作《〈周作人出任偽職的原因〉發表前後》[99]，從（與沈鵬年）接觸緣由、簽署意見的由來、談話紀錄發表前後、關於周作人出任偽職、黨的淪陷區工作的原則幾個方面，交代談話錄發表前後的情況，強調談話錄「內容嚴重失實」。王暗示經他簽署意見的紀錄稿被改動過，但沒有舉出具體證據說明沈在哪些問題點上進行過改動。他還回答

98 《山西政協報》一九八七年二月二十日，另以《我對於國內外報刊發表周作人任偽職一事的聲明》為題，刊於《魯迅研究動態》一九八七年三期。

99 《魯迅研究動態》一九八七年六期。

《新文學史料》記者的提問，所云與上述兩篇文章一致[100]。王定南當時的身分是山西省文史研究館館長，曾任山西政協副主席。

王定南的兩篇文章均提到，他曾於一九八六年十一月十三日給中共黨中央總書記胡耀邦寫信，說明有關情況，可見當時事件已引起最高層的關注。他在接受《新文學史料》記者訪談時說：「現在周的孩子提出來要給父親平反。」多年以後，我還聽陳漱渝介紹說，當時周作人家屬上書胡耀邦，要求給周作人平反，胡把此事交由中聯部辦理，中聯部部長陶斯亮曾詢問過魯迅博物館。周的家屬要求平反，又趕上《文教資料》發表材料引起軒然大波，正是在這樣的背景下，魯迅博物館召開了研討會。

事件是由於講述者、記錄者和媒體共同促成的，其中記錄者要負主要責任。

《文教資料》曾在一九八六年四期、一九八七年二期刊出了關於周作人的資料，引起風波。二〇〇〇年三期《文教資料》又組發葛鑫《關於「周作人史料」的爭議問題》、《我對周作人任偽職一事的聲明》（王定南）、《周作人的一封信》（轉載周作人一九四九年致中央領導信）、《審訊汪偽漢奸筆錄》（摘引）等文章。葛文前加了「編者說明」。《文教資料》此舉帶有要為當年的事件翻案的意思。葛是一九八七年任上海電影總公司導演室黨支部書記，而沈鵬年則在此單位供職。文章原寫於一九八七年五月，是以支部書記的身分寫的。介紹當時沈鵬年、楊克林發表「關於周作人問題的調查紀錄」的背景，為他們抱不平。葛認為他們進行的是「學術調查」，否認其「偽造周作人史料」。如稱沈、楊記錄整理的《訪許寶騤同志紀要》與許本人後來發表文章進行核對，「除了在個別細節上有一些出入之外，基本事實是完全真實的」。還說，他們的調查結果曾經上報，並引起了中央有關部門的重視。一九八六年五月，有「幾位高級

100 叢培香、徐廣琴，《王定南訪問記》，《新文學史料》一九八七年二期。

幹部」攜帶編號公函到沈的單位與他聯繫，並受到「讚揚」。葛鑫說，「陳漱渝掌握的『研討會』和《資料彙編》，缺乏一點兒民主的氣氛」，「在『研討會』上明明有九人發言，《彙編》發表了其他八人的發言，唯獨缺少高炎同志的發言」。葛鑫文章發表四五年後，陳漱渝方才讀到，於是細說往事予以回應。文章引錄他當年在淪陷時期周作人研討會開幕式上的講話原文，介紹在兩個主要問題上的「共識」：一、周作人出任偽職絕非共產黨派遣；二、周作人黑暗生涯中確也存在若干「亮點」。然後對葛文觀點逐一反駁。葛指陳在《敵偽時期周作人思想、創作研討會資料彙編》中拒收高炎發言是壓抑不同意見，陳解釋說，未登高的文章當時在「編者按」中就曾聲明：「高炎同志的發言可參見南京《文教資料簡報》一九八六年第四期，發言內容與已刊文一致。」[101]沈鵬年後來也在書中自述他調查周作人「落水」問題和發表相關紀錄的緣由，強調這是「奉組織之命」而做的「學術調查」，且受到過國家安全部兩個副部長的某種重視和肯定，並為自己身受「誣陷」而憤憤不平；但沒有正面具體回應別人的質疑[102]。

一九八六年出版的二卷本《毛澤東著作選讀》對周作人、梁實秋、張資平等人的注釋較此前的毛選四卷本有大幅度的修改，曾引起了一些沒有根據的議論，說新注不再提及周、張二氏任偽職的事。參與編注工作的龔育之說，修訂後的注釋「是對舊注的片面性的糾正」，但強調新注明明寫了：「周作人、張資平於一九三八年和一九三九年先後在北平、上海依附侵略中國的日本占領者。」[103]

「關於周作人的一些史料」及其當事人的說明材料所含學術價值也受到一定程度上的承認。有人提出：「許寶騤、王定南的證明材料都很重要，兩人的講法是那樣驚人的不一致，又是那樣驚人的一致，很

101 陳漱渝，《關於淪陷時期的周作人——由十九年前的一段往事談起》，《縱橫》二〇〇五年六期。
102 沈鵬年，《後記——向讀者交心》，《行雲流水記往》（上海三聯書店，二〇〇九年三月）。
103 龔育之，《毛選注釋上的周作人》，《學習時報》二〇〇五年三月十四日。

值得我們認真研究。」[104]這提示我們，這些材料不管多麼不足信，仍然提供了有價值的歷史資訊。許寶騤（介君）發表的《周作人出任華北教育督辦偽職的經過》，受到過強烈的質疑，孫玉蓉《周作人、許介君交往史實考辨》[105]通過多方面的史料，全面講述許與周作人交往的過程，特別是「遊說」周作人的始末，還舉出了旁證。文章的結論是：「許寶騤所回憶的時間和事件，經過分析和考證，大體還是準確的。」儘管他的「遊說」所起作用很有限。一些周作人研究著作曾加以分析利用。如錢理群在《周作人傳》中寫道：「當時活動於日偽上層圈子的愛國地下工作者王定南、張東蓀、許寶騤以及何其鞏，就曾專門議論過湯爾和的繼任者問題。而此四人的關係都頗為複雜。王定南是當時中共北平地下黨負責人之一。許寶騤既不是共產黨員，也不是國民黨員，卻與兩黨上層領導者有密切的關係。一般人（包括周作人）都認為他與重慶方面有聯繫。……許寶騤及他所代表的王、張、何諸人的意見和活動，一方面卻是個人所為，並不是出於任何一方組織的正式確定，但又卻是代表了各方政治勢力的利益與要求，不僅是國、共兩黨，也包括美國一方在內。」[106]

敵偽時期周作人研討會雖然在某種政治情勢下召開，會議主持者是有預定的基調的，但會議基本上是在學術的層面上進行的，並取得了共識，那就是周作人附逆事實清楚，是不能翻案的，這個定性等於是學術界對社會的一個交代，為以後許多年周作人研究順利開展創造了有利條件；另外，提供了新材料，推動了相關研究的深入開展，還進一步引起了人們對周作人問題的關注。也有人不明或不顧事情的真相，視之

104 佟韋，《我所認識的周作人》，《魯迅研究動態》一九八八年一期。
105 《新文學史料》二〇〇五年四期。
106 參閱錢理群，《周作人傳》（北京十月文藝出版社，一九九〇年九月），四四四頁。另，止庵在《周作人傳》中（濟南：山東畫報出版社，二〇〇九年一月）也有採用，見頁二二六至二二七。

為周作人研究者熱捧周作人的罪狀。

五

除了上一節所述「關於周作人的一些史料」及其相關的材料外，還有大量的材料涉及敵偽時期周作人的方方面面，較為清晰地呈現出他所扮演的複雜角色。其中特別重要的是：國民黨政府法院審訊周作人的全部卷宗公開發表，一九三九年元旦遇刺疑案基本弄清。

國民黨政府法院審訊周作人的全部卷宗收入南京檔案館編《審訊汪偽漢奸筆錄》（下卷）[107]，共二十六份，約五萬一千字，另有附件四份。這些材料大致有三方面的內容：一是檢察官訊問筆錄、起訴書、審判筆錄、判決書。二是被告人辯訴狀、律師辯護書、申請複判狀等。其中，周作人辯訴狀從「任職之動機」、「任務之性質」、「罪行之辯明」三方面，為自己開脫，強調：「被告在華北參加偽組織，其動機在於維持教育，抵抗奴化；其結果則華北教育不曾奴化，學生不偽，有朱教育部長發表訓話可證。是被告在淪陷期內維持華北教育對於國家無罪，亦即可以證明並無反抗本國之圖謀。」最後舉出曾被日本法西斯文人片岡鐵兵視為「反動的老作家」而受到攻擊，作為反證。義務律師王龍在辯護書中慷慨陳詞：「周作人為保全北大校產而留平，受命於危難之際，臨難不敢苟免，既無寸鐵，又無三軍，虛與委蛇，降志辱身。今幸北大校產無恙，遇難同志得救，敵偽政令及奴化教育因多方阻止而未能實行，華北青年子弟之教

107 南京：江蘇古籍出版社，一九九二年七月，南京：鳳凰出版社，二〇〇四年四月重印。下面引文據重印本。其中《首都高等法院檢查官起訴書》、《首都高等法院特種刑事判決》、《最高法院特種刑事判決》曾於《魯迅研究月刊》一九八七年一期刊出。

育幸未因久戰而停頓。淪陷時被日本人認為『文學敵人』，勝利後又被國人指為文化巨奸，天地雖大，進退兩難，不知何時，重見天日？」三是個人或單位出具有利於被告的證明，也有兩封不利於被告的舉報信。前者有沈兼士、徐祖正、劉書琴、顧隨、楊永芳、郭紹虞、蔣夢麟等人。《首都高等法院特種刑事判決》主文如下：「周作人共同通謀敵國、圖謀反抗本國，處有期徒刑十四年，褫奪公權十年，全部財產除酌留家屬必需生活費外沒收。」判決書採信被告提出以下協助抗戰工作或有利人民行為的反證：確曾受前北大校長蔣夢麟委派，與孟森、馮祖荀、馬裕藻保管北大校產；北大復員後點查校產及書籍尚無損失，且有增加；國立北平圖書館曾遭日本憲兵隊查封，後交由偽教育總署保管，由任督辦的周作人兼任該圖書館館長，在保管期間及至該館復員，館藏完好；援助國民黨的地下工作人員張懷、董洗凡。以上各項在量刑過程中起到了減刑的作用。周作人不服，提起上訴。最高法院終審認定：「聲請人雖因意志薄弱、變節附逆，但其所擔任之偽職偏重於文化方面，究無重大惡行」，原審「量刑未免過當」，因此改判如下：「周作人通謀敵國、圖謀反抗本國，處有期徒刑十年，褫奪公權十年。周作人全部財產除酌留家屬必需生活費外沒收。」以上檔案材料基本還原了審判周作人漢奸案的全過程，呈現出被告附逆事件的方方面面。司法機關並對一些真假難辨的證據進行了判別，還搜集了許多新證據。

一九三九年元旦遇刺是周作人附逆投敵過程中的重要事件。一月十二日周接受偽北大圖書館館長的聘書，這是他出任偽職之始。但刺客到底是誰？一直是一個未解之迷。周作人自己後來一口咬定是日本方面所為，理由是他當了燕京大學的客座教授，可以回絕一切別的學校的邀請。事實上這不大可能，日偽方面當然知道他的氣節已經受到抗戰方面的懷疑，要引誘他下水，不會對其採取置於死地的方式。另外還有兩種說法：其一，一九四六年，一個署名盧品飛（Loo Pin-Fei）的人，在美國出版了《黑暗的地下》（*It is*

Dark Undergroond）一書，自認是刺周的當事人之一，與他合謀的還有高姓、王姓兩人[108]。但書中所記很多地方都與實情有悖，如說周作人當時已擔任偽北京大學文學院院長，行刺的時間是冬天的下午，周作人家死了三個僕人，事後周作人住院等等，均為不經之談；其二，為洪炎秋之說，認為刺殺與周作人的侄子周豐三有關。周豐三的一個同學得知周作人的困境，為了保全周的聲譽而動手[109]。此說也缺乏有力的證據。

一九九一年第九期《魯迅研究月刊》發表于浩成文章《周作人遇刺真相》，依據親歷此事的刺客所寫的回憶錄，披露行刺事件係地下組織「抗日鋤奸團」所為。于文照錄范旭的《「風蕭蕭兮易水寒」》，原文載《燕京大學三八班入學五十周年紀念刊》（一九三八至一九八八）。范旭是天津耐火器材廠的退休職工，一九三八年進入燕京大學經濟系讀書。「抗團」成立於天津，參加者多為京、津兩地的大、中學生，范旭當時是「抗團」燕京小組成員。一九三八年冬，盛傳周作人將出任華北偽政府教育督辦一職，天津「抗團」調查屬實，決定處死周作人，於是派骨幹李如鵬、趙爾仁到北平執行任務，范旭參與其中。

接著，一九九二年第二期《上海文史》雜誌發表陳嘉祥《周作人被刺真相》一文，再次引錄范旭提供的材料，指認刺殺周作人係「抗日鋤奸團」所為，《文匯報》（五月十二日）、《天津日報》（五月二十六日）等報刊紛紛轉載。黃開發在讀了陳嘉祥的文章後，根據他提供的線索，採訪了刺殺事件的當事人，在此基礎上寫出《周作人遇刺事件始末》，發表於《魯迅研究月刊》一九九二年八期。此文從更多的方面敘述了事情的經過，共有三部分：一、「訪方圻」，方圻是北京協和醫院頗負盛名的心血管病專家。他認

108 參閱成仲恩（鮑耀明）編注《知堂老人的一篇遺稿》（香港《明報月刊》一九六八年十二月三十六期），該文抄錄了周作人《元旦刺客》一文及盧品飛《黑暗的地下》第八節「碎玉」（Broken Jade）和周致鮑耀明的有關刺客的四封信。此書關於這件事的敘述完整的譯文可見孫郁、黃喬生主編《國難聲中》（開封：河南大學出版社，二〇〇四年四月版）所收《黑暗的地下》（節選）。

109 見洪炎秋，《國內名士印象記》，原載《臺灣文化》一九四七年十一月，後收入《廢人廢話》一書。

可了「抗日殺奸團」刺殺周作人的說法，並說「抗日殺奸團」又名「抗日鋤奸團」。據他介紹，刺殺行動共有兩次。他與另兩個抗團成員參加了第一次，但沒有能到達周家所在的八道灣；范旭參加的是第二次，他敘述的過程與范旭的記述基本一致。他後來還專門著文介紹事情的由來[110]。二、「訪范旭」，黃開發到天津范旭的家採訪，他再次敘述了事情的經過，並介紹了「抗團」和參與事件的幾個當事人的情況。他與方圻一樣，後來才知道「抗團」是國民黨「軍統」的周邊組織。三、「一組材料」，提供了關於「抗日殺奸團」的資料，並回顧了周作人遇刺的幾種說法。文章寫道：「日本憲兵在調查此案時稱，可能是國民黨方面因周的動搖而下手。我想周作人的內心裏也肯定認為這是抗戰方面幹的。這可為元旦事件後周作人立即出任偽職提供充分的解釋：槍聲使他意識到半推半就的態度已經不能見容於抗日力量，他的民族氣節受到澈底的懷疑，他時刻想到被再次槍擊的危險，而日本老闆尚未給他提供絲毫庇護。這時，周作人自認為不得不出任偽職，以換取日本人的保護。」倪墨炎後來進一步提供了「抗日殺奸團」與「軍統」關係的材料，證明「抗團」始終在「軍統」的組織系統中，決策行刺周作人的是「軍統」。這次刺殺未遂事件的結果是，周很快接受了偽職，當了漢奸[111]。

刺殺周作人係「抗日殺奸團」之說迄今並沒有成為定論，然而在我看來是可以肯定的。理由之一正如于浩成在文章中所說：「由於作者署有真實姓名、職業和住址，文章敘述的事實有根有據，涉及人物也均有真名實姓，因此是完全真實可信的第一手資料。」另外，儘管范旭、方圻之言與周作人的回憶有一定的出入，個別地方可能還有誤記，但從他們被採訪和敘述中沒有發現什麼破綻，也找不到他們不誠實的任何動機。

110 方圻，《行刺周作人——我參加的一次「抗團」活動》，《北京政協》一九九五年八期。
111 倪墨炎，《什麼人為什麼行刺周作人》，《魯迅研究月刊》二〇〇四年九期。

張琦翔《周作人投敵的前前後後》[112]第一次完整記述周作人附逆投敵前後經過，尤其是對敵偽方面的人事關係，記之甚詳。作者自述在周任偽北大國文系主任時，他是系代表，並聽過周講「國文研究法」，以後與周作人交往了二十年。雖然可能在個別事情上不夠準確，但總體上是可信的。文中說，周下海任偽北大文學院院長一職，係任偽教育部總長兼偽北大總監督的湯爾和（時任偽中華民國臨時政府議政委員長、教育總長——黃按）援引。後來出任偽督辦也是甘心情願的，在多人尤其是偽華北政務委員會委員長王揖唐的拉扯推挽下實現。出任後，一方面履行職務，另一方面又不得日偽方面的歡心。作者寫道：「周作人並不會做官，王揖唐覺得從周這方面並未得指臂之助。殷同、汪時璟、王蔭泰者流覺得周和他們並不密切，不是同調。更重要的是周不得敵人歡心。因為敵人期望的參戰體制、肅正思想、學生集團訓練、勤勞奉仕生產，偽教育總署只是拖拖沓沓，沒有實力奉行。」文章還敘述了周作人與沈啟無「破門」的經過，認為原因之一是沈想藉周當官不成，記恨在心：「沈自恃有功德於周，想當教署祕書長，想當文學院長，當然均未能如願，退而想替尤炳圻當文學院祕書，以代行院長職務，沈、尤鬥爭結果，兩敗俱傷，祕書由史學系主任吳祥麒兼任了，沈因之對周更為不滿。」張菊香、張鐵榮《周作人出任偽職的前前後後》[113]在更大的時空背景下評述周作人附逆的過程。先寫周作人下水投敵的經過，及所引起的各方的反應；再重點梳理周出任偽職期間的作為：「一、興辦漢奸教育」；「二、積極協助推行汪偽政權當時在華北地區開展的，以『剿共自衛』為中心目的的『治安強化運動』」；「三、參與媚日親滿的漢奸外交活動，為日寇『大東亞共榮圈』的罪惡計畫效力」；「四、攀附汪偽漢奸集團的頭面人物」；「五、撰寫漢奸作品，以文藝為日本的侵略政策服務」。文章得出結論：「周作人在出任偽華北政務委員會常委與教育

112 《文化史料》三輯（北京：文史資料出版社，一九八二年五月）。
113 《南開學報》一九八三年二期。

總署督辦的兩年零三個月，為汪偽集團的媚日投降的漢奸政策效力可謂不遺餘力。」文章引錄大量的報刊資料，並參照周作人日記，敘評結合，清晰地呈現出周作人附逆事件的全貌。

一些文章記述周氏在敵偽時期的交往、任職、與國統區和解放區的關係、被囚禁和審判等情況。孫玉蓉《出任偽職前後周作人為他人謀職軼事探究——為〈周作人年譜〉補遺》[114]記述周作人在出任偽職前後，為其學生俞平伯及俞的親友謀職的事情多起。陳言《淪陷時期張深切與周作人交往二三事》[115]評述周作人與活躍於華北淪陷區文壇的張深切的交往過程，可見華北淪陷區文壇錯綜複雜的關係。日本高杉一郎《憶周作人先生》[116]記述了一九四一年四月周作人訪日時的情形。鮑耀明從日本島村豐引錄吉川幸次郎一九四一年四月講演稿《中國人的日本觀與日本人的中國觀》中，摘譯論及周作人的部分[117]。于力《人鬼雜居的北平市》[118]一書《安藤少將與周督辦》一節敘述，有一次大概是預備慶賀日軍占領宜昌，日偽方面動員民眾和學生們參加。「周氏以為學生總應離開政治，參加與否，無關弘旨。署中就根據這個交諭，轉告市政府教育局，和直轄各大學知照。次日，各校照例放假一天，卻沒有一個學生預備到會。任偽新民會的顧問安藤少將大怒，要帶衛兵親自去抓周作人，幸虧日本大使館的一等參贊在場勸阻，才把安藤攔住。常風《關於周作人》[119]回憶他戰前和抗戰期間與周的交往，其中披露：一九三八年暑假，西南聯合大學西語系主任葉公超教授回北京接家眷，另負有使命，中央研究院和聯大派他敦促輔仁大學陳垣和周作人到

114 《魯迅研究月刊》二〇〇四年八期。
115 《新文學史料》二〇〇四年四期。
116 賈志潔譯，《魯迅研究月刊》二〇〇四年十一期。
117 [日]島村豐作，鮑耀明譯，《關於周作人的若干摘錄》，《魯迅研究月刊》二〇〇五年五期。
118 北京：群眾出版社，一九八四年三月。
119 《黃河》一九九四年三期。

昆明，但周以舉家南遷困難太大為由推辭。常風在《關於周作人》一文中，談到了他和李健吾都曾對周作人在抗戰爆發後留住北平的關切，韓石山《營救周作人》[120]進一步講述個中情況，介紹常、李二人分別發表於《文匯報》的文章《關於周作人——一封北平來信》和詩歌《消息》。于浩成《關於周作人的二三事》[121]說，一九四五年，「大約在十月或十一月，有一天我父親告訴我，說周作人想來解放區，希望通過董魯安問一問共產黨能否接納他。我父親還說他已經請示成仿吾議長，成議長當即一口拒絕」。于浩成的父親董魯安（一九四二年八月到解放區改名為「于力」）曾與周關係較近，時任晉察冀邊區參議會副議長。龍順宜為詞學家龍榆生之女，其《知堂老人在南京》[122]回憶她本人和家屬探視、照顧被囚於南京老虎橋監獄的周作人的情況，其中有對周獄中生活境況的敘述。王錫榮《四次公審周作人真相》[123]依據當時《中央日報》、《申報》、《文匯報》等報紙資料，敘述對周作人進行審判和定罪的經過。有關內容編入作者《周作人生平疑案》[124]一書。

還有兩篇文章顯得很另類，是為周作人附逆辯解的，分別出自敵偽時期居留北平的周氏的朋友和學生俞平伯、鄧雲鄉之手。俞平伯於一九四五年十二月二十八日致胡適一封用文言寫的信，為周作人陳情，希望胡適能利用自己的聲望為周作人說話，使之受到公平的待遇。先是為周氏未能南下深感遺憾，並自責沒有盡到切直諫言的責任：「當『盧溝』啟釁未久，先生曾有一新詩致之，囑其遠引，語重心長，對症發藥，如其惠納嘉諍，見機而作，茗盞未寒，翩然南去，則無今日之患也。此詩平曾在伊寓中見及，欽

120 《中華讀書報》一九九五年十月十八日。
121 《魯迅研究動態》一九八七年三期。
122 原載香港《明報月刊》三月號（一九八三年三月），收入《閒話周作人》。
123 《世紀》二〇〇五年一期。
124 王錫榮，《周作人生平疑案》（桂林：廣西師範大學出版社，二〇〇五年七月）。

遲無極，又自愧疚也。以其初被偽命，平同在一城，不能出切直之諫言，泥其沾裳濡足之厄於萬一，深愧友直，心疚如何，人之不相及亦遠矣。」他為周作人辯解：「若今所言大學實情，乃其最顯然者也。當日知堂不出，覬覦文教班首者，以平所聞，即有二三人，皆奸偽也。設令此等小人遂其企圖，則北平大學之情形當必有異於今，惜史事不能重演耳。」進而抱不平：「在昔日為北平教育界擋箭之牌，而今日翻成清議集矢之的，竊私心痛之。」[125]鄧雲鄉《水流雲在書話》[126]收入關於周作人文章兩篇《知堂老人舊事》、《知堂老人座上》。作者是周作人在偽北京大學後期的學生，一九四九年以後與周有過較多的交往。《知堂老人座上》通過實際接觸觀察，記述周作人飲食起居、寫作等生活習慣。《知堂老人舊事》從一個曾經在偽學校讀過書的學生的角度，談了自己對周作人附逆問題的看法。他說，周作人在敵偽時期所做，「雖不利於自己，卻對淪陷後文化古城中不能遠赴後方求學的窮學生們則稍有裨益……老人自然自己也知道出任偽職，甚至在偽北京大學中辦學、教書，是什麼性質，其時其際，既非為任何權勢利益，也非考慮明哲保身、潔身自好等等了。」一九四六年十月十二日，傅斯年在致胡適信中說：「我一到南京，記者紛紛來，多數問我北大覆文首都高等法院為周作人事。我即照我意思答他們，一、是法院來問，不是北大去信；二、北大只說事實；三、此事與周作人無利與不利之說，因北大並未託他下水後再照顧北大產業……報載北大公事上說校產有增無減，此與事實不盡合。若以戰前北大範圍論，雖建一灰樓，而放棄三院（三院是我們收復的），雖加入李木齋書，而理學院儀器百分之七十不可用（華熾兄言），藝風堂片又損失也。」[127]對此，鄧雲鄉反駁道：「信中話似乎嚴正，卻殊欠實事求是，因『照料北大產業』，不是照

125 《俞平伯致胡適》，《胡適來往書信選》（下）（北京：中華書局，一九八〇年八月）。
126 上海書店出版社，一九九六年十二月。
127 《傅斯年致胡適》，《胡適來往書信選》（下）。

料私人房地產或商號古玩，這是舉世聞名的政治運動中心策源地北京大學，在日寇統治之下，要照料其產業，而又不與日偽周旋，不擔漢奸惡名，可能嗎？更不用說還有一大群苦哈哈的窮學生了。但歷史是無情的，文壇盛名和漢奸連在一起，這是永恆的悲哀了。」文章後面評論道：「一個學者，在為人上，在學問上，在大節上，三者有時並不一致，在大動盪的時代裏，更是難以周全。以上在第三點上，我以一個淪陷區的偽學生，雖然痛恨日寇漢奸，但對於老人，不能說這說那。在第二點學問上，更是沒有說長道短的水平。在第一點為人上，則深感老人是那樣純樸淡泊，又和藹誠懇，對家人、對學生、對朋友、對不熟識的人，無一不以和善態度平易近人地對待。」作者為了替周作人陳情，自稱「偽學生」。抗戰勝利後，教育部部長朱家驊和蔣介石都曾在北平發表講話，明認華北教育未曾奴化。既然如此，就沒有什麼「偽學生」之說。而鄧自稱「偽學生」，等於是自己主動陪老師一起跪下了，可見用心良苦。此文是在為《閒話周作人》一書而寫的《憶知堂老人》的基礎上經過較大修改而成，作者經歷了一個欲言又止到把話說出來的思想過程。雖然俞平伯、鄧雲鄉的立場和觀點並不能為多數人所同意，但代表了一部分親歷過北平淪陷後生活的學生和知識份子的長期以來被壓抑的聲音，可以豐富對周作人附逆問題的理解，值得重視。

六

周作人生前未結集出版的文字主要包括：集外文、日記、書信和陸續發現的佚文。其中集外文的數量最大，多達百萬言，先後被輯成《周作人集外文》、《知堂集外文・〈亦報〉隨筆》、《知堂集外文・四九年以後》出版。這幾厚冊集外文和新時期以來印行的書信專集已在上一章談及，這裏介紹陸續發現的集

小序[137]，小序同期發表。王景山《關於周作人的〈枝巢四述〉序》[138]從枝巢子（夏仁虎）著《枝巢四述》中發現《周序》一篇，文末附原作。姜德明《周作人談湯爾和——關於周作人的兩篇佚文》[139]從《前會長故湯爾和先生追悼錄》和《湯爾和先生》二書中，發現周作人《湯爾和追悼會致詞》、《〈湯爾和先生〉序》二文。湯曾任北京偽臨時政府議政委員會委員長、教育總署督辦等偽職。周作人在兩文中對其大加吹捧。陳益民在一九四六年十一月三日上海《文匯報》上發現並抄出周作人佚詩《偶作寄呈王龍律師》及跋文（作於一九四六年十月十五日）。陳文《「忠舍」佚詩與獄中周作人》[140]分析了周作人當時的處境，因為詩及跋攻擊舊學生傅斯年，又評介了周作人與傅斯年、沈啟無的關係。作者還在當年的報紙上，鉤沉了一些與周作人有關的文章。一九五〇年代初期，周作人寫過談漢字改革問題的系列短文《十山筆談》，手稿由友人珍藏，曾在新加坡的報紙上發表，孫玉蓉《關於周作人遺作〈十山筆談〉》[141]介紹了這組集外佚文的流傳和內容，發表孫文的同期雜誌還刊登了原作。鮑耀明從周未出版書稿《秋草園舊稿》中選取佚作兩篇發表，包括《古詩今譯》（古希臘八個詩人的詩作八首）和《民間童話故事六則》（越中民間童話故事），後有編輯附記[142]。鍾叔河曾以《老虎外婆及其他》為題把《民間童話故事六則》編入《周作人文類編》第五卷。周黎庵《周作人與〈秋鐙瑣記〉》[143]記一九七九年秋，有人向上海社會科學院院長夏征農提供一部名為《秋鐙瑣記》的手稿，作者周作人，要設法出版。從筆跡、文章和所用稿紙看，確係周氏作

137 《周作人作序的〈櫻花國歌話〉》，《魯迅研究月刊》二〇〇三年六期。
138 《魯迅研究月刊》一九九四年十一期。
139 《魯迅研究月刊》一九九五年六月。
140 《魯迅研究月刊》一九九九年三期。
141 《魯迅研究月刊》二〇〇三年三期。
142 鮑耀明整理，《周作人佚文兩篇——選自〈秋草園舊稿〉》，《魯迅研究月刊》二〇〇三年七期。
143 收入《閒話周作人》。

品，然而既無作者所題書名，也無前言、目錄，內容雜亂無章，各種體裁的文章都有，主要的則是日記。其中特別有意義的是一九四五年八、九月間的連貫性日記。此稿未能出版，下落不明。

周作人長時間保持了記日記的習慣，從一八九八年二月十八日開始，一直記到一九六六年八月二十三日，跨越多個歷史時期，保存了大量的關於其個人、同時期歷史人物和社會、文化諸多方面的珍貴資料。《魯迅研究資料》從第八輯開始，首次公開發表《周作人日記》，到第十四輯刊至一九一五年。具體情況如下：《周作人日記》（一八九八至一八九九年），八輯，天津人民出版社，一九八一年五月；《周作人日記》（一九〇〇年），九輯，天津人民出版社，一九八二年一月；《周作人日記》（一九〇一年），十輯，天津人民出版社，一九八二年十月；《周作人日記（清光緒壬寅）》（一九〇二年），十一輯，天津人民出版社，一九八三年一月；《周作人日記（一九〇三至一九〇四年）》，十二輯，天津人民出版社，一九八三年五月，收周癸卯（一九〇三年）、甲辰（一九〇四年）日記，因為周一九〇四年日記只記到三月底，以後即一九〇五年日記；《周作人日記》，十三輯，天津人民出版社，一九八四年七月。其中有甲辰十二月初一至二十九日（一九〇五年一月六日至一九〇五年二月三日）、乙巳正月初一至三月二十九（一九〇五年二月四日至一九〇五年五月三日）、乙巳北行日記（一九〇五年十二月七日至一九〇六年一月十九日）、壬子十月至癸丑十二月（一九一二年十月一日至一九一三年十二月三十一日）日記。一九〇六年一月十九日後至一九一二年十月前日記未存。《周作人日記（一九一四至一九一五年）》，十四輯，天津人民出版社，一九八四年十一月。《魯迅研究資料》自第十八輯開始繼續刊載。因為一九一七、一九一八、一九一九、一九二〇年日記已在《新文學史料》總第二十至二十五期上發表，所以《魯迅研究資料》未再重載。具體情況是：《周作人日記（一九一六年、一九二一年、一九二二年）》，十八輯，中國文聯出版公司，一九八七年十月；《周作人日記》（一九二三年、一九二四年），十九輯，中國文聯出版公司，一九八八年七月。《新文學史料》從一九八三年第三期開始，刊出周作人五四時期日記。這一期發表的日記前的「說明」介紹道：「周作人日記經作者本人分為解放前和解放後兩個部分，共五個時期。解放前的四個時期是：求學時期（一八九八年－一九〇五年）、家居時期（一九一二年－一九一七年）、北大時期（一九一七年－一九三七年）、淪陷時期（一九三八年－一九四五年）。其中一九二八年、一九三一年、一九三五年、一九三六年、一九三七年和一九四四年六年日記手稿遺失。一九〇六年至一九一一年留學日本階段、一九四六年至一九四八年入獄階段無日記。日記手稿原無標點，有的地方作者後來曾塗改過，還有幾處被裁剪。作者生前將日記手稿售給北京魯迅博物館，現由該館收藏。」作者售賣的是一八九八年至一九三四年間的日記，一九三四年後存世的日記後來通過落實政策回歸家屬收藏，迄今尚未梓行。一八九八年至一九三四年日記一九九六年十二月由大象出版社影印出版，共上中下三冊。在《新文學史料》上刊出的具體情況如下：《周作人日記》（一九一七年一月一日至十二月三十一日），一九八三年第三期；《周作人日記》（一九一八年一月一日至十二月三十一日），一九八三年第四期；《周作人日記》（一九一九年一月一日至六月三十日），一九八四年第一期；《周作人日記》（一九一九年七月一日至十二月三一日），一九八四年第二期；《周作人日記》（一九二〇年一月一日至六月三十日），一九八四年第三期；《周作人日記》（一九二〇年七月一日至十二月三十一日），一九八四年第四期。

《魯迅研究資料》發表的《周作人日記》加了標點，還做了一些注釋。祝肖因在《〈周作人日記〉專名正誤》中認為，整理工作還比較粗疏，對《日記》中被錯標的二十處專名作了考訂。他又在另一篇文章中舉出六十處疑有訛誤的文字[144]。

[144] 祝肖因發表的同類文章還有：《〈周作人日記〉句讀瑣議》，《魯迅研究資料》（二十）（北京：中國文聯出版公司，一九八八年七月）；《〈周作人日記〉文字舉疑》，《魯迅研究資料》（二十一）（北京：中國文聯出版公司，一九八九年七月）；《再談《周作人日

周作人一生中寫過大量的書信，遺憾的是相當多的書信已經遺失，存世的未刊書信尚在受信人家屬的手中。除了出版的書信專集外，另有一批書信發表。有的在發表後收入專集。《胡適來往書信選》收錄周作人於一九二四年十一月至一九三二年八月間致胡適信六封，有的討論國民軍對清室的處置問題，有的為李大釗遺書出售事尋求受信人的幫助，還有一封勸胡適回北平教書、做學問，可見周作人當時的思想態度。《周作人致俞平伯書信選注》[145]選注周從一九二四年八月至一九三二年二月致俞平伯信四十四封，書信均收入北京圖書館出版社一九九九年六月版《周作人俞平伯往來書札影真》。《魯迅研究資料》（二十四）[146]發表《周作人早年書信十四封》，收錄周作人於一九二七年九月至一九三四年十月致江紹原信。張挺、江小蕙從他們所作《周作人早年佚簡箋注》[147]書稿中抽出與現代文學史有關的四封信及箋注[148]，其中一九二八年三月二十七日信有否定革命文學的言論。兩位作者又從同一本書中選取分別寫於一九二七年十二月四日及一九三三年三月四日致江紹原的有關魯迅的兩封信並箋注[149]。後一封信說：「觀蔡公（蔡元培——引者）近數年『言行』，深感到所謂晚節之不易保守，即如了『魯』公（魯迅——引者）之高升為普羅首領，近又聞將刊行情書集，則幾乎喪失理性矣。」《魯迅研究資料》（二十三）[150]發表《魯迅博物館藏許壽裳保存的書信十八封》，內含周作人致許壽裳信七封，絕大多數作於一九二九至一九三五年間。十

記》整理工作中的問題》，《魯迅研究資料》（二十二）（北京：中國文聯出版公司，一九八九年十月）。另外，《魯迅研究資料》（二十）發表張自強《〈周作人日記〉文字句讀質疑》。

145 孫玉蓉選注，《新文學史料》一九九五年一期。

146 北京：中國文聯出版公司，一九九一年十二月。

147 成都：四川人民出版社，一九九二年九月。

148 張挺、江小蕙，《周作人早年佚簡箋注》（選載），《新文學史料》一九九一年二期。

149 張挺、江小蕙，《〈周作人早年佚簡箋注〉選載》，《魯迅研究月刊》一九九二年二期。

150 北京：中國文聯出版公司，一九九二年三月。

八封信前有陳漱渝所作《說明》。《周作人的一封信》[151]是周作人一九四九年七月四日致中央領導（實為政務院總理周恩來）的信。信中談了他對新民主主義的認識，重點是為自己出任偽職進行辯護。此信不僅與周作人以後的生活境況直接相關，也可見出周作人的一些一貫的思想，因而具有重要的價值。文前有編輯所加按語：「這是周作人寫給中央負責同志的一封信，是林辰同志於一九五一年向馮雪峰同志借閱時抄下的；現在我們從林辰同志處抄得一份，發表於此，以供研究周作人的同志參考。」周曾將此信抄寄鄭振鐸，後者又將其製成照片，分送馮雪峰、唐弢等人。倪墨炎曾把《新文學史料》版與手抄照片對照，發現有錯誤三十多處。《知堂集外文・四九年以後》據此版收入該文，遺憾的是錯漏更多。唐弢在《西方影響與民族風格》中收錄手稿照片，並排印了全信，但排印本並非根據手稿，而是根據《新文學史料》本發稿的。倪墨炎據手稿照片刊出了該信的可靠版本，並進行了細緻的考辨[152]。吳海發《說我珍藏的周作人先生的來信》[153]回憶一九五〇年代末因為研究《摩羅詩力說》與周通信，文中影印周的回信，該佚信詳細介紹了《河南》雜誌創刊及編輯情況，以及他們兄弟投稿的緣由。張小鋼《青木正兒博士和中國——關於新發現的胡適、周作人等人的信》[154]據在日本所查得的資料，介紹並引錄周作人致日本漢學家青木正兒書信四封，據作者說總共發現周作人書信八封。其中引錄一九六一年十一月二十六日、一九六二年四月二十日、一九六二年八月四日信早已全文發表於香港《明報月刊》一九七六年五月號，算不得「新發現」。施蟄存《知堂書簡三通》[155]完整抄錄抗戰結束至解放後周作人的三封書信。今後發現大量周作人佚文的可能性已

151 《新文學史料》一九八七年二期。
152 倪墨炎，《晚年周作人》（連載三），《魯迅研究月刊》二〇〇六年五期。
153 《魯迅研究動態》一九八七年九期。
154 《吉林大學社會科學學報》一九九四年六期。
155 收入《閒話周作人》。

經不大，但可能還會有數量眾多的書信面世。

剛剛過去的三十年是周作人研究資料建設的黃金時期。此前三十年的周作人研究資料不僅與其他作家一樣受到干擾和延誤，更是重災區，簡直可以說是被刻意忽視和遺忘的一塊不毛之地。儘管在新的歷史時期仍受到一些非學術因素的干擾，但三十年來，周作人研究資料工作取得了長足的進步，並形成了基本的格局，有力地支持了整個周作人研究。今後還會在一個或幾個方面取得突破，不過在整體數量上很難超過這三十年。然而，無論是在系統性，還是在嚴謹程度、學術水平上，都存在諸多不足。更多的只是做了第一個階段的初步的搜集、整理工作，下一個階段需要做進一步的研究加工，鑑別和考訂材料，去偽存真，去粗取精，衡量價值，推動史料建設進入一個更高的層次。正如樊駿所言：「任何材料，從發掘出來到成為準確可靠的史料，都還有一系列鑑別整理的任務；不經過這樣的加工，再多的史料也不一定都有助於認識和說明文學歷史，有時反而會引起混亂，產生謬誤。鑑別整理任務完成得如何，常常是決定史料有無實際的使用價值，衡量史料工作者具有怎樣的功力和見解，判斷這項工作達到何等學術水平的主要依據。從這個意義上說，它在整個史料工作中，比之搜集、記錄，占據著更為重要、更高一層的位置。」[156]隨著研究工作的拓展和深入，資料工作的制約將愈益明顯。我以為還有幾個方面的工作需要進行：出全周作人日記，搜集、動員藏家發表未刊書信，進一步搜集佚文，為出版全集做準備；開展版本和校勘研究，通過考核選擇周氏文集的可靠版本，在不同版本間對校，在此基礎上參照別的校勘方法考訂異文，確定善本的善文，對異文較多的文集可以出版彙校本，幾本周作人集外文考據的功夫不夠，混入了一些別人的文章，需

156 樊駿，《這是一項宏大的系統工程——關於中國現代文學史料工作的總體考察》（中），《新文學史料》一九八九年二期。

要對校，使之成為善本；在以上兩項工作的基礎上，推出權威的《周作人全集》，在版本、注釋、校勘等方面雖然不可能達到《魯迅全集》的水平，條件成熟時適當作注，方便讀者；彙編出版周作人研究資料，其中包括港臺地區和日本的周作人研究資料，一九四九年前中國大陸的資料可以採用編年體，力求全面，含括批評和和研究文章、論爭文章、訪問記、印象記、新聞報導和重要言論等；對研究資料特別是回憶文章進行考訂、核正，朱正《魯迅回憶錄正誤》對許廣平等人回憶魯迅的文章進行了系統的訂正誤記失實的工作，周作人回憶錄同樣需要這樣的研究。通過參照、核對眾多的史料，指出錯誤，揭示真相。在史料加工方面，一個重要的任務是編製作品目錄、研究文獻目錄、藏書目錄，為研究工作提供方便。要搜集、保存作家手稿、版本、書信、圖片等物質性史料。

結語　周作人研究的價值標準

隨著研究工作的不斷深入，有幾個重要問題受到越來越多的關注：周作人是不是一個思想家的問題、對其後期「抄書體」散文的評價問題、周作人與中國文學傳統問題，以及評價他的價值標準問題。對前三個問題上文已有詳細的評述，在結語中，我將重點談一談周作人研究的價值標準問題。

夏志清在《人的文學》一書中說：「從文學革命到抗戰前夕，這一段時期在當時社會發生最大影響，最能表現獨特思想的三位文化界巨人，要算是胡適、魯迅、周作人。」[1]早在一九三〇年代，蘇雪林、康嗣群等自由主義知識份子從切身的體會出發，對周作人在現代思想史上的貢獻做出較為冷靜、客觀的評價，明確視其為深刻的思想家。後來由於他的不光彩的行為，人們就諱談他在現代思想史上的貢獻了。一九八〇年代，錢理群、王士菁、陳漱渝等都曾提到過周作人的思想家身分[2]，到了一九九〇年代，這個問題又被顯著地提了出來。新時期以降，周作人研究以思想研究的成就最為突出，他的思想家身分得到了較為普遍的確認。承認周作人為一個思想家與肯定他的後期散文一樣，對周作人研究都具有十分重大的意義，必然會帶來研究格局的調整。尤其是承認周是一個思想家意義更大，透過這個視角，就會看到和過去大不一樣的周作人。我很贊成王富仁對魯迅是否是一個思想家的辨析：「假若不把思想家僅僅按照西方

1 夏志清，《人的文學》（臺北：純文學出版社，一九七七年一月），頁二二八。

2 參閱：錢理群，《試論魯迅與周作人的思想發展道路》，《中國現代文學研究叢刊》一九八一年四期；王士菁，《關於周作人》，《魯迅研究動態》一九八五年四期；陳漱渝，《陳漱渝同志講話》，《魯迅研究動態》一九八七年一期。

的模式理解為一種完整的理論學說的營造者，而理解為實際推動了一個民族並由這個民族及於全人類的思想精神發展，豐富了人們對自我和對宇宙人生的認識的人，那末，魯迅的思想家的地位就是不可忽視的。」[3]這段話對周作人來說也大致適合。他的思想是一種以現代人本主義為基礎的人學思想，其中主要包括：人的發現以及與之密切相連的女性的發現、兒童的發現，對封建禮教的抨擊，對國民「惡根性」的批判，對自由與寬容思想的提倡，對儒家文化的重新闡釋，以及關於人生哲學的思考，代表著作為思想家的周作人在中國現代思想史上的主要貢獻。中國現代本來就是一個思想比較貧弱的時代，實在不應該把周作人富有特色和深度的思想當作污水一潑了事。

一九八一年在香港召開了中國現代文學研討會，會後唐弢撰文說，會上有人「舉梁實秋的《雅舍小品》、王力的《龍蟲並雕齋瑣語》、錢鍾書的《寫在人生邊上》三書為例，認為那是學者的散文。我對這個文體很有興趣，但想把範圍擴大一下，以為可以一直推廣到美國的Familiar Essay——隨筆性散文。這方面的代表我覺得應推周作人，周作人早期散文很漂亮，思想開明，要肯定，後期不行了，專門抄古書，不行就說他不行。他的隨意而談不拘一格的散文風格應該有人繼承下來」[4]。行還是不行，要看研究者眼光了。新時期以來，已有不少研究者努力證明，周作人一九三〇年代以後的散文有著大膽的創制。肯定周作人的「抄書體」散文意義重大。周作人早被稱為「小品文之王」，不過以前人們對這一點的理解，是建立在他前期作品的基礎上的。因此，給予周氏後期文章以更高的評價，必然會帶來周作人研究格局的調整；鑑於周作人散文的傑出地位，這樣也勢必會對現代散文史的研究產生衝擊，並且帶來某些理論突破。文體的價值具有一定的獨立性，但周作人的後期散文與他的一段思想歷程和人生道路密切相連，與新文學

3 王富仁，《中國魯迅研究的歷史與現狀》（杭州：浙江人民出版社，一九九九年三月），頁五四至五五。

4 唐弢，《關於中國現代文學研究問題》，《文史哲》一九八二年五期。

史上已形成深厚傳統的散文趣味相悖，加上文體苦澀，普通讀者不易接近，其價值得到更廣泛的高度認可並不容易。周作人抄書體散文的代表作大約可以舉出《姑惡詩話》、《鬼的生長》、《蘭學事始》、《賦得貓》、《無生老母的信息》、《劉香女》等，這些文章大致顯示出他抄書體的話語特點。它們悃愊無華，拒絕表演和媚俗，以知識、見解和思想取勝。如果以烹調來作譬，可以說，作者注重選取真材實料，追求自然本色，不加老抽、味精、祕製老湯、鮑汁之類的調料以及各種裝飾，靠自己深具匠心的調製，做出自己獨特的味道。這不是大眾習慣的味道，很多人會不喜歡，但還是不斷有食客嗜好這一口，走進這家老店，而且流連不已。記得多年前讀到一篇談武夷岩茶的岩韻的文章——作者的名字和篇名都忘記了，說在烏龍茶中，臺灣的凍頂烏龍最好喝，不大喝茶的人也會覺得圓潤甘甜；再喝安溪的鐵觀音，會感到味道重一些；而到了喝岩茶，一般人就不容易接受，覺得澀，不那麼香了。其實這個「澀」正是「岩韻」的內核。作者順便提了一句：周作人的文章好，其中就有這麼一個「澀」字。可謂知言。厚重和苦澀是周作人抄書體文章散發出的獨特韻味，讀後餘香和回甘悠長。周氏的抄書體開創了知識者表達自己學問和思想的一種話語方式，以後為文載道（金性堯）、紀果庵、黃裳、張中行、舒蕪等學者散文所繼承。

近十幾年來，對周作人與中國文學傳統的研究較為深入、全面地開展起來，這是周作人研究又一個特別引人注目的進展。一九二〇年代中期以後，周作人努力對中國傳統進行全面的清理、分別、接通，一方面尋求「言志」的資源，一方面對「載道」的文學進行批判。舒蕪說中國新文學史有周作人的一半，這個論斷後來受到非議。他的意思是說，到了一九三〇年代，周作人與魯迅成為新文學兩種主要傳統的代表者。一九三〇年代，形成過一個對於現代散文史和文學史影響深遠的以散文為主角的言志文學思潮。其代表人物是周作人和林語堂，他們一北一南，桴鼓相應，攪動了整個文壇。曹聚仁在其學術隨筆《文壇五十年》中，曾把他們稱為「言志派」，不過並沒有加以明確地界說。迄今為止，這個名稱在學術界還沒有得到廣泛的接受，也自然缺乏深入細緻的研究與進一步的整合。然而，這個文學思潮的存在是顯而易見的。周、林二氏有完整的言志文學理論，有《論語》、《人間世》、《宇宙風》、《駱駝草》、《世界日報・明珠》等陣地，在他們的麾下還各自集合了一個散文流派：以林語堂為代表的論語派，以周作人為代表的「苦雨齋派」（姑且言之）。言志派借重評晚明小品來倡導言志文學，引發了一個聲勢浩大的晚明小品熱，對現代文學、現代文學學術特別是現代散文有著重要而深刻的影響。在晚明小品熱中，魯迅與周作人、林語堂的衝突漸趨激烈。魯迅發表了堪稱左翼散文宣言的名文《小品文的危機》，提出：「生存的小品文，必須是匕首，是投槍，能和讀者一同殺出一條生存的血路的東西；但自然，它也能給人愉快和休息，然而這並不是『小擺設』，更不是撫慰和麻痹，它給人的愉快和休息是修養，是勞作和戰鬥之前的準備。」周作人則發表《關於寫文章》，予以反擊：「那一種不積極而無益於社會者都是『小擺設』，其有用的呢，沒有名字不好叫，我想或者稱作『祭器』罷。祭器放在祭壇上，在與祭者看去實在是頗莊嚴的，不過其祝或詛的功效是別一問題外，祭器這東西到底還是一種擺設，只是大一點罷了。」他還說：「我不想寫祭器文學，因為不相信文章是有用的，但是總有憤慨，做文章說話知道不是畫符念咒，會有一個霹靂打死妖怪的結果，不過說說也好，聊以出口悶氣。」至此，新文學的兩種主要的傳統雙峰並峙、二水分流[5]。其文學史的意義要比什麼關於「自由人」與「第三種人」、民族主義文藝、「兩個口號」等的論爭大多了，然而，翻開各種文學史甚至是文學思潮史、散文史，難覓言志文學思潮和兩派代表人物論爭的蹤影，頂多只能看到一方的存在，現代文學史的豐富性因此大打折扣。

周作人與中國文學傳統的關係研究也在逐步展開，這方面的代表作當數陳平原《現代中國的「魏晉

5 詳細論述參閱拙作《一個晚明小品選本與一次文學思潮》，《文學評論》二〇〇六年二期。

風度」與「六朝文章」》[6]。該文以現代散文史上的周氏兄弟為中心，凸顯了一條千年文脈，著重探討了現代作家對於「魏晉風度」與「六朝文章」的想像，是如何規定著文學潮流發展方向的。此外，周作人與晚明小品、六朝散文、晚明小品、清代散文、八大家派古文、八股文等，都有專篇文章論及。通過這些研究，可以在一個大的歷史背景上看出周作人所代表的新文學「言志」傳統的來源去路，認識其獨特的價值。周氏與中國文學傳統的關係研究起步不久，有待深入。也許周作人所代表的「言志派」傳統在中國現代文學史上夠不上「一半」，頂多只能算是「一小半」，因為這是「異端」，是非主流，但這「一小半」卻舉足輕重。沒有這一部分，中國現代文學是不完整的，是單調的，整個中國文學史的歷史延續就會出現殘缺。以周作人傳統作為參照，可以很好地認識到主流功利主義文學的利弊得失。

周作人受到了廣泛的關注，研究持續推進，出現了不同意見，但很少正面交鋒。偶有爭論，火力也不夠集中。否定周作人研究的觀點主要有「人格與文格同一論」、「抬周貶魯論」、「漢奸有理論」、「文化決定論」、「垂訓後世論」諸說。

一、**「人格與文格同一論」**。對周作人和周作人研究最激烈的否定意見出自何滿子的雜感《趕時髦並應景談周作人》[7]。文章對周作人先從人格到「文格」做了全盤否定：「要談人，首先要定個性。周作人嘛，首先第一他是一個漢奸。必須鄭重其事地說，這不僅是個政治定性，也是人格定性。如果『風格即人』這命題不錯的話，那麼這個定性也是文格的定性，其他的這樣那樣都得靠邊站。」何氏從其「人格與文格一致論」出發，對周作人研究也是一棍子打倒：「研究周作人如今十分時髦，論文呢連篇累牘，專著一本接一本，剖文風，抉文心，屎裏覓道，臂上貼金，探幽尋微，妙不可言。或拈出『苦澀』的妙諦，或

6　《中國文化》一九九七年第十五、十六期合刊，收入《中國現代學術之建立》（北京大學出版社，一九九八年二月）。

7　何滿子，《趕時髦並應景談周作人》，《文匯報》一九九五年七月二十日，《文藝報》八月四日轉載。

頌為『一覽眾山小』；或曰有此『真賞』才是『斯文未墜』。舔嘴咂舌，唾溢涎滴。」曾鎮南說：「『文革』之後，關於周作人的嚴肅的學術研究還是有的，而且也取得了一些成績（包括對周作人著作的整理、出版）；但也毋庸諱言，捧周作人的現象也很普遍。這裏深潛的原因，我看是有些論者對人生、對文學觀念和周作人產生了某種共鳴。」[8]這裏對新時期的周作人研究在總體上做了否定的評價，罪狀顯然是研究者與周作人有問題的人格和思想產生了「某種共鳴」，似乎只要高度評價周作人，本身就是一種「原罪」。鍾叔河在重印周作人著作集時，提出「人歸人，文歸文」，有人反對，強調「道德文章並重，是中國知識份子的傳統美德，也是歷來用以評價知識份子的一個重要標準。……這是不可分割的統一體。」「要知道這樣做，不但是踐踏歷史，而且也褻瀆了中華民族的愛國傳統美德。」[9]在周作人研究中普遍存在著一種「道德的傲慢」，借用周作人在《論筆記》一文中的話來說，「道德的傲慢」表現在某些人身上就是一種「教徒氣」——頭頂某種道義的光環，度量褊狹，性情苛刻，偶爾現出「正統派的凶相」。

二、**「抬周貶魯論」**。何滿子在《趕時髦並應景談周作人》中這樣評論周作人的思想和創作道路：「周作人做漢奸，不是日寇占領北平後才一時突然墜落。早的不說，從一九二三年和魯迅反目起，他當漢奸的道路已經鑄定了，或腳步已經跨出。」周作人「從此便把魯迅作為他要壓倒、超過、反對的『終極關懷』。一直到死，周作人心目中都把魯迅當作頭號敵人而加以損害。此人本是一個十分熱中而忌怯的人，為了和魯迅對峙，魯迅熱烈，他故作淡泊；魯迅干預人生，他故作躲入苦茶齋（原文如此——引者）的隱士狀；魯迅投入民族與人民解放事業，他故作孤高瀟灑卑視人間之狀。三十年代周作人文章，莫不是為了塑造自己和魯迅相對立形象」。他罵周作人夫婦為「一張床上睡的兩個同樣的貨」，「狼狽為奸」的兩

8 曾鎮南，《略釋周作人失節之「謎」》，《文藝報》一九九一年十二月二十一日。
9 林思韓，《道德文章千古事》，《中華魂》二〇〇九年二期。

個「梟獍」、「潑婦孽弟」，等等。何滿子此類文章至少還有《讀〈老人的胡鬧〉》、《周作人對魯迅的「終極關懷」》、《莊嚴與無恥、偉大與卑微——為紀念魯迅而談周作人》[10]，表面上只是罵周作人，其實是兼及周作人研究者的。袁良駿指周作人研究存在「三口可怕的陷阱」，「第一口是『抬周貶魯』，評價失衡，甚至不惜拿魯迅當『祭旗的犧牲』」[11]。我幾乎涉獵了新時期以來所有的周作人研究著述，並未發現什麼有意貶低魯迅的傾向，相反，「褒魯貶周」的現象卻相當普遍，並且成為了一個根深柢固的研究模式。一些主要的周作人研究者如舒蕪、錢理群、孫郁、黃喬生、張鐵榮等，同時也是魯迅研究者，他們在周氏兄弟之間不是非此即彼，而是強調二者在價值上的互補性。正是因為對周氏兄弟都有研究，這些研究者才更深切地意識到研究魯迅迴避不開對周作人的研究，他們在現代文化史上的地位和影響，往往在比較中才能看得更清楚。孫郁、黃喬生在主編出版過《回望魯迅》叢書後，又推出了《回望周作人》[12]叢書，主編者在《序言》中說：「我們除了講周作人研究應該從魯迅研究的附屬和補充，發展成一門獨立的學問之外，仍然講了這樣的意思：周作人不但為魯迅研究提供了有價值的資料，而且他的人生道路、思想發展歷程、文學業績與魯迅有密切的關係，深入開展周作人研究必然有助於深化魯迅研究。」在一些尊崇魯迅的人看來，魯迅是完美的，而周作人與魯迅分道揚鑣，代表的是一種不同的文學價值觀，走的是一條墮落之路，「二周」之間是水火不相容的。他們不接受把魯迅與周作人相提並論，不習慣也不能容忍甚至痛恨對周作人的重新評價。

10　分別載《書城》一九九五年四期，《文摘週報》一九九六年七月十五日（原載《文匯報》），《中華讀書報》一九九六年十月十六日。
11　袁良駿，《周作人研究的三口陷阱》，《魯迅研究月刊》一九九八年十二期，此文先發表於《中華讀書報》一九九八年十月二十一日，兩處文字稍有不同。
12　開封：河南大學出版社，二〇〇四年四月。

三、**「漢奸有理論」**。袁良駿也對「周作人熱」甚為不滿，發表了《周作人為什麼會當漢奸》、《周作人餘談》[13]。兩文除了一些似是而非的觀點外，既沒有新觀點也沒有新材料。然而，在一個廣泛傳播的新聞媒體上赫然寫著前面一篇文章那樣的篇目，只能煽動人們的感情，給本來就深受非學術因素干擾的周作人研究再增添新的障礙。作者列舉一些不正常現象，由於缺乏具體的分析，很容易導致不熟悉情況的人把賬算在周作人研究者的頭上，很容易混淆視聽。我曾在《九十年代的周作人研究》[14]中批評了袁良駿《周作人為什麼當漢奸？》、《周作人餘談》二文，引出了他的新作《周作人研究的三口陷阱》。袁氏周納出周作人研究「三口可怕的陷阱」：「第一口是『抬周貶魯』，評價失衡，甚至不惜拿魯迅當『祭旗的犧牲』。」「第二口是肆意美化，大肆炒作，而又不許別人說不同意見。」「第三口陷阱則是日本的『侵略有理』論和它的呼應『漢奸有理』論的滲透和影響。」這三口「陷阱」主要是唬我的，我就是那個被該論者「姑隱其名」的「對漢奸周作人……一往情深」的「追星族」。我過去沒有回應，這倒不是被「三口陷阱」嚇著了，而是不想徒費口舌。我在《九十年代的周作人研究》中所言袁氏的老毛病未改：「除了一些似是而非的觀點外，既沒有新觀點也沒有新材料。」在《周作人熱與「漢奸有理」論》[15]一文中，他又故伎重演，羅織了一個「漢奸有理」論：「漢奸有理」論「不是一個孤立的現象，它有深刻的歷史背景」：「首先，它和日本國內某些軍國主義勢力的死灰復燃有密切關係，它是某些日本軍國主義者『侵略有理』論的呼應和折光。」「其次，『臺獨』勢力的猖獗也產生了相當惡劣的影響。『臺獨』，有著深刻的外國背景，日本背景更是顯而易見的。」然而，這兩點，在我看來，就像魯迅說過的，「不過想借此助

13 分別載《光明日報》一九九六年三月二十八日、《北京日報》一九九六年五月八日。
14 《魯迅研究月刊》一九九八年七期。
15 袁良駿，《周作人熱與「漢奸有理」論》，《粵海風》一九九八年二期。

一臂之力，以濟其『文藝批評』之窮罷了」[16]。

四、「文化決定論」。解志熙《文化批評的歷史性原則——從近期的周作人研究談起》[17]從一個角度對周作人研究提出批評。他認為，「近年來文化批評的一個最嚴重的缺陷，就是失去了應有的歷史分寸感，以至於有意無意地用文化的尺度來淡化或代替歷史的原則」，「犯了非歷史而唯文化的錯誤」。「這在近年來的周作人研究中有突出的表現」。為此，他向舒蕪《周作人的是非功過》和陳思和《關於周作人的傳記》、董炳月《周作人的附逆與文化觀》[18]發難。舒蕪認為傳統的中庸主義是周作人悲劇的基本原因，解氏指出：「這其實是一種以文化宿命論形式出現的文化決定論。」他把這個具體的觀點概括為「『唯文化』批評」，進而質問：這種批評「又能比歷史決定論和庸俗社會學好多少呢」？接著，他又對陳、董二人的文章進行撻伐。他說，從主觀方面，他們刻意強調周作人作為一個「文化人的獨立身分」及其附逆行徑中的「『文化因素』的獨立性」。他們只是在「客觀」、「科學」的名義下，不厭其煩地向人們證明：「客觀」的一切，從歷史傳統到社會現實，都似乎不可抗拒地決定了周作人除了當漢奸別無選擇，因而一切責任都應當由這「客觀」負責。因此，他們都「有意誇大文化的相對獨立性，刻意抬高文化的地位來代替歷史的尺度，試圖以文化來淡化社會現實和政治及道德等歷史性因素對現代文化的深刻影響（這種影響被視為完全消極以至於有害的東西），遂把文化批評推向了混淆黑白、顛倒是非的極端」。解文中的有些觀點是值得周作人研究者重視的，但作者的火氣太盛，口氣是審判式的，對別人觀點的引用也有片面之嫌。

16 魯迅，《「喪家的」「資本家的乏走狗」》，《魯迅全集》四卷（北京：人民文學出版社，一九八一年）。
17 解志熙，《文化批評的歷史性原則——從近期的周作人研究談起》，《中州學刊》一九九六年四期。
18 陳、董文章分別載《中國現代文學研究叢刊》一九九一年三期、《二十一世紀》一九九二年十月號。

鮮明地追尋周作人身上的正面價值。然而，這種研究模式的餘威尚在，一直到一九九〇年代，人們在肯定周作人時，總要念念不忘先對周作人的附逆問題表態。肯定的時候總是有所保留，否定則不遺餘力。

簡單地否定周作人和周作人研究反映了一種狹隘民族主義的價值觀。儘管並未明確表白，其實很多文章都隱含著這種價值觀。而《文化批評的歷史性原則——從近期的周作人研究談起》則闡名了高調的民族主義價值觀：「在近代以來的世界格局下，實現國家的統一和民族的獨立，建立一個近代化的民族國家，乃是一百多年來中華民族最迫切的歷史使命和最大難題。為此，從政治上集中全中國人民的意志和力量，就是理所當然且勢所必至的事；其他一切東西無論如何美好、多麼重要，但在這個壓倒一切的民族大政面前都不得不讓步，不得不為它服務，不能不受它影響，甚至不得不為它作出犧牲。」針對這種「國家至上」的觀念，錢理群在《話說周氏兄弟》中表明這樣的觀點：「這話說得再明確不過了，就是為了實現國家富強，應該犧牲一切，包括個人精神自由。而且，這位作者還把這種『讓步論』說成是一百多年歷史的最重要的經驗教訓，並且是為魯迅等知識份子走過的歷史道路所證實了的。這恐怕是這位作者一廂情願的總結與判斷。把魯迅說成是一個『國家至上』主義的服膺者是很難讓人信服的。魯迅的『立人』思想，特別是他所提出的『現代化』（『近世文明』）的雙重目標恰恰是反對『國家至上』的。在具體的操作層面，個人利益與民族利益是可能發生矛盾的，但這個矛盾不能用一個否定另一個、一個吃掉另一個來解決，它需要協調。這裏有思想和實踐區別，在終極目標層面上，在現代化的目標上，『個體精神自由』是絕對不能讓步的，這是『作人』還是『為奴』的最後一條線。」[23]

[23] 錢理群，《話說周氏兄弟》（山東畫報出版社，一九九九年九月），頁二三。

能一味追求文章之『酣暢淋漓』。有時候，論者之所以小心翼翼、左顧右盼，文章之所以欲言又止、曲折回環，不是缺乏定見，而是希望盡可能地體貼對象。」[25]話說得很平實，既有立場，又近人情。

周作人研究成果已受到文學界、文化界的廣泛關注，「周作人」的經驗正在成為中國現代文學史的主要經驗之一。我相信，過了若干個世紀以後，周作人和魯迅等屈指可數的幾個新文學作家會和歷朝歷代的代表作家一樣，成為「現代」這一段的「地標」。很多人不願意正視甚至刻意貶低周作人，是因為周作人的東西在現實中仍源源不斷地釋放出力量。你可以不喜歡周作人，甚至厭惡他，但是你無法忽視這個巨大的歷史存在。

[25] 陳平原，《燕山柳色太淒迷》，《讀書》二〇〇八年十二期。

周作人文集目錄（一九八二至二〇一〇）

一、自己編文集（七十六種，有印數紀錄的七十種共五十八萬一千九百五十萬冊）

《知堂文集》（影印本，據天馬書店一九三三年初版本），《中國現代文學史參考資料》，上海書店，一九八一年十一月，一九八五年三月第二次印，二萬冊。

《過去的工作》（影印本），《中國現代文學史參考資料》，上海書店，一九八五年一月，一萬冊。

《知堂乙酉文編》（影印本），《中國現代文學史參考資料》，上海書店，一九八五年七月，一萬冊。

《談龍集》，《百花洲文庫》第四集，江西人民出版社，一九八六年五月，一千零五十冊。百花洲文藝出版社，一九九三年八月，收入《文學快餐叢書・中國現代文學卷》，四千冊。

《知堂雜詩抄》，嶽麓書社，一九八七年一月，一萬冊。

《自己的園地》，嶽麓書社，一九八七年七月，一萬二千冊。

《雨天的書》，嶽麓書社，一九八七年七月，一萬二千冊。

《澤瀉集》，嶽麓書社，一九八七年七月，一萬二千冊。

《過去的生命》，嶽麓書社，一九八七年七月，一萬四千冊。

《苦竹雜記》，嶽麓書社，一九八七年七月，一萬一千三百冊。

《苦茶隨筆》，嶽麓書社，一九八七年七月，一萬一千三百冊。

《風雨談》，嶽麓書社，一九八七年七月，一萬一千三百冊。

《永日集》，嶽麓書社，一九八八年九月，五千二百冊。

《夜讀抄》，嶽麓書社，一九八八年九月，五千二百冊。

《談虎集》，嶽麓書社，一九八九年一月，二千六百冊。

《談龍集》，嶽麓書社，一九八九年一月，二千六百冊。

《藝術與生活》，嶽麓書社，一九八九年六月，二千六百冊。

《瓜豆集》，嶽麓書社，一九八九年十月，一千九百冊。

《秉燭談》，嶽麓書社，一九八九年十月，一千八百冊。

《苦茶隨筆・苦茶雜記・風雨談》（精裝），嶽麓書社，一九八七年七月，一千八百冊。

《自己的園地・雨天的書・澤瀉集》，嶽麓書社，一九八七年七月，一萬八千五百冊。

《永日集・看雲集・夜讀抄》（精裝本），嶽麓書社，一九八八年九月，四千一百冊。

《瓜豆集・秉燭談》（精裝），嶽麓書社，一九八九年十月，一千七百冊。

《談龍集・談虎集》，嶽麓書社，一九八九年一月，二千三百冊。

《談虎集》（影印本，上下冊合訂，據北新書局一九三六年六月第五版），《中國現代文學史參考資料》，上海書店，一九八七年九月，八千冊。

《自己的園地・雨天的書》，《中國現代文學作品原本選印》，人民文學出版社，一九八八年四月，八千五百三十冊。

《談龍集》（影印本，據開明書店一九三〇年四月第四版），《中國現代文學史參考資料》，上海書店，一九八七年九月，八千冊。

《看雲集》，開明出版社，一九九二年十二月。

《談龍集》，百花洲文藝出版社，一九九三年八月。

《雨天的書》，《中國現代散文名家名作原版庫》，中國文聯出版公司，一九九三年十月。

《苦竹雜記》（精裝），東方出版社，一九九四年四月。

《澤瀉集》，《中國現代小品經典》，河北教育出版社，一九九四年五月，五千冊。

《永日集》，《中國現代小品經典》，河北教育出版社，一九九四年五月，五千冊。

《談龍集》，《典藏開明書店版名家散文系列》，中國青年出版社，一九九五年十一月。

《談龍集》，中國青年出版社，一九九五年十一月；一九九八年四月第二次印，《中學生文庫》，一萬冊。

《過去的生命》，《中國現代名家名作原版庫》，中國文聯出版公司，一九九八年八月，四千冊。

《自己的園地》，《新文學碑林・第一輯》，人民文學出版社，一九九八年四月。

《藝術與生活》，《故事會圖書館文庫・學者講壇叢書》，上海文藝出版社，一九九九年一月，五千冊。

《周作人自編文集》（三十七冊），止庵編，河北教育出版社，二〇〇二年一月，四千套。各分冊為：

《歐洲文學史》、《藝術與生活》、《自己的園地》、《雨天的書》、《澤瀉集》、《過去的生命》、《談龍集》、《談虎集》、《永日集》、《兒童文學小論》、《中國新文學的源流》、《看雲集》、《知堂文集》、《周作人書信》、《苦雨齋序跋集》、《夜讀抄》、《苦茶隨筆》、《苦竹雜記》、《風雨談》、《瓜豆集》、《秉燭談》、《秉燭後談》、《藥味集》、《藥堂語錄》、《書房一角》、《藥堂雜文》、《苦口甘口》、《立春以前》、《過去的工作》、《知堂乙酉文編》、《老虎橋雜詩》、《魯迅的故家》、《魯迅小說裏的人物》、《魯迅的青年時代》、《木片集》、《知堂回想錄（上、下）》。二〇〇三年六月第二次印，四千零一至九千套。北京十月文藝出版社，二〇一一年一月重印，易名為《周作人自編集》。

《雨天的書》，《百年百種優秀中國文學圖書》，人民文學出版社，二〇〇〇年七月，一萬冊。

二、專書（十三種，記錄到印數的十種共印七萬四千冊）

《周作人回憶錄》，湖南人民出版社，一九八二年一月，一萬四千二百冊。

《中國新文學的源流》，嶽麓書社，一九八九年六月，一千四百冊。

《歐洲文學史》，嶽麓書社，一九八九年六月，一千三百冊。

《兒童文學小論》，嶽麓書社，一九八九年六月，一千一百冊。

《歐洲文學史・藝術與生活・兒童文學小論・中國新文學的源流》（精裝本），嶽麓書社，一九八九年六月，二千冊。

《苦茶——周作人回想錄》，敦煌文藝出版社，一九九五年三月；一九九五年四月第二次印，五千零一冊至二萬五千冊。

《中國新文學的源流》，《二十世紀國學叢書》，楊揚編，華東師範大學出版社，一九九五年十二月，一九九六年三月第二次印，五千零一至一萬五千冊。

《周作人日記》（魯迅博物館藏，上、中、下，影印本），大象出版社，一九九六年十二月，一千冊。

《知堂回想錄——周作人自傳》，敦煌文藝出版社，一九九八年一月，三千冊。
《近代歐洲文學史》，《周作人書系》，止庵、戴大洪校注，團結出版社，二〇〇七年七月。
《知堂回想錄》（上、下），安徽教育出版社，二〇〇八年六月，一萬冊。
《歐洲文學史》，《民國學術經典・西洋史系列》，東方出版社，二〇〇七年五月。
《中國新文學的源流》，《北斗叢書》，江蘇文藝出版社，二〇〇七年十月。

三、他編文集（八十六種，記錄到印數的四十六種，共印六十七萬兩千三百三十冊）

《周作人早期散文選》，許志英編，上海文藝出版社，一九八四年四月，二萬一千冊。
《周作人與兒童文學》，王泉根編，浙江少年兒童出版社，一九八五年八月，一萬三千冊。
《知堂書話》（上、下），鍾叔河編，嶽麓書社，一九八六年四月；一九八七年六月第二次印，一萬零五百零一至二萬五千八百部。海南出版社，一九九七年七月增訂重編本（精裝），上、下冊，三千部。中國人民大學出版社，二〇〇四年九月，上、下冊。
《烏篷船》，《百花青年小文庫》，張菊香編，百花文藝出版社，一九八六年十月，六千六百冊。
《知堂序跋》，鍾叔河編，嶽麓書社，一九八七年二月，一萬五千冊。
《周作人代表作》，張菊香編，《中國現當代著名作家文庫》，黃河文藝出版社，一九八七年五月，五千七百五十冊。

《周作人散文選集》，《現代名家散文選集》，張菊香編，百花文藝出版社，一九八七年六月，六千五百冊；二〇〇九年六月三版，收入《百花散文書系・現代部分》，五千冊。
《知堂集外文・〈亦報〉隨筆》，嶽麓書社，一九八八年一月。
《知堂集外文・四九年以後》，陳子善選編，嶽麓書社，一九八八年八月。
《女性的發現——知堂婦女論類抄》，舒蕪編，文化藝術出版社，一九九〇年二月，三千冊。
《知堂談吃　周作人散文和詩一百篇》，鍾叔河編，中國商業出版社，一九九〇年十二月，五千冊。山東畫報出版社，二〇〇五年二月再版，七千冊；二〇〇七月一月第四次印，一萬四千零一至一萬七千冊。
《中國新詩庫・第三輯・周作人卷》，周良沛編，長江文藝出版社，一九九一年五月，三千冊。
《周作人美文精粹》，宗樹森編，作家出版社，一九九一年四月。
《兒童雜事詩圖箋釋》，周作人詩，豐子愷畫，鍾叔河箋釋，文化藝術出版社，一九九一年五月。
《恬適人生——周作人小品》，何乃平編，花城出版社，一九九一年十月，二萬冊。
《知堂小品》，劉應爭編，陝西人民出版社，一九九一年十一月，一萬冊。太白文藝出版社，一九九九年一月再版。
《雨中的人生》，李文編，湖南文藝出版社，一九九一年十一月，三萬冊；一九九四年十一月第六次印，九萬六千零一至十萬四千冊；二〇〇二年二月第二版，名為《雨中的人生——周作人人生隨筆集》，《人生的盛宴・大師筆下的人生系列》，一萬冊。
《周作人抒情散文》，張毅編，文化藝術出版社，一九九二年一月。
《周作人散文》（四卷），張明高、范橋編，中國廣播電視出版社，一九九二年四月，二萬零一百部。
《周作人小品散文》，尚海、夏小飛編，中國廣播電視出版社，一九九二年八月。一萬一千冊。

《周作人妙語錄》，《中國現代文豪妙語錄》，華君編，中國廣播電視出版社，一九九二年八月，一萬八千冊。
《性愛的新文化》，李洪寬編，山西人民出版社，一九九二年八月，一萬零二百三十冊。
《周作人早年佚簡箋注》，張挺、江小蕙箋注，四川文藝出版社，一九九二年九月，二千冊。
《苦茶主義》，司徒浩蕩編，蘭州大學出版社，一九九三年四月。
《周作人晚期散文選》，止庵編，湖北人民出版社，一九九四年三月，五千一百七十冊。
《苦雨：周作人小品精萃》，《鶺鴒叢書》，商友敬編，上海書店出版社，一九九四年四月。
《談天》（精裝本），《桂冠散文系列四》，抒忱編，海南出版社，一九九四年四月，一萬冊。
《知堂書信》，黃開發編，華夏出版社，一九九四年九月，一萬一千冊。
《周作人散文鈔》，開明出版社，一九九四年八月，一九九四年十二月第二次印。
《周作人自選精品集——飯後隨筆》（上、下），陳子善、鄢琨編，河北人民出版社，一九九四年九月，一萬冊。
《周作人散文精編》，錢理群編，浙江文藝出版社，一九九四年十月，一九九八年四月第二次印。
《周作人作品精選》，彰軍編，廣西師範大學出版社，一九九四年十一月，一九九六年四月第二次印。
《理性與人道——周作人文選》，《中國近現代思想家論道叢書》，高瑞泉編，上海遠東出版社，一九九四年十二月，三千冊。
《祖先崇拜——周作人恬適散文選集》，《中小學陶冶人生叢書》，新疆大學出版社，一九九五年八月。
《周作人文選》（四卷），鍾叔河編，廣州出版社，一九九五年十二月，五千部。
《雨中吟》，《現代名家情感寫意文叢》，黃開發編，安徽文藝出版社，一九九五年三月。

《周作人集外文》（上、下，一九〇四——一九四八），陳子善、張鐵榮編，海南國際新聞出版中心，一九九五年九月。

《苦雨——周作人小品精華》，商友敬編，上海書店，一九九六年三月。

《周作人書話》，《現代書話叢書》，黃喬生編，北京出版社，一九九六年十月，一萬冊。

《周作人絕妙小品文》（上、下），梅中泉編，時代文藝出版社，一九九七年三月。

《關於魯迅》，止庵編，新疆人民出版社，一九九七年三月。

《二十世紀中國作家懷人散文·周作人集》，高音編，知識出版社，一九九七年五月，六千冊。

《周作人文類編》（十卷），鍾叔河編，湖南文藝出版社，一九九八年五月。五千套。各卷如下：第一卷《中國氣味》，第二卷《千百年眼》，第三卷《本色》，第四卷《人與蟲》，第五卷《上下身》，第六卷《花煞》，第七卷《日本管窺》，第八卷《希臘之餘光》，第九卷《夜讀的境界》，第十卷《八十心情》。

《周作人代表作》，《中國現代文學百家》，陳為民編，華夏出版社，一九九七年十二月，六千冊。

《中國現代文學名著百部》，華夏出版社，二〇〇〇年一月再版。

《雨天的書》（周作人代表作），《中國現代文學百家》，華夏出版社，二〇〇八年八月，一千冊。

《周作人批評文集》，《世紀的迴響·批評卷》，楊揚編，珠海出版社，一九九八年十月。

《知堂夜話》，《民俗隨筆叢書》，羅興萍編，上海文藝出版社，一九九八年十月，四千冊。

《紳士與流氓的拚搏——周作人雜文代表作品選》，《中國現代五代優秀雜文家叢書》，李伏虎編，甘肅人民出版社，一九九八年三月。

《苦雨》，《現代名家經典·第三輯》，新世紀出版社，一九九八年三月，五千冊。

《周作人民俗學論集》，《東方民俗學林》，吳平、邱明一編，上海文藝出版社，一九九九年一月。
《周作人散文》，錢理群編，浙江文藝出版社，一九九九年四月，一九九九年十二月第二次印；二〇〇三年七月重印（第八次印），列入《世紀文存叢書》。
《周作人俞平伯往來書札影真》（上、下，影印本），北京圖書館出版社，一九九九年六月，六百八十冊。
《周作人文選》，分「雜文」、「散文」、「自傳・知堂回想錄」三冊，群眾出版社，一九九九年一月，八千套。
《周作人文集》，止庵編，吉林攝影出版社，二〇〇〇年一月。
《中國散文珍藏本・周作人卷》，陶良華編，人民文學出版社，二〇〇〇年一月；二〇〇五年五月收入《中華散文插圖珍藏版》，易名《周作人散文》，一萬冊；二〇〇七年九月收入「中國文庫」，四千五百冊，另有精裝本。
《雨天的書》，《百年百種優秀中國文學圖書》，人民文學出版社，二〇〇〇年七月。
《知堂美文》，《二十世紀經典文叢》，文化藝術出版社，二〇〇〇年一月，七千冊。
《周作人小品文全集》（上、下），《現代名家名作全集》，時代文藝出版社，二〇〇〇年一月。
《往事隨想・周作人》，唐文一、劉屏主編，成都：四川人民出版社，二〇〇〇年一月。
《周作人文選》，《名家名著經典作品選》（三），國賓主編，內蒙古文化出版社，二〇〇一年一月，二千五百冊。
《周作人經典》，《世紀經典文叢》，寶祥編，南海出版公司，二〇〇一年三月。
《周作人散文》，《學生閱讀經典》，李曉明編，吉林文史出版社，二〇〇二年十二月；二〇〇三年四月重印，八千零一至一萬八千冊。

《周作人經典作品選》，當代世界出版社，二〇〇二年三月，二〇〇四年九月第二次印。

《周作人作品精選》，《現代文學名家作品精選叢書》，鮑風、林青編，長江文藝出版社，二〇〇三年十一月，一萬冊；二〇〇九年七月，列入《名家散文經典》，八千冊。

《周作人散文》，傅光明編，二〇〇三年；太白文藝出版社，二〇〇五年一月再版，《中國二十世紀散文精品》，五千冊；二〇〇八年十月第三版，《中國二十世紀名家散文經典》。

《知堂遺存：（一）童謠研究手稿（二）周作人印譜》，線裝影印，福建教育出版社，二〇〇四年一月，一千冊。

《周作人講演集》，止庵編，河北人民出版社，二〇〇四年一月。

《周作人與鮑耀明通信集》（一九六〇至一九六六），鮑耀明編，河南大學出版社，二〇〇四年四月。

《閒適小品》，《名家經典·周作人作品集》，內蒙古人民出版社，二〇〇四年八月。

《周作人作品精編》，《中國現代作家作品精編系列》，灕江出版社，二〇〇四年一月。

《烏篷船·上下身》，《現代作家精選本》，吳福輝、陳子善主編，復旦大學出版社，二〇〇四年九月，一萬冊。

《周作人集（上、下）》，《大家小集》，止庵編注，花城出版社，二〇〇四年八月，八千套。

《閒適小品》，《名家經典》叢書之一，單冊未見版權頁，內蒙古人民出版社，二〇〇四年。

《我的雜學》，《大家小書》，張麗華編，北京出版社，二〇〇五年三月，一萬冊。

《苦雨》，《感悟名家經典散文》，傅光明編，京華出版社，二〇〇五年七月，六千冊。

《懷舊》，《大家散文文存》三輯，傅光明編，江蘇文藝出版社，二〇〇五年九月，二〇〇六年三月第二次印。

《周作人論日本》，陝西師範大學出版社，二〇〇五年九月。
《周作人精選集》，《世紀文學六十家》，北京燕山出版社，二〇〇六年二月，二〇一一年一月第五次印。
《知堂文叢》（包括《苦雨齋談》、《生活的況味》、《看雲隨筆》、《流年感憶》四冊），舒蕪編，天津教育出版社，二〇〇七年十一月。
《周作人人生筆記》，大東編，時代文藝出版社，二〇〇九年一月。
《苦雨齋文叢・周作人卷》，《苦雨齋文叢》，黃喬生編，遼寧人民出版社，二〇〇九年一月。
《周作人散文精選》，《名家散文精選》，長江文藝出版社，二〇〇九年七月。
《周作人散文全集》（十四卷），鍾叔河編，廣西師範大學出版社，二〇〇九年四月，二千五百套。另有一冊鄢琨編《周作人散文全集・索引》，三千冊。
《周作人散文名篇》，《現代文學名家名篇》，時代文藝出版社，二〇一〇年一月。
《生活之藝術》（精裝本），《小經典》，中國工人出版社，二〇一〇年一月。
《周作人閒話》，《現代文庫》，江蘇文藝出版社，二〇一〇年九月。
《周作人作品新編》，孫郁編，人民文學出版社，二〇一一年一月，一萬冊。

四、其他（十一種，記錄到印數的六種，共印二萬四千冊）

《明清笑話集》，趙南星等著，周作人校訂，中華書局，二〇〇九年一月。
《周作人金句漫畫》，戴逸如繪，于憑選編，上海書店出版社，一九九五年十月。

《周作人散文欣賞》，張恩和著，《中國現代作家作品欣賞叢書》，廣西教育出版社，一九八九年十二月；一九九二年八月第二次印，五千冊。

《中國現代四大文豪散文合集》（周作人、胡適、林語堂、梁實秋著），陳靜等編，海口：海南出版社，一九九四年。

《周作人詩全編箋注》（平裝、精裝），王仲三箋注，學林出版社，一九九五年一月，五千冊。

《周作人詩詞解析》，楊志琨編著，《中國近現代文學名家詩詞系列》，吉林文史出版社，一九九九年十月。

《中國名作家散文經典作品選　魯迅・周作人》，魯迅、周作人著，黃清編，中國言實出版社，二〇〇〇年四月。

《年少滄桑——兄弟憶魯迅》（一），周作人、周建人，《回望魯迅》，孫郁、黃喬生主編，河北教育出版社，二〇〇〇年十二月，一千冊；二〇〇一年五月第二次印，二千冊。

《與周作人乘烏篷船》，《名家人文地理叢書》，何信恩撰文，潘寶木等攝影，浙江文藝出版社，二〇〇四年八月，六千冊

《讀周作人》，錢理群著，《學人隨筆叢書》，天津古籍出版社，二〇〇一年十月，三千冊。

《兒童雜事詩箋釋》，鍾叔河箋釋，嶽麓書社，二〇〇五年二月，三千冊。

《周作人豐子愷兒童雜事詩圖箋釋》，修訂本，中華書局，一九九九年一月。

《兒童雜事詩箋釋》，橫排重印本，安徽大學出版社，二〇一一年三月。

五、譯文集（二十一種，記錄到印數的五種，共印七萬八千五百九十冊）

[日]《平家物語》，周啟明、申非譯，《日本文學叢書》，精、平裝，人民文學出版社，一九八四年六月，平裝五萬二千冊，精裝二千八百冊。

[日]清少納言、吉田兼好，《日本古代隨筆選》，周作人、王以鑄譯，《日本文學叢書》，人民文學出版社，一九八八年九月；一九九八年六月重印，一萬冊。

[日]式亭三馬，《浮世澡堂・浮世理髮館》，《日本文學叢書》，人民文學出版社，一九八九年十一月。

[日]安萬侶，《古事記》，國際文化出版公司，一九九〇年十二月。

《日本狂言選》，國際文化出版公司，一九九一年一月。

[古希臘]《盧奇安對話集》，人民文學出版社，一九九一年九月，三千二百九十冊。

[日]文泉子，《如夢記》，陳子善編，文匯出版社，一九九七年六月；一九九七年七月第二次印，五千零一至一萬冊。

[英]勞斯，《希臘的神與英雄》，海南出版社，一九九八年十一月，五千冊。

[希]阿波羅多洛斯，《希臘神話》，《苦雨齋譯叢》第一輯，中國對外翻譯出版公司，一九九九年一月；中國對外翻譯出版公司，二〇〇三年一月再版，收入《苦雨齋譯叢》第三輯。

《全譯伊索寓言集》，《苦雨齋譯叢》第一輯，一九九九年一月；二〇〇三年一月再版，收入《苦雨齋譯叢》第三輯。

《財神・希臘擬曲》，《苦雨齋譯叢》第一輯，中國對外翻譯出版公司，一九九九年一月。

[日]安萬侶，《古事記》，《苦雨齋譯叢》第二輯，中國對外翻譯出版公司，二〇〇一年一月。

[日]清少納言，《枕草子》，《苦雨齋譯叢》第二輯，中國對外翻譯出版公司，二〇〇一年一月。

《平家物語》，《苦雨齋譯叢》第二輯，中國對外翻譯出版公司，二〇〇一年一月。

《狂言選》，《苦雨齋譯叢》第二輯，中國對外翻譯出版公司，二〇〇一年一月。

[日]式亭三馬，《浮世澡堂》，《苦雨齋譯叢》第二輯，中國對外翻譯出版公司，二〇〇一年一月。

[古希臘]歐里庇得斯，《歐里庇得斯悲劇集》（上、中、下），《苦雨齋譯叢》第三輯，中國對外翻譯出版公司，二〇〇三年一月。

[日]阪本文泉子、石川啄木，《如夢記・石川啄木詩歌集》，《苦雨齋譯叢》第四輯，中國對外翻譯出版公司，二〇〇五年一月。

[英]哈葛德、安度闌，《紅星佚史》，《周氏兄弟合譯文集》，止庵主編，新星出版社，二〇〇六年一月。

《域外小說集》，《周氏兄弟合譯文集》，止庵主編，新星出版社，二〇〇六年一月。

《現代小說譯叢・第一集》，《周氏兄弟合譯文集》，止庵主編，新星出版社，二〇〇六年一月。

倪墨炎，《中國的叛徒與隱士：周作人》，上海文藝出版社，一九九〇年七月，上海人民出版社，二〇〇三年八月修訂本，易名為《苦雨齋主人周作人》。頁：八三、一二八、三六一。

錢理群，《周作人傳》，北京十月文藝出版社，一九九〇年九月，二〇〇五年一月第二版。頁：五、三一、八三、九一至九二、一二四、一二七、二二一、二五八、三五四。

鍾叔河，《兒童雜事詩圖箋釋》，北京：文化藝術出版社，一九九一年五月初版；北京：中華書局，一九九九年一月印行修訂本，易名為《周作人豐子愷兒童雜事詩圖箋釋》；合肥：安徽大學出版社，二〇一一年三月印行，《兒童雜事詩箋釋》（精裝本）。頁：七、九〇。

錢理群，《周作人論》，上海人民出版社，一九九一年八月；北京：中華書局，二〇〇四年十月重印，易名為《周作人研究二十一講》。頁：五、六九、八四、一二四、一二七、二四四。

舒蕪，《周作人的是非功過》，北京：人民文學出版社，一九九三年七月，二〇一〇年四月再版（收入《貓頭鷹學術文叢精選》）；遼寧教育出版社，二〇〇〇年九月增訂本。頁：六、六八、八五、九五、一二七、一九〇、二三九、二五三、二八五。

劉緒源，《解讀周作人》，上海文藝出版社，一九九四年八月；上海書店出版社，二〇〇八年六月增訂本。頁：七、八六、九五、一〇七、一二八。

蕭同慶，《閒話渡滄桑——周作人》，北京：中國青年出版社，一九九四年十二月，收入《中國現代文化名人逸聞雋語叢書》。頁：九一。

蕭南編，《在家和尚周作人》，成都：四川文藝出版社，一九九五年五月，收入《名家經典紀懷散文選》。頁：二二〇至二二一。

李景彬、邱夢英，《周作人評傳》，重慶出版社，一九九六年二月。頁：八四。

雷啟立，《苦境故事・周作人傳》，上海文藝出版社，一九九六年四月。頁：八四。

陳子善編，《閒話周作人》，杭州：浙江文藝出版社，一九九六年七月。頁：一五、二一八、二二〇、二二五、二二八、二三〇至二三二、二四四至二四五、二六七、二七〇、二七四。

劉如溪編，《周作人印象》，上海：學林出版社，一九九七年一月，收入《印象書系》。頁：二二〇。

錢理群，《話說周氏兄弟——北大演講錄》，濟南：山東畫報出版社，一九九九年九月。頁：八七、二八七。

張鐵榮，《周作人平議》，天津人民出版社，一九九六年三月，二〇〇六年五月二版。頁：九〇、二八八。

顧琅川，《知堂情理論》，北京：中國文聯出版公司，一九九七年六月。頁：一一七。

孫郁，《魯迅與周作人》，石家莊：河北人民出版社，一九九七年七月。頁：九〇、九五、一五六。

葉羽晴川，《兄弟文豪》，成都：四川人民出版社，一九九七年十一月。頁：九一。

黃喬生，《度盡劫波——周氏三兄弟》，北京：群眾出版社，一九九八年一月，杭州：浙江人民出版社，二〇〇八年一月修訂本，易名為《周氏三兄弟——周樹人　周作人　周建人合傳》。頁：九一、一二八。

[新加坡]徐舒虹，《五四時期周作人的文學理論》，上海：學林出版社，一九九九年四月。頁：一二三。

黃開發，《人在旅途——周作人的思想和文體》，北京：人民文學出版社，一九九九年七月，列入「貓頭鷹文叢」。頁：七、七八、八八至八九。

楊志琨、宋紅芳編著，《周作人詩詞解析》，長春：吉林文史出版社，一九九九年十月。頁：一二四。

程光煒編，《周作人評說八十年》，北京：中國華僑出版社，二〇〇〇年一月。頁：二二〇。

余斌，《周作人》，南京：江蘇文藝出版社，二〇〇〇年二月，列入「中外名人傳記叢書」。頁：一二一。

王友貴，《翻譯家周作人》，成都：四川人民出版社，二〇〇一年六月。頁：一二四。

[英]卜立德著，陳廣宏譯，《一個中國人的文學觀——一個中國人的文藝思想》，上海：復旦大學出版

二〇〇七年六月。頁：一一九。

哈迎飛，《半是儒家半釋家——周作人思想研究》，北京：人民文學出版社，二〇〇七年八月，收入《貓頭鷹學術文叢》。頁：八、一一三、一一五、一四六。

顧琅川，《周氏兄弟與浙東文化》，北京：人民出版社，二〇〇八年三月。頁：一一八。

[日]木山英雄著，趙京華譯，《北京苦住庵記——日中戰爭時代的周作人》，北京：生活・讀書・新知三聯書店，二〇〇八年八月。頁：一二六。

止庵，《周作人傳》，濟南：山東畫報出版社，二〇〇九年一月。頁：十、一一九至一二〇、二二一、二五八。

常峻，《周作人文學思想及創作的民俗文化視野》，上海書店出版社，二〇〇九年二月，收入《馬克思主義研究　哲學社會科學研究・第二十輯》。頁：一二二。

蕭劍南，《東有啟明　西有長庚——周氏兄弟散文風格比較研究》，上海三聯書店，二〇〇九年十月。頁：一二三。

張先飛，《「人」的發現——「五四」文學現代人道主義思潮源流》，北京：人民出版社，二〇〇九年十二月。頁：九、一一五。

二、文章

傅斯年，《白話文學與心理改革》，《新潮》一卷一號（一九一九年五月）。頁：二七。

胡適，《談新詩——八年來一件大事》，《星期評論》一九一九年雙十節紀念號，收入《胡適文存》一集。頁：二七。

錢玄同，《關於新文學的三件要事》，《新青年》六卷六號（一九一九年十一月）。頁：二七。

羅家倫，《近代中國思想的變遷》，《新潮》二卷五號（一九二〇年九月）。頁：二七。

胡適，《五十年來中國之文學》，原載《申報五十周年紀念冊》（一九二二年），收入《胡適文集》二集。頁：二八。

趙景深，《周作人的詩》，《虹紋季刊》一卷一期（一九二三年一月）。頁：二三、二七。

湯鍾瑤，《讀了〈自己的園地〉》，《晨報副鐫》一九二三年十月九日。頁：二八。

郭沫若，《批評－欣賞－檢查》，《創造週報》二五號（一九二三年十月）。頁：二八。

趙景深，《讀了〈西山小品〉》，《京報副刊・文學週刊》二十一期（一九二五年五月二十三日）。頁：二八。

明石（朱光潛），《〈雨天的書〉》，《一般》一卷三號（一九二六年十一月）。頁：二九、七八。

梁永福，《〈談龍集〉》，《開明》一卷一期（一九二八年七月）。頁：二九。

楊晉豪，《周作人先生》，《開明》一卷一期（一九二八年七月）。頁：二九。

冬芬，《讀〈談虎集〉》，《語絲》四卷七期（一九二八年一月二十七日）。頁：二九。

鍾敬文，《試談小品文》，《文學週報》七卷二四期（一九二八年十二月）。頁：二九。

霜峰，《我所見的魯迅與豈明兩先生》，《新晨報》副刊五九四號（一九三〇年五月六日）。頁：三八。

次豐，《魯迅周作人之文藝的時代價值》，《民言日報》一九三〇年五月十五日、二十二日。頁：三八。

中書君（錢鍾書），《評周作人的〈中國新文學的源流〉》，《新月》四卷四期（一九三二年十一月）。

頁：四四。

康嗣群，《周作人先生》，《現代》四卷一期（一九三三年十一月）。頁：三八至三九、二二〇、二二二。

埜容（廖沫沙），《人間何世？》，《申報・自由談》一九三四年四月十四日。頁：三一。

林語堂，《論以白眼看蒼蠅之輩》，《申報・自由談》一九三四年四月十六日。頁：三一。

曹聚仁，《周作人先生的自壽詩——從孔融到陶淵明的路》，《申報・自由談》一九三四年四月二十四日。頁：三二。

林語堂，《周作人詩讀法》，《申報・自由談》一九三四年四月二十六日。頁：三二。

沈從文，《論馮文炳》，收入《沫沫集》，上海：大東書局，一九三四年四月。頁：四〇。

許傑，《周作人論》，《文學》三卷一號（一九三四年七月）。頁：三四。

黃源譯，《周作人與日記者談話摘錄》，《文學》三卷三期（一九三四年九月）。頁：四五、二二八。

廢名，《知堂先生》，《人間世》十三期（一九三四年十月五日）。頁：三四至三五、三九。

蘇雪林，《周作人先生研究》，《青年界》六卷五期（一九三四年十二月）。頁：三四、三六、三九、四六、五二。

曹聚仁，《〈夜讀抄〉》，《太白》一卷七期（一九三四年十二月二十日）。頁：四一。

胡風，《藹理斯的時代及其他》，《文學》四卷三號（一九三五年三月）。頁：三三。

胡風，《藹理斯・法郎士・時代》，《太白》一卷十二期（一九三五年三月）。頁：三三。

阿英，《周作人小品序》，收入《現代十六家小品》，上海：光明書局，一九三五年三月。頁：三七、四三。

阿英，《俞平伯小品序》，收入《現代十六家小品》，上海：光明書局，一九三五年三月。頁：四三。

廢名，《關於派別》，《人間世》二十六期（一九三五年四月二十日）。頁：三四至三五、五二。

王穎，《〈夜讀抄〉》，《人間世》三十四期（一九三五年八月二十日）。頁：四〇。

曹聚仁，《「苦茶」——阿貓文化之二》，《立報》一九三五年十一月十八日。頁：四一。

蔽芾，《談周作人》，《北平晨報》一九三六年四月十日。頁：四〇。

胡風，《「過去的幽靈」》，《申報・自由談》一九三六年四月十六日、十七日。頁：三一。

堵述初，《周作人與陶淵明》，《藝風》四卷四期（一九三六年四月）。頁：四一。

溫源寧，《周作人先生》，《逸經》十一期（一九三六年十一月五日）。頁：三九。

施蟄存，《一人一書——論魯迅、知堂、蔣光慈、巴金、沈從文及廢名的創作》，《宇宙風》三十二期（一九三七年一月一日）。頁：三九。

胡白，《知堂論人》，《益世報・語林》一五一〇號（一九三七年一月七日）。頁：三八。

章博雨，《談知堂先生的讀書雜記》，《宇宙風》三十八期（一九三七年四月一日）。頁：四一。

郭沫若，《借問胡適——由當前的文化動態說到儒家》，《中華公論》創刊號（一九三七年七月）。頁：四二。

郭沫若，《國難聲中懷知堂》，《宇宙風・逸經・西風非常時期聯合旬刊》一九三七年八月三十日。頁：四六。

茅盾等，《致周作人的一封公開信》，《抗戰文藝》一卷四期（一九三八年五月十四日）。頁：四七。

何其芳，《論周作人事件》，成都：《工作》五期（一九三八年五月）。頁：四七、二八六。

尚鉞，《周作人速寫》，《文學月刊》一卷五號（一九四〇年三月）。頁：四七。

沈從文，《習作舉例　二　從周作人魯迅作品學習抒情》，《國文月刊》一卷二期（一九四〇年九月）。

頁：三六、四七至四八、五一。
雲彬，《替陶淵明說話》，《野草》一卷四期（一九四〇年十二月）。頁：四八。
紺弩，《從沈從文筆下看魯迅》，《野草》一卷四期（一九四〇年十二月）。頁：四八。
孟超，《周作人東渡》，《野草》二卷三期（一九四一年五月一日）。頁：四八。
相棱，《李陵與周作人》，福建永安：《現代文藝》三卷五期（一九四一年八月）。頁：四八。
默庵（黃裳），《讀知堂文偶記》，《古今》六期（一九四二年八月）。頁：五三。
何其芳，《兩種不同的道路——略談魯迅和周作人的思想發展上的分歧點》，《解放日報》一九四二年十一月二日。頁：四九、三五九。
胡蘭成，《周作人與路易士》，原載一九四一年《中華週報》副刊（具體日期待查），收入楊之華編《文壇史料》，上海：中華日報社，一九四三年一月。頁：五四。
柳雨生，《關於知堂》，《中華日報》一九四三年三月二十八日，收入楊之華編《文壇史料》，上海：中華日報社，一九四三年一月。頁：五四。
南冠（黃裳），《關於李卓吾——兼論知堂》，《古今》十八期（一九四三年三月）。頁：五四。
南冠（黃裳），《讀〈藥堂語錄〉》，《古今》二十、二十一期（合刊）（一九四三年四月）。頁：五四。
黃隴西，《讀〈藥堂語錄〉》，《中國文藝》七卷四期（一九四三年四月）。頁：五五。
紀果庵，《知堂先生南來印象追記》，《古今》二十、二十一期合刊（一九四三年四月十六日）。頁：五二。
亢德，《知堂小記》，《中華日報》一九四三年四月二十日。頁：五三。
胡蘭成，《談談周作人》，《人間》一卷四期（一九四三年十月）。頁：五五。

王森然，《周作人先生評傳》，《華北新報》一九四四年五月二十四、二十六、二十七、二十八、三十、三十一日，六月二、三、四日。頁：五三。
文載道，《讀〈藥味集〉》，收入《文抄》，北平：新民印書館，一九四四年十一月。頁：五五。
廢名，《〈小河〉及其他》，收入《談新詩》，北平：新民印書館，一九四四年十一月。頁：五五。
雪峰，《談士節兼論周作人》，收入《鄉風與市風》，重慶：作家書屋，一九四四年十一月。頁：四九。
何其芳，《關於周作人事件的一封信》，收入《星火集》，重慶：群益書社，一九四五年九月。頁：四九。
鄭振鐸，《惜周作人》，《週報》第十九期（一九四六年一月十二日）。頁：二〇、五〇、三五二。
黃裳，《更談周作人》，《大公晚報》一九四六年八月六日。頁：五一。
黃裳，《老虎橋邊看「知堂」》，《文匯報・筆會》一九四六年九月二日，收入《錦帆集外》，上海：文化生活出版社，一九四八年四月。頁：五一。
潘漢年，《身在曹營心在漢？》，上海《聯合日報晚刊》一九四六年九月二十一日。頁：五〇。
潘漢年，《周作人的思想根據》，上海《聯合日報晚刊》一九四六年十一月十八日。頁：五〇。
靜遠，《周作人二三事》，《文藝春秋副刊》一卷一期（一九四七年一月）。頁：一五七。
張鳴春，《再惜周作人》，《申報》一九四七年二月十一日。頁：五六。
張愛玲，《〈亦報〉的好文章》，《亦報》一九五〇年七月二十五日。頁：五七。
湯廷浩，《不可一筆抹殺——對「關於『魯迅小說裏的人物』」的意見》，《文藝月報》一九五六年十二期。頁：五六至五七。
許廣平，《「我們的癰疽，是他們的寶貝」——怒斥中國赫魯曉夫一夥包庇漢奸文人、攻擊魯迅的罪行》，《文學戰線》一九六七年三期。頁：五九、一九六。

鐵臂，《劉少奇黑傘下的大漢奸周作人》，《文藝戰鼓》一九六七年五月二十三日。頁：五九、一九六。

川島，《弟與兄》，《人民日報》一九七八年十月十一日。頁：六三。

《陳獨秀書信》，魯迅研究室供稿，陸品晶注釋，《歷史研究》一九七九年五期。頁：六三、二四七。

《胡適致周作人》，《胡適來往書信選》，北京：中華書局，一九七九年五月至一九八〇年八月。上、中冊收入胡適致周作人十七信。頁：二四五至二四六。

《新潮社致周作人》，《魯迅研究資料》（四），天津人民出版社，一九八〇年一月。頁：二四五。

《俞平伯致胡適》，《胡適來往書信選》（下），北京：中華書局，一九八〇年八月。頁：二六六。

《傅斯年致胡適》，《胡適來往書信選》（下），北京：中華書局，一九八〇年八月。頁：二六六。

陳漱渝，《再談〈天義報〉上署名「獨應」的文章》，《新文學史料》一九八〇年三期。頁：六二、二六八。

李景彬，《評周作人在文學革命中的主張》，《新文學論叢》一九八〇年三期。頁：六一、六四、七三。

李景彬，《論魯迅與周作人所走的不同道路》，《文學評論》一九八〇年五期。頁：六一、六四。

許志英，《論周作人早期的思想傾向》，《中國現代文學研究叢刊》一九八〇年四期。頁：六一、七六、二〇六。

《周作人日記》，載《魯迅研究資料》以下各輯：《周作人日記》（一八九八至一八九九年）八輯，天津人民出版社，一九八一年五月；《周作人日記》（一九〇〇年）九輯，天津人民出版社，一九八二年一月；《周作人日記》（一九〇一年）十輯，天津人民出版社，一九八二年十月；《周作人日記（清光緒壬寅）》（一九〇二年）十一輯，天津人民出版社，一九八三年一月；《周作人日記（一九〇三至一九〇四年）》十二輯，天津人民出版社，一九八三年五月；《周作人日記》十三輯，天津人民出版社，一九八四年七月；《周作人日記（一九一四至一九一五年）》，十四輯，天津人民出版社，一九八四年十一月；《周作人日記（一九一六年、一九二一年、一九二三年）》十八輯，中國文聯出版公司，一九八七年十月；《周作人日記》（一九二三、一九二四）十九輯，中國文聯出版公司，一九八八年七月；《周作人日記（一九一六年、一九二一年、一九二三年）》十八輯，中國文聯出版公司，一九八七年十月；《周作人日記》（一九二三、一九二四）十九輯，中國文聯出版公司，一九八八年七月。頁：二七一。

《周作人日記》，載《新文學史料》以下各期：《周作人日記》（一九一七年一月一日至十二月三十一日），一九八三年第三期；《周作人日記》（一九一八年一月一日至十二月三十一日），一九八三年四期；《周作人日記》（一九一九年一月一日至六月三十日），一九八四年一期；《周作人日記》（一九一九年七月一日至十二月三十一日），一九八四年二期；《周作人日記》（一九二〇年一月一日至六月三十日），一九八四年三期；《周作人日記》（一九二〇年七月一日至十二月三十一日），一九八四年四期。頁：二七二。

《胡適、劉半農、陳獨秀、錢玄同、鄭振鐸、傅斯年、陳望道、吳虞、孫伏園書信選》（一九一七年九月至一九二三年八月），《中國現代文藝資料叢刊》一九八〇年五輯，上海文藝出版社，一九八〇年十二月。收入劉半農、陳獨秀、錢玄同等致周作人信，其中，劉半農信二封，陳獨秀信九封，錢玄同信十八封，鄭振鐸信九封，傅斯年致馬幼漁、沈士遠、沈尹默、周作人、錢玄同、朱逷先多人信一封，陳望道信四封。頁：二四七。

姚錫佩，《魯迅作〈惜花四律〉質疑》，《南開學報》一九八一年四期。頁：二四〇。

許志英，《論周作人早期散文的藝術成就》，《文學評論》一九八一年六期。頁：六二、七六、二〇六。

錢理群，《試論魯迅與周作人的思想發展道路》，《中國現代文學研究叢刊》一九八一年四期。頁：六二、六五、九五、二七七。

俞芳，《太師母談魯迅兄弟》，收入《我記憶中的魯迅先生》，杭州：浙江人民出版社，一九八一年十月。頁：二三六。

《北京魯迅博物館收藏的書信五十封》，《魯迅研究資料》（九），天津人民出版社，一九八二年一月。收入：《胡適致周作人》二封，《孫伏園致周作人》二封，《蔡元培致周作人》七封，《錢玄同致周作人》七封。頁：二四六。

張琦翔，《周作人投敵的前前後後》，《文化史料》三輯，北京：文史資料出版社，一九八二年五月。頁：二六三、三六一。

李景彬，《魯迅和周作人的散文創作比較觀》，《江漢論壇》一九八二年八期、九期。頁：七七。

趙英，《魯迅與周作人關係始末》，《齊魯學刊》一九八二年五期、一九八三年二期。頁：二三四。

張菊香、張鐵榮，《周作人出任偽職的前前後後》，《南開學報》一九八三年二期。頁：二六三。

《北京魯迅博物館收藏的書信四十五封》，《魯迅研究資料》（十），收入：《章太炎致魯迅、周作人》•《羅家倫致周作人》•《曹聚仁致周作人》（十封），天津人民出版社，一九八二年十月。頁：二四六。

《魯迅收藏的書信三十六封》，《魯迅研究資料》（十二），天津人民出版社，一九八三年六月。內收錢玄同致魯迅、周作人信五封。頁：二三七、二四六。

于力，《安藤少將與周督辦》，《人鬼雜居的北平市》，北京：群眾出版社，一九八四年三月。頁：二六四。

《周建人致周作人》，《魯迅研究資料》（十二），天津人民出版社，一九八三年六月。頁：二三八。

周建人，《魯迅和周作人》，《新文學史料》一九八三年四期。頁：二一、二二二、二三六。

賈芝，《關於周作人的一點史料——他與李大釗的一家》，《新文學史料》一九八三年四期。頁：二四三、三六二。

王泉根，《論周作人與中國現代兒童文學》，《浙江師範學報》一九八四年二期。頁：六九、一〇三。

錢理群，《魯迅、周作人文學觀發展道路比較研究》，《中國社會科學》一九八四年二期。頁：七四。

《許壽裳致許廣平信二十七封》，《魯迅研究資料》（十四），天津人民出版社，一九八四年十一月。頁：二四〇至二四一。

王士菁，《關於周作人》，《魯迅研究動態》一九八五年四期。頁：二二九。

陳漱渝，《東有啟明　西有長庚——魯迅與周作人失和前後》，《魯迅研究動態》一九八五年五期。頁：九三。

舒蕪，《周作人概觀》，《中國社會科學》一九八六年四期、五期。頁：四、一九、五〇、六〇、六五、六七至六八、七七、八一、八五、一九〇、二八六。

張中行，《苦雨齋一二》，《負暄瑣話》，哈爾濱：黑龍江人民出版社，一九八六年九月。頁：二二四。

舒蕪，《歷史本來是清楚的——關於周作人出任華北教育督辦偽職的問題》，《魯迅研究動態》一九八七年一期。頁：七二、八五、二五二至二五三。

樓適夷，《我所知道的周作人》，《魯迅研究動態》一九八七年一期。頁：一九四、二二九、三五八。

許寶騤，《周作人出任華北教育督辦偽職的經過》，《魯迅研究動態》一九八七年一期，此文首先發表於《團結報》一九八六年十一月二十九日，另見於《新文學史料》一九八七年二期。頁：二一八、二五三至二五四、二五八。
《許廣平往來書信選》，《魯迅研究資料》（十六），天津人民出版社，一九八七年一月。頁：二四一。
王定南，《我對周作人任偽職一事的聲明》，《山西政協報》一九八七年二月二十日，另以《我對於國內外報刊發表周作人任偽職一事的聲明》為題，刊於《魯迅研究動態》一九八七年三期。頁：二五五至二五六。
《周作人的一封信》，《新文學史料》一九八七年二期。頁：二五六、二七四。
舒蕪，《周作人後期散文的審美世界》，《中國現代文學研究叢刊》一九八七年一期。頁：七八、八一。
于浩成，《關於周作人的二三事》，《魯迅研究動態》一九八七年三期。頁：二六五。
叢培香、徐廣琴，《王定南訪問記》，《新文學史料》一九八七年二期。頁：二五六。
唐弢，《關於周作人》，《魯迅研究動態》一九八七年五期。頁：二一八、二二二。
王定南，《〈周作人出任偽職的原因〉發表前後》，《魯迅研究動態》一九八七年六期。頁：二五五。
俞芳，《我所知道的芳子》，《魯迅研究動態》一九八七年七期。頁：二四二。
[日]尾崎文昭，《與陳獨秀分道揚鑣的周作人——以一九二二年非基督教運動中的衝突為中心》，收入《日本學者研究中國現代文學論文選粹》，長春：吉林大學出版社，一九八七年七月。原載《日本中國學會報》第三十五集（一九八三年十月）頁：九六。
[日]新村徹，《周作人的兒童文學論——中國兒童文學小議之一》，收入《日本學者研究中國現代文學論文選粹》，長春：吉林大學出版社，一九八七年七月。頁：一〇四。
俞芳，《周建人是怎樣離開八道灣的？》，《魯迅研究動態》一九八七年八期。頁：二四二。
吳海發，《說我珍藏的周作人先生的來信》，《魯迅研究動態》一九八七年九期。頁：二七四。

羅鋼，《周作人的文藝觀與西方人道主義思想》，《中國現代文學研究叢刊》一九八七年四期。頁：六七。
李德，《人道主義個性論者周作人——他的哲學和詩學》，《魯迅研究動態》一九八八年一期。頁：六八。
佟韋，《我所認識的周作人》，《魯迅研究動態》一九八八年一期。頁：二二九、二五八。
黎丁，《編輯手記——有關周作人部分》，《魯迅研究動態》一九八八年一期。頁：二三〇。
羅孚，《〈知堂回想錄〉瑣憶》，《魯迅研究動態》一九八八年一期。頁：二三一。
[日] 湯山土美子，《我對魯迅、周作人兒童觀的幾點看法》，《魯迅研究動態》一九八八年一期。頁：一〇四。
葉淑穗，《周作人二三事》，《魯迅研究動態》一九八八年二期。頁：二三一。
張鐵榮，《關於周作人的佚文》，《魯迅研究動態》一九八八年二期。頁：二六八、三五一。
錢理群，《歷史的毀譽之間——簡論周作人文藝批評理論與實踐》，《中國現代文學研究叢刊》一九八八年一期。頁：七五。
何德功，《周氏兄弟早期對文學功用的認識與日本文壇》，《河南大學學報》一九八八年二期。頁：七五。
陳福康，《略論「人的文學」與「為人生的文學」——魯迅與周作人文學思想比較研究札記》，《魯迅研究動態》一九八八年六期。頁：七四。
俞芳，《談談周作人》，《魯迅研究動態》一九八八年六期。頁：二二六。
錢理群，《關於周作人散文藝術的斷想》，《江海學刊》一九八八年三期。頁：七九。
李書磊，《溫和的意義——漫談〈知堂書話〉》，《光明日報》一九八八年六月十四日。頁：七一。
趙京華，《周作人審美理想與散文藝術綜論》，《文學評論》一九八八年四期。頁：八〇。
黎澍，《〈知堂書話〉和周作人的文化態度》，《光明日報》一九八八年八月二十三日。頁：七一。

舒蕪，《周作人的散文藝術》，《文藝研究》一九八八年四期、五期。頁：七九、八一。
錢理群，《周作人的民俗學研究與國民性考察》，《北京大學學報》一九八八年五期。頁：六九。
李春林，《關於「周作人現象」的思考——訪舒蕪》，《光明日報》一九八八年九月一日。頁：六七、一三八、三六二。
舒蕪，《女性的發現——知堂婦女論略述》，《中國社會科學》一九八八年六期。頁：六八。
祝肖因，《〈周作人日記〉所錄魯迅青年時期部分作品校讀記——兼議新版〈魯迅全集〉第八卷附錄二的編輯工作》，《魯迅研究動態》一九八九年四期。頁：二四〇。
趙英，《周氏兄弟古籍整理較析》，《魯迅研究資料》（二十一），北京：中國文聯出版公司，一九八九年七月。頁：七〇。
舒蕪，《不為苟異——關於魯迅、周作人後期的相同點》，《魯迅研究動態》一九八九年五、六期合刊，七期。頁：七一。
萬曉，《魯迅收藏的周作人譯作簡述》，《魯迅研究動態》一九八九年八期。頁：二四一。
趙京華，《周作人與日本文化》，《中國人民大學學報》一九八九年四期。頁：七〇。
張玿於，《從集外文看周作人早期散文創作概況》，《魯迅研究資料》（二十一），北京：中國文聯出版公司，一九八九年七月。頁：七七。
黃裳，《關於周作人》，《讀書》一九八九年九期。頁：七二。
舒蕪，《周作人對魯迅的影射攻擊》，《魯迅研究動態》一九八九年十期。頁：二三九。
陳子善，《關於周作人的〈憶陶君煥卿〉》，《魯迅研究動態》一九八九年十期。頁：二六九。
饒向陽，《三〇年代周氏兄弟分道思想探源》，《黃岡師專學報》一九九〇年一期。頁：九四。

康文，《周作人化名攻擊魯迅的一篇文章》，《魯迅研究月刊》一九九〇年二期。頁：二三九。
舒蕪，《魯迅、周作人失和決裂後的間接聯繫》，《魯迅研究月刊》一九九〇年三期。頁：二三八。
方衛平，《西方人類學派與周作人的兒童文學觀》，《浙江師大學報》一九九〇年四期。頁：一〇四。
張中行，《再談苦雨齋》，收入《負暄瑣話》，哈爾濱：黑龍江人民出版社，一九九〇年七月。頁：一〇八。
陳漱渝，《雙峰並峙　雙水分流——胡適與周作人》，《魯迅研究月刊》一九九〇年十二期。頁：九四。
丁亞平，《自己的園地：無聲潛思與獨立探詢——論周作人文學批評個性》，《海南師範學院學報》一九九一年一期。頁：一〇〇。
汪暉，《循環的歷史——讀錢理群著〈周作人傳〉》，《讀書》一九九一年五期。頁：九二。
陳思和，《關於周作人的傳論》，《中國現代文學研究叢刊》一九九一年三期。頁：九二。
常強生，《論周作人「五四」以前的文藝思想——「周作人文藝思想論略」之一》，《揚州師院學報》一九九一年四期。頁：一〇〇。
于浩成，《周作人遇刺真相》，《魯迅研究月刊》一九九一年九期。頁：二六一。
曾鎮南，《略釋周作人失節之「謎」》，《文藝報》一九九一年十二月二十一日。頁：二八二、二八六、三五〇、三五二、三五六。
祝肖因，《周作人早期日記與魯迅研究》，《魯迅研究資料》（二十四），北京：中國文聯出版公司，一九九一年十二月。頁：一一〇、二四〇。
《周作人早年書信十四封》，《魯迅研究資料》（二十四），北京：中國文聯出版公司，一九九一年十二月。頁：二七三。

[日] 中島長文，《道聽塗說——周氏兄弟的情況》，趙英譯、童斌校，《魯迅研究月刊》一九九三年九期。頁：九四。

杜聖修，《魯迅、周作人「失和」原委探微》，《中國現代文學研究叢刊》一九九三年三期。頁：九四。

蕭方林，《周作人與佛教文化》，《中國現代文學研究叢刊》一九九三年四期。頁：九八。

張鐵榮，《周作人「語絲時期」之日本觀》，《魯迅研究月刊》一九九四年三期、四期。頁：一〇六。

常風，《關於周作人》，《黃河》一九九四年三期。頁：二六四。

韓進，《從「兒童的發現」到「兒童的文學」——周作人兒童文學思想論綱》，《安慶師範學院學報》一九九三年四期。頁：一〇四。

易竹賢、孫振華，《評周作人早期對我國小說現代化的貢獻》，《武漢大學學報》一九九三年四期。頁：一〇二。

王恆，《周作人理性精神初探》，《求索》一九九四年二期。頁：九七。

舒蕪，《不要完全拋在腦後》，《讀書》一九九四年五期。頁：九六。

黃開發，《論周作人「自己表現」的文學觀》，《魯迅研究月刊》一九九四年六期。頁：一〇一。

高秀芹，《論基督教文化觀念對周作人的影響》，《齊魯學刊》一九九四年四期。頁：九八。

張小鋼，《青木正兒博士和中國——關於新發現的胡適、周作人等人的信》，《吉林大學社會科學學報》一九九四年六期。頁：二七四。

張菊香，《紅樓奠基的深情——周作人與李大釗》，《黨史縱橫》一九九四年七期。頁：二四四。

王景山，《關於周作人的〈枝巢四述〉序》，《魯迅研究月刊》一九九四年十一期。頁：二七〇。

王向遠，《日本白樺派作家對魯迅、周作人影響關係新辨》，《魯迅研究月刊》一九九五年一期。頁：一〇三。
張菊香，《從攜手到分裂——周作人與陳獨秀之間的交往》，《黨史縱橫》一九九五年一期。頁：二四五。
孫玉蓉選注，《周作人致俞平伯書信選注》，《新文學史料》一九九五年一期。頁：二七三。
陳漱渝，《魯迅・周作人・胡適》，《吉首大學學報》一九九五年一期。頁：九四。
韓進，《「周作人與兒童文學」研究述評》，《中國文學研究》一九九五年一期。頁：一〇五。
黃開發，《論〈知堂書信〉》，《魯迅研究月刊》一九九五年二期。頁：一一〇。
沈衛威，《周作人的新文學探源之路》，《中州學刊》一九九五年二期。頁：一〇一。
何滿子，《讀〈老人的胡鬧〉》，《書城》一九九五年四期。頁：二八三。
舒蕪，《真賞尚存　斯文未墜》，《讀書》一九九五年五期。頁：一〇七。
徐中玉，《我看周作人》，《中華讀書報》一九九五年六月二十一日。頁：二八六。
姜德明，《周作人談湯爾和——關於周作人的兩篇佚文》，《魯迅研究月刊》一九九五年六月。頁：二七〇。
文潔若，《苦雨齋主人的晚年》，收入《旅人的綠洲》，南京：江蘇文藝出版社，一九九五年六月。此前作者作有《晚年的周作人》與《一九四九年以後的周作人》，分別載《讀書》一九九〇年六期、《隨筆》一九九一年五期。頁：二二二、二二五。
張鐵榮，《關於周作人的日本文學翻譯》，《魯迅研究月刊》一九九五年七期。頁：一一〇。
何滿子，《趕時髦並應景談周作人》，《文匯報》一九九五年七月二十日，八月四日《文藝報》轉載。頁：二八一。
方圻，《行刺周作人——我參加的一次「抗團」活動》，《北京政協》一九九五年八期。頁：二六二。

謝倩霓，《在西洋、東洋與本土之間——周作人滑稽文學觀》，《魯迅研究月刊》一九九五年九期。頁：一〇三。
韓石山，《營救周作人》，《中華讀書報》一九九五年十月十八日。頁：二六五。
李同路，《抗拒信仰，逃入理性——對周作人宗教意識之一側面的描述》，《魯迅研究月刊》一九九五年十一期。頁：九八。
舒蕪，《理論勇氣和寬容精神》，《讀書》一九九五年十二期。頁：一八九。
胡紹華，《周作人的佛禪意識與小品散文創作》，《華中師大學報》一九九六年一期。頁：一〇六。
顧琅川，《論周作人對科學理性的追求》，《浙江師大學報》一九九六年二期。頁：九七。
袁良駿，《周作人為什麼會當漢奸》，分別載《光明日報》一九九六年三月二十八日。頁：二八四。
王向遠，《文體・材料・趣味・個性——以周作人為代表的中國現代小品文與日本寫生文比較觀》，《魯迅研究月刊》一九九六年四期。頁：一〇六。
袁良駿，《周作人餘談》，《北京日報》一九九六年五月八日。頁：二八四。
高恆文，《周作人與永井荷風——周作人與日本文學》，《魯迅研究月刊》一九九六年六期。頁：一〇六。
解志熙，《文化批評的歷史性原則——從近期的周作人研究談起》，《中州學刊》一九九六年四期。頁：八八、一四一。
任訪秋，《憶知堂老人》，收入陳子善編《閒話周作人》，杭州：浙江文藝出版社，一九九六年七月。頁：二四五。
柳存仁，《知堂紀念》，收入陳子善編《閒話周作人》，杭州：浙江文藝出版社，一九九六年七月。頁：二二八。

王向遠，《周作人文學觀念的形成演變及來自日本的影響》，《魯迅研究月刊》一九九八年一期。頁：一〇三。
袁良駿，《周作人熱與「漢奸有理」論》，《粵海風》一九九八年二期。頁：二八四。
王福湘，《周作人研究中的價值標準問題》，《廣播電視大學學報》一九九八年二期。頁：一八八。
劉川鄂，《周作人與中國自由主義文學》，《湖北大學學報》一九九八年三期。頁：九七。
劉全福，《兄弟攜手　共競譯業——我國早期譯壇上的魯迅與周作人》，《中國翻譯》一九九八年四期。頁：一一〇。
趙京華，《周作人與永井荷風、谷崎潤一郎》，《中國現代文學研究叢刊》一九九八年二期。頁：九九。
董炳月，《周作人與〈新村〉雜誌》，《中國現代文學研究叢刊》一九九八年二期。頁：二二七。
[日]武者小路房子作，董炳月譯，《周先生》，《中國現代文學研究叢刊》一九九八年二期。頁：二二七。
董炳月譯，《周作人致長島豐太郎》，《中國現代文學研究叢刊》一九九八年二期。頁：二二七。
汪言，《早期周作人與儒家文化》，《安慶師範學院學報》一九九八年四期。頁：九八。
汪衛東，《周氏兄弟〈隨感錄〉考證》，《中國現代文學研究叢刊》一九九八年三期。頁：二四〇。
羅興萍，《試論周作人研究民俗文化的立場和態度》，《中國現代文學研究叢刊》一九九八年三期。頁：九九。
黃開發，《九十年代的周作人研究》，《魯迅研究月刊》一九九八年七期。頁：一八七、二八四。
沈敦忠，《周作人散文平和沖淡風格的現代思想根源》，《邵陽師範高等專科學校學報》一九九八年六期。頁：一〇九。
袁良駿，《周作人研究的三口陷阱》，《魯迅研究月刊》一九九八年十二期，另載一九九八年十月二十一日《中華讀書報》。頁：一八七、二八三至二八四。

張菊香，《周作人的一篇佚文》，《魯迅研究月刊》一九九九年一期。頁：二六九。

錢理群，《周作人的傳統文化觀——北大演講錄之六》，《浙江社會科學》一九九九年一期。頁：九八。

王士菁，《關於周作人》（之二），《魯迅研究月刊》一九九九年二期。頁：二三〇。

張先飛，《從普遍的人道理想到個人的求勝意志——論「五四」前後周作人的「人學」觀念的一個重要轉變》，《魯迅研究月刊》一九九九年二期。頁：九六。

陳益民，《「忠舍」佚詩與獄中周作人》，《魯迅研究月刊》一九九九年三期。頁：二七〇。

喻大翔，《周作人言志散文體系論》，《文學評論》一九九九年二期。頁：一〇一。

李揚，《周作人早期歌謠活動及理論述評》，《青島海洋大學學報》一九九九年四期。頁：一〇〇。

[日]井上紅梅作，董炳月譯，《採訪周作人》，《魯迅研究月刊》一九九九年八期。頁：二二八。

汪言，《「寫史偏多言外意」——周作人對儒家文化的闡釋》，《安慶師範學院學報》一九九九年六期。頁：九八。

楊暉、羅興萍，《西方學者對周作人民俗思想形成的影響》，《宜賓師範高等專科學校學報》一九九九年九期。頁：九九。

裘士雄，《介紹周作人的三篇佚作》，《紹興文理學院學報》二〇〇〇年二期。頁：二六八。

哈迎飛，《從種業論到閉戶讀書論——周作人與佛教文化關係論之一》，《魯迅研究月刊》二〇〇〇年二期。頁：一四四至一四五。

哈迎飛，《茹苦忍辱，斯乃得度——周作人與佛教關係論之二》，《魯迅研究月刊》二〇〇〇年四期。頁：一四五。

裘士雄，《介紹周作人佚文二篇》，《魯迅研究月刊》二〇〇〇年五期。頁：二六八至二六九。

哈迎飛，《非正統的雜家——周作人與佛教文化關係論之三》，《魯迅研究月刊》二〇〇〇年六期。頁：一四五。

陳泳超，《周作人的民歌研究及其民眾立場》，《魯迅研究月刊》二〇〇〇年九期。頁：一六八。

吳江，《從胡適說到周作人》，《炎黃春秋》二〇〇〇年六期。頁：一八九。

廖四平，《新詩：散文化與含蓄蘊藉——論周作人的詩體論與風格論》，《華北電力大學學報》二〇〇〇年四期。頁：一七〇。

羅興萍，《淺論周作人民間歌謠研究》，《無錫教育學院學報》二〇〇〇年四期。頁：一四九。

顧琅川，《周作人與佛學文化》，《紹興文理學院學報》二〇〇〇年四期。頁：一四三。

魏捷，《〈自己的園地〉：周作人與兒童、兒童文學》，《哈爾濱師專學報》二〇〇〇年四期。頁：一六八。

陳泳超，《周作人的兒童文學研究》，《求是學刊》二〇〇〇年六期。頁：一六八。

舒蕪，《關於周作人研究的一封信》，《炎黃春秋》二〇〇〇年八期。頁：一九〇。

董炳月，《周作人的「國家」與「文化」》，《中國現代文學研究叢刊》二〇〇〇年三期。頁：一四一。

駱玉明，《古典與現代之間——胡適、周作人對中國新文學源流的回溯及其中的問題》，《中國文學研究》二〇〇〇年四期。頁：一六四。

顧隨，《致周作人》（八通），《顧隨全集》（四），石家莊：河北教育出版社，二〇〇〇年十二月。頁：二四六至二四七。

陳平原，《經典是怎樣形成的——周氏兄弟等為胡適刪詩考》，《魯迅研究月刊》二〇〇一年四期、五期。頁：二六九。
[日]波多野真矢，《周作人與立教大學》，《魯迅研究月刊》二〇〇一年二期。頁：二二六。
徐敏，《論日本文化對周作人女性思想的影響》，《外國文學研究》二〇〇一年二期。頁：一五三。
裘士雄提供、整理，《周作人佚文三篇》，《魯迅研究月刊》二〇〇一年三期。頁：二六九。
孫郁，《當代文學中的周作人傳統》，《當代作家評論》二〇〇一年四期。頁：一一八、一八五。
龍海平，《周作人早期的翻譯理論》，《魯迅研究月刊》二〇〇一年五期。頁：一六九。
平保興，《周作人與俄羅斯文學的譯介》，《俄羅斯文藝》二〇〇一年四期。頁：一八四。
劉全福，《周作人——我國日本文學譯介史上的先驅》，《四川外語學院學報》二〇〇一年四期。頁：一八三。
錢理群，《解讀周作人》，《荊州師範學院學報》二〇〇一年四期、六期。頁：一八〇。
鄧利，《試論周作人的文學批評》，《北方論叢》二〇〇一年五期。頁：一六八。
顧琅川，《論周作人的故鄉情緣》，《紹興文理學院學報》二〇〇一年六期。頁：一四八。
哈迎飛，《「無信」與「中庸」——周作人「中庸」觀之我見》，《東南學術》二〇〇一年六期。頁：一四五。
李之謙，《魯迅、周作人及其他——兼與張中行先生商榷》，《文藝理論與批評》二〇〇一年四期。頁：一八八。
裘士雄提供、整理，《周作人佚文三篇》（續二），《魯迅研究月刊》二〇〇一年九期。頁：二六九。
何勇，《從功利到審美：周作人早年文學功用觀新探》，《魯迅研究月刊》二〇〇一年九期。頁：一六二。
顏浩，《〈語絲〉時期的苦雨齋弟子》，《魯迅研究月刊》二〇〇一年十二期。頁：一五七。

止庵，《關於〈知堂文集〉》，收入《知堂文集》（周作人），石家莊：河北教育出版社，二〇〇二年一月。頁：一三五。

顧琅川，《向歷史尋求理論支撐點——三〇年代周作人推重明末公安派性靈小品原因考察及其他》，《紹興文理學院學報》二〇〇二年三期。頁：一七二、一八二。

宋紅嶺，《理性的距離：人本、寬容、自由及經驗主義——周作人「自由主義」思想概述》，《徐州師範大學學報》二〇〇二年三期。頁：一三四。

劉全福，《周作人與「被損害民族的文學」》，《四川外語學院學報》二〇〇二年三期。頁：一八三。

王兆勝，《林語堂與周作人》，《人文雜誌》二〇〇二年五期。頁：一五八。

周荷初，《周作人與晚明文學思潮》，《魯迅研究月刊》二〇〇二年六期。頁：一七二。

張菊香，《魯迅周作人早期作品署名互用問題考訂》，《魯迅研究月刊》二〇〇二年六期。頁：二四一。

倪金華，《周作人與日本隨筆——周作人思想藝術探源》，《魯迅研究月刊》二〇〇二年七期。頁：一八〇。

何滿子，《周作人暮年乞憐章士釗》，《今晚報》二〇〇二年七月二十日。頁：一八七。

何休，《新詩理論的開拓和周作人的新詩主張》，《四川大學學報》二〇〇二年四期。頁：一七〇。

安文軍，《周作人的現代散文源流觀》，《中國農業大學學報》二〇〇二年四期。頁：一六四至一六五。

夏元明，《周作人與佛教文化之關係初探》，《黃岡師範學院學報》二〇〇二年五期。頁：一四四。

丁文，《「談狐說鬼尋常事」——周作人早期散文中的一種文化探源》，《海南師範學院學報》二〇〇二年四期。頁：一七五。

趙京華，《周作人與柳田國男》，《魯迅研究月刊》二〇〇二年九期。頁：一五二。

萬傑，《從陶淵明到顏之推的路——試析周作人後期的思想變化》，《江西教育學院學報》二〇〇二年五期。頁：一四七。
顧農，《讀〈周作人日記〉札叢》，《魯迅研究月刊》二〇〇二年十一期。頁：二四一。
榮挺進，《〈晨報副鐫〉上有關周氏兄弟失和的幾則材料》，《魯迅研究月刊》二〇〇二年十一期。頁：二三七。
李澤厚，《讀周作人散文的雜感》，收入《走我自己的路——雜著集》，北京：中國盲文出版社，二〇〇二年十一月。頁：一〇九。
呂若涵，《現代性個人主體的堅執——論一九三〇年代周作人及論語派的政治思想理念》，《魯迅研究月刊》二〇〇二年十二期。頁：一五八。
丁曉原，《論周作人與郁達夫五四散文觀的差異》，《江蘇社會科學》二〇〇三年一期。頁：一六七。
安文軍，《周作人散文美學理論初探》，《甘肅教育學院學報》二〇〇三年一期。頁：一六六。
黃科安，《周作人散文理論的生成與轉換》，《泉州師範學院學報》二〇〇三年一期。頁：一六六。
曾鋒，《周作人與尼采》，《中國現代文學研究叢刊》二〇〇三年一期。頁：一五一。
朱金順，《魯迅周作人又一篇合寫的文章》，《魯迅研究月刊》二〇〇三年二期。頁：二四一。
哈爾克，《苦雨齋雜談》，《魯迅研究月刊》二〇〇三年三期。頁：一五七。
孫玉蓉，《關於周作人遺作〈十山筆談〉》，《魯迅研究月刊》二〇〇三年三期。頁：二七〇。
吳德利，《學者散文的「陰陽面」——以周作人和余秋雨為例略談學者散文的流變》，《藝術廣角》二〇〇三年三期。頁：一七九。
曾鋒，《輪回對歷史敘述的支配——〈中國新文學的源流〉及周作人論之一》，《魯迅研究月刊》二〇〇三年四期。頁：一五二。

胡慧翼，《論「五四」知識份子先驅對民間歌謠的發現——以胡適、周作人、劉半農為中心》，《西南民族大學學報》二〇〇三年三期。頁：一四九。

龍泉明、汪雲霞，《初期白話詩人的個性化寫作——論胡適、劉半農和周作人詩歌的精神特徵》，《人文雜誌》二〇〇三年六期。頁：一八二。

卞琪斌，《周作人作序的〈櫻花國歌話〉》，《魯迅研究月刊》二〇〇三年六期。頁：二七〇。

鮑耀明整理，《周作人佚文兩篇——選自〈秋草園舊稿〉》，《魯迅研究月刊》二〇〇三年七期。頁：二七〇。

田廣，《論周作人對中國現代詩歌的獨特貢獻》，《蘭州大學學報》二〇〇三年四期。頁：一八一。

陳文穎，《謳歌與拯救——周作人與魯迅筆下的兒童》，《新疆師範大學學報》二〇〇三年四期。頁：一七六。

莊浩然，《周作人譯述古希臘戲劇的文化策略》，《福建師範大學學報》二〇〇三年四期。頁：一四九。

方忠，《周作人與臺灣當代小品散文》，《江海學刊》二〇〇三年四期。頁：一八六。

丁曉原，《散文的周作人與周作人的散文》，《廈門大學學報》二〇〇三年五期。頁：一七八。

張鐵榮，《魯迅與周作人的日本文學翻譯觀》，《魯迅研究月刊》二〇〇三年十期。頁：一六九。

葛飛，《周作人與清儒筆記》，《魯迅研究月刊》二〇〇三年十一期。頁：一三九。

黃開發，《中外影響下的周氏兄弟留日時期的文學觀》，《魯迅研究月刊》二〇〇四年一期。頁：一六二。

顧琅川，《生命苦諦的慧悟與反抗——周作人「苦質情結」的佛學底蘊》，《紹興文理學院學報》二〇〇四年一期。頁：一四三。

陳思和，《現代知識份子崗位意識的確立：〈知堂文集〉》，《杭州師範學院學報》二〇〇四年一期。頁：一三五。

蕭曉瑪，《周作人教育思想探略》，《教育評論》二〇〇四年一期。頁：一五四。

張宏偉，《芻議自然科學與周作人人生觀的形成》，《西安石油大學學報》二〇〇四年一期。頁：一三〇。

黃科安，《周作人與現代隨筆觀念的構建——周作人隨筆綜論之一》，《青海師範大學學報》二〇〇四年二期。頁：一六七。

劉全福，《求真知：一種另類的借鑑觀——周作人與西歐國家的文學譯介》，《四川外語學院學報》二〇〇四年二期。頁：一八三。

黃科安，《「駁正俗說」：周作人隨筆的修辭策略》，《東嶽論叢》二〇〇四年二期。頁：一七八。

余連祥，《歷史語境中的周作人與豐子愷》，《魯迅研究月刊》二〇〇四年四期。頁：一五八。

江小蕙，《八道灣十一號和周作人的晚年》，《縱橫》二〇〇四年四期。頁：二三二。

蔣保，《周作人之古希臘文化觀》，《社會科學評論》二〇〇四年三期。頁：一五〇。

文潔若，《周作人及其兒孫》，《作家》二〇〇四年五期。頁：二三二。

李哲、徐彥利，《負手旁立心有鶩　檻內觀花在家人——周作人與佛教文化》，《江淮論壇》二〇〇四年六期。頁：一四四。

黃開發，《周作人的文學觀與功利主義》，《中國現代文學研究叢刊》二〇〇四年三期。頁：一六三。

束景南、姚誠，《激烈的「猛士」與沖淡的「名士」——魯迅與周作人對吳越文化精神的不同承傳》，《文學評論》二〇〇四年三期。頁：一四九。

萬傑，《個人主義者眼中的遺民——論周作人與中國遺民文化之一》，《江西教育學院學報》二〇〇四年四期。頁：一四八。

徐彥利，《二○世紀末對周作人研究的八種角度與四點注意》，《河北學刊》二○○四年五期。頁：一九二。

倪墨炎，《什麼人為什麼行刺周作人》，《魯迅研究月刊》二○○四年九期。頁：二六二。

黃喬生，《魯迅、周作人與韓愈——兼及韓愈在中國文化史上的評價》，《魯迅研究月刊》二○○四年十期。頁：一七三。

陳言，《淪陷時期張深切與周作人交往二三事》，《新文學史料》二○○四年四期。頁：二六四。

劉堃，《從散文看魯迅與周作人精神特質比較》，《魯迅研究月刊》二○○四年十期。頁：一五六。

段煉，《「言志」與「載道」——從錢鍾書對周作人的一個錯覺談起》，《博覽群書》二○○四年十二期。頁：一六五。

李紅葉，《周作人與安徒生》，《求索》二○○五年一期。頁：一八四。

蘇童，《周作人的「夏夜夢」》，《揚子江詩刊》二○○五年一期。頁：一八○。

王錫榮，《四次公審周作人真相》，《世紀》二○○五年一期。頁：二六五。

黎楊全，《論廚川白村對周作人文學觀的影響》，《南京師範大學文學院學報》二○○五年一期。頁：一六四。

孟慶澍，《從女子革命到克魯泡特金——〈天義〉時期的周作人與無政府主義》，《汕頭大學學報》二○○五年一期。頁：一五二。

顧琅川，《古越精神與周作人文化性格》，《紹興文理學院學報》二○○五年二期。頁：一四八。

哈迎飛，《論周作人對中國民眾宗教意識的考察——周作人的宗教思想研究之一》，《魯迅研究月刊》二〇〇五年三期。頁：一四六。

黃科安，《「人情物理」：周作人隨筆的智慧言說》，《紹興文理學院學報》二〇〇五年三期。頁：一七六。

石堅，《「平和沖淡」的背後——讀周作人》，《蘇州科技學院學報》二〇〇五年三期。頁：一七七。

趙海彥，《周作人與中國現代趣味主義文學思潮的形成與發展》，《甘肅社會科學》二〇〇五年二期。頁：一六三。

汪成法，《何人識得輕與重——從舒蕪和他的周作人研究談起》，《粵海風》二〇〇五年三期。頁：一九二。

龔育之，《毛選注釋上的周作人》，二〇〇五年三月十四日《學習時報》。頁：二五七。

徐鵬緒、張詠梅，《論周作人傳統文學價值觀》，《山東師範大學學報》二〇〇五年三期。頁：一七四。

劉軍，《周作人與日本文學翻譯》，《魯迅研究月刊》二〇〇五年六期。頁：一六九。

李怡，《一九〇七：周作人「協和」體驗及與魯迅的異同——論一九〇七年的魯迅兄弟與現代中國文學之生成》，《貴州社會科學》二〇〇五年四期。頁：一五六。

唐小林，《普世詩學：周作人早期文論的基本質態》，《四川師範大學學報》二〇〇五年四期。頁：一六一。

李奇志，《偉大的捕風——周作人女性思想評述》，《武漢理工大學學報》二〇〇五年五期。頁：一三二。

陳漱渝，《關於淪陷時期的周作人——由十九年前的一段往事談起》，《縱橫》二〇〇五年六期。頁：二五七。

黎楊全，《解讀周作人的希臘神話情結》，《海南大學學報》二〇〇五年四期。頁：一五一。

倪墨炎，《晚年周作人》，《魯迅研究月刊》二〇〇五年七期、二〇〇六年五期、二〇〇六年八期、二〇〇八年六期、二〇〇八年八期。頁：一五五、二二三、二七四。

陳秋華，《從〈兒童雜事詩〉看周作人與兒童詩歌的關係》，《福建師範大學福清分校學報》二〇〇五年四期。頁：一八二。

孫玉蓉，《出任偽職前後周作人為他人謀職軼事探究——為〈周作人年譜〉補遺》，《魯迅研究月刊》二〇〇四年八期。頁：二六四。

季紅，《周作人與小泉八雲的日本社會觀之比較》，《大連民族學院學報》二〇〇五年三期。頁：一五三。

季紅，《周作人與小泉八雲的日本宗教觀之比較》，《貴州民族學院學報》二〇〇五年三期。頁：一五三。

廖久明，《高長虹與周作人——從路人到仇人》，《新文學史料》二〇〇五年三期。頁：一五九。

李國文，《說倀論鬼及漢奸，兼及苦雨齋主周作人——紀念抗日戰爭六十周年》，《作家》二〇〇五年八期。頁：一八八。

散木，《周作人和李大釗以及李大釗全集的出版》，《博覽群書》二〇〇五年十期。頁：二四四。

李曙豪，《周作人論通俗文學》，《韶關學院學報》二〇〇五年十期。頁：一七一

趙思運，《周作人和魯迅：何其芳的兩個精神鏡像》，《菏澤學院學報》二〇〇五年六期。頁：一五九。

孫玉蓉，《周作人、許介君交往史實考辨》，《新文學史料》二〇〇五年四期。頁：二五八。

[日]鳥谷真由美，《周作人與日本文化——以飲食文化為中心》，《魯迅研究月刊》二〇〇五年十二期。頁：一八〇。

[日]丸川哲史作，紀旭峰譯，《日中戰爭的文化空間——周作人與竹內好》，《開放時代》二〇〇六年一期。頁：一四二。

黎楊全，《論斯威夫特對周作人散文的影響》，《孝感學院學報》二〇〇六年一期。頁：一八一。

黃科安，《歷史循環觀念：周作人隨筆創作的獨特思維》，《貴州社會科學》二〇〇六年一期。頁：一七六。

李中華，《談周作人對孫犁的影響》，《鄭州航空工業管理學院學報》二〇〇六年一期。頁：一八五。

王風，《文學革命的胡適敘事與周氏兄弟路線——兼及「新文學」、「現代文學」的概念問題》，《中國現代文學研究叢刊》二〇〇六年一期。頁：一八四。

劉全福，《發「新潮」於「舊澤」——周作人〈論文章之意義暨其使命〉對我國傳統文論的消解與重構》，《內蒙古社會科學》二〇〇六年二期。頁：一六〇。

張麗華，《從「君子安雅」到「越人安越」——周作人的風物追憶與民俗關懷（一九三〇——一九四五）》，《魯迅研究月刊》二〇〇六年三期。頁：一七六。

黃開發，《一個晚明小品選本與一次文學思潮》，《文學評論》二〇〇六年二期。頁：一六三、二八〇。

張先飛，《發生期新文學科學「人學」觀念的建構》，《文學評論》二〇〇六年三期。頁：一二九。

馮尚，《周作人的神話意識與對現代性建構的自省》，《文學評論》二〇〇六年三期。頁：一六四。

耿傳明，《周作人的「附逆」與「現代性」倫理的困境》，《煙臺大學學報》二〇〇六年三期。頁：一四二。

余望，《從三種刊物看周作人的早期歌謠研究》，《集美大學學報》二〇〇六年三期。頁：一四九。

崔銀河，《〈晨報副刊〉與周作人》，《渤海大學學報》二〇〇六年二期。頁：一七七。

黎楊全，《周作人與古希臘擬曲》，《楚雄師範學院學報》二〇〇六年二期。頁：一八四。

董馨，《周作人的「純文學」觀與中國文化傳統》，《佛山科學技術學院學報》二〇〇六年二期。頁：一七四。
黃裳，《我的集外文——〈來燕榭集外文〉後記》，《來燕榭集外文鈔》，北京：作家出版社，二〇〇六年五月。頁：四四。
余望，《周作人前期的編輯活動研究》，《福建師範大學學報》二〇〇六年三期。頁：一五九。
吳仁援，《「民間」在周作人的戲劇視野中》，《戲劇藝術》二〇〇六年四期。頁：一七一。
耿傳明，《周作人與古希臘、羅馬文學》，《書屋》二〇〇六年七期。頁：一五〇。
余望、徐品晶，《從〈語絲〉到〈駱駝草〉——周作人編輯行為與創作互動關係研究》，《青海師範大學學報》二〇〇六年四期。頁：一五九。
安文軍，《周作人對現代散文內在規定性的理論貢獻》，《重慶社會科學》二〇〇六年六期。頁：一六七。
應玲素，《論周作人兒童文學觀的現代機遇》，《北方論叢》二〇〇六年六期。頁：一六九。
劉全福，《「主美」與「移情」：周作人古希臘文學接受與譯介思想述評》，《解放軍外國語學院學報》二〇〇六年四期。頁：一七〇。
哈迎飛，《「愛的福音」與「暴力的迷信」——周作人與基督教文化關係論之一》，《福建師範大學學報》二〇〇六年五期。頁：一四四。
徐翔，《周作人女性觀中的異質性成分》，《中國現代文學研究叢刊》二〇〇六年六期。頁：一三二。
李雅娟，《論周作人二十世紀四〇年代的思想架構——以漢文學的傳統等四篇文章為例》，《重慶工學院學報》二〇〇六年六期。頁：一四一。
余文博，《周作人與吉田兼好比較論》，《哈爾濱學院學報》二〇〇六年十一期。頁：一五三。
袁一丹，《試論〈域外小說集〉的文章性——由周作人的「翻譯文體觀」談起》，《南京師範大學文學院期，收入小川利康、止庵編《周作人致松枝茂夫手札》，桂林：廣西師範大學出版社，二〇一三年一月。頁：二四七。

[日] 小川利康，《關於周作人與松枝茂夫通信的說明》，《中國現代文學研究叢刊》二〇〇七年四期。頁：二四七至二四八。

郝慶軍，《兩個「晚明」在現代中國的復活——魯迅與周作人在文學史觀上的分野和衝突》，《中國現代文學研究叢刊》二〇〇七年六期。頁：一七二。

張霖，《周作人佚函箋釋》，《博覽群書》二〇〇七年六期。頁：二四八。

周荷初，《周作人與清代散文》，《魯迅研究月刊》二〇〇七年六期。頁：一七三。

關峰，《周作人傳統思想三題》，《山東科技大學學報》二〇〇七年四期。頁：一四〇。

[日] 伊藤德也，《「生活之藝術」的幾個問題——參照周作人的「頹廢」和倫理主體》，《魯迅研究月刊》二〇〇七年五期。頁：一三一。

任葆華，《論周作人對沈從文文學創作的影響》，《渭南師範學院學報》二〇〇七年三期。頁：一八六。

任娟，《談周作人「五四」時期的翻譯詩歌對湖畔詩人的影響》，《滄桑》二〇〇七年三期。頁：一八六。

權繪錦，《周作人與六朝文學》，《山西師大學報》二〇〇七年三期。頁：一四七。

賓恩海，《周作人小品文的人生旨趣芻議》，《廣西大學學報》二〇〇七年四期。頁：一七六。

林分份，《周作人的民間立場及其對新文學的建構》，《南京師範大學文學院學報》二〇〇七年四期。頁：一六一。

楊秋華，《論周作人的兒童教育思想》，《株洲師範高等專科學校學報》二〇〇七年六期。一五四。

黃波，《關於晚年周作人的兩三件事》，《博覽群書》二〇〇七年七期。頁：一八八。

李平，《和實生物　同則不繼——魯迅與周作人同題憶人散文比較》，《江蘇廣播電視大學學報》二〇〇七年六期。頁：一七七。
梁仁昌，《論周作人的「言志」與「載道」觀》，《廣西大學學報》二〇〇七年十期。頁：一六五。
文貴良，《知言：周作人的文學漢語實踐與現代美文的發生》，《復旦學報》二〇〇七年六期。頁：一七九。
黎楊全，《文藝復興與國民性重建——論周作人對古希臘文化的誤讀》，《江西社會科學》二〇〇七年九期。頁：一五〇。
鄭家建、林秀明，《知識之美——論周作人散文中知識的審美建構》，《魯迅研究月刊》二〇〇七年十一期、十二期。頁：一七九。
呂國富、任勝洪、梁向兵：《周作人家庭思想及其現代啟示》，《貴州社會科學》二〇〇七年十一期。頁：一五四。
黎楊全，《解讀周作人的「《對話集》」情結》，《楚雄師範學院學報》二〇〇七年十一期。頁：一五〇。
哈迎飛，《周作人對法家暴力文化的批判》，《福建論壇》二〇〇七年十二期。頁：一四六。
錢靈傑、操萍，《周作人翻譯思想與實踐的闡釋學視角研究》，《湖北教育學院學報》二〇〇七年十二期。頁：一七〇。
段成利，《欲挽狂瀾應有術，先從性理覓高深——周作人的性學思想論析》，《中國性科學》二〇〇七年十二期。頁：一三三。
哈迎飛，《論陀思妥耶夫斯基「非暴力」思想對周作人的影響》，《南京師範大學文學院學報》二〇〇八年一期。頁：一六四。

李永春，《周作人在少年中國學會的宗教講演考辨》，《上饒師範學院學報》二〇〇八年一期。頁：二二七。

王蕾，《論安徒生童話對周作人「無意思之意思」的文本言說作用》，《昆明師範高等專科學校學報》二〇〇八年一期。頁：一六九。

顧農，《魯迅的「硬譯」與周作人的「真翻譯」》，《魯迅研究月刊》二〇〇八年二期。頁：一八三。

楊芸芸，《周作人與董橋閒適觀比較》，《牡丹江師範學院學報》二〇〇八年二期。頁：一五八。

謝泳，《錢鍾書與周氏兄弟》，《文藝爭鳴》二〇〇八年二期。頁：一五九。

高恆文，《話裏話外：一九三九年的周作人言論解讀》，《中國現代文學研究叢刊》二〇〇八年二期。頁：一四三。

胡輝傑，《貴族與平民——周作人中庸範疇論之一》，《魯迅研究月刊》二〇〇八年四期。頁：一三八。

劉緒源，《〈中國的思想問題〉及其他》，《魯迅研究月刊》二〇〇八年五期。頁：一二一、一四〇。

汪成法，《黃裳散文與「苦茶庵法脈」》，《江蘇教育學院學報》二〇〇八年三期。頁：一八五。

余斌，《「專欄作家」周作人》，《書城》二〇〇八年五期。頁：一七八。

劉洋，《傳統的西方言說——論周作人「人學」思想》，《湖南大眾傳媒職業技術學院學報》二〇〇八年三期。頁：一三〇。

張詠梅，《論周作人散文的憂患意識》，《西南交通大學學報》二〇〇八年三期。頁：一七七。

葛飛，《論戰中的師爺氣與「流氓鬼」——以女師大風潮中的周作人為例》，《南京師範大學學報》二〇〇八年三期。頁：一七七。

李濤，《論周作人的審美主義》，《西華大學學報》二〇〇八年四期。頁：一三一。

趙京華，《動盪時代的生活史與心靈紀錄——讀周作人致松枝茂夫信》，《中國現代文學研究叢刊》二〇〇八年四期。頁：二四八。
韓靖，《周作人「道義之事功化」思想探析》，《紹興文理學院學報》二〇〇八年五期。頁：一四三。
林分份，《論周作人的審美個人主義——兼及對其評價史的考察》，《東南學術》二〇〇八年三期。頁：一六一。
關峰，《偉大的捕風——周作人八股文思想略論》，《淮北煤炭師範學院學報》二〇〇八年三期。頁：一七四。
張玲玲，《論周作人民俗散文的審美特徵》，《山西師大學報》二〇〇八年四期。頁：一七八。
姜輝、黎保榮，《論周作人的詩歌理論》，《山西師大學報》二〇〇八年四期。頁：一七一。
余榮虎，《論周作人的鄉土文學理論》，《南京師大學報》二〇〇八年四期。頁：一〇五。
范衛東，《探詢「現代化的中國固有精神」——論周作人抗戰時期的散文創作》，《江蘇社會科學》二〇〇八年四期。頁：一七七。
莊萱，《周作人借鑑西方Essai的考古探源與歷史審度》，《福建師範大學學報》二〇〇八年五期。頁：一六七。
劉東方，《胡懷琛、周作人現代小詩研究之比較》，《齊魯學刊》二〇〇八年五期。頁：一七〇至一七一。
姜異新，《淺談周作人的生活啟蒙》，《中國現代文學研究叢刊》二〇〇八年六期。頁：一三一。
張先飛，《五四前期周作人新理想主義觀研究》，《中國現代文學研究叢刊》二〇〇八年六期。頁：一二九。
哈迎飛，《從國家意識、民族認同與思想革命論周作人的啟蒙思想》，《中國現代文學研究叢刊》二〇〇八年六期。頁：一三四。

趙普光，《從知堂到黃裳：周作人書話及其影響》，《福建論壇》二〇〇九年一期。頁：一八五。
張用蓬，《周作人與新潮社》，《泰山學院學報》二〇〇九年一期。頁：一五九。
張學敏，《試論周作人對廢名小說創作的影響——兼論周作人對鄉土小說的倡導》，《黃岡師範學院學報》二〇〇九年一期。頁：一五七。
張旭東，《散文與社會個性的創造——論周作人三〇年代小品文寫作》，《中國現代文學研究叢刊》二〇〇九年一期。頁：一三六。
胡輝傑，《人情與物理——周作人中庸範疇之三》，《魯迅研究月刊》二〇〇九年二期。頁：一三八。
林思韓，《道德文章千古事》，《中華魂》二〇〇九年二期。頁：一九三。
許建平、李留分，《李贄思想在周作人接受過程的近代演進》，《河北學刊》二〇〇九年二期。頁：一四八。
鍾叔河，《〈周作人散文全集〉編者前言》，《周作人散文全集》第一卷，桂林：廣西師範大學出版社，二〇〇九年四月。頁：二一、一三六、一九六。
孫郁，《關於苦雨齋群落》，《群言》二〇〇九年四期。頁：一五七。
張旭東作、謝俊譯，《現代散文與傳統的再發明——作為激進詮釋學的〈中國新文學的源流〉》，《現代中國》第十二輯，北京大學出版社二〇〇九年四月。頁：一三六。
張勇，《「個人」、「人類」的流變——五四時期周作人思想轉變內在理路探析》，《河南社會科學》二〇〇九年三期。頁：一三〇。
黃喬生，《大節與細節——北京苦住庵記——日中戰爭時代的周作人讀後》，《魯迅研究月刊》二〇〇九年四期。頁：一二六。

高恆文，《「言志」的苦心與文心——周作人「苦住」期間創作之分析》，《現代中國》十二輯，北京大學出版社二〇〇九年四月。頁：一四三。
徐仲佳，《思想革命的利器——論周作人的性愛思想》，《魯迅研究月刊》二〇〇九年五期。頁：一三三。
章永林，《魯迅與周作人新詩比較》，《河北師範大學學報》二〇〇九年四期。頁：一八二。
陳家洋、彭遠方，《周作人的民間文化情懷——以周作人關於竹枝詞的論述為中心》，《西南交通大學學報》二〇〇九年四期。頁：一四九。
林分份，《「權威」的陷落與「自我」的確立——對周氏兄弟失和的另一種探討》，《中國現代文學研究叢刊》二〇〇九年四期。頁：一五七。
張永，《周作人民俗趣味與京派審美選擇》，《文學評論》二〇〇九年四期。頁：一四九。
于小植，《重菊輕劍　談周作人對日本文化的摯愛及批判意識的缺失》，《魯迅研究月刊》二〇〇九年六期。頁：一五三至一五四。
止庵，《「周啟明頗昏……」考》，《文匯讀書週報》二〇〇九年十月九日，收入《比竹小品》，廣州：花城出版社，二〇一一年一月。頁：二三五。
哈迎飛，《論周作人的儒釋觀》，《文學評論》二〇〇九年五期。頁：一四七。
符傑祥，《「知識」與「道德」的糾葛——周作人的學術思想及其研究的方法論問題》，《東嶽論叢》二〇〇九年五期。頁：一九三。
周羽，《試論晚清短篇小說譯本的現代性——以周氏兄弟〈域外小說集〉為個案》，《求是學刊》二〇〇九年五期。頁：一八三。
陳懷宇，《赫爾德與周作人——民俗學與民族性》，《清華學報》二〇〇九年五期。頁：一五二。

張先飛，《「五四」前期周作人人道主義「人間」觀念的理論辨析》，《中國現代文學研究叢刊》二〇〇九年五期。頁：一三〇。

丁文，《周作人與一九三〇年左翼文學批評的對峙與對話》，《中國現代文學研究叢刊》二〇〇九年五期。頁：一六二。

黃新，《周作人兒童教育思想淺論》，《信陽師範學院學報》二〇〇九年四期。頁：一五四。

張學義，《魯迅周作人兄弟失和的情理詮釋》，《新文學史料》二〇〇九年三期。頁：一五六。

王升遠，《從本體趣味到習得訓誡：周作人之日語觀試論》，《魯迅研究月刊》二〇〇九年七期。頁：一七〇。

范輝，《兩種觀照——周作人與蘇青女性觀之比較》，《名作欣賞》二〇〇九年七期。頁：一三二。

李春，《「人的文學」：由來與終結——周作人前期的文學翻譯與其文藝思想》，《魯迅研究月刊》二〇〇九年九期。頁：一六一。

蔡長青，《另一種辯解——舒蕪的周作人研究探微》，《學術界》二〇〇九年六期。頁：一九二。

張雲，《周作人「問題小說」觀與〈紅樓夢〉》，《文藝研究》二〇〇九年八期。頁：一七一。

彭小燕，《「破冰」時代的意義與誤區——細讀舒蕪的〈周作人概觀〉》，《魯迅研究月刊》二〇〇九年九期、十期。頁：九〇至一九一。

余斌，《知堂「酷評」》，《書城》二〇〇九年十月號。頁：九七。

林建剛，《勒龐思想在中國的傳播及其影響》，《開放時代》二〇〇九年十一期。頁：一五二。

劉軍，《周作人兒童文學論探源——以紹興時期日本兒童文學的接受為中心》，《魯迅研究月刊》二〇〇九年十二期。頁：一六九。

王風，《周氏兄弟早期著譯與漢語現代書寫語言》，《魯迅研究月刊》二〇〇九年十二期、二〇一〇年一期。頁：一八五。

附錄一　關於周作人的附逆及其他

去年十二月二十一日的《文藝報》一併刊載了曾振南先生的《略釋周作人失節之「謎」》和虞丹先生的《精華欲掩料應難》兩篇文章，後者最初發表於同年一月七日的《文學報》，前者是對立的駁難。兩文涉及到周作人研究中的一些重要問題，讀後很有些不同意見。

虞先生文章的大部分篇幅是表揚周作人在國民黨「清黨」時期的表現的，他列舉了周抨擊國民黨反動派罪行的文章，說「周作人在這場鬥爭中，政治上很強，沒有一點書生氣」，並認定這是他一生的「精華」。曾先生肯定了周作人當時的進步傾向，但強調指出：第一，周作人這時基本上還是一個人道主義者、民主個人主義者；第二，他之所以能發表那些抗議並揭露國民黨「清黨」暴行的言論，和他主編的《語絲》當時尚處在國民黨白色恐怖的威脅之外有關；第三，認為應該在把握周作人總的思想脈絡的前提下，對這些言論進行恰當的評析。那麼，怎樣在總的思想發展脈絡中解釋周作人一九二八年以後從十字街頭躲進苦雨齋這個事實呢？他寫道：「周作人的思想發展，常常是應了魯迅所說的『激烈得快，也平和得快』這樣一個規律。」

對周作人「清黨」時期的表現，曾先生列出了幾點看法，揭示了部分真實，然而卻忽視了相當重要的一點，即周作人對國民黨「清黨」的抨擊和以後縮進他的苦雨齋，與他對國民性的憤激與悲觀關係甚大。「五四」和「五四」退潮以後，周作人都堅持了啟蒙主義道路，對他所謂的國民「惡根性」進行批判。一九二七年，周作人在北京聽到國民黨駭人聽聞的「清黨」事件，發表了一系列文章，抨擊國民黨的白色恐怖和麻木的國民表現出來的變態根性。然而，他的態度已不再是義正詞嚴，而是悲愴和無可奈何。他覺得中國人有一種幽靈般的不知道尊重生命的「嗜殺性」。更進一步，往前他證以野史、筆記中記載的歷代殘殺和吃人的材料，往後證以近百年來包括軍閥草菅人命、國民黨「清黨」等無數事件。他被這些沉重的包袱所壓倒，再造民族精神的希望幻滅了。他引用易卜生《群鬼》中的臺詞，悲憤地呼叫：「鬼，鬼！」[1]歷史循環論的陰影在籠罩著他。從「五四」到那時，對他來說是一個從積極到悲觀、從激情澎湃到心灰意冷的過程。參照這樣的思想背景，我們就比較容易理解他在《閉戶讀書論》裏的矛盾複雜的心情，對他意味豐富的「苟全性命於亂世」就會有更深刻的理解。

虞先生只重一點，不及其餘，就不免把這一點誇大了。他甚至把周作人說成一個已開始走向階級論、「政治上很強」的人道主義者，更是揄揚失當。他又鄭重地說：「我最欽敬他在『清黨』時期的表現，這件事，湮沒罕聞，不可不提一提。」對周作人此時的言論，早為研究者所注意，實在算不上什麼「湮沒罕聞」[2]。魯迅指出周作人「激烈得快，也平和得快」的思想特徵，曾先生把它上升為「規律」，並以此來解釋周作人一九二八年後的退縮。如此說來，周的轉變就是一個沒有多少實質性內容的變化了，這樣的論述就顯得空疏。

周作人的附逆是一個熱門話題，虞先生把它與李叔同出家、王國維自沉並列為中國現代文化史上「三個謎一樣的問題」。我想有些人之所以視之為「謎」，主要是因為他們迷惑於周作人一生戲劇性的角色反差和他附逆期間的複雜表現。其實，正如曾先生所言，周作人的附逆是蓋棺定論的事實，並有其思想上的

---

1 《命運》，《語絲》一二六期（一九二七年四月）。

2 參見許志英，《論周作人早期散文的思想傾向》，《中國現代文學研究叢刊》一九八〇年四期；張鐵榮，《關於周作人的佚文》，《魯迅研究動態》一九八八年二期，等。

根據。這樣說還是太抽象，曾先生的文章雖然題為《略釋周作人失節之「謎」》，但還缺乏對這個「謎」的具體解釋。學術界目前也沒有十分周詳的研究成果，即便如此也絕構不成什麼「謎」。

在對周作人附逆之因提出的眾多解釋中，我認為至少有兩點可以肯定，並依此可以為周作人的附逆提供合理而充分的解釋。其一是對民族的悲觀，當年十八位作家在致周作人的公開信中就提到過。對民族的悲觀包括兩方面的內容，一是前面所說學術界語焉不詳的對國民性的悲觀，一是鄭振鐸在《惜周作人》中所說的認為中國無力與日本作戰。兩方面合起來就產生了他的「必敗論」。其二是個人主義後縮型的自我保存。周作人「人學」思想有兩個基本層面，第一個可以叫做社會倫理層面，以個人主義和人道主義為核心，後一個可以叫做形而上層面，表現出了悲觀主義的內容。在現實與思想的逆向撞擊下，他對人生的悲觀主義時常從思想深處上泛，使他的「人學」思想呈現出撲朔迷離的色彩。周作人附逆更深層的原因是他對人生的悲觀，目前對這一點的研究也還不夠。南京求學時期，他在日記中就說人生在世不過是「輕塵棲弱草」，世人「皆可憐兒」[3]，「天下無真是非」一直是他靈魂中的一大祕密。「五四落潮」，使他裸露出了思想河床上的荒灘，《尋路的人》、《死亡默想》、《閉戶讀書論》三篇文章基本上把周作人的悲觀主義人生觀的面貌勾勒了出來。

對人生和民族的雙重悲觀，構成了周作附逆的基本原因。既然沒有所謂的彼岸世界，人生不過如宇宙間瞬間生滅的火，活著唯一可靠的只是現世享受，而他又沒有力量去抗爭，去忍受巨大的物質和精神上的困厄，那麼所謂國家、民族的利益只好置之不顧了。「天下無真是非」嘛，之所以要裝出是非分明的樣子不過是出於自我的需要。何況他對民族又是那樣悲觀呢？在這裏，周作人暴露出了驚人的短視，他沒有想

[3] 見《周作人日記》一九〇五年二月三日（農曆甲辰十二月二十九日），一九〇五年三月十二日（農曆乙巳一月初七）。

到，我們這個民族在最嚴峻的時刻表現出了特有的堅忍和凝聚力，日本侵略軍並沒有像他們所吹噓的那樣速戰速決。自我保存還必須考慮到將來，這逼迫周作人行動時為自己留下迴旋的餘地。同時，在周作人的意識和無意識裏積襲著中國知識份子以天下為己任的傳統，雖然悲觀，他也未能看穿人情的恩恩怨怨，更無庸說擺脫它的影響了。人格的和諧被打破了，自我出於自我保存的目的，焦灼地為人格面具的整個結構尋求統一性和穩定性。作為彌補，他主要有以下的行為表現：在任偽職期間消極怠工、完成對儒家文化的重新解釋（這裏面有種種複雜性）、幫助李大釗幾個參加革命的子女等。整個抗戰時期，周作人痛苦不堪地在扮演兩種角色之間平衡，他在日本人面前佯裝笑臉，又煞費苦心地給中國人塑造一個忍辱負重的現代蘇武形象。他的種種行為和思想矛盾都可以放在他的角色平衡中去解釋。

怎樣對待周作人晚年的自我表白？曾先生表達了與虞先生截然相反的看法。大概是為了證明周作人在國民黨「清黨」時「政治上很強」的言論不是偶然現象，虞先生推崇周作人晚年作的《啟蒙思想》一文，極力稱讚其「為病作醫」、「為冥作光」的「濟世之心」。曾先生則嗤之以鼻，把它與周作人附逆期間講的文學「為人民、為天下的思想」相對照，以為這樣的「濟世之心」是「徒自惹人作惡」。

周作人系統的自我表白始於一九四四年、一九四五年，在以《我的雜學》、《苦口甘口・自序》、《夢想之一》、《道義之事功化》等為代表的一系列文章裏，明確強調他「倫理之自然化」、「道義之事功化」的一貫思想傾向。他試圖以「道義之事功化」解釋他附逆的行為邏輯。抗戰爆發，我周作人不是一死了之的不負責任的英雄，不是當一走了之的嘴上君子，而是忍辱負重，講求事功，與敵人虛與委蛇，宣傳中國文化，抵制敵人奴化教育的現代蘇武。在他晚年的一些文章裏，尤其是在《知堂回想錄》中，他再次抖出這些內容。其目的主要是為他自己的附逆行為辯護，有著自我美化的虛偽性。然而，問題的複雜性在於，這些思想因素在他身上又在一定程度上存在著；換句話說，他的自我表白具有真實性。縱觀周作人的一生，他的思想基調是入世的，只是他作為人道主義者和自由主義者，在政治上一直不得意，在理想得不到實現的情況下，他以出世的態度來消弭內心的苦悶和焦躁。他倒不願人們只看到他「隱士」的一面，強調自己思想中的「叛徒」成分，標奉自己文章裏的苦味。這都是他濟世之心的曲折表現。總之，要看到周作人自我表白的複雜性。虞先生過於看重周作人的自我表白，表示了毫無保留的欽佩，這是失之不察。曾先生的態度有些簡單化，同樣是失之不察。

曾先生在文章的最後做了總結：「我看虞先生的文章，不過是前些年狂捧周作人的聲浪的一種餘緒罷了。應該說，『文革』之後，關於周作人的嚴肅的學術研究還是有的，而且也取得了一些成績（包括對周作人著作的整理、出版）；但也無庸諱言，捧周作人的現象也很普遍。這裏深潛的原因，我看是有些論者對人生、對文學觀念和周作人產生了某種共鳴。」從語感上不難看出，這其實是寓貶於褒，對新時期的周作人研究在總體上做了否定的評價。我認為，新時期關於周作人的嚴肅的學術研究不是「還是有的」，而是很多，不是「取得了一些成績」，而是取得了很大成績。其中包括《周作人年譜》、《周作人傳》等專著和一百多篇研究論文，也包括對周作人著作和研究資料的整理、出版。儘管還有這樣或那樣的不足，周作人研究畢竟初具規模，並為以後的工作準備了堅實的基礎。另外，我查閱了一九八〇年以來周作人研究的七種專著和絕大部分論文，不能說裏面沒有捧周作人的現象，但是，說真的，我不知道「狂捧」有什麼具體所指。相反，絕大多數論者都試圖以辯證唯物主義和歷史唯物主義為指導來進行周作人研究，既肯定他的歷史地位、他身上的正面價值，又毫無留情地對他思想中的一些消極、落後的東西進行批判，對他的附逆行為加以揭露、貶斥與剖析，總結其教訓。這只要翻翻研究周作人成績顯著的舒蕪、錢理群、張菊香諸位的文章和專著即可清楚。倒是周作人研究圈子外的人常發些過冷過熱、過高過低的評價。從數量上來看，關於周作人的研究成果也不比現代文學史上的一些重要作家多，而周作人研究中的問題之多、複雜性之大，是不言而喻的。曾先生還對「捧周作人的現象」進行了深層次的分析，我覺得他的忠告對研究者是善意的、有裨益的，然而，他的話是建立在「捧周作人的現象也很普遍」這個認識的基礎上的，是用來對這種所謂普遍現象進行批判的，這就說重了。當然，並不是說周作人研究不存在問題（包括思想觀點上的問題），研究工作是一個不斷修正、不斷完善的過程，善意的批評和忠告總是需要的。

由於對談論的對象不熟悉，對新時期周作人研究成果的陌生，兩位先生往往流露出以偏概全、難以深入、空疏和捉襟見肘的毛病。不過，曾先生的文章要嚴肅得多，高明得多。要談論周作人這樣一個複雜的對象，最好多下點功夫，真正做到知人論世。

（原載一九九二年二月二十九日《文藝報》）

附錄二 需要一種學術態度
——就周作人研究問題答曾鎮南先生

在一九八〇年以來的周作人研究中，研究者們各自說著自己的話，儘管觀點上可能相差甚遠，但很少進行學術爭鳴。不同觀點、不同思路之間的碰撞有利於研究工作的深入；不過，這需要一種能引導研究工作深入下去的學術態度。

去年年底偶翻《文藝報》，我讀到曾鎮南先生的《略釋周作人失節之「謎」》和虞丹先生的《精華欲掩料應難》。虞先生的文章只是一篇隨感，其中大部分篇幅是表揚周作人在國民黨「清黨」時期的表現的，並感到周的附逆是一個「謎」。曾先生對虞文提出批評，而且由此上升為對新時期以來周作人研究的否定性評價，他還對研究者的主觀態度做了定性分析。曾先生是知名的評論家，我拜讀過他的大著《王蒙論》和不少有見地的評論文章。而他的這篇文章在事實和材料上都有不少疏漏，看得出來，他對周作人和周作人研究的成果都比較陌生。猶豫再三，出於對學理的愛好，我還是寫了一篇談不同意見的文章《關於周作人的附逆及其他》寄給了《文藝報》。六月十一日上海《文藝報》刊登記者對一次雜文座談會的報導，其中說，雜文家虞先生認為曾先生的文章是對他的「無端指摘」；「與會者對這種斷章取義上綱上線的做法十分反感。他們說，寫文章應該堅持實事求是的學風和文風，那種把別人的觀點先加以歪曲再進行批評的做法，正是『左』的流毒的表現。」不久，我又見到曾先生的反批評文章《期待著認真的學術論爭——從周作人附逆之「謎」的論爭說開去》[1]，主要內容是針對我的文章的。

爭論的焦點並非曾先生所說的什麼周作人附逆之「謎」問題，這樣說只是對他的爭辯有實用性的便利。如果不涉及到周作人研究的一些重要問題，恐怕曾先生對虞先生的隨感不會有那種「骨鯁在喉，不吐不快的感覺」，更不會在準備不足的情況下作長篇論文了；我也不會在曾先生熱切地期待虞先生的反批評的時候，橫生枝節。虞文的重點不是談周作人附逆問題的，曾先生的《略論周作人失節之「謎」》主要篇幅也逸出了題目的規定，而且涉及到整個周作人研究的走向和對這個歷史人物的評價問題。前者我已在《關於周作人的附逆及其他》中評述過，此處不贅。

曾先生敘述了自己的周作人研究過程，他先是從孫犁、唐弢等前輩那裏獲得指導他以後研究工作的教益。他引錄了自己頗為看重的孫犁《耕堂雜錄》中的一則「書衣文錄」，那是寫在周遐壽（即周作人）所著《魯迅小說裏的人物》一書的封皮上的：「今日下午偶檢出此書……值病中無事，黏廢紙為之包裝。並想到先生一世，惟熱惟光，光明照人，作燭自焚。而因緣日婦、投靠敵人之無聊作家，竟得高齡，自署遐壽。毋乃恬不知恥，敢欺天道之不公乎！」曾先生擊節稱賞：「從周作人在寫有關魯迅的書時所用的署名，孫犁敏感地窺見了他的某種陰暗自得的心態，並生發出愛恨分明的感慨和怒斥。」孫犁「對周作人的評價，並不是堂而皇之的長篇大論，然而卻如投光照物，摑掌見血，使人讀了心中一動，眼前一亮，舒了一口悶氣。運用馬克思主義的唯物史觀和藝術科學去把握歷史和現實、人生和文學，就能產生這種釋疑解惑的力量。」

---

[1] 《文藝報》一九九二年七月二十五日。

理」，就是「極簡單、極粗鄙的利己主義、個人主義」也總有其形成的因由，也總會在言行中有所流露吧？此其一。把曾先生的這篇文章與前一篇《略論周作人失節之「謎」》略一比較，我也發生了一些疑惑。在曾先生深為尊敬的何其芳的文章《兩種不同的道路》中，作者分析考察了周作人思想發展的大趨勢：異於魯迅為集體的戰鬥精神，周作人堅持從個人出發的趣味主義，「其結果從尋路到迷路，從民族主義走到了日本法西斯的手掌裏，成為民族的罪人」。這話在曾文中被引述後，曾先生還大加稱讚：「這個馬克思主義的分析，我看對於周作人的思想發展的實際軌跡而言，是銖兩悉稱的。」何其芳也完全是從周作人前後的著述中探尋周作人附逆的思想原因的，為什麼我同樣的做法就受到曾先生的非議呢？此其二。在前一篇文章裏，曾先生說周作人「留給後世的，主要是歷史的鑑戒。正確評價這個歷史人物，就必須抓住這個大關節，推源其失節的因由，以垂訓後世」。我具體這樣做了，「推源」因由，曾先生緣何又「疑惑」起來了呢？此其三。不知為什麼，曾先生連起碼的形式邏輯的規則都不願遵守。自然，我不是說我的做法就一定充分合理。

第二，關於周作人附逆後的表現。我在《新時期周作人研究述評》中說周的「不辯解」主義為他的附逆塗上了一層撲朔迷離的神祕色彩，在《關於周作人的附逆及其他》中又言稱周「試圖以『道義之事功化』解釋他附逆的行為邏輯」，曾先生就此寫道：「作者似乎修改了前文中關於周作人附逆後採取『不辯解』主義的說法……這一自我修正當然是更接近於歷史事實的。」其實，這不是什麼「自我修正」，兩處的說法並沒有牴牾。周作人對附逆一開始就抱定了一個「不辯解」主義的態度。一九三八年二月他在出席日本《大阪每日新聞》社召開的「更生中國文化座談會」引起軒然大波後，作《書東山談苑後》，稱述《東山談苑》所載「倪元鎮為張士信所窘辱，絕口不言」的故事，借用倪元鎮「一說便俗」之語給他的下水貼上一張封條。一九三九年四月作《最後的十七日——錢玄同先生紀念》，再次引述《東山談苑》裏的這則故事。後來他在《知堂回想錄》中申述：「當時以為說多餘的廢話這便是俗，所以那一年裏只寫些兩三百字的短篇筆記。」他當時很尷尬，無以辯說，就以這樣的話來搪塞。在《知堂回想錄》中他又說：「我是主張不辯解主義的」，「我寫這回憶錄……只是就事實來作報導，沒有加入絲毫的虛構」。我所說的周作人的「不辯解」主義即指他的這種自我表白的態度，我還特地為「不辯解」三字加了引號，以免引起誤會。而事實上他為自己的辯解夠多了。我的兩篇文章限於篇幅，各有側重，沒有能夠把辯解與不辯解問題展開，引起了曾先生的誤會。

緊隨其後，曾先生寫道：「作者馬上又補充說，周作人認為自己是『忍辱負重，講求事功，與敵人虛與委蛇，宣傳中國文化，抵制敵人奴化教育的現代蘇武』（按：這段是黃文揣摩周作人的心理替他擬的，不是周作人原話。依我看，周作人是未必敢這樣不顧事實地自我辯護的）的自我表白又是『具有真實性』的，『是他濟世之心的曲折表現』。既是虛偽的自我辯護，又是真實的濟世之心，這樣兩歧的心態硬要統一起來，這當然就顯出了『複雜性』。不過這『複雜性』在我看來，也是一種替周作人遮醜的曲說。」《關於周作人的附逆及其他》中我的原文如下：「他試圖以『道義之事功化』解釋他附逆的行為邏輯。抗戰爆發，我周作人不是一死了之的不負責任的英雄，不是當一走了之的嘴上君子，而是忍辱負重，講求事功，與敵人虛與委蛇，宣傳中國文化，抵制敵人奴化教育的現代蘇武。」顯然這裏是假借周作人的口氣，對他陰暗心理的剖析。既然如此，「依我看，周作人是未必敢這樣不顧事實地自我辯護的」的句子就純屬多餘。再從《關於周作人的附逆及其他》中抄幾句原文：「他倒不願人們只看到他『隱士』的一面，強調自己思想中的『叛逆』成分，標舉自己文章中的苦味。這都是他濟世之心的曲折表現。」我既沒有說周作人明言自己是現代蘇武，更無從談到周作人認為自己是現代蘇武的自我表白「具有真實性」，「是他濟世之心的曲折表現」。本來是揭周作人醜的話，轉而又成了周作人「遮醜的曲說」。曾先生用的是似曾相識的移花接木的手法。

曾先生從倪墨炎《中國的叛徒與隱士：周作人》一書中抄錄數條周作人的附逆表現後，繼續責難：「黃先生卻斷言周作人『並沒有真正替日本人賣命，甚至還做了一些於抗戰有益的事』，說他『在任偽職期間消極怠工』，『與敵人虛與委蛇』，『抵制敵人奴化教育』等等，如此立論，倘說是出於偏袒之心有些言重，起碼也是失之不查，需要再下一點功夫詳細占有材料的。」寫學術論文有一個前提，假設讀者已經瞭解了研究對象的基本情況，或者說掌握了有關的知識，要求寫作時發別人所未發，道別人所未道。如果需要，我倒可以舉出更多的周作人的附逆表現來（這從有關的研究資料中即可輕易獲取）。以此來提醒我「再下一點功夫詳細占有材料」，讓我想起了錢鍾書在《詩可以怨》一文中講過的一則洋故事：說是有一個住在鄉下的可愛的先生碰巧拿著一根木棒和一塊方布走在路上，忽然下了小雨，急中生智，他把棒撐了布遮住頭頂，到家居然沒有淋得像落湯雞。他聽說城裏有「發明品專利局」，就興沖沖地拿著棍和布前去報告和表演。於是局裏的職員拿出一把雨傘來，讓他看個仔細。至於說周作人「在任偽職期間消極怠工」，這可從一九四三年他被革除偽教育總署督辦之職一事看得清楚。張琦翔在《周作人投敵的前前後》[3]中說，被革職的主要原因是他「不得敵人歡心。因為敵人期望的參戰體制、肅正思想、學生集團訓練、勤勞奉仕生產，偽教育總署只是拖拖沓沓，沒有實力奉行」。這些不難理解，因為周作人出任偽職只是為了自我保存，我所說的他「並沒有真正替日本人賣命」也是指此而言，並非對他諸多的附逆行為視

3 《文化史料》三輯（一九八二年五月）。

而不見。另據賈芝《關於周作人的一點史料——他與李大釗的一家》[4]一文介紹，抗戰爆發以後，冀東暴動失敗，李大釗的幾個子女李星華、李光華、李炎華等先後到北平，得到了周作人的大力幫助。周又積極支持李星華、李光華去延安。他還援救過國共兩黨的地下工作人員，這都是有案可查的。鑑此，說周作人「甚至還做了一些於抗戰有益的事」並不為過吧？說這些並非要為周作人辯護什麼，而是如實地看到他的複雜面，有一說一，有二說二。曾先生斷言我斷言周作人「與敵人虛與委蛇」、「抵制敵人的奴化教育」，「與敵人虛與委蛇」、「抵制敵人的奴化教育」這兩個片語又被切割到這裏，成了我立論不周的「口實」，這正是「把別人的觀點先加以歪曲再進行批判的做法」的一個生動的標本。

第三，關於周作人研究中有沒有「狂捧周作人的聲浪」，捧周作人的現象是否「很普遍」。我在《關於周作人的附逆及其他》中對此提出質疑，並說「我不知道『狂捧』有什麼具體所指」。曾先生舉了兩個例子，一是舒蕪曾在一次答記者問時提出，周作人要求完完全全、一塵不染地堅持「五四」傳統，堅持知識份子的自主意識，在如何堅持「五四」傳統上，他和魯迅成了兩面旗幟[5]。二是前些年出現過的周作人投敵乃共產黨地下工作者派遣的謠言。後者是不應記在周作人研究的賬上的，在不同的社會背景下都會有一些人樂於製造新聞，譁眾取寵。

「五四」傳統是一個學術問題，可以有多層面的、多種的理解，周作人與「五四」傳統的關係也比較複雜，曾先生完全可以著文發表不同意見。遺憾的是，曾先生故意在文章中設置一些使研究工作難以深入下去的因素。他還質問舒蕪：「當周作人拾日偽之唾餘，鼓吹『大東亞聖戰』，推行奴化教育，提倡漢奸文藝時，難道他反而獲得了思想自由和知識份子的自主意識，實現了『五四』的理想？」舒蕪明明說的是

4 《新文學史料》一九八三年四期。
5 《關於「周作人現象」的思考——訪舒蕪》，《光明日報》一九八八年九月一日。

「走書齋道路」的周作人，曾先生卻以「走出書齋」的周作人來責難，這就又應了那句「把別人的觀點先加以歪曲再進行批評」的話。

再者，把別人的觀點輕易地視作「狂捧」的代表，這樣對待一個在周作人研究中做出許多開拓性工作的學者是不慎重的，至少是對別人勞動的不尊重。事實上，像舒蕪這樣高地評價周作人——姑且不論是非——在周作人的研究者中是很少見的。所以，危言狂捧聲浪，斷定「捧周作人的現象也很普遍」，至少可以說態度不夠嚴肅。曾先生又在我的筆下聽到了「這種聲浪的迴響」，說「前面我引述的他對周作人附逆後的表現的片面描述就是例證」，這我在回答曾先生的第二個「疑惑」時已經談過，這裏無須再說什麼了。

曾先生研究周作人的基本原則是：「他留給後人的，主要是歷史的鑑戒。」他的研究途徑則把周作人當漢奸作為邏輯起點，然後回過頭看他的一生。這種研究態度和反映出的思維方式在周作人研究中具有一定程度的典型性，也是影響研究拓展和深化的制約性因素。透過這個過於單一逼仄的視角，看到的周作人形象是不完整的，也容易把很多有價值的東西當作污水潑出去。從文化傳統上說，對周作人的簡單否定反映了傳統儒家倫理道德的消極影響，儒家倫理道德往往把個人的道德節操看成衡量一個人價值的絕對的標準。一提到「漢奸」，很容易引起激越的民族感情，文章不是無情物，然而嚴肅的學術文章應當儘量避免過分的感情投入和容易刺激感情的語彙，需要冷靜和膽識。道理十分簡單，學術文章不是以情動人，而是以理服人。從某種意義上來說，一九八〇年以後的周作人研究的進步依賴於對這種研究態度和思維方式的克服。少數有這種傾向的研究者不僅自己裹足不前，而且往往不能正確對待別人的研究工作。這種表面上冠冕堂皇，實質上殘留著「左」的影響的態度，一旦遇到某種時機，其消極影響就更為突出。誠然，對一個研究者來說，作為一個知識份子，在他的價值天平上不能不充分顧及周作人附逆的事實，總結周作人

附錄三　關於《沈啟無自述》

現在很多人知道沈啟無，恐怕都是因為周作人。他曾經與俞平伯、廢名和江紹原一起並稱為周作人的四大弟子。一九三三年版《周作人書信》收入周氏致他的書信二十五封，數量之多僅次於致俞平伯的三十五封。他有一個大名鼎鼎的晚明小品選本《近代散文抄》，由周作人寫了兩篇序言。一九四四年三月發生「破門事件」，他被宣布逐出師門。可是，我們聽到的聲音差不多都來自周作人，沈啟無幾乎是一個無言者。更找不到關於他的完整材料，已有的記述往往語焉不詳，甚至多有舛誤。

我輾轉與沈啟無的長女沈蘭取得了聯繫。二〇〇四年十二月十六日，上午去北京房山區良鄉鎮，訪問了她。我與東方出版社聯繫好，準備重印《近代散文抄》，他們家屬委託我代為辦理出版事宜。二月七日再見沈蘭，由於得到了信任，這次她為我提供了一些重要材料。其中，最重要的是一本五十開牛皮紙封面的工作日記，內容是沈啟無自己謄抄的寫於一九六八年四月至六月間的個人交代材料。沈啟無有一子二女。沈平子是老二，退休前任中國科學院計量研究所研究員。老三沈端於一九六五年去山西插隊，以後一直沒有回京，在侯馬市園林局退休。三年前，沈啟無的夫人傅梅就在山西侯馬去世。

《沈啟無自述》是根據一九六八年四月至六月間的交代材料整理而成的。這本工作日記共一百二十四頁，目錄上列出三十三篇，實際上只有二十六篇，其他七篇不知被何人何時撕去。大部分篇目由沈啟無自己用鋼筆小字抄錄，少數篇目出自傅梅的手筆。顯然，這些內容是根據上交的個人彙報謄寫備查的。其中包括了沈氏個人、與周作人的關係和敵偽時期淪陷區文學活動的第一手材料。這後一方面尤為重要，由於種種原因，淪陷區文學的第一手材料十分缺乏，而沈啟無是華北淪陷區文壇的活躍份子，他是熟悉內部情況的。因此，我從中整理出十七篇與沈氏生平和淪陷區文學有關的材料，一律不加刪改。序號為整理者所加。

在文本中，作者為了自我保護而隱瞞了一些事實真相，還有一些情況記述得不夠準確。下面，我試圖就三個方面的重要問題，做一些補正。還有一些具體的事實上的訛誤，我已就自己所知，在自述部分的注釋中加了說明。我把沈啟無的自述給現在從事敵偽時期中日關係研究的陳玲玲女士發去一份，承她指教，提供了不少關於淪陷區文學的寶貴資料。

一、關於與中共黨組織的關係

沈啟無說，他在燕京大學求學時期，加入CP（「共產黨」的英文縮寫）周邊小組，做一些地下黨的周邊工作（《二、歷史簡述》）。我注意到有一本叫做《戰鬥的歷程》的書，其中說沈啟無：「一九二六年在燕大加入中國共產黨，曾任黨支部書記。畢業後與組織失掉聯繫。」並指出其支部書記的任期從一九二七年六月中旬到十月[1]。這與沈啟無的自述顯然不同。

我與北京大學校史館黨史校史研究室取得了聯繫。六月十七日上午，我過去，接待我的是一個姓范的女士和《戰鬥的歷程》一書的主編之一黃文一，得到了幾份與沈啟無有關的檔案材料的複印件。這些材料都是他們於九〇年代初為編寫《戰鬥的歷程》一書，通過組織關係搜集的。有幾份抄件可以證明沈啟無加

1 北京大學黨史校史研究室，王效挺、黃文一主編《戰鬥的歷程（一九二五～一九四九、燕京大學地下黨概況）》（北京大學出版社一九九三年），頁一、一一八、一二八。

入過共產黨。一是《蕭項平（蕭炳實）檔案抄件（自傳部分）》，其中說：「一九二六年秋我到北京燕大國學研究院求學。是年冬加入中國共產黨。……當時黨員有下落的：（一）沈啟無，現在北京師範學院中國語文系。……這三個人現在都不是黨員。」二是吳繼文本人交代材料（歷史）《關於加入地下共產黨、跨黨、脫黨問題材料》（一九七一年十月十七日寫）：「一九二七年六月中旬放假後，支部調我當代理組織幹事，沈啟無是書記，吳廣鈞是宣傳幹事。」三是中共北京師範學院委員會《關於沈啟無右派問題的複查報告》（一九七九年一月十六日）：「沈在歷史上曾同我黨有過聯繫。一九二六年前後在燕大參加我地下黨（後自行脫離）。一九三〇年曾在經濟上資助過劉仁同志。」此前，我曾向首都師範大學（前身即北京師範學院）檔案館提出查閱沈啟無檔案的請求，但被拒絕。

那麼，沈啟無為什麼沒有說出實情呢？我請問了黃文一，她是一名黨史研究者，曾於一九四八年加入共產黨，在北大從事過地下工作。她分析說：「從這些材料來看，沈啟無入過黨是確定無疑的。他主要是為了逃避審查，解放後特別是在『文革』時期脫黨是很嚴重的事情，弄不好會被打成『叛徒』。」那他難道不怕別人說出事實嗎？我問。她答道：「那時黨的組織關係是很簡單的。黨組織和周邊組織的界限模糊，黨員和黨員之間的聯繫都是單線聯繫，很難有人能提供確切的證明——就是有人證明，他也可以不承認。當時入黨也沒有文字材料。」

二、關於在敵偽時期的活動

沈啟無有意淡化了自己在敵偽時期的附逆活動，隱瞞了一些實情，對一些史實的記述有誤。

他是北平淪陷區文壇的活躍份子。然而，他沒有提到一些任職。一九四二年九月，偽華北作家協會成立，他任該協會評議員。後又擔任「中國文化團體聯合會」籌委。一九四三年六月，「中國文化建設協會」在北京成立，沈啟無任主任理事。一九四四年九月，「華北作家協會」改選，任執行委員。

沈氏說，一九四三年四月初，他陪同周作人到南京。周作人會見汪精衛，他沒有前往（《三、一九三七－一九四五年淪陷時期》）。而查《周作人年譜》，一九四三年四月六日項下記：「（周作人）與沈啟無、楊鴻烈往訪了汪精衛及偽宣傳部部長林柏生、偽外交部長褚民誼等。」八日項下記：「下午往偽中央大學講演，晚同沈啟無同往汪精衛宅，赴汪招宴。」[2]《周作人年譜》是有周作人日記作為依據的，看來沈啟無在這裏並沒有講出實情。

對一些史實的記述有誤，這些失誤基本上是無意的。

《三、一九三七－一九四五年淪陷時期》這樣敘述：「周作人派我隨同日文系主任錢稻孫及尤炳圻、張我軍等，參加日本召開的大東亞文學報國會。周作人這年做華北教育督辦，不到一年就被擠下臺。」有關大東亞文學者大會及沈啟無的參與情況，實際上是這樣的：在太平洋戰爭期間，日本文學報國會策畫舉辦過三次大東亞文學者大會，時間分別是一九四二年十一月三日至十日，一九四三年八月二十五日至二十八日，一九四四年十一月十二日至十五日。前兩次在東京，第三次在南京。沈啟無後面說的「每兩年舉辦一次」不正確。沈啟無參加了前兩屆大會。在第一次的會議上沒有發言，會前寫有一篇文章，題為《攜手挺身之秋》，發表於日本《朝日新聞》一九四二年十一月一日夕刊上。第二次會議最後一天的晚上舉行了文藝大型演講會，沈啟無是主講人之一。從東京回國後，他還於一九四三年九月十五日在北京廣播電臺做

[2] 張菊香、張鐵榮，《周作人年譜》（天津人民出版社，二〇〇〇年四月），頁六五六。

演講，兩篇演講《關於大會的印象》、《強化出版機關建議》載一九四四年一月《中國文學》創刊號。

關於偽華北作家協會，他說：「偽華北作家協會是在哪年成立，確定時間，我不清楚。大約是在一九四〇年前後。因為一九三九年偽北大文學院成立時，那時還未聽說有什麼華北作家協會活動。華北作家協會，屬於偽華北行政委員會情報局。情報局長是管異賢，他一向把持北京新聞界，是報界一閥，所以華北作家協會和當時其他報社，都是屬於情報局領導的。華北作家協會從四〇年（？）起，由柳龍光負責。」（《十二、補寫材料　關於華北作家協會》）

偽北作家協會成立於一九四二年九月十三日，其旨趣稱：「謀華北作家精神之融合團結，以促進文學藝術創作作家之發展，用資華北文化之再建及國民中心思想確立之一助，而實踐新國民運動，完成東亞解放。」[3]只要對此認同，都可入會。柳龍光為華北作家協會幹事會幹事長。

沈啟無說的「華北作家協會和當時其他報社，都是屬於情報局領導的」，不確。事實上，在北京淪陷區，中國文化人大致可分為三派：一派是偽華北作家協會，其後臺是日本華北駐屯軍報導部。機關刊物是《華北作家月報》，後與《中國文藝》合併為《中國文學》；一派是以沈啟無為首的「北大派」，其刊物是《文學集刊》，後臺是新民印書館；一派是以周作人為首的「藝文」派，都是老作家，後臺是「中國文化振興會」，刊物是《藝文雜誌》，還印行「藝文叢書」。偽華北作家協會會員包括了後兩派人在內。三派之間有合作，更多的是爭鬥。

[3] 見《華北作家月報》創刊號（一九四二年十月），頁四。

沈啟無在該篇材料中又稱：「日本文學報國會作家來北京時，華北作家協會開會招待，也常請我去參加，我和該會負責人柳龍光平時也無來往。華北作家協會的工作人員，除李景慈（張鐵生？）外，其他一些青年，我都不認識。」

華北作家協會剛成立時，沈啟無連同錢稻孫、管翼賢、陳綿等偽華北文化界名流就成了為該協會的評議員。此後，沈的名字頻頻出現在華北淪陷區的媒體上。作為華北作協的重要成員，他常常是華北作協舉辦招待會的負責人，而不是像他說的是華北作協「請」他去的。他與柳龍光因公務往來頻繁，私交甚篤，共同負責組建中國統一文學團體（後來因種種原因流產），同為華北作協的中堅力量。

三、關於「破門事件」

一九四四年三月，發生了「破門事件」，沈啟無與周作人關係破裂。事情的經過大致是這樣的：一九四三年八月，日本作家片岡鐵兵在第二次大東亞文學者代表大會上發言，攻擊周作人為思想反動的「文壇老作家」。他的發言《確立中國文學之要點》刊載於一九四三年九月日本雜誌《文學報國》第三期上。周作人得知此事後，不禁產生疑問：這個日本人是如何知道他文章的內容的？他想起一九四四年二月在關永吉編的《文筆》週刊第一期上署名「童陀」、題為《雜誌新編》的諷刺雜文。文章有這樣的話：「辦雜誌抓一兩個老作家，便吃著不盡了。」「把應給青年作家的稿費給老作家送去，豈不大妙。」周作人弄清楚這「童陀」就是沈啟無的筆名，似乎恍然大悟，於是認定那個向日本方面檢舉他的人就是沈啟無。他推斷其來源是片岡得之於林房雄，而林房雄是得之於沈啟無的[4]。於是，一九四四年三月十五日，周作人作《破門聲明》，向有關方面發出，並在報上登載，並寫了《關於老作家》、《文壇之分化》、《一封信》等幾篇文章進行攻擊。

沈啟無說自己是無辜的（《三、一九三七－一九四五年淪陷時期》），事情恐怕沒有那麼簡單。儘管始終缺乏確鑿的證據，周作人的推斷不無道理，日本文學報國會小說部參事林房雄的一篇文章可以作為佐證。一九四三年十一月《中國公論》十卷二期發表辛嘉譯林房雄的文章《新中國文學的動向——與沈啟無君的談話》，譯者在附記中介紹，此文原載於八月二十四、二十五、二十六三日間的《每日新聞》。時間正值第二次大東亞文學者代表大會召開之際。林房雄所記是他與沈啟無的一場談話。作者對沈啟無加以描寫和讚美，大談與沈的「信賴和友情」。並且說道：「北京成立了藝文社（周作人氏主持），發行《藝文雜誌》和《文學集刊》，《藝文雜誌》為文化綜合雜誌，它不能成為新中國文學運動的主體。沈君的信念是有良心和熱情的文學者結為同志，向青年知識階級中深深培植根基而前進時，第二次中國文學革命方有可能。」不難看出，在周、沈之間，他是有褒貶的。他還對《藝文雜誌》已出二期，《文學集刊》遲遲未能出版抱不平，有意識把二者對立起來。正是在他的直接干預下，《文學集刊》才得以面世。他們還談了南北文學者統一的問題。沈啟無的談話中頗多對日方的諂媚之詞。在這樣的情況下，沈啟無是很有可能檢舉周作人的動向的。

沈啟無還說只有南京的胡蘭成等少數人支持他，實際情況也並不完全如此。不知是有心還是無意，他忽略了以《中國文學》雜誌為陣地的偽華北作家協會柳龍光等人對他的聲援。「破門事件」發生後，《中

4　周作人，《文壇之分化》，原載《中華日報》一九四四年四月十三日，收入《周作人集外文》（海口：海南國際新聞出版中心，一九九五年九月）。

國文學》一九四四年第四號頭版登出柳龍光《國民文學》一文，旁敲側擊地把周作人看作落伍的「反動份子」。「我們怎樣才能發揮『國民文學』的真價呢？我要用周作人氏在他的《新中國文藝復興之途徑》一文裏所說的：『作這個工作的人須得一心為國家民族盡力，克復一切為個人、為派別的私意。』因為這意見是使我們非常感動過的。」這裏用的是以子之矛攻子之盾的手法。第五號頭版發表陳魯風的《剷除『國民文學』前進途上的障礙》，不點名地指責周「以其卑鄙的反動行動來損毀青年們的向新建設前進上的熱情」，視之為「國民文學」前進途上的障礙，重申片岡鐵兵的「掃蕩『反動作家』」的話。柳龍光在第八號的《編輯後記》中肯定陳魯風的文章與該刊發表的另一作者的文章，「是沖洗那陳腐頑固的齋堂文學、呻吟文學以及鴛鴦蝴蝶派的兩條巨流。」另據陳玲玲女士介紹，她於二〇〇四年十一月拜訪梅娘時，梅娘說沈啟無與柳龍光私誼甚厚，沈啟無經常到他們家做客，向柳龍光訴說周作人的種種不是。由此可以看到，把周作人視為「反動老作家」的話並不僅僅出現在沈啟無以「童陀」的筆名發表的文章裏，在「破門事件」的背後有著淪陷區附逆文人的派別之爭；並且還有著周、沈二人與日本文學報國會的關係因素介入。周氏與文學報國會是有過節的。林房雄對周作人和沈啟無的不同態度，就有個人關係的因素在其中。一九四三年春林房雄作為文學報國會的文化使節來北京，周作人看不起這個曾經是左翼作家的轉向者，對他有意冷淡。而沈啟無則竭誠接待，在北京中山公園召開文學茶話會，由林房雄與河上徹太郎講文學創作論，林房雄在演講中開始攻擊「中國的老作家」[5]。周氏也並沒有親自參加由文學報國會策畫的兩屆「大東亞文學者大會」，而文學報國會方面當然希望有周作人這樣重量級的人物參加。

5 周作人，《文壇之分化》。

沈啟無的自述寫於那個非常的年代，並不是在寫回憶錄，實際上是被迫寫的交代材料，難免為了自我保護而隱瞞了一些事實真相，說了一些過頭的話，還有一些情況因為年代久遠，記憶不確。我們是需要以同情心來對待這份材料的。

附錄四　沈啟無自述

黃開發◎整理

一、我所接觸過的日本人（四月三十日）

（一）武田熙，是興亞院的職員，華北淪陷期間，他專管文教方面。曾在舊北大留過學，會說中國話。一九三八年，偽北京女子師範學院成立，我在中文系教書，武田常到學校來，從這時起，他認識我。一九三九年，偽北大文學院成立，周作人做院長，偽北大祕書長錢稻孫兼日文系主任，我是中文系主任。武田也經常到文學院來，他和錢稻孫來往很密，據說他是錢的學生。一九四三（？）年他和一些人成立一個新文化協會，拉我去做委員。這個會是怎樣辦起來的，詳細情況我不知道，名義上要我擔任主任委員，實際負責的是由武田派一個姓范的（東北人，會講日本話）。委員中我記得有張鐵生[笙]、鄒樹大，還有誰記不清了。平時委員會有時一月開一次，有時好幾個月才開一次（都由姓范的主持通知）。這個會完全是為敵偽服務的，推行的是些反動文化。周作人跟我決裂以後，由於他的到處封鎖，使我陷於失業，靠變賣東西生活。當時武田熙幾次要我到《武德報》去做事，我都拒絕了。在北京無法立足，我就到南京謀生，因為南京還有同情我的人，同時也為了擺脫武田熙的糾纏。

（二）在北大文學院期間，我到日本參加過兩次大東亞文學報國會[1]。第一次是周作人派我隨同錢稻孫及其他日文系幾個人一起去的，第二次是應日本文學報國的邀請，和華北作家協會一批人同去的。我認識日本作家河上徹太郎、小林秀雄、林房雄，他們都是報國會的負責人。河上、小林都來過北京，林房雄曾往北京好久。在報國會開會期間，我認識東京帝大教授吉川幸次郎、京都帝大教授倉石武四郎，他們都是研究中國學術文藝的，曾到過中國留學，會說中國話。還有作家魚阪，是研究中國新文學的，他替我做通譯。此外還會見過日本老作家武者小路和女作家林芙美子。

（三）日本小說作家片岡鐵兵，在文學報國會小組會上發言罵了周作人，後來周作人就藉此說是由於我的唆使。實際我和片岡並不認識，也不同在一組。周作人公開發表文章攻擊我，我寫信問片岡，片岡給我回信，說明情況，辨正事實。這信曾登載南京報刊上[2]。

（四）真船豐，是日本的劇作家，研究中國戲劇。他在四四年來北京，常採訪問我，他不會說中國話，由他的朋友小橋做通譯。我曾陪他去山西大同參觀雲崗石佛。

（五）一九四〇年，新民印書館編輯科長佐藤[3]，同他的翻譯蔣一方[4]來找我，準備要出版我所編選的國文講義，並約我主編《文學集刊》（不定期叢刊）。後來《大學國文》出版兩冊，《文學集刊》只出了兩期，四四年停刊。

（六）在偽北大文學院，周作人和錢稻孫請了不少日本教授，除了中文系，其他各系都有。首席教授

---

1 應為「大東亞文學者大會」，由日本文學報國會策畫、舉辦。
2 待查。
3 佐藤原三，教師出身，後來成為日本著名的左翼畫家。日本侵華時期來到北京淪陷區，任新民印書館編輯課長（不是科長）。
4 應為「蔣義芳」，在北京淪陷區也很活躍，也任職於新民印書館。

（二）一九二三－一九二八，大學時期

一九二三年考入南京金陵大學，讀了兩年預科。二五年轉學北京燕京大學，專業是中文系，那時非常崇拜周作人。在燕大時認識蕭項平，他是地下黨員，我有時幫他做些周邊工作。（是他介紹入ＣＰ周邊小組）

（三）一九二八－一九三六，在平津各校教書時期

一九二八年燕大畢業，就到南開中學教語文，一年後又調回燕大中文系。

一九二九－三〇年，在燕大中文系專修科教書，並在北京女師大中文系兼任講師。

一九三〇－三二年，在天津河北省立女師學院任中文系教授兼任系主任。三一年間，接蕭項平從廈門大學來信，說有同志被捕入獄，需要經濟幫助，讓我盡力設法。隨後有一學生常來取款。三二年我回北京教書，失去聯繫。那時獄中關的是誰，我不知道，解放後，從蕭項平的信中才知有劉仁，取款的叫艾光增，他們都是蕭項平在北京藝文中學教書時做地下工作的學生。

一九三二－三六年，我主要是在北平大學女子文理學院文史系教書，系主任是范文瀾，同時我在北大、燕大中文系兼任講師。這時期和周作人、俞平伯、廢名（馮文炳）這一班人，在文學上形成了一個小團體（一九三三年兼崇慈女中課，住北新橋小三條）。

北平人文書店出版我當時在大學講的明清文講義《近代散文抄》二冊、《人間詞及人間詞話》校注一冊。

（四）一九三七—一九四五，在淪陷時期

一九三七年，北京淪陷，最初女子文理學院還每月發兩三成薪水，後來文史系主任李季谷（院長許壽裳在南方，當時由他代行院務），私下攜款溜走，把大批教師拋下不管。我在貝滿女中代課，維持生活。當時周作人堅決不走，他勸我也不要離開北京。

一九三八年，偽北京女子師院成立，我在中文系任教授。

一九三九年元旦，我到周作人家拜年，有人打了周作人一槍，他未受傷，我被打中了一槍。這年秋季，偽北大文學院成立，周作人做院長，我任中文系主任。

在這以後，偽北京市政府曾組織一個日本觀光團，指定文學院去一人，周作人、錢稻孫派我參加，女子師範學院去的是陳綿教授，其餘的人，我都不認識。

一九四〇年，華北編譯館成立，館長是瞿兌之，審稿委員有周作人、錢稻孫、吳祥麒和我及師大中文系主任姜忠奎。我在館刊上發表甲骨論文《龜卜通考》。

新民印書館編輯部出版我編選的講義《大學國文》上、下二冊。

一九四一年，周作人派我隨同日文系主任錢稻孫及尤炳圻、張我軍等，參加日本召開的大東亞文學報國會。周作人這年做華北教育督辦，不到一年就被擠下臺[5]。

新民印書館編輯部約我主編《文學集刊》雜誌（不定期叢刊）。

[5] 周作人任偽華北教育總署督辦時間從一九四〇年十二月十九日到一九四三年二月六日，共二年一個月。

一九四二年[6]，我參加南京召開的全國教育會議（全國宣傳工作會議同時召開）。偽教育部長李聖五，問及周作人下臺情況，讓我轉達口信，汪精衛要他到南京會面。

一九四三年春，我陪同周作人到南京。周作人會見汪精衛以後（我並未見汪）[7]，往蘇州看章太炎故居，在蘇逗留一天。回北京後不久，周作人就重行上臺，恢復督辦原職[8]，並任偽國府委員。

一九四三年冬（十一月）汪偽召開第二屆全國宣傳會議，有我參加（見南京《中報》）（專案組掌握）。

新民印書館編輯部出版我和廢名的詩合集名《水邊》一冊。

四三年夏天，應日本文學報國會邀請，我同華北作家協會柳龍光一批人，參加第二次文學報國會。

一九四三年冬參加南京偽宣傳部召開的全國作家協會籌備會議，這時認識了胡蘭成。

大約是在這前後，武田熙成立一個新文化協會，名義上拉我任主任委員，實際負責是由他指定的范宗澤，委員中還有張鐵生[9]、鄒樹大、黃道明。曾組織一次參觀團，由我和張鐵生帶領往上海杭州參觀。

一九四四年四月間[10]，周作人公開發出《破門聲明》，免去我在文學院的職務，一時陷於失業，靠變賣東西生活。由於周作人的封鎖，我在北京無法立足，當時武田熙要拉我到武德報做事，被我拒絕。以後我便離開北京，到南京謀生，胡蘭成約我幫他編《苦竹》雜誌。

6 此處時間有誤。下面敘述乃是周作人下臺後的事，而他下臺在一九四三年二月六日。四月初沈氏即陪同周作人去了南京，所以此處時間當在一九四三年的二、三月間。

7 參閱拙文《關於〈沈啟無自述〉》。

8 周作人並沒有恢復督辦原職。一九四三年五月被偽華北政務委員會任命為華北綜合調查研究所副理事長。

9 應為「張鐵笙」，北京淪陷時期，曾任華北作家協會副幹事長，《中國文藝》主編。

10 應為一九四四年三月。周作人於一九四四年三月十五日作《破門聲明》，發表於三月二十三日《中華日報》副刊。參閱張菊香、張鐵榮《周作人年譜》（天津人民出版社，二〇〇〇年四月），頁六七五。

一九四五年初，隨胡蘭成到漢口接辦《大楚報》（一九四四年底去漢口，四五年初接辦《大楚報》），胡是社長，我任副社長，主編《文筆》副刊（不定期）。《大楚報》編輯部長是關永吉（現名張守謙）。我在《文筆》副刊上發表不少新詩，合併以前寫的即成一冊，名《思念集》。

四五年六月裏，我離開漢口，返回北京。

（五）一九四五—一九四九，日本投降後至寧波解放時期

八月十五日本投降後，我在北京。這年冬天，燕大同學李蔭棠和余協中來找我，余協中比李蔭棠高兩班，他們都是歷史系同學（李與本院歷史系田農是同班）。我以前不認識余協中，他來約我到東北去教書，說要在瀋陽辦中正大學。第二年開春（一九四六年三月），李蔭棠從東北回來，找我同去錦州。余協中介紹我見焦實齋，讓我先在錦州新生報編副刊，因為大學尚未籌備就緒。

一九四六年秋，瀋陽中正大學成立，校長是張忠紱（未到校），董事長是杜聿明，文學院長是余協中，中文系主任是高亨，我任教授，傅魯也是中文系教授。這時期高亨在東北日報編《文史》副刊，我在創刊號上寫過一篇文章《新文化運動與新文學》。物理系主任崔九卿，曾介紹他的朋友趙師長的兒子（高中生）從我學習古典文學。另有廖耀湘的弟弟廖耀×是中文系（歷史系？）班上的學生，常到我處補習功課，有一次請我到他家裏看花，碰見廖耀湘，談過話，以後並無來往。

一九四七年，瀋陽快解放的前夕，余協中私自逃回北京，中正大學陷癱瘓，學校替大家買飛機票，紛紛離散。我也全家來到北京，留瀋書物，全部遺失。

一九四八年，中正大學問題無法解決，在北京的臨時辦事處只發給每人一點維持費，無法生活，我

便攜家去上海，同時把留存北京的書籍也全部帶走。到上海之後，一時也無適當工作，把書籍先存方家，轉存董家，後寄存蔡叔厚家（蕭項平的朋友）。臨時回到寧波，借住在傅梅的同學家裏。暑後由傅梅的小學時老師謝墨君和她的丈夫朱子珍的介紹，我到浙東中學，他們夫婦當時都在浙東中學教書。蕭項平從湖南澧陵中學來信，要我到那裏教書，我沒有去。蕭又有信給他的之江大學老師美國人馬爾濟，其時也在寧波，把房子讓一部分給我住。不久他回國，我們搬進浙東中學。

一九四九年（六、七月），寧波解放，軍管會辦教師訓練班，我參加學習，向組織上交代了自己的歷史。當時負責領導學習的是文教部車部長。學習後，浙東中學改組，軍管會派我做臨時代理校長。這年冬，蕭項平在北京，給我信說他會見了劉仁，[劉仁]問起我的情況，[說我]可以回北京工作，於是我們在五〇年春初回到北京。

（六）一九五〇年至回北京以後

一九五〇年春，我從寧波回到北京時，蕭項平在天津總工會，他來信叫我直接去找劉仁。我到市委找劉仁沒有碰見，後來他派崔月犁、辛毅來看我，介紹我到業餘教育委員會，由市委廖沫沙領導，派我到石景山鋼鐵廠辦職工學校，做教務主任。

一九五一年，調回工農教育處（業餘教育委員會歸市文教局改名工農教育處）編職工語文課本及研究語文教學問題。

一九五二年底，調到北京函授師範編函授語文教材，這年我把寄存在上海的書籍賣去了一部分，其餘全部贈送給上海文物圖書館，該館曾編目錄寄我一份。

五五年，函校教材編完，教育部負責指導函校的同志（朱光熙）讓我們自己找適當工作。這時北京師範正在籌備成立，我找施宗恕瞭解情況，他說凌莎院長沒有回校。後來我寫信給廖沫沙，請他介紹。五五年七月，我到師院中文系任職，住在城內未英胡同宿舍。

五六年，傅魯來本院中文系，他介紹我入九三學社。五七年反右期間，由於自己資產階級世界觀沒有改變，個人主義大發展，爭名爭利，參加九三小集團貼大字報，歪曲整風運動，還說了一些反黨言論。五八年被劃為右派，這對我的教育意義很大，從此我澈底檢查自己的錯誤言行，低頭認罪，痛改前非。特別是在順義縣，中文系師生集體下鄉，一面勞動一面編寫農校課本的時期，在農村公社所見所聞的新面貌，廣大農民那種意氣風發的新風格，使我異常感動，真正認識到三面紅旗的偉大。曾寫過材料交給李大為和劉國盈。

一九五九年國慶前，摘掉右派帽子。劉國盈和李大為曾在中文系召開一次會，宣布我摘帽子事情（在這次文化大革命中，井岡山專案小組曾叫我寫過這份材料）。

六〇年、六一年，我兩次患心臟病（細菌性敗血性心內膜炎），一次住三〇四醫院，一次住阜外醫院。

六二年出院，在休養期間，病中讀魯迅全集（人民出版社），見第八卷《中國小說史略》未加注解，校勘不當之處很多，遺漏未經訂正的有好幾十處，因就手邊舊本和筆記，陸續加以整理。

六二年國慶前，廖沫沙帶他的祕書曾到未英胡同來看我，過了幾天，以統戰部的名義送來一百元。

十一月間，系裏讓我搬進校內住，準備六三年開課。後來改變計畫，讓我培養兩個青年教師，參加古典組集體備課，校訂青年教師進修書目。

六三年春節後，祝世全通知我領補助費五十元，初以是臨時補助，後來每月都有。

在六四古典組舉行觀摩教學期間，我在工作中又患心臟病，住阜外醫院。出院後休養，未擔任具體工一九三八年，偽北京女子師範學院成立，院長是黎子鶴，後換為張凱，中文系主任是王廈材。我在中文系任教授，所授課程是《中國文學史》及大一《國文》，中文系教授還有張海若、壽石工、姜忠奎等。這一年內，我寫過兩篇文章，在方紀生編的《朔風》雜誌上發表，一篇是《談中國的山水遊記》，一篇是《無意庵隨筆》，內容談六朝山水人物的描寫[11]。

一九三九年元旦，我到周作人家拜年，有人打了周作人一槍，他未受傷，我被打中一槍，在同仁醫院住了四十多天，子彈終未取出。

三九年秋季，偽北大文學院成立，周作人做院長，我任中文系主任，英文系主任是徐祖正，日文系主任由北大祕書長錢稻孫兼任，歷史系主任是吳祥麒，哲學系主任是溫公頤。當時中文系教授有陳介白、趙蔭棠、張弓、朱肇洛、鄭騫，專任講師有許世瑛、韓文佑、沈國華、齊佩瑢、華粹深、朱英誕、傅惜華等，助教是李景慈。我在中文系講授的課程有下列幾種：（包括從一九三九—一九四三）《古今詩選》（印發講義）；《大學國文》（講義，後由新民印書館出版上、下二冊）；《中國近百年文藝思潮》（印發講授提綱）；《小說史》（以魯迅《中國小說史略》為課本）；《六朝文》（分五部分：小賦、雜文、稗藻、史鈔、佛典，講義只印出前兩部分）。課外指導學生文藝活動的有：新詩研究會和古典詩詞研究會。

在小實報《文學》欄寫過兩篇文章，一篇是《下鄉》，一篇《關於瓦舍構欄》（發表時間可能在四二年左右）。

一九四〇年，華北編譯館成立，館長是瞿兌之，我被約為審稿委員，此外還有周作人，錢稻孫及師大中文系主任姜忠奎。我在報刊上曾發表甲骨論文《龜卜通考》。新民印書館編輯部出版我編選的《大學語

11 沈啟無在《朔風》五期（一九三九年三月）上發表《無意庵談文・山水小記》。

文》二冊。

一九四一年春，周作人做華北教育督辦，仍兼文學院院長。這年秋，應日本文學報國會邀請，周作人派我隨同日文系錢稻孫、尤炳圻、張鐵軍等，赴日本在東京召開的大東亞文學報國會（大東亞文學者代表大會），錢稻孫是代表團長。除我以外，他們都會說日本話。在招待會及大會上，錢稻孫用日語發言，各小組分別開小組會，在小組會上，我沒有發言。在這期間，我寫過一篇文章，是應報國會約稿，題目已記不清楚，是講日本的宗教儀式（四〇年參觀時寫的），另外寫了一篇新詩（未發表）。當時接觸的日本人，有報國會負責人河上徹太郎、小林秀雄、林房雄，老作家有武者小路、鹽谷溫、菊池寬，女作家林芙美子，作家魚阪（他會講中國話）。開完會以後，到奈良、京都各地去參觀瀏覽，參觀一些博物館、文物館之類，為正倉院、尊經院、東洋文庫、斯文書庫等。

回北京後，新民印書館編輯部科長佐藤約我主編《文學集刊》（不定期雜誌），助理編輯是李景慈、朱英誕。

一九四二年秋，我參加南京偽教育部召開的全國教育會議，北京同時去參加的是華北教育督辦蘇體仁（周作人這時已下臺）、黎子鶴、李泰棻。偽教育部長李聖五曾找我問及周作人下臺的情況，讓我傳達口信，汪精衛要周作人到南京會談。我回北京把這消息告訴了周作人。

《文學集刊》第一期出版，我在這期上發表一篇散文（舊作），另有幾首新詩（《鳥鵲》、《露》、《影》、《寄遠》），[12]在關永吉編的《文筆》週刊上用「童陀」的筆名發表一篇諷刺雜文，題名《雜誌新編》。

[12] 《文學集刊》第一輯只有沈啟無的《白鷺與風》（詩）、《閒步庵簡鈔》。

一九四三年春，我陪周作人到南京。周作人會見汪精衛以後（我並未見汪），我又隨他往蘇州看章太炎的故居，當時同去的有宣傳部楊鴻烈、南京中央大學龍沐勳，在蘇逗留一天，遊覽虎邱劍池及靈巖等地。上海柳雨生、陶康[亢]德趕來蘇州請他去上海，他堅決不去。周作人回北京後不久，就重新上臺，恢復督辦原職，並兼任偽國府委員。

《文學集刊》出第二期，我發表《閒步庵書簡鈔》及幾首新詩（《懷辛笛》、《露水船》、《鷺》）[13]。新民印書館編輯部出版我和廢名合作的新詩集《水邊》一冊。日本文學報國會代表林房雄來北京，華北作家協會招待他，請他開過幾次會。我和他見過幾次，曾在中山公園招待他一次茶會。

一九四三年夏，應日本文學報國會約請，參加第二次召開的大東亞文學報國會。文學院除我以外，還有張我軍，其餘是華北作家協會柳龍光和幾個青年作家，其中有梁山丁、蔣一方等，代表團長由柳龍光和我擔任[14]。我在歡迎招待會上講過話，（當時翻譯是蔣一方，因他翻譯有錯，後改魚阪通譯），我講話大意是說，中日自古就有聯繫，從唐代以後，日本人士不斷到中國，在文學藝術方面學了許多的好東西，繁榮壯大了自己。現在我們再來向你們學習。（提出出版建議計畫？發言或寫文：《再認識，再出發》[15]？）在小組會上，東京帝大教授吉川幸次郎對北京出版的雜誌刊物，提出批評，當時我說過什麼話，記不清楚了。在另一個小組會上，有張鐵軍、柳龍光參加，當時日本作家片岡鐵兵發言攻擊了周作人。片岡和我不認識，也不同在一組，他的發言，我毫無所知。後來周作人卻藉口說這是由於我的唆使。

---

13 《文學集刊》第二輯只有沈啟無的散文舊作《卻說一個市集》和他作為編者而作的《後記》。

14 據封世輝編著《中國淪陷區文學大系・史料卷》（廣西教育出版社，二〇〇〇年四月），參加這次會議的華北（含蒙疆）地區代表有柳龍光、沈啟無、陳綿、張我軍、徐白林、蔣義芳等，並無梁山丁（頁一五七）。

15 沈啟無在《國民雜誌》第四卷七期（一九四四年七月）發表《再認識，再出發》，作者名字前加了「華北作家協會評議員」、「中國新文化建設協會主任理事」的頭銜。

在這次開會期間，除報國會負責人河上、小林、林房雄以外，和我接觸比較多的是吉川幸次郎和倉石武四郎，還有魚阪（替我做通譯）。他們都是研究中國文學的，都會講中國話，開完會後，仍是參觀遊覽，我個人應吉川和倉石的邀請，參觀了他們主持的專門研究所，吉川曾贈送一份他編注的講義《元曲俗語集解》一厚冊。

大東亞文學報國會，每兩年召開一次[16]，這個會的目的是很清楚的，是為日本帝國主義侵略服務的。我參加這會，雖然不會說日本語，也聽不懂，但我在第二次會議上還是通過翻譯，說了些歌功頌德、討好敵人的話。現在想來實在是很無恥的。

我從大學畢業後，能在平、津各大學教書，完全是投靠周作人的緣故。淪陷時期，他為日本帝國主義效勞，我也跟著充當了踏實的漢奸走卒。這與我的剝削階級出身和所受的奴化教育是分不開的（第三次大東亞文學報國會在南京召開，因為周作人已與我破門，並且他親自出馬，主持這次大會[17]，我被摒於文藝界之外，所以我沒有參加這次大會）。

一九四三年冬，我參加南京偽宣傳部召開的全國作家協會籌備會議，認識了胡蘭成。據他說他以前曾由梁啟超介紹在燕京大學做過旁聽生，在謝冰心班上聽過一個時期的課。大約在這前後，武田熙同范宗澤、鄒樹大、張鐵生，還有黃道明，成立一個新文化協會，這會事前我一點也不清楚，成立時，請我去參加，臨時推我為主任委員。這些人除張鐵生外我都不認識，這些人都是常務委員，實際負責是姓范的，一切事務都操在他的手裏。他是東北人，會說日本話。我沒有用這會的名義寫過任何文章，也沒有布置

16　日本文學報國會策畫舉辦過三次大東亞文學者大會，時間分別是一九四二年十一月三日至十日，一九四三年八月二十五日至二十八日，一九四四年十一月十二日至十五日。

17　周作人並沒有參加第三次大東亞文學者大會。

過任何具體工作，所以這會具體幹些什麼，我實在不清楚。我只記得在四四年春（時間不準，約在四三年秋），這會曾組織一個小型參觀團，不到十人，由張鐵生和我帶往上海、杭州一帶去參觀。到南京後，宣傳部楊鴻烈陪同到上海參觀。到了上海，因我家中有人生病，即轉回北京，沒有去杭州。

一九四四年四月間，周作人公開發出破門聲明，並在各報上登載這個聲明，一連寫了好幾篇文章在報上攻擊我。我並未還手，只想把事實擺清楚，寫了《另一封信》送到北京、上海各報。他們都不刊登，當時只有南京胡蘭成等人，還支持我，《另一封信》才在南京報刊上發表出來。周作人不經過北大評議會，挾其權力，就勒令文學院對我立即停職停薪，舊同事誰也不敢和我接近。由於周作人的封鎖，使我一切生路斷絕，《文學集刊》新民印書館也宣布停刊。我從五月到十月，靠變賣書物來維持生活。武田熙、柳龍光要拉我到武德報去工作，我拒絕沒有接受。北京現待不下去，我就到南京去謀生，胡蘭成約我幫他編《苦竹》雜誌。我在這刊物上發表過的兩篇文章，一篇散文《南來隨筆》，一篇是新詩《十月》。

一九四五年初，我隨胡蘭成到漢口接辦《大楚報》。（大約四四年十一月間去漢口）本來我打算在南京中央大學中文系謀一教書位置，胡蘭成說武漢大學有機會，勸我一同到武漢。到了漢口以後，方知武漢大學停辦，只好幫他辦《大楚報》。胡蘭成做社長，我任副社長，胡蘭成從南京找去一個姓潘的當祕書，後又找關永吉任編輯部長，又找一個日本人福岡做聯絡員，《大楚報》原來從員大部分沒有什麼變動。《大楚報》的一切編輯、出版、印刷的事務，全歸關永吉去負責掌握，胡蘭成除每天寫一篇社論以外，經常在外面活動。關永吉在《大楚報》上恢復了《文筆》副刊（雙週刊），名義上由我主編，實際還是他在負責，我只每期上寫點新詩發表，沒有寫過其他文章。關永吉又組織了一個文筆會，以編輯部的成員為基礎，拉攏武漢當地一些文藝青年入會，為《大楚報》編輯部寫稿。具體有些什麼活動，我不清楚。在文筆會成立時，關永吉讓我講演兩次，講的是中國六朝時代的文學。我在漢口，沒有熟人，很無聊，據我知道，和胡蘭成常有來往的人是：鄒平凡，當地的軍隊頭頭，過去和他認識；楊××（忘其名），是合作總社社長，日本留學生；陳志遠，是工商界人物，石膏公司董事長，也是日本留學生；還有一個姓張的，是江陽縣縣長，據說是美國留學生，我們住在漢陽醫院，他常來看望胡蘭成。我自己認識一個有舊文學根基的青年，名艾莞時，他家住在武昌，和我通信，常過江來看我，曾約我遊黃鶴樓和蛇山。此外還認識一個大夫，叫段文林，是山海關人，常請他看病。胡蘭成在漢口有什麼政治活動，我不清楚，他從來不和我談這方面的事情。這年六月間，我藉故離開漢口，返回北京，八月十五日本投降。

我在《文筆》副刊上寫的新詩，合併以前舊作，由《大楚報》編輯部印成一冊，名《思念集》。

是毛主席共產黨拯救了我，使我認識到自己過去的罪惡，對自己這些罪惡的歷史，我是認罪的，這筆賬也是應該算清的，我一定老老實實接受革命群眾對我的處理。

六八年五月十三日

（有的年月時間，可能與實際時間不一定符合，記不清楚）

四、彙報（五月十四日，交二〇九）

蕭項平（本名蕭炳實），之江大學畢業，一九二七年（時間可能還要早些）他到燕大哈佛燕京研究所做研究員。當時同在研究所的還有滬江大學畢業的全武周、張鏡予，東吳大學畢業的顧××（忘其名）。我那時是中文系四年級，和他們同住一個宿舍樓，同在一桌上吃飯。因為蕭項平的專業是文史方面，陳垣、容庚是研究所導師，他們在中文系四年級講課，蕭項平也在班上聽課，還有許地山課外為同學講梵文，我們也在一起學過，所以我和他很接近，把他當老大哥看待。後來他給我看些進步書籍，勸我參加黨的周邊小組，這時我才知道他是地下黨。燕大的地下周邊小組活動是他領導的。當時小組的成員，據我現在能想起來的，有孫守先（畢業後在南開中學任歷史教員）、王成湖、邊學乾、韓慶年、吳廣鈞、許袓（在海關工作）、吳繼文、黃家駟（？）、顏振清（嚴鏡清）、林崧（林烈沙）（以上四人是協和醫預科同學，前三年在燕大，他們後來都在協和醫院做大夫，吳繼文曾在燕大本校做校醫）。領導周邊小組的組長，先是許錫仁（？），後是吳登龕。小組經常學習的材料是《共產主義ＡＢＣ》（英文本），那時小組主要活動是發展組織，抓學生會。燕大的學生會，過去一直掌握在青年會手裏，用教會的團契組織（全是基督教徒）把持學生會。後來我們周邊組織勢力擴大，奪取了學生會執權，韓慶年做學生會會長，我做過學生會文書。那時（二七年）北京在反動軍閥奉軍張作霖的統治之下，到處抓人，學生運動不能公開活動。燕京大學是個教會學校，軍隊沒有直接跑進學校裏來抓人，但是校外海淀就設有偵緝隊分所，偵緝隊便衣經常混進校裏來偵探。我曾幫助蕭項平藏過文件（在我住的床鋪下有一個下水洞口，揭開蓋子可以藏放東西）。據我知道，在這時期，燕大農林科有一地下黨員（農民出身）叫唐振莊，他在夜間到西門一帶貼標語，反對反動軍閥張作霖，被偵緝隊包圍，他開槍抵抗，結果被捕犧牲。

我不是黨員，沒參加過黨的組織生活，蕭項平也沒有介紹我入黨。我記得他對我說過，「你這人感情太重，不宜於幹革命工作，還是弄弄文學好了。」我在燕大參加地下周邊小組活動只有一年。許錫仁被捕，蕭項平離開北京去上海。我畢業後離開燕大，就和小組不發生關係，但我和蕭項平私人之間，一直是保持聯繫，不斷通信的。在淪陷時期，不知蕭項平的下落，我曾寄過錢給他的愛人袁超（留居上海）。

以前我寫的材料，沒有把這方面情況詳細寫出，當時我是這樣想的：我的罪惡歷史是在淪陷這一段時間，應著重交代這方面問題，所以就把在燕大周邊活動只簡單提了一下。

五、彙報（五月十五日）

上次寫一九三七－一九四五淪陷時期的材料，忘記有一部分沒寫進去，現在補寫如下：

一九四四年，在周作人和我破門之後不久，日本劇作家真船豐到北京來，我和他原不相識，他來訪問我，不會說中國話，他的朋友小橋做通譯。以後接談過幾次。華北作家協會招待他到山西大同參觀雲岡石佛，我也陪同一起去過。

前幾天曾寫《對自己罪惡歷史的認識》，沒寫完，就寫一九三七－一九四五淪陷時期的材料，現在把這篇寫完交上，作為思想彙報（另紙）。

對自己罪惡歷史的認識

我出身於地主家庭，從小思想上就打上了剝削階級的烙印，長大以後，受的是封建主義和資產階級的奴化教育。在我的頭腦裏，多的是資產階級個人主義、名利思想，少的是真正中國人民的民族氣節和愛國心。這就促使我在國家危難、民族存亡的關鍵時刻，為了個人安全、名利地位，竟無恥的做了漢奸，投靠了日本帝國主義，成了民族和人民的罪人。我在淪陷時期這一段罪惡歷史，是和大漢奸周作人聯繫在一起的。一九二五年，我在燕京大學中文系，認識了周作人，他是我的老師，非常崇拜他，平時受他的影響很深。周作人從一九三二年以後，特別提倡純文藝，鼓吹文學獨立，為藝術而藝術，反對載道，主張言志，標榜以閒適為外衣的明人小品。而我頭腦中地主階級烙印的反動性、剝削性在起作用，這與周作人悠閒舒適的生活態度和他反動的超階級的藝術濫調一拍即合。後來越陷越深，一切以他為標榜，為靠山。一九三七年，北京淪陷，他堅決不走，勸我不要走，走了沒有好處，我相信他的話，就始終沒有走。在當時那樣民族危難之際，多少仁人志士，為了不當亡國奴，與日本帝國主義侵略作不屈不撓的鬥爭。中國共產黨和它領導的八路軍、新四軍，為了保衛國土，同日寇進行著殊死的搏戰，英勇抗日為國捐軀的烈士，前仆後繼。每一個稍有愛國心的知識份子，都應該拿起筆桿，為全國人民抗日統一戰線的吶喊，而怒吼。

偉大領袖毛主席教導我們說：「在現在世界上，一切文化或文學藝術都是屬於一定的階級，屬於一定的政治戰線的。為藝術的藝術、超階級的藝術、和政治並行式互相獨立的藝術，實際上是不存在的。」

「要使文藝很好地成為整個革命機器的一個組成部分，作為團結人民、教育人民、打擊敵人、消滅敵人的有力的武器，幫助人民同心同德地和敵人作鬥爭。」

但是我呢，我忘記了民族的榮辱，打著反動的超階級的文藝破旗，出賣自己靈魂的黑貨，周作人超階級的文藝觀，實際上就是漢奸文藝的遮羞布。

在那時期我所寫的文章，都是意志消沉、徬徨悲觀的沒落階級情調，是起著毒害腐蝕毒害作用，使意志薄弱的青年都苟且偷生，來做馴羊和順民，實際上是為親日派投降派服務，是站在帝國主義、封建主義、官僚資本主義方面，充當了反革命派的角色。

我是靠周作人起家的，能在北京各大學教書，也是由於他的關係。北京淪陷後，周作人當偽教育督辦兼文學院院長，我做中文系主任，一切唯命是從，成為他的忠實走卒。當後來他看到我不能按照他的意旨行事，就把我一腳踢開，公開發表破門聲明，使我在文藝界教育界無立足之地，陷於失業，靠變賣書物維持生活，只好離開北京到南京謀生，後來隨胡蘭成到漢口辦《大楚報》。

全國解放了，我在寧波參加軍管會訓練班學習，經過一段時間的政治思想教育，明確了黨的方針政策，我才初步認識了自己的歷史問題，曾經向組織上作了交代。黨對我這樣人卻並未拋棄，加以教育改造，予以自新之路，仍給一定的工作，為人民服務。

解放後我的生活是安定的，不像在過去舊社會那樣，常為生活失業而恐慌憂慮，又看到祖國日益強大，在黨的領導下，全國人民意氣風發地建設社會主義，自己也願把晚年精力毫無保留的為黨工作。但由於自己長期的資產階級思想沒有改造好，階級立場還是舊的，所以在五七年黨的整風運動中，又頑強地表現出來，當右派起來反黨，烏煙瘴氣，我的個人主義隨之大發展。為了爭名奪利，也乘勢向黨進攻，結果成為右派。但這次政治上的教訓，對我的教育意義很大。我認識到自己是有罪的，還向黨討價還價，劃為右派，罪有應得，我應該老老實實接受改造。捫心自問，實在太對不起黨和人民對我的寬大了。

反右以後，我對自己的思想改造，比較還是抓得緊的，經常檢查向組織彙報。五八年，中文系集體下鄉，在順義縣楊鎮一面勞動一面編課本的時期，由於親身體驗，使我感受最深，真正認識到黨的總路線、大躍進、人民公社政策的無比正確和偉大。我是堅決擁護三面紅旗的。五九年被摘掉右派帽子，這是由於舊市委黑幫劉仁及院內走資派施宗恕和系內劉國盈的包庇。像我這樣人，不可能在一年內就根本轉變了階段立場。但我從反右以後，對自己是有所認識的，我是衷心感激黨和毛主席的恩情的。我得過兩次病毒性心內膜炎，兩次住院，瀕於死亡，終於挽救過來，花了公費醫療將近兩千元，如果是在舊社會，我早就完了，所以我對社會主義是堅決擁護的。這幾年我除教書、備課、編寫講義之外，沒有公開發表任何文章。在六二年、六三年間，出版界歪風邪氣，盛極一時，編印古書和讀物幾乎充斥全國。廖仲安吹捧中華書局出版的《新編唐詩三百首》，說是典範的選本，要古典組向它學習，也能夠選出這樣的作品（文化大革命揭發出來，原來《新編唐詩三百首》是鄧拓編的）。廖仲安勸我編選課外讀物，由他接洽出版，修古藩

補寫材料

一九四五年八月十五日寇投降以後，我住在北京，沒有工作，仍靠變賣書物，補助生活。這時期我主要是在抄校古書，整理李義山詩集，和張宗子詩文集。大約快近年底，燕大舊同學李蔭棠同著余協中來找我，余協中以前在燕大時我不認識他，他比李蔭棠高兩班，他們是歷史系同學（李蔭棠與本院歷史系田農是同班同學）。余協中約我到東北去教書，說要在瀋陽辦中正大學。第二年（一九四六年）開春（二、三月間？），李蔭棠從東北回來，找我同去錦州。余協中介紹我見焦實齋，讓我先在《新生報》編副刊，因為中正大學尚未籌備就緒。錦州《新生報》的負責人名許權，平常不在報社，有一姓張的經管報社事務。《新生報》總編輯是朱枕新，編輯人我以外還有周子純，專寫論文和翻譯作品，編副刊的有一姓劉[的]，我編副刊文藝欄。此外還有誰，記不清楚了。我在文藝欄上發表過的有《讀書隨筆》、《瑣記》一類文章，還寫過一少部分白話詩。四六年夏，瀋陽中正大學成立，我便到中文系教書（九月間）。

四八年春（約在二、三月間，確定時間記不清楚），我因一時找不到職業，臨時回到傅梅家鄉寧波，借住在她的同學李銘恩的家裏。當時生活除北京中正大學臨時辦事處發點維持費（由田農代為取寄）外，全靠朋友借貸。我曾到上海向中學老同學董昌言借過錢，向中正大學同事張方廉借過錢。在清明節後，曾和傅梅到餘姚去看她的同學施法明，在她家裏住了十天左右。在餘姚縣立圖書館閱讀有關朱舜水、黃梨洲及王陽明的一些史料，曾訪問黃梨洲的故居。回寧波以後，我開始到天一閣抄書。天一閣藏書很多，但不公開閱覽，當時寧波文物管理委員會負責人是馮孟顓，我拜訪他，得他的介紹，經常到天一閣看書，我在這裏抄了三部古書。另在馮孟顓家時也抄錄一些古典材料，他的藏書也很多。在暑假期間，傅梅會見了她小學時的教師謝墨君，她同她的丈夫朱子珍，都在浙東中學教書。經他們介紹，我到浙東中學教高中三年級的語文。蕭項平這時給我來信，要我到湖南澧凌中學去教書，因已應浙東之約，所以未往澧凌。四九年寧波解放（記得是在六、七月左右），軍管會辦教師訓練班，當時負責領導學習的是文教部車部長。浙東中學參加學習的連我共有六人：俞國楨（校長）、李保仁（訓育主任）、俞復堂（高中英語教師）、王××（初中英語教師），還有一英語教師（忘其姓名）。經過這次政治思想教育的學習，才知道寧波中等學校裏的問題很複雜。以前認為浙東中學是教會學校，是由幾個教會把持的，實際不盡如此，教會勢力固然不小，但國民黨勢力也很大。浙東中學教師中，基督教徒同時又是國民黨的就不少，如校長俞國楨和訓育主任李保仁，就是從這次訓練班裏才知道的，他們在教會裏有地位，在國民黨裏也有地位。訓練班結束後，軍管會就改組了浙東中學，免去俞國楨和李保仁的職務，組織新的校委會，派我臨時代理校長，俞復堂做教務主任，王××做總務科長，還有一位英[語]教師任訓育主任。當時軍管會並派一位姓徐的同志，常住在浙東中學校內，負責幫助解決校務問題。當時學校的經濟大權，仍操在教會手裏，會計主任是姓馬的（名字就記不清，似叫馬時颺），他是教會代理人，非常頑固，處處和校委會為難，國民黨也在暗中搗亂。關於校產接收問題就拖延了好幾個月才解決，幸得軍管會大力支持，學校才逐步就緒。我在四九年底，得到軍管會允許，辭去職務，於五〇年二月回北京。

毛主席教導我們說：「沒有正確的政治觀點，就等於沒有靈魂。」無產階級文化大革命的一開始，以中國赫魯曉夫為首的黨內一小撮最大的走資派，就極力掩蓋和否定這場鬥爭的政治內容，想把無產階級文化大革命拉向右轉，抗拒毛主席的無產階級革命路線。中國赫魯曉夫夥同彭真急急忙忙拋出一個臭名昭著的反革命修正主義的《二月提綱》，妄圖把這場鬥爭納入資產階級宣揚的所謂「純學術」討論的軌道。當時本院的黨內走資派，極力奉行舊市委黑幫的指示，大力推行這個《二月提綱》的所謂「純學術」討論的軌道，組織全院師生，查閱《海瑞罷官》有關的一切史料，翻讀《燕山夜話》的全集，號召大家從學術上進行批判。我在那裏，對文化大革命是不理解的，也以為是純學術的討論。其實一切階級的鬥爭都是政治鬥爭，從來沒有什麼超階級的「純學術」，也沒有什麼脫離政治鬥爭的「學術討論」。毛主席早就說過：「一定的文化是一定社會統治和經濟在意識形態上的反映。」「在現在世界上，一切文化或學術藝術都是屬於一定階級，屬於一定的政治路線的。」中國赫魯曉夫和彭真反革命集團，他們打著「純學術」的幌子，妄圖扼殺這場無產階級文化大革命，阻止歷史的年[車]輪的前進，掩藏他們復辟資本主義的陰謀詭計。一九六六年五月十六日，偉大領袖毛主席親自主持制定的偉大歷史文件——中共中央《通知》，宣告了反革命《二月提綱》的澈底破產，吹響了無產階級文化大革命進軍的號角。在偉大領袖毛主席思想光輝照耀下，他們的復辟罪惡陰謀，終於現形於光天化日之下。

今天熱烈慶祝這個偉大的劃時代的歷史文件發表兩周年，是具有極其深遠廣大的世界意義的。

七、彙報（五月二十二日）

一九四三年春，我陪同周作人到南京。周作人見過汪精衛以後，曾在南京中央大學講演一次。中文系主任陳柱也請我對中文系同學講過一次話。當時講的題目已記不清楚，講的內容，大意是講中國文學的演變問題。在過去幾千年的封建社會裏，中國文學的發展，從形式表現上看，雖有各種的類別，但在內容思想上，大抵沒有多大改變，都是為封建統治服務的。在歷代封建王權正盛的時候，文學問題變成衛道的工具，沒有什麼生氣；到了王綱解紐，統治勢力衰弱，經過一個變亂的時期，文學的發展也就出現了新的改革，把過去好的傳統，繼承下來，再加以新的改革和創造，形成為新的一代文學。

大體說來，在長期的封建時代，儒家思想和道家思想比較占主要地位，尤其儒家思想，幾乎每個王朝都是利用它為自己服務，而道家思想是儒家思想的反動，儒道思想的鬥爭，也表現在文學思想上的鬥爭。例如魏晉時代，突出地反映在名教與反名教的鬥爭，嵇康、阮籍等人的反禮法「非湯武而薄周孔」，甚至在居喪之中還吃肉飲酒，他們這些人把對統治者的不滿和憤激情緒，寄託在吃酒、採藥、遊山水方面。由於老莊思想的影響，當時出現了富於幻想的遊仙詩，出現了描寫田園生活的詩，出現了南北朝的山水文學。到了齊梁時代，由於宮庭生活放蕩糜爛，出現了專門描繪女子的所[謂]宮體文學。唐代詩歌是集古代詩歌傳統的大成，成為中國詩歌絕大成就。唐代古文雖然是改革了六朝駢儷，仍然成就遠不及唐詩。而傳奇小說，則是一代的新創造。從宋代以後，儒家思想又大抬頭，一直到明清，差不多都在理學即大學的統治之下，所謂正統文學，沒有什麼成就，倒是不登大雅之堂的小說、戲劇卻有了很大的發展和創造。辛亥革命，推翻了幾千年來的封建統治，文學也進入一個新的時代。新文化的啟蒙思想，推動了新文學運動，打倒孔家店，反對桐城謬種，選學妖孽，反對鴛鴦蝴蝶派，提倡平民文學，提倡白話文。新文學從五四運動以後，逐漸走上了新的軌道。當時講的內容範圍，大致是如此。

我那時的文學觀點，還是資產階級的觀點，對於魯迅為首的進步的文學理論，也沒有研究，而且也不可能理解魯迅所走的道路，所以對於無產階級的革命文學，當時稱為普羅文學，我那時可以說毫無所知。

八、彙報（五月二十三日）

一九四五年，我在《大楚報》編輯部成立的文筆會上講演過兩次，兩次連續講的是關於中國古代的六朝文學。對於六朝文學的全面情況，只交代一個大概，說明這是中國歷史上一個大混亂時代，異民族侵入中國，五方雜處，還有外來的佛教文化也盛行起來，道教迷信也很深，當時思想很複雜，而文學發展較以往卻有了新的成就。總的說來，文采華麗，可以代表這一時期文學的總的特色。但其末流，也表現了兩種不好的現象，一是內容頹廢，出世思想濃厚；一是追求形式，過分講究詞藻。

因為當時聽眾多半是青年，所以特別著重講小說這方面，引證些故事例子，以引起興趣。

六朝小說，講的方面，一是志怪小說，一是志人小說。志怪小說是六朝小說的主流，從漢末到魏晉南北朝，中國長期處於分裂混亂的狀態，連年戰爭，民不聊生，有許多異民族侵入中國，固有的經濟文化基礎受到破壞，統治階級奢侈淫逸，政治腐化，民生困苦，人多厭世思想，道教和佛教的勢力大為發展，因此志怪小說成為當時小說的主流是很自然的事情，但這些故事的內容都是來自民間傳說，往往能反映當時社會的現實。六朝人對於這些志怪故事的看法，同我們現在人不同，他們那裏還相信神仙的鬼神，以為實有其事，並不以為是虛造。編寫搜集這些故事的人，也好像今天記錄新聞一樣，在當時並非有意做小說。志人小說，六朝這一類也不少，主要在於品藻人物，記載名流的言行談資。這種風氣，起於漢末，那時士人最重臾[?·]品，一言毀譽，往往決定人的一生。晉代名士好談玄理，講究言談舉止，評論人物的風氣更加流行。因此就有人把這類遺聞逸事集錄下來，《世說新語》這部書，可以作為代表。雖然這些都已零星片段的記載，也可以看出當時統治階級的生活思想。

六朝志怪小說，在唐人傳奇及後世戲劇、小說裏，都有所發展創造；至於志人小說，如《世說新語》這類書，到後來都沒有發展，只有模仿，沒有創造。

關於六朝小說這部書，我講的主要還是根據魯迅先生《中國小說史略》，在時代背景方面，略加發揮，多舉些例子，特別用《搜神記》裏的干將、莫邪故事，發展為《故事新編》的《鑄劍》，就是魯迅先生的新的創造。說明新文學對舊文學仍然有所繼承，有所擇取，這也就是革新。

我那時的講的內容大致是如此。

九、彙報（五月二十五日）

毛主席教導我們：思想和政治是統帥，是靈魂。這就是說，政治和業務的關係，是統帥和被統帥的關係。我過去在古典文學教學上最大錯誤，就是沒有把政治和業務的關係擺好，重業務，輕政治。五八年在教改運動中，同學對我提了很多意見，歸納起來，不是政治掛帥，是業務掛帥。教改以後，稍微有些改進。從六一年後，本院推行修正主義教育路線，惡性大發展。本系走資派劉國盈，大樹白旗，把古典文學由一年半加重到三年，原來中國古典文學一門課程，分成作品與文學史兩門課程教學，說起來是提高中國古典文學課程的教學質量，實際是加重學生負擔，重複繁瑣，教學效果並不好。因為教作品也得講文學史，教文學史也不能不講作品，二者又要互相兼顧，又要避免重複，這是教學上很難區分，也不好掌握，所以作品和文學史這兩門課程，常常發生矛盾，始終沒有很好地解決。至於文學史這門課程，更其繁重。

先採用科學院編的三本文學史為教本，後又改用北大編的四大本文學史做課本，同學人手一編。廖仲安、修古藩要教師照本宣科地講這四本書，要同學學完這四本書，要青年教師進修啃透這四本書。當時教師都感到非常吃力。同學們也感到負擔太重。備課和教學都很困難，曾經多次提出意見，而劉國盈、廖仲安等堅持執行，強調「三基」一定要落實，對課本問題始終未能解決，不了了之。修古藩在古典教研組集體備課時，又指定我專負責解決業務的疑難問題，於是我專門在查出處、做注解上用功夫，只能鑽業務，不問政治。廖仲安總是吹噓北大中文系，並且要我們古典組向北大中文系看齊，鼓勵大家編書、寫文章，他自己和劉國盈常聯名在報刊上發表文章，互相標榜，歪風邪氣，真是盛極一時。我自己雖未正式講課，但在幫助青年教師集體備課中，起的不良影響很大。這完全違反了毛主席教導，是資產階級修正主義教育的一條邪路，是和無產階級的教育路線完全背道而馳的。無產階級文化大革命，一定要把這種流毒澈底批倒批臭。

十、彙報（五月二十七日）

從六一年到六五年這幾年裏，劉國盈、廖仲安等，把中文系古典文學搞得真是烏煙瘴氣。他們堅持走綜合大學的道路，要向北大中文系看齊，把古典文學從一年半加重到三年，規定師生死啃四大本文學史，幾乎全副精力都用在這門課程上。這樣還不夠，廖仲安、修古藩在提高古典文學教學質量的幌子下，又發動古典教研組全部力量，來編一部《古典組助教進修書目》，（我負責編寫宋元明清部分），這個書目所包容的作品，上自古代神話，下迄晚清小說，總數達二千多種，比科學院編的三本文學史、北大編的四本文學史所舉的篇目，還要超出三分之一以上，其他許多參考閱讀書籍，還不在其內。修古藩把大家開的書三十日上午五時到阜外醫院掛號，看心內科，大夫診斷心絞痛，開硝酸甘油　沖水滴藥，囑安靜休養，少思慮，少勞累，要保證睡眠等。

三十一日寫好「補寫材料」，六月一日上午交二〇九

六月四日　補寫材料：（關於華北綜合調查研究所）

六月五日　補寫材料：關於華北作家協會

六月五日　補寫材料：（中華書局文學組約校點徐文長集）

以上三份檢查六日上午同時交

十一、補寫材料（五月三十一日）

一九四四年，周作人同我破門以後，我在北京無法立足，遂往南京謀生。在路過徐州時，碰見偽北大中文系同學馮春、傅韻函等，他們都在徐州工作，留我在那裏玩兩天。他們介紹我與當地文藝協會負責人高漢見面，高漢是胡蘭成的追隨者，他召集一些青年作家，舉行一個茶話招待會。當時有幾個愛寫新詩的青年，其中夏穆天，跟高漢很要好，他們又請我講演一次。講的什麼，現在已講不清楚，大約是講新詩的問題。高漢曾打電報給胡蘭成，讓他來徐州相會，胡蘭成沒有來。我在徐州逗留幾天，就去南京。

在南京時，除胡蘭成外，常來看我的有曹葆琳、時秀文夫婦（時是過去我在女師學院教過的學生）。曹葆琳和關永吉是中學同學，很要好。關永吉後來也到了南京。曹又介紹他的朋友孔昆[?]佐和我見面，孔是南京《國民日報》的總編輯，他們都是屬於胡蘭成一派。

十二、補寫材料　關於華北作家協會（六月五日）

偽華北作家協會是在哪年成立，確定時間，我不清楚。大約是在一九四〇年前後[18]。因為一九三九年偽北大文學院成立時，那時還未聽說有什麼華北作家協會活動。華北作家協會，屬於偽華北行政委員會情報局。情報局長是管異賢[19]，他一向把持北京新聞界，是報界一閥，所以華北作家協會和當時其他報社，都是屬於情報局領導的。華北作家協會從四〇年（？）起，由柳龍光負責，他從東北帶來一班青年，以他們為骨幹，又把他所領導的《武德報》編輯人員和作家協會聯繫起來，以青年作家為號召，組織編行《中國文藝》雜誌及出版《青年作家叢書》。《青年作家叢書》出版了好多種，如山丁、袁犀、孫淑敏（？）（柳龍光老婆）[20]、蘆焚、馬驪、關永吉、李景慈等，都有作品出版。華北作家協會在這時期很活躍，影響頗廣。

當時在北京文藝界，大體上說，是形成兩派：一是老牌的，以周作人為首的北大文學院派，另一就是華北作家協會為主的青年作家一派。周作人主編的《藝文雜誌》及由我主編的《文學集刊》，其中撰稿者大都是北大文學院或與文學院有關係的人，但也有些青年作家同時為兩派刊物寫稿，如李景慈、朱英誕、

18 偽華北作家協會成立於一九四二年九月十三日。

19 應為「管翼賢」，湖北人。一九三九年任《武德報》報社社長，一九四二年任偽華北作家協會評議員。

20 「孫淑敏」指梅娘。梅娘（一九二〇－二〇一三），原名孫嘉瑞，曾用名孫加瑞，筆名孫敏子、敏子、芳子、蓮江、梅娘等。未見用過「孫淑敏」。

李曼茵等（李景慈當時是文學院中文系助教，朱英誕是講師，李曼茵是職員，李景慈、朱英誕並任《文學集刊》助理編輯，李景慈後來又參加《中國文藝》編輯）。

我和華北作家協會的關係，只是名義上的擔任一個委員，並無具體工作（周作人、錢稻孫也是名義上委員），所以對華北作家協會內部活動情況不清楚。我在《中國文藝》上也沒有寫過文章。日本文學報國會作家來北京時，華北作家協會開會招待，也常請我去參加，我和該會負責人柳龍光平時也無來往。華北作家協會的工作人員，除李景慈（張鐵生？）外，其他一些青年，我都不認識。

六八年六月五日

十三、補寫材料（六月六日）

六一年，我從三〇四醫院出院後，在休養期間，大約六、七月中，北京中華書局文學組負責人徐調孚，曾委派趙誠將一封信來約我校點明代作家《徐文長全集》。當時我以為校點工作不怎麼繁重，只要系內組織上允許，我可以承擔了來。後來他們通過組織，約定讓我最快在半年內完成這項工作。中華書局文學組來我這接頭的是趙誠，後又換一姓羅的青年。到這年十月裏，我又患心內膜炎敗血病，住阜外醫院，《徐文長全集》校點工作，不能繼續進行，只作了一部分不到三分之一。因為中華書局催得很緊，遂由文學組派人取回原件，自行處理。此事以後即無下文。我並沒有拿任何報酬。

六二年我從阜外醫院出院後，在休養中，曾著手編選蘇東坡和辛棄疾詞，擬逐步做好校注工作。初步寫有蘇辛詞選編年目錄草稿，東坡詞已做完編年校勘工作，稼軒詞寫有編年目錄一份。六三年春間，為中文系畢業同學張象成（和王占威同班，在西郊某中學教書）借去未還，他也在研究辛棄疾詞，曾把他自己選注的稿本送給我看過。六三年我因有教學任務，對蘇辛詞的校注工作遂放下，沒有繼續再做。

十四、補寫材料（六月四日）

一九四〇年，燕京大學解散，其原校址（即現在的北京大學）由偽華北行政委員會於四一年間成立華北綜合調查研究所，周作人兼任該所文化部部長。這是一個敵偽合作的文化侵略機構，其中日本人掌權的很多。文學院及其他學院的日本教授大部分都在這裏擔任工作。由於周作人的推薦，文學院各系主任及教授在文化部兼任研究員名義的很多，如歷史系主任吳祥麟，哲學系主任溫公頤、教授江紹原，日文系教授張我軍、龍炳圻，中文系主任我和教授陳介白，都是。周作人在文化部只召開過一兩次會議，據我回憶，也沒有進行什麼調查研究。我個人名義上擔任研究員，實際上並無任何具體工作，只在年終收到一點車馬費而已，所以關於文化部的活動情況，不清楚。但聽尤炳圻說過，他同原三七（日文系副教授）組織日文系和中文系一部分同學在該所進行整理圖書並編寫目錄工作。以往是否還有什麼活動，因為沒有再聽到人談過，所以不知其詳。

十五、外調材料（天津）（六月十八日）

（一）北大文學院機構的組成，各系主任、教授及日本教授分布情況

一九三九年秋季，偽北大文學院成立，院長是周作人，祕書是尤炳圻，教務主任是許寶騤，教務處負責辦事員是李夏雲，總務主任、會計主任由羅子余一人兼任（他是周作人在江南水師學堂時的老同學），齋務管理員劉某（忘其名，四〇年離職，由閻國新、李曼茵繼任。）

文學院共分五個系，中文系主任是我，教授趙蔭棠、陳介白，助教華忱之（四〇年離職，由李景慈繼任）。歷史系主任吳祥麟，副教授謝國楨、田農。日文系主任由北大祕書長錢稻孫兼任，副教授尤炳圻、張我軍，講師日人永島（原在舊北大留學）（方紀生講師？）。西洋文學系主任徐祖正，教授楊丙晨、鮑文蔚。哲學系主任溫公頤，教授江紹原。

當時舊北大紅樓為日軍占用，文學院沒有校址，因各系只有一年級學生，人數不多，暫借用工學院的祖家街一部分房子，開辦起來。第二年（四〇年）暑假以後，文學院遷入新校址（在沙灘舊址新蓋大樓），和北大辦公處及圖書館連在一起，各系學生增加到兩個年級（一二年級），規模開始擴大，院祕書由歷史系主任吳祥麟兼任，尤炳圻專管日文系，實際代理錢稻孫負責系務。各系均增添教學人員，中文系增添教授張弓、朱肇洛，副教授鄭騫，講師許世瑛、韓文佑、傅惜華、夏枝巢、沈國華、齊佩瑢、華粹琛、朱英誕等。歷史系增添教授瞿兌之、容庚、馮××，副教授日人今西春秋。日文系增添副教授日人原

三七，講師蘇瑞成（另有二人忘記姓名）。西洋文學系增添日本教授二人（忘其姓氏，講授希臘拉丁文及梵文），講師李蔭棠、劉拱之。哲學系增添日本教授三人：宇野哲人、山口××、兒玉××，講師（不記是誰）。另外，又恢復北大國學研究所，導師由容庚兼任，研究員有齊佩瑢（中文系兼課）、李菊東、安樹德、李維、李光弼（以上五人皆是舊北大學生）。

當時，新添的這批日本教授，是周作人、錢稻孫通過日本機關（興亞院）從日本請來的。宇野哲人，是東京帝大的老教授（哲學博士），這批人都是他的一派。宇野只任名義，並不到校，只來過一兩次，實際負責的是山口和兒玉，主要是兒玉掌權，各系日本教授的分配，也由他們自己內部來決定。五系之中，除中文系，其他各系都有日本教授，哲學系最多。主任雖是溫公頤，實際大權操在兒玉手裏。西洋文學系日本教授二人，比較年老。歷史系的今西春秋，日文系的原三七，都比較年輕，尤其原三七，最為活躍。他利用各種關係，拉攏學生，他幾乎每年都要帶領日文系學生或外系學生到日本去參觀。因此他和學生較熟，有一部分學生和他很接近。有的學生在畢業後，還由他給介紹職業。

我除在學校公開召開的會議上（評議會或教務會議日本教授都參加）同他們接觸以外，私人之間，沒有來往。並且有過磨擦，例如原三七，本來要安排在中文系做副教授的，因為我反對，才分配到日文系去，他要在中文系講授《日本漢文學史》，我沒有同意，改在日本系開課，中文系學生可以選修。還有中文系二年級學生關德棟，因為日語不及格，但他的梵語成績很好，在教務會議上，兒玉主張把他留級，我提出反駁，根據學校章程沒有這項規定，結果關德棟並沒有留級。

（二）關於學生生活指導委員會

學生生活指導委員會，這個會是什麼時候成立的，我記不清楚，在一九三九年北大文學院開辦以後，並沒有這個會。一九四〇年文學院遷入新校址，學生增加了兩個年級，規模擴大，估計這個會大約是在這時期成立的。學生生活指導委員會是文學院全院性的組織，是由院長和院祕書長主持的。各系主任都是該會的委員，但系主任所負責的範圍是關於教學和業務的課外活動方面居多。關於學生的實際生活方面的活動，則屬於院祕書的直接指導。在這個會成立以後，學生的課外活動，大為發展。各系都成立了課外研究組織，中文系學生有「新詩研究會」（由我和朱英誕指導）、「古典詩詞研究會」（先由我指導，後由夏枝巢指導），歷史系學生有「史學研究會」，哲學系學生有「學術研究讀書會」，日文系、西洋文學系學生都有課外組織（不記其名）。至於全院性的文娛活動，有「治印雕刻研究會」（由金禹民指導），「書法研究會」（由羅復堪指導），「崑曲研究會」（由許雨秀指導），這些指導人員都是從校外請來擔任的。書法和治印雕刻，曾經在全院開過成績展覽會，崑曲研究會曾經舉行過幾次彩排。至於學生生活和其他具體情況，我不清楚。這方面是院祕書吳祥麟負責指導，由教務管理員李夏雲，齋務管理員閻國新、李曼茵等具體執行的。吳祥麟，我從一九四四年離開文學院以後，和他即無來往，閻國新，現在本院中文系，當時他是齋務管理員，李曼茵在安徽合肥（蕪湖？）師院，五七年反右後，曾有人來瞭解他的材料，李夏雲，這人下落不詳。另外，有關這方面的材料，尤炳圻可能知道得多些。

以上盡我所能回憶起來的，大致如此。

（三）本人去過日本幾次，及文學院師生去日本參觀的情況

一九三九年偽北大文學院成立以後不久，北京市政府曾組織一個日本參觀團，包含各界人士，規定北大文學院去一人，女子師範學院去一人。文學院派我參加，女師學院參加的是陳綿教授（法國留學，導演話劇）。這個參觀團是工商界人居多數，我都不認識，團長由市政府一個副局長擔任，姓邢（忘其名）。到日本後，由東京市府派人招待，先在東京參觀工廠、商業機構，及博物館，古蹟名勝；隨後又到各地參觀，如奈良、京都、大阪、神戶、名古屋、熱海、富士山等地都去過。約二十天左右，才回北京。一九四一年和一九四三年，我兩次參加在日本召開的大東亞文學報國會，第一次北京被邀請參加的都是北大文學院的人，錢稻孫是代表團長，日文系有尤炳圻、張鐵軍，中文系有我（其他系有誰，記不清楚）。在東京開會時，由日本文學報國會招待，該會負責人是河上徹、小林秀雄、林房雄。會議結束後就在東京參觀一些博物館、文物館、藏書庫、藝術館之類。隨後又到奈良、京都等地參觀，大約兩週左右，回北京。第二次參加文學報國會的，以華北作家協會為主，文學院被邀請的只有張我軍和我兩人，作家協會以柳龍光為首，還有幾個青年作家。代表團長由柳龍光和我擔任。在這次會議期間，除日本文學報國會負責人河上、小林、林房雄以外，同我接觸比較多的，是東京帝大教授吉川幸次郎，和京都帝大教授倉石武四郎，他們都是研究中國文學的，都會說中國話。會議完後，仍是參觀遊覽，歷時十天左右回北京。

文學院組織學生到日本參觀，是在一九四〇年增加一批日本教授以後，以日文系為主體，經常每年組織學生去參觀，其他各系學生願意去的也可以附帶隨著去。各系學生也有由本系日本教授和教師帶領去的，中文系沒有單獨組織過，有的學生就是隨著日文系一起去的。據我所知，帶領學生到日本參觀次數最

多的是原三七，具體活動情況我不清楚。文學院有哪些教師同學生一起去過日本，我也記不清楚。

關於（一）題的補充

關於尤炳圻

尤炳圻，清華畢業，日本留學，是錢稻孫的得意門生，很受周、錢的信任。他自己是日文系教授，又兼任文學院祕書，一向最掌權，他與日本教授接觸也最頻繁，有些事情他最瞭解。四四年春，我與周作人破門後，離開文學院，由於周作人的封鎖，文學院的人都沒有來往。

抗日勝利，周作人被捕，關在南京監獄，大約在南京解放前半年，聽說周在獄患病，保出醫治，當時就是尤炳圻去把他接出來，住在他的上海家裏的。直到解放後，他與周作人、錢稻孫還是經常有來往的。

關於溫公頤

溫公頤，政治面貌我不清楚，我只知道他是舊北大哲學系畢業，畢業後留在該系作助教。他是胡適的學生，曾編譯《康德哲學》及《道德學》，在商務印書館出版，後來升任哲學系講師。

在北京淪陷前，他與周作人關係如何，我不清楚。偽北大文學院成立後，他任哲學系主任，奔走周作人與錢稻孫之間很勤，同尤炳圻、吳祥麟也很拉攏，還經常請這些人到他家裏去吃飯，我也被他請吃過飯。他家住在宣武門外龍岩會館裏，會館歸他所管，他把會管[館]房產當為自己私產一樣，自己住最好的房子，不花錢，其他房子出租，收房錢。這件事，他公開不諱，並不瞞人。

他任文學院哲學系主任，日本教授在他的系裏最多，而且都是當權的。他對山口、兒玉惟命是從，哲學系大權實際是由兒玉操縱一切。該系學生組織的「學術研究讀書會」，溫公頤自己不指導，卻讓兒玉插手指導，當時學生對他是很有意見的。

任首席教授名義（即名譽教授），並不到校，實際由山口和兒玉負責。各系日本教授的分配也由他們內部決定，五系之中，除中文系其他各系都有日本教授，他們參與學校行政會議及教務會議，很掌權。哲學系日本教授最多，系務大權實際操在他們手裏。從日本教授來文學院以後，經常組織學生由日本教授帶領到日本去參觀，原三七帶領學生去的次數最多。

（二）關於華北綜合調查研究所的情況

大約一九四〇年和四一年間，燕京大學解散，其原校址由偽華北行政委員會成立了華北綜合調查研究所。周作人兼任該所文化部（局）長，這是一個敵偽合作的文化經濟侵略機構，大權都操在日本人手中。周作人兼任文化部（局）長，就把文學院的主任和教授拉去做他的班底，中文系有我和陳介白、趙蔭棠，日文系有錢稻孫、尤炳圻、張我軍、原三七，歷史系有吳祥麒、容庚、今西春秋，哲學系有溫公頤、江紹原（是否有西洋文學系不清楚）。名義上是研究員，實際並不上班辦公。據我回憶，周作人曾召集一兩次會議，並沒有進行系統的調查研究工作。尤炳圻和原三七，曾組織一部分學生整理燕大圖書、編目工作。研究員在平常也沒有固定報酬，只在年終致送一部分車馬費（大約一百元左右）。

（三）出版雜誌情況

北京淪陷時期，以下幾種雜誌刊物，和北大文學院的人有聯繫。

1.《朔風》月刊

大約一九三八年前後出版[21]，方紀生主編，在這刊物上寫稿的有周作人、錢稻孫、尤炳圻、陳介白、聞國新、李曼茵，還有方紀生自己，我寫過兩篇文章。

2.《文學集刊》　新民印書館出版

一九四一年出版[22]，由我主編，李景慈、朱英誕是助理編輯。這是不定期刊物，撰稿人有廢名（特約稿件）、沈寶基、韓文佑、朱英誕、李景慈、黃雨（李曼茵）、鄭因百（鄭騫），我自己用開元的筆名發表不少新詩。《文學集刊》只出兩期就停刊。

3.《藝文雜誌》　新民印書館出版

大約四二年前後創刊[23]，主編周作人、錢稻孫，實際負責編輯的是尤炳圻。主要撰稿人是周、錢、尤，還有陳介白、趙蔭棠、鄭因百、許世瑛等也寫過文章。我因編《文學集刊》，沒有投稿。另外它又特闢青年寫作欄，有一部分文學院學生的文章在這一欄裏發表。

21 《朔風》創刊於一九三八年十一月。
22 《文學集刊》共出兩輯，分別出版於一九四三年九月和一九四四年四月。
23 《藝文雜誌》創刊於一九四三年六月。

4.《中國文藝》　華北作家協會出版的刊物

張鐵生、李景慈等編輯。這刊物主要寫稿的是華北作家協會一批青年作家，文學院寫稿的有趙蔭棠、沈國華、聞國新、李曼茵、李景慈等人。

5.《文筆》週刊

大約四三年（四二年？）出版[24]，關永吉主編。這是一個小型刊物，寫稿的主要是關永吉，還有袁犀、馬秋英等人，我在創刊號上寫過一篇文章（《雜誌新編》，筆名「童陀」）。

（四）周作人、陳介白、趙蔭棠及他們之間的關係

1. 陳介白，燕京大學一九二五年畢業，那時周作人在燕大中文系教書，陳介白是他的學生，平常同周作人比較接近。陳介白畢業後在北京教會中學教書多年，如滙文、貝滿、崇慈等校，也在孔德學校教過書，曾在私立民國大學任講師。一九二八年我在燕大畢業後，也到周作人家裏去，常碰見陳介白，彼此熟識起來。一九三〇年我在天津河北女師學院教書時，也介紹他到那裏任講師。一九三七年北京淪陷不久，他因事去天津（什麼事他沒有告訴我），曾找我替他代貝滿高中的語文課。一九三九年偽北大文學院成立，我任中文系主任，他任教授，講《中國文學史》。陳介白曾翻譯英文本叔本華《藝術的生命》、日本

24 《文筆》週刊創刊於一九四四年二月四日。

島村瀧太郎的《修辭學》，自己編寫的有《中國文學史》、《中國修辭學》。後一種周作人替他作序，並介紹到上海開明書局出版。此書在排版時，陳望道看到樣本，認為陳介白是抄襲他的《修辭學發凡》，因此開明不想再出版。後來周作人出頭說話，向開明書店交涉，才又出書。陳介白在《朔風》和《藝文雜誌》上都寫過文章，具體篇目我記不清楚，是否還在別人刊物上寫過文章，我也不清楚。

一九四四年春，我和周作人破門後，陳介白和我沒有再來往。五〇年代我來北京，知道他在匯文中學教書。曾來看過我，後去山西教書，由山西又到南開大學中文系教書。五五年，我到師院中文系，曾寫信給他，要他們那裏的文學史講義做參考，他給我寄過幾次。五七年反右以後，即無往來。解放後，他與周作人是否有聯繫，我一點不清楚。陳介白的政治面貌，我也不知道。

2. 趙蔭棠，是老北大中文系的旁聽生。曾從錢玄同、沈兼士研究中國文學音韻學，在音韻方面有專門著作，他是錢玄同的得意學生。沈兼士介紹他在輔仁大學中文系教書。

他在五四運動時期，也常寫些文藝作品在報刊上發表。他和北大中文系主任馬裕藻，教授沈尹默、周作人、徐祖正、張鳳舉等人都很接近。北京淪陷前，他一直在輔仁大學中文系任講師多年，沒有升教授。一九三九年偽北大文學院成立，周作人請他在中文系任教授，講中國文字學和音韻學。我以前和他並不相識，到文學院以後，彼此才有來往。他同周作人早有關係，到文學院做教授以後，更加接近，平時經常去周作人家裏看望。在文學院時期，他在《中國文藝》和《藝文雜誌》上都寫過文章，還寫過小說，由華北作家協會出版（書名忘記，是一本低級趣味的黃色小說）。一九四四年春，周作人同我破門，這時趙蔭棠不再和我來往。四四年秋，第三次文學報國會在南京召開，以周作人為首，趙蔭棠也參加。四五年日本投降後，聽田農說過，他到張家口解放區去。解放後，趙蔭棠回北京，住教育部招待所。後來在師大二附中教書，後到天津河北師院任中文系教授。大約在一九五四年前後，他又到蘭州師院中文系教書。

趙蔭棠這人的政治面貌，我不清楚。私生活很亂。他和周作人的關係，我所知道的是這些。

3.周作人，一直在北大、女師大、燕大等校教書。一九三七年北京淪陷後，他沒有走，當時郭沫若、胡適，在西南後方公開寫文章，希望他離開淪陷區到後方去。周作人也曾寫文章公開答覆，說他有自己的苦衷，一家老小不好行動。實際上他並不想走。一九三一年九月十八日事變後，周作人的日本老婆（羽太信子）表現得很露骨。周作人是怕老婆的。許廣平的《魯迅回憶錄・所謂兄弟》這篇文章裏，說明很清楚：「周作人對黑暗勢力不敢反抗，最後連自己也倒向黑暗……周作人認為日本工業發達，中國戰不過日本，最後只有投降；周作人是軟骨頭，喪盡民族氣節……周作人老婆完全以一個日本侵略者的面目出現，抱著侵略的態度，凌駕一切，奴役一切。」可見周作人的投靠日本，絕非一時糊塗，他有很深的親日因素。

同時他又有一批沒有骨頭的朋友和學生，做他投靠日本人的班底，偽北大文學院這批人差不多都是。其中錢稻孫、徐祖正、羅子余、吳祥麒、陳介白、趙蔭棠、溫公頤、江紹原、我和尤炳圻，更加接近。

一九四四年，周作人和我破門，他們這些人都不同我來往，破門以後，我與周作人一直斷絕來往，所以對於他們之間的聯繫情況，我無所知。

一九四四年以後，我和方紀生沒有來往。一九五五年，我到師範中文系教書，住在城內未英胡同宿舍，聽閻國新（同住未英胡同宿舍）說，方紀生在河北師範教書。曾有一次他到未英胡同看閻國新，和我見過一面，以後即無來往。

十七、家庭成員

沈湯氏，母親，八十八歲，文盲，地主。

沈錦，大妹，六十二歲，未婚。北平大學女子文理學院中文系畢業。國民黨黨員。解放前在南京藥專教書時，曾迫害過進步學生。解放後有人檢舉，五三年去勞改，五六年放回，先在街道工廠工作，後因病在家。沒有摘反革命帽子。

陳光華，前妻，六十六歲，文盲，家庭婦女。沒有孩子，曾在解放前抱養一個孩子，名沈兆生，現在約有二十七歲左右，解放後也靠我供給，高中二年級時考上江蘇省南京文工團，目前他已能獨立生活。

以上三人住南京新街口三第宅三十四號。

沈鏡，二妹，五十七歲。前北京兩級女子中學高中畢業，後學護士，現在山東沂蒙縣水文站工作。（平時不通信）

傅梅，愛人，五十六歲。解放前沒有參加過工作。父親是學徒工出身，十二歲時父母都死去。大哥已死，二哥傅惟恩，上海電焊廠老工人。解放後五〇年參加工作，六一年因婦女病、胃潰瘍病，長期貧血，退職。

沈蘭，大女兒，三十三歲，已婚。北師畢業。現在豐臺區岳各莊中心小學教書，過去是團員。

沈平子，男孩，三十歲，已婚。六二年南開大學物理系畢業，現在北京中國計量科學研究院工作，過去是團員。

沈端，二女兒，二十二歲，團員。六五年師大女附中高中畢業，堅決響應號召，到山西曲沃插隊當社員。

後記

本書的寫作時間前後超過了二十年，自己像一個鄉僻之地的老媼，餵了幾隻土雞，偶爾收穫著幾枚雞蛋。在這個早已現代化、使用各種激素的養雞時代，這種方式大不合時宜，實在是會讓熱鬧地區的養雞場老闆們笑話的。

在成書的過程中，我要特別感謝兩個專業雜誌：《文學評論》、《魯迅研究月刊》。

一九八八年我在讀碩士生二年級的時候，給大名鼎鼎的《文學評論》投去了一篇論述周作人文學觀念的論文。那個時代的不少青年學子都是在這個刊物上成名的，能夠忝列其中自然是一種榮耀。稿子投去不久，即收到了責任編輯邢少濤先生的來信，他約我寫一篇關於周作人研究述評的文章。似乎他們正在陸續發表現代著名作家研究述評系列。文章寫成寄去不久，撞上了一九八九年春夏間的那個事件，我想這篇關於周作人的文章的發表該沒戲了。沒想到，第二年《文學評論》第五期把它刊登了出來。在一九九〇年代初的商品經濟大潮中，很多人都離開了高校和學術界，我也產生過動搖，但最後還是選擇了留守，這篇文章是激勵自己留下來的力量來源之一。也正是因為有這篇文章在先，才有了以後的續篇。後來與好幾個出道之初在《文學評論》上發表文章的學者聊起來，大家都很懷念那個時候的《文學評論》，懷念那個時代的文學激情。

於公於私，對北京魯迅博物館主辦的《魯迅研究月刊》都是要很感謝的。以前寫述評文章時很想特別表示肯定，但擔心可能授人以柄，給他們的工作帶來困擾。後來北京魯迅博物館兩位年輕的負責人孫郁、比。」[4]馮雪峰是一個左翼作家，應該不會有吹捧周作人的嫌疑。上述幾個文化名人的立場各個不同，說話的時間和場域也不同，但他們的話都明確無誤地強調了周作人作為中國現代屈指可數的幾個最重要文學家之一的存在。

在中共高層，也有深知周作人的價值的。一九八〇年代中期，湖南嶽麓書社的老編輯鍾叔河想重印周作人著作集，然而在當時面臨重重障礙，無法正常獲批，於是直接給主管意識形態工作的胡喬木寫信。嶽麓書社的報告最後得到了胡喬木的批准。後來黃裳在一九九一年五月十九日致鍾叔河的信中披露：「去年喬木來滬，一次談天，談及周作人，他自稱為『護法』，並告當年吾兄呈請重刊周書事，最後到他那裏，他不顧別人反對批准的，談來興趣盎然。」[5]以周作人的「護法」自居，這在很多人看來可能匪夷所思。其實早在建國初期，周作人就得到過時任中共中央宣傳部常務副部長的胡喬木的照顧和安排。在《胡喬木書信集》裏，有一九五一年致毛澤東的一封信——

主席：

周作人寫了一封長信給你，辯白自己，要求不要沒收他的房屋（作為逆產），不當他是漢奸。他另又寫了一封給周揚，現一併送上。

我的意見是：他應當澈底認錯，像李季一樣在報紙上悔過。他的房屋可另行解決（事實上北京地方法院也並未準備把他趕走）。他現已在翻譯歐洲古典文學，領取稿費為生，以後仍可以在這方面做些工作。周揚亦同此意。當否請示。

4 周建人，《魯迅和周作人》，《新文學史料》一九八三年四期。
5 鍾叔河，《周作人散文全集・編者前言》，《周作人散文全集》第一卷（桂林：廣西師範大學出版社，二〇〇九年四月）。

文在《論馮文炳》[44]中從文體的角度加以肯定，他先說周作人文體的影響：「從五四以來，以清淡樸訥文字，原始的單純，素描的美支配了一時代一些人的文學趣味，直到現在還有不可動搖的勢力，且儼然成為一特殊風格的提倡者與擁護者，是周作人先生。」他繼而又談了這種文體本身的價值：「無論自己的小品，散文詩，統統把文學發展到『單純的完全』中，澈底地把文學從藻飾空虛上轉到實質言語，那麼非常切貼人類的情感，就是翻譯日本小品文，及古希臘故事，與其他弱小民族卑微文學，也仍然是用同樣調子介紹給中國年輕讀者。因為文體的美麗，一種純粹的散文，時代雖在向前，將不容易使人忘卻。」

三〇年代以後，一方面，周作人散文由於內容與時代熱點問題的睽隔，加之文體上的枯澀，遂不被人所深知，誤讀甚多；另一方面，真心喜愛周氏散文的人甚至崇拜者也有不少。周作人三〇年代的散文對一些人仍有很大的影響，王穎《夜讀抄》[45]中說：「知堂先生的洞若觀火的觀察，清平如水的文筆，晶瑩如玉的思想是我個人極端敬仰的，讀他的文章，如靜山聽鳴泉，汩汩有聲，恬靜活潑，自然可愛，又如深夜聽師訓，親切有味，侃侃而談，更無倦時，其文章本身便具有感人向善的力量。」這雖然不免過諛，但可以看出周作人的散文在一部分人心中的崇高地位。蔽芾的《談周作人》[46]注意到了周氏文體中對立統一的因素：「的確，他有閒散的態度，平易的筆調，可是其背後卻蘊藏著忠實，真純的理智的根據。文章的表面雖似粗率，實則很是細緻；雖似俗陋，實則非常精美；雖似隨意而言，實則極為深刻親切；雖似鬆懈散漫，實則緊湊流暢；雖似簡當不文，然則最美妙的散文卻正當這樣，不在繁瑣的徵引，博雅的辭句的。」

44 收入《沫沫集》（上海：大東書局，一九三四年四月）。
45 《人間世》三十四期（一九三五年八月二十日）。
46 《北平晨報》一九三六年四月十日。

墮落為漢奸，積極從事漢奸活動。在復旦中文系現代文學組學生編寫的那本文學史裏，我們還可讀到這樣的文字：「閒的無聊時則寫小品揄揶人間的不幸者，在《啞巴禮讚》裏別具心裁地把啞巴的生理缺陷說成是明哲保身的法寶，在《娼女禮讚》裏把娼女出賣肉體的不幸說成是『有魚而復得兼熊掌』之樂事，這真是喪盡天良、卑鄙無恥到極點了。在另外一些小品文裏，他勸導青年逃避現實，保持沉默，去坐烏篷船、觀山玩水、聊天、賭錢、住溫泉、討姨太太。」

到了「文革」時期，對周作人的批判更是登峰造極。一九六七年，許廣平發表《「我們的癰疽，是他們的寶貝」——怒斥中國赫魯曉夫一夥包庇漢奸文人、攻擊魯迅的罪行》[102]，藉有關部門對周作人的安排，大肆批判「中國赫魯曉夫及其同夥」周揚、胡××（喬木）等，斥責其「包庇和利用」「一個不齒於人類的狗屎堆」、「斷了脊樑骨的癩皮狗」、「臭名昭著的大漢奸」，給他發放生活費，借他發表文章，歪曲魯迅的革命精神。一篇署名「鐵臂」的大批判文章《劉少奇黑傘下的大漢奸周作人》[103]，把「劉少奇、胡喬木之流」當作復辟資本主義做組織準備的一大鐵證。他們也許不知道安排周作人的生活和寫作是得到過毛澤東的尚方寶劍的。

歷史地全面地研究周作人，只能留待八〇年代以後去做了。

102　《文學戰線》一九六七年三期。
103　《文藝戰鼓》一九六七年五月二十三日。

朱光潛在一九二六年就這樣評論《雨天的書》：「這本書的特質，第一是清，第二是冷，第三是簡潔。」[28]顯然，他是針對一本書而發的，對周作人的全部散文來說自然有諸多局限。舒蕪又舉出周氏小品文中其他「一些較重要的美的因素」：苦味、腴潤、高遠清雅、蘊藉而詼詭的趣味等。幾個月後，他在《周作人後期散文的審美世界》[29]中把他提出的觀點展開，著重考察了清和冷、苦味、腴潤、素雅等審美特性在他小品文中的表現。

很多人用「沖淡」或同義的「平淡」、「平和恬淡」來概括周作人小品文的風格和特徵，這是不甚準確的。顯然，「沖淡」作為古代文論的重要概念，指的是一種偏重內容的風格，司空圖在《詩品》中以「猶之惠風，荏苒在衣」來形容它的美感特徵。所以，「沖淡」首先應該表現為內容情感的平淡或閒適。周作人的文章並不如此，他本人也每每以苦味自重[30]。認為知堂散文「沖淡」或「平淡」多少是帶有誤讀的成分的，「誤讀」差不多成了看待周作人散文的一個傳統。主要原因我想至少有兩點：其一，周作人的散文是帶有一定的閒適性的，這與以強烈地關注現實人生為突出特點的現代文學作品形成鮮明的反差，於是被格外地強調；其二，現代社會的動盪不安，現實政治任務的迫切，帶來了讀者審美心理的急促潦草，人們很難靜下心來品賞、玩味與現實人生無甚直接關係的精緻的小品文，從而感受其中微細深曲的情感。

對周作人的不能平淡處，舒蕪一開始就是有所意識的，並且一直在尋求比較恰當的表述，在《周作人後期散文的審美世界》中，他提到周散文中深深埋藏起來，但有時埋藏不住的辛辣；辛辣則是一種與沖

28 朱光潛，《雨天的書》，《一般》一卷三號（一九二六年十一月）。
29 《中國現代文學研究叢刊》一九八七年一期。
30 參閱黃開發，《人在旅途——周作人的思想和文體》（北京：人民文學出版社，一九九九年七月），頁一〇一至一四八。

要轉變》[33]認為，從一九二一年到一九二四年，周作人的思想發生了重大轉折，從而形成了穩定的思想，這就是從普遍的人道理想到個人求勝意志的轉變。在討論求勝意志的內容時，作者提出：「周作人根據自身的需要在純粹發展精神的生活中發展自由的生活與審美的生活，它們分別是由自由的活動與審美的活動組成的。」顧琅川《論周作人的「人學」理論》[34]論述了周作人在五四新文化運動期間提出的「人學」理論體系，分析了其總體構架、深刻性及潛伏的危機。他的《論周作人的中庸主義》[35]使我們對周作人的「中庸」思想有了較多的瞭解。該文分析了它的多元的思想淵源，探討了周在「中庸」影響下形成的「生活之藝術」的批判功能，還剖析了其中包含的種種消極因素。理性是周作人思想和思維方式中占支配地位的東西。顧琅川的《論周作人對科學理性的追求》[36]認為「強烈的否定傾向與犀利的批判鋒芒」、「鮮明的實踐理性」是周所追求的理性精神的主要特徵。王恆的《周作人理性精神初探》[37]認為周的理性精神具有自然性、懷疑性和實用性三個主要的特徵。《周作人與中國自由主義文學》[38]的作者劉川鄂認為，周作人是中國自由主義思潮在文學領域內的最早的理論家和實踐者、推動者。他說，「人的文學」理論為中國自由主義文學提供了一種潛在的可能性和理論基石，周氏在「五四」後期開闢的「自己的園地」是中國自由主義文學的一次富有成效的個人化實踐，他在一九三〇年代仍然堅持超功利、重審美、重「言志」的自由主義文學觀，並廣有影響。然而，作者沒有說明周作人自由主義思想的內涵、特徵，沒有認真分析、

33　《魯迅研究月刊》一九九九年二期。
34　《紹興師專學報》一九九二年一期。
35　《紹興師專學報》一九九三年二期、三期。
36　《浙江師大學報》一九九六年二期。
37　《求索》一九九四年二期。
38　《湖北大學學報》一九九八年三期。

特定時代精神背景，以及特有的理論、思潮發展脈絡。這正是作者「現代人道主義」命名的理論意義之所在。本書掘發出了周氏人道主義思想的新質，而人道主義是周作人的基本思想，對此問題的清理夯實了這個基礎工程。作者讓我們看到了周氏「人學」觀念源遠流長的知識譜系和新質，豐富和深化了對問題的理解。如已有的研究早就指出了周氏靈肉一元的人性論與廚川白村的關係，作者更多地追溯到率先明確指出西方文化中「二希」精神的英國文化批評家阿諾德，甚至更早的海涅等。考察這一理論在「五四」中國的流布，指出長期以來人們誤把廚川白村的靈肉合一觀當作靈肉一元觀對待，進而指出現代靈肉一元觀有著自己獨立的觀念系統和知識譜系。它是近代以來靈肉一元思考的發展，這一思考的「先知」是布萊克。明確這一層後，作者再從觀念建構、理論框架與理論的內在矛盾三個方面對周作人的現代「靈肉一元觀」進行剖析，肯定他對「人學」的重大理論創新。不同於梳理一兩個思想家或思想流派的影響，「五四」人性論具有錯綜複雜的源流，繪出這一思想觀念的「地圖」需要良好的理論素養、豐富翔實的材料和細緻深入的思辨。本書大部分篇幅用於追溯新文學人道主義觀的理論源流，而對其在「五四」歷史語境和周作人的思想語境中的實際狀態缺乏較為完整的勾勒，也少有照應周氏在「五四」前後思想的流變，論及的別的「五四」人物則嫌量少且浮光掠影。

《女性主義的中國道路——五四女性思潮中的周作人女性思想》[5]（南京大學博士論文，二〇〇二）關注的是作為周作人「人學」思想重要方面的女性思想。作者徐敏認為，「周作人可以稱得上是中國五四女性思潮中最為重要的代表人物之一」，他關於女性問題的看法，「在性質上已與同時代許多人的女性論、女性觀判然有別，是絕對可以被稱為『女性思想』，值得我們加以認真研究的」。她指出：「周作人

[5] 收入《文學理論批評與文化研究》叢書（北京：中國社會科學出版社，二〇〇六年十月）。

止庵在《關於〈知堂文集〉》[53]一文中，把《知堂文集》這本自選集看作周作人創作前期與後期（成熟期）分界的標誌。陳思和在《現代知識份子崗位意識的確立：〈知堂文集〉》[54]中也認為它表明周作人散文從不成熟到成熟，「從啟蒙的廣場意識到單純的民間的崗位意識」的轉變。「《文集》序後第一篇是《知堂說》，接下來三篇文章寫自己過去的生命，然後開始講他對人生道路、事業方向的選擇，他就選了《勝業》（一九二一）、《沉默》（一九二四）、《偉大的捕風》（一九二九）、《閉戶讀書論》（一九二八）。這四篇文章寫於不同的時期，經他的手一編排，就完整地表現出他對於自己的道路的一個認識。」文章通過分別對這四個文本的解讀，告訴我們：「這四篇文章完整地展示了周作人從五四到一九二〇年代末的一個心路歷程，所以他把這四篇文章按照自己的思想順序編在《知堂文集》的前面，宣告了自己的人生道路的轉向和新的價值取向的確立。」分析深入透徹，別具慧眼。作者用自己的語言再次確認魯迅、周作人是兩大新文學傳統的代表：「魯迅、周作人，雖然是同一個五四新文化運動的開創者，但是他們所獲得的思想資源和文學資源是不一樣的，他們在文學上追求的目標也不一樣。由於這樣一種差異，魯迅與周作人的文學實踐發展到一九三〇年代就形成了新文學傳統的兩大流脈。」魯迅「在中國特定的啟蒙主義的環境裏形成了一個激進的戰鬥傳統」。那麼，周作人呢？「無以命名，暫且叫做『愛智』——在以古希臘為起源的歐洲文化傳統當中，存在所謂『愛智』的淵源。」到一九二〇年代末，當意識到文學不可能解決急切的社會問題時，兩人的價值取向便開始分岔：「當魯迅固執地走向社會進步力量，以求更加貼近社會現實、進而展開與社會近距離的肉搏戰時，周作人卻固執地站在文學門外，在文學以外的民間社會尋找著自己的工作崗位，換句話說，他要尋找一種新的價值取向來取代五四知識份子所設定的廣場的價值

53 周作人，《知堂文集》（石家莊：河北教育出版社，二〇〇二年一月）。
54 《杭州師範學院學報》二〇〇四年一期，收入《中國現當代文學名篇十五講》（北京大學出版社，二〇〇三年十二月）。

本文化的摯愛及批判意識的缺失》[110]提出：「周作人欣賞日本文化中富於人情美的一面、世俗的一面，也就是所謂『菊』的一面，而對日本文化中軍國主義的一面，即所謂『劍』的一面不感興趣，也缺乏批判意識。」

周作人教育思想開始受到了來自教育學領域的研究者的關注。蕭曉瑪《周作人教育思想探略》[111]提出：「教育觀是周作人的『人的觀念』中不可分割的一部分，是他對中國教育現代化作出的重大的理論貢獻。他的教育思想主要圍繞性教育、兒童教育和環境教育來展開，體現了他的平民教育思想和人道主義情懷。在當時是啟蒙宣言，在今天，仍然具有一定的理論上的指導意義。」「與魯迅等思想啟蒙家不同的是，周作人關於教育的論述要具體得多，並且大多具有理論上的前瞻性。」呂國富等說，家庭教育是周作人文章中的一個重要話題。他以人道主義和科學理性為武器，批判了舊的專制的家庭教育，提倡能夠促進兒童個性發展的寬容的、和諧的家庭教育，這一觀點至今具有重要的啟示意義[112]。楊秋華的《論周作人的兒童教育思想》[113]說，周作人是中國現代最早重視兒童教育的學者之一，也是最重視兒童個性並努力以理性科學的態度為孩子自由的精神世界說話的學者。他的兒童教育思想是豐富的、系統的，在當時可謂空谷足音。他重視兒童主體性，提倡對兒童進行性教育等先進教育理念在今天仍有深遠的意義。論述周作人兒童教育思想的文章還有黃新的《周作人兒童教育思想淺論》[114]等。

110 《魯迅研究月刊》二〇〇九年六期。
111 《教育評論》二〇〇四年一期。
112 呂國富、任勝洪、梁向兵，《周作人家庭思想及其現代啟示》，《貴州社會科學》二〇〇七年十一期。
113 《株洲師範高等專科學校學報》二〇〇七年六期。
114 《信陽師範學院學報》二〇〇九年四期。

代復活，兩個晚明又在三〇年代發生碰撞，魯迅用知識考掘的方法，消解了那個由某些知識份子想像虛構的溫暖的空間，讓人回到嚴肅而峻急的現實中來。」譚佳從三個方面梳理周氏的「晚明敘事」：探究晚明文學為何被他關注和言說；他具體如何敘述晚明文學；分析其「晚明敘事」在中國社會現代性轉型的張力和意義，尤其是對理解所謂「審美現代性」啟示所在[201]。

對清代散文，周作人是分別對待的。周荷初《周作人與清代散文》[202]認為，周作人運用其「非正宗的別擇法」梳理清代散文，給人深刻印象的有兩點：一是對以桐城派為標識的正統古文的無情解構；二是他對清儒筆記、日記、尺牘等「旁岔伏流」的努力發掘。否定前者，主要集中於「文以載道」方面；肯定後者，主要是肯定其抒寫情志。其中明顯帶有為「言志」的新文學張本的話語策略，也不無抵制被他稱為「新道學」的左翼文論之旨，用意主要在當下。雖然周作人的評價不乏偏見，然而，「我們不能忽視周作人對清代古文的梳理過程中極富啟發性的一面，特別是對桐城派和清代八股時文的洞悉，不止將其視為一個流派，一種文化，還看成一種思想根性，一種潛政治，從而將命題置於更深廣的歷史文化視野中來思考其價值。這樣，往往能透破底細，擊中要害。」作者熟悉周作人的思想和文章，又有著關於清代文章的豐富知識，所以能尋繹出周作人言論的內在理路。

以韓愈為代表的八大家派古文與八股文都是周作人文化批判的對象。周作人曾戲稱他的半生事業是罵韓愈。黃喬生《魯迅、周作人與韓愈——兼及韓愈在中國文化史上的評價》[203]評析了周氏兄弟眼中的韓文公，內容充實，見解平正。作者首先明確魯迅和周作人之間的可比性：他們都反對古文，反對桐城派，但

201 《「晚明敘事」的美學話語建構與中國的審美現代性問題——以周作人的晚明研究為考察點》，《文藝爭鳴》二〇〇八年十一期。
202 《魯迅研究月刊》二〇〇七年六期。
203 《魯迅研究月刊》二〇〇四年十期。

諒。」[278]蔡長青《另一種辯解——舒蕪的周作人研究探微》[279]說：「在舒蕪的周作人研究中，幾乎看不到實質性的反思和批判。對於周作人的人和文，他所流露的是不加掩飾的欣賞和同情，以及藏在欣賞背後的自我辯解。舒蕪是把周作人看做精神導師而大加推崇，其中原委不言而喻。對於晚年的舒蕪來說，周作人研究已不僅僅是學術研究，更是一種特殊的言說方式。以這種方式，舒蕪實現了為自己辯解的目的。」由於沒有實際的論證，這種「誅心之論」最終淪為了一種莫須有的猜度。有的人是在抹黑。

徐彥利《二十世紀末對周作人研究的八種角度與四點注意》[280]試圖以一種不偏不倚的「綜合價值判斷」，對上個世紀末後幾年的周作人研究做一整體掃描。她認為，從相關的專著、論文看，大致可歸納為八種角度：研究的標準，「附逆」現象研究，思想價值觀與文化觀上的矛盾，與中、日、西方文化文學的關係，比較研究，詩文、書信、尺牘的研究，關於周作人學術工作的研究和史料鉤沉等。文章最後又約略點出「四項注意」——「一些問題和不足」，其中包括「周作人熱」的某些虛假性、文章的抄襲現象、幫派作風和主觀臆斷等。「某些虛假性」指的是一些研究者改頭換面重複發表自己的成果。我本人差不多查閱了本期的全部研究成果，作者所批評的第一、二、四點的問題在某種程度上有的，但並沒有超出現代文學研究領域此類弊病存在的一般狀況[281]。至於說「幫派作風」，則不知有多少真實性。據我所知，從來沒有成立過什麼「周作人研究會」，沒出過「周作人研究學刊」，三十年來開過的學術性會議不過四、五次，而且都是與周作人以外的人和事聯繫在一起的，周作人研究者之間素少聯絡，立場和觀點也差別甚

278 《何人識得輕與重——從舒蕪和他的周作人研究談起》，《粵海風》二〇〇五年三期。
279 《學術界》二〇〇九年六期。
280 《河北學刊》二〇〇四年五期。
281 比較弔詭的是，作者似乎刻意要證明「某些虛假性」，把此文易名為《九十年代周作人研究的八種角度》重複發表於《東嶽論叢》二〇〇五年二期，後者只是比前者少了個尾巴。

新時期以來出版的周作人譯文集除《苦雨齋譯叢》之外，其餘的寥寥無幾。人民文學出版社相繼出版《平家物語》（周啟明、申非譯）、《日本古代隨筆選》（其中清少納言《枕草子》為周譯，吉田兼好《徒然草》為王以鑄譯）、《浮世澡堂・浮世理髮館》、《盧奇安對話集》。《盧奇安對話集》即《路吉阿諾斯對話集》，為周作人自己特別看重的譯著，晚年在遺囑中甚至說：「余一生文字無足稱道，唯暮年所譯希臘對話是五十年來的心願，識者當自知之。」人民文學出版社一九九三年一月改名為《盧奇安對話集》首次出版，該書獲得第二屆全國優秀外國文學圖書獎（一九九五）三等獎。陳子善編日本文泉子著《如夢記》（文匯出版社，一九九七年六月）以一九四三至一九四四年在北京《藝文雜誌》連載本為底本，個別刊誤參照一九五九年香港《星島晚報》連載本校正，《星島晚報》載《譯本序》也作為附錄一併收入，另收入周作人各個歷史時期作譯日本散文十篇。這是一個較為完備的譯本。二〇〇六年一月，新星出版社作為《新星・魯迅書系》推出止庵主編《周氏兄弟合譯文集》，包括《紅星佚史》、《域外小說集》、《現代小說譯叢・第一集》、《現代日本小說集》四種。

四

三十年來周作人文集的出版成就斐然，然而周氏是中國現代唯一一個尚無全集的文學大家，這與他在現代文學史、現代文化史上和讀者心目中的地位是不相稱的。

要出版一套質量上佳、可做長久保存的全集，需要多方面的條件支援。一是出版社願意承印。出版一套千萬字的全集，需要投入大量的人力、物力，但從已出版的幾套大型的文集來看，周作人文集的社會憶力最強的人。魯迅著作中涉及的問題很多。特別是有關早年的一些人和事，知道的人是很少的，有時幾個人說法也不一樣。遇到這類情況，我去訪問周作人時，往往會得到比較準確的答案。他從不敷衍了事，隨便應付我一下。遇到記不清或拿不準的地方，他總要設法找出根據來，然後告訴我。他的『對證古本』之一，就是他的《日記》。」周作人勤勉的工作態度也讓這個來訪者印象深刻。文章開頭說，周建人《魯迅與周作人》「解決了我多年來的疑問：為什麼出生於同一家庭，受的是同樣的教育，在早期社會活動和文學活動方面也曾經共同走過相當長的一段路程，而後來卻發生了這麼巨大的變化？一個成為『空前的民族英雄』，一個則走向相反的道路」。這是當時相當多的回憶文章作者以及研究者的共同心態，如周建人、唐弢、俞芳的文章。然而，王士菁並沒有過多地受這種認識視角的束縛，表現出一個文學史家的求實態度，敘述周氏工作、言談舉止和為人處事平實可信。文章最後說：「作為一個文學家，周作人是很有才能的；作為思想家，在許多方面則是很短視的。」儘管是批評的語氣，然而在當時，能夠承認周作人作為一個思想家的身分，是頗為難得的。記得陳漱渝在敵偽時期周作人研討會上也曾提及作為思想家的周作人。王士菁《關於周作人》（之二）[30]回憶一九四九年後周作人著作出版等情況，有助於瞭解周氏的實際生活狀況。張能耿《周作人印象記》[31]記「文革」前向紹興魯迅紀念館捐贈魯迅遺物的事。黎丁曾任《光明日報》編輯，其《編輯手記——有關周作人部分》[32]記述周作人在《光明日報・東風》發表文章的情況，於此可見周與新中國主流媒體關係的一斑。羅孚是最早《知堂回想錄》連載的香港《新晚報》的編

---

30 《魯迅研究月刊》一九九九年二期。
31 收入《閒話周作人》。
32 《魯迅研究動態》一九八八年一期。

教育督辦問題的風波，受到過廣泛的注目，對敵偽時期周作人的研究起了某種推波助瀾的作用。這一風波一時餘音不了，相關的爭議持續了多年。

一九八六年南京師範大學主辦的《文教資料》第四期，刊出一輯「關於周作人的一些史料」，此輯目錄如下——

我勸周作人南下　周建人
周作人與李大釗一家　賈芝
我與周作人的關係及其工作　高炎
再談周作人的幾件史實　高炎
周作人營救高炎的經過　羅錚
周作人出任偽職的原因　王定南
訪許寶騤同志紀要
周作人在南京的講演　范紀曼
袁殊同志談周作人
周作人和我的三次談話　梁容若
我親自聽見周作人說的話　張菼芳口述
致鮑耀明函兩件　周作人
周作人敵偽時期文學年譜　趙京華
周作人研究資料索引

佚文二篇》[131]介紹原載《天覺報》一九一二年十一月的《民族之解散》、《個性之教育》，同時以《周作人佚文二篇》為題，發表了這兩篇文章。裘氏另外在《天覺報》上發現佚文六篇[132]。一九一〇年《紹興公報》發表署名「頑石」的十九篇文章，《周作人年譜》和《周作人集外文》都把它們歸到周作人名下。汪成法《周作人「頑石」筆名考辨》[133]認為無論從客觀的現實可能還是從主觀的思想傾向來看，周作人都是不能也不會寫出這些文章的。這涉及到近二十篇文章的歸屬，問題不可謂不重要。陳子善《關於周作人的〈憶陶君煥卿〉》[134]發現一九一五年十月二十四日紹興《笑報》第六三三號的佚文《憶陶君煥卿》，該文對研究周氏兄弟與陶成章的關係以及魯迅與光復會的關係，具有一定的參考價值。文末附原作。陳平原《經典是怎樣形成的——周氏兄弟等為胡適刪詩考》[135]介紹北京大學圖書館新發現《嘗試集》於一九二〇年底、一九二一年初刪改的底本以及周氏兄弟的來信，並從不同側面進行鉤稽，力圖較為全面地展現這一新詩經典產生的過程。應邀為胡適刪詩的還有任鴻雋、陳衡哲、俞平伯，但胡適最看重的還是周氏兄弟的意見。文章首先全文引錄周氏兄弟的信件，然後聯繫胡適與他們的交往等，做了進一步的分析。《魯迅研究月刊》二〇〇〇年十期刊出魯迅、周作人致胡適信手跡以及陳平原《魯迅為胡適刪詩信件的發現》一文。張菊香從北京一九四一年十一月三十日《晨報》發現《東亞民族的前途》，文章宣傳「共存共榮」的「大東亞主義」，周氏時任偽教育總署督辦[136]。卞琪斌發現周作人為錢稻孫譯《櫻花國歌話》所作

131 《魯迅研究月刊》二〇〇〇年五期。
132 裘士雄提供、整理，《周作人佚文三篇》、《周作人佚文三篇》（續二），分別載《魯迅研究月刊》二〇〇一年三期、九期。
133 《湖南人文科技學院學報》二〇〇七年一期。
134 《魯迅研究動態》一九八九年十期。
135 《魯迅研究月刊》二〇〇一年四期、五期。
136 張菊香，《周作人的一篇佚文》，《魯迅研究月刊》一九九九年一期。

在簡單否定的後面，還反映出傳統儒家倫理道德的消極影響，儒家倫理道德往往把個人的道德節操看作衡量一個人價值的絕對標準，像孟子就曾對楊朱、墨翟一罵了之。在文學批評上，往往出現「因人廢文」或「因人重文」的現象。在西方，海德格爾在任弗萊堡大學校長時發表過親納粹主義的就職演說，且是一個激烈的反猶主義者，龐德於二戰爆發時在羅馬電臺發表過數百次抨擊美國的廣播講話。他們的政治行為都曾受到懲罰，然而這似乎並不妨礙人們去理解海德格爾博大精深的哲學思想，欣賞龐德卓越的詩藝，也沒聽說誰懷疑他們的大哲學家、大詩人的身分；可是我們的不少人偏偏要把孩子和污水一批潑掉。舒蕪在《理論勇氣和寬容精神》[24]一文中批評了周作人研究中存在的不正常現象；肯定胡適研究中主要以學術的標準而不是以政治標準來看待研究對象，因為胡適首先是一個文化人、思想家、學者。他於是指出：「周作人的一生，也主要是一個文學家、思想家，同樣應該主要以文學的思想的標準來衡量。他在文學上、思想上的成就太大，我們不應該用一頂『漢奸文學』的帽子一筆抹殺，那不符合歷史，也不利於我們繼承這一份不該拒絕的遺產。至於他叛國附敵，這是政治行為，對此當然要用政治標準，無須曲為之諱，更不能像前幾年有人造出新奇之說來為他翻這一案。」這樣頗符合我們經常掛在嘴邊的一分為二的原則的話，實行起來又談何容易，就連把它說出來都需要足夠的定見和理論勇氣。

作為一個研究者，應該如何面對周作人這樣一個帶有歷史污點的複雜人物呢？也許陳平原的觀點可資借鑑：「對於生活在太平歲月的讀書人來說，面對亂世中的『文人落水』，首先是哀矜勿喜，千萬不要有道德優越感。其次，不管是譏諷／批判，還是理解／同情，談論此類錯綜複雜的歷史場景及人物，分寸感很重要，即所謂『過猶不及』是也。作為史家，必須堅守自家立場，既不高自標榜，也不隨風搖盪，更不

[24] 《讀書》一九九五年十二期，此文是為張鐵榮著《周作人平議》寫的序言。

社，二〇〇一年七月。頁：一二五至一二六。

錢理群，《讀周作人》，天津古籍出版社，二〇〇一年十月，收入《學人隨筆叢書》。頁：一二四。

止庵，《苦雨齋識小》，上海：東方出版社，二〇〇二年三月。頁：一二四、二〇一。

孫郁，《周作人和他的苦雨齋》，北京：人民文學出版社，二〇〇三年七月；貴陽：貴州人民出版社，二〇〇九年一月重印，易名為《周作人左右》。頁：九、一一八、一二八。

朱正，《周氏三兄弟》，北京：東方出版社，二〇〇三年九月，收入《二十世紀著名人物群體傳記》叢書。頁：一二一。

孫郁、黃喬生主編，《回望周作人》，開封：河南大學出版社，二〇〇四年四月。共分八卷：卷一《知堂先生》，卷二《周氏兄弟》，卷三《國難聲中》，卷四《致周作人》，卷五《其文其書》，卷六《是非之間》，卷七《研究述評》，卷八《資料索引》。頁：一二一、一二八、二三三、二八三、四二一。

耿傳明，《周作人的最後二十二年》，北京：中國文史出版社，二〇〇五年一月，收入《長廊與背影》書系。頁：一二〇。

王錫榮，《周作人生平疑案》，桂林：廣西師範大學出版社，二〇〇五年七月。頁：一二一、二六五。

徐敏，《女性主義的中國道路——五四女性思潮中的周作人女性思想》，北京：中國社會科學出版社，二〇〇六年十月，收入《文學理論批評與文化研究》叢書。頁：一一六。

關峰，《周作人文學思想研究》，北京：民族出版社，二〇〇六年十二月。頁：一二二。

劉全福，《翻譯家周作人論》，上海外語教育出版社，二〇〇七年四月，收入《外教社翻譯研究叢書》。頁：一二五。

高俊林，《現代文人與「魏晉風度」——以章太炎、周氏兄弟為個案之研究》，鄭州：河南人民出版社，胡令遠，《周作人之日本文化觀——兼論與魯迅之異同》，《日本學刊》一九九六年六期。頁：一〇五。
羅崗，《寫史偏多言外意——從周作人〈中國新文學的源流〉看中國現代『文學』觀念的建構》，《中國現代文學研究叢刊》一九九六年三期。頁：一〇一。
何滿子，《莊嚴與無恥、偉大與卑微——為紀念魯迅而談周作人》，《中華讀書報》一九九六年十月十六日。頁：二八三。
[日] 山田敬三，姜小凌譯，《清末留學生——魯迅與周作人》，《魯迅研究月刊》一九九六年十二期。頁：一〇六。
鄧雲鄉，《知堂老人舊事》，《水流雲在書話》，上海書店出版社，一九九六年十二月。頁：二六六。
鄧雲鄉，《知堂老人座上》，《水流雲在書話》，上海書店出版社，一九九六年十二月。頁：二六六。
胡有清，《二三十年代周作人文學思想論析》，《南京大學學報》一九九七年二期。頁：一〇〇。
霍秀全，《周作人散文理論爬梳》，《北京社會科學》一九九七年二期。頁：一〇二。
[日] 工藤貴正作，勵儲譯，《從本世紀初西歐文學的譯介看當時的中日文學交流——關於當時魯迅和周作人的作品的文學史意義》，《魯迅研究月刊》一九九七年三期。頁：一一〇。
畢飛宇，《「硬」說周作人的「小說」（讀書札記）》，《作家》一九九七年五期。頁：一〇九。
楊劍龍，《論周作人與基督教文化》，《魯迅研究月刊》一九九七年六期。頁：九八。
羅興萍，《試論周作人的民間文化研究》，《無錫教育學院學報》一九九七年四期。頁：九九。
李旭，《周作人散文「平淡」風格的文體學分析》，《廣東社會科學》一九九七年四期。頁：一〇八。
黃開發，《周作人小品散文的文體研究》，《中國現代文學研究叢刊》一九九七年四期。頁：一〇七。
周海嬰，《一份八道灣房產的「議約」》，《魯迅研究月刊》一九九七年十二期。頁：二四二。

哈迎飛，《論周作人的道家立場》，《貴州社會科學》二〇〇八年七期。頁：一四七。

宋亞，《周作人所讀古書研究》，《圖書館學研究》二〇〇八年七期。頁：一六〇。

蕭向明，《民間信仰文化與魯迅、周作人的文學書寫》，《中國現代文學研究叢刊》二〇〇八年六期。頁：一七五。

李光摩，《周作人錢鍾書有關文學史論爭之述評》，《韶關學院學報》二〇〇八年七期。頁：一六五。

曾濤，《滑稽與恐怖——論周作人思想的一個獨特側面，兼及其文化精神》，《江淮論壇》二〇〇八年四期。頁：一五〇。

袁少沖，《周作人早期「人學」思想價值論——以〈人的文學〉為中心的細讀》，《魯迅研究月刊》二〇〇八年八期。頁：一三〇。

哈迎飛，《論周作人對文學與宗教關係的思考》，《廣州大學學報》二〇〇八年九期。頁：一六四。

彭明偉，《周氏兄弟的翻譯與創作之結合：以魯迅〈明天〉與梭羅古勃〈蠟燭〉為例》，《魯迅研究月刊》二〇〇八年九期。頁：一八三。

孫郁，《張中行：在周氏兄弟之間》，《博覽群書》二〇〇八年十期。頁：一五七。

陳建軍，《廢名致周作人信二十四封》，《魯迅研究月刊》二〇〇八年十期。頁：二四七。

譚佳，《「晚明敘事」的美學話語建構與中國的審美現代性問題——以周作人的晚明研究為考察點》，《文藝爭鳴》二〇〇八年十一期。頁：一七三。

蕭劍南，《散文的周作人：既開風氣亦為師》，《中共福建省委黨校學報》二〇〇八年十一期。頁：一八一。

陳平原，《燕山柳色太淒迷》，《讀書》二〇〇八年十二期。頁：一二六、二八九。

道路的教訓是一個重要的研究課題。但是，周作人在「人的文學」的提倡方面（對新文學產生過深刻的影響），在思想革命方面，在新文學、新文化的建設方面，在散文創作方面，在外國文學的翻譯介紹方面等，都做出了重要貢獻，這些都是我們不可小覷的文化遺產。總之，要全面、系統、具體地研究周作人，不應僅從單一性的現成的結論出發。

我和曾先生一樣期待著認真的學術論爭，然而在認真的學術論爭到來之前，首先需要的是一種認真求實的學術態度。我們有著太多的以偏離學術規範的方式來介入學術論爭的教訓。

作，有時為古典組寫點課外補充材料。

六六年六月文化大革命運動，我被革命師生揪出勞動，因心力衰竭，經北醫三院證明，不能參加勞動，系文革讓我在休息中自己學習檢查，曾寫過幾次彙報材料上交。

六七年以來，心臟病不見好轉，連大字報也不能多看，長期在家休息。病中除看報及學習有關材料以外，也不斷學習主席詩詞，抄寫主席詩詞，並參閱幾種資料，寫出兩篇注解。

此外還繼續整理《中國小說史略》，初步做完校注工作。同時對《古小說鉤沉》也初步做了一些整理工作。

以上僅就自己所能記起的寫出，恐仍有遺漏，隨後想起來再行補寫。

一九六八年五月六日

三、一九三七－一九四五年淪陷時期

（重點詳寫，五月十三日，交專案小組）

一九三七年，北京淪陷，北平女子文理學院每月只發兩三成薪水，後來代理總務李季谷又把校款私下攜走，拋下大批教師不管。我靠在私立貝滿女中代課，維持生活。當時周作人堅決不走，勸我也不要走，走了沒有好處，我相信他的話，始終就沒有走。

目全部翻印以後，又讓我另寫一本《常用工具書舉要》附在後面。這個書目，由青年老師自己刻印，就寫了六七十頁之多。印成以後，修古藩又讓我對古典組教師講一次話，談談怎樣進修這個書目。當時那樣教學繁重負擔之下，無論教師或同學，只好終日埋頭書本，苦鑽業務，真是所謂「兩耳不聞窗外事，一心唯讀古人書」了。

在五四運動以後，資產階級反對學術權威胡適之流，提倡整理國故的時候，也曾經開過什麼《一個最低限度的國學書目》，其中包羅萬象，等於一個小圖書館的書目。當時就有學生公開質問他，說他開的書目太多，時間太少，無論如何讀不完。胡適開書目和他提倡整理國故的目的，是別有用心的，是企圖使青年學生脫離社會現實，不問政治，來抵制馬克思列寧主義的影響，所謂「少說空話，多讀古書」就是他提出的惡毒口號。而現在中文系古典教學，劉國盈、廖仲安等卻也大開書目，大讀古書，美其名曰提高教學質量，培養青年教師，這不是大樹修正主義的白旗，又是什麼呢！

偉大領袖毛主席指示我們：現在課程多，害死人，使中小學生、大學生天天處於緊張狀態。毛主席七月三日對本院的批示，更是非常明確：「學生負擔太重，影響健康，學了也無用。」無產階級文化大革命，結合中文系的鬥批改，一定要把劉國盈、廖仲安在古典文學教學上的流毒，澈底肅清，消滅乾淨。

五月二十七日

近日來心絞痛，長時間失眠。

二十七日交材料之後，向專案組辦公室高國良請假看病。二十八日上午五時赴復興醫院掛號看內科，經大夫檢查，證明心絞痛，心力衰竭，開假條休息兩個月。因復興醫院沒有治療心絞痛特效藥，建議到阜外醫院治療兩個月，二十九日上午見高國良，把診斷書及建議條給他看，他讓我和衛生科接涉。

黃喬生在所編《回望周作人》叢書的序言中自報家門，證明是我過慮了。他們說：「魯迅博物館、魯迅研究室及《魯迅研究動態》（後來改名《魯迅研究月刊》——黃按）應該說對周作人研究學科的建立和發展立了功。魯迅博物館編輯出版的另一種刊物《魯迅研究資料》上，其實很早就發表了這方面的材料，如周作人的前期日記、周作人的信件和他人致周作人的信件，等等。在《魯迅研究月刊》的『魯迅與同時代人研究』欄目中，也以周作人研究的文章為多。」為什麼呢？他們自己說得很明白：「我們除了講周作人研究應該從魯迅研究的附屬和補充，發展成一門獨立的學問之外，仍然講了這樣的意思：周作人不但為魯迅研究提供了有價值的資料，而且他的人生道路、思想發展歷程、文學業績與魯迅有密切的關係，深入開展周作人研究必然有助於深化魯迅研究。周作人研究的歷史、現狀和發展方向及其與魯迅研究的深層關係，有待我們做全面的梳理和深入的討論。」看見人家大大方方地承認，想到自己扭扭捏捏、吞吞吐吐，頗感赧顏。

從個人的角度來說，《魯迅研究月刊》對我的幫助頗多。在有關周作人的文章不受待見的情況下，我的不少文章是刊載於此的。像收入本書的一九九〇年代周作人研究、近十幾年來的周作人研究論文都在該刊上發表。特別是後一篇長達四五萬字，編輯把它分兩期連載。這裏要特別感謝先後作為責編的王世家、陸成、姜異新諸君。

最後再交代幾句關於本書的情況。第二章《周作人研究的恢復期》寫於一九八〇年代末，第一章《周作人研究的開始期》、第三章《周作人研究的成長期》寫於一九九〇年代，其餘幾章為近年所作。前三章原本是作為論文來寫的，與後幾章不同。這次編輯成書，進行了一些修訂，遺憾的是在篇幅、詳略、文體等方面，前後都不免有或多或少的不同。書末附錄了三篇文章，其中有兩篇是我與別人關於周作人的爭論文字，還有一篇由我整理的沈啟無自述。沈啟無被稱作周作人的四大弟子之一，後來又被逐出師門。他的自述包括了不少關於周作人和淪陷區文壇的珍貴資料。

二〇一四年四月九日寫於丹麥奧爾堡

現當代華文文學研究叢書16　AG0180

周作人研究九十年

作　　者 / 黃開發
主　　編 / 宋如珊
責任編輯 / 廖妘甄
圖文排版 / 楊家齊
封面設計 / 蔡瑋筠

發 行 人 / 宋政坤
法律顧問 / 毛國樑　律師
出版發行 / 秀威資訊科技股份有限公司
114台北市內湖區瑞光路76巷65號1樓
電話：+886-2-2796-3638　傳真：+886-2-2796-1377
http://www.showwe.com.tw
劃撥帳號 / 19563868　戶名：秀威資訊科技股份有限公司
讀者服務信箱：service@showwe.com.tw
展售門市 / 國家書店（松江門市）
104台北市中山區松江路209號1樓
電話：+886-2-2518-0207　傳真：+886-2-2518-0778
網路訂購 / 秀威網路書店：http://www.bodbooks.com.tw
國家網路書店：http://www.govbooks.com.tw

2015年7月　BOD一版
定價：550元

國家圖書館出版品預行編目

周作人研究九十年 / 黃開發著. -- 一版. -- 臺北
市 : 秀威資訊科技, 2015.07
面；　公分. -- (現當代華文文學研究叢書
16 ; AG0180)
BOD版
ISBN 978-986-326-333-3(平裝)

1. 周作人 2. 學術思想 3. 文學評論

848.7　　104003547

讀者回函卡

感謝您購買本書，為提升服務品質，請填妥以下資料，將讀者回函卡直接寄回或傳真本公司，收到您的寶貴意見後，我們會收藏記錄及檢討，謝謝！如您需要了解本公司最新出版書目、購書優惠或企劃活動，歡迎您上網查詢或下載相關資料：http:// www.showwe.com.tw

您購買的書名：____________________

出生日期：________年________月________日

學歷：□高中（含）以下　□大專　□研究所（含）以上

職業：□製造業　□金融業　□資訊業　□軍警　□傳播業　□自由業

□服務業　□公務員　□教職　□學生　□家管　□其它____

購書地點：□網路書店　□實體書店　□書展　□郵購　□贈閱　□其他

您從何得知本書的消息？

□網路書店　□實體書店　□網路搜尋　□電子報　□書訊　□雜誌

□傳播媒體　□親友推薦　□網站推薦　□部落格　□其他________

您對本書的評價：（請填代號　1.非常滿意　2.滿意　3.尚可　4.再改進）

封面設計____　版面編排____　內容____　文／譯筆____　價格____

讀完書後您覺得：

□很有收穫　□有收穫　□收穫不多　□沒收穫

對我們的建議：____________________

____

____

____

請貼
郵票

11466
台北市內湖區瑞光路 76 巷 65 號 1 樓
秀威資訊科技股份有限公司 收
BOD 數位出版事業部

……………………………………………………………………………………

（請沿線對折寄回，謝謝！）

姓　名：________________　年齡：________　性別：□女　□男

郵遞區號：□□□□□

地　址：____

聯絡電話：(日) ________________ (夜) ________________

E-mail：____

五、「垂訓後世論」。周作人研究的價值到底在哪裡呢？徐中玉認為研究周作人主要應該研究他的漢奸問題，以儆前毖後。他說：「我認為除掉或非常淡化他晚年投敵這一段，又過分吹捧他早年什麼什麼成績如何重要之類的做法，會給今天讀者一種錯誤的印象，即認為周作人仍是一位大學大家，甚至進步思想家。這已模糊了對一個學者、作家評價上至少應有的界限：愛國的還是民族危機關頭變節投敵為虎作倀的。」[19]我同意「除掉或非常淡化」、「過分吹捧」之類都是錯誤的，應該摒棄，「進步思想家」的頭銜也可以扣發，可是為什麼連周作人的文學大家的身分也不予承認呢？徐中玉的觀點有一定的典型性，我又想到了曾鎮南評周作人的話：「他留給後人的，主要是歷史的借鑑。正確評價這個人物，就必須抓住這個大關節，推源其失節的根由，以垂訓後世。」[20]這是一種根深柢固的研究模式，肇始於抗戰時期。一九三八年二月周作人參加日本「大阪每日新聞社」在北京召開的「更生中國文化建設座談會」不久，何其芳就著文指出：「這不是偶然的失足，也不是奇突的變節，而是他思想和生活環境所造成的結果。」[21]他在另一篇文章中比較了魯迅和周作人的不同道路，從中找出「貫穿在他們早期思想中的兩種不同的因素」——「一個是為集體的戰鬥精神和一個是從個人主義出發的趣味主義」。其結果一個「由尋路到得路，從民族主義民主主義走到了共產主義」，另一個則「從尋路到走路，從民族主義民主主義走到了日本法西斯的手掌裏，成為民族的罪人」[22]。這種研究模式在一九八〇年代前半期盛極一時，人們總是習慣於戴著有色眼鏡去看待周作人。一九八六年舒蕪在《中國社會科學》上發表長文《周作人概觀》，開始突破束縛，旗幟

19 徐中玉，《我看周作人》，《中華讀書報》一九九五年六月二十一日。
20 曾鎮南，《略釋周作人失節之「謎」》，《文藝報》一九九一年十二月二十一日。
21 何其芳，《論周作人事件》，成都：《工作》五期（一九三八年五月）。
22 何其芳，《兩種不同道路——略談魯迅和周作人的思想發展上的分歧點》，原載《解放日報》一九四二年十一月二日，收入《何其芳文集》四卷（人民文學出版社，一九八三年九月版）。

研究資料要目與索引

一、專書

陶明志（趙景深）編，《周作人論》，上海：北新書局，一九三四年十二月。上海書店，一九八一年十一月影印。頁：三、三六、四三、四五、五三、六一、二一五、二二〇、二二八。

張菊香、張鐵榮，《周作人年譜》，天津：南開大學出版社，一九八五年九月。天津人民出版社，二〇〇〇年四月增訂本。頁：一四、六〇、一二八、一八八、二〇〇、二一六至二一七、二一九、二六九、三五四、三六八、三七九。

張菊香、張鐵榮編，《周作人研究資料》，天津人民出版社，一九八六年十一月。頁：一五、六〇、二一六至二一七、二一九至二二〇。

李景彬，《周作人評析》，西安：陝西人民出版社，一九八九年四月。頁：三、六四、七七、八四、一九一。

舒蕪，《周作人概觀》，湖南人民出版社，一九八九年八月，列入《駱駝叢書》。頁：三、六五、一九〇至一九一。

趙京華，《尋找精神家園——周作人文化思想與審美追求》，北京：中國人民大學出版社，一九八九年十一月。頁：八九。

李曉航，《故鄉之思：一種精神現象的文化解析——魯迅與周作人的文化心態比較》，《社會科學家》一九九二年一期。頁：一〇六。

顧琅川，《論周作人的「人學」理論》，《紹興師專學報》一九九二年一期。頁：九七。

谷林，《「嘉孺子」》，《讀書》一九九二年二期。頁：九〇。

陳嘉祥，《周作人被刺真相》，《上海文史》一九九二年第二期。頁：二六一。

《魯迅博物館藏許壽裳保存的書信十八封》，北京：中國文聯出版公司，一九九二年三月。頁：二七三。

楊克平，《周作人與民間文學》，《民間文學論壇》一九九二年三期。頁：一一一。

溫儒敏，《周作人的散文理論與批評》，《上海文論》一九九二年五期。頁：一〇一。

《首都高等法院特種刑事判決》、《首都高等法院檢查官起訴書》、《首都高等法院特種刑事判決》等，收入南京檔案館編《審訊汪偽漢奸筆錄》（下卷），南京：江蘇古籍出版社，一九九二年七月，南京：鳳凰出版社，二〇〇四年四月重印。收錄國民黨政府法院審訊周作人的全部卷宗共二十六份，另有附件四份。頁：二五九至二六〇。

曾鎮南，《期待著認真的學術論爭——從周作人附逆之「謎」的論爭說開去》，《文藝報》一九九二年七月二十五日。頁：三五七。

金性堯，《知堂的兩本書》，《讀書》一九九二年八期。頁：一〇七至一〇八。

黃開發，《周作人遇刺事件始末》，《魯迅研究月刊》一九九二年八期。頁：二六一。

黃開發，《對人生和民族的雙重悲觀》，《江淮論壇》一九九二年五期。頁：九三。

宋其蕤，《論周作人的兒童文學主張》，《學術研究》一九九二年六期。頁：一〇四。

顧琅川，《論周作人的中庸主義》，《紹興師專學報》一九九三年二期、三期。頁：九七。

學報》二〇〇七年一期。頁：一七〇。
熊曉豔，《廚川白村與周作人文學史建構比較》，《淄博師專學報》二〇〇七年一期。頁：一六六。
哈迎飛，《基督教文化對周作人文學觀的影響》，《武漢理工大學學報》二〇〇七年一期。頁：一四四。
陳融，《周作人與日本文學研究》，《蘇州科技學院學報》二〇〇七年一期。頁：一七〇。
汪成法，《周作人「頑石」筆名考辨》，《湖南人文科技學院學報》二〇〇七年一期。頁：二〇四、二六九。
蕭國棟，《論小詩批評的詩學建構——以周作人的譯介與批評為中心》，《北方論叢》二〇〇七年二期。頁：一六八。
于小植，《論周作人的日本詩歌翻譯》，《東北亞論壇》二〇〇七年二期。頁：一八三。
杜心源，《文化利用與「國民意識」的文化重構——對周作人的古希臘文學研究的再探討》，《華東師範大學學報》二〇〇七年二期。頁：一五〇至一五一。
徐萍，《寂寞沙洲冷——周作人一九二三年之作品解讀》，《魯迅研究月刊》二〇〇七年三期。一八〇。
哈迎飛，《論「五四」時期周作人的國家觀》，《魯迅研究月刊》二〇〇七年三期。頁：一三四。
冉紅音，《論周作人對六朝文學的獨特發現》，《紹興文理學院學報》二〇〇七年四期。頁：一七二。
權繪錦，《周作人與〈文心雕龍〉》，《求索》二〇〇七年四期。頁：一七二。
汪成法，《周作人任教女師大相關史實考校——兼及〈魯迅全集〉的一處注釋錯誤》，《魯迅研究月刊》二〇〇七年五期。頁：二二七。
孫郁，《魯迅與周作人》，《西部》二〇〇七年五期。頁：一五六。
周作人、[日] 松枝茂夫，《周作人與松枝茂夫通信》，《中國現代文學研究叢刊》二〇〇七年四、五、六我敬重老作家孫犁的強烈的民族感情和正義感，然而他對周作人署名的議論只是出於臆測。周作人原名櫆壽，櫆壽即有長壽之意。一九〇四年進南京水師學堂時，用《詩經・大雅・棫樸》中「周王壽考，遐不作人」的典故改名「作人」。顯然後來的「遐壽」與「作人」來自同一典故，並與他的原名甚有關係。周作人不是寫《魯迅小說裏的人物》才用「遐壽」這個名字的，他在一九二二年八月十日的《晨報副刊》上發表雜感《禮之必要》時即署名「遐壽」。又據樓適夷《我所知道的周作人》[2]：周作人從南京監獄出來回北京後，被安排做人民文學出版社的特約翻譯。他要求用「周作人」的名義出版書，中宣部要他寫一篇公開的檢討，承認參加敵偽政權的錯誤。他寫了一個書面材料，但詭辯不承認錯誤。有關領導以為這樣的自白無法向群眾交代。沒有公開發表，也沒有同意周作人的要求。所以周作人在回憶魯迅的著作和數種譯著中只好用「周啟明」或「周遐壽」的署名。「啟明」和「遐壽」一樣，都是他過去用過的名字。

曾先生找出了我一九九〇年發表在《文學評論》上的論文《新時期周作人研究評述》，把它與《關於周作人的附逆及其他》「略一比較」，便發生了「一些疑惑」。下面我就按照曾先生表列的順序，逐一來回答。

第一，關於周作人附逆的思想原因。我在文章中提出對人生和民族的雙重悲觀，構成了周作人附逆的基本原因。曾先生寫道：「這當然也不失為一種解釋。一個文人當了漢奸，只從他前後的著述中探尋其失足的隱祕原因，是很不夠的。置民族氣節於不顧的人，其行事並不一定遵循某種精微幽隱的人生哲學，而是帶有某種明知故犯的罪犯心理的，而這種罪犯心理的基礎常常是極簡單、極粗鄙的利己主義、個人主義。」看了這一段文字，我有些納悶：周作人的心理並不像他說的那麼簡單不值一提，就是「罪犯心

2 《魯迅研究動態》一九八七年一期。

名字野哲人，一年不過來文學院一兩次，具體負責是山口和兒玉，主要是兒玉掌權。其中活動最積極的是日文系的原三七，歷史系的今西春秋。原三七利用各種方法拉攏學生，他幾乎每年都要帶領學生到日本去參觀。我除在學校公開會議以外，私人之間同這些人沒有來往，並且有過摩擦。例如原三七本來規定要安插在中文系做副教授的，由於我的反對，才分配到日文系去。

（七）在南京，我從胡蘭成那裏認識池田篤治，他是日本使館的職員，會說中國話，以前曾在清華大學留過學。

在《大楚報》社時，我認識福閭，他是報社的聯絡員，會說中國話，曾在上海同文書院畢業。

以上是我現能記得的寫出來，可能有遺漏，以後想起來再補交。

六八年四月三十日

二、歷史簡述（五月六日交革委會）

（一）一九〇二－一九二三，中學畢業以前時期

我出身於地主家庭，祖上原籍浙江吳興，後在江蘇淮陰落戶。我父親大約有二百多畝田地，全靠佃租剝削生活。一九〇二年我生在淮陰，小時在私塾念書，十三歲進縣立高等小學，十七歲考進江蘇省立第八中學。原名沈錫，字伯龍，到大學時改名沈揚，字啟無。一九一九在中學快畢業的下半年，因反對葉秀峰（國民黨省黨部祕書長）的父親來做校長，被教育廳掛牌開除。

曾約我編寫古典文學小叢書，王雙啟約我為《文學遺產》寫稿，我都沒有答應。我知道自己思想沒有改造好，對舊的東西沒有批判能力，連本份工作都沒有做好，還要去亂寫有害無益的文章，未免太不自量。劉國盈公開吹噓，寫幾篇文章發表，就可以露名成家，也顯得師院中文系不含糊。我聽了不說，內心是不以為然的，這和反右時一本書、三間房的右派論調有何區別！

以上說明我在反右以後是比較安分守己的，沒有胡說亂動。當然，我在教書之外還是沒有說話掛帥，存在嚴重錯誤的。

偉大領袖毛主席親自發動的這場史無前例的無產階級文化大革命，開始我是很不理解的，後來才知道是要打倒走資本主義道路的當權派，而且要橫掃一切牛鬼蛇神。自己思想上有些震動，毫無牴觸情緒。工作組到校後，六月十八日革命群眾把我揪出來帶[戴]帽子，我也沒有怨言。我知道自己的歷史是有罪的，我是認罪的，我決定在文化大革命中，老老實實接受革命群眾對我的處理。

六、彙報（五月十七日）

今天我補寫了以下材料。

在一九四五年八月十五日本投降後，我在北京閒了半年。四六年初到錦州在《新生報》編副刊文藝欄。四八年在寧波又閒了差不多半年，後到浙東中學教書。四九年寧波解放，我參加軍管會訓練班學習，浙東中學改組，軍管會派做臨時代理校長，到五〇年二月回北京以前，關於這幾部分時期的材料，以前都寫得比較簡單，現在就我所能記得的再補寫出來（另紙）。

他是否去過日本，我不清楚。當時各系學生都有去日本參觀的機會，哲學系當不例外，他是否隨同學生去過，或單獨組織學生和本系日本教授一起帶領著去過，這我都不清楚。

十六、外調材料（天津陳介白）（六月二十一日交）

（一）偽北大文學院情況

偽北大文學院，是在一九三九年秋季成立的，院長是周作人，院祕書尤炳圻（四〇年以後改由吳祥麒兼任）。文學院共分五系：中文系、日文系、西洋文學系、歷史系、哲學系。中文系主任是我，教授趙蔭棠、陳介白、朱肇洛、張弓，副教授鄭騫，講師許世瑛、韓文佑、齊佩瑢、沈國華（心蕪）、傅惜華、夏枝巢、華粹深、朱英誕，助教華忱之（四〇年離職，由李景慈繼任）。日文系主任由北大祕書長錢稻孫兼任，副教授尤炳圻、張鐵軍、原三七（日本）。西洋文學系主任徐祖正，教授楊丙辰，日本教授二人（忘其姓名），講師劉拱之、李蔭棠；歷史系主任吳祥麟（兼任院祕書），教授容庚、瞿兌之、馮承鈞，副教授田農、謝國楨、今西春秋（日本）。哲學系主任溫公頤，教授江紹原、宇野哲人、山口××、兒玉××（以上三人是日本教授）。一九四〇年後，文學院又恢復了舊北大的國學研究所，導師由容庚兼任，研究員有齊佩瑢、李菊東、安樹德、李維、李光弼（以上五人都是舊北大畢業生）

文學院的日本教授，都是從四〇年以後，由周作人、錢稻孫通過日本機關（北京興亞院）從日本請來的。宇野哲人是東京帝大的老教授（哲學博士），這批日本教授都必須是他的一派。宇野哲人在文學院擔